테스 Tess of the D'Urbervilles

지은이 | 토머스 하디
옮긴이 | 이호규
그린이 | 류승순
펴낸이 | 전채호
펴낸곳 | 혜원출판사
등록번호 | 1977. 9. 24 제8-16호

편집 | 장옥희 · 석기은 · 전혜원
디자인 | 홍보라
마케팅 | 채규선 · 배재경 · 전용훈
관리 · 총무 | 오민석 · 신주영 · 백종록
출력 | 한결그래픽스
인쇄 · 제본 | 백산인쇄

주소 | 경기도 파주시 교하읍 문발리 출판문화정보산업단지 507-8
전화 · 팩스 | 031)955-7451(영업부) 031)955-7454(편집부) 031)955-7455(FAX)
홈페이지 | www.hyewonbook.co.kr / www.kuldongsan.co.kr

ISBN 978-344-1018-8   03840

Tess of the D'Urbervilles

테스

토머스 하디 지음 | **이호규** 옮김 | **류승순** 그림

惠園出版社

Tess of the D'Urbervilles

테스

토머스 하디 지음 | 이호규 옮김 | 류승순 그림

*일러두기

· 이 책은 혜원 세계문학 17 《테스》의 출간본을 오역과 직역을 바로잡고, 일러스트를 추가하
  여 새로이 펴낸 완역본임을 밝혀둔다.
· 미터법 시행 전 영국에서 쓰였던 단위(마일, 야드 등)는 당시의 분위기를 살리고자 그대로 두
  었다.

'정의의 심판'은 이제 막을 내렸다.
그리스의 비극 작가 아이스킬로의 말대로
'불멸의 수호신'은 테스와 희롱을 끝마친 것이다.
그녀의 조상들, 즉 더버빌 가문의 기사와 귀부인들은
아무것도 모르고 자신의 무덤 속에서 잠들어 있을 뿐이었다.

—본문 중에서

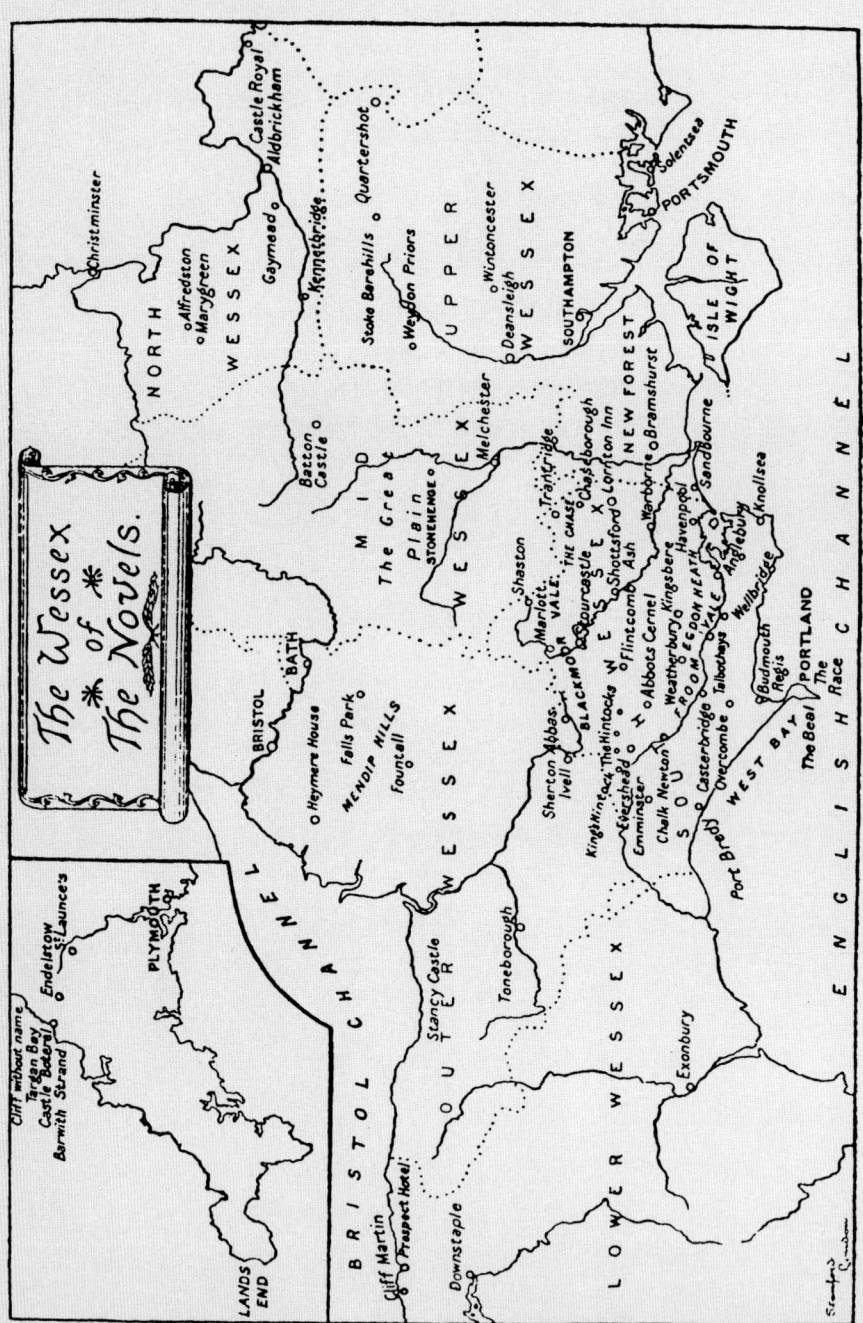

차 례

제 1 부

우윳빛 처녀

1

오월 하순의 어느 저녁 무렵, 중년의 사나이가 샤스톤에서 블레이크모어 또는 블랙무어라고 불리는 골짜기에 있는 말로트 마을의 집으로 돌아가고 있었다. 사나이의 두 다리는 비틀거렸고, 걸음걸이는 버릇인 양 일직선에서 왼편으로 빗나가곤 했다. 별다른 생각을 하고 있는 것은 아닌 듯했으나 어떤 생각에 다짐이라도 하는 듯 이따금 힘차게 고개를 끄덕이곤 했다. 빈 달걀 바구니가 한쪽 팔에 힘없이 걸려 있었고, 모자는 보풀이 엉긴데다 엄지손가락이 닿는 차양 부분은 닳을 대로 닳아 반질거렸다. 그때 잿빛 암말을 타고 콧노래를 부르며 마주 오던 교구목사와 마주쳤다.

"안녕하십니까, 목사님?"

바구니를 든 사나이가 먼저 인사를 했다.

"안녕하시오, 존 경(卿)."

나이 든 목사가 맞받아 목례를 했다.

사나이는 힘없는 걸음으로 두어 발짝 더 가다가는 걸음을 멈추고 돌아섰다.

"저, 목사님, 요전 장날 바로 이맘때쯤 여기 이 길에서 만나뵈었을 때 인사를 드렸더니, 저보고 '편하시오, 존 경?' 하고 오늘처럼 대답을 하셨지요?"

"그랬네."

목사가 말했다.

"그리고 또 그 한 달쯤 전에도……."

"그랬을지도 모르지."

"그러시다면 저는 잭 더비필드라는 아주 보잘것없는 행상인일 뿐인데 이렇게 만날 때마다 '존 경'이라고 부르시는 까닭은 무엇인가요?"

목사는 한두 걸음 다가오며 잠시 망설이는 듯하다가 입을 열었다.

"별다른 의미 없이 그렇게 부른 것뿐이네. 사실 얼마 전에 향토지(鄕土誌)를 새로 엮으려고 족보를 뒤적거리다가 새로운 사실을 발견했지. 더비필드, 자넨 유서 깊은 기사 집안인 더버빌 가문의 직계 자손이라는 것을 정말 모른단 말이지? 배틀 교회의 고문서를 보면, 더버빌 집안은 정복왕 윌리엄을 따라 노르망디에서 건너온 저 유명한 기사 페이건 더버빌 경이 그 시조일세."

"처음 듣는 얘기인뎁쇼, 목사님."

"아니, 이건 틀림없는 사실이네. 자네의 옆모습, 특히 그 코와 턱이 바로 더버빌 집안의 후손임을 말해 주고 있네. 자네 조상은 노르망디의 에스트레머빌러 경이 글래머건셔를 정복할 때 공을 세운 열두 명의 기사 중의 한 분이라네. 한때 자네 집안의 사람들은 영국 각지에 영지를 갖고 있었고, 그 이름들이 스티븐 왕 시대의 국고 연보(國庫年譜)에도 올라 있지. 존 왕 시대에는 문중에서 십자군 구호 기사단에 장원(莊園)을 기증할 만큼 유복한 사람도 있었고, 에드워드 2세 때 자네 조상 브라이언이라는 분은 웨스트민스터까지 가서 귀족의 종교회의에 참석한 일도 있었다네. 올리버 크롬웰 시대에는 조금 기울었으나 뭐 그리 심각할 정도는 아니었고, 찰스 2세 때에는 충성의 공으로 로열 오우크라는 기사 칭호까지 받았지. 옛날에는 대대로 물려받았으니까 자네 집안은 몇 대를 내려오면서 존 경으로 불렸지. 만약 기사라는 칭호가 아직도 남작(男爵) 칭호같이 세습제라면 자넨 지금 틀림없이 존 경으로 불리고 있을 걸세."

"원, 당치도 않은 말씀을 다하십니다."

목사는 채찍으로 자기 다리를 툭툭 내리치면서 덧붙였다.

"아마 영국에 더버빌 가문에 비길 만한 집안은 별로 없을 거네."

"그런데도 저는 이 교구(敎區)에서 가장 천한 사람처럼 해마다 여기저기 떠돌아다니지 않습니까…… 트링엄 목사님, 대체 저희 가문에 관한 것이 알려진 지는 얼마나 됐습니까?"

더비필드가 목사에게 물었다.

목사는, 이 사실은 이미 세상 사람들이 다 잊어버린 일이어서 거의 알려지지 않았다고 설명했다. 그러나 목사 자신이 그것을 조사하기 시작한 것은 더버빌 가문의 흥망을 캐내는 일을 하던 지난 봄 어느 날 우연히 존의 짐마차에 새겨져 있는 더비필드라는 이름이 눈에 띄었을 때부터라고 했다. 그때부터 그의 부친과 조부에 관해 조사한 결과 조금도 의심할 여지가 없게 되었다고 덧붙였다.

"처음에 나는 이런 부질없는 일을 알려 주어 자네 마음을 어지럽게 하고 싶진 않았네. 그러나 이따금 인간의 충동이 이성적인 판단보다 앞설 때가 있다네. 한편으로는 또 어쩌면 자네가 이 일에 대해서 전부터 알고 있을지도 모른다고 생각했지."

"그러고 보니 저희 집안이 블랙무어로 오기 전에는 한때 잘살았다는 얘기를 한두 번 들은 적이 있어요. 하지만 지금 저는 말 한 마리밖에 가지고 있지 않지만, 그땐 한 두어 마리 정도는 있었겠거니 여겼지요. 집에 오래된 은 수저와 도장이 있긴 하지만, 그게 다 무슨 소용이 있겠습니까? 하지만 제가 그 지체 높은 더버빌 가문과 한 혈통이라니 믿기지 않는군요. 전해들은 얘기로는 저의 증조부님은 많은 비밀을 가지고 있었다더군요. 하물며 어디에서 왔는지조차 얘기하시지 않았다고 하더군요……. 그런데 목사님, 주제넘은 말씀입니다만, 저희 집안은 지금 어디에 있나요? 말하자면 더버빌 집안은 어디에 모여 살고 있을까요?"

"아무 데도 살고 있지 않네. 이미 오래전에 혈통이 끊어진 셈이지. 한 무리의 가문으로서는……."

"거참, 섭섭하군요."

"엉터리 족보에는 남자의 대가 끊어졌다고 씌어 있지만, 사실은 몰락한 거야. 망한 거지."

"그렇다면 지금 우리 조상들은 어디에 묻혀 있나요?"

"킹즈비어 서브 그린힐이라는 곳이네. 퍼벡 산의 대리석으로 된 지붕 밑에 몇 줄의 입상(立像)과 함께 누워 있지."

"그렇다면 우리 집안의 영지나 유산 따위는 없나요?"

"아무것도 없지."

"네에? 손바닥만 한 땅도 없습니까?"

"아까도 말했듯이, 더버빌 가문은 분가한 집이 너무 많아서 한때는 땅도 많았지만 지금은 전혀 남아 있지 않네. 이 고장만 해도 킹즈비어, 셔튼, 밀폰드, 룰스테드, 웰브리지 등 더버빌의 소유지가 있었지만……."

"언젠가 다시 그걸 찾을 수 있을까요?"

"글쎄, 나로선 뭐라고 말할 수 없네."

"그렇다면 제가 할 수 있는 일이 무엇이 있을까요?"

더비필드는 잠깐 말을 끊었다가 물었다.

"할 일은 아무것도 없다네. 바른 몸가짐으로 열심히 살 수밖에……. 끝내 쓰러지고 만 그대의 가문은 지방 사가나 족보학자들에게는 흥미있는 사실이겠지만, 그 이상의 의미는 없네. 사실 현재 이 마을 농가 중에도 자네 가문 못지않은 집안이 한둘이 아니라네. 자, 그럼 잘 가게나."

"트링엄 목사님, 저와 맥주라도 한 잔 안 하시겠습니까? 저, 퓨어 드롭에 아주 좋은 생맥주가 있지요. 물론 롤리버네 술맛과는 비교할 수 없지만요."

"더비필드, 고맙지만 오늘은 사양하겠네. 자넨 이미 어지간히 마신 듯하군."

이렇게 말을 맺고 돌아가면서, 목사는 벌써 오래전에 잊혀진 이 이야기를 꺼낸 것이 경솔한 행동은 아니었을까 하고 생각에 잠겼다.

목사의 뒷모습을 바라보는 더비필드도 깊은 생각에 잠긴 채 발걸음을 몇 발짝 옮겨놓다가, 길 옆 풀숲에 바구니를 내려놓고 주저앉았다. 그때 길 쪽으로 걸어 나오는 젊은이를 보고 더비필드는 손을 들었다. 젊은이는 빠른 걸음으로 가까이 왔다.

"여보게, 내 심부름 좀 해 주게나."

깡마른 젊은이는 상을 찌푸렸다.

"아니, 존 더비필드, 당신이 뭔데 나한테 심부름을 시키는 거요? 그리고 내 이름도 알고 있는 양반이 그렇게 부르는 이유는 또 뭐요?"

"물론 알지. 하지만 그럴 만하니까 그러는 거니 이유는 묻지 말게나. 자, 내가 시키는 대로만 전달하면 돼. 프레드, 내가 바로 귀족의 신분이란 말이야. 바로 오늘에서야 이 사실을 알게 되었지."

더비필드는 취한 듯한 목소리로 외치면서, 들국화가 흐드러지게 피어 있는 둑 위에 그대로 드러누웠다. 젊은이는 의아한 표정을 지으며 더비필드 앞에 서서 그를 내려다보았다.

"존 더버빌 경, 이것이 바로 나란 말일세. 나에 관한 모든 이야기가 역사에도 올라 있어. 자네 킹즈비어 서브 그린힐이란 데를 알고 있나?"

"알죠, 그린힐 장날에 가 보았으니까요."

"그래, 그 읍내의 교회당 밑에 묻혀 있는 것이……."

"내가 갔을 때엔 읍내라기보다는 아주 보잘것없고 초라한 마을이던데요."

"아무튼 상관없어. 그런 건 우리에겐 문제가 안 돼. 그곳 교구의 교회당 밑에 수백 명이나 되는 우리 조상들이 갑옷에 보석을 휘감은 채 납으로 된 관 속에 누워 있단 말이야. 남부 웨섹스 일대의 고장에서는 나만큼 훌륭한 혈통을 이어받은 사람이 없단 뜻이지."

"네에?"

"자, 그 바구니를 들고 말로트 마을로 가게. 퓨어 드롭 주막에 가거든 내게 마차를 보내라고 이르게. 럼주도 작은 병에 넣어 함께 실어 보내도록 하고. 그리고 우리 집으로 가서 마누라에게 빨래 따윈 그만두고, 할 얘기가 있으니 내가 돌아갈 때까지 기다리고 있으라고 전하게."

젊은이가 미심쩍은 태도로 미적거리자 더비필드는 호주머니에서 몇 개밖에 없는 일 실링짜리 은돈을 꺼냈다.

"자, 이건 수고비야."

돈을 보자 젊은이의 행동은 돌변했다.

"네, 존 경. 고맙습니다. 그리고 또 시키실 일은 없습니까?"

"우리 집사람에게 저녁 식사는 양고기 튀김으로 푸짐하게 준비하라고 그래."

"네, 존 경."

젊은이가 바구니를 들고 막 자리를 뜨려 할 때 마을 쪽에서 악대의 연주 소리가 들려왔다.

"저건 뭔가? 설마 나 때문에 하는 것은 아니겠지?"

"저건 부인회의 들놀이랍니다. 존 경 댁의 따님도 회원일 텐데요."

"참, 그렇군. 그것보다 더 큰일을 생각하느라 깜빡 잊었군. 자, 빨리 말로 트로 가서 마차를 보내줘. 부인회를 시찰하게 될지도 모르니까."

젊은이는 떠나고, 더비필드는 저녁 햇살을 받으며 들풀 속에 누워 있었다. 꽤 오랜 시간이 지나도록 아무도 그 길을 지나가지 않았다. 푸른 언덕으로 둘러싸인 이곳에 어렴풋한 악대의 선율만이 멀찍이서 들려오고 있었다.

2

블랙무어의 아름다운 골짜기 동북쪽 계곡에 자리 잡고 있는 말로트 마을은 런던에서 불과 네 시간 남짓한 거리에 있었다. 그러나 아직껏 관광객이나 화가들의 발길이 미치지 않은, 산으로 둘러싸인 외딴 곳이었다.

이 골짜기의 참 묘미를 느끼려면 햇빛 쨍쨍한 여름날을 피해 이곳을 둘러싼 여러 언덕의 꼭대기에서 내려다보는 것이 가장 좋다. 궂은 날씨에 길을 잘못 들었다가는 꼬불꼬불한 좁다란 진창길을 만나 불쾌함만 느끼기 때문이다.

가뭄에도 결코 갈색으로 변하지 않고, 샘이 마르는 일이 없는 이 기름지고 아늑한 들녘은 남쪽으로 햄블든 힐, 블배로우, 네틀콤 타우트, 도그베리, 하이 스토이, 버브 다운 등 여러 뾰족한 봉우리를 안은 두드러진 석회질 산맥이 경계를 이루고 있다. 해안 쪽에서 온 나그네라면 석회질 언덕이나 옥수수 밭 사이로 북쪽을 향해 이십 마일가량 걷다가 갑자기 이들 낭떠러지에 이르면, 여태껏 지나온 땅과는 전혀 다른 고장이 지도처럼 눈 아래 펼쳐져 있는 것을 보고 무척 놀라워한다. 뒤에는 산들이 병풍처럼 에워싸고 있고, 햇빛이 찬연히 비치는 들판은 너무도 광활하여 이 풍경이 사방에 둘러싸인 곳이라는 인상을 잊게 해 준다. 오솔길은 마치 뽀얀 어린아이 속살처럼 드러나 있고, 공기는 맑고 신선하다. 이 분지 안의 세계는 유난히 섬세하고 아담하게 꾸며져 있다. 들판은 조그만 목장으로 나뉘어져 있어, 높은 곳에서 보면 생울타리와 맞닿은 연초록 풀밭은 마치 풀밭에 펼쳐놓은 실그물처럼 보인다. 눈 아래 대기는 한가롭고 하늘빛으로 물들어 있어 아득하게 보이는 지평선까지도 그 빛에 물들어 있다. 그런가 하면 먼 지평선은 담청색을 띠고 있어서 더욱 조화롭다. 경작할 수 있는 땅은 적고 한정되어 있으며, 풍성하고 광대한 나무와 풀이 작은 언덕과 골짜기를 감싸고 있는 이곳이 바로 블랙무어 골짜기다.

이 지역은 지형상으로도 그러하지만 역사적으로도 매우 흥미있는 곳이다. 일찍이 이 골짜기는 헨리 3세 때의 이상한 전설에 따라 '흰 사슴의 숲'으로 불리었다. 왕이 아름다운 흰 사슴 한 마리를 잡으려고 몰아가다가 놓아 주었는데, 토머스 드 라 린드라는 사람이 이 흰 사슴을 죽였기 때문에 많은 벌금을 바쳤다는 전설이 전해진다. 그 시대뿐 아니라 얼마 전까지도 이 땅은 울창한 숲으로 덮여 있었다. 언덕 비탈의 오래된 참나무에 돋아난 잔가지와 온갖 종의 나무가 뻗어나간 삼림지대 그리고 목장 여기저기에 점점이 그늘을 드리우고 있는 속이 빈 고목 따위에서 그러한 옛 흔적을 엿볼 수 있다.

숲은 사라졌으나 그 나무 그늘 아래 벌어졌던 몇 가지 옛 풍습은 아직도 남아 있었다. 비록 옛모습을 잃긴 했지만 아직 남아 그 명맥을 유지하고 있었다. 가령 '5월의 무도(舞蹈)' 같은 것도 앞에서 말한 이날 오후의 대소동, 즉 이 지방에서 '부인회 들놀이'라고 불리는 형태로 변형되어 옛 흔적을 보여 주고 있다.

사실 행사 참가자들은 큰 흥미를 느끼지 못하지만 말로트의 젊은이들에게는 더할 수 없이 흥미로운 행사였다. 이 놀이의 특색은 참가자 전원이 여자들로서 줄을 지어 행진하고 춤을 춘다는 것이다. 풍년을 축하하고 감사하는 이 축제 행사는 다른 지역에서는 거의 사라진 지 오래되었지만 이 마을에서만은 일종의 향토적 모임으로 남아 수백 년에 걸쳐 계속되고 있었다.

이 행진에 참여하는 여자들은 모두 흰옷을 입었다. 그것은 즐거움과 오월이란 말이 같은 뜻이었던 구력(舊曆) 시대부터 줄곧 이어져 온 명랑한 풍속이었다. 여자들은 두 사람씩 짝을 지어 교구 안을 행진한다. 푸른 울타리와 담쟁이덩굴이 엉긴 집을 배경으로 햇빛이 그녀들의 얼굴을 환하게 비출 때면 흰옷 차림의 부조화가 고스란히 드러났다. 모두 흰옷을 입었지만 어떤 옷은 백색에 가까운 푸르스름한 빛이었고, 나이 든 여자들이 입고 있는 것은 누르스름한 빛이 도는 조지 왕조 시대의 구식 옷이었다.

이 흰옷 차림의 특색 외에 여인들은 저마다 오른손에는 껍질을 벗긴 버드나무 가지를, 왼손에는 한 묶음의 하얀 꽃다발을 들고 있었다. 이 버드나무 가지의 껍질 벗기는 일과 꽃을 고르는 일은 각자 해야 하는 일이었다.

행렬 속에는 몇 사람의 중년 부인과 심지어는 노인도 끼어 있었다. 세월과 고생에 시달린 그들의 은빛 철사 같은 머리며 주름진 얼굴은 더없이 안쓰러워 보였다. 그러나 여기서는 나이 든 부인들은 제쳐놓고, 허리에 꼭 끼는 의상 아래 인생이 빠르고 뜨겁게 맥박치고 있는 아름다운 처녀들에게 초점을 맞춰 이야기를 하려 한다.

사실 이 모임의 대부분은 젊은 처녀들이었다. 그녀들의 숱 많은 머리채는 햇빛을 받아 금빛과 검은빛 혹은 갈색 등의 여러 색조로 반사되고 있었다. 그들 중에는 유난히 눈매가 아름다운 처녀도 있었고, 코가 오똑한 처녀도 있었으며, 입술과 몸매가 눈에 띄게 아름다운 처녀도 있었으나 이 모든 것을 다 갖춘 듯한 처녀는 찾기 힘들었다. 그들은 뭇사람들이 지켜보는 시선이 부담스러워 입술을 어떻게 다물어야 할지 몰라 하며 고개를 숙인 채 어색해 하고 있었다. 그 모습만으로도 그녀들이 순진한 시골 처녀라는 것을 알 수 있었다.

처녀들은 내리쬐는 태양보다 더 뜨거운 무엇을 각자의 마음속에 하나씩 품고 있었다. 그것은 어떤 꿈, 사랑, 희망과 같은 막연한 것이었지만 그것 때문에 그들은 명랑하고, 생기 있었으며, 보는 이들을 즐겁게 했다.

그들은 퓨어 드롭 주막의 모퉁이를 돌아 작은 문을 빠져나와 한길에서 목장 쪽으로 향했다. 그때 누군가가 말했다.

"어머나, 얘, 테스, 저기 마차를 타고 돌아오시는 분이 너의 아버지 아니시니?"

이 소리에 행렬 속의 한 아가씨가 머리를 돌렸다. 그녀들 가운데 눈에 띄는 외모의 처녀였다. 도톰한 작약빛 입술과 크고 천진스러운 눈이 얼굴빛과 몸매에 풍부한 표정을 더해 주었다. 머리에는 붉은 리본을 달고 있었는데, 흰옷을 입은 이 모임 속에서 이같이 화려한 차림새를 자랑할 수 있는 것은 오직 그녀뿐이었다. 그녀가 뒤돌아보았을 때, 존 더비필드는 퓨어 드롭 주막의 이륜마차를 타고 한길을 올라오고 있었다. 팔꿈치까지 소매를 걷어 올린 고수머리의 주막집 하녀가 마차를 몰고 있었다. 이 여자는 주막

에서 무슨 일이고 도맡아 하며, 때로는 말을 몰거나 돌봐 주기도 하는 쾌활한 하녀였다. 몸을 뒤로 젖힌 더비필드는 매우 흡족한 듯이 눈을 감고, 머리 위에서 손을 휘두르면서 느릿느릿한 곡조로 노래를 부르고 있었다.

"나에게는 킹즈비어에 훌륭한 조상의 묘지가 있다네. 그곳 납관 속에는 기사이셨던 조상이 잠들어 계시다네……."

테스를 제외한 행렬의 여자들이 키득거리며 웃었다. 테스는 여러 사람의 웃음거리가 되고 있는 아버지를 생각하자 가슴속에서 수치심과 분노가 끓어올랐다.

"피곤하셔서 그러셔. 우리 집 말은 오늘 쉬어야 하니까 마차를 빌려 타고 돌아오시는 거야."

그녀는 다급하게 말했다.

"테스, 모르는 게 약이야. 너의 아버지는 오늘 술에 취하신 거야. 호호호……."

친구들이 말했다.

"우리 아버지를 자꾸 놀리면 난 너희들하고 함께 가지 않겠어!"

테스가 소리쳤다. 그녀의 뺨을 물들인 붉은빛은 점차 얼굴과 목덜미로 번져 갔다. 그러다가 곧 그녀는 눈물을 글썽이더니 시선을 땅으로 떨어뜨렸다. 그제야 테스가 괴로워하는 것을 알고, 친구들은 더 이상 아무 말도 하지 않았다. 행렬은 다시 정돈되었다. 테스는 아버지의 그런 행동에 대해 묻고 싶었지만, 그녀의 자존심은 다시 뒤돌아보는 것을 허락하지 않았다. 그녀는 일행과 함께 춤을 추게 되어 있는 풀밭 울타리 속으로 들어가는 동안 마음이 조금씩 가라앉아 버드나무로 옆의 친구를 찌르기도 하고 친구와 수다도 떨게 되었다.

이 무렵의 테스 더비필드는 오로지 감정에 따라 움직이는 순수한 처녀였다. 마을 학교에서 교육을 받았지만, 그녀의 말에는 이따금 사투리가 섞여 있었다. 이 지방 사투리의 특징적인 억양은 UR이라는 음절을 강하게 발음하는 것인데, 이 음절을 말할 때의 그녀의 뾰족하고 새빨간 입술은 그녀의 상징적인 모습으로 기억될 만큼 인상적이었다. 그녀의 얼굴에는 아직 어릴 적 모습이 그대로 남아 있었다. 뺨을 보면 열두 살 때의 모습이 떠올랐고, 반짝이는 눈동자와 입매의 곡선을 보노라면 아홉 살 적의 모습이 스쳐 지나가기도 했다.

그러나 이런 작은 부분들을 기억하는 사람들은 많지 않았다. 다만 몇 사람만이, 그것도 외부 사람들이 우연히 이 마을을 지나다가 그녀의 모습에 잠시 매혹되어 또다시 만날 수 있을까 하고 기대하는 정도일 뿐, 대부분의 사람들에게는 순진하고 아름다운 시골 처녀 그 이상은 아니었다.

주막집에서 허드렛일을 하는 하녀가 이륜마차를 몰고 있었는데 그것을 타고 개선하는 더비필드에게는 이미 아무것도 보이지 않고, 아무 소리도 들리지 않았다. 아가씨들은 곧 예정된 장소에 도착하여 춤을 추기 시작했다. 처음에는 여자들끼리 서로 춤을 추었으나, 이윽고 하루의 일이 끝날 무렵이 되자 마을의 남자들이며 지나가던 나그네들이 파트너를 물색하려고 신경전을 벌이는 듯 그들의 주위로 모여들었다.

이 구경꾼 속에 작은 배낭을 짊어지고 탄탄한 지팡이를 쥔 상류계급 출신인 듯한 청년 세 사람이 끼어 있었다. 이들은 생김새도 비슷했고, 나이 차이도 많이 나지 않는 것으로 보아 형제 같았다. 가장 나이가 많은 청년은 흰 넥타이에 목까지 오는 조끼를 입고 차양이 좁은 모자를 쓴 부목사(副牧師)의 정장(正裝)을 하고 있었다. 가운데 청년은 평범한 대학생 복장이었고,

가장 나이 어린 청년은 겉모습만으로는 어떤 일을 하는지 판단할 수가 없었다. 그의 눈초리나 옷차림으로 미루어 얽매이거나 형식적인 데가 없이 자유로워 보였다. 아직 특정한 직업이 없이 무슨 일이든 닥치는 대로 경험해 보려 한다는 것을 짐작할 수 있을 뿐이었다.

이들 삼 형제는 우연히 인사를 나눈 마을 사람들에게 성신(聖神) 강림절(降臨節)의 휴가를 이용하여 블랙무어 골짜기를 도보로 횡단하는 중인데, 동북쪽인 샤스톤에서 서남쪽으로 가는 길이라고 말했다.

그들은 한길로 난 문에 기대어, 이 춤과 흰옷 차림을 한 부녀자들이 무엇을 뜻하는지 물어보았다. 위의 두 형은 분명히 그 자리에 오래 머물 생각이 없는 듯했으나, 셋째 동생은 한 무리의 여자들이 상대 남자도 없이 춤을 추는 것이 흥미있다는 듯 멈칫거렸다. 그러다가 아예 배낭을 풀어서 지팡이와 함께 울타리 위에 얹고 풀밭으로 들어가는 문을 열었다.

"뭘 하려고 그래, 에인젤?"

맏형이 물었다.

"안에 들어가서 아가씨들과 춤추려고요. 형들도 같이 춰요. 그렇게 오래 걸리지 않을 테니까요."

"안 돼, 말도 안 되는 일이야."

맏형이 말했다.

"시골 처녀들과 여러 사람 앞에서 춤을 추다니! 만일 누가 보기라도 한다면 어쩔 셈이냐? 어서 가자, 스투어캐슬에 닿기도 전에 어두워지겠다. 도중에는 잘 데도 없어. 또 자기 전에 우린 《불가지론(不可知論)에 대한 반박》을 한 장(章) 더 읽어야 하잖아. 일부러 그 책을 가지고 왔는데……."

"알았어요, 금방 형들을 따라갈 테니 먼저 출발하세요. 일부러 기다리지는 마세요. 약속해요, 펠릭스 형."

두 형은 마지못해 발길을 돌리면서 동생이 빨리 따라올 수 있도록 그의 배낭까지 들고 떠났다. 동생은 형들의 뒷모습을 바라보다가 풀밭으로 들어갔다.

"정말 안됐군요."

춤이 멎자 그는 가장 가까이에 있는 두세 명의 처녀들에게 상냥하게 말을 건넸다.

"여러분의 파트너는 어디 있나요?"

"아직 일터에서 돌아오지 않았어요."

그 가운데서 가장 대담한 처녀가 대답했다.

"이제 곧 이리로 올 거예요. 그동안 같이 추지 않겠어요?"

"좋습니다. 그러나 이렇게 많은 분들을 나 혼자서 어떻게……."

"없는 것보단 낫지요, 뭘. 여자끼리 얼굴 맞대고 춤추기란 정말 우울한 일이에요. 서로 껴안지도 않고 추는걸요. 자, 상대를 고르세요."

"쉿! 너무 그렇게 함부로 말하지 마."

부끄러움이 많은 처녀가 친구를 타박했다.

이렇게 청을 받은 청년은 여자들을 둘러보았으나 모두가 처음 보는 얼굴이라 그 얼굴이 그 얼굴이었다. 그래서 맨 처음 손이 닿는 가까운 곳의 처녀를 택했다. 상대는 자기가 뽑힐 것을 은근히 바라며 말을 건네던 처녀도 아니었고, 테스 더비필드도 아니었다. 혈통도, 조상의 유골도, 역사적인 비문이나 더버빌 가문의 특유한 용모도 아직까지 테스의 삶에는 아무런 도움이 되지 못했다. 비슷비슷한 시골 처녀들을 제쳐놓고 춤의 파트너로 뽑힐 정도의 행운조차도 그녀에게 베풀어 주지 못했다. 빅토리아 왕조 시대의 가난한 노르망디 혈통이란 기껏 이런 것이었다.

많은 처녀들을 물리치고 선택된 이 처녀가 누구였는지 그 이름은 알 수 없지만 그날 저녁 맨 처음으로 남자 파트너와 춤을 추는 기쁨을 누렸다고 하여 모두가 부러워하였던 것은 사실이다. 그런데 본보기의 힘이란 엄청난 것이어서, 좀처럼 나서지 않고 미적거리던 마을 청년들이 하나둘 합세하여 춤은 활기를 띠게 되었다. 그리하여 나중에는 외모가 평범하기 그지없는 처녀도 남자 역할을 하지 않아도 될 정도로 남녀가 쌍을 이루어 분위기가 무르익어 갔다.

그때 교회당 시계가 울렸고, 처음 춤을 신청한 청년은 떠나야 한다고 했다. 춤에 정신이 팔려 형들을 뒤따라가야 한다는 사실을 잊고 있었던 것이다. 바로 그때 그의 시선이 우연히 테스 더비필드에게서 멈추었다. 그녀의 커다란 눈동자에는 그가 자기를 선택하지 않은 것을 원망하는 빛이 역력했다. 그 역시도 이 처녀를 몰라본 것을 새삼 유감스럽게 여겼다. 이런 생각을 가슴에 품은 채 그는 풀밭을 떠났다.

너무 오래 지체했으므로 서둘러 지름길을 달려 이내 낮은 구릉을 지나 다음 등성이로 올라갔다. 그래도 형들을 따라잡지 못했다. 그는 숨을 좀 돌리기 위해 멈춰 서서 뒤를 돌아보았다. 푸른 잔디밭 울타리 안에서는 아직도 빙글빙글 돌고 있는 흰옷 차림의 처녀들 모습이 보였다. 그들은 벌써 그를 까맣게 잊어버린 듯했다.

그러나 흰 모습 하나가 멀리 떨어져 혼자 울타리 곁에 서 있었다. 그녀의 위치로 미루어 그가 미처 보지 못했던 눈이 큰 처녀임을 알 수 있었다. 그녀를 미처 발견하지 못한 것은 어쩔 수 없는 일이지만 그녀가 매우 서운해한다는 것을 그녀의 눈빛으로 알 수 있었다. 그는 '그녀에게 춤을 청할걸,

이름이라도 물어볼 걸……' 하는 아쉬운 마음이 들었다. 그 풍부한 표정, 얇은 흰옷에 감싸인 부드러워 보이는 그녀를 생각할수록 자신의 태도가 어리석었다고 생각되어 한숨만 나왔다.

그러나 그는 돌아서서 재빠르게 발걸음을 옮기며 마음속에서 미련을 몰아내려고 애썼다.

3

테스 더비필드로서는 그 일을 그처럼 쉽게 잊을 수 없었다. 그녀는 오랫동안 춤출 마음이 나지 않았다. 그 낯선 청년의 환상에서 깨어나기가 힘들었다. 그녀가 잠깐 동안의 설렘을 떨쳐 버리고 춤을 청하는 남자에게 승낙의 대답을 한 것은, 낯선 청년의 모습이 언덕 위로 멀어져 가는 것을 확인한 뒤였다.

그녀는 친구들과 어두워질 때까지 남아 열을 올리며 춤을 추었다. 아직 사랑을 모르는 그녀는 그저 박자에 맞춰 춤추는 즐거움만 느낄 뿐이었다. 이따금 사랑에 빠진 젊은 연인들이 춤추는 모습을 보기도 했고, 사랑을 고백한 남자에게 마음을 준 처녀들의 부드러운 고민과 즐거운 괴로움, 흐뭇한 슬픔 따위는 자신에게 찾아오리라고 생각지 않았다. 마을 청년들이 서로 자기와 춤을 추려고 다투는 모습을 보아도 그저 재미있는 구경거리일 뿐이었다. 그들의 다툼이 싸움으로 번질라치면 오히려 그들을 점잖은 말로 나무랐다.

더 늦게까지 있을 수도 있었으나 그녀는 아버지가 걱정되어 춤추는 무리에서 빠져나와 마을 끝 쪽을 향해 걸음을 재촉했다.

얼마쯤 가고 있을 때 지금까지 들려오던 음악 소리와는 다른 음률이 멀리서 들려왔다. 그녀의 귀에 익은 친숙한 소리였다. 그것은 집안으로부터 들려오는 덜커덩덜커덩하는 규칙적인 소리로, 돌바닥 위에서 세차게 요람을 흔드는 소리였다. 그 요람의 움직임에 맞추어 어머니의 힘찬 음성이 들렸다. '얼룩소'라는 경쾌한 무도곡으로 평소 즐겨 부르는 노래였다.

저기 저 푸른 숲 속에 누워 있는 암소가 보이는구나.
님이여, 이리오라, 어디인가 가르쳐 주리!

요람 소리와 노랫소리가 갑자기 동시에 멎는가 하면, 힘껏 부르짖는 소리가 노래 대신 들려오곤 했다.

"하느님이 너의 부드러운 두 눈에 축복을 내리시기를! 너의 매끄러운 볼에도, 버찌 같은 입에도! 큐피드 같은 다리에도, 복 받은 몸뚱이의 구석구석에 하느님의 축복이 있으시기를!"

이 기도가 끝나면 다시 요람 소리와 '얼룩소' 노래가 전과 같이 되풀이될 것이다. 테스가 문을 열고 방 안의 광경을 바라보았을 때도 바로 이러한 정경이었다.

그 노랫소리와는 달리 가난으로 가득 찬 방 안 분위기는 그녀의 기분을 서글프게 만들었다. 하루의 들뜬 축제 마당 — 흰옷 차림의 무리들, 꽃다발, 버들가지, 풀밭을 빙글빙글 돌던 동작, 문득 가슴을 스치는 낯선 청년을 향한 설렘 — 과 한 자루의 촛불에 비치는 음산한 분위기가 주는 묘한 대조를 느끼면서, 좀 더 일찍 돌아와서 어머니를 돕지 못한 뉘우침이 한동안 그녀의 가슴을 아프게 했다.

테스가 집을 나갈 때와 마찬가지로 어머니는 여러 아이들에게 둘러싸인 채 언제나 분주했다. 언제나 그렇듯 어머니는 밀린 빨래통 앞에 서 있었다. 테스가 지금 입고 있는 푸른빛이 감도는 흰옷도 어머니가 손질해 준 것이다. 그런데 조심성 없이 이슬을 머금은 풀을 스치는 바람에 옷자락을 파랗게 풀물을 들인 것이다. 테스는 좀 더 조심하지 못한 자신을 반성하며 그 자리에 서 있었다.

여느 때와 마찬가지로 더비필드 부인은 빨래통 옆에서 한쪽 발로 몸의 균형을 잡고, 한쪽 발로는 갓난아기가 잠들어 있는 요람을 흔들고 있었다. 요람은 돌바닥 위에서 오랜 세월 동안 많은 아이들의 무게에 눌린 탓으로 거의 편편하게 닳아 있었다. 더비필드 부인은 자신의 노래에 도취되어 온종일 비누거품 속에 파묻혀 있었으면서도 남은 힘을 다해 요람을 흔들어 대고 있었다.

덜커덩거리는 요람 때문에 길게 타오르던 촛불이 간헐적으로 흔들렸다. 어머니의 팔꿈치에서는 물이 뚝뚝 떨어졌고, 노래의 가사는 마지막을 향해 달음박질치고 있었다. 더비필드 부인은 아까부터 딸을 물끄러미 바라보고 있었다. 노래를 몹시 좋아하는 테스의 어머니는 바깥세상에서 블랙무어 골짜기로 흘러들어온 노래면 한 주일 안에 그 가락을 익혔다.

조무래기들의 등쌀과 가난에도 불구하고 더비필드 부인의 용모에서는 아직도 아름다움을 희미하게 엿볼 수 있었다. 테스가 자랑할 수 있는 개성적인 매력도 아마 주로 어머니에게서 물려받은 듯하며, 가문의 혈통이나 역사와는 아무런 관련이 없는 듯했다.

"어머니, 요람은 제가 흔들게요."

테스가 상냥하게 말했다.

"아니면 빨래 짜는 것을 도울까요? 전 벌써 다 끝난 줄 알았어요. 늦어서 죄송해요."

어머니는 이렇게 집안일을 혼자 맡는 것에 대해 조금도 언짢아하지 않았다. 사실 그녀의 어머니는 그러한 일로 테스를 꾸짖는 일은 거의 없었다. 딸이 일을 거들지 않는 것을 마음에 두지 않는 대신, 일을 뒤로 미루면서 하나하나 처리하는 것이 그녀에게는 습관처럼 되어 있어서 테스가 도와주지 않아도 그다지 서운해 하지 않았다. 그리고 그날 밤은 여느 때보다도 기분이 더 좋아 보였다. 어머니의 표정에는 딸이 알 수 없는 꿈꾸는 듯한, 황홀한 흥분의 빛이 감돌고 있었다.

"이제 왔니?"

노래를 마지막까지 다 부르고 나서야 어머니는 말을 이었다.

"네 아버지를 데리러 가야겠다……. 아니다, 먼저 무슨 일이 있었는지 이야기해 주마. 애야, 너도 알면 몹시 좋아할 거다."

더비필드 부인은 늘 사투리를 썼다. 런던 출신의 여선생 밑에서 초등학교를 마친 테스는 사투리와 표준어를 함께 사용했다. 그러나 집에서는 대부분 사투리를 썼고, 밖에서나 점잖은 사람을 대할 때는 표준어를 썼다.

"제가 나간 뒤 무슨 일이 있었나요?"

테스가 물었다.

"있었지, 그럼."

"오늘 오후 아버지가 마차를 타고 뽐내며 오시던데, 그것과 무슨 관계라도 있나요? 아버지는 왜 그러신 걸까요? 난 너무 부끄러워서 쥐구멍에라도 들어가고 싶었어요."

"그것도 다 이유가 있는 일이란다. 글쎄, 우리가 이 고을에서 제일 지체 높은 가문이란 걸 알게 됐다는구나. 조상은 올리버 그럼글(올리버 크롬웰의 잘못된 발음) 때보다도 훨씬 더 옛날……, 아무튼 이교도 야만인들이 있었던 때부터 내려오는 가문이래. 글쎄 비석이라든가 납골당, 문장(紋章), 방패 등 없는 것이 없다지 뭐냐? 성(聖) 찰스 시대에는 기사로도 뽑혔고, 우리네 정말 성은 더버빌이라고 한다는구나……. 아니, 이 얘길 듣고도 가슴이 두근거리지 않니? 아버지가 마차를 타고 돌아온 것도 모두 이 때문이란다. 남들은 술이 취한 탓이라고 생각하겠지만 그건 아니야."

"아, 기쁜 일이군요. 그럼 우리에게 무슨 좋은 일이라도 생기는 건가요, 어머니?"

"암, 이제 곧 엄청난 일이 벌어질 거야. 이 일이 알려진다면 반드시 우리와 지체가 같은 사람들이 저마다 마차를 타고 줄줄이 이 집으로 찾아올걸. 아버지는 샤스톤에서 돌아오는 길에 이 이야기를 듣고 달려와 모든 걸 얘기해 주셨지."

"아버진 지금 어디 계세요?"

어머니는 대답 대신에 엉뚱한 사실을 알려 주었다.

"아버지는 오늘 샤스톤에서 진찰을 받으셨는데 다행히 폐병은 아니라는 구나. 심장 주위에 지방층이 생겼대. 이봐, 이렇게 되었다나 봐."

더비필드 부인은 물에 젖은 엄지손가락과 집게손가락을 굽혀 C자 모양을 만들고, 다른 쪽 엄지손가락으로 그것을 가리켰다.

"의사는 아버지의 심장 여기저기가 막혔다고 했다는구나. 단 한 곳만 아직 열려 있는데, 그것마저 맞붙어 버리는 순간……."

더비필드 부인은 손가락으로 동그라미를 만들어 보이면서 다시 말을 이었다.

"세상과 작별하는 거라고……. 그 부분의 상태에 따라 아버지는 앞으로 십 년을 더 살지도 모르고, 열 달, 아니 열흘 안에 끝장이 날지도 모른다고 했다는구나."

테스는 놀란 얼굴이 되었다. 가문에 대한 변화 때문에 그렇게 즐거워하셨는데, 이제 죽음이라니…….

"아버지는 지금 어디 계시냐구요?"

그녀가 다그쳐 물었다.

어머니는 애원하는 듯한 표정으로 말했다.

"애야, 짜증내지 마라. 가엾은 양반이 목사님한테서 그 얘길 듣고는 어찌나 흥분했는지, 반 시간쯤 전에 롤리버네 술집으로 가셨다. 내일은 벌통을 싣고 가야 하니까 기운을 차리시려는 게지. 지체야 어떻든 간에 벌통을 갖다 줘야 하거든. 길이 멀어서 오늘 밤 열두 시가 지나면 출발하셔야 해."

테스는 어느새 눈에 눈물이 글썽해지며 짜증스럽게 말했다.

"아, 맙소사! 기운을 차리시기 위해 술집엘 가시다니……. 그리고 어머닌 그런 아버지를 말리시지도 않고……."

테스가 쏟아내는 비난 때문에 촛불과 가까이서 놀고 있는 아이들, 그리고 어머니마저도 겁에 질린 듯한 눈빛이었다.

"그런 게 아니란다."

어머니는 시무룩해져서 말했다.

"나라고 아무렇지 않겠니? 네 아버지를 데리러 갔다 오는 동안 네가 집을 보았으면 하고 너를 기다리고 있었어."

"제가 갈게요."

"안 돼. 네가 가도 소용없는 일이잖니?"

테스는 어머니가 반대하는 까닭을 알고 있었기 때문에 더 이상 고집하지 않았다.

더비필드 부인은 옆 의자에 미리 준비해둔 외출복과 모자를 집으며 말했다.

"테스야, 이《운명통감(運命通鑑)》을 바깥 광에 갖다 둬라."

그렇게 말한 뒤 어머니는 부산히 손을 닦고 옷을 챙겨 입었다.

낡고 두꺼운 책은 어머니 곁 탁자 위에 놓여 있었는데, 늘 호주머니에 넣었다 뺐다 한 탓으로 글자 있는 데까지 가장자리가 닳아 있었다. 테스가 그 책을 집어 드는 것을 보고 어머니는 집을 나섰다.

주책없는 남편을 찾아 술집에 가는 이 일이 더비필드 부인에게는 아이들과 살림에서 벗어나는 즐거움 중의 하나였다. 그것은 그녀에게 있어 어쩌면 유일한 위안일 수도 있었다. 롤리버네 술집에서 남편을 찾아내어 그 옆에 하염없이 앉아 있노라면 어느새 아이들의 극성과 세상의 근심을 잊어버리고 유년 시절로 돌아간 듯 마음이 평온해졌다. 그럴 때면 저녁 하늘의 노을 같은 것이 그녀의 생활 위에 비치는 것 같았다. 세상살이의 고달픔과 그 밖의 현실이 어느덧 하나의 현상이 되어 고요히 명상하는 마음으로 스쳐지나가는 것 같았다. 그리고 몸과 마음을 괴롭히던 모든 것들조차 구체적 현실로 압박해 오지 않게 되었다. 집에서 기다리는 어린아이들은 더 이상 귀찮은 존재가 아니라 오히려 집안을 유쾌하게 하는, 꼭 있어야 할 존재로 생각될 정도였다. 일상생활의 사소한 일들도 이러한 기분으로 돌이켜보면 절로 웃음이 나고 나름대로 멋이 있기도 했다. 남편에게서 구애(求愛)를 받던 때엔 그의 결점은 보이지 않고 오직 이상적인 남자로만 그를 생각하던 그 시절의 자신이 떠올라 흐뭇하기도 했다.

잠시 어린 동생들을 둘러보던 테스는 먼저 바깥 광으로 가서 책을 이엉 밑에 쑤셔 넣었다. 이 너절한 책을 이상하게 미신적으로 두려워하고 있는 그녀의 어머니는 어두워지면 그것을 집안에 두지 않았으며, 운세를 알아보고 난 후에 반드시 제자리에 갖다놓았다. 미신이며 민속, 사투리, 또 입에서 입으로 전해지는 민요 등 급속히 소멸해 가는 것에 대한 잡다한 지식을 가진 어머니와 수없이 개정된 교육령 아래서 의무교육을 받고 표준 지식을 갖춘 딸 사이에는 많은 거리감이 있었다. 그 거리감은 마치 제임스 1세 시대의 사람과 빅토리아 여왕 시대의 사람이 나란히 맞서는 것 같았다.

테스는 뜰의 좁은 길을 돌아보면서 오늘따라 어머니가 그 책으로 무엇을 알아보려 하였을까 하고 생각해 보았다. 조상에 대한 새로운 소식과 무슨 관련이 있을 성싶었지만, 그것이 유독 자기의 일신과 관계가 있으리라고는 꿈에도 몰랐다. 그러나 곧 이런 생각을 머리에서 지워 버리고, 걷어 들인 옷가지를 개는 등 바쁘게 집안일을 해 나갔다. 아홉 살 난 사내동생 에이브러햄과 열두 살이 조금 넘은 여동생 엘리자 루이자가 일을 거들었다. 사람들은 엘리자를 리자 루라고 줄여서 불렀다. 테스와 리자 루 사이에 있던 두 동생은 갓난아기 때 죽었다. 그래서 테스는 동생들과 나이차가 많이 났는데 엘리자보다 네 살 반이 위였다. 리자 루 다음이 에이브러햄이고, 그 밑으로 여동생 호프와 모데스티가 있고, 그 아래로 또 세 살 난 사내아이와 이제 돌이 지난 갓난아기가 있었다.

이 어린 생명들은 모두 더비필드라는 배의 선객들이었다. 그들은 의식주도, 즐거움도, 아니 생존까지도 더비필드네 두 어른의 판단에 의존하고 있었다. 만약 더비필드 집안의 두 우두머리가 불행과 굶주림, 질병과 타락 그리고 죽음 속으로 배를 몰아간다면 갑판 아래 있는 이 작은 포로들도 그들과 운명을 같이할 수밖에 없는 존재들이었다. 이 무력한 생명들은 어떤 조건 아래 태어나고 싶어 스스로 택한 삶이 아니기 때문에 더비필드 집안의 어떠한 역경 속에서라도 곱게 키워야 할 책임이 있었다.

밤은 꽤 깊었는데도 아버지와 어머니는 돌아오지 않았다. 테스는 창을 통해 말로트 마을을 건너다보았다. 마을은 점점 어둠 속에 잠기고 있었다. 집집마다 촛불과 램프가 하나하나 꺼져 갔다.

어머니가 마중을 갔다는 것은 어떤 의미에서는 데려올 사람이 하나 더 늘어난다는 것을 의미할 뿐이었다. 건강이 좋지 못한 아버지가 내일 새벽에 길을 떠난다면서 이렇게 늦도록까지 술집에 앉아 조상의 혈통을 축복할 때가 아니라는 생각이 들었다.

"에이브러햄!"

그녀는 남동생을 불렀다.

"모자를 쓰고 롤리버네 술집으로 가서 아버지와 어머니가 이렇게 늦도록 왜 안 돌아오시는지 좀 알아보고 와. 무섭지 않지?"

소년은 자리에서 벌떡 일어나더니, 방문을 열고 어둠 속으로 사라져 갔다. 다시 반 시간이 지났는데도 아버지와 어머니, 동생까지 돌아오지 않았다. 에이브러햄마저도 그 술집의 덫에 걸린 모양이었다.

"안 되겠어. 내가 가 봐야지."

테스는 잠이 든 동생들을 두고는 문을 잠근 채 걸음을 재촉했다. 빨리 걷기엔 너무 캄캄하고 구불구불한 오솔길이었다. 그 길은 오래전에 만들어진, 즉 바늘 한 개뿐인 시계로도 넉넉히 하루의 시간을 가리키던 그러한 시대에 만들어진 험한 길이었다.

4

롤리버네 술집은 인가가 드문 기다란 마을의 끄트머리에 하나밖에 없는 선술집이라고 자랑하지만, 실은 술만 팔 뿐 합법적으로 안에서 술 마시는 것은 허가받지 못한 술집이었다. 가게 안에서 술을 마실 수 없는 까닭에 그나마 손님을 위해서 공공연히 허락된 설비라고는 마당 울타리에 선반 같은 판자를 철사로 엮어 매어놓은 곳뿐이었다. 목마른 나그네들은 길가에 서서 술을 마시고는 이 판자 위에 술잔을 올려놓기도 하고, 먼지 이는 길바닥에 먹다 남은 술 찌꺼기를 버려 폴리네시아 군도(群島)의 지도를 그리기도 하면서, 가게 안에 편안히 쉴 자리가 없는 것을 아쉬워했다.

이것은 길손들의 작은 바람이면서 동시에 토박이 단골들의 바람이기도 했다.

그래서 주인은 쓰지 않는 위층의 넓은 침실을 이들에게 내주었다. 롤리버 부인의 큼직한 숄로 창문을 가려놓은 이 방에는 여느 때와 같이 여남은 명의 술꾼들이 즐거움을 찾아 모여 있었다. 말로트의 아랫마을 가까이에 살고 있는 토박이들로, 이 구석진 술집의 단골이었다. 인가가 드문드문 서 있는 마을 반대편 끝에는 술집으로 허가를 받은 퓨어 드롭 술집이 있었으나, 너무 멀어서 이쪽에 사는 사람들로서는 사실상 이용이 어려웠다. 그러나 그보다 중요한 사실은 그쪽의 넓은 집에서 마시는 술맛보다는 이 다락방 구석진 곳에서 롤리버와 어울려 마시는 게 낫다는 데 의견이 일치되어 있었다.

방 안에 놓인 초라한 침대는 몇 사람들에게 둘러앉을 자리를 제공했다. 또 두 사람은 장롱 서랍에 올라앉았고, 한 사람은 조각을 한 참나무 궤짝에 걸터앉았으며, 둘은 세면대 위에, 한 사람은 걸상에 앉는 듯 제각기 편하게 자리를 잡고 있었다. 이 시간쯤 되면 그들의 유쾌한 기분은 몸 밖으로 넘쳐 흘러 온 방이 따뜻하게 무르익는다. 창문에 드리운 숄은 벽걸이처럼 호사스럽게 느껴지고, 장롱 서랍의 놋쇠 손잡이가 금장식처럼 빛을 발하기도 했다. 또 조각이 새겨진 침대 다리는 솔로몬 왕궁의 장엄한 신전 기둥들과 무슨 연관이라도 있는 듯 힘이 있어 보였다.

더비필드 부인은 집을 나와 이곳까지 급히 걸어와서 앞문을 열고 깊은 어둠 속에 잠긴 아래층 방을 지나 익숙한 태도로 계단의 문을 열었다. 구불구불한 층계를 올라가던 그녀는 잠시 걸음을 늦췄다. 마지막 층계에 오른 뒤 조용히 안으로 들어섰다. 불빛 속에 서 있는 그녀의 얼굴로 사람들의 눈길이 한꺼번에 쏠렸다.

"부인회의 들놀이 끝에 오늘 밤 한턱 쓰려고 친한 분들을 오시라고 했지요."

발자국 소리를 들은 안주인이 마치 교리 문답을 되풀이하는 아이처럼 큰 소리로 지껄이면서 층층대 쪽을 기웃거렸다.

"아니, 이게 누구야? 더비필드 부인이었군. 어쩌면 사람을 그렇게 놀라게 해? 난 또 관청에서 나온 사람인 줄 알았지."

더비필드 부인은 비밀 집회에 모인 나머지 사람들로부터 눈길과 고갯짓으로 인사를 나누며 남편이 앉아 있는 쪽을 돌아보았다. 남편은 낮은 소리로 혼자 얼빠진 듯이 콧노래를 흥얼대고 있었다.

"어느 가문보다 훌륭한 가문이라니까. 킹즈비어 서브 그린힐에 우리 가문의 굉장한 납골당이 있고, 웨섹스 지방의 어느 누구보다도 뼈대 있는 집안이라구!"

"당신한테 할 말이 있어요. 얼핏 떠오른 생각이지만 대단한 계획임에 틀림없어요."

그의 아내가 들뜬 목소리로 속삭였다.

"여보, 존! 내가 안 보여요?"

그녀는 팔꿈치로 건드려 보았으나 남편은 그녀의 얼굴을 마치 유리창을 통해 보듯이 멍청하니 쳐다볼 뿐 연신 노래만 흥얼거렸다.

"쉿! 그렇게 큰소리 내지 마세요. 만일 관청 사람이라도 지나가다가 소리 듣고 들어와 내 허가장이라도 빼앗아 가면 어쩌려고요."

안주인이 놀라 말했다.

"우리 집에 일어난 일을 저이가 얘기했지요?"

더비필드 부인이 물었다.

"예, 들었어요. 그런 일로 돈이라도 좀 생긴대요?"

"아, 그건 비밀이에요."

더비필드 부인은 거드름을 피우면서 말했다.

"마차를 탈 신세는 못 된다 하더라도, 그런 신분에 가까이 가는 것만도 나쁘지는 않을 거예요."

그녀는 여러 사람에게 다 들리도록 말하다가 소리를 낮추어 남편에게 말했다.

"당신한테서 그 얘기를 듣고 줄곧 생각한 건데, 저 사냥터 숲 끝의 트랜트리지라는 곳에 더버빌이라는 굉장히 돈 많은 부인이 살고 있다는 걸 깨달았어요."

"뭐라고?"

"그 부인은 틀림없는 우리 집안 사람이에요. 그래서 난 테스를 그 집에 보내서 우리가 친척이라는 걸 알릴 참이에요."

"당신이 얘기하니까 생각나는데, 그런 부인이 있기는 있지."

더비필드도 거들었다.

"트링엄 목사님도 거기까지는 생각이 미치지 못했군 그래. 그렇지만 그 부인도 우리 가문에다 대면 아무것도 아니지. 아마 노르만 왕조 시절 훨씬 전에 우리 집에서 분가해 나간 집안임이 분명해."

이 문제 때문에 정신이 팔린 부부는 어린 에이브러햄이 밤길을 온 것도 모르고 있었다. 에이브러햄은 집에 돌아가자고 조를 기회만 엿보고 있었다.

"그 부인은 부자이고, 우리 딸애는 그 부인의 눈에 꼭 들 거예요. 그러면 얼마나 좋아요? 헤어진 집안끼리 서로 오가며 정을 나누면……."

더비필드 부인이 말했다.

"그건 그래, 우리 모두 한집안이니까! 그래, 맞아."

이때 침대 아래 서 있던 에이브러햄이 기쁨에 젖어 끼어들었다.

"그리고 누나가 그 아줌마 집에서 살게 되면 우리 모두 가서 만나보는 거야. 그리고 그 아줌마의 마차를 타고서 까만 나들이옷을 입고 이곳저곳 구경할 수도 있을 거야!"

"아니, 넌 언제 왔니? 말도 안 되는 소리 하지 말고 저리 가서 놀고 있어……. 그러니 테스는 꼭 그 친척집에 보내야 해요. 그 애라면 부인 눈에 들 거예요. 틀림없어요. 그렇게만 된다면 어느 지체 높은 분이 그 애와 결혼하게 될지도 모르잖아요. 난 알고 있어요. 분명히 그럴 거예요."

"어떻게?"

"《운명통감》으로 그 애 운수를 보았더니 그렇게 나오던걸요. 그 애가 오늘 얼마나 예뻤는지 당신도 보았으면 좋았을걸. 살결이 마치 공작부인처럼 보드랍더라니까."

"그 애는 뭐라고 그래?"

"아직 물어보지 않았어요. 그렇게 훌륭한 부인하고 친척이라는 걸 그 애는 아직 몰라요. 하지만 꼭 멋진 결혼을 하게 될 텐데, 설마 가는 걸 싫다고 하진 않겠죠."

"워낙 까다로운 애라서……."

"그래도 바탕은 순한 애예요. 그 앤 나한테 맡겨 둬요."

이 대화는 두 사람끼리 주고받은 말이었지만, 주위 사람들도 그 내용을 충분히 눈치 챌 수 있었다. 더비필드네가 지금 중대한 이야기를 하고 있다는 것과 그들의 아름다운 맏딸인 테스의 앞날에 좋은 일이 있겠다는 것을 어렴풋이 짐작할 수 있었다.

"테스는 참하고 명랑한 애야. 오늘 다른 애들하고 교구를 도는 것을 보았지."

술꾼 중 누군가가 말했다.

"하지만 더비필드 부인도 테스가 '마룻바닥에서는 파란 엿기름의 싹이 트지 못한다.'는 걸 명심해야 할 텐데……."

나이 많은 술꾼 한 사람이 나직한 목소리로 거들었다.

이것은 특별한 뜻이 담긴 이 지방의 속담이었으나 이 말에 누구 하나 대답하는 사람이 없었다. 다시 여러 사람들의 이야기로 방 안이 시끄러워졌다. 얼마 후 아랫방을 지나 계단을 오르는 발소리가 들려왔다.

"부인회의 들놀이 끝에 오늘 밤 내가 한턱 쓰려고 친한 분들을 오시랬지요."

안주인은 예고 없이 들어오는 사람 때문에 언제나 준비해 둔 판에 박은 듯한 말을 다시 재빨리 지껄이다가 상대가 테스임을 알고는 놀라워했다.

중년들의 술자리에 나타난 테스의 청순한 모습은 그 방 분위기와는 너무도 딴판이었다. 테스의 까만 눈에 책망하는 빛이 일기도 전에 양친은 서둘러 자리에서 일어나 남아 있는 술을 들이킨 다음 딸의 뒤를 따라 조심스레 층층대를 내려갔다. 롤리버 부인의 목소리가 그들의 뒤를 쫓았다.

"제발 소리 좀 내지 말아요. 허가장을 뺏기고 불려가면 어떻게 될지 나도 몰라요. 그럼 잘들 가요."

테스가 아버지의 한쪽 팔을, 어머니가 다른 한 팔을 잡고 그들은 함께 집으로 갔다. 사실 아버지는 술을 많이 마시지는 않은 듯했다. 주일날 오후 교회에 갈 때면 걸음걸이가 하나도 흐트러지지 않고 남들처럼 무릎을 꿇고 예배를 드릴 수 있을 만큼의 주량에서 사분의 일 정도를 마셨을 뿐이었다. 하지만 체질이 허약하여 술을 조금만 마셔도 몸을 가누지 못하고 비틀거렸다. 신선한 공기를 들이키자 걸음걸이는 더욱 위태로워져 세 사람의 행렬은 금방이라도 쓰러질 듯 비틀거렸다. 이런 장면은 밤중에 집으로 돌아가는 패들에겐 흔히 있는 일이지만 우스꽝스러워 보였다. 두 여자는 이 강요된 탈선과 역행(逆行)의 장본인인 더비필드에게도, 에이브러햄에게도, 또 그들 스스로에게도 자연스러운 것인 양 넘겨 버리기 위해 무진 애를 썼다. 이렇게 그들은 차츰 집 가까이로 가고 있었다. 그때 가장인 더비필드는 자신의 초라한 모습을 보고 가족들에게 용기를 북돋우기라도 하려는 듯이 외치기 시작했다.

"킹즈비어에는 우리 집안의 묘지가 있다구."

"쉿, 주책 떨지 말고 좀 조용히 해요."

아내가 입을 막았다.

"당신 집안만 옛날에 훌륭했던 게 아니잖아요? 앤크텔 집안이나 호시 집안, 트링엄네 집안도 다 그래요. 당신 집안처럼 다들 망했지만 말이에요. 물론 그들보다 당신 가문이 더 훌륭했던 건 사실이지만, 난 지체 높은 가문에서 태어나지 않았으니 못살아도 부끄러워할 필요가 없지요."

"그렇지도 않을걸. 당신 성품으로 봐서 당신 집안 역시 옛날에 왕과 왕비도 나왔을 거야. 다만 우리들보다 더 형편없이 망해 버린 것뿐이야."

테스는 조상에 대한 생각보다 현재 처하고 있는 일이 더 염려가 되어 화제를 돌렸다.

"아버진 내일 아침 벌통을 갖고 길을 떠나셔야 하잖아요. 괜찮으시겠어요?"

"나 말이냐? 걱정하지 마라. 한두 시간 지나면 거뜬해질 거다. 난 취하지 않았어!"

더비필드 가족들은 열한 시가 지나서야 잠자리에 들었다. 토요일 장이 열리기 전에 캐스터브리지 소매상에 벌통을 배달하려면 늦어도 이튿날 새벽 두 시엔 떠나야 했다. 그곳까지 가는 길은 이삼십 마일쯤 되는데다가, 말도 짐마차도 속도를 낼 수 없는 험한 길이었다. 한 시 반이 되자 테스와 동생들이 함께 자고 있는 침실로 어머니가 들어왔다.

"어쩌면 좋니? 가엾게도 아버지는 못 가실 것 같구나."

어머니의 손이 방문 손잡이에 닿을 때부터 테스는 커다란 눈을 뜨고 있었다. 방금 꾸던 꿈과 어머니의 소식 사이의 어렴풋한 상태에서 깨어나지 못한 채 일어나 앉았다.

"그럼 누구든지 가야지요."

그녀는 혼잣말처럼 대답했다.

"벌통은 이미 철이 늦었어요. 올해 통 가르기도 곧 끝날 테고, 다음 주 장날까지 늦추다가는 살 사람도 없어져 결국은 처분도 못하고 말 거예요."

더비필드 부인은 다급해진 일을 감당 못하는 듯한 표정으로 서성대며 중얼거렸다.

"혹시 누구 젊은 사람한테 부탁할 데가 없을까? 어제 너하고 춤추고 싶어 하던 젊은이들 중에서 말이다."

힘없는 목소리로 어머니가 제의했다.

"아니, 안 돼요. 난 세상없어도 그렇게 하긴 싫어요."

테스는 당당한 말투로 분명히 말했다.

"그런 일을 하면 세상 사람들이 왜 아버지가 못 가시게 되었는지 알게 되잖아요. 에이브러햄이 같이 가준다면 제가 다녀올게요."

어머니도 이 생각에 결국 찬성하였다. 어린 에이브러햄은 세상 모르게 자다가 일어났는데, 아직도 꿈나라에 있는 듯 입혀 주는 옷을 거부감 없이 따라 입고 있었다. 그러는 동안 테스도 분주히 옷을 입었다. 그리고 두 사람은 초롱불을 받쳐 든 채 마구간으로 갔다. 삐걱거리는 조그마한 짐마차에는 이미 짐이 실려 있었다. 테스는 덜컹거리는 마차보다 별로 나을 것이 없는, 프린스라는 비틀거리는 말을 끌어냈다.

가엾은 이 말은 모든 살아 있는 생물들이 제 집에서 편히 쉬는 이 시간에, 자기만 밖에 나가서 일을 해야 된다는 사실을 믿지 못하겠다는 듯이 어둠 속 초롱과 두 사람을 쳐다보았다. 둘은 초롱 속에 타다 남은 초 토막을 여러 개 집어넣고는 그것을 짐 바깥쪽에 걸고 말을 몰았다. 처음 오르막길을 오르는 동안에는 기운 없는 말을 생각해서 둘은 말 어깨 옆에 붙어 서서 걸어갔다. 되도록 서글픈 생각을 떨쳐 버리려고 초롱불 아래서 버터 바른 빵을 먹으며 우스운 이야기를 주고받기도 해 보았지만 우울한 기분은 가시지 않았고, 아직 아침이 오려면 까마득했다. 에이브러햄은 그제야 잠이 깼는지 하늘에 펼쳐진 기이한 형상에 대해서 얘기하기 시작했다. 지나치는 나무를 보면서, 성난 호랑이가 굴속에서 뛰어나오는 형상 같기도 하고, 동화에 나오는 거인의 머리를 닮은 것 같다고 하면서 수다스러워졌다.

두툼한 다갈색 지붕 아래 적막이 감도는 스투어캐슬이라는 작은 거리를 지나자, 다소 지형이 높은 곳에 다다랐다. 왼편으로는 그보다 더 높이, 남부 웨섹스에서는 제일 높은 블배로우, 또는 빌배로우라고 부르는 산이 동쪽으로 물 없는 도랑에 둘러싸여 하늘 높이 솟아 있었다. 길쭉한 길은 이 부근에서부터 한참 동안 천천히 기울어져 내려갔다. 그들은 짐마차 앞에 올라타고 있었는데, 에이브러햄은 무언가 골똘히 생각하고 있는 듯했다.

"테스 누나!"

한참 동안 침묵을 지키던 그가 뭔가 말하려는 듯이 소리쳤다.

"왜 그러니?"

"우리 집 지체가 높아진 게 누난 기쁘지 않아?"

"별로 기쁠 것도 없어."

"그래도 신사하고 결혼하게 될 테니 좋잖아, 뭐."

"뭐라고?"

테스는 의아한 얼굴로 동생을 쳐다보았다.

"우리 일가에 굉장한 집안이 있는데, 누나를 그 집 신사한테 시집보낸다던데?"

"나를? 굉장한 집안이라니, 우리에게 그런 친척은 없어. 어디서 그런 걸

들었니?"

"롤리버네 주막에 아버질 찾으러 갔을 때 그런 얘길 하고 계셨어. 트랜트리지란 마을에 우리 집안 되는 부자 아주머니가 산대. 엄마가 그러는데 그분이 누날 신사하고 결혼하게 해 줄 거래."

테스는 말없이 생각에 잠겼다. 에이브러햄은 남의 말을 듣기보다 자기 말만 재잘거리는 것을 더 좋아하는 나이였으므로, 누나가 무엇을 생각하는지 별로 마음에 두지 않았다. 그는 벌통에 몸을 기댄 채 하늘을 쳐다보며 별에 대한 이야기를 했다. 별들은 이 오누이에게는 무관심하다는 듯이 머리 위 검은 허공 속에서 차갑게 빛나고 있었다. 동생은 저 빛나는 별은 우리와 얼마나 먼 곳에 있으며, 그 저편에 하느님이 있느냐고 물었다. 그의 어린아이다운 재잘거림은 이따금 천지창조의 놀라움보다 더 깊은 상상력을 발휘하였다. 가령 '누나가 신사와 결혼해서 부자가 된다면, 저 별들을 네틀콤 타우트만큼이나 가까운 거리까지 끌어당겨 볼 수 있는 망원경을 살 돈을 가질 수 있을까?' 하는 것들이었다.

온 집안 사람들의 머릿속에 가득 차 버린 듯한 이 이야기 때문에 테스는 더 이상 견딜 수가 없었다.

"그런 소리 이제 그만해!"

테스가 소리치자 동생은 엉뚱한 이야기로 화제를 돌렸다.

"별들도 세계가 있다고 그랬지, 누나?"

"그럼."

"별의 세계도 우리들이 사는 세계와 같을까?"

"잘은 모르지만 아마 그럴 거야. 가끔 별은 우리 집 사과나무에 달려 있는 사과와 비슷하게 보일 때가 있지. 모두가 싱싱하고 거짓이 없어 보여.

가끔 벌레 먹은 것도 있긴 하지만."

"우리들은 어느 쪽에 살고 있지? 싱싱한 거야, 벌레 먹은 거야?"

"벌레 먹은 쪽이겠지."

"저렇게 싱싱한 별이 많은데, 그런 걸 고르지 못한 건 매우 운이 나쁜 거야. 그치?"

"그래……."

"정말 그래, 누나?"

이 신기한 얘기를 떠올리며 생각이 깊어진 에이브러햄은 누나를 돌아보면서 말했다.

"만일 우리들이 싱싱한 놈을 골랐더라면 어떻게 되었을까?"

"글쎄, 아버지는 저렇게 기침을 하지도 않으실 테고, 이번 장에 못 갈만큼 술에 취하지도 않으셨을 거야. 그리고 어머니도 늘 빨래만 하시면서 삐걱거리는 요람을 흔드시지 않아도 될 거야."

"그리고 누나는 처음부터 부잣집 아가씨라서 신사한테 시집을 가지 않아도 되고 말이야."

"그만둬, 제발 그런 소리 이제 하지 마!"

혼자 생각에 잠기게 된 에이브러햄은 졸기 시작했다. 테스는 말을 다루는 데 익숙지 못했으나, 에이브러햄이 좀 더 자도록 혼자서 말을 몰았다. 동생이 떨어지지 않도록 벌통 앞에 둥우리 같은 자리를 만들어 준 그녀는 고삐를 두 손에 쥐고 천천히 말을 몰았다.

프린스는 야위어서 온순하게 가고 있었기 때문에 별로 주의할 필요가 없었다. 이제 정신을 팔 말동무도 없게 된 테스는 아예 벌통에 등을 기대고 전보다 더 깊은 생각에 잠겼다. 나무와 울타리의 소리 없는 긴 행렬은 마치

이 세상 것이 아닌 듯했다. 잠시 환상적인 기분에 빠지게 되었고, 때로 잔잔하게 이는 바람은 공간적으로는 우주와 시간적으로는 역사와 서로 통하는 뭔가 거대하고 슬픈 영혼의 탄식 같았다.

최근 가족에게 일어난 일을 생각해 보니 착잡하기 그지없었다. 아버지가 자랑스러워하시는 가문과 어머니가 기대하고 있는 신사가 모두 허황된 꿈처럼 느껴졌다. 어느 순간 신사의 얼굴도 눈앞에 보이는 듯했는데, 그는 테스의 가난과 수의(壽衣)를 입은 기사인 조상을 비웃는 오만한 얼굴의 사나이로 떠올랐다. 모든 것이 점점 더 어처구니없게 되어 가고 있었다. 생각에 잠겼던 테스는 깜빡 잠이 들었다.

그러던 중 자리를 뒤흔드는 느닷없는 충격에 놀라 번쩍 눈을 떴다. 마차는 테스가 졸던 곳에서 훨씬 멀리 떨어진 곳에 멈춰 있었다. 귀에 익숙하지 않은 신음소리가 가까이서 들린 데 이어 '이것 봐, 정신 차려!' 하는 누군가의 고함소리가 들렸다.

마차 옆에 걸렸던 초롱불은 꺼지고, 그보다 훨씬 밝은 다른 불빛이 곧 그녀의 얼굴을 비추고 있었다. 순간적으로 엄청난 일이 일어난 것을 느낄 수 있었다.

마구(馬具)가 길을 막고 있는 무엇인가에 얽혀 있었다. 놀라서 마차에서 뛰어내린 테스는 무서운 사실을 발견했다. 신음소리는 아버지의 가엾은 말인 프린스가 내는 것이었다. 두 바퀴가 달린 우편마차가 여느 때와 마찬가지로 소리 없이 화살처럼 이 오솔길을 달려오다가 불도 없이 느릿느릿 오고 있던 테스의 짐마차와 부딪쳐 버린 것이다. 뾰족하게 나온 우편마차의 수레채 끝이 불쌍한 프린스의 가슴에 칼처럼 꽂혔고, 상처에서 피가 물줄기처럼 뿜어 나와 소리를 내며 길 위로 쏟아지고 있었다.

절망에 빠진 테스는 앞으로 뛰쳐나가 프린스의 상처 난 곳을 손으로 막았으나 얼굴에서 치마 아래까지 붉은 피가 튈 뿐이었다. 그녀는 어찌할 바를 모르고 우두커니 바라보고 서 있었다. 프린스도 버틸 수 있는 한 몸을 가누고 가만히 서 있더니, 이윽고 땅으로 쓰러지고 말았다.

그때서야 우편마차의 마부도 테스 곁에 와서 함께 아직 따뜻한 프린스의 몸뚱이를 끌어당겨 마구를 풀기 시작했다. 그러나 이미 말은 죽어 있었고, 더 이상 손을 쓸 수도 없음을 알게 된 우편 마차의 마부는 상처를 입지 않은 자기 말 쪽으로 돌아갔다.

"네가 마차를 잘못 몰았어. 나는 우편물을 배달해야 하니까, 너는 여기서 짐을 지키며 기다리는 수밖에 없겠구나. 되도록 빨리 도와줄 사람을 보내 주지. 이제 곧 날이 밝을 테니 무서워할 것 없어."

그는 마차에 올라타고 급히 내달렸다. 테스는 우두커니 서서 기다렸다. 울타리 속에서 몸을 털고 나온 새들은 뿌연 허공 속을 재잘거리며 날고 있었다. 희끄무레하게 멀리까지 좁은 길이 보였다. 테스는 창백해진 얼굴로 눈을 반쯤 뜬 채 누워 있는 프린스를 애처롭게 바라보았다.

"모두 내가 저지른 일이야. 이제 우리는 어떻게 살아가지?"

실의에 빠진 테스는 울부짖었다. 그리고 이 참사가 일어나는 동안 내내 깊은 잠에 빠져 있는 동생을 흔들어 깨웠다.

"에이브러햄, 이젠 짐을 가지고 갈 수가 없게 됐어. 사고로 프린스가 죽었어."

뒤늦게야 모든 것을 알게 된 에이브러햄의 얼굴이 일그러지기 시작했다.

"아, 어저께만 하더라도 난 춤을 추며 웃고 있었는데……. 어쩌면 나는 이렇게도 바보일까!"

테스는 혼자 중얼거렸다.

"그건 우리들이 벌레 먹은 별에서 살고 있어서 그래. 싱싱한 별에서 살고 있다면 오늘처럼 슬픈 일은 없을 거야. 그렇지, 누나?"

눈물을 글썽이며 에이브러햄이 중얼거렸다.

둘은 침묵 속에서 기다릴 수밖에 없었다. 그 시간은 끝없이 길게만 여겨졌다. 마침내 가까이 다가오는 말굽 소리가 나고 물체가 흐릿하게 보였다. 우편마차의 마부가 약속을 지켰던 것이다. 스투어캐슬 가까운 곳에 사는 농부가 튼튼하게 생긴 몸집이 작은 말을 끌고 다가왔다. 벌통을 실은 짐마차에 프린스 대신 새 말을 매어 캐스터브리지 시장으로 향했다.

그날 저녁, 빈 수레가 다시 사고 현장으로 돌아왔다. 프린스는 아침처럼 도랑 속에 그대로 누워 있었다. 피가 고였던 곳은 지나가는 수레바퀴로 짓뭉개진 채 아직도 길 복판에 흔적을 드러내고 있었다. 프린스는 자신이 끌던 짐마차에 실려 말굽을 하늘로 쳐든 채 말로트 마을로 되돌아갔다. 프린스의 말굽쇠가 석양빛에 유난히 반짝이고 있었다.

테스는 그보다 일찍 돌아갔다. 어떻게 이 소식을 알려야 할지 엄두가 나지 않았지만, 부모의 얼굴빛으로 보아 벌써 이 사실을 알고 있는 듯했다. 그래서 조금 마음이 놓였지만 말을 몰면서 잠들어 버린 자신의 부주의에 대한 죄책감은 조금도 줄지 않았다. 부유한 집의 경우라면 이런 일쯤이야 약간의 불편을 의미하는 데 지나지 않지만, 그들의 처지로서는 파산을 뜻하는 것과 마찬가지였다. 그러나 워낙 살림살이가 궁핍하고 불행에 익숙해 있던 때문인지 오히려 더 태연한 듯했다. 가난한 살림에 치명적인 사고임에도 딸에 대한 불같은 노여움을 더비필드 내외는 내색하지 않았다. 테스가 스스로를 책망하는 만큼 그녀를 책망하는 사람은 아무도 없었다.

가죽을 다루는 폐마상(廢馬商)이 늙은 말이라 해서 프린스의 몸뚱이 값으로 겨우 이삼 실링밖에 주지 않으려 하자, 더비필드는 단호하게 말했다.

　"좋아, 그깟 몇 푼에 나를 위해 일한 말의 몸뚱이를 팔지 않겠다. 우리 더버빌 가문이 이 땅의 기사였을 적에 누가 군마(軍馬)를 고양이 먹이로 팔았던가. 그런 푼돈은 저희들이나 가지라고 그래! 살아서 내게 충실하였는데 이제 와서 헐값에 팔 수는 없어."

　이튿날 더비필드는 식구들이 먹을 곡식을 가꾸던 지난 몇 달보다도 더 열심히 프린스의 무덤을 팠다. 다 파고 난 뒤 더비필드 부부는 함께 밧줄로 말의 몸뚱이를 묶어 무덤까지 끌고 갔다. 아이들이 행렬을 지어 그 뒤를 따랐다. 에이브러햄과 리자 루는 흐느껴 울고, 호프와 모데스티도 울먹거렸다. 잠시 후 그들 모두의 울음소리가 메아리쳤다. 프린스가 구덩이 속으로 떨어지자 모두 구덩이를 둘러섰다.

　"프린스는 이제 천당에 가는 거야?"

　에이브러햄이 훌쩍이면서 물었다.

　더비필드가 삽으로 흙을 덮자 아이들이 더 크게 울기 시작했다. 그러나 테스만은 울지 않았다. 그녀는 죄책감 때문에 눈물조차 나지 않았으며 그저 창백하게 질려 있을 뿐이었다.

5

　더비필드의 행상 짐을 운반하던 프린스의 죽음으로 당장 일에 타격을 입게 되었다. 그동안 근근이 먹고 살았던 집안에 곤경의 그림자가 멀찍이서 모습을 드러내기 시작했다. 이 고장에서 더비필드는 이름난 게으름뱅이였다. 일할 수 있는 충분한 힘을 가지고 있었으나 기회가 잘 들어맞지 않았으며, 날품팔이 노동자의 일상적인 노동에 길이 들지 않아 어쩌다 시작한 일도 끝까지 해내지 못해 곤궁은 점점 심해져 갔다.

한편 테스는 부모를 이러한 궁지에 빠뜨린 자신을 책망하면서 가족을 구할 수 있는 방법을 찾느라 고민하고 있었다. 그때 어머니가 자신의 계획을 털어놓았다.

"사람의 생활에는 오르막과 내리막이 있는 법이다. 그리고 테스야, 때맞춰 고귀한 혈통이라는 것도 알게 되었으니, 친척을 만나볼 때라고 생각되는구나. 너는 저 사냥 숲 끝에 더버빌 부인이라는, 돈 많은 부인이 살고 있는 것을 아니? 그분은 틀림없이 우리 집안이야. 네가 그곳을 찾아가서 친척이라고 밝히고, 우리 집 사정이 어려우니 도와 달라고 청을 드리는 게 어떻겠니?"

"어떻게 그래요? 그런 친척이 있다면 우리에게 친절히 대해 주는 것만으로 충분해요. 도움까지는 바라지 않더라도……."

테스는 단호하게 말했다.

"너를 보면 그 부인이 무슨 일이든지 해 주고 싶어 할 게다. 게다가 그 이상의 일이 있을지 누가 알겠니. 애야, 내가 들은 것이 있어 그런다."

테스는 씻을 수 없는 죄책감 때문에 여느 때와 달리 어머니의 권유에 순순히 따르려고 했지만, 그 뒤에 가려져 있는 알 수 없는 계획에는 응할 수가 없었다. 설령 어머니가 더버빌 부인의 인자함과 덕망을 다른 사람한테 들어서 익히 알고 있다 하더라도, 친척이라는 명분을 내세워 구걸하는 듯한 행동은 그녀로서는 매우 못마땅하게 여겨졌다.

"제가 무슨 일자리든 찾아볼게요."

테스가 중얼거렸다.

"존, 당신이 결정해요. 당신이 가라고 하면 저 아이도 가겠지요."

뒤에 앉아 있는 남편을 향해 아내가 말했다.

"나도 내 자식이 낯선 친척 집을 찾아가서 신세지는 건 원치 않아. 그러니 난 강요할 수 없어. 나는 문중에서 제일 지체 높은 집안 가장이니까 체통 있게 처신해야 돼."

그가 중얼거렸다.

가는 걸 원치 않는다는 아버지의 명분 역시 테스로선 이해할 수 없었다. 가기 싫어하는 자신보다도 아버지의 그 말이 더 비참하게 가슴에 와 닿았다.

"하긴 제가 말을 죽였으니까 무엇이든 해야겠다고 생각은 하고 있어요. 그분을 찾아가는 일뿐이라면 아무렇지도 않아요. 하지만 도와 달라고 청하는 것은 저한테 맡겨 주셔야 돼요. 더욱이 그분이 저를 결혼시켜 준다느니 하는 생각일랑 아예 하지도 마세요. 그건 정말 어리석은 일이에요."

"옳은 말이다, 테스."

아버지가 점잖게 말했다.

"내가 그런 생각을 한다고 누가 그러든?"

어머니가 물었다.

"제 짐작일 뿐이에요. 어머니가 혹시 그런 생각을 하시는 건 아닌가 하는……. 하지만 내일 다녀올게요."

이튿날 아침 일찍 그녀는 샤스톤이라는 언덕 위의 마을까지 걸어가서 한 주일에 두 번 동쪽 체이스버러까지 다니는 포장마차를 탔다. 이 포장마차는 더버빌 부인의 저택이 있는 트랜트리지 마을을 지나간다고 했다.

이 잊지 못할 아침 테스 더비필드를 태운 마차는 그녀가 태어나고 삶을 영위해 온 골짜기의 동북쪽 산하를 가로질러 달렸다. 그녀에게는 블랙무어 골짜기가 그녀의 모든 세계였다. 그녀는 어린 시절 말로트 마을의 언덕이나 층층대에서 마을을 내려다보곤 했는데, 신비롭게 보였던 것이 그때 못지않은 경이로움으로 다가왔다. 그 무렵의 그녀는 자기 방 창문가에서 탑과 마을, 저택들을 바라보는 것을 좋아했었다. 무엇보다도 언덕 위에 우뚝 솟아 있는 샤스톤 마을의 풍경과 집집의 창문들이 저녁 햇살을 받아 등불처럼 반짝이는 것이 그렇게 아름다울 수가 없었다. 그러나 그 마을에 가 본 적은 없었으며, 분지와 그 주변조차도 그녀가 자세히 아는 것이라곤 극히 일부분에 지나지 않았다. 하물며 이 골짜기를 멀리 떠난 적은 한 번도 없었다. 사방을 둘러싼 산들의 윤곽이라면 친척들의 얼굴만큼 그녀에겐 친밀한 것이었지만 그 너머에 있는 것들에 대해선 학교에서 배운 상식 정도로 어렴풋이 상상하는 것이 고작이었다.

그러한 어린 시절 그녀는 또래의 친구들에게 인기가 많았다. 또래들과 어울려 나란히 학교에서 집으로 돌아가는 모습은 마을 어디서나 쉽게 볼 수 있었다. 본래의 빛깔이 바래서 무어라 표현할 수 없는 색으로 변한 털실로 짠 원피스에 고운 바둑판 무늬가 분홍빛으로 새겨진 앞치마를 걸친 채 긴 줄기 같은 다리로 걸어 다니는 테스는 길바닥이나 둑 위에서 풀이나 돌멩이를 찾느라고 무릎을 꿇는 바람에 언제나 무릎에는 사다리 모양의 조그마한 구멍이 나 있었다. 흙빛 머리칼은 윤기가 흘렀고, 양쪽에서 두 소녀가 테스의 허리에 팔을 감으면 테스는 자기를 끼고 있는 두 동무의 어깨에 팔을 얹고 걸었다.

테스는 점점 자라면서 집안 사정을 알게 되었다. 아이들을 돌보고 먹이는 일이 여간 괴로운 일이 아닌데도 어머니가 생각 없이 그 많은 동생들을 낳았기 때문에 가난에서 벗어날 길이 없다는 것을. 그러한 어머니의 지각 역시 여러 아이들 중 한 명에 지나지 않았다.

그러니 자연히 테스는 어린 동생들에게 어머니 역할을 할 수밖에 없었다. 가능한 한 그들을 도우려고 학교를 졸업하자마자 곧 이웃 농가에 가서 건초를 만들거나 추수 일을 거들곤 했다. 또 우유 짜는 일이나 버터 만드는 일도 즐겨했는데, 이런 것은 아버지가 암소를 기를 때 배워 두었던 일로 손이 야무져서 곧잘 했다. 집안의 무거운 짐이 어린 테스의 두 어깨에 나날이 얹히고, 그녀가 더비필드 집안의 대표로서 더버빌 저택에 가야 한다는 것을 은연중에 강요하는 것 같았다.

트랜트리지의 네거리에서 그녀는 마차에서 내려 흔히 체이스라고 부르는 언덕을 걸어 올라갔다. 그녀가 들은 바로는 이 체이스 기슭에 더버빌 부인의 영지인 '슬로프' 저택이 있다고 했다. 보통 말하는 장원(莊園)의 저택에는 밭이랑으로 된 목장이 딸려 있고, 지주 자신과 가족이 생활을 위해 어떤 수단으로든 착취하기 때문에 항상 투덜거리기만 하는 소작농이 있다고 했다. 그러나 더버빌 부인의 저택은 오히려 순수하고 단순한 생활을 즐기기 위해서 지은 별장에 훨씬 가까웠으며, 지주에게 필요한 땅 외에는 한 에이커의 땅도 없었다. 주인은 소일거리로 조그마한 농장을 갖고 있었으나 관리인이 돌보고 있었다.

처마 끝까지 울창한 상록수로 덮인 붉은 벽돌로 된 문지기의 집이 먼저 눈에 띄었다. 그 옆문을 지나 마차 길이 굽이진 곳에 이르자 본채 건물이 완전한 모습을 드러냈다. 얼마 전에 새로 지은 집으로 문지기 집의 상록수와 대조를 이루는 똑같은 진한 붉은 빛의 건물이 빨간 제라늄 꽃이 피듯 산

뜻하게 서 있었다. 그 뒤쪽 멀리 체이스의 연한 하늘빛 풍경이 전개되고 있었다. 이 체이스는 참으로 숭엄했고, 영국에 남아 있는 거의 태고 적 수명을 가진 얼마 안 되는 산림 지대의 하나로, 그곳에선 드루이드 교파가 숭배했다는 겨우살이를 늙은 참나무 줄기에서 지금도 볼 수 있고, 사람의 손으로 심지 않은 거대한 무화과나무가 활을 만들기 위해 가지를 치던 시대에 자랐던 그대로 자라고 있었다. 그러나 이 고풍스러운 숲의 전체 모습은 슬로프 저택에서 보이긴 했으나 영지의 경계 바로 밖에 있었다.

이 아늑한 영지 안에 있는 것은 모두가 맑고 풍요롭고 손질이 잘 되어 있었다. 몇 에이커나 되는 온실이 경사지를 따라 언덕 아래 관목 숲까지 뻗어 있었다. 모든 것이 방금 조폐국에서 만들어낸 새 동전같이 보였다. 오스트리아 소나무와 참나무로 반쯤 가려진 마구간은 최신 기구를 다 갖추고 있었으며, 교회의 분당만큼이나 위엄이 있어 보였다. 널따란 잔디밭에는 장식을 한 천막을 쳐 놓았는데, 그 입구는 테스를 향하여 열려 있었다.

순진한 테스 더비필드는 자갈이 깔린 마찻길 한쪽 가에 서서 얼빠진 듯이 바라보고 있었다. 그녀는 여기까지 발길이 가는 대로, 자기가 어디에 왔는지도 깨닫지 못한 채 무심히 걸었는데, 와서 보니 모든 것이 그녀가 생각했던 것과는 아주 딴판이었다.

"우리 가문은 매우 오래된 집안인데 여긴 아주 새 집이잖아!"

테스는 소녀답게 꾸밈없이 중얼거렸다. 그녀는 친척이라고 주장해 보라고 하던 어머니의 계획에 선뜻 따르지 말고, 집 근처에서 일자리를 구하는 편이 좋았을 것이라는 생각이 들었다.

이 모든 것을 소유하고 있는 더버빌 집안은 처음에는 스토크 더버빌을 자칭했었지만, 영국의 고풍에 젖은 이 지방에서는 찾아보기 힘든 좀 색다른 집안이었다. 늘 술에 취해 휘청거리는 존 더비필드가 이 고장에 남아 있는 옛 더버빌 집안의 유일한 직계 자손이라고 한 트링엄 목사의 말은 옳았다. 그때 목사는 스토크 더버빌이 존과 같이 정통을 이은 더버빌 집안이 아니라는 사실을 덧붙여 말해 주었어야 했다. 그들은 그들의 부에 걸맞은 가문을 물색하여 그 이름을 갖다 붙인 것뿐이었다.

얼마 전에 죽은 시몬 스토크 노인은 북부 영국에서 착실한 장사꾼으로(고리대금업자였다는 말도 있다.) 재산을 모았다. 그 후 자기가 장사하던 지방과는 멀리 떨어져 있는 영국 남부의 한 시골에 정착하려고 마음을 먹었다. 그런데 한때 장사꾼이었던 자신의 신분이 드러나지 않으면서도 멋없고 평범한 성보다는 격이 있는 성을 가지고 재출발을 하고 싶었다. 그는 대영 박물관을 찾아가 이제부터 그가 정착하려는 지방의 명문 가운데서 아주 없어져 버렸든가 또는 반쯤 없어져 버린 집안들을 연구한 기록 문서를 몇 시간에 걸쳐 조사한 끝에, 더버빌이라는 성이 마음에 들어 그 성을 자신과 후계자의 이름에 영구히 붙이게 되었던 것이다. 그러나 이런 일에 있어서도 그는 매우 치밀하여 새로운 바탕위에서 자기 집의 계보를 만드는 데 있어서도 다른 집안과의 인과관계나 귀족과의 연관관계를 맺는 데 무리가 가지 않도록 했고, 터무니없이 무리한 계급의 칭호 같은 것은 하나도 붙이지 않았다.

그들의 가문이 이런 작업에 의해서 만들어진 가문이란 걸 가엾게도 테스의 부모들이 알 리가 없었다. 이것이 그들의 실패의 원인이었다. 사실 이렇게 성을 새로 만들 수 있다는 것조차 그들은 상상하지 못했다. 잘산다는 것은 운명의 혜택일지 몰라도, 집안의 성은 태어날 때부터 정해져 있는 것이라고만 생각했던 것이다.

테스는 수영하려는 사람이 물로 뛰어들기 전에 주춤거리는 몸짓처럼 어떤 결정을 내리지 못한 채 주저하며 서 있었다. 그때 사람의 그림자가 보이면서 천막으로부터 한 사람이 나왔다. 키가 후리후리한 젊은 사나이가 담배를 피워 물고 있었다.

그는 얼굴빛이 붉고 거무스름했으나 부드러워 보였다. 그러나 흉하게 생긴 두툼한 입술 위에 끝이 뾰족하게 말려 올라간 잘 다듬어진 수염을 기르고 있었다. 그러나 나이는 스물서넛 이상 되어 보이지는 않았다. 대담하게 눈동자를 굴리는 눈이 겉보기에 야비해 보였다.

"아, 예쁜 아가씨께서 무슨 볼일이십니까?"

그는 가까이 오면서 경쾌하게 말했다. 그러고는 테스가 어쩔 줄 모르고 서 있는 것을 보고 덧붙였다.

"어려워할 건 없어요. 난 더버빌입니다. 누구를 만나러 오셨나요? 나를, 아니면 어머니를?"

더버빌 집안의 한 사람이자 같은 성을 가진 사람의 출현은 저택과 정원이 그러했던 이상으로 테스의 예상과 어긋났다. 그녀가 꿈에 그리고 있던 것은 더버빌 집안의 용모적인 특징을 모조리 순화시킨 것 같고, 늙고 위엄 있는 얼굴, 온갖 추억을 구상화한 듯 주름이 잡히고 몇 세기에 걸친 일족의 역사와 영국의 역사가 상형 문자(象形文字)처럼 나타나 있는 그러한 얼굴이었다. 그러나 그녀는 당면한 일을 피할 수 없었기에 용기를 내어 대답했다.

"네, 저는 이 댁 부인을 뵈러 왔어요."

"어머니는 만나시지 못할 겁니다. 편찮으시니까……"

가짜 가문의 현 주인이 대답했다. 그는 최근에 죽은 노인의 외아들 알렉이었던 것이다.

"내가 들으면 안 될까요? 어머니를 무슨 용건으로 만나러 오셨지요?"

"용건이라기보다는……. 말씀드리기 어려운 일이라서……."

"놀러오셨나요?"

"아, 아니에요. 하지만 제가 말씀을 드리면 아마도……."

테스는 이곳까지 찾아오게 된 자신을 돌아보며 부끄러워서 더 이상 말을 이을 수가 없었다. 또 그가 두렵기도 하고, 불안해서 일부러 장밋빛 입술로 어색한 미소를 지어 보였다. 그 미소가 알렉의 마음을 더욱 강하게 흔들었다.

"너무 어처구니없는 일이라 말씀드리기 힘들군요."

그녀는 말을 더듬거렸다.

"괜찮습니다. 나는 어처구니없는 일을 좋아하니까 얘기해 봐요, 아가씨."

그는 정답게 말했다.

"어머니가 가 보라고 하셨어요. 저도 그럴 생각이었지만요. 하지만 이렇게 될 줄은 몰랐어요. 저는 댁과 우리 집이 한 가문이라는 말씀을 드리러 왔어요."

"오, 가난한 친척이란 말이지?"

"네."

"스토크 집안?"

"아뇨, 더버빌이에요."

"아참, 더버빌 집안이지."

"우리 집 성은 바뀌어서 더비필드가 됐지만, 우리가 더버빌 집안이라는 증거는 여러 가지가 있어요. 옛것을 연구하는 분들도 그렇게 말하고요. 그리고 또 우리 집엔 오래된 도장이 하나 있는데, 방패 모양의 윤곽 안에 사자가 뒷발로 서 있고, 그 위로 성(城)이 그려져 있어요. 또 아주 오래된 은수저도 하나 있는데, 오목한 데가 마치 조그만 국자같이 되어 있고 손잡이에 뛰어오르는 사자 한 마리와 성이 그려져 있어요. 그런데 너무 오래된 것이라서 어머니는 완두 수프를 휘저을 때 쓰고 계시지요."

"은으로 된 성은 분명히 우리 집 문장(紋章)의 위쪽 장식이지요. 그리고 사자가 뒷발로 서 있는 것이 문장이고요."

그는 상냥하게 말했다.

"그래서 어머니는 댁에 가서 인사를 드려야 한다고 말씀하셨어요. 저희 집에서는 불행한 사고로 말을 잃었고, 또 우리 가문 중에서는 제일 오래된 집안이라서."

"퍽 친절한 어머님이시군요. 그리고 나로서도 어머님이 하신 일을 유감으로 생각지는 않겠는데요."

알렉은 이렇게 말하면서 테스가 살짝 얼굴을 붉힐 만큼 지그시 바라보았다.

"그러니까 예쁜 아가씨, 당신은 한집안으로써 우리 집에 친선 인사차 온 셈이군."

"그런 셈이에요."

테스는 머뭇머뭇 말하고 저택을 둘러보았다.

"그거야 조금도 해로울 건 없죠. 집이 어디쯤이지? 아가씨는 뭘 하고?"

그녀는 간단히 사정을 이야기했다. 그리고 다시 몇 가지 질문에 대답한 뒤, 올 때 타고 온 마차 편으로 되돌아갈 생각이라고 덧붙였다.

"그 마차가 돌아와서 트랜트리지 네거리를 지나가자면 아직 시간이 있어요. 시간을 보낼 겸 같이 집안을 산책하면 어떨까, 어여쁜 아가씨?"

테스는 되도록 빨리 이 방문을 끝내고 싶었으나 그가 권하므로 따라가는 데 동의했다. 그는 그녀를 데리고 잔디밭과 화단, 화초용 온실을 보여 주었다. 거기서 다시 과수원과 과일용 온실로 들어가서 딸기를 좋아하느냐고 물었다.

"네."

테스는 짧게 대답했다.

"여긴 벌써 익었지."

더버빌은 여러 가지 종류의 딸기를 따서 그녀에게 건네주었다. 그러다가 '영국 여왕' 종의 특별히 잘 익은 딸기를 따서 꼭지를 쥔 채 그녀의 입 근처에 갖다 댔다. 그녀는 입술을 손으로 막으면서 재빨리 말했다.

"아니, 아니에요. 제가 먹겠어요."

"바보같이 고집은!"

그는 끈질기게 권했다. 그녀는 약간 난처해하면서도 입을 벌려 그것을 받아먹었다.

두 사람은 이렇게 거닐며 얼마 동안 시간을 보냈다. 테스는 더버빌이 권하는 것을 반은 즐겁게, 반은 내키지 않는 마음으로 따를 수밖에 없었다. 그녀가 이제 더 이상 딸기를 먹을 수 없게 되자, 그는 그녀의 조그마한 바구니에 가득 채워 주었다. 그리고 그들은 장미나무가 서 있는 곳을 돌아가게 되었는데, 거기서 그는 꽃을 꺾어 그녀에게 주며 가슴에 꽂으라고 했다. 테스는 그가 하라는 대로 따랐다. 그리하여 꽃을 가슴에 더 꽂을 수 없게 되자, 그는 꽃봉오리 한두 개를 따서 손수 모자에 꽂아 주었고, 호기롭게 인심을 쓰면서 그녀의 바구니에 꽃을 수북이 담아 주었다. 이윽고 자기 손목시계를 들여다보면서 그가 말했다.

"이제 뭘 좀 먹고 나면 샤스톤으로 가는 마차를 탈 시간이 될 거요. 이리로 와요. 먹을 것을 좀 찾아올 테니까."

스토크 알렉은 그녀를 잔디밭으로 데리고 돌아가서 천막 안에 그녀를 남겨놓고 나가더니, 곧 가벼운 점심 식사를 담은 바구니를 들고 나타나 손수 테스 앞에 펼쳐놓았다. 젊은 신사는 하인들이 이 유쾌한 시간을 방해하지 않도록 조처했음이 분명했다.

"담배 피워도 괜찮을까?"

그가 물었다.

"아, 네. 괜찮아요."

그는 귀엽게 오물거리며 먹고 있는 그녀의 예쁜 모습을 천막 안에 퍼지는 담배 연기 사이로 지켜보았다. 테스는 자기 가슴의 장미꽃을 천진스럽게 내려다보면서 전혀 예측하지 못한 파란 마약의 안개 같은 연기 뒤에 그녀 인생에서의 비극적인 위협이 숨겨져 있는 것을 깨닫지 못했다. 그 사건은 무지개처럼 다채로운 그녀의 젊은 인생 속에서 핏빛으로 뚜렷이 나타날 재앙을 가지고 기다리고 있었다. 그녀가 지닌 특성 중의 하나가 바로 이 자리에서 그녀에게 불리하게 작용했던 것이다. 알렉 더버빌의 눈이 그녀에게서 멀어지지 않는 것도 그 때문이었다. 그것은 어머니에게서 물려받은 성숙한 자태로 풍만한 가슴과 무르익은 육체의 완벽한 아름다움이었다. 그래서 그녀는 실제 나이 이상으로 성숙하게 보였다. 아름다운 자태는 어머니한테서 물려받았지만 성품만은 어머니와 확연히 달랐다. 그러한 것들이 가끔 테스를 힘들게 했지만 친구들은 시간이 흐르면 저절로 고쳐질 거라고 위로했다.

테스는 곧 점심을 마치고 일어서면서 말했다.

"이제 돌아가야겠어요."

"그런데 이름이 뭐지?"

그가 저택이 보이지 않는 큰길까지 그녀를 따라나와 물었다.

"말로트 마을의 테스 더비필드예요."

"그런데 집에서 부리던 말을 잃었단 말이지?"

"제가 말을 죽게 했어요."

그녀는 눈물을 글썽거리면서 프린스가 죽은 경위를 이야기했다.

"그래서 저는 아버지와 가족들에게 어떻게 해야 할지 모르겠어요."

"무슨 방도가 없는지 내가 생각해 봐야겠군. 어머니가 틀림없이 당신에게 무슨 일자리를 하나 구해 주실 거야. 그런데 테스, '더버빌'에 대해 쓸데없는 소리는 이제 그만하지. '더비필드'면 그만 아니겠어?"

"제 생각도 그래요."

그녀는 더버빌 가문의 후예처럼 약간 위엄을 보이면서 말했다. 두 사람이 높다란 석남화와 침엽수 사이의 문지기의 집이 보이지 않는 찻길 모퉁이에 이르렀을 때, 알렉은 키스라도 하려는 듯이 그녀 쪽으로 얼굴을 기울였다. 그러나 곧 생각을 고쳐먹은 듯 그녀를 그대로 놓아 주었다.

이렇게 불행은 시작되었다. 만일 그녀가 그날 이 만남의 의미를 깨달았더라면, 어째서 모든 면에서 올바르고 반듯한 남자를 만나는 대신 불성실한 남자를 만날 운명이었을까 하고 반문했을 것이다.

아무리 신중하게 계획된 일일지라도 잘못 실행되면 그 계획의 처음 결과와 멀어지는 것처럼, 사랑할 만한 남자를 적기에 만나는 것도 힘든 일이다. 서로 사랑하는 사람들이 만나기만 하면 행복해질 수 있는 데에도 자연의 섭리는 쉽게 그 방향을 가르쳐 주지 않으며, 또한 인간들이 질문을 던져도 대답조차도 해 주는 일이 드물기 때문에 이와 같은 숨바꼭질을 하게 되는 것이라라. 인류의 진화가 정점에 이르면, 현재 우리들을 이리저리 끌고 다니는 것보다 더 정묘(精妙)한 직관(直觀)이나 더 밀접한 사회구조의 상호 작용에 의해서 이러한 시간의 착오가 시정될 것인지는 모를 일이다. 그러나 그와 같은 완벽한 상태가 가능하다고 예언할 수는 없으며, 심지어 가능하다는 그 생각조차 할 수 없다. 지금의 경우 수백만의 경우와 마찬가지로 거의 완벽한 하나가 될 두 개의 반쪽은 완벽한 순간에 서로 만난 이상적 전체의 반쪽이 아니라, 짝을 찾지 못한 반쪽들이 저마다 외로이 지상을 방황하다가 간신히 만난 반쪽이라고 하면 족할 것이다. 이런 서툰 망설임에서 근심과 충격과 비극과 기구하다는 말로 표현되는 운명이 솟아나오게 마련이다.

더버빌은 천막으로 돌아가 기쁨으로 얼굴을 빛내면서 의자에 걸터앉아 생각에 잠겨 있다가는 참을 수 없다는 듯 웃음을 터뜨렸다.

"아, 참으로 재미있는 일이 다 있군. 하하하, 그런데 어쩜 저렇게 귀여운 계집애가 다 있을까!"

6

테스는 언덕에서 내려와 트랜트리지로 가서 샤스톤으로 돌아가는 마차를 타려고 멍하니 서서 기다렸다. 그녀는 마차에 오르면서 말대꾸는 했지만, 다른 승객들이 자기에게 뭐라고 말했는지는 기억하지 못했다. 마차가 다시 달리기 시작했을 때도 그녀는 밖을 내다보지 않고 생각에만 잠겨 있었다. 그때 승객 중 한 사람이 지금까지 들어 본 일이 없는 날카로운 말투로 그녀에게 말을 걸어왔다.

"마치 꽃다발 같군요. 게다가 유월 초에 장미꽃이 만발해 있다니!"

테스는 모자와 가슴에 장미를 꽂은 자신의 모습과 바구니에 넘칠 듯 가득 찬 딸기와 장미꽃이 다른 사람들의 눈에 신기하게 보인다는 것을 그제야 깨달았다. 그녀는 얼굴을 붉히면서, 꽃들은 선물로 받은 것이라고 머뭇머뭇 말했다. 다른 사람들이 그녀에게서 눈을 돌리자 그녀는 눈치를 보면서, 특히 사람들 눈에 잘 띄는 모자에 꽂은 꽃을 뽑아 바구니에 넣고는 손수건으로 그 위를 가렸다. 그녀가 다시 아래를 내려다보려고 고개를 숙일 때에 가슴에 달고 있던 장미꽃 가시가 그녀의 턱을 찔렀다. 블랙무어 지방의 마을 사람들과 마찬가지로 테스도 환상과 예언적인 미신에 젖어 있어서 가시에 찔린 것은 불길한 징조라고 생각했다. 그것은 그녀가 처음으로 느낀 불길한 예감이었다.

마차는 샤스톤 마을까지만 가기 때문에 말로트 마을 골짜기까지 가려면 오륙 마일이나 되는 비탈길을 내려가야만 했다. 그녀의 어머니는 샤스톤에 있는 아는 댁을 일러 주면서 너무 피곤하면 그 댁에서 자고 오라고 했었다. 그래서 테스는 샤스톤에서 하룻밤을 묵고 이튿날 오후에 집으로 돌아왔다. 그녀는 집안으로 들어서자 어머니의 의기양양한 태도를 보고 집안에 무슨 일이 있었다는 사실을 곧 눈치 챘다.

"그렇고말고, 일이 이렇게 될 줄 알았지. 잘될 거라고 내가 말했었잖니? 내 생각이 정확하게 들어맞았단 말이야."

"제가 없는 동안에 무슨 일이 있었나요?"

약간 지쳐 있는 테스에게 모든 것을 알고 있다는 듯이 그녀의 아래위를 훑어보면서 농담조로 말했다.

"그 집 사람들이 너한테 홀딱 반했더구나."

"어머니가 어떻게 알아요?"

"벌써 편지를 받았단다."

테스는 믿어지지 않았지만, 그 사이에 얼마든지 편지를 받을 만한 시간은 된다고 생각되었다.

"더버빌 부인이 말하기를, 자기가 취미 삼아 하는 조그만 양계장 일을 돌봐줬으면 좋겠다는구나. 그러나 그런 부탁을 하는 것은 네가 딴생각을 먹지 않고 그 집에 오도록 하기 위한 수단일 뿐이야. 그리고 너를 친척으로 맞이하겠다더라."

"하지만 전 그 부인을 보지도 못했는걸요."

"그럼, 다른 사람을 만난 게로구나?"

"부인의 아들을 만났어요."

"그래, 그 사람이 너를 친척으로 생각하더냐?"

"그건 알 수 없지만……. 저를 사촌누이라고 불렀어요."

"내 그럴 줄 알았지. 여보, 그 청년이 우리 애한테 사촌누이라고 그러더래요. 그것 보세요."

부인은 남편에게 말하면서 다시 호들갑스레 얘기를 이었다.

"그러니까 아들한테서 네 얘기를 듣고 일자리를 주겠다고 그러는구나."

"그렇지만 그 일을 잘할 수 있을는지 모르겠어요."

테스는 애매한 대답을 했다.

"시골에서 태어나 그런 일로 자란 네가 못하면 누가 잘할 수 있겠니? 시골에서 자란 사람은 어떤 일꾼보다도 그 일에 대해 더 잘 아는 법이야. 또 그런 일을 시키는 건 네가 미안해할까 봐 시키는 척하는 거야."

"아무리 생각해도 가지 않는 게 좋겠어요. 누가 쓴 편지인지 좀 보여 주시겠어요?"

생각에 잠기면서 테스가 말했다.

"자, 여기 있다. 더버빌 부인이 쓴 거란다."

그 편지는 삼인칭으로 쓴 것이었다. 테스가 양계장 일을 도와줬으면 좋겠다는 것과 만약 승낙만 한다면 좋은 방도 주고 또 그들 마음에 들기만 하면 보수도 두둑하게 줄 수 있다는 짤막한 내용을 더비필드 부인에게 한 것이었다.

"어머, 이것뿐이에요?"

"그럼 어떻게 처음부터 너를 얼싸안고 입맞춰 줄 것을 바랄 수 있겠니."

테스는 창밖을 내다보았다.

"우리 가족끼리 이 집에서 같이 사는 게 더 좋을 것 같아요."

"그건 또 왜?"

"왜냐고요? 그건 말하지 않는 게 좋을 것 같아요. 어머니, 사실은 저도 그 까닭을 확실히는 몰라요."

일주일이 지난 어느 날 저녁, 테스는 이웃집에 간단한 일거리라도 얻기 위해 갔다가 헛걸음만 하고 돌아왔다. 그녀는 한철 동안에 가족이 다 같이 돈을 벌어서 말을 장만해야겠다고 늘 마음먹고 있었다. 그녀가 집안에 들어서자 동생들 중 한 명이 방 안에서 껑충껑충 뛰면서 떠들고 있었다.

"신사가 왔다 갔어!"

어머니는 입을 함지박처럼 벌리고 좋아하면서 숨차게 얘기했다. 더버빌 부인의 아들이 말로트 마을을 지나가는 길에 들렀는데, 테스가 일을 도와주러 올 것인지 부인이 알아오라고 했다는 것이었다. 그녀는 또 지금까지 그 일을 맡아 보던 청년이 믿음성이 없어 그만두게 했다는 것도 늘어놓은 모양이었다.

"더버빌 도련님은 네가 외모로 보아 착한 아가씨임에 틀림없다고 믿는 대. 널 네 몸무게만큼의 금덩어리처럼 알고 있더라니까 글쎄. 사실은 그 사람이 널 상당히 좋아하는 것 같더구나."

테스는 자기 자신을 보잘것없는 존재로 생각하는데, 낯선 사람이 칭찬한 다니까 기분은 좋았다.

"그 사람이 저를 그렇게까지 생각해 준다니 고맙지 뭐예요. 그 집 사정을 알 수만 있다면 언제든지 가겠어요."

"그 사람 아주 잘생겼더라."

"저는 그렇게 생각하지 않는데요."

"어쨌든 가거나 말거나 네 마음에 달렸지만, 그 사람은 멋진 다이아몬드 반지를 끼고 있던데!"

"맞아. 나도 보았어. 그리고 그 사람이 콧수염을 만질 땐 반지가 반짝반짝 빛나던걸. 근데 엄마, 왜 자꾸만 콧수염을 만지지? 난 그게 궁금했어."

창가에 앉아 있던 에이브러햄이 들뜬 목소리로 말했다.

"조그만 녀석이 말하는 것 좀 보게나!"

쓸데없는 말인데도 더비필드 부인은 기뻐하며 말했다. 그러자 존 경은 의자에 앉아서 마치 잠꼬대를 하듯 말했다.

"다이아몬드 반지를 자랑하고 싶어 그러는 게지."

"다시 생각해 보겠어요."

테스는 방에서 나가며 말했다.

"여보, 테스가 그 집안 사람들의 마음에 들도록 행동했나 봐요. 그런데 만약 이런 기회를 놓친다면 저 아인 멍청이가 틀림없어요."

부인이 남편을 향해 말했다.

"나는 그 앨 보내고 싶지 않아. 내가 직계 후손이니 그들이 우릴 찾아오는 게 순서 아니겠어?"

생각이 모자라는 부인은 남편을 타일렀다.

"아니에요, 그 애를 보내야 해요. 여보, 그 청년은 테스에게 홀딱 반해 버렸어요. 그거야 당신도 아시겠지만, 그는 우리 애를 누이동생이라고 불렀대요. 틀림없이 결혼을 해서 아내로 맞이해 조상들이 누리던 그런 생활을 하게 될 거예요."

존 더비필드는 그의 기력이나 건강 이상으로 우쭐대는 성질이 있었으므로 그런 얘기는 그의 귀를 솔깃하게 했다.

"지당한 말이야. 그게 바로 그 청년의 생각이었는지도 모르지. 또 직계 후손과 혈연을 맺어서 자기 가문을 든든하게 하려는 생각인지도 모르지. 깜찍한 것 같으니라고, 한 번 찾아가서 이렇게 좋은 결과를 만들어 오다니!"

한편 테스는 깊은 생각에 잠겨서 뜰에 있는 야생딸기 덩굴 사이를 거닐다가 프린스의 무덤까지 갔다가 왔다. 그녀가 집안으로 들어서자 어머니는 급히 다그쳤다.

"애, 어떻게 할 셈이냐?"

"그 부인을 만나보았더라면 좋았을 걸 그랬어요."

"네가 결심만 하면 당장이라도 뵐 수 있을 거 아니냐?"

아버지는 의자에 앉아서 밭은기침을 하고 있었다.

"전 어찌해야 좋을지 모르겠어요. 두 분이 결정해 주세요. 저 때문에 말이 죽었으니까, 다른 말을 살 수 있는 방법이라면 제가 책임져야죠. 하지만 그 남자랑 한집에서 사는 건 싫어요."

동생들은 테스가 부유한 친척집으로 가는 것을 바라고 있었기 때문에 그녀가 망설이며 가기 싫어하자 울기 시작하여 망설이고 있는 그녀를 괴롭게 했다.

"네 누나는 그 집에 안 갈 건가 봐. 귀부인도 싫은가 봐. 이젠 근사한 말도 사긴 틀렸고, 번쩍번쩍하는 금화도 없어서 갖고 싶은 것도 못 사게 됐구나. 누나는 좋은 옷도 입기 싫은가 봐!"

어머니도 동생들의 장단에 맞장구를 쳤다. 언제나 집안일을 질질 끌어서 별것도 아닌 일을 실제보다 힘들게 보이게 하는 어머니의 태도가 이러한 논쟁에서는 한몫을 하고 있었다. 그러나 오직 아버지만 중립적인 태도를 취했다.

테스는 참다못해 말했다.

"알았어요, 그 집으로 가겠어요."

어머니는 테스가 결심하자 기쁨을 참지 못했다.

"참 잘 생각했다. 착하고 아름다운 너에겐 더없이 좋은 기회야."

테스는 쓴웃음을 지으면서 말했다.

"분명히 말씀드리지만 난 돈을 벌려고 가는 거예요. 다른 이유는 없어요. 어머닌 이런 시시한 얘길 교구(敎區) 사람들한테 퍼뜨리지 마세요."

더비필드 부인은 약속을 할 수 없었다. 그 청년이 한 말을 속이 후련하도록 떠들어대지 않겠다는 장담할 수 없었기 때문이었다.

일은 이렇게 해서 일단락되었다. 테스는 그쪽에서 부르기만 하면 언제든지 출발하겠다는 편지를 보냈다. 더버빌 부인한테서는 지체 없이 답장이 왔는데, 요구를 들어줘서 고맙다는 말과 테스를 맞이하기 위해 이틀 뒤에 짐마차를 산마루까지 보낼 터이니 채비를 하고 있으라는 내용이었다.

더버빌 부인의 필체는 남자 글씨 같았다. 더비필드 부인은 믿을 수 없다는 듯 투덜댔다.

"짐마차를 보낸다고? 자기 친척을 위해서 승용마차쯤은 보낼 수 있을 텐데!"

태도를 결정하자 테스는 불안하던 마음이 사라져서 오히려 편안했다. 과히 힘들지도 않은 일을 해서 아버지에게 다른 말을 사드릴 수 있다는 생각을 하자 매우 기뻤다. 테스는 늘 학교 선생이 되기를 바랐지만, 운명의 신은 다른 곳으로 그녀를 인도하는 것 같았다. 정신 연령으로 어머니보다 앞서 있기 때문에 어머니가 갖고 있는 결혼에 대한 간절한 소원에 귀를 기울일 수가 없었다. 그러나 생각이 모자라는 어머니는 테스가 태어났을 때부터 좋은 사윗감을 찾는 데만 골몰했을 정도로 어리석었다.

7

테스가 출발하기로 된 아침, 그녀는 동이 트기도 전에 눈을 떴다. 먼동이 트기 직전의 숲은 아직도 고요한데, 바지런한 참새 한 마리가 일찍부터 맑은 소리로 지저귀고 있었다. 모든 것이 무거운 침묵에 잠겨 있을 때, 그녀는 아침 식사가 준비될 때까지 이 층에서 짐을 꾸렸다. 그녀는 일요일에 입는 외출복까지 잘 개서 상자에 넣은 다음, 집에서 늘 입는 옷을 입은 채 아래층으로 내려왔다.

어머니는 그녀를 보자마자 타일렀다.

"그 차림이 그게 뭐니? 어서 새 옷으로 갈아입어라."

"저는 일하러 가는 거지, 초대받은 게 아니에요."

"그렇지만 처음 방문하는 거니까 일꾼으로 보이는 것보다는 깨끗이 입는 게 좋지 않겠니?"

"알겠어요, 엄마 말씀대로 할게요."

그녀는 거부하고 싶지 않아 조용하게 대답했다. 그리고 부모를 기쁘게 해 주려고 모든 것을 어머니한테 맡기면서 속삭이듯 말했다.

"엄마 좋을 대로 하세요."

더비필드 부인은 딸의 고분고분한 태도에 마음이 놓여서 어쩔 줄 몰라 했다.

어머니는 먼저 큰 대야를 가져다 테스의 머리를 감겨 주었는데, 어찌나 꼼꼼하게 하는지 머리를 말리고 빗질을 하고 나니까 다른 때보다 두 배나 시간이 걸린 것 같았다. 어머니는 평소보다 더 큰 분홍색 리본을 달아 주고 친목회 놀이 때 입었던 흰옷을 입혔다. 테스의 풍만한 육체는 눈부시도록 아름다웠고, 탐스럽게 땋은 머리는 나이보다 훨씬 성숙하게 보여서 아직 어린 티를 벗지 못한 그녀를 나이 찬 처녀로 보이게 했다.

"엄마, 양말 뒤꿈치에 구멍이 났는데."

"그런 건 걱정할 것 없다. 양말 구멍이 말을 하진 않을 테니까. 나는 처녀 시절에 모자만 갖고 있어도 아무 걱정이 없더라. 귀신이 아니고야 구두 속을 들여다볼 재간이 있겠니?"

어머니는 딸의 아리따운 모습이 흐뭇하여, 마치 화가가 화판에서 물러서 며 멀찍이서 자기 그림을 감상하듯 몇 발짝 뒤로 물러나 딸의 모습을 바라보았다.

"애, 네 눈으로 네 모습을 보렴. 아주 딴사람 같구나."

그러나 손거울로는 몸 전체를 볼 수 없음을 알고 유리창 밖으로 검은 천을 걸어서 큰 거울로 만드는 극성을 보였다. 그러고는 아래층에 있는 남편한테 내려갔다. 부인은 기뻐 어쩔 줄 몰라 하며 남편에게 말했다.

"여보, 내 말 좀 들어봐요. 그 청년이 테스를 사랑하지 않을 수가 없을 거예요. 그러나 그 청년에 관한 이야기는 너무 많이 하지 않는 게 좋아요. 모처럼 잡은 기회인데 성질이 아주 별난 애니까 그 청년에게 반감을 품을지도 모르고, 또 마음이 변해서 안 간다고 하면 큰일이니까요. 일이 잘되기만 하면 목사님께 사례를 해야 돼요. 그런 사실을 알려 주다니, 참으로 고마운 분이로군요."

그러나 딸의 출발 시간이 다가옴에 따라 딸에게 옷을 입힐 때의 설레던 기쁨은 사라지고, 서운한 마음만 더해 갔다. 그런 느낌이 들자 부인은 딴 마을이 잇닿은 언덕 아래까지만이라도 딸을 배웅하고 싶었다. 테스는 스토크 더버빌네에서 보내는 짐마차를 언덕 위에서 타게 되어 있었다. 시간에 늦지 않기 위해 그녀의 짐은 젊은 일꾼을 시켜 밀수레에 실어 내갔다.

어머니가 모자를 쓰자 동생들은 모두 따라가겠다고 소리쳤다. 그러자 어머니가 나무랐다.

"누나를 전송하러 거기까지만 갔다 오는 거야. 이제 누나는 멋쟁이 아저씨한테 시집 가서 좋은 옷을 입을 거란다."

테스는 얼굴을 붉히며 어머니 쪽을 돌아보면서 말했다.

"어머니, 왜 자꾸 아이들한테 그런 소리를 하세요."

더비필드 부인은 아이들을 보면서 타이르듯 말했다.

"애들아, 누나는 부유한 친척집으로 일하러 가는 거다. 그래서 돈을 많이 벌면 다른 말을 살 수가 있단다."

테스는 목멘 소리로 작별 인사를 했다.

"아버지, 안녕히 계세요."

존 경은 딸의 출발을 축하하는 술이 약간 지나쳐 졸고 있다가 머리를 들면서 말했다.

"그래, 잘 가거라. 이 가문의 같은 핏줄인 너를 귀여워해 주었으면 좋으련만……. 그리고 그 청년한테 말이야. 몰락했을망정 어엿하게 남아 있는 가문의 작위를 팔 생각도 있다고 전해라. 암 팔고말고. 엄청난 값은 결코 아니라고 말이야."

"천 파운드 이하로는 안 판다고 그래라."

존 경의 부인이 소리쳤다.

"천 파운드만 주면 판다고 해. 아냐, 그것보담 조금 적어도 팔 테야. 나같은 가난뱅이가 선조의 명예를 지니고 있는 것보다는 그 청년이 갖는 편이 더 어울릴 거야. 하니까 일백 파운드만 내도 준다고 그래라. 아니다, 다 필요 없다. 오십 파운드라면 판다고 해. 아니지, 이십 파운드! 이십 파운드 이하론 어림도 없어. 제기랄, 가문의 명예란 역시 명예로운 거니까 말이야."

더비필드가 소리쳤다.

테스의 눈엔 눈물이 가득 고이고, 말문이 막혀 가슴속에 있는 말은 한마디도 못한 채 급히 돌아서서 밖으로 나갔다.

동생들이 그녀의 양쪽에서 하나씩 팔을 잡았고, 어머니도 함께 걸었다. 동생들은 마치 굉장한 일을 하러 가는 사람을 보는 것처럼 누나를 자꾸만 쳐다보았다. 어머니는 막내를 데리고 테스의 바로 뒤에서 가고 있었는데, 이들의 모습은 마치 양쪽에는 철없는 시녀들과 뒤에는 순진한 허영의 여신에게 둘러싸여 걷고 있는 성실한 미녀의 그림 같았다. 그들은 오르막길이 시작되는 산기슭까지 갔다. 테스는 트랜트리지에서 마중 오는 마차를 언덕 위에서 탈 예정이었는데, 그것은 마지막 비탈을 달리는 말의 피로를 덜기 위해 그곳을 택한 것이었다. 고개 넘어 저쪽엔 샤스톤 마을의 뾰족뾰족 솟은 집들이 산맥을 가르고 있었다. 내리막길이 시작되는 언덕 위에는 테스의 총 재산을 손수레에 싣고 와서 앉아 있는 청년 외엔 아무도 없었다.

"여기서 잠깐만 기다리면 마차가 곧 올 거다. 아, 저기 마차가 보이는구나!"

부인이 소리쳤다.

마차는 언덕 위로 불쑥 나타나더니 짐수레를 지키고 있는 청년 옆에서 멈췄다. 부인과 아이들은 더 가지 않기로 결정했고, 테스는 그들에게 황급히 작별 인사를 하고 언덕길을 오르기 시작했다.

이미 짐을 옮겨 실은 마차 쪽으로 테스의 하얀 모습이 다가가고 있을 때 언덕 숲 속에서 또 한 대의 마차가 나타나더니 모퉁이를 돌아 짐마차 옆을 지나 놀란 듯이 쳐다보는 테스 옆에 가서 멈췄다.

부인은 첫눈에 그 마차가 짐마차하곤 비교도 안 될 만큼 훌륭하게 장식한 새로 만든 이륜마차임을 알 수 있었다. 마차를 모는 사람은 스물 두셋 가량의 담배를 문 청년인데, 갈색 재킷과 모자를 썼으며, 하얀 목수건에다 빳빳한 칼라 그리고 갈색 승마장갑을 끼고 있었다. 그는 한 보름 전에 테스의 대답을 듣기 위해 온 일이 있는 잘생기고 건장한 바로 그 청년이었다.

더비필드 부인은 어린아이같이 손뼉을 치면서 좋아했다. 자신감이 넘쳐 보이는 청년의 그런 행동이 무엇을 의미하는지 잘 아는 것처럼 흐뭇해하면서 기뻐했다.

"저 아저씨랑 누나가 결혼하는 거야?"

아들이 물었다.

한편 모슬린 옷차림을 한 테스 더비필드는 갑자기 나타난 청년의 얘기를 들으면서 아직도 망설이며 서 있는 것이 보였다. 그녀의 의구심은 좀 더 심각한 것 같았다. 그것은 바로 불안감이었는데, 그녀는 오히려 짐마차 쪽으로 가고 싶은 듯했다. 청년은 마차에서 내리더니, 그녀에게 빨리 타라고 재촉하는 듯한 눈빛을 보였다. 그녀는 가족들이 서 있는 언덕 아래로 얼굴을 돌리면서 조그맣게 보이는 어머니와 동생들을 내려다보았다. 자기가 말을 죽게 했다는 자책감이 그녀의 마음을 속히 결정짓도록 작용했지만, 작별의 순간만은 더없이 슬펐다. 테스가 마차에 오르자, 청년은 그녀의 옆자리에 앉으면서 말채찍을 휘둘렀다. 눈 깜짝할 사이에 그 마차는 느릿느릿한 짐마차를 앞지르더니 고개 너머로 사라져 갔다.

테스의 모습이 순식간에 사라지고, 마치 연극을 보는 것 같던 상황이 지나자 남은 가족들의 눈에는 눈물이 어른거렸다.

"난 불쌍한 우리 누나가 귀부인이 되러 가지 않길 바랐는데!"

아이 중 하나가 입을 삐죽거리더니 울음을 터뜨렸다. 그 울음은 순식간에 전염이라도 된 듯이 세 아이 모두 차례로 울음을 터뜨렸다.

집으로 발길을 돌리는 존 더비필드 부인의 눈에서도 눈물이 흘렀다. 마을로 돌아왔을 때, 그녀는 모든 것을 그대로 순응하며 받아들이기로 마음먹었다. 그러나 잠자리에 눕자, 허탈한 생각이 들며 절로 한숨이 나왔다. 남편도 멍한 얼굴을 하고 있었다.

"뭐가 뭔지 모르겠어요. 테스를 보내지 않았더라면 좋았을 거라는 생각이 드네요."

"왜 좀 더 일찍 그런 생각을 하지 못했지?"

"하지만 그 애한테는 좋은 기회였는걸요. 그 애가 돌아올 수만 있다면, 그 청년이 정말로 마음이 착한 사람인지, 또 그 애를 친척으로서 친절하게 대해 줄 것인지를 확인하기 전에는 안 보내겠어요."

"그런 일쯤은 당신이 벌써 알아보았어야 하는 것 아니야?"

존 경은 졸린 듯 코맹맹이 소리로 대답했다.

더비필드 부인은 어떻게 해서든지 스스로를 위로할 구실을 찾기 위해 애쓰고 있었다.

"이젠 별수 없어요. 그 애는 똑똑한 가문의 후손이니까, 자기가 지니고 있는 장점을 올바르게 이용하기만 한다면 그분들과 잘 어울릴 게 틀림없어요. 청년이 당장 결혼을 하지 않는다 하더라도 머지않아 하게 되겠죠. 테스한테 홀딱 반했다는 사실은 누구라도 알 수 있으니까 말예요."

"당신이 말하는 그 애의 장점이란 도대체 뭐야? 더버빌 가문의 혈통을 말하는 거요?"

"당신도 참, 그렇게 모르겠어요? 나의 처녀 때 같은 그 애의 고운 얼굴 말이에요."

8

테스 옆에 앉은 알렉 더버빌은 테스의 짐을 실은 짐마차를 까마득하게 앞지른 채 관례적인 인사말을 건넨 뒤 첫째 번 산비탈로 쏜살같이 말을 몰았다. 산마루에 다가갈수록 활짝 트인 경치가 그들의 눈앞에 펼쳐졌다. 뒤쪽엔 그녀가 태어난 마을이 보이고, 앞쪽으론 트랜트리지를 방문했을 때 잠깐 들른 적이 있는 회색빛 마을이 보였다. 드디어 마차가 산마루에 이르자 거의 일 마일이나 되는 쭉 뻗은 내리막길이 펼쳐졌다.

천성이 용감하고 굳센 편에 속하는 테스지만, 사고가 있은 다음부터는 지나치도록 마차에 겁을 먹고 있었다. 마차가 조금만 심하게 흔들려도 그녀는 금방 불안해했다. 그녀는 청년이 마차를 거칠게 모는 것이 마음에 걸렸다.

"내리막길은 천천히 가시겠죠?"

테스는 태연한 척 말했다.

더버빌은 그녀를 한 번 쳐다본 다음 앞니로 담배를 질끈 문 다음 천천히 웃어 보였다. 그러고는 담배를 두어 모금 깊이 빨고 나더니 대답했다.

"왜 그러지? 테스처럼 용감하고 굳센 사람이 그런 말을 하는 건 우스운데. 난 언제나 최고 속력으로 내려가거든. 용기를 돋우기에 이보다 좋은 방법이 없지. 그때의 쾌감 또한 어디에 비할 수 없고!"

"하지만 지금은 그럴 필요가 없잖아요?"

청년은 머리를 저으면서 말했다.

"아니지, 달려야 될 이유가 두 가지 있어. 나 혼자만을 위해서가 아니라, 팁도 생각해 줘야 하거든. 그녀는 괴상한 성미가 있거든."

"팁이 누군데요?"

"누구긴 누구겠어, 이 암말이지. 나는 이 말이 조금 전에 날카로운 눈초리로 돌아보는 걸 눈치 챘단 말이야. 아가씨는 그걸 몰랐지?"

"놀리지 마세요."

테스는 무뚝뚝하게 말했다.

"놀리려는 게 아니야. 이 말을 능수능란하게 부릴 수 있는 사람은 나밖에 없지. 아무도 이 말을 부릴 순 없어. 그런 능력을 가진 사람은 나뿐이란 말이야."

"무엇 때문에 이런 말을 갖고 계시죠?"

"그렇게 물을 줄 알았어. 글쎄, 그건 내 운명이라고 생각해. 이 말은 사람을 죽인 일이 있고, 내가 이 말을 사들인 얼마 뒤에 길들이다가 나도 죽을 뻔했지. 또 그 얼마 뒤엔 내가 이 말을 죽일 뻔한 일도 있고. 그런데 아직도 이 말은 거칠기가 이만저만이 아니야. 그래서 이 말 뒤에 서 있는 건 항상 위험하지."

그들은 마침내 내리막길을 달리기 시작했다. 말 자체의 성질이 사나워선지, 아니면 청년이 거칠게 몰아서인지, 난폭하게 질주하기를 바라는 청년의 기분을 말은 이미 잘 알고 있었기 때문에 새삼스레 암시를 줄 필요도 없었다.

아래로 내리 치닫는 마차의 속력이 점점 빨라졌다. 바퀴는 내리치는 채찍 때문에 빨리 도는 팽이처럼 윙윙 소리를 냈고, 좌석은 좌우로 기우뚱하며 마차가 뒤집힐 듯 기울었다. 내리막길을 달리는 말의 모습은 마치 물결처럼 솟구쳤다간 내려앉았다. 때로는 한쪽 바퀴가 공중에 뜬 채 몇 야드씩이나 달리고, 바퀴에서 튄 돌이 총알같이 길 옆으로 튕겨져 나갔다. 말발굽에서 튀는 불꽃은 한낮인데도 마치 부싯돌을 치는 것처럼 번쩍였다. 가느다란 비탈길은 순식간에 확대되어 눈앞에 닥쳐오고, 마치 대나무를 쪼개듯 양쪽 길 옆 둑이 각각 어깨를 스치면서 사라졌다.

바람은 테스의 흰옷 속을 거쳐 살결까지 스며들고, 머리칼은 바람에 뒤로 나부꼈다. 그녀는 나약함을 보이지 않으리라 결심하면서도 청년의 팔에 매달리지 않을 수 없었다.

"내 팔을 잡아선 안 돼! 두 사람이 함께 날아가 버린단 말이야. 내 허리를 껴안아."

테스는 그의 허리를 껴안은 채 산기슭까지 이르게 되었다.

그녀는 불처럼 달아오른 얼굴로 말했다.

"당신이 어리석은 짓을 했지만, 무사하게 내려왔으니 다행이에요."

"테스, 무슨 소리야? 내가 침착했기 때문이지."

"그건 그래요. 인정하겠어요."

"그런데 위험한 고비를 넘겼다고 해서 그렇게 매정하게 손을 놓을 건 없잖아?"

그녀는 자기가 어떤 행동을 하고 있었는지 생각할 겨를조차 없었다. 상대가 여자든 남자든, 또 막대기든 돌이든 간에 그녀는 무의식중에 청년을 껴안은 것뿐이었다. 그녀는 제정신이 들자 한마디도 하고 싶지 않은 기분이었다. 잠시 후 마차는 다음 내리막길에 다다랐다.

"자, 다시 한 번 시작해 볼까!"

"싫어요. 제발 부탁이에요. 그런 무모한 짓은 더 이상 하지 마세요."

"그렇지만 이 고을에서 가장 높은 곳에 있는 이상 내려가지 않을 도리가 없잖아."

그가 쏘아붙였다.

청년이 고삐를 쥐자 마차는 두 번째 비탈길을 내달리기 시작했다. 그는 마차가 흔들리는 가운데 얼굴을 그녀에게 돌린 채 짓궂게 말했다.

"어여쁜 아가씨, 아까처럼 내 허리에 매달려 보시지."

"싫어요."

그녀는 청년에게 몸을 대지 않으려고 떨어져 앉으면서 말했다.

"테스, 그 동백꽃 같은 새빨간 입술에 키스를 허락한다면 세게 달리지 않을 것을 약속하지. 따뜻한 뺨에라도 좋아!"

테스는 깜짝 놀라 뒤로 몸을 움츠리면서 좀 더 떨어져 앉았다. 그러자 청년은 또다시 채찍으로 말을 부추겨 그녀의 몸을 심하게 흔들리게 했다.

"꼭 그렇게 해야만 하시겠어요?"

그녀는 큰 눈으로 야수 같은 청년을 쏘아보면서 절망한 나머지 부르짖었다. 어머니가 테스를 이토록 아름답게 단장해 준 것이 지금에 와서는 오히려 화를 부른 셈이 되고 말았다.

"다른 방법은 없어, 귀여운 아가씨."

"왜 이러시는지 모르겠군요. 어디 마음대로 해 보세요."

그는 고삐를 늦추었고, 속도가 느릿해지자 그토록 갈망하던 키스를 하려고 했다. 그러자 그녀는 순간적으로 자신의 경솔함을 깨달은 듯 옆으로 몸을 피했다. 청년의 양쪽 팔은 고삐를 잡고 있었기 때문에 그러한 행동을 막을 길이 없었다.

"빌어먹을, 우리들의 목이 부러지든 말든 어디 해 보자구. 여우같은 꾀로 나를 이길 수 있을 것 같아?"

기분 내키는 대로 욕구를 발산하려던 이 청년은 마치 사나운 짐승처럼 으르렁대면서 욕지거리를 퍼부었다.

"좋아요, 당신이 계속 그런 태도로 나온다면 나도 굽히지 않겠어요. 전 당신이 친척으로서 좀 더 친절하게 대해 줄 거라고 믿었어요."

"친척은 무슨 얼어 죽을 친척이야? 자, 빨리!"

"전 키스 같은 건 하기 싫어요. 절대로!"

굵다란 눈물 줄기가 뺨을 타고 흘러내렸고, 울음을 참으려는 그녀의 입술이 심하게 일그러지고 있었다.

"이럴 줄 알았으면 오지 않았을 거예요."

그녀가 무슨 말을 해도 청년은 눈도 깜짝하지 않았다. 테스는 꼼짝도 않은 채 앉아 있었고, 그래서 더버빌은 그녀의 뺨에 승리의 키스를 할 수 있었다. 키스를 받은 그녀는 수치심으로 얼굴이 붉어졌다. 손수건을 꺼내 청년의 입술이 닿은 뺨을 몇 번이고 닦았다. 무의식중에 그런 행동을 하는 그녀를 본 청년은 더욱더 욕정이 끓어올라 짐승처럼 눈을 번뜩였다.

"시골 아가씨답지 않게 깐깐하군 그래."

테스는 자기가 뺨을 닦은 행위가 그에게 모욕감을 줬다는 사실을 조금도 눈치 채지 못했으므로, 청년의 그 말이 무슨 뜻인지 알지 못했다. 그녀는 사실 그렇게 함으로써 불결한 키스의 흔적을 완전히 씻어 버리고 싶었던 것이다. 멜베리다운의 언덕 윈그린 부근까지 와서야 비로소 테스는 자기 행동이 청년의 기분을 상하게 했음을 어렴풋이 느꼈다. 그녀는 꼼짝 않고 앞을 바라보고 있었다. 그러나 잠시 후 또 다른 내리막길이 기다리고 있는 것을 보고 소스라치게 놀랐다.

"후회하는 모습을 보고야 말겠어."

청년은 분이 가시지 않은 목소리로 말한 뒤 채찍을 휘둘러 말을 몰았다.

"하지만 자진해서 다시 한 번 키스를 허락하고, 그러고도 손수건으로 닦는 짓을 하지 않는다면 문제는 달라지겠지만 말이야."

그녀는 한숨을 쉬면서 말했다.

"좋아요, 당신 말대로 하겠어요……. 어머, 모자가 떨어졌어요."

그들이 말하는 동안에 모자가 날아가 땅에 떨어졌으나 마차는 여전히 달리고 있었다. 청년은 마차를 멈추고 자기가 집어 오겠다고 했다. 그러나 테스가 먼저 뛰어내려 되돌아가서 모자를 집었다. 더버빌은 그녀 쪽을 돌아보면서 말했다.

"아가씬 모자 벗은 모습이 더 귀엽군 그래, 정말이야. 자, 빨리 타. 왜 그러고 있어?"

그녀는 모자를 주워 머리에 쓰고서도 움직일 생각을 하지 않았다. 빨간 입술 사이로 하얀 이를 보이며 승리의 기쁨에 도취되어 말했다.

"타지 않겠어요. 어떻게 된다는 것을 아는 이상 절대로 타지 않겠어요."

"뭐라고? 내 옆에 앉지 않겠단 말이지?"

"네, 전 걸어서 가겠어요."

"트랜트리지까진 아직도 몇 마일이나 더 남았는데?"

"수십 마일이 더 남았다 해도 상관없어요. 더군다나 짐마차도 뒤따라오고 있으니까 걱정 없어요."

"앙큼하군. 모자를 떨어뜨린 것도 일부러 그런 거지, 그렇지?"

그녀의 침묵은 그의 의혹을 더욱 부채질했다. 그래서 자기를 속인 데 대해 온갖 저주와 욕설을 생각나는 대로 퍼부었다. 그러다가 갑자기 말머리를 돌려 그녀 쪽으로 마차를 몰았다. 그는 길 옆에 있는 울타리와 마차 사이에 끼어 꼼짝도 못하도록 말을 몰려 했으나 그녀를 다치게 할 것 같아서 그렇게 하진 못했다. 마차가 점점 다가오자 울타리로 기어오른 테스는 힘차게 소리쳤다.

"창피한 줄 아세요. 그렇게 심한 욕지거릴 함부로 내뱉다니! 난 당신이 미워 죽겠어요. 정말 지긋지긋해요. 어머니한테로 돌아가겠어요."

화가 잔뜩 났던 더버빌은 그녀의 얼굴을 보고 있는 동안 노여움이 가신 듯 천연스레 웃고 있었다.

"나는 화를 내는 아가씨가 더욱 마음에 들어. 자, 우리 화해하지. 당신이 싫어하는 짓을 두 번 다시 하지 않을 테니까, 날 믿어 봐. 약속을 지키겠어."

하지만 테스는 마차에 탈 생각이 조금도 없었다. 그는 마차를 따라오는 것은 반대하지 않았다. 이렇게 해서 마차는 느린 걸음으로 트랜트리지로 향했다. 청년은 테스가 마차에서 내려 걷게 한 것을 뉘우치고 몹시 괴로운 표정을 지었다. 그 모습을 보자 테스는 실제로 그의 말을 믿어도 좋을 것 같았다. 그러나 충동적인 그의 난폭성을 경계하면서 천천히 걸었다. 테스는 집으로 되돌아가는 것에 대해 곰곰이 생각하고 있었다. 하지만 그녀의 마음은 이미 결정되어 있었다. 어쩔 수 없는 사정이 아닌 바에야 이제 와서 집으로 돌아간다는 건 어린아이 같은 행동으로 느껴졌다. 이번 기회를 놓치면 언제 돈을 모아 말을 살 수 있을지 알 수 없는 일이었다.

잠시 후 슬로프 저택의 굴뚝이 보이고, 그 집 오른쪽 한구석에 잘 정돈된 양계장과 조그만 집이 눈에 들어왔다.

9

양계장은 사방을 돌담으로 쌓아올린 울 안에다 이엉을 올린 농가 안에 있었는데, 테스가 해야 할 일은 그곳을 관리하는 감독관과 사육사, 간호사, 외과의 역할이었으며, 때론 그들의 친구가 되어야 하는 일이었다. 양계장이 있는 네모진 마당은 원래 정원으로 쓰던 것인데, 지금은 닭들이 밟아 뭉개서 모래땅으로 변해 있었다. 이 집은 담쟁이로 뒤덮였고, 그 때문에 더 크게 보이는 굴뚝은 마치 황폐한 탑 같았다. 교회 묘지에 묻혀 있는 사람들이 옛날에 지었다는 이 집은 지금은 마치 닭들을 위해 지어진 것처럼 아래층 방들은 닭들의 안식처였다. 옛날 소유자는 이 집을 짓기 위해 많은 돈을 들였고, 또 스토크 더버빌이 이사 오기 전까지만 해도 그들의 후손에게 상속되었기 때문에 깊은 애착을 가지고 있었을 것이다. 그러던 것이 법적 절차를 거쳐 스토크 더버빌의 소유로 되자 부인은 자기 생각대로 거침없이 그 집을 양계장으로 사용해 버렸다. 그런 행동을 본 전 소유자의 후손들은 일종의 모욕감 같은 것을 느낄 터였다.

"할아버지 시대에는 기독교 신자가 살기에 안성맞춤인 집이었는데……."

그들은 넋두리하듯 그렇게 말할 것이다.

옛날에는 유모가 돌보는 어린아이들이 뛰어놀던 방에서 지금은 부화한 지 며칠 안 되는 병아리들의 모이 쪼는 소리만 들릴 뿐이었다. 점잖은 지주가 쓰던 의자가 놓여 있던 자리에는 사나운 암탉이 갇힌 조그만 닭장이 놓여 있었다. 굴뚝 옆과 한때는 불길이 활활 타올랐을 벽난로 옆엔 엎어놓은 꿀벌 통이 쌓여 있는데, 암탉들은 그 통속에다 알을 낳고 있었다. 옛날 집 주인들이 정성껏 삽으로 일구어놓았던 밭고랑은 닭들 때문에 형편없이 뭉개져 있었다.

이 농가가 서 있는 뜰은 사방이 담으로 둘러 있었고, 하나밖에 없는 문으로 출입하고 있었다.

이튿날 아침, 테스는 양계를 하던 집안의 딸다운 재치와 판단으로 한 시간가량 이것저것 손질하고 있었다. 그때 흰 모자에 앞치마를 두른 하녀가 들어왔다.

"마님께서 여느 때와 같이 닭을 가지고 오시랍니다."

그러나 테스가 집안 사정에 어두운 것을 금방 알아차리고는 다시 덧붙여 말했다.

"마님은 노쇠한 분이에요. 그리고 앞을 못 보신답니다."

"앞을 못 보신다고요?"

뜻밖의 사실을 듣고 캐물을 사이도 없이 하녀가 가르쳐 주는 대로 햄버 그 종 중에서 가장 탐스러운 걸로 두 마리 골라 안고 안채로 들어갔다. 안채는 화려하고 웅장한 건물이었으나, 안채 바깥쪽에서는 이 집안의 누군가가 말 못하는 생물에게 정을 쏟고 있는 흔적을 곳곳에서 볼 수 있었다. 현관에 떨어진 닭털이라든가, 풀밭에 가져다놓은 조그만 닭장 같은 것들이 그것을 말해 주는 듯했다.

아래층 거실에는 이 저택의 소유자이며 여주인이기도 한 여자가 등에 햇살을 받으며 안락의자에 앉아 있었다. 성성한 백발에 육십 안팎으로 보이는 부인은 차양 없는 큰 모자를 쓰고 있었다. 시력을 잃은 지 오래된 사람이나 날 때부터 장님인 사람의 굳은 표정과는 달리 부인의 얼굴은 안타까움과 체념이 엇갈리는 표정이었다. 테스는 한 팔에 한 마리씩 닭을 안고 조심스레 부인 앞으로 걸어갔다.

"아, 네가 내 닭을 돌봐주려고 온 아이냐?"

부인은 처음 듣는 발걸음 소리를 듣고 물었다.

"내 닭들을 잘 보살펴 주기 바란다. 우리 집 관리인이 그 일엔 네가 가장 적합하다고 하더구나. 그런데 가져온 닭은 어딨지? 오, 그래그래. 이건 스트럿 종이군! 오늘은 기운이 없는 것 같은데, 안 그래? 아마 낯선 사람이 와서 겁이 난 모양이지. 이놈도 역시 조금 놀란 것 같은데……. 그렇지? 그러나 곧 너한테 길이 들 거야."

부인이 말하고 있는 동안 테스와 하녀는 그녀의 손짓에 따라 한 마리씩 차례로 무릎에 올려놓았다. 부인은 닭의 부리며 볏, 목털, 날개와 발톱까지도 손으로 더듬어 빈틈없이 조사했다. 한 번 만져 보기만 해도 닭의 상태를 정확하게 판단했는데, 털이 한 개 꺾였다든가 처진 것까지도 찾아낼 정도였다. 부인은 닭의 발톱을 만져 본 다음 무엇을 먹었는지, 또 얼마나 먹었는지를 짐작했다. 이처럼 모든 것을 손으로 만져서 판단하는 부인의 얼굴은 마치 무언극(無言劇)을 하는 사람처럼 품평할 때마다 그 표정이 묘하게 움직였다.

그들이 가져왔던 닭은 다시 닭장으로 되돌아가고, 부인이 좋아하는 닭들이 전부 그렇게 검사를 마칠 때까지 사랑으로 보살피는 행동은 되풀이되었다. 햄버그 종, 밴텀 종, 코친 종, 브라마 종, 도킹 종 등 수많은 닭을 무릎 위에 올려놓고 검사하면서도 부인이 닭의 상태를 잘못 판단하는 일이란 거의 없었다.

테스는 부인의 이런 모습을 보고 견신례(堅信禮)가 생각났다. 더버빌 부인은 주교이고, 닭들은 젊은 신도들이며, 테스와 하녀는 신도를 인솔해 온 교구목사와 부목사로 생각되었다.

검사가 다 끝났을 때, 부인은 주름 잡힌 얼굴을 일그러지도록 움직이더니 테스에게 말했다.

"너, 휘파람을 불 줄 아니?"

"마님, 휘파람이라고 하셨나요?"

"그래, 휘파람으로 노래하는 것 말이다."

대부분의 시골 아가씨들처럼 테스도 휘파람을 불 줄 알았지만, 가능한

한 점잖은 사람들 앞에선 불지 않았다. 그러나 휘파람을 불 줄 아는 것은 사실이므로 불 줄 안다고 상냥하게 대답했다.

"그러면 매일 휘파람 부는 것을 연습해. 전에 있던 청년은 참 잘 불었는데, 다른 곳으로 가 버렸지. 내겐 피리새가 있는데 눈으로 볼 순 없으니까 노랫소리라도 들을 수 있도록 휘파람을 가르쳐 줘야겠어. 엘리자베스, 새장이 어디 있는지 테스에게 가르쳐 줘라. 그리고 테스는 내일부터 당장 가르치도록 해. 며칠 동안 훈련을 안 시켜 배운 것도 잊어버렸겠군."

"오늘 아침에는 도련님께서 가르쳤답니다, 마님."

엘리자베스가 말했다.

"뭐? 그 애가 가르쳤다고?"

부인의 얼굴은 이내 노여움으로 찌푸려졌고, 그 이상은 아무 말도 하지 않았다. 테스가 머릿속으로 그리던 부인과의 대면은 이렇게 해서 끝나고, 닭은 그들의 보금자리로 돌아갔다.

테스는 저택의 규모를 본 다음부터 여러 가지를 상상했으므로 막상 더버빌 부인을 대면하고서도 그리 놀라지 않았다. 그러나 테스는 친척 관계에 대해선 부인에게서 한마디도 듣지 못한 사실은 미처 깨닫지 못했다. 그녀는 오히려 눈먼 부인과 아들 사이의 애정이 별로 두텁지 않은 듯한 인상을 받았지만, 이것 역시 테스의 그릇된 판단이었다. 자식의 행실을 괘씸하게 생각하면서도 자식을 사랑하지 않을 수 없는 존재가 바로 어머니인 것처럼 더버빌 부인도 그들 중 한 사람에 지나지 않았다.

첫날의 일과가 유쾌하지는 않았지만 테스는 새로운 곳에 자리를 잡게 되자 나름대로 안정되고 한가로워 마음에 들었다. 테스는 자기가 맡은 일에 최선을 다하여 그 자리에 머무를 수 있도록 부인이 분부한 일을 하려고 굳게 마음먹었다. 그래서 담 옆의 닭장으로 가서 오랫동안 불지 않던 휘파람 연습을 하려고 입을 오므렸다. 하지만 이전의 휘파람 솜씨는 온데간데없고, 아무리 애를 써도 입술 사이로 헛바람만 나올 뿐 소리는 조금도 나지 않았다.

어릴 때부터 불었던 휘파람이 왜 안 될까 하고 고개를 갸우뚱하고 있을 때 돌담 덩굴 속에서 뭔가 움직이는 것을 눈치 챘다. 그쪽으로 시선을 돌리자 마당으로 뛰어내리는 알렉 더버빌의 모습이 눈에 띄었다. 전날 정원사의 집 앞까지 안내해 준 뒤로 그를 처음 보는 셈이었다.

"이봐, 사촌누이!"

사촌이라고 부르는 그의 입가에 비웃음이 스쳤다.

"난 자연에서도, 예술에서도 너처럼 아름답게 보이는 여자는 본 적이 없어. 담 너머로 이제껏 보고 있었지. 기념탑 위의 조상(彫像)처럼 휘파람을 불려고 앞으로 내민 새빨간 입술, 후후 하고 불다가 안 되니까 투덜대던 모습을……. 아무리 해도 허탕만 쳐서 그러는지 몹시 짜증을 내는 것 같더군."

"짜증을 냈는지는 모르지만, 투덜대진 않았어요."

"아하! 누이가 무엇 때문에 휘파람 연습을 하는지 까닭을 알았어. 우리 어머니가 피리새한테 노래를 가르쳐 주라고 하셨나 보군. 염치도 없는 어머니셔. 닭을 돌보는 것만으로도 할 일이 많은데. 나 같으면 그런 명령 따윈 깨끗이 거절해 버리겠어. 안 그래?"

"그렇지만 내일 아침까지는 꼭 연습해 두라고 그러시던 걸요."

"어머니가 그러셨어? 그렇다면 내가 가르쳐 주지."

"어머, 싫어요. 안 가르쳐 줘도 괜찮아요."

테스는 문 쪽으로 뒷걸음질치면서 말했다.

"이런 바보, 아가씨 몸에 손을 대려는 게 아니야. 자, 봐! 나는 철망 이쪽에 서 있고, 당신은 그쪽에 있으니 조금도 두려워할 필요 없어. 자, 내가 해볼 테니 잘 봐. 아가씬 입을 너무 오므린단 말이야. 자, 이렇게 해 봐."

청년은 몸짓을 하면서 '오, 가져가세요, 이 붉은 입술을'이라는 노래의 일절을 휘파람으로 불었다. 그러나 테스는 그 노래의 의미를 알지 못했다.

"자, 이제 한 번 해 봐."

그녀는 말을 하지 않으려 했고, 얼굴은 조각처럼 굳어 있었다. 그는 계속해서 재촉했다. 테스는 청년을 빨리 쫓아 버리기 위해 어쩔 수 없이 그가 시키는 대로 입 모양을 만들었다. 그러다가 그녀는 멋쩍어서 웃었고, 또한 그렇게 한 것에 대해 얼굴이 붉어졌다. 그는 그녀가 다시 시작할 수 있도록 용기를 주었다.

"괜찮아, 다시 해 봐!"

이번에는 보기에 미안할 정도로 긴장해서 열심히 했다. 그러자 뜻밖에도 아주 부드러운 휘파람 소리가 나왔다. 그녀는 성공했다는 순간적인 기쁨 때문에, 자신도 모르게 눈을 크게 뜨고는 그의 얼굴을 바라보면서 환하게 웃음을 지었다.

"됐어, 됐어! 내가 첫걸음을 이끌어 준 셈이니까, 이제부턴 잘 될 거야. 지금 나는 참을 수 없도록 유혹을 느껴. 하지만 가까이 가지 않겠다고 말했으니 약속을 지키겠어. 그런데 테스, 우리 어머니를 이상하다고 생각하지 않아?"

"난 아직 마님을 잘 몰라요."

"곧 모든 것을 알게 될 거야. 새에게 휘파람을 가르치라는 것부터가 이상한 거야. 난 현재 어머니에게 미움을 받고, 나 자신도 어머니를 경멸하지만 아가씨는 시키는 대로 동물을 잘 돌보기만 하면 귀여움을 받을 거야. 그럼 잘 있어. 만일 어려운 일이 생기거든 관리인한테 가지 말고 내게로 와."

테스 더비필드가 일을 맡으면서 처음으로 겪은 경험은 앞으로 계속될 생활 중의 일부분과 같은 것이었다. 알렉 더버빌의 친밀한 응대는 그를 만날 때마다 부끄러운 마음을 조금씩 없애 주었다. 그는 우스운 얘기를 하거나 단둘이 있을 때에는 익살스럽게 사촌누이라 부르거나 해서, 그녀가 자기에게 품고 있는 경계심 같은 것을 자연스레 풀어 주었다. 하지만 새로운 호감이나 정다운 마음을 생기게 하지는 못했다. 그러나 테스는 단순한 친구의 처지를 떠나서 좀 더 온순하게 그를 대하지 않을 수 없었다. 그것은 부인에게 의지해야 할 그녀이지만, 비교적 부인에게 받는 도움이 적었으므로 청년의 도움에 의지할 방법밖에 없었기 때문이었다.

테스는 옛날에 불던 휘파람 솜씨를 되찾게 되어 더버빌 부인의 방에서 새에게 노래를 가르치는 게 별로 힘들지 않았다. 그녀는 음악에 소질이 있는 어머니의 노래가 귀에 익어서 새에게 가르칠 만한 멜로디쯤은 다양하게 알고 있었다. 뜰에서 휘파람 연습을 할 때보다도 매일 아침 새장 옆에서 하는 것이 훨씬 더 즐거웠다. 청년이 옆에서 보고 있을 때에도 그녀는 태연하게 입을 내민 채 새장에 입술을 대고 듣는 새를 향해 기분 좋게 휘파람을 불었다.

더버빌 부인은 수가 놓인 묵직한 커튼이 드리워진 침대에서 잠을 잤다. 그 작은 새도 부인과 같은 방을 차지하고 있는데, 때로는 몇 시간이고 마음대로 날아다니다가 옷장이나 장식품 위에 앉아 배설물로 얼룩을 만들기도 했다. 어느 날 테스는 여느 때와 같이 새장이 나란히 걸린 창가에서 새에게 노래를 가르치고 있었다. 이때 부인이 나가고 없는 침대 뒤쪽에서 부스럭거리는 소리가 났다. 그녀가 방 안을 휘둘러보자 커튼 밑으로 신발 끝이 살짝 보였다. 그 때문에 그녀의 휘파람 소리는 떨려 나왔다. 만약 누군가가 숨어 있었다면 그녀의 떨리는 휘파람 소릴 듣고 자기가 들킨 것을 알았을 것이다. 그런 일이 있은 다음부터 그녀는 매일 아침 조심스레 커튼 뒤를 살펴보았으나 숨어 있는 자를 발견하지는 못했다. 알렉 더버빌은 그녀를 놀라게 해 주려던 엉뚱한 생각을 집어치우는 게 낫다고 생각한 듯했다.

10

어느 마을이든지 그들 나름의 생활과 조직 그리고 독특한 도덕적 규범이 있다. 트랜트리지 마을 인근 젊은 여자들의 경박한 행실은 이미 소문이 날 대로 나 있었다. 그것은 이웃 경사지에 군림하고 있는 인물에서도 그대로 말해 주고 있다. 이 마을의 큰 결점 중의 하나는 사람들이 과음을 하는 것이다. 농장에서 주고받는 얘기들은 으레 돈은 모아 뭘 하겠느냐는 식의 넋두리뿐이었다. 또 계산에 밝은 농부는 곡괭이나 삽에 매달려서 한평생 피땀 흘려 돈을 모으는 것보다는 노후연금을 받는 편이 훨씬 낫다는 사실을 증명하기 위해 계산에 열중하기 일쑤였다.

이런 이론가들의 가장 큰 오락은 일과를 마친 토요일 저녁이면 몇 마일 떨어진 체이스버러의 작은 술집에서 자정이 넘도록 술을 마시는 일이었다.

옛날에 흥청대던 이 주막은 독점 상인이 경영하고 있는데, 여기서 파는 엉터리 맥주는 항상 위장을 괴롭혔다. 그래서 이 술을 마시고 배탈이 난 농부들은 일요일이면 종일토록 자리에 누워 있어야만 했다.

테스는 주일마다 있는 그들의 모임에 얼마 동안은 어울리지 않았다. 그러나 비슷한 나이 또래인 부인들의 권유에 못 이겨 그녀도 모임에 참석하기로 했다. 이곳의 품삯은 스물한 살이나 마흔 살이 된 부인이나 같았기 때문에 여자들은 서둘러 결혼하는 풍습이 있었다. 모임에 처음 끼어 본 테스는 생각했던 것보다 훨씬 재미를 느꼈다. 떠들썩하고 유쾌한 분위기가 일주일 동안 양계장 일에 시달려 온 테스의 우울함을 사라지게 했다. 그래서 그 뒤로는 계속해서 모임에 참석했다. 얌전하면서도 매력이 있고, 또 여자로서 성숙한 시기에 달한 테스는 체이스버러 마을 건달꾼들의 음흉한 시선을 온몸에 받고 있었다. 그래서 그녀는 언제나 친구들과 함께 움직였다.

이런 생활이 한두 달쯤 지났을 즈음, 장날과 축제가 겹친 구월의 어느 토요일이었다. 이날따라 트랜트리지에서 온 사람들도 여느 때보다 더 흥겨워하고 있었다. 일 때문에 늦은 테스는 친구들이 떠난 뒤 한참이 지나서야 혼자서 출발했다. 해가 막 지기 시작하는 아름다운 저녁에 테스는 천천히 걸었다.

그녀는 어둑어둑할 때 체이스버러에 도착해서야 비로소 축제일과 장날이 겹친 것을 알았다. 간단히 몇 가지 물건을 산 뒤 트랜트리지에서 농부들을 찾아다녔다. 처음에는 그들을 만나지 못했는데, 그들 중 많은 사람이 거래 상인의 집에서 열리는 비밀 무도회에 갔다는 사실을 알았다. 그 상인은 건초와 토탄(土炭)을 매매하는 사람으로, 그의 집은 거리의 한쪽 구석 으슥한 곳에 있었다. 그녀가 상인의 집으로 가는 길을 찾고 있을 때 길모퉁이에서 있는 더버빌을 발견했다.

"테스, 늦은 밤에 여기서 뭘 하고 있는 거지?"

그녀는 집에서 늦도록 일했고, 또 길동무를 찾아 헤매느라 너무 피곤했으므로 대답하고 싶지 않았다. 그러나 밤길이 무서워 함께 갈 친구를 기다리는 중이라고 솔직히 털어놓았다.

"그들은 아직도 돌아갈 마음이 없나 봐요. 저도 이젠 더 기다릴 수가 없어요."

"그렇고말고, 더 기다릴 수야 없지. 오늘은 내가 타고 온 말밖에 없으니까, 당신이 '루시 홀'로 온다면 마차를 대절해서라도 집까지 바래다주지."

테스는 그 말에 귀가 솔깃했으나 그에 대한 불신감이 아직 남아 있어서 늦더라도 친구들을 기다렸다가 걸어가기로 마음먹었다. 그래서 친절은 고맙지만 폐를 끼치고 싶지 않다고 사양했다.

"내가 그들을 기다리겠다고 했으니까, 아마 지금쯤 나를 찾고 있을 거예요."

"좋아, 마음대로 해. 도도한 아가씨……."

그가 담배에 불을 붙여 물고 사라지자 곧 트랜트리지 마을 사람들은 함께 출발하기 위해 다른 마을 사람들과 떨어져 한 곳에 모였다. 모든 짐과 바구니도 한군데로 모았다. 준비가 끝나고 삼십 분쯤 지나자 교회의 종이 열한 시 십오 분을 알렸다. 그제야 사람들은 언덕으로 뻗은 길을 따라 걸었다.

하얀 모래땅이 삼 마일이나 계속되는 이 길은 달빛을 받아 오늘따라 더 유난히 눈부시게 빛나고 있었다.

테스는 마을 사람들과 어울려 이런저런 이야기를 나누며 걸으면서도 여러 가지 생각이 오갔다. 술을 많이 마신 남자들은 시원한 밤바람을 쐬면서도 몸을 가누지 못해 비틀거리며 걷고 있었다. 살결이 검고 욕지거리를 잘하며 얼마 전까지도 더버빌과 사이가 좋았던 카 다치(스페이드의 여왕이라는 별명이 있는), 다이아몬드의 여왕이란 별명을 가진 그녀의 동생 낸시, 그리고 무도장에서 넘어진 새색시 등 남자 빰칠 만큼 흐느적거리는 그녀들의 술 취한 걸음걸이는 절로 웃음이 나왔고 민망하기까지 했다. 정상적인 사람의 눈에는 그녀들의 술주정이 고약하게 보였지만, 그들 자신은 전혀 부끄러운 일이 아니라고 여기는 듯했다. 그들은 독창적이며 깊이가 있는 사상을 갖고 있다는 자부심에서 하늘이라도 날 듯한 기분으로 걷고 있었다. 즉 자신들은 자연과 한 덩어리가 되어 세상을 이루었고, 규모 있고 즐겁게 서로 연결되어 있다고 생각했다. 그들은 하늘에 떠 있는 달이나 별같이 의기양양했고, 달과 별까지도 그들처럼 정열에 불타는 것으로 생각했다.

그러나 테스는 아버지의 술주정을 뼈저리게 겪었기 때문에 그들의 꼴을 보자 눈부신 달빛의 감흥조차 느낄 수가 없었다. 하지만 안전을 위해서는 그들과 함께 동행할 수밖에 없었다.

큰길에서부터 서로 흩어져서 걷고 있었는데, 맨 앞에 가던 사람이 농장으로 들어가는 문을 열려고 애쓰는 동안 다시 한군데로 몰렸다.

문을 열려던 사람은 스페이드 여왕이란 별명의 카였다. 그녀는 어머니에게 드릴 잡화와 자기 옷감, 그 밖에 일주일 동안 쓸 다른 물건들을 담은 바구니를 머리에 이고 있었다. 바구니는 크고 무거웠다. 그녀가 두 팔을 허리에 버티고 걸을 때마다 바구니는 중심을 잃고 떨어질 듯 흔들거렸다.

"어머, 카 다치! 등을 타고 흘러내리는 게 뭐지?"

일행 속에서 누군가가 소리치자 모두 카를 쳐다보았다. 얇은 웃옷을 입은 그녀의 등에는 밧줄 같은 것이 허리 쪽으로 흘러내리고 있었다. 그것은 마치 중국 사람이 머리를 땋아 내린 것 같았다.

"머리칼이 흘러내린 거야."

다른 여자가 말했다.

그건 머리칼이 아니었다. 바구니에서 천천히 흐르고 있는 물줄기였다. 그러나 잔잔한 달빛 아래 그것은 마치 매끄러운 뱀처럼 반들거렸다.

"이건 당밀(糖蜜)이야."

자세히 보던 부인이 덧붙였다.

사실 그건 당밀이었다. 카의 할머니는 양봉을 해서 벌꿀이 넉넉했지만 당밀을 좋아하기 때문에 그녀는 할머니를 기쁘게 해 드리려고 사 가지고 가던 길이었다. 그녀가 서둘러 바구니를 내려서 보니 당밀이 든 병이 깨져 있었다.

그때 그녀가 지은 표정을 보며 다른 사람들은 큰소리로 웃었다. 머리끝까지 약이 오른 카는 다른 사람의 손을 빌리지 않고 처리하기 위해 일행이 가로질러 가려는 풀밭으로 뛰어들었다. 그녀는 잔디 위에 벌렁 누워서 등을 좌우로 흔들어 비비기도 하고 팔꿈치를 땅에 대고 몸을 끌어올리기도 하면서 옷에 묻은 당밀을 닦아내려고 했다.

웃음소리는 점점 더 높아져 갔다. 카가 하는 짓을 보고 배꼽이 빠지도록 웃던 그들도 맥이 풀려서 농장의 문과 기둥, 지팡이 등에 기대섰다. 이제껏 침묵을 지켜오던 테스도 그들의 소란한 소용돌이 속에 끼어들지 않을 수 없었다.

그러나 그녀의 웃음은 생각지도 않은 불행을 가져왔다. 카는 술이 취하지도 않은 테스가 다른 사람들보다 큰소리로 웃는 것을 보자, 오랫동안 쌓였던 그녀에 대한 시기심이 머리를 쳐들어 마치 미친 사람처럼 되어 버렸다. 카는 벌떡 일어나 반감의 대상인 테스 앞으로 바싹 다가갔다.

"이 왈패 같은 년, 잘도 비웃는군."

"미안해. 남들이 웃는 걸 보니까 참을 수 없었어."

테스는 웃으면서 사과했다.

"네가 그 남자의 사랑을 받고 있다고 지금은 최고인 줄 알겠지만, 조금만 기다려. 조금만 기다리라니까! 너 같은 년 둘이 덤벼도 문제없단 말이야. 날 좀 봐……. 자, 맛을 톡톡히 보여 줄 테니!"

떨고 있는 테스 앞에서 피부가 검은 여왕은 웃옷을 벗어젖혔다. 마을 사람들이 웃음을 터뜨린 원인이 웃옷에 있으므로 그녀는 벗어 던지면서도 쾌감을 느끼는 듯했다. 드디어 그녀는 토실토실하게 살이 오른 목덜미와 어깨, 그리고 팔을 달빛 아래 드러냈다. 기름이 흐르듯 반질반질하고 아름다운 몸집은 마치 프락시텔레스의 조각 같았다. 그것은 포동포동하고 건강한 시골 아가씨의 아름다움이었다. 카는 주먹을 불끈 쥐고 테스에게 싸울 듯이 대들었다. 그러나 테스는 당당한 말투로 말했다.

"그렇게 덤벼도 당신 같은 사람하곤 절대로 싸움 안 해요. 당신이 그런 여자인 줄 알았다면 이따위 하찮은 사람들과 같이 이곳에 오지도 않았을 거예요."

여러 사람을 한데 묶어서 말한 것 같은 이 말 때문에 다른 사람들까지도 재수 없다는 듯 테스에게 욕설을 퍼부었다. 특히 카에게 의심을 받을 만큼 더버빌과의 관계가 수상한 다이아몬드 여왕은 카와 함께 테스를 공격했다. 평소에 얌전하던 대여섯 사람의 여자들도 춤추던 흥분이 아직 남아서 그런지 들뜬 기분으로 그들과 장단을 맞췄다. 테스가 까닭 없이 욕을 먹는 것을 본 여자들의 남편이나 애인들은 테스의 편을 들어 화해시키려 했으나 오히려 싸움만 더 번지게 할 뿐이었다.

테스는 약도 오르고 창피하기도 했다. 돌아가야 한다는 걱정 따위는 까마득히 사라졌다. 될 수 있는 대로 이곳에서 속히 빠져나가야 한다는 생각뿐이었다. 자기를 공격하던 여자들 중에서도 몇몇 착한 이들은 내일이면 후회할 것이라는 것을 그녀는 잘 알고 있었지만 피하고 싶은 마음밖에 없었다. 일행은 이제 모두 들판 안으로 들어섰다. 테스가 그들에게서 빠져나가려고 뒷걸음질치고 있을 때, 마침 길 옆으로 두른 담장 한쪽에서 발자국 소리도 없이 말을 탄 사람이 나타났다. 마을 사람들을 훑어보던 그 사람은 바로 알렉 더버빌이었다.

"대관절 어찌 된 영문이야?"

청년이 물었다.

이에 대한 대답을 간단히 할 수 있는 상황도 아니고, 청년 역시 어떤 대답을 듣기 위해 물어본 것은 아닌 듯했다. 그는 얼마간 떨어진 곳에서 그들의 떠드는 소리를 들었으므로 조심스레 다가와 그들이 하는 짓을 끝까지 지켜보고 있었던 것이다.

테스는 일행과 떨어져 문 가까이 서 있었다. 청년은 그녀에게 몸을 구부려 속삭였다.

"자, 빨리 내 등 뒤로 올라타. 저 떠들어대는 무리들을 순식간에 앞질러버릴 테니까!"

그녀는 곧 기절할 것만 같았다. 여자들이 싸움을 걸어왔을 때 그녀의 신경은 극도로 긴장되어 있었다. 그렇지 않았다면 이전에도 청년의 호의를 거절했듯이 그 친절을 받아들일 리 없었을 것이다. 한 걸음 말 위로 뛰어오르는 것만으로도 적에 대한 두려움과 분노를 승리로 바꿀 수 있는 바로 그 순간에 마침 그가 구원의 손을 내민 것이다. 그녀는 깊게 생각할 필요도 없이 문으로 올라가 청년의 발등을 밟고 그의 등 뒤로 올라탔다. 남의 말하기를 좋아하는 술주정꾼들이 그 상황을 눈치 챘을 때엔 이미 두 사람은 멀리 어둠 속으로 사라질 무렵이었다.

스페이드 여왕은 옷에 묻은 당밀도 잊어버린 채 다이아몬드 여왕과 술에 취한 새색시 옆에 서 있었다. 말발굽 소리가 멀찍이 사라져 버린 길 쪽을 그들은 한참 동안이나 바라보았다. 테스와 청년이 함께 말을 타고 달려간 사실을 알지 못하는 남자가 그녀에게 와서 물었다.

"뭘 보는 거야?"

"호호호!"

피부가 검은 카가 웃었다.

"히히히!"

술 취한 새색시가 남편의 팔에 매달려서 웃고 있었고, 카의 어머니도 의미 있는 말을 덧붙였다.

"프라이팬에서 뛰쳐나가 불 속으로 뛰어든 게야."

술에 취하긴 했지만, 언제까지나 시시덕거릴 수는 없었으므로 이들은 밭두렁으로 발길을 재촉했다. 밤이슬을 맞은 그들의 머리는 달빛에 반사되어 우윳빛 구슬을 머리에 이고 가는 것 같았다. 그 후광은 희미하게 빛나기 때문에 다른 사람의 눈에는 거의 보이지 않았지만, 끝까지 그들의 머리를 아름답게 장식했다. 아름다운 경치와 신비로운 달빛 그리고 술에 취한 그들의 정열이 포근한 대자연과 잘 조화되어 밤은 무르익고 있었다.

11

두 사람은 한참 동안 아무 말 없이 말을 달렸다. 테스는 위험을 벗어난 기쁨에서 그를 의지하고 있었지만 한편으로는 왠지 불안했다. 말은 평소 그가 타고 다니는 거친 말이 아니었기 때문에 그 점에선 두려워할 필요가 없었지만 자꾸만 알 수 없는 불안함이 더했다. 그녀가 말을 천천히 몰아달라고 부탁하자, 알렉은 순순히 들어주며 비로소 입을 열었다.

"어때? 테스, 멋지게 빠져나왔지?"

"네, 고마워요."

"정말 고맙게 생각한단 말이지?"

그녀는 대답하지 않았다.

"테스, 어째서 내 입맞춤을 언제나 거절하는 거지?"

"당신을 사랑하지 않으니까요."

"그게 정말이야?"

"당신의 행동을 이해할 수 없고, 불쾌할 때가 한두 번이 아니었어요."

"나도 그럴 거라고 생각하고 있었어."

알렉은 그녀의 말을 부인하지는 않았다. 그는 테스가 무슨 말을 해도 태연한 척하는 것이 상책이라는 것을 알고 있었다.

"내가 아가씰 기분 나쁘게 했을 때, 왜 잠자코 있었지?"

"그 까닭은 더 잘 알고 있잖아요? 난 이곳에서 멋대로 행동할 수 없으니까요."

"내가 지나치게 치근덕거리면서 아가씨를 못살게 군 일은 별로 없다고 생각하는데?"

"이따금 그러신 적도 있어요."

"몇 번이나 그랬지?"

"여러 번이에요. 굳이 시치미 뗄 필요는 없어요."

"만날 때마다 내가 그랬던가?"

그녀는 입을 다물었다. 초저녁부터 퍼지기 시작한 흐린 안개가 낮은 지면에 자욱이 퍼져서 그 일대를 덮어 버렸다. 그 때문에 달빛이 가려져 길은 매우 어두웠다. 알렉은 이 기회를 이용하여 트랜트리지로 가는 갈림길에서 훨씬 벗어났는데, 테스는 그 사실을 까맣게 모르고 있었다.

그녀는 한 주일 동안 새벽녘부터 해질 때까지 꼬박 서서 일을 했기 때문에 말할 수 없이 고단했다. 그런데다가 지난밤에는 삼 마일이나 되는 체이스버러까지 걸어갔고, 저녁도 굶으면서 세 시간 동안이나 길동무를 기다렸다. 또 돌아오는 길엔 한참 동안 걸었고, 싸움 때문에 흥분했었다. 그녀는 깜박 잠이 들어 머리를 어느덧 청년의 등에 기대고 있었다.

더버빌은 말을 멈추었다. 그런 뒤 발디딤에서 발을 빼고 그녀의 몸을 받쳐 주기 위해 몸을 옆으로 돌려 그녀의 허리를 휘감았다.

그녀는 몸을 움찔했다. 테스의 순간적인 방어심(防禦心) 때문에 말이 갑작스레 움직였지만 다행히도 온순해서 비틀거리기만 했을 뿐 그녀를 말에서 떨어지게 하지는 않았다.

"너무 지나친걸! 난 단지 떨어지지 않게 받쳐 주려고 했던 것뿐이야."

그녀는 의심쩍어했으나, 어쩌면 그의 말이 사실일지도 모른다고 생각하며 미안한 태도로 상냥하게 말했다.

"불쾌하게 해 드렸다면 미안해요."

"미안하다는 말만으로는 불쾌감이 사라지질 않아."

그가 쏘아붙였다.

"이게 무슨 꼴이람. 너같이 하찮은 계집애한테 핀잔을 받다니, 날 뭐로 보는 거야? 석 달이 다 되도록 나를 조롱하고 피해 다니며 창피만 줬지? 난 이제 더는 참을 수가 없어!"

"전 내일 집에 가겠어요."

"안 돼! 절대 보낼 수 없어. 한 번 더 말하겠는데, 나를 믿는다는 증거로 내 품에 안겨 보란 말이야. 우리 둘밖엔 아무도 없어. 자, 어서. 우린 서로 잘 알고, 내가 널 사랑한다는 것도 알지? 난 너를 이 세상에서 누구보다도 아름다운 여자라고 생각해. 넌 대체 나를 어떻게 생각하고 있지? 너를 사랑해선 안 될 이유라도 있는 건가?"

테스는 급히 몸을 피하고 불쾌한 표정으로 거친 숨을 내쉬었다. 그러고는 먼 산을 바라보면서 중얼거렸다.

"모르겠어요……. 어떤 대답을 해야 하는 건지 정말 모르겠어요."

청년은 더 이상의 대답 같은 건 기대하지도 않는다는 듯 테스를 끌어안았다. 그녀도 더 이상 반항하지 않았다. 얼마 뒤 두 사람은 말 등에 가로로 걸터앉아서 말을 몰아갔다. 하지만 시간이 너무 오래 걸리는 것 같아 주위를 살펴보니까 큰길로 가는 것이 아니라 아주 낯선 샛길로 들어가고 있었다. 그녀는 와락 겁이 났다.

"어머, 도대체 여기는 어디죠?"

"숲을 지나가고 있는 거야."

"어느 숲이죠? 큰길에서 많이 벗어난 것 같아요."

"체이스 숲의 일부야. 영국에서도 가장 오래된 숲이지. 이렇게 멋있는 밤인데 좀 천천히 간다고 해서 나쁠 건 없잖아."

"어쩌면 당신은 계속 나를 실망시키는군요."

타이르는 듯한, 아니 원망하는 듯한 말투로 테스는 말했다. 말에서 미끄러져 떨어질 위험도 있었으나, 그녀는 자기를 껴안고 있는 청년의 손가락을 하나하나 잡아 젖히면서 빠져나오려 했다.

"아까 뿌리친 것이 미안해서 당신이 하는 대로 가만히 있었던 것뿐이에요. 그런데 무슨 엉뚱한 소리예요. 이거 놓으세요, 내려서 걸어가겠어요."

"이것 봐, 날씨가 개었어도 혼자선 갈 수 없어. 사실 지금 우린 트랜트리지에서 몇 마일이나 떨어진 곳에 있단 말이야. 그리고 이렇게 안개가 짙은데, 숲 속에서 길을 잃으면 어쩌지?"

"그런 걱정일랑 마세요. 제발 내려 주세요. 여기가 어디든 상관없어요. 내려만 주세요. 부탁이에요."

"좋아, 정 그렇다면 내려 주지. 그러나 이렇게 으슥한 곳으로 테스를 끌고 온 이상, 안전하게 돌아가게 해 주는 것이 나의 책임이지. 짙은 안개 속에서 여자 혼자 집을 찾아간다는 건 불가능한 일이야. 사실은 여기가 어디쯤인지 나도 잘 모르겠어. 그러니까 말 옆에서 내가 돌아올 때까지 기다리겠다고 약속하면 기꺼이 내려 주지. 내가 이 근방의 길이나 집을 찾아서 우리가 있는 위치를 확실히 알게 되면 테스를 붙들지 않겠어. 내가 돌아오면 길을 가르쳐 줄 테니까 그때 마음대로 해."

그녀는 그렇게 하겠다고 했다. 강제로 입맞춤을 당한 불쾌함을 떨쳐 버리기라도 하듯 그녀는 재빨리 말 등에서 내렸고, 청년은 반대쪽으로 뛰어내렸다.

"말고삐를 잡고 있을까요?"

"아냐, 그럴 필요 없어. 말이 지쳐 있으니까 오늘 밤엔 그냥 두어도 괜찮을 거야."

알렉은 숨을 거칠게 쉬는 말을 쓰다듬으면서 말했다.

그는 말머리를 숲으로 향하게 한 다음 큰 나뭇가지에다 고삐를 묶었다. 그리고 마른 낙엽을 긁어모아 그녀를 앉게 할 자리까지 만들어 주며 말했다.

"자, 여기 앉아. 낙엽은 아직 습기가 차지 않았으니까 앉아도 괜찮을 거야. 말이나 지키고 있으면 돼."

그는 몇 발짝 걸어가더니 돌아섰다.

"그런데 말이야. 오늘 어떤 사람이 당신 아버지한테 조랑말을 선물했다더군."

"그 어떤 사람이 바로 당신이겠군요?"

더버빌은 머리를 끄덕였다.

바로 지금과 같은 상황에 감사를 표시해야 하는 어정쩡한 자신의 마음에 신경을 쓰면서 그녀는 소리쳤다.

"그런 일을 해 주시다니, 무어라 감사 표시를 해야 좋을지 모르겠군요."

"그리고 동생들에겐 장난감을 주었다지?"

"동생들에게까지 신경을 써 주실 줄은 정말 몰랐어요."

그녀는 감동어린 목소리로 속삭였다.

"하지만 아무것도 주지 않은 편이 더 좋았을 걸 그랬어요. 정말이에요. 아무것도 받지 않는 편이⋯⋯."

"그건 무슨 까닭이지?"

"대답하기 곤란하군요."

"테스, 당신은 조금도 날 사랑하지 않는군."

"선물을 주신 것은 감사해요. 그러나 사랑한다고는⋯⋯."

그녀는 자기에 대한 청년의 열정을 생각하자 말끝을 맺지 못한 채 눈물을 흘렸다.

"자, 울음을 그치고, 여기 앉아서 내가 올 때까지 기다려 줘."

그녀는 그가 쌓아 준 마른 풀더미 한복판에 순순히 앉았다. 그러나 자꾸만 몸이 떨려왔다.

"추워?"

"네, 조금."

청년은 조심스레 그녀의 몸에 손을 대 보았다. 그러자 모든 것이 큰 물결 속에 가라앉듯이 온몸이 그녀에게 빠져드는 것 같았다. 그녀의 살결은 마치 솜사탕 같았다.

"이런, 얇은 모슬린만 입고 있었군. 도대체 어떻게 된 일이야?"

"이건 유일한 제 여름 외출복이에요. 집에서 나올 때는 이 옷이 입을 만했었는데……. 사실 이렇게 늦도록 말을 타고 돌아다니게 될 줄은 몰랐으니까요."

"구월의 밤은 기온이 꽤 내려가지. 가만 있자……."

그는 자기가 입고 있던 가을 외투를 벗어 다정스럽게 그녀를 감싸 주었다.

"이젠 됐어. 좀 있으면 따뜻해질 거야. 그럼 테스, 빨리 돌아올 테니 여기서 잠깐 쉬고 있어."

그는 그녀의 어깨에 걸쳐 준 외투의 단추를 끼워 준 뒤 안개가 짙은 숲속으로 사라졌다. 어디쯤인지는 모르지만 언덕을 올라가는지 부스럭대는 소리가 들렸다. 그러다가 잠시 후 그의 인기척은 조그만 새의 바스락거림처럼 잦아들더니 아주 조용해졌다. 차츰 달이 기울어지면서 희미한 빛마저 사라지고 사방은 완전한 어둠에 싸여 버렸다. 칠흑 같은 어둠 속에서 테스는 시나브로 잠이 들었다.

　알렉 더버빌은 체이스 숲 속의 어디쯤에 자기들이 있는지를 확인하기 위해 비탈길을 올라가고 있었다. 사실 그는 조금이라도 오래 테스와 함께 있고 싶은 욕심에서 달빛에 보이는 그녀의 아름다움에 넋을 잃은 채 길가 표지판에 눈을 돌릴 새도 없었던 것이다. 그래서 닥치는 대로 한 시간가량이나 돌아다닌 것이다. 고개를 넘어서 길이 잇닿은 골짜기로 내려가자, 눈에 익은 길가의 울타리가 보였다. 그는 비로소 현재 위치를 짐작할 수 있었다. 그는 발길을 돌려 테스가 기다리는 쪽으로 향했다. 동이 틀 때는 가까웠지만 달은 완전히 기운데다 안개조차 걷히지 않아서 체이스 숲은 두터운 어둠에 잠겨 있었다. 그는 나뭇가지에 걸리지 않도록 양팔을 앞으로 벌려 더듬으며 나아갔다. 이런 어둠 속에서 그녀가 있는 곳을 찾기란 쉬운 일이 아니었다. 그는 몇 번이나 근방을 헤매던 중 옆에서 말이 움직이는 소릴 들었다. 그리고 뜻밖에도 자기 외투 소매가 발에 걸려 움찔 놀랐다.

　"테스!"

　그러나 그녀는 대답이 없었다. 다만 희끄무레한 것이 발치에 보였다. 그것은 가랑잎 위에 누워 있는 테스의 흰옷이었고, 다른 것은 하나도 보이지 않았다. 더버빌이 몸을 구부리자 쌔근거리는 숨소리가 들렸다. 그는 무릎을 꿇었다. 그리고 그녀의 숨결이 얼굴 가까이 느껴지도록 더 몸을 숙였다. 그의 뺨이 그녀의 뺨과 맞닿았다. 그녀는 곤히 잠들어 있었고, 짙은 속눈썹에는 눈물이 맺혀 있었다.

　어둠과 고요만이 모든 것을 지배하고 있었다. 그들의 머리 위에는 태고적부터 내려오는 체이스 숲의 주목(朱木)과 떡갈나무가 높이 솟아 있었다. 그 나뭇가지에는 새들이 포근한 새벽잠을 즐기고 있었고, 그들의 주변에선 산토끼들이 슬금슬금 눈치를 보며 뛰어다니고 있었다. 사람들은 이렇게 말할지 모른다. 테스를 지키는 천사는 어디로 갔으며, 그녀가 순진하게 믿어오던 하느님은 어디에 있는가 하고……. 어쩌면 테스의 수호신은 이야기에 정신이 팔려 그녀를 잊고 있었거나 여행 중이었거나 아니면 아직 잠에서 깨어나지 않은 것이 아니었을까.

어째서 운명은 비단결처럼 연약하고 티 없는, 이렇듯 아리따운 여자의 몸에 저 저속한 낙인을 찍어야 했을까. 세상의 일이란 어째서 탕아가 순결한 여인을 차지하고, 악녀가 착한 남자를 빼앗는 것처럼 어긋나기만 하는 것일까. 이 문제를 두고 철학자들이 수천 년에 걸쳐 연구했으나 이것이 답이다 하고 정의를 내린 사람은 아직 없다. 어쩌면 눈앞에 닥친 이 비극에 인과응보(因果應報)의 법칙이 숨겨져 있다고 할지도 모르겠다. 틀림없이 테스 더버빌의 몇 대 위 조상이 갑옷을 입고 싸움터에서 의기양양하게 개선했을 때, 그들 중 어떤 자는 시골 처녀들에 대해서 똑같은 방법으로, 아니 그보다 더 난폭한 방법으로 욕망을 채운 자가 있었는지도 모른다. 그러나 조상의 죄가 후손에게 미친다는 건 신들을 위해서는 훌륭한 도덕률이 될지 모르지만, 보통 인간들에게는 너무나 비합리적인 일이다. 그러므로 이런 이론을 내세워본들 그의 행동이 정당하다고 할 수는 없는 것이다.

테스의 고향 사람들은 어떤 일이든 운명으로 돌려 '그렇게 될 수밖에 없었다.'는 식으로 일축해 버리는데, 그들의 그런 사고방식 때문에 테스와 같은 상황에 처한 불행은 훨씬 더 비극적인 색채를 띠게 되는 것이다. 트랜트리지 마을의 양계장에서 자신의 운명을 개척해 보려고 고향을 떠난 테스의 성격은 사회의 모순으로 인해 완전히 바뀌게 되었다.

제 2 부
어둠의 세월

12

바구니는 무겁고 보따리는 커서 불편했지만, 짐의 무게쯤은 문제도 아닌 양 테스는 계속해서 걸었다. 걷다가 힘에 겨우면 길가의 문이나 기둥에 기대서서 잠깐 쉬었다가 통통하게 살이 오른 팔에 보따리를 걸고 또다시 걷기 시작했다.

10월 하순의 어느 일요일 아침, 테스 더비필드가 트랜트리지에서 온 지 넉 달쯤 되고, 또 체이스 숲 속에서 밤을 지낸 지 이십일쯤 되는 어느 날이었다. 날이 밝은지 얼마 되지 않은 시각, 뒤쪽 지평선에서 떠오르는 황금빛 광채는 그녀가 가는 안쪽 산봉우리를 비추고 있었다. 그 산은 그녀가 고향으로 가기 위해 넘어야 할 길, 즉 넉 달 전까지만 해도 트랜트리지 마을과는 아무 상관 없이 살아오던 골짜기와의 경계선이기도 했다. 오르막길은 그리 가파르지 않고, 또 지형이라든가 경치 같은 것도 블랙무어 골짜기와는 많이 달랐다. 양쪽에는 철도가 통하고 있어 서로 이어진 인상을 주기는 하지만, 마을 사람들의 성격과 언어에는 상당한 차이가 있었다. 그래서 트랜트리지와 고향과의 거리는 채 이십 마일이 못 되는데도 굉장히 멀리 떨어진 것 같은 생각이 들었다. 고향 사람들은 장사나 여행, 심지어는 사랑과 결혼까지도 북서부 지방 사람들과 했다. 한편 트랜트리지 마을 사람들은 그들의 정력이나 관심을 주로 동남부 사람들과 교류하려고 했다.

테스가 걷고 있는 고갯길은 유월의 어느 날, 더버빌이 그녀를 태우고 난폭하게 마차를 몰던 바로 그 언덕이었다. 테스는 얼마 남지 않은 산꼭대기까지 쉬지 않고 단숨에 올라갔다. 그녀는 고갯마루에 서서 아침 안개에 반쯤 가려진 정든 마을을 바라보았다. 그곳에서 내려다보는 마을 경치는 언제나 아름다웠지만 오늘따라 더욱 눈부셨다. 그녀가 마지막으로 이 경치를 본 뒤로는, 새가 아름다운 소리로 지저귀는 그 이면에는 또 다른 음모가 숨어 있다는 무서운 사실도 알았고, 그로부터 그녀의 인생관은 완전히 바뀌어 버렸다. 고향에 있을 때의 순진하던 소녀와는 딴판으로 변한 테스는 깊은 생각에 잠겨 한참 동안 서 있다가 고개를 들어 올라온 길을 돌아다보았다. 마음이 괴로워 고향 마을을 더 이상 바라볼 수 없었다.

조금 전 그녀가 힘들여 올라온 길고 하얀 비탈길에 이륜마차가 보였다. 한 남자가 마차를 타고 오면서 테스를 향해 손을 흔들어 보였다.

그녀는 별 생각 없이 가만히 서서 기다렸다. 잠시 후 그는 마차를 끌고 그녀 옆으로 다가왔다.

"왜 아무도 모르게 도망치는 거지?"

더버빌은 나무라듯 숨을 헐떡이며 말했다.

"오늘은 일요일이잖아. 남들은 아직 일어나지도 않았는데 말이야. 난 네가 없어진 걸 알고 이렇게 놀라서 허둥지둥 쫓아왔단 말이야. 저 말 좀 봐. 얼마나 땀을 흘렸는지! 무엇 때문에 이런 짓을 하는 거지? 너를 못 가도록 붙잡는 사람이라도 있어? 게다가 이런 무거운 짐까지 들고……. 고생을 사서 하는군. 난 정말 미친 사람처럼 말을 몰고 왔어. 네가 정 다시 돌아가기 싫다면 집까지 태워 주려고 말이야."

"난 절대 돌아가지 않아요."

"그럴 줄 알았어. 나도 그렇게 생각했었어. 좋아, 그럼 짐을 실어. 데려다 줄 테니까."

그녀는 아무래도 좋다는 듯이 바구니와 보따리를 마차에 싣고 자리에 올라 더버빌과 나란히 앉았다. 이제는 더버빌이 무섭지 않았다. 그러나 그를 두려워하지 않게 된 사실이 그녀를 더 슬프게 했다.

더버빌은 반복적으로 담배에 불을 붙였다. 대수롭지 않은 것을 화제로 삼으면서 그는 말을 몰았다. 지난여름 같은 길을 반대쪽으로 달리면서 테스에게 키스하려고 안간힘을 쓰던 사실 같은 건 까맣게 잊고 있었다. 그래서 지금 그녀는 인형처럼 무표정하게 앉아 그가 하는 얘기에 간단히 대꾸만 했다. 몇 마일을 달렸을 때, 조그만 숲이 나타나면서 말로트 마을이 보였다. 그때서야 비로소 그녀의 무표정하던 얼굴에 가냘픈 흥분이 일더니, 한두 방울의 눈물이 떨어졌다.

"왜 우는 거지?"

그는 쌀쌀하게 물었다.

"저 마을에서 태어난 일을 생각하고 있었어요."

"사람은 어디서든 태어나게 마련이지."

"난 안 태어났더라면 좋았어요. 아무 데서도!"

"체, 말도 안 되는 소리! 트랜트리지가 싫다면 왜 다시 온 거지?"

그녀는 대답하지 않았다.

"나를 사랑하기 때문에 온 건 아니지? 그렇지?"

"그건 사실이에요. 당신을 사랑하기 위해서 왔더라면, 또 진심으로 사랑했거나 아직도 사랑하고 있다면 지금처럼 내 자신을 미워하거나 저주하지는 않았을 거예요. 잠시 눈이 어두워졌던 것뿐이에요. 그 이상 아무것도, 또 달리 생각할 것도 없어요."

그는 어깨를 으쓱해 보이면서 다시 말을 잇는 그녀를 바라보았다.

"나는 당신의 속셈이 무엇인지 깨닫지 못했어요. 그러나 뒤늦게 알았을 때 이미 일은 끝났던 거예요."

"그건 여자들이 늘 하는 소리지."

"어떻게 그런 뻔뻔스런 말을 하는 거죠?"

그녀는 머리를 홱 돌리면서 소리쳤다. 깊숙이 숨어 있던 증오가 폭발하듯 그녀의 눈은 이글거리면서 불타올랐다.

"당신을 마차에서 밀어 떨어뜨려도 시원치 않겠어요. 여자들이 늘 하는 그런 말을, 진심에서 하는 여자도 있다는 건 모르시는군요."

그는 웃으면서 말했다.

"알아, 잘 알겠어. 마음을 상하게 해서 미안해. 사과하지."

그는 말을 계속하는 동안 또다시 거친 말투로 변해 갔다.

"언제까지 화만 낼 거야? 내 잘못에 대해선 힘이 닿는 데까지 책임지려고 생각하고 있었어. 당신이 원한다면 힘든 일을 하지 않게 해 줄 수도 있고, 그런 엉성한 옷차림 대신 멋지게 단장해 줄 수도 있다는 말이야."

그녀는 천성이 너그럽고 솔직해서 남을 무시하는 일은 좀처럼 없었다. 그러나 그녀는 입술을 비죽거리며 고집스럽게 말했다.

"아무것도 바라지 않는다고 말하지 않았나요? 받지도 않고 받을 수도 없어요. 당신의 욕망을 채워 주는 노예밖엔 될 수 없는 그런 짓은 절대로 할 수 없어요."

"그런 태도를 누가 본다면, 그야말로 틀림없는 더버빌 가문의 후손일 뿐 아니라 공주라고 생각할 거야. 하하하, 귀여운 아가씨, 난 더 할 말이 없어. 내가 나쁜 놈이지. 나는 나쁜 놈으로 태어났고, 또 그렇게 살아 왔으니까 틀림없이 나쁜 놈으로 죽고 말 거야. 그러나 내 가슴에 손을 얹고 맹세하지만, 너에게만은 두 번 다시 나쁜 짓을 하지 않겠어. 만약 어려운 일이 생기면 내게 꼭 알려 줘. 필요할 땐 언제든, 어떤 일이든 다 도와줄 테니까. 난 트랜트리지에 없을지도 몰라. 얼마 동안 런던에 가 있을 작정이야. 난 늙은 이가 보기 싫어 죽을 지경이야. 그러나 나에게 오는 편지만은 전달받을 수 있도록 해놓을게."

그녀는 그만 내려달라고 말했다. 숲의 조그만 나무 아래서 그는 말을 세웠다. 더버빌이 먼저 내려서 그녀를 안아 내린 다음, 짐도 그 옆에 내려놓았다. 고개를 숙여 작별 인사를 하면서 그의 두 눈과 마주쳤다. 그녀는 재빨리 몸을 돌려 짐을 들고 떠나려 했다.

알렉 더버빌은 그녀에게 몸을 굽히면서 나직이 말했다.

"설마 이대로 그냥 헤어질 생각은 아니겠지? 이리 와!"

"원하신다면."

그녀는 냉담하게 말하면서 그를 향해 얼굴을 치켜들었다. 형식적이면서도 아직 미련이 남은 듯한 태도로 알렉이 그녀의 뺨에 입술을 갖다 댔다. 그녀는 마치 대리석 조각인 듯 꼼짝도 하지 않은 채 멀리 보이는 숲만 응시하고 있었다.

"자, 옛정을 생각해서 반대편도."

그녀는 순순히 고개를 돌렸다. 그녀의 뺨은 마치 길가에 서 있는 버섯처럼 축축하고 미끄러웠으며 차가웠다.

"넌 나에게 키스해 주지 않는군. 단 한 번도 해 준 적이 없어. 나를 조금도 사랑하지 않는 거지?"

"몇 번이나 말씀드렸지만, 난 당신을 사랑하지 않아요. 절대로 사랑할 수 없어요. 거짓말을 할 수 없는 양심이 아직 내게 남아 있어요. 만약 당신을 사랑하고 있다면, 그걸 고백함으로써 커다란 대가가 뒤따른다는 것쯤은 알고 있지요. 그러나 나는 당신을 사랑하지 않아요."

"테스, 어울리지 않게 감상적이군 그래. 아첨하려고 하는 말이 아니야. 솔직히 말해서 그렇게까지 슬퍼할 필요는 없어. 가문이야 좋든 나쁘든 이 지방에서 테스의 아름다움을 따를 여자는 하나도 없어. 이건 세상을 아는 사람으로서 그리고 테스를 아끼고 사랑하는 마음에서 말하는 거야. 당신이 현명한 여자라면 그 아름다움이 시들기 전에 세상 사람들에게 당당하게 보이려고 할 거야. 지금도 늦지 않았으니 내게로 돌아오지 않겠어? 진정으로 말하지만 이렇게 헤어지고 싶진 않아!"

"돌아가지 않는다니까요. 절대로 돌아가지 않아요. 그렇게 되기 전에 깨달았어야 했는데, 그 일이 있은 다음 나는 굳게 결심했어요. 절대로 안 돌아가요."

"그럼 잘 가요. 넉 달 동안의 내 사촌누이여, 안녕!"

그는 날쌔게 마차에 올랐다. 고삐를 고쳐 잡더니 곧 붉은 열매가 달린 울타리 사이로 사라져 갔다.

테스는 그의 뒷모습을 보지도 않은 채 꾸불꾸불한 오솔길을 따라 걸었다. 이른 아침이라 태양은 겨우 산봉우리에 얼굴을 내민 채였고, 햇살은 아직 피부에 느껴지지도 않았다. 주변에는 아무도 보이지 않았고, 길 위로 쓸쓸한 시월과 깊은 슬픔을 간직한 그녀만이 걷고 있었다. 그때 뒤에서 남자의 발걸음 소리가 들렸다. 빠른 걸음으로 걸어오던 남자는 그녀의 옆으로 다가와 미처 인기척을 느끼기도 전에 인사를 했다.

"안녕하십니까?"

마치 직공 같아 보이는 그는 붉은 페인트가 든 통을 들고 있었다.

"짐을 좀 들어다 드릴까요?"

사무적인 태도로 그가 말했다. 테스는 그에게 짐을 하나 건네주고 나란히 걸었다. 남자는 유쾌한 듯 또다시 말을 걸어왔다.

"안식일인데 아침 일찍 걷고 계시다니, 참 부지런하십니다."

"네."

"모두 한 주일을 마치고 쉬고 있을 텐데……."

그녀는 고개를 끄덕여 동의했다.

"나는 다른 어느 날보다도 보람 있는 일을 안식일에 합니다만……."

"그러세요?"

"토요일까지는 인간의 영광을 위해서 노력하지만, 안식일엔 하느님의 영광을 위해서 노력합니다. 이게 더 보람 있는 일이죠……. 그렇게 생각지 않으십니까?"

그러다가 그는 다시 말을 덧붙였다.

"아참, 저 난간에 잠깐 할 일이 있군요."

그는 길옆 목장으로 들어가는 입구 쪽으로 향하면서 말했다.

"잠깐만 기다려 주십시오. 곧 끝납니다."

그가 테스의 바구니를 들고 갔기 때문에 그녀는 하는 수 없이 그가 하는 대로 지켜보면서 기다릴 수밖에 없었다. 그는 목장 난간 앞으로 가더니 바구니와 페인트통을 내려놓고 붓으로 페인트를 잘 섞은 다음 석 장의 널판 으로 막은 목장 난간의 가운데 칸에 크게 글씨를 쓰기 시작했다. 읽는 사람 들에게 한마디 한마디 음미하며 읽게 하려는 듯 글자마다 구두점을 찍어 가면서…….

너희, 파멸은, 멈추지, 아니하느니라.
— 〈베드로후서〉 제2장 3절

평화스런 정경과 숲의 쓸쓸한 빛깔, 지평선의 파란 하늘과 이끼 낀 목장의 난간 따위를 바탕으로 주홍색 글씨는 불붙는 듯 눈부시게 빛났다. 글씨는 스스로 부르짖고, 그 소리는 공간에 메아리치는 듯했다. 종교의 전성시대에는 인류에게 더 없는 지표가 되었을 이 계명이 괴상한 모양으로 천하에 씌어진 마지막 모습을 본다면 어떤 사람들은 '오오, 불쌍한 신학이로다.' 하고 개탄할지도 모른다. 그러나 그 글은 그녀의 가슴에 파고들어 책망하는 듯한 무서움으로 다가왔다. 분명 처음 만나는 사람인데도 최근에 겪은 테스의 비밀을 모두 알고 있는 것 같았다.

일을 마치고 그는 바구니를 집어 들었다. 그녀는 무의식적으로 다시 나란히 걸었다.

"지금 쓰신 글을 그대로 믿으세요?"

그녀가 나직이 물었다.

"그걸 믿느냐고요? 내가 살아 있느냐고 물을 수 있어요?"

그녀는 떨리는 목소리로 말했다.

"하지만 자기 잘못으로 저지른 죄가 아니라면……."

그는 머리를 저었다.

"그런 중대한 문제를 나로서는 설명할 자신이 없습니다. 나는 지난여름 내내 수백 마일을 돌아다녔죠. 구석구석까지 찾아다니면서 벽이나 대문, 목장 난간 등에 가리지 않고 계명을 썼습니다. 그 계명들이 어떻게 작용하는가 하는 문제는 읽는 사람들의 양심에 맡겼습니다."

"그건 너무 심한 일인걸요. 사람의 마음을 짓밟고 숨통을 막아 죽일 수도 있어요."

"그것이 바로 그 말들이 목적하는 겁니다."

그는 무뚝뚝한 목소리로 덧붙였다.

"하지만 아가씨는 내가 항구나 빈민굴에 붙이려고 준비해 놓은 정말 따끔한 문구를 읽어 보면 머리가 복잡하게 될 겁니다. 그 문구들을 이 시골에 쓰는 것도 역시 훌륭한 교훈이 될 겁니다. 아, 저기 쓰러져 가는 헛간 벽에 빈자리가 있군. 바로 저런 곳에 한 줄 써야 합니다. 당신 또래의 아가씨들이 위험에 빠지지 않도록 말입니다. 잠시 기다려 주시겠습니까?"

"아뇨, 먼저 가겠어요."

그녀는 바구니를 들고 터벅터벅 걸어갔다. 조금 가다가 뒤돌아보자 회색 벽에 처음 것과 비슷한 내용의 글이 한 자 한 자 드러나기 시작했다. 쓰러져 가는 회색 벽은 마치 난처하다는 듯 묘한 표정을 짓고 있는 것 같아 보였다. 그 남자가 글을 반쯤 썼을 때, 테스는 그 의미를 깨닫고 얼굴이 새빨개졌다.

너희들, 간음하지, 말지니라……
— 〈출애굽기〉 제20장

그 쾌활한 사나이는 그녀가 보고 있는 것을 느꼈는지 붓을 놓았다. 그리고 큰소리로 말했다.

"만약 아가씨가 이 귀중한 교훈의 설명을 듣고 싶으면, 충실하고 착한 목사가 오늘 저녁 아가씨가 가는 마을에서 자선 예배를 하게 되어 있으니 한 번 만나보세요. 에민스터의 클레어라고 하는 분인데, 이전엔 나도 그분의 교인이었죠. 참 훌륭한 분입니다. 내가 아는 목사 중에선 설교를 제일 잘하시고, 이 일을 하게 된 것도 그분 때문이지요."

테스는 아무 말도 하지 않았다. 두근거리는 가슴으로 땅만 내려다보면서 다시 걸었다.

"시시하게 하느님이 그런 말을 하셨다고는 믿어지지 않아!"

그녀는 비웃듯이 중얼거렸다. 그러자 달아올랐던 얼굴도 차츰 식었다.

바로 눈앞 굴뚝에서 연기가 피어오르는 자신의 집을 보자 그녀는 가슴이 찢어지는 듯 아팠다. 집에 도착하자 아래층으로 내려와 껍질 벗긴 떡갈나무로 아침밥을 지으려고 불을 지피던 어머니가 뛰어나와 테스를 반겨주었다. 일요일 아침이기 때문에 아버지와 아이들은 아직 이 층에서 자고 있는 듯했다.

"이게 누구야, 테스 아니냐?"

깜짝 놀란 어머니는 딸에게 키스하면서 반색을 했다.

"어떻게 된 거냐? 네가 이렇게 내 앞에 설 때까지 온 줄도 몰랐단다. 결혼하게 되어 집으로 온 거냐?"

"아니에요, 어머니. 그런 일이 아니에요."

"그럼 휴가로?"

"네, 휴가예요. 아주 긴 휴가를 받았어요."

"왜 네 사촌이 잘 돌봐주겠다고 안 하든?"

"그는 친척이 아니에요. 그리고 결혼할 생각도 없는 사람이에요."

어머니는 불안하다는 듯 테스를 쳐다보았다.

"애야, 그게 무슨 소리니? 사실대로 말해 봐라."

테스는 어머니 앞으로 다가가서 그녀의 어깨에 머리를 기댄 채 그동안의 일들을 얘기했다.

"그래, 그런 일을 당하고도 넌 결혼하자고 매달리지 않았다니……. 그렇게 물러나는 여자는 세상에 너밖에 없겠다."

"다른 여자들은 어떨지 모르지만, 저는 그럴 수 없어요."

"네가 결혼을 하고 돌아왔다면 그 이상 좋은 일이 어디 있겠니."

더비필드 부인은 울화통이 터져서 당장 울음을 터뜨릴 것 같았다.

"너와 그 사람에 대한 소문이 이 마을까지 다 알려졌어. 그런데 이렇게 될 줄 누가 짐작이나 했겠니? 니 생각만 할 게 아니라 집안 식구 생각도 좀 해 보면 어떠냐. 자, 봐라! 나는 노예처럼 일에서 헤어날 날이 없고, 아버지는 몸도 약한데다가 프라이팬에 기름이 눌어붙은 것처럼 심장이 기름으로 막혀 있지 않니? 그런 줄도 모르고 난 좋은 소식 오기만을 기다리고 있었지. 넉 달 전 너희들이 마차를 타고 떠나갈 때, 정말 난 잘 어울리는 짝이라고 생각했는데⋯⋯. 그 사람이 선물한 걸 봐라. 그가 우리에게 친척이니까 그렇게 하는 줄 아니? 친척이 아니더라도 너를 사랑한다고 생각했단다. 그런데 결혼을 하도록 만들지도 못하다니!"

알렉 더버빌과의 결혼이라니! 그는 결혼 문제에 대해서는 이제껏 한마디도 한 적이 없었다. 그러나 만약 그가 청혼했더라면 어떻게 됐을까? 테스 자신도 알 수 없는 일이었다. 그러나 딱한 어머니는 알렉에 대한 딸의 심정을 이해하지 못했다.

그녀의 심정이란 말로 표현할 수 없는, 부자연스럽고 뭐가 뭔지 알 수 없는 그런 상태였다. 그런 묘한 감정 때문에 돌아온 것이고, 그러한 기분에 자꾸만 빠져드는 자기 자신이 무엇보다 싫어졌던 것이다. 그에 대해선 한 번도 생각해 본 일이 없었다. 그러나 테스는 그가 두려웠다. 그 앞에서는 왠지 위축됐고, 그의 교묘한 수단에는 넘어가지 않을 수 없었다. 결국 한때는 그의 열렬한 태도에 잠시 눈이 어두워져서 그가 하는 대로 굴복한 적도 있었다. 그러나 이제는 그의 야비함이 역겨워 도망쳐 나온 것이다. 이것이 그녀가 돌아온 이유의 전부였다. 그를 죽도록 미워한다고는 할 수 없지만, 테스에게 그의 존재란 아무 의미도 없었다. 또 가문을 생각해서라도 그 청년과는 결혼할 수가 없었다.

"결혼할 생각이 없었다면 좀 더 몸조심을 했어야지……."

"오, 어머니, 어머니!"

당장 가슴이 터질 것 같은 테스는 어머니 쪽으로 몸을 돌리며 말했다.

"어떻게 그런 걸 미리 알 수 있어요. 넉 달 전 집을 떠날 때까지만 해도 나는 어린애였어요. 남자들의 속성에 대해서 왜 가르쳐 주지 않으셨어요? 어째서 미리 주의를 주지 않았느냐 말이에요. 부잣집 아이들은 책을 읽고 그들 스스로 자기를 지키는 방법을 알게 되지요. 하지만 난 그런 걸 배우지도 못했고, 또 어머니가 가르쳐 주지도 않았잖아요."

그녀의 어머니는 할 말이 없었다.

"그가 널 좋아해서 어떻게 될 거라는 걸 미리 말해 주면 네가 거만하게 굴면서 모처럼의 기회를 놓치게 될 거라고 생각했었다. 이젠 다 지나간 일이니 잊어버리자꾸나. 그렇게 되도록 이미 작정된 것이고, 또 하느님이 하시는 일이야."

그녀의 어머니는 앞치마로 눈물을 닦으면서 넋두리처럼 중얼거렸다.

13

테스 더비필드가 친척집으로부터 되돌아왔다는 소문은 순식간에 퍼졌다. 이 소문은 고작해야 사방 일 마일이 조금 넘는 이 마을 사람들 입에 오르내리기 시작했다. 저녁 무렵, 말로트 마을에 사는 학교 친구들이 찾아왔다. 감히 흉내도 못 낼 만큼 큰 성공을 거두고 돌아온(그들은 그렇게 생각했다.) 친구를 만나기 위해 그들은 빳빳하게 풀을 먹여 다린 옷을 차려입고 있었다. 그들은 테스를 방 한가운데 앉혀 놓고 호기심에 가득 찬 눈으로 이모저모를 살폈다. 먼 친척인 더버빌은 단순한 지방 유지와는 달리 신사인데다가 난봉꾼이며, 또 테스와 사랑하는 사이라는 소문이 트랜트리지 마을에서 들려왔다. 그녀의 집안이 가난해서 그런 관계를 설마하고 의심하였으나, 만약 소문대로 일이 되어 가고 있다면 테스의 매력은 굉장한 것이라고 생각하고 있었다.

이 친구들은 그녀에게 깊은 관심을 보였다. 그래서 테스가 잠깐 몸을 돌렸을 때 나이 어린 처녀가 소곤거렸다.

"어쩌면 저렇게 예쁠까. 좋은 옷을 입으니까 더 예뻐 보여! 저 옷은 꽤 비쌀 거야. 그 남자가 사 준 건가 봐."

구석진 곳에 놓아 둔 찻잔을 끌어당기던 테스는 그녀가 하는 말을 듣지 못했다. 테스가 그 말을 들었다면 사실대로 얘기해서 친구들의 오해를 풀어 주었을지도 모른다. 그러나 어머니는 그 말을 들었다. 당장 결혼하게 될줄 알았던 그녀의 소망은 헛되게 꺼져 버렸지만, 그가 테스에게 애를 태우던 장면을 마음속에 그리면서 스스로를 위로하려 했다.

덧없고 보잘것없는 결과가 테스의 체면을 손상시킨다 할지라도 다시 결혼하게 될지도 모른다는 미련을 어머니는 버리지 않았다. 그들이 칭찬하는 것에 보답할 양으로 어머니는 흐뭇해서 차를 권했다. 친구들은 재잘거리며 허물없는 농담을 주고받았다. 그들이 테스를 칭찬하며 부러워하자 그녀의 기분도 되살아났다. 저녁 무렵에는 친구들의 재잘거림으로 테스도 쾌활한 기분으로 되돌아올 수 있었다. 대리석처럼 굳어져 있던 얼굴 모습이 어디론가 사라지고, 이전의 활발한 걸음걸이로 움직이며 아름다운 자태를 남김없이 드러냈다.

자신의 경험을 좀 색다른 것이라고 인정하는 듯 선배 같은 태도로 친구들의 질문에 대답했다. 로버트 사우스의 시처럼 '나 자신의 파멸을 사랑했다.' 하는 심정은 아니었으므로 테스의 환상도 순식간에 물거품처럼 사라졌다. 그리고 냉정한 이성이 되살아나서 어리석은 그녀의 약점을 비웃는 듯해 다시금 침울하게 되었다.

이튿날 새벽, 그녀가 눈을 떴을 때의 기분은 무어라 표현할 수 없었다. 한가롭던 일요일은 지나고 월요일 아침이 되었다. 입고 있던 새 옷은 헌옷으로 바뀌었고, 떠들썩하던 친구들도 모두 가 버렸다. 천진스럽게 잠자는 동생들 틈에서 테스는 홀로 일어나 앉아 있었다. 그녀가 돌아옴으로 해서 일어났던 일시적인 소동과 들뜬 마음은 사라지고, 그 대신 누구의 도움도 없이 겪어야 할 숱한 일들이 앞에 놓여 있었다. 테스는 눈앞이 아득해지면서 죽어 버리고 싶은 생각이 들었다.

그럭저럭 몇 주일이 지나자 마음도 안정되어 일요일 아침에는 교회를 찾게 되었다. 의무적인 참여에 불과했지만 그녀는 찬송을 듣고 옛 시편(詩篇)을 읽었다. 그녀가 노래를 좋아하는 것은 민요를 잘 부르는 어머니에게서 물려받은 것이다. 어머니는 아무리 단순한 음악이라도 때로는 온 마음을 흔들리게 하는 힘까지도 느끼게 했다.

청년들의 짓궂은 눈길을 피하려는 생각에서 그녀는 교회종이 울리기 전에 교회에 도착했다. 그녀는 노인들만이 들어가 앉는 아래층 헛간 가까운 맨 뒷줄에 자리 잡았다. 그 헛간에는 묘지를 관리하는 연장이 있고, 테스가 앉은 의자 바로 옆에는 관을 올려놓는 받침대도 있었다. 두서너 사람씩 들어와서 앞자리에 앉았다. 그들은 기도를 하지 않으면서도 마치 기도하는 것처럼 머리를 숙이기도 했고, 머리를 든 채 사방을 두리번거리면서 사람들을 둘러보았다. 그때 찬송가가 시작되었는데, 그것은 테스가 가장 좋아하는 합창곡이었으나 가사를 잘 몰랐다. 작곡가에게는 하느님과 같은 신비한 힘이 있다고 생각하면서 그 합창곡 속으로 빠져들고 있었다. 그 찬송은 죽은 것 같은 그녀의 영혼을 일깨워 주었다.

사방을 둘러보던 사람들은 예배가 진행 중인데도 테스가 앉아 있는 것을 발견하고는 수군거렸다. 그들이 주고받는 얘기의 내용이 무엇인지를 짐작한 그녀는 마음이 상하여 더 이상 교회에 가지 않기로 마음먹었다.

동생들과 함께 쓰는 침실은 그녀가 숨어 사는 도피 장소 같았다. 두 칸쯤 되는 이 방 안에서 그녀는 계절이 바뀌도록 나오지 않았다. 그곳에서 바람 부는 것, 눈보라치는 것, 비 내리는 것 그리고 찬란한 저녁놀과 둥근 보름달을 지켜보았다. 마을 사람들은 테스가 그 집에서 나와 어디로 가 버렸다고 생각할 정도였다.

이 무렵의 테스는 어두워진 후에야 산책을 했다. 그녀가 쓸쓸함을 잊을 수 있는 것은 오직 숲 속뿐이었다. 빛과 어둠이 골고루 어울려 있는 시간에는 낮의 피곤과 밤의 휴식이 잘 조화되어 말할 수 없는 마음의 자유를 느끼게 했다. 삶의 괴로움이 거의 자취를 감추는 때도 바로 그 무렵이었다. 그녀는 어둠 따위는 조금도 두렵지 않았다. 그녀가 두려워하는 것은 혼자서는 가련한 존재이면서 뭉치면 무서운 힘을 발휘하는 사람들이 살고 있는 세상이었다. 그곳에서 도피하려는 것이 그 무렵 그녀의 생각이었다.

이 쓸쓸한 골짜기의 숲 속을 거니는 그녀의 조용한 발걸음은 그녀의 존재를 끊임없이 주위의 사물들과 결합시켰다. 어둠에 싸여 걸어가는 그녀의 모습은 그녀를 둘러싼 경치에서 떼놓을 수 없는 존재가 되었고, 이 자연의 물체들이 서로 결합하여 움직였다. 세상이란 심리적 형상에 지나지 않아서 사물이 있다고 생각할 때 비로소 존재하는 것이다. 겨울밤에 얼어붙은 나무 싹과 가지 사이로 몰아치는 돌풍이며 바람소리는 가슴 아픈 가책의 반증이었다. 비가 온다는 것은 마음속에 있는 막연한 도덕이란 존재가 그녀의 나약함을 깊이 슬퍼해 주는 표시 같았다. 그녀가 어렸을 때엔 흔히 말하는 도덕이란 것이 하느님을 뜻하는 것인지, 아니면 다른 무엇을 뜻하는 것인지 판단하지 못했었다.

그러나 낡아빠진 인습에 근거하여 테스가 마음대로 만들어낸 이 생각은 그녀의 공상에서 생겨난 슬프고도 잘못된 창조물이었다. 그녀가 그런 생각 속에서 까닭 없이 무서워하는 도덕이란 도깨비 떼들이었다. 현실에서 피해 다니는 것은 도덕이란 도깨비 떼들이지 결코 테스 자신은 아니었다. 새들이 잠자고 있는 나무 사이를 거닐면서, 달빛 아래 뛰노는 토끼를 보면서, 또는 꿩의 보금자리가 있는 나뭇가지 아래 서서 테스는 스스로 죄 없는 짐승의 영역을 침범하는 죄인이라고 생각했다. 이 세상에 죄 없는 사람은 하나도 없는데, 테스는 애써 다른 사람들과 자신이 다르다고 생각하고 있었다. 그러나 사실은 누구보다도 그 사회와 잘 어울리는 존재가 바로 그녀였다. 왜냐하면 오랫동안 지켜 내려오는 사회의 관습을 그녀가 어기긴 했지만, 그것을 죄라고 여기고 그처럼 자기를 옭아매는 사회적 통념은 깨뜨리지 못했기 때문이었다.

14

짙은 안개로 뒤덮인 팔월의 어느 새벽이었다. 밤새 깔린 짙은 안개는 따뜻한 햇살을 받으면서 양털처럼 흩어져 골짜기나 숲 속으로 숨어 버렸다.

안개에 가려진 태양은 마치 묘한 감정을 지닌 사람의 표정 같았다. 인기척을 느낄 수 없는 들판에서 이제 막 떠오른 태양의 모습은 마치 그 옛날 태양 숭배의 의미를 이해할 수 있도록 설명하는 것 같았다. 이만큼 건전한 종교가 일찍이 세상에 있었다고는 믿어지지 않을 만큼 장엄한 순간이었다. 빛을 뿜어내는 그 황금빛 머리에 상냥스런 웃음을 띠었으며, 부드러운 눈매는 하느님과도 같은 존재로 열정으로 넘치는 세상을 내려다보고 있었다.

농가의 덧창 틈새로 스며든 햇살은 선반이나 옷장, 그 밖의 다른 가구들 위에 벌겋게 단 부젓가락 같은 무늬를 만들어 아직 잠자고 있는 농부들을 깨웠다.

그러나 이날 아침, 온갖 것들 가운데 가장 빛나는 것은 페인트칠을 한 두 개의 폭이 넓은 받침대였는데, 말로트 마을 바로 옆에 있는 누런 밀밭의 한 모퉁이에 서 있었다. 그것은 그 밑에 다른 두 개의 받침대와 함께 오늘의 추수를 위해 간밤에 갖다놓은 것이었다. 네 개의 받침대로 회전하는 십자가 모양의 이 추수 기계에 칠한 페인트는 햇빛에 반사되어 더욱 강한 빛을 발하고 있었다.

마차나 기계가 지나갈 수 있도록 밀밭의 길을 터놓기 위해 벌써 밭 둘레를 따라 일 미터 정도의 너비로 밀을 벤 뒤였다.

동쪽 울타리 맨 위 그림자가 서쪽 울타리의 중간쯤에 비쳤을 때 한패의 남자 일꾼들과 다른 한패의 여자 일꾼들이 오솔길을 내려왔다. 이들의 머리 위로 햇살이 비추었으나 발밑은 아직 어슴푸레했다. 그들은 길가에서 가장 가까운 곳에 있는 두 돌기둥 문 사이로 사라져 갔다.

이어서 여치가 짝을 부르는 것 같은 소리가 들렸다. 추수하는 기계가 돌기 시작한 것이다. 세 마리의 말과 페인트칠을 한 목재로 만든 기계가 덜커덕거리면서 한 줄로 나가는 모습이 저 너머로 보였다. 한 사람이 기계를 끄는 말 위에 앉아 마부 노릇을 했고, 기계 윗자리에는 일을 돕는 사람이 타고 있었다. 밭고랑을 따라 세 마리 말이 끄는 기계의 가로대는 천천히 빙빙 돌아 마차 전체가 저쪽 끝까지 나가 눈앞에서 사라졌다가 다시 되돌아와서, 갈 때와 같은 속도로 옆의 밭고랑을 따라 올라왔다. 맨 앞의 말머리에 단 반짝이는 놋쇠별이 고개 마루턱에 제일 먼저 나타나고, 뒤이어 빙빙 도는 새빨간 가로대가, 그리고 마지막에는 추수하는 기계 전체가 나타나는 순서로 진행되고 있었다. 밭을 둘러싼 그루터기가 보이는 좁은 길은 추수하는 기계가 한 바퀴 밭을 돌 때마다 폭이 점점 넓어져 갔다.

해가 높이 솟아오름에 따라 밀밭은 차츰 그 범위가 좁혀져 갔다. 토끼, 뱀이나 들쥐들은 안전한 거처로 숨으려는 듯 좁아져 가는 밀밭 속으로 도망쳤다. 그러나 그 피난처는 임시일 뿐 그들을 기다리고 있는 운명이 무엇인지 알지도 못한 채 그 속에서 분주했다. 마지막 손바닥만큼 남은 밀밭도 추수 기계가 베어 버리면 마침내 들짐승들은 일꾼들의 막대기와 돌멩이에 맞아 모두 죽고 마는 것이었다.

밀 베는 기계는 한 묶음이 될 만한 밀포기를 베어 뒤로 떨어뜨리면 뒤에서 따라오는 사람들이 다발로 묶었다. 이 일은 대개 여자들이 맡아 하는데, 간혹 무명 셔츠를 입은 남자들도 섞여 있었다. 그들은 가죽띠로 바지를 허리에 졸라맸기 때문에 나머지 붉은 두 개의 단추는 소용없게 되어 움직일 때마다 햇빛에 반짝였는데 마치 성난 눈동자처럼 보였다.

그러나 밀 다발을 묶는 사람들 가운데도 가장 관심을 끄는 건 여자들이었다. 평범한 가정의 자리를 떠나 들판에서 움직이는 여인들을 볼라치면 자연과 어우러져 생기가 넘쳤다. 남자들은 밭에서 일하는 사람에 불과하지만, 여자들은 들판의 일부가 되어 마치 한 폭의 그림을 연상시켰다. 여자로서의 한계를 뛰어넘어 자연과 하나로 동화되었다고나 할까…….

아가씨라고 부르는 편이 오히려 어울릴 만큼 젊디젊은 여자들이 거의 대부분을 차지하고 있었고, 그들은 햇빛을 가리기 위해 펄럭이는 커다란 무명 모자를 쓰고 손을 보호하려고 장갑을 끼고 있었다. 어떤 여자는 연분홍색 재킷을 입었고, 어떤 여자는 소매 끝이 좁고 긴 크림색 옷을, 또 가로대에 칠한 페인트만큼이나 붉은 치마를 입은 여자도 있었다. 좀 더 나이든 여자들은 올이 굵은 갈색 작업복을 입었는데, 이 옷은 예부터 추수 때 입는 옷이었고, 들일엔 가장 적당했으나 요즘 젊은 여자들은 차츰 입지 않게 된 옷이었다. 이날 아침엔 연분홍 재킷을 입은 여자한테 사람들의 시선이 집중되었다. 많은 여자들 중 그녀의 몸매가 가장 탐스럽고 아름다웠다. 그녀는 모자를 깊이 눌러 썼기 때문에 밀단을 묶는 동안은 얼굴이 조금도 안 보였지만, 모자 차양 밑으로 한두 갈래 뻗어 나온 짙은 갈색 머리칼로 미루어 그녀의 피부색을 짐작할 수 있었다. 다른 여자들이 자주 사방을 두리번거릴 때에도 전혀 아랑곳하지 않고 일에만 몰두하고 있는 그녀의 태도가 사람들의 눈길을 끌었는지도 모른다.

그녀는 시계바늘처럼 단조롭게 밀단 묶는 동작만 계속했다. 이제 막 베어놓은 밀대에서 한 줌씩 집어 왼쪽 손바닥으로 밀단 끝을 탁탁 쳐서 가지런히 했다. 그리고 나서는 마치 애인을 끌어안듯 허리를 낮게 구부려 장갑을 낀 왼팔을 단 밑으로 하고, 오른팔은 위로 하고는 무릎으로 받치면서 밀대를 끌어모았다. 끈 양끝을 앞으로 당기고 무릎으로 밀짚을 눌러서 단으로 묶었다. 가끔 산들바람이 치마 끝을 펄럭이면 그녀는 손끝으로 툭 쳐 내렸다. 물소 가죽 장갑과 옷소매 사이로 뽀얀 팔이 드러났다. 시간이 지남에 따라 그루터기에 스친 자국이 그녀의 부드러운 살결에 피가 맺히게 했다.

가끔 일어나서 허리를 펴고는 비뚤어진 앞치마를 고쳐 입거나 모자를 바로 쓰기도 했다. 그럴 때면 무엇에나 매달려서 하소연할 듯이 보이는 길게 땋은 머리와 크고 까만 눈동자를 가진 그녀의 둥글고 예쁜 얼굴이 보였다. 그녀의 파리한 뺨과 고른 치열, 붉은 입술은 흔히 보는 시골 아가씨들의 모습과는 달라 보였다.

그녀는 테스 더비필드였다. 어딘가 이전과 달라진 듯하면서도 이전과 변함이 없는 모습이었다. 고향에 살면서도 나그네나 다른 곳에서 온 사람처럼 잘 어울리지 않고 생활하기 때문이었다. 추수기에는 집에서 하는 일보다 바깥 일이 더 많고 수입이 좋으므로 오랫동안 집안에 틀어박혀 있던 그녀도 밖에 나가 일하기로 결심했던 것이다.

다른 여자들의 동작도 테스가 하는 것과 비슷했다. 한 단씩 묶고 나면 그들은 사방에서 모여들어 이 지방의 풍습대로 열 단이나 열두 단씩 모눈모양으로 쌓아 놓았다.

그들은 아침 식사를 한 후에 다시 일을 계속했다. 열한 시가 가까워졌을 때 그녀를 살펴본 사람이면, 일을 계속하면서도 재빨리 언덕 쪽을 힐끔거리는 그녀를 알아보았을 것이다. 잠시 후 여섯 살에서 열네 살쯤 된 한 패의 아이들이 그루터기만 남은 언덕 위로 나타났다.

테스의 얼굴은 조금 붉어지는 듯했으나 그대로 일을 계속했다.

그중 제일 큰 계집애가 어깨에 두른 숄을 땅바닥에 끌면서 인형 같은 것을 안고 있었는데, 그것은 큰 옷을 입고 있는 갓난아기였다. 다른 한 아이는 점심을 가져왔다. 추수꾼들은 일손을 멈춘 채 밀단을 쌓아 놓은 곳에 기대앉아 점심을 먹기 시작했다. 남자들은 식사와 곁들여 서로 술잔을 권하기도 했다.

남들이 제각기 자리에 앉을 때까지도 테스는 일을 계속했다. 그녀는 다른 사람들의 얼굴을 피해 밀단을 쌓아 놓은 구석진 곳으로 가서 앉았다. 그녀가 편안하게 자리 잡고 앉았을 때 토끼 가죽으로 만든 모자를 쓰고 허리춤에 손수건을 꽂은 남자가 낟가리 너머로 그녀에게 술잔을 넘겨주었으나 그녀는 이를 사양했다. 점심을 펼쳐놓자 그녀는 동생을 불러 아기를 받았다. 아기를 풀어 준 동생은 좋아서 맞은편 낟가리에서 놀고 있는 아이들한테로 갔다. 테스는 잠시 머뭇거리다가 곧 체념했다는 듯이 단추를 끌러 아기에게 젖을 먹이기 시작했다. 그러나 감정을 감출 수는 없었는지 점점 얼굴이 붉어졌다.

가까이 있는 남자들은 다른 곳으로 얼굴을 돌린 채 담배를 피우고, 또 어떤 남자는 빈 술병을 아쉬운 듯 기울였다. 점심을 먹은 여자들은 이야기꽃을 피우기에 한창이었고, 흐트러진 머리를 매만지기도 했다.

테스는 아기가 배불리 젖을 먹고 나자 무릎 위에 세운 채 먼 곳을 응시했다. 그러다 갑자기 아이에게 격렬한 입맞춤을 했다. 경멸과 애정이 뒤섞인 이 묘한 입맞춤에 아기는 울음을 터뜨렸다.

"아이를 미워하면서 함께 죽어 버렸으면 좋겠다고 말하지만, 역시 자식은 귀여운 거야."

빨간 치마를 입은 여자가 말했다.

"그런 말은 이젠 하지 않을 거야. 누구나 당하고 나면 익숙해지다니, 참 알 수 없어……."

누런 옷을 입은 여자가 대꾸했다.

"저렇게 되기까진 아무래도 웬만큼 추근거린 것 같지 않아. 작년 어느 날 밤에 말이야. 체이스 숲 속에서 여자가 흐느껴 우는 소릴 들은 사람들이 있대. 만약에 이웃 사람들이 그때 지나갔다면 그 청년은 톡톡히 망신을 당했을 거야."

"글쎄, 속사정은 자세히 알 수 없지만 하고많은 여자들 중에서 하필이면 저 아이가 저런 꼴을 당하다니, 참 가엾어. 저런 변을 당하는 건 다 예쁜 애들이지. 못생긴 여자는 교회처럼 안전하기 마련인가 봐. 안 그래, 제리?"

동의를 구하는 그녀의 얼굴이 묘하게 일그러졌다.

꽃송이 같은 입과 크고 순한 눈을 가진 테스의 애절한 모습을 보면 누구든지 그녀의 불행을 동정했을 것이다. 설사 그녀의 적이라 할지라도 마찬가지였을 것이다. 너무 검지도 않고, 푸르지도 않고, 그렇다고 잿빛이나 자줏빛이라고 할 수도 없는 여러 가지 색을 섞은 것 같은 그녀의 오묘한 눈을 들여다보면 그늘 뒤에 그늘이, 빛깔 너머에 또 다른 빛깔이 있는 것 같은 눈동자를 만나게 된다. 조상으로부터 부주의한 성품만 물려받지 않았더라면 그녀는 전형적인 여성상으로 대표되었을 것이다.

갑자기 떠오른 한 가지 결심에서 테스는 여러 달 만에 처음으로 밭에 나온 것이다. 혼자만이 겪어야 했던 온갖 뉘우침과 괴로움에 시달리고 지친 끝에 비로소 평범한 생각이 그녀의 마음을 가라앉혔다. 어떤 대가를 치르더라도 새로운 삶을 찾기 위해 새로운 출발을 해야겠다고 그녀는 마음먹었다. 과거는 과거일 뿐이다. 어떤 것이라도 과거는 현재 존재하지 않는다.

세월이 지나면 그런 것들은 기억에서 사라지고, 그녀 또한 땅에 묻힐 것이다. 초목은 옛날과 다름없이 푸르고, 새는 노래하고, 태양은 언제나처럼 지금도 빛나고 있지 않은가. 그녀를 둘러싼 낯익은 환경은 그녀의 슬픔으로 인해 어두워지지도 않았고, 그녀의 괴로움으로 뒤엉키지도 않았다. 모든 것이 예전 그대로였다.

그녀의 고집을 이토록 부드럽게 만든 것은, 자기가 이제껏 움츠리며 두려워하던 염려가 한낱 부질없는 것임을 깨달았기 때문인지도 모른다. 그녀는 남과는 아무런 관계도 없는 존재이고, 지금의 결과는 경험에 불과했다. 그녀가 밤낮으로 괴로워하는 모습을 보이면 그들은 '고생을 사서 한다.' 고 지나가는 말처럼 중얼거릴 것이다. 그러나 자연과 아이에게서 삶의 기쁨을 찾으려 한다면 '용케도 잘 참는다.' 고 할 것이다. 만약 무인도에서라면 자신이 당한 일을 불행하다고 생각했을까? 그렇지는 않았을 것이다. 아버지 없는 아기의 어머니라는 처지가 그녀를 절망케 했을까? 오히려 그녀는 그 환경을 냉정하게 받아들이고 거기서 즐거움을 발견했으리라. 그녀의 불행은 사회적 관습에서 오는 것이지, 타고난 감정에서 오는 것은 아니었다.

그러한 마음의 변화로 인해 테스는 마침 밭일이 한창 바쁠 때 일하러 나오게 되었던 것이다. 그래서 그녀는 침착한 태도를 유지했고, 갓난애를 품에 안았을 때에도 사람들의 얼굴을 넌지시 바라볼 수 있었던 것이다.

추수꾼들은 낟가리에서 부산히 일어나 팔다리를 힘껏 펴 보고 담뱃불을 껐다. 그리고 말들에게 사료와 휴식을 주기 위해 끌러 놓았던 빨간 기계를 다시 달았다. 급히 점심을 마친 테스는 동생을 불러 아이를 데려가게 한 다음 옷차림을 고치고 장갑을 꼈다. 다시 밀단을 묶기 위해 허리를 굽혀 일을 계속해 나갔다.

오전에 하던 것과 똑같은 일이 다시 저녁녘까지 계속되었다. 테스는 다른 추수꾼들과 더불어 어두워질 때까지 밭에서 일을 했다. 일이 끝나자 그들은 마치 좀먹은 타스카니 성자상의 낡아빠진 금박 후광처럼 때마침 동녘 지평선 위로 떠오른 둥근 달을 벗 삼아 큰 짐마차를 타고 집으로 돌아왔다. 테스의 여자 친구들은 숲 속으로 들어갔다가 변해서 돌아온 처녀를 비웃는 민요를 한두 곡 다른 노래와 뒤섞어 부르긴 했지만, 그녀의 처지를 위로하고, 다시 함께 일하게 된 것을 기뻐하기도 했다. 인생이란 얻는 것이 있는 반면 잃는 것도 있는 법이어서, 경종을 울린 그 사건은 한때 흥미있는 얘깃거리가 됐으나 친구들의 다정한 마음씨와 어울리는 가운데 테스의 슬픔은 차츰 사라져 갔다.

그런데 그녀가 도덕적인 슬픔에서 겨우 벗어나려 할 무렵 테스에게 새로운 슬픔이 다가왔다. 그녀가 집에 돌아오자 젖먹이가 오후부터 심한 열 때문에 앓고 있다고 했다. 아기가 워낙 약해서 병이 나기 쉬울 거라고 짐작을 하고는 있었지만 막상 일이 닥치니 충격이 매우 컸다.

아이는 테스에게 죄의 대가처럼 생각되었으나 그래도 건강하게 오래 살아주길 바랐다. 그녀는 어머니로서의 예민한 육감으로 이 조그만 육체의 죄인이 해방될 시간이 얼마 남지 않았다는 사실을 알 수 있었다. 아기를 잃는다는 것이야말로 가슴 아픈 일이지만, 아직 세례를 받지 못한 것이 더욱 슬펐다.

그녀는 죄 때문에 화형을 당해야 하고, 그것으로 모든 일이 제대로 해결된다면 조용히 형장에 나갈 수 있을 것 같은 생각이 들었다. 마을의 다른 처녀들과 마찬가지로 테스도 성경을 많이 읽어서 불의를 저지른 아홀라와 아홀리바 자매에 관한 얘기를 알고 있었다. 그 이야기의 결론이 어떠한지도 잘 알고 있었다. 그러나 그것과 비슷한 문제가 그녀의 젖먹이에게서 나타나자 그녀는 두려웠다. 귀여운 아기가 죽어 가고 있는데, 그 영혼을 살릴 길이 없었다.

식구들이 잠자리에 들 시간이었지만, 그녀는 아래층으로 뛰어내려가 목사를 불러와야겠다고 말했다. 마침 일주일에 한 번씩 가는 롤리버 주막에서 아버지가 막 돌아온 후였다. 자기는 이 지방에서 가장 유명한 가문의 후손이고, 테스가 그 명예에 먹칠을 했다는 아버지의 완고한 생각은 술기운으로 한층 굳어 있을 때였다. 지금은 테스가 가문을 더럽혔기 때문에 어느 때보다도 집안일을 숨겨야 할 터인데, 목사를 불러들여 수치스런 집안의 사정을 알릴 수는 없다고 아버지는 잘라 말했다. 그러고는 문을 잠근 채 열쇠를 호주머니에 넣었다.

가족은 모두 잠자리에 들었다. 테스는 한없는 슬픔으로 이 층으로 올라가 자리에 누웠지만 눈물이 쏟아져 내렸다. 자정쯤 됐을 때 아기의 병이 점점 더해 가는 것을 느낄 수 있었다. 분명히 죽어 가고 있는 듯했다. 조용하고 편안하게……

그녀는 침대 위에서 괴로움으로 시달렸다. 벽에 걸린 시계가 둔탁하게 한 시를 알렸다. 온갖 공상이 활개를 치고, 불길한 억측이 거짓 없는 현실로 다가올 때였다. 세례를 안 받았다는 것과 사생아라는 두 가지 죄목으로 지옥의 맨 밑바닥 구석으로 떨어질 아이를 생각했다. 마치 마왕이 빵을 굽는 날 솥을 달구기 위해 쓰는 삼지창(三枝槍) 같은 갈퀴로 자기 아기를 올려놓는 장면을 떠올렸다. 교회에서 아이들에게 교훈으로 얘기하는 여러 가지 기묘한 형벌까지도 머리에 계속 떠올랐다. 이처럼 무서운 생각들이 모두 잠든 이 시간에 그녀를 심하게 괴롭혔기 때문에 잠옷은 땀으로 흠뻑 젖고,

심장이 고동칠 때마다 침대가 흔들리는 것 같았다.

아기의 숨소리는 더욱더 가빠져서 테스의 마음을 후벼 팠다. 아이를 껴안고 아무리 입을 맞춰 봐도 소용없었다. 그녀는 도저히 견딜 수 없어 침대에서 내려와 미친 듯이 이리저리 거닐었다.

"자비로우신 하느님, 은혜를 베풀어 주시옵소서. 이 가련한 아이에게 은혜를 베푸소서."

그녀는 간절하게 애원했다.

"하느님의 노여움이 풀리도록 저에게 어떠한 벌이라도 주시옵소서. 저는 기꺼이 달게 받겠습니다. 그렇지만 제발 저의 아기만은 가엾게 여기시여 당신의 사랑으로 보살펴 주시옵소서."

그녀는 장롱에 기대어 알아들을 수 없는 기도를 올리다가 잡자기 몸을 일으켰다.

"아, 이 아이는 어쩌면 구원을 받을 수 있을지도 몰라. 반드시 구원받게 될 거야."

이렇게 말하는 그녀의 얼굴이 어둠 속에서 빛나고 있었다.

테스는 촛불을 켜서 한 방을 쓰고 있는 동생들을 깨웠다. 그러고는 세면대를 앞으로 끌어 낸 다음 세면대가 놓였던 자리에 가서 섰다. 주전자에 담긴 물을 세면대에 쏟고 동생들의 손을 합장시켜 그 둘레에 무릎을 꿇게 했다. 아직도 잠에서 덜 깬 동생들은 테스의 행동에 겁을 집어먹고는 점점 눈만 크게 뜬 채 그녀를 지켜보았다. 그녀는 침대에서 아기를 안아 올렸다. 어머니라고 부르지도 못하는 어린 아기를…… 테스는 갓난애를 안고 세면대 옆에 서고, 바로 아래 동생은 교회에서 집사가 목사에게 하는 것처럼 기도책을 펼쳐 그녀 앞에 섰다. 이렇게 아이의 세례 준비는 끝났다.

흰 잠옷 차림에 허리까지 곧게 땋아 늘인 까만 머릿단이 이상할 만큼 그녀의 모습을 드높게, 또 숭고하게 보이게 했다. 햇빛 아래 같으면 모조리 눈에 보일지도 모를 그루터기에 다친 상처라든가 피곤한 눈동자 등은 어슴푸레 비치는 다정한 촛불 아래서는 전혀 나타나지 않았다. 그리고 정성스레 행하는 그녀의 태도로 말미암아 비극적인 얼굴은 마치 다른 사람인 양 맑고 위엄 있는 모습으로 보이게 했다. 무릎을 꿇고 둘러앉은 동생들은 벌겋게 된 눈을 끔뻑이면서 놀라움에 찬 몸짓으로 준비가 다 되도록 조용히 기다렸다. 동생들 중 한 명이 물었다.

"테스 누나, 아기에게 정말 세례를 줄 참이야?"

테스는 진지한 태도로 그렇다고 대꾸했다.

"그럼, 이름은 뭐라고 하지?"

그녀는 아직 이름을 정하지는 않았지만, 세례 준비를 하면서 〈창세기〉에 나오는 이름 하나를 생각해 냈다. 그래서 그 이름으로 세례를 주기로 하고 즉시 행했다.

"소로우(Sorrow, 슬픔), 성부 성자 성신의 이름으로 그대에게 세례를 주노라."

그녀는 아기에게 물을 뿌렸다. 방 안은 숨소리도 멎은 듯 고요했다.

"자, 모두 '아멘' 이라고 해야지."

동생들은 시키는 대로 또랑또랑한 음성으로 따라했다.

그녀는 기도문을 쭉 외우다가 '우리는 이 아기를 받아 십자가의 표지를 그리노라.' 라는 구절에서 잠시 멈추고는 손에 물을 묻혀 아기 머리 위에다 성호를 그었다. 그러고 나서 아기가 죄악과 세상에 또 악마와 더불어 용감히 싸워 그의 생명이 다하는 날에 충실한 하늘의 군병이 되기를 축원하는 기도문을 계속했다. 순서대로 형식을 갖춰 외우는 테스의 '주기도문'을 동생들도 한 구절 한 구절씩 따라했다. 가느다란 목소리로 더듬더듬 외우던 동생들은 마지막 구절에 이르자 집사만큼이나 큰 목소리로 '아멘'을 외쳤다.

세례가 효과가 있을 것이라는 자신을 얻은 테스는 가슴에서 우러나오는 감사의 기도를 했다. 정신을 집중할 때 폭발할 듯 터져 나오는 대담하게 울리는 소리로 그녀는 감사의 기도를 드렸다. 한 번 들으면 평생 기억될 정도의 가슴을 뒤흔드는 음성이었다. 믿음에 도취된 그녀의 모습은 은혜를 받은 듯 얼굴에는 밝은 빛이 떠오르고, 두 뺨은 붉게 물들었다. 마치 속세를 떠난 사람 같아 보였다. 테스의 눈동자에 조그맣게 반사된 촛불이 금강석처럼 반짝였다. 동생들 눈에는 누나가 점점 더 경건하게 보여서 감히 말을 붙일 엄두도 낼 수 없었다. 지금 그녀의 모습은 사람이 아니라 우뚝 서 있는 탑처럼 보였고, 또 자신들과는 상관없이 거룩한 존재로 보여 존경의 눈빛으로 보게 되었다.

그러나 세상의 죄악과 악마에 대한 가련한 소로우의 싸움은 보잘것없는 것이었다. 먼동이 틀 무렵, 가련한 어린 병사는 마지막 숨을 거두었다. 잠에서 깨어난 동생들은 서럽게 울부짖으며 다시 예쁜 아기를 낳아 달라고 누나에게 졸랐다.

세례를 주고 나서부터 느낀 마음의 평온은 아기가 죽었는데도 그다지 흔들리지 않았다. 한나절이 되었을 때에야 아기의 영혼에 관해 지나치게 두려워하고 있었다는 사실을 깨달았다. 그러나 만약 이런 부당한 세례 흉내를 하느님이 인정하지 않거나, 또 정식으로 세례를 받지 않은 자는 천당에 갈 수 없다고 한다면, 그런 천당 따윈 없어도 좋고, 무시할 수 있다고 그녀는 마음먹었다.

이렇게 소로우는 하늘나라로 갔다. 사회의 규범을 무시한 세상의 불청객 사생아는 짧은 시간을 살다 갔기에 해〔年〕나 세기(世紀)가 있다는 것도 모를 것이다. 다만 시골의 작은 방만이 그의 세계요, 일주일의 기후가 온 세상의 기후였다. 며칠 동안의 삶이 인생의 전부였고, 젖을 빠는 본능만이 그 아이가 알고 있는 세상의 전부였다.

기독교 의식으로 아기를 매장하기 위해서 교의상 이 세례가 합당한 것인지 아닌지를 그녀는 곰곰이 생각했다. 여기에 대한 대답을 할 수 있는 사람은 목사였다. 해가 진 다음에 그녀는 목사를 찾아갔으나 집안까지 들어갈 용기가 나지 않았다. 만일 외출에서 돌아오는 목사를 우연히 만나지 않았더라면 그녀는 목사를 다시 찾아가지는 않았을 것이다. 그녀는 어둠 속에서 서슴지 않고 말했다.

"목사님, 무얼 좀 여쭈어 보려고 하는데요."

목사는 기꺼이 그녀의 청을 받아들였다. 그녀는 아기가 병에 걸린 것과 임기응변으로 세례를 준 일까지 목사에게 얘기했다. 그녀는 진지하게 덧붙였다.

"그런데 목사님, 제가 행한 세례가 목사님께서 베푸시는 것과 똑같은 효력을 나타낼 수 있을까요?"

순간 언짢은 목사는 부정하려 했다. 그러나 그녀의 당당한 모습과 신비에 가까운 부드러운 음성은 형식에 얽매인 신앙보다는 인간으로서의 감정에 호소하였다. 사실 십 년 가까이 직업적인 목사 생활을 하면서도 아직 버리지 못한 그의 신앙에 대한 회의심을 그녀의 기품이 자극한 것이다. 성직자의 양심과 인간의 감정이 목사의 마음속에서 갈등을 일으켰으나 승리는 인간에게로 돌아갔다.

"사랑스런 아가씨, 그것은 조금도 다를 게 없습니다."

"그러시다면 그 아이를 기독교 의식으로 매장해 주시겠습니까?"

그녀의 재빠른 물음에 목사는 난감해했다. 사실 아기가 병에 걸렸다는 말을 듣고 세례를 주기 위해 한밤중에 그녀의 집을 찾아갔으나 거절당했다. 그것이 테스가 아니고 그녀 아버지의 거절이었음을 안 그는 테스의 곤란한 부탁을 들어줄 수가 없었다.

"아, 그건 또 문제가 다릅니다."

"문제가 다르다뇨. 무슨 뜻이죠?"

"우리 둘만이 관계되는 일이라면 서슴지 않고 해 드리겠습니다만, 그렇게 하지 못 하는 이유가 있습니다."

"꼭 한 번뿐이에요, 목사님!"

"글쎄, 안 됩니다."

그녀는 목사의 손을 잡고 애원했다.

"목사님, 제발!"

목사는 손을 뿌리치며 좌우로 머리를 저었다.

"전 목사님을 존경하지 않겠어요. 교회엔 두 번 다시 나가지 않겠어요."

"그렇게 지각없는 소린 하는 게 아닙니다."

"목사님이 해 주지 않더라도 죽은 아기한테는 마찬가지일 거예요…….
그렇죠? 성자가 죄인에게 말씀하듯 하지 마시고 인간적인 면에서 제게 말씀해 주세요."

목사는 그녀의 정성에 감동되어 역시 같은 대답을 했다.

"그건 차이가 없습니다."

테스는 아기를 담은 조그만 궤짝을 낡은 솔에 싸서 한밤중 묘지로 향했다. 돈과 맥주 한 병을 묘지기에게 건네자 볼품없는 묘지 한구석, 하느님이 배정한 땅에 그 아기는 묻혔다. 쐐기풀이 무성한 묘지에는 알 수 없는 무덤들이 즐비하였다. 그곳은 지옥으로나 떨어졌을, 미처 세례받지 못한 아기나 자살자들의 무덤이 있는 곳이었다. 어느 날 밤, 테스는 남의 눈을 피해 길이 험한 묘지를 다시 찾았다. 손수 만든 조그만 십자가에 꽃을 달아 아기의 무덤 위에 꽂았다. 그리고 꽃 한 다발을 시들지 않도록 물병에 꽂아 어머니의 마음과 함께 무덤 앞에 세웠다. 오렌지 잼이 담겨 있던 초라한 병이었지만 어머니에게 그런 것은 조금도 문제가 되지 않았다.

15

로저 애스컴은 '내 경험에 의하면 오랜 방황 끝에 비로소 지름길을 발견하게 된다는 사실을 알 수 있다.' 고 말했다. 그러나 오랜 방황 끝에 지름길을 찾았다 해도 그때는 이미 지쳐서 한 발짝도 더 나아갈 수도 없는 경우가 종종 있는데, 그렇다면 경험이 우리들에게 무슨 필요가 있단 말인가?

테스 더비필드의 경험 또한 아무 의미 없는 것인지도 모른다. 오랜 절망과 다시 그 절망으로부터 간신히 탈출한 그녀는 이제야 바로 서야 한다는 걸 깨달았지만, 지나간 그녀의 과거를 이해해 줄 사람이 과연 있을까. 만약에 그녀가 더버빌의 저택으로 가기 전에 널리 알려진 격언이나 교훈을 배워 자신 있게 처신했더라면 결코 알렉에게 이용당하는 일은 없었을 것이다. 그러나 매사에 교훈이나 격언의 진리대로 행동한다는 것은 테스뿐 아

니라 그 누구에게도 불가능한 일이다. 그러니 그녀를 비롯한 많은 사람들은 성 어거스틴과 신께 이렇게 비꼬아 말할 것이다. '당신은 훨씬 빠른 지름길로 인도해 주셨습니다.'

겨울 한철 동안 그녀는 집에 머무르면서 닭과 칠면조, 거위를 돌보았다. 또한 더버빌한테 받고서 옷장에 처박아 두었던 옷을 뜯어서 동생들의 옷을 만들어 주기도 했다. 그러나 더버빌에게 도움을 청하고 싶은 생각은 티끌만큼도 없었다. 그녀는 바쁘게 일을 하다가도 가끔 머리에 손을 얹은 채 깊은 생각에 잠기곤 했다.

그녀가 골똘히 되새겨보는 것은 지난 일 년 동안에 일어났던 일들이었다. 트랜트리지의 캄캄한 체이스 숲 속에서 있었던 불행한 밤과 아기가 태어나던 날, 아기가 숨을 거두던 날을……. 자신과 조금이라도 관계가 되었던 일이라면 모두 떠올랐다. 어느 날 오후, 얼굴을 거울에 비쳐 보고 있을 때 지금까지 지내온 날들보다 훨씬 더 중요한 시간들이 기다리고 있음을 갑자기 깨달았다. 그것은 새로이 맞을 그 시간 속에 기척도 없이 교묘하게 숨어 있는 죽음의 날이었다. 그녀의 아름다움이 고스란히 사라져 버릴 죽음의 날, 그날은 분명히 존재한다. 그렇다면 도대체 그날은 언제일까? 힘겨운 현실과 끈질기게 연계되어 있는 그날을 매일 겪으면서 한 번도 두려움을 느껴본 적이 없음은 무슨 까닭일까? 많은 사람들이 제러미 테일러 (Jeremy Taylor, 1613~1667 — 옮긴이 주)를 기억하듯이 자신을 알던 사람들이 '오늘이 가여운 테스 더비필드가 세상을 떠난 날이야.' 라고 말할 때가 있을 것이라는 생각이 들었다. 그 말은 조금도 이상한 데가 없는 말이다. 그녀의 일생 중에 마지막 날로 정해졌을 그날이 언제 어느 때가 될지는 알 수 없었다.

그러한 사색으로 단순하던 테스의 성격은 복잡해졌다. 테스의 깊은 사색은 그대로 얼굴에 나타났고, 슬픈 감정은 때때로 그녀의 음성에도 배어나왔다. 눈은 전보다 더 깊어진 듯하고 표정도 풍부해져서 그녀의 미모를 더욱 돋보이게 했다. 그녀의 아름다움은 남의 눈을 끌기에 충분했으며, 지난 이 년 동안의 숱한 시련으로 더욱 굳센 성격으로 변화해 갔다.

그 무렵의 그녀는 사람들과 잘 어울리지 않았기 때문에 그녀의 불행이 더 이상 알려지지도 않았고, 또 말로트 마을 사람들 역시 지난 일은 거의 잊은 듯했다. 그러나 그녀의 집에서 더버빌 가문의 친척 관계를 주장하고, 또 테스를 통해 어떤 밀접한 관계를 이루려던 계획이 실패로 돌아간 것을 알고 있는 마을에서 마음 편히 살기란 힘들다는 것을 그녀는 잘 알고 있다. 적어도 오랜 세월이 지나 그녀의 날카로운 의식이 무뎌지기 전에는 어려운 일이었다. 그러나 테스는 아직까지도 희망에 가득 찬 삶의 고동이 몸속에서 꿈틀거리는 것을 느꼈다. 아픈 기억 같은 건 묻어 둔 채 외딴 곳에 가서 살면 행복해질 것 같았다. 모든 과거와 슬픔을 잊을 길은 그것들을 깨끗이 매장해 버리는 것이고, 그러기 위해선 말로트 마을에서 떠나는 도리밖에 없다는 결론을 내렸다.

한 번 잃어버린 것은 영원히 잃어버린 것이라는 말은 정조의 경우에도 해당되는 것일까……. 그녀는 지나간 일을 숨길 수만 있다면 모두 감추고 싶었다.

새로운 생활을 꾸려 갈 기회를 찾지 못한 채, 그녀는 오랫동안 집에서 기다렸다. 유난히 화창한 봄날이어서인지 꽃봉오리 속에서 움트는 생명의 소리가 들리는 것만 같았다. 봄의 속삭임이 들짐승들의 겨울잠을 깨우듯 그녀의 마음에도 활동하고 싶은 충동이 솟아났다. 오월로 접어든 어느 날, 기다리던 소식이 마침내 날아들었다. 한 번도 만난 일은 없지만, 어머니의 옛 친구한테서 편지의 답장이 온 것이다. 여기서 남쪽으로 백 리쯤 떨어진 목장에서 소젖 짜는 일에 익숙한 여자를 고용하여 여름 한철을 같이 지내겠다는 것이었다.

바라던 만큼 멀리 떨어진 곳은 아니었지만, 그녀에 대한 소문이 퍼진 것은 아주 좁은 범위였으므로 그 정도면 괜찮을 것 같았다.

그녀는 다시 일어서기 위해 굳은 결심을 했다. 즉 이제부터 시작할 새 생활에서는 알렉 더버빌의 생각은 말끔히 떨쳐 버리기로 했다. 오직 소젖 짜는 일에만 충실하기로 마음먹었다. 테스의 심정을 이해하는 듯 어머니조차 더버빌 문제에 대해선 더 이상 묻지 않았다.

인간의 모순 같은 것이기도 했지만, 이제 가려는 마을에 대한 관심 중의 하나는 그 지방이 공교롭게도 이전에 조상이 갖고 있던 영지와 가깝다는 사실을 들 수 있다. 어머니는 블랙무어 출생이었지만 조상들의 고향은 그 고장이 아니었다. 그녀가 가기로 되어 있는 탤보스이라는 목장은 더버빌 가문의 옛날 영지에 가까이 있었다. 목장 부근에는 그 당시 세도가 당당했던 증조모들과 남편들의 큰 가족 유골 안치소도 자리하고 있어, 목장에만 가면 그곳에 가 볼 수도 있었다. 바빌론과 같이 멸망한 더버빌 가문의 옛 자취를 더듬어볼 수도 있고, 또 죄 없는 어린 후손의 영혼도 그들처럼 조용하게 잠들 수 있다는 사실을 알게 될 것 같았다. 또 조상의 옛날 영지에 가 있는 동안 생각지도 않은 좋은 일이 생길 것만 같았다. 나무 수액(樹液)이 가지를 타고 오르듯이 말로 표현할 수 없는 어떤 기운이 그녀의 가슴에서 힘차게 솟아올랐다. 그것은 그 누구도 억제할 수 없는 희망과 환희에 찬 청춘과 같은 것이었다.

제 3 부
새로운 출발

16

트랜트리지에서 돌아온 후 새 삶을 찾기 위해 이삼 년의 힘겨운 세월을 보낸 테스는 그윽한 사향초 향기 속에서 새가 알을 품는 오월 어느 날 다시 집을 떠났다.

꾸려놓은 짐은 따로 부쳐 달라고 부탁을 하고 전세 마차로 스투어캐슬이란 작은 마을을 향해 출발했다. 스투어캐슬은 목적지로 가는 길목에 위치하고 있었기 때문에 부득이 거쳐 가야 하는 곳이었다. 그녀가 첫 모험을 했던 곳과는 정반대 방향이었다. 그녀가 그렇게도 떠나고 싶어 하던 말로트 마을과 집이었건만, 막상 언덕 모퉁이를 돌 때는 서운한 마음이 들어 돌아보았다.

헤어짐은 슬펐지만, 집에 남아 있는 동생들 역시 며칠 지나면 변함없이 웃고 뛰놀며 지낼 것이다. 누나와 작별하는 아쉬움은 잠시일 뿐, 그들 나름대로의 방식으로 잘 적응해 갈 것이다. 그래서 그녀는 동생들 곁에 있으면 오히려 나쁜 영향을 끼칠 것 같아 더욱 떠나려 했는지도 모른다.

마차는 스투어캐슬을 지나 큰길 네거리를 향해 갔다. 내륙을 횡단하는 철도는 아직 부설되지 않았기 때문에 그곳에서 남서 지방으로 가는 역마차를 갈아타게 되어 있었다. 네거리에서 역마차를 기다리고 있을 때, 한 농부가 짐마차를 몰고 다가왔다. 테스의 미모에 끌린 농부는 태워 주겠다는 호의를 베풀었고, 낯선 사람이었지만 농부가 권하는 대로 짐마차에 올라 나란히 앉았다. 농부는 워터베리로 가는 길이라니까 그곳까지만 타고 가면 역마차를 타지 않아도 남은 길은 걸어갈 수 있었다.

지루한 시간을 마차로 달려 워터베리에 도착했다. 그녀는 농부가 가르쳐 주는 집으로 가서 간단한 요기를 했다. 드넓게 펼쳐진 목장과 워터베리와의 중간에 가로놓인, 관목이 무성한 고지를 향해 그녀는 서둘러 바구니를 들고 걸었다.

테스는 이 지방에 와 본 일은 없지만 눈에 들어오는 경치에 친근함을 느꼈다. 왼쪽으로 얼마 멀지 않은 곳에 검은 물체가 보였다. 그곳이 조상들이 묻힌 교회가 있는 킹즈비어 근처라고 생각되어 지나가는 사람에게 물었더니 역시 짐작대로였다.

테스는 조상을 조금도 숭배하지 않았다. 아니, 그녀를 구렁텅이로 빠지게 한 조상을 오히려 저주하고 있었다. 그들에게서 물려받은 것이란 보잘 것없는 도장과 은 수저뿐이었다.

'흥, 나는 아버지와 어머니 피를 골고루 이어받았어. 어머니의 아름다움을 물려받았고, 어머니도 소젖을 짜는 여자였지.'

이그돈 고지까지는 몇 마일 남짓해 보였는데 걸어 보니 훨씬 힘이 들었다. 몇 번이나 길을 헤매서 고지에 도착하기까지 두 시간이나 걸렸다. 기대하던 골짜기에 널따란 낙농 마을이 내려다보였다. 그곳에서 나는 버터와 우유 맛은 고향인 말로트 마을의 것보다는 못했지만, 많은 양이 생산되었다. 바라고도 부르고, 프룸이라고도 부르는 강물을 끌어들여 푸른 들판에 물을 대기 때문에 매우 비옥했다.

불행했던 트랜트리지를 빼놓고는, 그녀가 아는 유일한 소규모 낙농 마을인 블랙무어와는 아주 딴판이었다. 우선 규모부터 비교가 되지 않았다. 블랙무어는 고작 십 에이커 정도의 농장이었으나 이곳은 오십 에이커나 되는 넓은 지대에 건물이 딸린 농장도 훨씬 많고, 또 소들도 큰 무리를 이루고 있었다. 동쪽에서 서쪽 끝까지 까마득히 흩어져 있는 무수한 소떼를 그녀

는 일찍이 본 일이 없었다. 화가 반 알스루트(Denys Van Alsloot, 1570
~1626, 벨기에 화가 — 옮긴이 주)나 살라에르트(Anthonis Sallaert, 1580
(1590?)~1658, 벨기에 화가 —옮긴이 주) 의 그림을 보면 초원에 많은 사람들
이 가득 차 있는데, 이곳 초원은 소떼들로 빈틈이 없었다. 암갈색 송아지는
저녁 햇빛을 빨아들여 윤기가 흘렀고, 흰 젖소들은 빛을 반사하여 높은 곳
에 서 있는 테스를 눈부시게 했다.

눈 아래 펼쳐진 한 폭의 그림 같은 경치는 고향처럼 풍요로워 보이지는
않았으나 훨씬 상쾌해 보였다. 블랙무어가 지니고 있는 포근한 대기와 기
름진 토지, 그리고 향기로움이 이 고장이 좀 못 미치는 듯했지만 공기는 맑
고 산뜻해서 기분이 좋았다. 이름난 이 농장의 초원을 푸르게 하여 젖소들
의 양식을 대주는 강도 블랙무어와는 달랐다. 고향의 하천은 소리도 없이
느리게 흐르는데다 가끔씩 흐려지고, 또 밑바닥은 갯벌이 깔려 있어 자칫
서투른 사람이면 빠져 목숨을 잃었다. 그러나 프룸 강은 성서의 〈요한 계
시록〉에 나오는 생명의 강처럼 맑고, 물줄기는 구름같이 빠르며, 자갈이
깔린 얕은 강물은 온종일 하늘을 보고 재잘거렸다. 또 고향에서는 수련이
피지만, 이곳 강가에서는 미나리아재비가 피어 있었다.

공기가 탁한 곳에 있다가 맑은 곳으로 온 때문인지, 아니면 불쾌한 시선
으로 바라보는 사람이 없는 곳으로 온 때문인지 그녀의 기분은 놀랄 만큼
좋아졌다. 부드러운 남풍을 안고 경쾌하게 걸어가면 희망은 태양과 한데
엉킨 이상적인 빛이 되어 그녀를 둘러싸는 듯했다. 귓전을 스치는 바람 속
에서 즐거운 음성이 들리고, 새의 지저귀는 소리는 기쁜 노래인 듯 경쾌하
기만 했다.

그 무렵 그녀의 얼굴은 마음의 변화에 따라 달라지곤 하였다. 기분이 유

쾌하고 우울한 정도에 따라 활짝 피거나 그늘이 졌다. 한 점 티 없이 환하게 빛나는 날이 있는가 하면 비극적인 색채로 얼룩진 날도 있었다. 그녀의 얼굴이 활짝 핀 장밋빛으로 빛나는 날은 창백하고 우울한 빛을 띠는 날보다 감정의 변화가 적은 날이었다. 마음이 평온할수록 더욱 아름다움을 풍기는 테스, 그녀는 지금 남풍을 가슴 가득 받으면서 걷고 있었다.

사람들은 누구나 출신과 상관없이 삶의 본능적 충동, 즉 생활 속에서 스스로 기쁨을 찾아내려고 보편적으로 노력한다. 그 충동이 마침내 테스에게도 찾아왔다. 이제 스무 살밖에 되지 않은 그녀가 언제까지나 슬픔과 회한에 잠겨 있을 수는 없는 일이었다.

그녀는 점점 희망과 감사의 마음이 차올랐다. 벅차오르는 마음을 가라앉히기 위해 갖가지 민요를 불러보아도 좀처럼 그 설렘은 줄어들지 않았다. 그래서 그녀는 금단의 열매를 따먹기 이전, 일요일 아침마다 읽곤 하던 시편을 생각해 내고 그것을 읊조렸다.

'오, 하늘의 태양과 달이여……, 별들이여……, 지상의 초목들이여……, 하늘을 나는 새들이여……, 들짐승과 가축들이여……, 세상의 아들들이여……, 주님을 축복할지어다. 찬양할지어다. 영원토록 그를 경배할지어다.'

그녀는 갑자기 찬미를 멈추고 중얼거렸다.

'하지만 난 아직 하느님을 잘 모르겠는걸.'

그녀가 반은 무의식중에 읊조린 이 시편은 일신교(一神敎)를 배경으로 해서 배물교(拜物敎)를 표현한 것인지도 모른다. 외부 세계와 같은 '자연'의 여러 가지 형태와 힘은 흔히 신앙의 대상으로 하는 여자들은 현대의 조각적인 종교보다도 조상으로부터 전해 온 미신적인 공상을 훨씬 더 믿기 마련이다. 적어도 자신의 감정과 가장 비슷한 표현을 테스는 어릴 때부터 외웠던 이 시편에서 찾아냈다. 그것으로 그녀의 마음은 좀 편안해졌다. 자립하려는 목표를 향해 이제 막 첫발을 내디딘 순간에도 기쁨을 느끼는 것은 더비필드 집안 기질의 일면이었다. 사실 테스는 아무에게도 굽히지 않고 떳떳하게 살아가기를 원하고 있었으나 그녀의 아버지는 그런 의욕이 조금도 없었다. 그러나 눈앞의 조그만 일에도 만족하는 것이나 한때 융성했던 더비필드 같은 집안만이 바랄 수 있는 사회적 영달을 얻으려고 노력하지 않는 점에 있어서는 테스도 아버지를 닮아 있었다.

한동안 테스를 불행에 빠뜨렸던 그 일이 있은 뒤로 그녀에게 정열과 혈기가 되살아난 것은 어머니에게 물려받은 기질 때문이라고 할 수 있다. 사실 여자들이란 그런 일을 겪고, 또 제정신을 되찾은 다음에는 대개 흥미있는 눈으로 세상을 살피게 마련이다. 생명이 있으면 반드시 희망이 있다는 사실을 어느 낙천주의자가 우리들에게 이해시키려 한다면 잘되지 않겠지만, 배신을 당해 본 사람들에게는 납득이 가는 말이다.

테스 더비필드는 꿋꿋한 마음으로 삶에 대한 흥미를 느끼면서 그녀의 목적지인 낙농 마을을 향해 이그돈 비탈길을 내려갔다.

블랙무어와 이그돈의 차이점은 더욱 두드러졌다. 블랙무어 분지의 비밀은 주위의 높은 곳에서 가장 잘 볼 수 있었다. 그러나 지금 그녀의 눈앞에 펼쳐져 있는 골짜기의 특징은 한가운데로 내려가 봐야만 알 수 있게 되어 있었다. 테스가 그 같은 추측으로 산 밑에 이르렀을 때, 그녀의 몸은 동서로 펼쳐져 있는 양탄자를 깐 듯한 평원에 서 있었다.

비에 씻긴 높은 지대의 흙이 흘러내려 이 골짜기를 메우고, 한가운데를 흐르던 강줄기는 갑작스런 흙의 무게 때문에 물이 줄어들어 지금은 좁고 기다란 강줄기만 유유히 흐르고 있었다.

그녀는 방향을 확실히 알지 못해, 마치 넓은 들판에 홀로 서 있는 것 같았다. 그녀가 그곳에 존재한다는 사실조차 주위에 아무런 영향도 주지 않았지만, 조용한 골짜기에 던진 단 하나의 파문이라면 그녀가 서 있는 곳에서 가까운 데에 내려앉은 왜가리를 놀라게 한 것뿐이었다. 왜가리는 목을 곧바로 세운 채 그녀를 지켜보았다.

바로 그때, 갑자기 이 평원의 곳곳에서 힘찬 소리가 들려왔다.

"워어! 워어! 워어!"

길게 꼬리를 물면서 거듭 들려오는 이 고함소리는 동쪽 끝에서 서쪽 끝으로 마치 전염이라도 되듯이 퍼져 나갔다. 가끔 개 짖는 소리도 들렸다. 소란한 이 소리는 이 마을에 도착한 아름다운 테스를 환영하는 아우성이 아니라, 남자 일꾼들이 젖소를 몰기 시작하면서 젖 짜는 시간인 네 시 반을 알리는 신호였다.

한가로이 이 신호를 기다리던 붉은 색과 흰색의 소들은 걸을 때마다 커다란 젖통을 흔들면서 떼 지어 뒷마당으로 들어갔다. 테스는 소떼의 뒤를 따라 남자들이 들어갈 때 열어놓은 문을 지나 안마당으로 들어갔다. 이엉을 입힌 외양간은 울을 따라 둥그렇게 늘어섰고, 경사진 지붕에는 이끼가 선명하게 끼어 있었다.

옛날부터 수많은 소들이 비벼댄 기둥은 반질반질하게 윤이 나고 있었으나 이제는 낡을 대로 낡아 거의 눈여겨보는 사람도 없었다. 기둥마다 젖소가 한 마리씩 매어져 있었는데, 만약 누가 뒤에서 그 모양을 본다면 젖소들의 하나하나가 마치 두 개의 막대기 위에 쟁반 같은 것이 얹혀 있고, 그중심 아래쪽으로 회초리 같은 게 시계추처럼 좌우로 움직이고 있는 것처럼 느껴졌을 것이 틀림없다. 저물어 가는 태양의 광선이 젖소들을 비추어 그 그림자를 안쪽 벽에 선명하게 드러냈다. 해가 질 때마다 궁전 벽화에 있는 미인들의 옆모습을 그리듯이 저녁 햇살은 동물들의 모습을 조심스레 벽에다 그렸다. 마치 옛날 대리석 건물 정면에 올림포스의 신들이나 알렉산더, 카이사르 또는 고대 이집트 왕들을 그렸듯이……

외양간 안에 가둔 채 젖을 짜는 소는 성질이 거친 것들이고, 성질이 온순한 젖소들은 안마당에서 젖을 짰다. 안마당에는 온순한 젖소들이 줄을 지어 젖을 짤 때를 기다렸다. 이처럼 최우량종에 속하는 젖소들은 다른 지방에는 거의 없고, 이 지방에서도 그리 흔한 것은 아니었다. 일 년 중에서도 가장 좋은 이 계절에 기름진 초원이 공급하는 양분 많은 양식을 먹고 자란 소들이었다. 하얗게 얼룩진 소는 눈부시도록 햇빛을 반사하고, 잘 닦여져 뿔 위에 붙어 있는 놋쇠 구슬은 군대의 견장을 연상케 했다. 굵은 힘줄이 튀어나온 젖통은 무거운 모래주머니 모양으로 축 쳐져 있었고, 젖꼭지는 집시들이 쓰는 질항아리에 달린 꼭지 같았다. 젖을 짤 차례를 기다리는 동안에도 젖이 불어서 한두 방울씩 뚝뚝 떨어지고 있었다.

17

초원에서 젖소들이 돌아오자 소젖 짜는 아가씨들과 남자들이 그들의 집과 착유장(搾乳場)에서 몰려나왔다. 여자들은 모두 나막신을 신고 있었는데, 날씨가 궂어서가 아니고 마당에 깔린 짚에 신이 파묻히는 것을 피하기 위해서였다. 그녀들은 각각 세 발 달린 걸상에 앉아 얼굴을 비스듬히 옆으로 돌려 오른편 뺨을 젖소 옆구리에 갖다대고, 그 옆구리를 따라 무언가 골똘히 생각하는 체하면서 다가오고 있는 테스를 유심히 보고 있었다. 남자 일꾼들은 차양이 달린 모자를 깊숙이 눌러쓰고 땅바닥을 내려다보고 있었으므로 테스가 다가오는 것을 알지 못했다.

　남자 일꾼들 중에 건장한 중년의 사나이가 한 명 있었다. 그가 입은 흰 앞치마는 다른 사람들 것보다 깨끗하고 좋아 보였으며, 속에 입은 재킷은 외출복으로 입어도 괜찮을 정도의 것이었다. 바로 그 남자가 테스가 만나려는 목장 주인 크릭이었다. 엿새 동안은 목장 일을 거들다가 안식일에는 좋은 옷으로 갈아입고 가족과 함께 교회로 향한다. 그러나 그 모습이 너무나 대조적이라 사람들이 노래를 지어 놀릴 정도였다.

　　엿새 동안은
　　젖 짜는 딕이지만
　　안식일이 오면 리처드 트릭 씨가 된다네…….

　자기를 바라보고 서 있는 테스를 발견하고 그는 테스에게로 다가왔다. 소젖 짜는 남자들은 대개 일하는 동안엔 시무룩한 얼굴이지만, 한창 바쁜 때라 새 일꾼이 온 것을 기뻐하며 맞아 주었다. 그는 더비필드 부인과 가족들의 안부도 물었지만, 테스는 소개장을 받기 전까지는 그의 존재도 몰랐던 것이 사실이므로 그 안부는 어디까지나 인사치레에 불과했다. 인사가 끝나자 그가 말했다.

　"그곳에 가 본 지가 오래되긴 하지만, 옛날에 가 본 일이 있어서 그쪽 사정은 잘 알지. 오래전에 사망했지만, 우리 집 근처에 살던 아흔 살쯤 된 할머니가 블랙무어에 있는 더비필드라는 사람의 얘기를 해 준 적이 있어. 요즘 사람들은 아무도 아는 사람이 없으나, 더비필드의 조상은 한때 이 지방에서 최고의 영화를 누리다가 몰락했다더군. 그러나 난 그 할머니의 잠꼬대 같은 소리에 상대도 하지 않았어. 이제 와서 그런 게 무슨 소용이 있겠나 싶어서 말이야."

"그건 맞는 말씀이에요. 쓸데없는 얘기죠."

잠시 후 이야기는 일에 관한 것으로 옮겨갔다.

"아가씬 소젖을 완전히 짜낼 줄 알아? 한창 젖 짤 시기에 젖이 가라앉으면 곤란하니까."

그녀가 자신 있다고 대답하자 그는 아래위로 그녀를 훑어보았다. 테스는 오랫동안 집안에서만 생활했기 때문에 살결이 하얘서 일을 할 수 있을 것 같지 않았던 모양이었다.

"정말 이런 일에 견딜 수 있겠소? 억센 사람들에겐 쉬운 일이나 온실에서 오이나 키운 사람에겐 힘든 일일 텐데……."

그녀는 할 수 있다는 말로 일을 하려는 결심과 성의를 보였고, 그도 이에 만족하는 것 같았다.

"그런데 차를 마시든지 뭘 좀 먹어야 하지 않을까? 뭐라고, 괜찮다고? 그럼 좋을 대로 해. 하지만 내가 그렇게 먼 길을 여행했다면 아마 바싹 마른 나뭇가지처럼 말라 있을 거야."

"손을 익히기 위해 우선 소젖을 짜 보겠어요."

그녀는 목을 축이기 위해 우유를 좀 마셨다. 크릭은 우유를 마실 만한 음료라고 생각한 일은 한 번도 없었으므로 그녀를 측은한 눈빛으로 바라보았다. 그러면서도 그녀가 마시고 있는 우유통을 받쳐 주었다. 그러고는 무관심하게 말했다.

"마실 수 있다면야 좋지. 난 마시기만 하면 납덩어리가 뱃속에 가라앉는 것 같아서 입에 댈 생각도 하지 않거든. 그럼, 이제 저걸 짜 봐요."

그는 옆에 있는 소를 턱으로 가리키며 말을 이었다.

"그놈은 젖 짜기가 힘들어. 사람도 다루기 쉬운 사람과 거칠어서 힘겹게 하는 사람이 있는 것처럼 소도 마찬가지지. 이곳에서 같이 일하면서 차츰 알게 될 거야."

테스는 모자를 수건으로 바꾸어 쓰고 젖소 배 밑에 의자를 놓고 앉아 허리를 구부렸다. 쥐어짜는 두 주먹 사이로 우유가 통으로 흘러내리자, 정말 새로운 출발이 시작된 듯한 기쁨이 그녀의 얼굴에 서렸다. 그런 자신감이 그녀를 침착하게 하여 흥분해서 뛰던 마음이 서서히 가라앉았다. 그녀는 여유를 가지고 소 주위를 살펴볼 수 있었다.

거기서 일하고 있는 사람들은 족히 한 대대가 될 만한 숫자였다. 남자들은 젖꼭지가 단단한 소를 상대하고, 여자들은 순한 젖소를 짜게 되어 있었다. 착유장은 그 규모가 어마어마했다. 크릭의 목장에서 기르는 소는 거의 백 마리나 되는데, 그가 집에 있을 때는 언제나 상대하기 힘든 대여섯 마리의 젖을 짰다. 그가 상대하는 소는 성질이 고약한 놈들이어서 임시로 고용한 남자들이나 손가락 힘이 약한 여자들에겐 절대 일을 맡기지 않았다. 젖을 완전히 짜내지 않으면 차츰 젖이 굳어서 젖의 양도 점점 적게 나올 뿐 아니라 나중에는 완전히 굳어져서 한 방울도 나오지 않기 때문이었다.

테스가 젖소를 맡아서 짜기 시작한 뒤 안마당엔 얘기소리가 조금도 들리지 않았다. 이따금 소에게 몸을 돌리라든가, 가만히 있으라고 소리치는 것 외에는 통 속으로 젖이 흘러 떨어지는 소리만 들렸다. 움직이는 것이라곤 아래위로 오르내리는 젖 짜는 사람들의 손동작과 흔들리는 쇠꼬리뿐이었다. 사람들은 넓은 초원을 배경으로 소젖 짜는 일에만 몰두하고 있었다. 새로 조성된 경치와 오래된 옛 경치가 한데 어울려 매우 변화 있는 초원을 이루고 있었다.

"아무래도……."

첫마디를 던지던 크릭은 젖을 짜던 소 옆에서 일어섰다. 한 손에는 의자를 들고 다른 손에는 우유통을 든 채 다음 소에게로 옮기면서 말했다.

"아무래도 오늘은 젖이 잘 나오지 않는군. 윈커란 놈이 벌써 젖을 내지 않는대서야. 이대로 가다가는 한여름이 지나도록 소젖 짜기는 틀렸는데."

"새 일꾼이 왔기 때문에 그럴 거예요. 예전에도 이런 일이 있었잖아요."

조너던 카일이라는 여자가 말했다.

"맞아, 그럴지도 몰라. 내가 미처 그 생각을 하지 못했군."

"젖이 안 나오는 건 모두 뿔 있는 쪽으로 올라가 버려서 그렇다고 하던데요."

소젖을 짜던 다른 처녀가 말했다. 그 말을 들은 크릭은 젖이 뿔로 올라간다는 생리적인 작용을 요술쟁이인들 막을 재간이 있겠느냐는 듯이 대꾸했다.

"글쎄, 젖이 뿔로 올라가는지는 알 수 없는 일이야. 그러나 뿔이 없는 소도 뿔 있는 소처럼 젖을 내지 않는 경우가 있으니까 그 말은 틀린 것 같아. 조너던, 도대체 뿔 없는 소가 뿔 있는 소보다 어째서 젖을 적게 내는지 그 수수께끼를 풀 수 있겠어?"

"글쎄요. 주인 나리께선 아시나요?"

"그건 몇 마리 안 되니까 그런 거야. 하여간 이 엉터리들이 오늘은 젖을 내지 않을 작정인가 봐. 자, 모두들 이 친구들의 기분을 풀어 주기 위해서 노래를 한두 곡 불러 주는 건 어떨까?"

이 부근의 목장에서는 소젖이 잘 나오지 않으면 소의 긴장을 풀어 주기 위해 가끔 노래를 불렀다. 그의 요구로 그들은 의무적인 투로 노래를 할 뿐, 하고 싶어서 즐겁게 부르는 그런 것은 아니었다. 어쨌든 그들이 믿고 있는 대로 노래를 부르고 있는 동안 젖 나오는 분량이 약간 늘어난 것은 사실이었다. 도깨비불이 무서워서 침실에 들어가지 못하는 살인범을 주제로 한 명랑한 민요를 계속해서 부르고 있을 때 소젖 짜는 남자 일꾼 중 한 명이 말했다.

"이렇게 구부리고 노래하다간 숨통이 막히겠군요."

"나리의 하프를 내오셔야겠어요. 바이올린이면 더 좋겠지만."

테스는 그 말이 목장 주인에게 하는 건 줄 알았는데 그렇지 않았다. '어째서?'라는 소리가 우리에 갇힌 젖소의 뒤쪽에서 들려왔는데, 거기에도 한 남자가 앉아 있었다.

"참 그렇지, 바이올린만큼 효과를 내는 건 없어. 내가 경험해 보아서 잘 알지만, 암소보단 황소가 음악을 더 잘 알아듣지. 멜스토크라는 곳에 윌리엄 듀이란 노인이 있었는데, 상당히 큰 운송업자의 집에서 일을 하고 있었지……. 조너던, 듣고 있어? 그와는 형제처럼 지내는 사이였어. 그런데 어느 달 밝은 밤, 잔칫집에서 바이올린을 켜 주고 집으로 돌아가고 있었어. 그는 사십 에이커나 되는 들판을 질러가려고 지름길로 접어들었는데, 소들이 풀을 뜯고 있더라는 거야. 한데 뒤를 돌아보니까 황소 한 마리가 뿔을 곤두세우고 뒤에서 따라오더래. 부잣집의 잔치였지만 과음하지 않았기 때문에 있는 힘을 다해서 뛰었다는군. 그러나 앞에 있는 울타리는 뛰어넘을 재간이 없었대. 그래서 마지막 수단으로 뛰어가며 바이올린을 꺼내들고 뒷걸음질쳐 구석으로 물러서며 경쾌한 곡을 켜기 시작했다더군. 그러자 황소는 온순해져 윌리엄 듀이를 가만히 쳐다보더래. 계속해서 켜자 황소의 얼굴에 미소가 떠오르는 것 같더라는군. 그래서 윌리엄이 곡을 멈추고 돌아서서 울타리를 기어 넘으려 하자 황소는 웃다 말고는 반바지를 입은 그의 엉덩이를 향해 뿔을 들이대더라지 뭐야. 윌리엄은 하는 수 없이 다시 돌아서서 바이올린을 켰는데, 새벽 세 시밖에 안 되어 사람이 왕래하려면 앞으로 몇 시간은 더 있어야 했고, 배고프고 지친데다 오도 가도 못해 그는 어찌해야 좋을지 알 수가 없더라는 거야. 새벽 네 시가 될 때까지 계속 켜고 나니까 손가락 하나 까딱할 기운도 없어 '이젠 이게 마지막 곡이로다. 하느님, 굽어 살피소서! 그렇잖으면 저는 죽는 수밖에 없나이다.' 하고 중얼거렸다는군. 그런데 크리스마스 전날 밤 소가 무릎을 꿇던 걸 본 일이 기억나더래. '그래, 크리스마스 이브는 아니지만 황소를 한 번 속여 보자.' 싶어 크리스마스 캐럴을 연주했더니 글쎄 그놈이 가짜 크리스마스 이브인 줄도 모르고 무릎을 꿇더니 공손히 머리를 조아리더래. 뿔 달린 친구가 머리를 수그리기가 바쁘게 재빨리 몸을 돌리고 황소가 머리를 쳐들어 다시 쫓아오기 전에 사냥개처럼 날쌔게 달려서 울타리를 넘었대. 윌리엄은 늘 입버릇처럼 말했어. 하고많은 멍청이들을 보았지만, 크리스마스 이브가 아닌데도 믿음이 두터운 나머지 꾀에 빠졌다가 속은 것을 깨달았을 때의 황소의 그 멍청한 얼굴 같은 것은 본 적이 없다고……. 그래, 그 양반의 이름은 분명히 윌리엄 듀이였어. 난 지금이라도 그의 무덤이 멜스토크 묘지의 어느 곳에 있는지도 정확하게 말할 수 있어. 바로 두 번째 주목나무와 교회 별관 중간에 있지."

"참 신기한 이야기군요. 마치 신앙이 살아 있던 중세기 시대로 돌아간 것 같아요."

착유장의 분위기에 어울리지 않는 이 이야기는 다갈색 소의 뒤쪽에서 들려왔으나 그 말뜻을 이해하는 이는 없는 듯했다. 다만 얘기한 주인공만이 자기 얘기가 그들에게 허황된 인상을 주었다고 생각할 뿐이었다.

"그렇지만 이 얘기는 사실입니다, 나리. 나는 그 남자를 아주 잘 알고 있지요."

"물론이죠, 저는 그 얘기를 의심하는 게 아닙니다."

다갈색 소의 뒤쪽에 있던 사람이 말했다.

테스의 관심은 목장 주인과 얘기하는 그 남자에게로 쏠렸으나, 그는 암소 옆구리에 꼼짝도 않고 붙어 앉아 소젖만 짜고 있어서 겨우 옷자락만 볼 수 있었다. 무엇 때문에 목장 주인까지도 그 남자를 보고 '나리' 라고 존대하는지 그 까닭을 알 수 없었다. 그렇다고 설명이 될 만한 눈에 띄는 관계도 아니었다. 세 마리의 젖을 짤 만한 시간이 지나도록 그는 일어설 줄 모르고 간간이 혼자서 큰소리를 쳤다. 젖이 잘 나오지 않는 모양이었다.

"천천히 하십시오, 나리. 아주 천천히 말입니다. 소젖 짜는 일은 요령과 기술로 하는 거지 힘으로 되는 게 아니니까요."

목장 주인이 말했다.

"저도 그렇게 알고 있습니다."

그 남자는 대답을 하더니 힘겹게 일어나서 두 팔을 쭉 폈다.

"하지만 이놈만은 그럭저럭 짜긴 다 짰는데, 덕택에 손가락이 쑤시는군요."

그제야 테스는 그 남자의 모습을 볼 수 있었다. 그는 농부들이 소젖을 짤 때 흔히 입는 흰 앞치마와 가죽 장화를 신고 있었는데, 장화에는 앞마당에

깔린 지푸라기가 더덕더덕 붙어 있었다. 그러나 그에게서 풍기는 시골 냄새란 고작 그가 입은 그런 옷차림에서일 뿐 어딘지 교양과 겸손, 지혜를 겸비한 듯 함께 일하는 사람들과는 다르게 보였다.

그러나 테스는 이전에 어디선가 본 일이 있는 사람임을 깨닫자, 더 이상 그의 모습을 꼼꼼히 살펴볼 수 없었다. 그 일이 있은 뒤 테스는 여러 가지 변화를 겪었으므로 그 남자를 어디서 만났는지 금방 기억이 나지 않았다.

그러나 말로트 마을의 무도회 때 끼어들었던 나그네라는 사실이 잠시 뒤 그녀의 머리에 스쳐 지나갔다. 그때 그는 어디서 왔는지도 모르게 나타나서 테스는 거들떠보지도 않고 다른 여자들과 춤추다가 함께 온 일행을 따라 가 버린 바로 그 사람이었다. 트랜트리지에서의 사건보다 먼저 있었던 무도회 때의 일이 되살아나자 여러 가지 생각이 뒤섞여서 그녀의 마음은 잠시 우울해졌다. 만약 그 남자도 자기를 알아보고, 또 혹시 자기에게 일어난 과거의 사건을 알게 되면 어떻게 하나 하는 두려움 때문이었다. 그러나 그 남자가 알아보지 못하는 걸 그의 눈빛으로 알게 된 그녀는 두려움을 떨쳐 버릴 수 있었다. 무도회에서 보았을 때의 풍부한 표정은 침착한 모습으로 변했고, 청년다운 콧수염과 턱수염이 보기 좋게 자라 있었다. 또 뺨에 난 구레나룻의 밑부분은 노르스름한 빛을 띠고 있었으나 끝부분은 짙은 갈색이었다. 삼베로 된 앞치마 밑에는 검정빛 비로드 재킷과 올이 굵은 천의 반바지를 입고 다리에는 긴 양말을 신었으며, 풀 먹인 셔츠차림이었다. 소 젖 짜는 차림새만 아니었다면 그가 무얼 하는 사람인지 아무도 분간할 수 없을 듯했다. 줏대 없는 지주이거나 품위 있는 농부 같다고 할까……. 한 마리의 젖을 짜는 데 매달려 있는 시간으로 보아 그도 이 일에 서툴다는 것을 그녀는 금방 알 수 있었다.

그때 한쪽에 있던 아가씨들이 웅성거렸다.

"어쩌면 저렇게 아름다울까!"

새로 온 테스를 두고 수군거리는 말이었다. 그러나 진심으로 말한 사람도 있지만 인사치레로 한 말이었다. 솔직히 말해서 테스의 매력은 이것이다 하고 잘라 말하기 힘든 것이었다. 소젖 짜는 작업이 저녁 무렵에야 끝나자 아가씨들은 크릭 부인이 있는 집안으로 들어갔다. 좀 거만한 듯한 부인은 착유장엔 나오지도 않고, 소젖 짜는 아가씨들과 같은 옷을 입는 것조차 꺼리는 듯했다. 오늘은 따뜻한 날씨여서 모두 얇은 옷을 입고 있었는데 부인만은 두꺼운 옷을 입고 있었다. 그녀는 우유통과 물건들을 꼼꼼히 살폈다.

대부분의 아가씨들은 집으로 돌아가고, 착유장에는 서너 명만이 기숙한다는 사실을 알았다. 목장 주인의 얘기를 받아치던 그 지적인 일꾼도 저녁 식탁에는 보이지 않았다. 테스는 그 남자의 얘기를 물어보지 않았다. 저녁 식사가 끝나자 남아 있는 아가씨들은 침실로 들어가서 잠자리에 들었다. 침실은 우유 창고 이 층에 있었는데, 길이가 십 미터나 되는 커다란 건물로써 아가씨들은 같은 방을 쓰고 있었다. 테스보다 좀 더 나이 먹은 여자 한 사람만 빼곤 다들 나이 어린 처녀들이었다. 지칠 대로 지친 테스는 잠자리에 들자 곧바로 곤한 잠 속으로 빠져들 듯 몽롱해졌다.

그러나 그녀만큼 피곤을 느끼지 않는 옆자리의 아가씨는 목장의 사정과 근래에 있었던 일들을 들려주고 싶어 했다. 점점 몽롱해져 가는 테스의 뇌리에는 그녀의 속삭이는 듯한 얘기가 어떤 환상과 어울려 마치 어둠 속에서 춤을 추듯 넘실대는 것 같았다.

"소젖 짜는 일도 배우고 하프도 탈 줄 아는 그 에인젤 클레어 씨 말이야. 그이는 여자와 얘기하는 일이 거의 없어. 그 사람은 목사 아들인데, 언제나 공상에 잠겨 있느라 바빠서 여자에겐 관심조차 없어. 지금은 목장 주인에게서 낙농 기술에 관한 모든 것을 배우는 중이야. 그의 아버지는 이곳에서 멀리 떨어진 에민스터라는 지방의 클레어 목사라고 하더군."

그녀의 친구가 잠자려다 말고 일어나서 대꾸했다.

"그래, 그 목사 얘긴 나도 여러 번 들은 적이 있어. 굉장히 열정적인 분이라면서?"

"맞아, 바로 그분이야. 웨섹스 지방에서는 가장 성실한 목사라고 소문났어. 여기서 일하고 있는 클레어 씨만 빼놓고는 그분 자제들은 모두 목사가 됐대."

클레어 씨는 왜 다른 형제들처럼 목사가 되지 않았느냐고 물어볼 만한 호기심도 테스에게는 없었다. 그래서 옆방에서 스며 나오는 치즈 냄새며, 아래층 제수기(除水器)에서 규칙적으로 떨어지는 물소리와 함께 뒤섞인 그녀들의 얘기를 들으면서 테스는 잠이 들었다.

18

에인젤 클레어는 첫눈에 각인되는 뚜렷한 인상은 아니었다. 침착한 목소리나 시원한 눈매, 그리고 이따금씩 입을 굳게 다무는 걸로 봐서 결단성이 있는 것처럼 보이지만, 아무래도 좀 얇은 듯한 입술을 보노라면 대범해 보이지는 않았다. 그러나 무엇엔가 열중하는 것 같기도 하고, 또 어찌 보면 무관심하여 얼빠진 사람 같기도 했다. 그의 그러한 흐릿한 태도로 보아 장래를 위한 물질적 관심이나 뚜렷한 목적은 없는 사람처럼 보이기도 했다.

그러나 그가 하려고 마음만 먹으면 무엇이든 할 수 있는 사람이라고 다른 사람들은 말하고 있었다.

그는 이 지방 끝에 사는 가난한 목사의 막내아들이었다. 농사 기술을 배우고자 여기저기 돌아다니다가 낙농 기술을 배우려고 반 년 기한으로 이곳 탤보스이 목장으로 왔다. 그의 목적은 농업에 관한 여러 가지 기술을 배워서 형편 돌아가는 대로 식민지로 진출하거나 국내에서 농장을 경영하는 것이었다.

그가 농업이나 목축업에 손을 댄 것은 자기 자신이나 주변 사람들도 예상하지 못했던 뜻밖의 출발이었다.

그의 아버지는 딸 하나만 남기고 첫째 부인이 죽자 늘그막에 다시 재혼을 했는데, 뜻밖에도 아들 셋을 얻었다. 그래서 아버지와 막내아들 에인젤과는 부자라기보다는 할아버지와 손자처럼 보였다. 늦게 얻은 세 아들 중 막내인 에인젤에게 가장 큰 기대를 하고 있었으나 그는 끝내 대학 교육을 거부했다. 그래서 형제들 중 유일하게 대학 진학을 하지 못했다.

에인젤이 말로트 마을의 무도회에 모습을 나타내기 삼 년 전의 어느 날, 학교를 그만두고 자기 집 서재에서 책을 읽고 있을 때 마을 책방에서 목사 앞으로 소포가 도착했다. 목사가 소포를 풀자 안에서는 책이 나왔는데, 서너 장을 읽던 목사는 화가 머리끝까지 나서 벌떡 일어났다. 그는 즉시 책을 들고 책방으로 달려가서 흥분하여 소리쳤다.

"이 책을 왜 나한테 보낸 거요?"

"이건 댁에서 주문하신 겁니다."

"이런 책을 주문한 사람은 아무도 없소."

점원은 주문 장부를 펼쳐 보았다.

"아, 이름을 잘못 적었습니다. 주문하신 분은 목사님이 아니라 에인젤 클레어 씨입니다."

클레어 목사는 한 대 얻어맞은 듯 움찔했다. 그는 기가 죽어 창백한 모습으로 집에 돌아와 에인젤을 서재로 불렀다.

"이 책 좀 봐라. 짐작 가는 게 없느냐?"

"제가 주문한 겁니다."

에인젤은 솔직하게 대답했다.

"뭣하려고?"

"읽으려고요."

"어째서 이따위 책을 읽을 마음이 생겼지?"

"어째서라니요? 이건 철학책입니다. 도덕과 종교에 관한 서적으론 이만한 게 없습니다."

"도덕에 관한 책이라는 네 말은 옳다. 하지만 이 책이 종교에 관한 서적이라니! 더군다나 복음 전도사가 되려는 네가 감히 이런 책을 읽다니!"

에인젤은 아버지의 눈치를 살피면서 꺼리는 듯 말했다.

"아버지께서 말씀을 꺼내신 김에 제 생각을 솔직하게 말씀드리고 싶습니다. 저는 목사가 되고 싶지 않습니다. 저의 양심으로는 도저히 목사가 될 수 없습니다. 부모를 사랑하는 것만큼 교회를 사랑하고, 또 교회에 대한 뜨거운 신앙에도 변함이 없어요. 그러나 교회의 역사에 대해서 품고 있는 만큼 깊은 존경을 기울일 만한 대상은 하나도 없어요. 그러나 받아들일 수 없는 속죄주의(贖罪主義)를 교회가 고집하는 한 저는 형들처럼 목사가 될 순 없는 겁니다."

마음이 곧고 단순한 목사는 자기 혈육인 아들한테서 이런 말을 들으리라고는 꿈에도 생각 못한 일이었다. 목사는 눈앞이 캄캄하고 가슴이 답답해지며 온몸에서 힘이 빠지는 것 같았다. 에인젤이 교회에 봉직할 생각이 없다면 케임브리지 대학엔 보내서 뭘 하겠는가? 대학 교육이란 성직을 얻기 위한 것이지, 그렇지 않은 것은 본문이 없는 서문과 같다는 주장이 이 완고한 목사의 사고방식이었다. 그는 단순한 종교인이 아니라 열렬한 경배자요, 충실한 신자였다. 엉터리 전도사들이 사람의 비위에 맞춰 성경을 해석하는 것과는 달리 복음주의파의 적극적인 해석을 했다. 참으로 그는 다음과 같이 읊조릴 수 있는 사람이었다.

영원한 것과 거룩한 것이
모든 진실에 있어서
지금으로부터 18세기 전에…….

에인젤의 아버지는 토론하고, 설득하고, 애걸도 해 보았다.

"안 됩니다, 아버지. 다른 것은 다 제쳐놓는다 하더라도 제4조(영국 교회의 39개 신조 가운데 그리스도의 육체적 부활을 적은 조항—옮긴이 주)의 고시문(告示文)은 뜻 그대로 받아들일 수 없습니다. 따라서 현재의 상태로선 도저히 목사가 될 수 없어요. 종교문제에 있어 저의 목적은 그런 모순을 고치는 것입니다. 아버지께서 늘 즐겨 말씀하시는 히브리서만 보더라도 '피조물(被造物) 중에서 흔들리는 것들을 뽑아 버림은 흔들리는 것을 남겨 두려 함이니라.'고 씌어 있지 않습니까?"

에인젤이 민망할 정도로 아버지는 크게 낙심하고 있었다.

"기쁨과 영광을 하느님께 돌리지 않을 바에야 너의 어머니와 내가 애써 돈을 모아 너를 학교에 보낸들 무슨 소용이 있겠느냐?"

목사는 같은 말을 되풀이했다.

"그렇지만 인류의 영광과 기쁨을 위해서 도움을 주면 되지 않습니까, 아버지?"

만약 에인젤이 끝까지 버티었다면 형들처럼 대학에 진학했을지도 모른다. 학교 교육을 목사가 되기 위한 디딤돌이라고 믿는 아버지의 사고방식은 가슴에 뿌리박혔고, 또 이 집안의 전통이었다. 그래서 목사가 되지 않으려 하면서 대학 진학을 하는 것은 신의에 대한 배신을 키우는 행위라고 생각했다. 그리고 아들들을 성직자로 만들려고 절약과 근검하게 살아오신 부모님께 더 이상 짐이 되고 싶지 않았다. 그래서 에인젤은 결심했다.

"저는 케임브리지 대학에 가지 않겠습니다. 부모님의 명령을 어기면서 대학에 갈 권리는 저에게 없습니다."

이 같은 결정적인 토론의 결과는 얼마 가지 않아 나타나기 시작했다. 에인젤은 목적도 없는 연구와 실험 그리고 공상으로 많은 시간을 보냈다. 그래서 그는 사회적인 형식과 습관을 대수롭지 않게 생각하여 지위라든가 재산 같은 물질적인 영달을 점점 천하게 여겼다. 훌륭한 가문조차도 그 집을 대표하는 사람들 가운데 새로운 어떤 결의를 찾아볼 수 없다면 에인젤에겐 아무런 가치가 없는 것이었다. 자신의 굳은 결심을 행동으로 옮기기 위해 에인젤은 런던으로 갔다. 그때 그보다 훨씬 나이 많은 여인에게 빠져 타락할 뻔했으나 다행히도 빠져나올 수 있었다.

어릴 때 보낸 시골생활은 근대적인 도시생활에 대한 억누를 수 없는 부당한 반감을 에인젤의 마음에 심어 주었다. 그래서 목사직은 갖지 않더라도 일반적인 직업으로 성공할는지도 모를 직업 같은 것마저 아예 단념해 버렸다. 그러나 놀고만 있을 순 없었다. 그는 너무 오랫동안 시간을 낭비했다. 바로 그때 식민지에서 농업으로 성공한 친구를 만났는데, 농업이야말로 자기가 택할 길이라고 생각하게 되었다. 열심히 기술을 배워서 농업을 할 만한 자격만 갖춘다면 식민지든 미국이든 간에 자립할 수 있다고 생각했다. 풍부한 재산보다도 더욱 소중히 여기는 지식의 자유를 희생하지 않는 최상의 직업이라 여겨졌다.

이리하여 스물여섯 살의 에인젤 클레어는 이 탤보스이 목장의 연구자로 온 것이며, 마땅한 숙소가 없어 목장 주인의 집에 머물게 된 것이다.

그의 숙소는 우유 창고에 만든 넓은 다락이 전부 그의 방이었다. 그가 다락방을 쓰기 전에는 오랫동안 비어 있었는데, 치즈 저장실에서 사다리를 이용하여 오르내렸다. 상당히 넓은 공간이어서 에인젤이 돌아다니는 소리를 착유장 사람들은 종종 들을 수 있었다. 한쪽을 커튼으로 막아 뒤쪽에는 침대를 놓았고, 바깥쪽은 응접실로 꾸며놓았다.

처음에는 거의 방에만 틀어박혀서 책을 보거나 경매장에서 사온 하프를 탔다. 거리에서 하프를 타는 것이 호구지책(糊口之策)의 수단이 될는지도 모르겠다는 심각한 농담을 할 만큼 음악에도 열중했다. 그러나 얼마 지나지 않아 목장 주인 부부와 다른 일꾼들과 어울려 식사를 할 만큼 그들과 친해졌다. 목장에서 기거하는 사람은 얼마 안 되지만, 식사 때는 다른 사람들도 몇몇 끼기 때문에 식사 분위기는 늘 화목했다.

클레어는 이 집에서 묵을수록 일꾼들과 친해져서 그들과 함께 살고 싶은 생각이 더욱 간절했다. 스스로 놀라울 만큼 그들과 사귀면서 마음속의 기쁨을 맛보았다. 사실 이전에 그가 알고 있는 농부들은 모두 불쌍할 정도로 무식한 시골뜨기였다. 그러나 그들과 함께 지내는 동안 그런 생각은 흔적도 없이 사라졌고, 자신이야말로 더없는 시골뜨기라고 생각되었다. 그가 처음 이곳에 왔을 때의 사고방식대로라면 지금 친하게 지내는 이들은 분명히 이상하게 보였을 것이다. 목장 주인과 자리를 같이한다는 건 처음에는 버릇없는 행동이라 생각했다. 그들의 사고방식과 생활양식, 환경조차도 퇴보적이고 무의미한 것 같았다. 그러나 이곳에서 지내는 동안에 예민한 연구자는 날마다 새로운 면을 느끼게 되었다. 눈에 띌 만큼의 어떤 변화가 일어난 것은 아니지만, 똑같아 보이던 인간들이 제각기 개성을 지니고 있다는 것도 알게 되었다. 목장 주인의 가족들, 또 남녀 고용인들이 클레어와 친밀해짐에 따라 마치 화학적 변화라도 나타내듯 그들은 각각 특성을 나타냈다. 그는 파스칼의 사상을 이해할 만했다. '슬기로운 사람일수록 인간의 특성을 발견한다. 그러나 평범한 사람은 그런 것을 알지 못한다.' 이 말이 가슴에 와 닿듯이 그들에 대한 편견이 자취를 감춘 것이다. 그들은 나름대로 자연스레 변화 있는 인간으로 바뀌었다. 복잡한 마음을 지닌 사람이 있는가 하면, 한없이 변덕스러운 사람도 있었다. 행복한 사람은 얼마 안 되지만, 평온한 사람도 있고 더러는 우울한 사람도 있었다. 가끔 천재다운 지혜를 나타내는 사람이 있는가 하면, 바보 같은 녀석도 있으며, 방종한 사람도 있고 점잖은 사람도 있었다. 입이 무거운 밀턴 같은 사람도 있고, 크롬웰과 같이 남모르는 힘을 가진 사람도 있었다. 크롬웰이 친구들에게 한 것처럼 서로 간에 자기주장을 강하게 하는 사람도 있었다. 서로 칭찬도 하고 비난도 하며, 상대방의 약점이나 악덕을 생각하며 웃기도 하고 슬퍼하기도 했다. 그 사람들은 모두 그렇게 제각기 갈 길을 가고 있었다.

클레어 자신이 계획한 일생과 그들이 어떤 관계가 있느냐 하는 문제는 제쳐놓고라도, 뜻밖에도 자연이 주는 매력과 여기서 얻어지는 만족 때문에 현재의 생활을 좋아하게 되었다. 에인젤은 그의 출신답지 않게, 자비스런 하느님에 대한 신앙이 줄어들고 문명인을 사로잡는 만성적 우울증에서 급작스레 벗어난 것이다. 그가 배우고 싶어 하던 농업 서적 몇 권을 모두 읽는 데는 시간이 얼마 걸리지 않았으므로 오래간만에 한가로이 마음 내키는 대로 책을 읽을 수 있었다.

그는 차츰 낡은 관념에서 벗어나 생활과 인간성과의 사이에서 무언가 새로운 것을 깨달았다. 그리고 이전에는 분명히 느끼지 못하던 여러 가지 자연 현상, 즉 계절의 감각이나 낮과 밤, 더운 바람이나 찬바람, 초목들, 바다와 안개 그리고 그늘과 침묵, 무생물들의 여러 가지 소리를 자세히 깨달을 수 있게 되었다.

이른 아침, 그들이 함께 식사를 하는 커다란 식당은 아직 난롯불이 생각날 만큼 찬 기운이 맴돌았다. 한자리에서 식사를 하기에는 클레어의 가문이 너무 훌륭하다는 크릭 부인의 배려에 따라, 식사 때는 벽난로 옆에 따로 그의 자리를 마련하는 것이 관례로 되어 있었다. 또 벽난로 옆에는 찻잔과 다른 접시들이 얹혀진 조그만 탁자가 놓여 있었다. 그가 앉은 맞은편 커다란 창문으로 들어오는 햇빛과 굴뚝을 통해 비쳐 들어오는 푸르스름한 빛은 어느 때라도 책을 읽을 수 있을 만큼 강렬했다. 클레어와 창문 중간에 모두가 앉는 식탁이 놓여 있고, 식사하는 그들의 옆모습이 유리창을 배경으로 뚜렷하게 보였다. 우유 창고로 들어가는 옆문을 통해 신선한 우유가 가득 찬 네모꼴 우유통들이 즐비하게 줄지어 있고, 훨씬 뒤쪽에는 교유기(攪乳機)가 빙빙 돌아가는 게 보였다. 창으로 넘겨다본 교유기의 모양은 마치 한 소년에게 쫓기는 힘없는 말이 원을 그리며 도는 것 같았고, 우유가 출렁이는 소리도 들렸다.

클레어는 자기 앞으로 우송되어 오는 정기 간행물이나 음악 서적을 읽는데 열중하느라고 테스가 온 지 며칠이 지나도록 그녀가 식탁에 나타나는 것도 몰랐다. 또 다른 아가씨들이 지껄이며 떠들 때에도 테스가 얘기하는 일은 매우 드물었기 때문에, 귀에 익지 않은 테스의 목소리를 그가 듣는다는 것은 불가능했다. 그리고 관심을 두고 있는 것이 아닌, 일상적인 세세한 것에 신경을 쓰지 않는 게 그의 버릇이었다. 그러나 어느 날, 악보를 보고 머릿속으로 곡조를 떠올리며 정신을 쏟고 있을 때 자기도 모르는 사이에 벽난로 앞에 악보를 한 장 떨어뜨렸다. 그의 시선은 자연스럽게 벽난로 쪽을 향했다. 마침 조반을 준비하느라고 벽난로에 불을 피운 뒤였으므로, 나무토막에서 타들어가는 한 가닥 불꽃은 마치 발레리나가 발끝으로 맴돌며 춤추듯 타고 있었다. 황홀한 춤의 축제 분위기였다. 불꽃은 그가 마음속으로 반주하는 음정에 맞추어 춤추는 것 같았다. 반쯤 담긴 끓는 물조차도 가냘픈 소리를 내고 있었다. 식탁에서 재잘거리는 아가씨들의 목소리까지도 클레어의 머리에 맴돌고 있는 환상적인 음악과 뒤섞여 의문을 갖게 했다.

'누군데 이처럼 아름다운 음성을 가졌을까? 아마 새로 온 여자의 목소린가 보다.'

다른 아가씨들과 함께 앉은 그녀를 클레어가 쳐다보고 있었으나 그녀는 깨닫지 못했다. 사실 클레어는 너무 오래 한쪽 구석에서 잠자코 있었기 때문에 다른 사람들은 그의 존재를 잊고 있었다. 테스는 계속해서 얘기를 끌어나갔다.

"저는 유령에 관한 건 잘 몰라요. 그러나 사람이 죽지 않고도 영혼이 몸 밖으로 나갈 수 있다는 것은 알고 있어요."

크릭은 입에 음식을 가득히 넣고 씹으면서 사뭇 미심쩍은 눈으로 그녀를 돌아다보았다. 그리고 마치 교수형을 집행하려는 사람처럼 커다란 나이프와 포크를 식탁에 곤두세웠다.

"뭐, 그게 정말이야? 그런 일이 있을 수 있다고?"

"아주 간단하게 알 수 있어요. 밤에 풀밭에 누워서 큰 별을 똑바로 쳐다보세요. 그리고 마음을 온통 그 별에 쏟아보세요. 그러면 오래잖아 자신이 육체에서 수만 리나 떨어져 있다는 걸 알게 되고, 육체 따위는 무가치하다고 느끼실 거예요."

크릭은 테스에게서 눈을 돌려 부인을 쳐다보았다.

"여보, 크리스티나, 거 정말 신기한 얘기지? 나는 지난 삼십 년 동안 연애도 하고 장사도 하고 의사나 간호사를 부르러 별이 총총한 밤길을 수없이 쏘다녔지만, 그런 일은 한 번도 겪어보지 못했으니 말이야. 내 영혼이 조금이라도 육체를 떠났다고 느껴 본 일이 없다니까."

구석에 앉아 있던 클레어를 포함한 방 안의 모든 사람의 시선이 테스에게 쏠리자 그녀는 얼굴을 붉히며, 그것은 자신의 공상이라고 변명을 하고 다시 식사를 했다. 클레어는 그녀에게서 눈을 떼지 않았다. 식사를 마친 그녀는 그가 자기를 보고 있다는 것을 깨달았다. 집에서 기르는 가축이 감시당할 때의 거북한 기분을 느끼면서 그녀는 손가락으로 식탁보 위에 무늬를 그리고 있었다.

'자연의 딸인 저 아가씨는 어쩌면 저토록 순수하고 순결하게 보일 수 있을까!'

클레어가 중얼거렸다. 천국까지도 어둡다고 생각하는 현재와는 달리 모든 것을 즐겁게만 생각하던 때가 있었다. 그녀를 바라보고 있다 보니, 까마득한 그 옛날로 이끌어가는 어떤 힘이 그녀에게 있는 것 같았다. 장소를 기억할 순 없지만, 전에 시골 어디선가 만난 적이 있다는 생각이 굳어졌다. 분명히 시골을 돌아다니다가 우연히 만났겠지만, 굳이 알아보고 싶은 마음은 없었다. 그러나 그가 누군가와 사귀고 싶은 마음이 생길 때는 아무리 예쁜 아가씨라 하더라도 제쳐놓고 테스를 선택할 만한 가능성은 충분히 내포되어 있었다.

19

소젖을 짤 때는 소의 성질 따윈 가리지 않고 그때그때 닥치는 대로 짜는 게 규칙이지만, 오히려 소가 사람을 꺼리는 경우가 있다. 마음에 들지 않는 사람이 젖을 짜려 하면 말을 잘 안 듣고 우유통을 걷어차 버리곤 한다.

그래서 소젖 짜는 사람을 정하지 않고 끊임없이 바꿈으로써 못된 젖소들의 버릇을 고쳐야 한다는 게 크릭의 생각이었다. 그렇게 하지 않으면 젖소에게 당한 일꾼들이 일을 그만두고 가 버리게 되어 곤란한 경우가 종종 생기기 때문이었다. 그러나 약삭빠른 아가씨들의 속셈은 목장 주인과는 정반대였다. 그녀들은 하나같이 잘 길들여 놓은 여남은 마리의 젖소를 선택하려고 머리를 썼다. 이렇게 하면 젖소는 자진해서 젖이 나오도록 해 주므로 힘들이지 않고 일을 할 수 있기 때문이었다.

테스도 동료들과 마찬가지로 어느 소가 자기를 좋아하는지를 금방 알게 되었다. 지난 이삼 년 동안 집안에 틀어박혀 있는 바람에 그녀의 손이 부드러웠기 때문에 그 손놀림이 젖소들의 비위를 맞추기에 안성맞춤이었던 것이다. 아흔다섯 마리의 젖소 중에서 특히 덤플링, 팬시, 로프티, 미스트, 올드 프리터, 영 프리터, 타이디, 라우드 등 여덟 마리는 한두 개 젖꼭지가 홍당무같이 딱딱한 것도 있었지만, 손을 대기가 무섭게 젖이 쏟아져 나왔다. 그러나 목장 주인의 생각을 잘 아는 그녀는 도저히 다룰 수 없는 사나운 소만 빼놓고는 순서가 되는 대로 젖을 짜려고 노력했다.

그러나 우연하게도 소의 위치와 마음속으로 바라는 그녀의 생각이 이상하게도 꼭 들어맞는 것을 눈치 챘다. 또 그것은 결코 우연의 일치가 아니라는 사실도 알게 되었다. 얼마 전부터 클레어는 소를 늘어세울 때 가끔 그녀를 도와주었다. 그런 일이 대여섯 번쯤 됐을 때 그녀는 그를 쳐다보고 소한테 기대면서 살짝 말을 걸었다.

"클레어 씨, 당신이 소를 줄지으셨군요."

그녀는 얼굴을 붉히고 나무라는 듯 말하면서도 얼굴엔 웃음을 띠었다. 아랫입술은 그대로 있으면서도 윗입술이 저절로 올라가서 하얀 이가 드러났다.

"네, 그렇지만 뭐 문제될 건 없습니다. 언제나 이쪽에서 일하실 거죠?"

"그랬으면 좋겠는데……. 하지만 어떻게 될지는 모르겠어요."

구석진 곳에서 일하고 싶었을 뿐인데 마치 그와 함께 있고 싶어 하는 듯한 인상을 풍겨 클레어가 오해를 했을지도 모른다는 생각이 들자 그녀는 슬머시 화가 났다. 소젖 짜기가 끝나고 그녀는 땅거미가 덮인 뜰을 혼자 거닐 때에도 그에게 경솔하게 물어본 자신의 행동을 후회하였다.

유월의 아름다운 초저녁이었다. 평온한 기운이 대기에 가득 차고 무생물까지도 흥겨워하는 것 같았다. 가까운 데 있는 것과 먼 곳에 있는 것과의 구별이 없어지고, 귀를 기울이면 지평선 안에 있는 온갖 만물이 하나같이 느껴졌다. 그 적막은 단순히 소리가 없다는 사실을 느끼게 한다기보다는 오히려 만물이 조용한 한 가지 음성으로 들려오는 듯했다. 그때 조용한 분위기를 깨뜨리는 소리가 있었다. 그것은 서툴게 연주하는 하프 소리였다.

테스는 다락방에서 흘러나오는 그 소리를 가끔 들은 일이 있었다. 방 안에서 어렴풋이 들었던 것과는 달리 온몸을 드러낸 듯이 조용한 공간을 울리면서 선명하게 들려왔다. 사실을 말하자면 하프 연주 솜씨는 그다지 뛰어난 편은 아니었다. 그러나 소리와 아름다운 환경이 어우러져 묘한 분위기가 되었다. 테스는 마치 무엇에 홀린 듯 그 자리를 떠나지 못하는 새처럼 그대로 서 있었다. 그 자리를 뜨기는커녕 들키지 않게 울타리 뒤로 몸을 숨기면서 하프를 타는 사람 곁으로 다가갔다.

지금 테스가 서 있는 뜰 변두리는 여러 해 동안 돌보지 않아서 질척하게 습기가 차 있었다. 건드리기만 해도 꽃가루가 안개처럼 번지며 떨어지는 물기 있는 풀과 고약한 냄새를 풍기며 꽃이 만발한 키가 큰 잡초들 그리고 빨강, 노랑, 자줏빛의 형형색색 잡초들이 그득히 자라 있었다. 움직일 때마다 벌레의 거품이 치마에 묻기도 하고, 발 아래 달팽이가 밟히기도 하며, 엉겅퀴의 진딧물이 손에 닿기도 했다. 사과나무에 달라붙어 있을 땐 희게 보여도 그녀의 흰 살결에 붙으니까 피처럼 붉게 보이는 진디를 털어 버리기도 하면서, 이 무성한 잡초 사이를 고양이처럼 살금살금 빠져나가 그녀는 클레어의 눈에 띄지 않게 그에게로 다가갔다.

테스는 시간도 공간도 잊고 있었다. 별을 쳐다보고 있으면 느낄 수 있다는 그 희열이 지금 이 순간에 그녀에게 찾아왔다. 낡은 하프의 가냘픈 가락에 그녀의 마음은 설레고 그 소리는 산들바람처럼 마음을 휘어잡아 그녀를 눈물짓게 했다. 흩날리는 꽃가루는 클레어가 타는 가락이 형태로 나타난 듯했고, 습기로 가득 찬 뜰은 감상에 젖어 눈물짓고 있는 것 같았다. 해 질 녘인데도 악취를 풍기는 꽃은 잠시도 쉴 수 없다는 듯 자태를 자랑하고, 그 꽃들의 빛깔은 소리의 물결과 함께 춤추고 있었다.

어슴푸레 비치는 저녁 햇살은 서쪽 하늘 구름장 사이로 새어나왔다. 사방은 땅거미가 덮여서 그 햇살은 마치 우연히 남아 처진 낮의 한 조각 같았다. 뛰어난 솜씨가 없어도 탈 수 있는 간단한 곡이 끝났다. 그녀는 다음 곡을 기다렸다. 그러나 연주를 마친 그는 아무 생각 없이 울타리를 돌아 천천히 뒤로 오고 있었다. 볼이 달아오른 테스는 그가 알아차리지 않게 살그머니 그 자리를 빠져나갔다.

그러나 에인젤은 그녀의 여름옷을 알아보고 말을 건넸다. 거리가 떨어져 있었으나 그의 낮은 음성은 그녀에게 뚜렷이 들렸다.

"테스, 왜 그렇게 도망가죠? 겁이 나나요?"

"아, 아녜요……. 무섭지 않아요. 더구나 지금은 조금도 무서울 게 없어요. 사과꽃은 모두 떨어지고 만물은 온통 푸른 유월이거든요."

"그러나 마음속에는 뭔가 두려움이 있는 것 같군요, 그렇죠?"

"네, 그래요."

"뭐가 그렇게 두려운 거죠?"

"뭐라고 말씀드리기엔 좀……."

"우유가 상하기 시작해서 걱정인가요?"

"아뇨."

"그럼 살아가는 일이 힘든가요?"

"네, 그래요……."

"아, 그건 나도 종종 생각하는 문제입니다. 이렇게 되는 대로 살아간다

는 것이 견딜 수 없을 때가 있지요. 그렇게 생각지 않으시나요?"

"그렇게 말씀하시니까 정말 그런 것 같아요."

"그렇다 하더라도 당신같이 젊은 아가씨가 그런 생각을 할 줄은 몰랐는데 의외군요. 왜 그런 생각을 하는 거죠?"

그녀는 아무 말도 하지 않고 망설였다.

"자, 테스, 마음 놓고 말해 봐요."

그녀는 이 세상이 자기 눈에 어떻게 비치느냐는 뜻으로 알아듣고 수줍은 듯이 대답했다.

"나무는 무엇이든 알고 싶어 하는 것처럼 보여요. 그렇지 않은가요? 그리고 강물은 왜 그런 얼굴로 나를 괴롭히냐고 말하는 것 같아요. 또 내일이라는 수많은 날이 한 줄로 늘어서서 맨 앞의 것은 가장 크고 뚜렷한데 차츰 작아져서 맨 끝까지 이르고 있지만, 그러나 그것들은 모두 한결같이 두렵고 잔인한 것들이에요. 그래서 그 하나하나가 마치 조심하라고 경고하는 것 같아요. 그러나 당신은 아름다운 음악으로 희망을 북돋우어 그런 무서운 공상을 쫓아 버릴 수 있을 테죠?"

함께 묵고 있는 친구들로부터 부러움을 사고 있긴 하지만 한낱 소젖 짜는 여자에 불과한 그녀가 그처럼 서글픈 공상에 잠기는 것을 본 클레어는 놀라지 않을 수 없었다. 겨우 육 년의 교육이 전부인 그녀가 시대적 감각이라고 해도 좋을, 현대인의 번민을 자기 나름대로 솔직하게 표현한 것이다. 그렇지만 이른바 진보된 사상이라는 것도 알고 보면, 대개 세상 사람들이 여러 세기를 두고 품어 오던 막연한 감정을 근래 유행하는 해석에 따라 정의하여 무슨 주의니 무슨 학(學)이니 하는 현대적인 용어와 방법으로 좀 더 자세하게 표현한 것에 지나지 않는다고 생각하자 그와 같은 놀라움도 그리

새로운 것이 아니었다.

  그럼에도 불구하고 젊은 아가씨가 그런 생각을 품는다는 것은 확실히 놀라운 일이었다. 놀라운 일일뿐 아니라 흥미있는 일이며, 또 애달픈 일이었다. 그녀가 사물을 그러한 시선으로 관찰하는 이유를 알 수 없었다. 현재의 생활 태도를 보고 그 사람의 지난 일을 알아내거나 어떤 사실을 확인한다는 것은 실로 어려운 일인 것이다. 테스의 그러한 고민은 정신적인 고통으로부터 얻은 커다란 수확임을 그는 알 리가 없었다.

  한편 테스는 클레어가 목사 가정에서 태어나고 훌륭한 교육도 받았으며 신체적 결함도 없는데, 살아가는 것을 왜 불행이라고 생각하는지 그 이유를 알 수 없었다. 불행한 인생의 순례자 같은 테스에게는 그럴 만한 충분한 이유가 있지만, 훌륭하고 지식이 풍부한 이 사람이 어떻게 굴욕의 골짜기에 떨어진 인생을 비판적으로 보는지 이해할 수 없었다. 욥이 고백한 것처럼 삼 년 전에 테스도 깨달은 '내 영혼은 살기를 원하기보다 오히려 숨 막혀 죽기를 원하노라. 나는 살기를 싫어한다. 항상 사는 것만을 원하지 않노라.' 하는 생각을 클레어도 깨달은 것일까……

  클레어가 현재 자기가 속해 있는 계급사회를 떠나 있는 것은 사실이다. 그러나 러시아의 표트르 황제가 조선(造船) 기술을 배우기 위해서 직공으로 일했던 것과 같이, 그도 알고 싶은 것을 배우기 위해서임을 그녀도 알고 있었다. 그는 목장에서 일해야만 할 사정이 있어서 일하는 것이 아니라 부유한 농업가로, 지주로, 임업가로 또는 낙농가로서 성공할 수 있는 방법을 연구하고 있는 것이다. 임금처럼 수많은 하인들을 거느리고 양떼, 소떼, 젖소와 그 밖의 가축들을 호령하는 아메리카나 오스트레일리아의 농업왕이 되고자 할 것이다. 그러나 책을 즐기고 음악을 좋아하는 사색적인 이 청년의 부친이나 형들처럼 목사가 되지 않고 어째서 굳이 일하는 농부가 되려 하는지 그녀로서는 이해할 수 없었다.

그들은 상대방의 마음속을 알아볼 만한 실마리도 찾지 못하고, 표면에 나타난 현실조차도 이해하지 못했다. 그러나 상대방을 알게 될 때가 오기를 기다리고 있었다.

시간이 지나면서 클레어는 테스를 조금씩 알게 되고, 테스 또한 그녀 나름대로 그의 성격을 파악하게 되었다. 그녀는 남의 눈에 띄지 않는 생활을 하려고 애썼기 때문에 자신에게 그러한 생명력이 있는 것은 몰랐다.

처음에 테스는 클레어를 한 남자로서가 아니라 지성의 존재로 생각했다. 그러한 눈으로 항상 그와 자신을 비교해 보았고, 그의 풍부한 지식 앞에 하늘과 땅처럼 엄청난 거리감이 있다는 생각에 한없이 기가 죽었다. 그러한 생각은 미래를 위해 무엇인가 해야 하는 욕망마저 사그라지게 했다.

고대 그리스의 유목생활에 관해서 얘기를 나누던 어느 날, 그는 테스가 풀이 죽어 있음을 알아차렸다. 그의 얘기를 들으면서 그녀는 강둑에 핀 '로드 레이디'의 꽃봉오리를 따 모으고 있었다.

"왜 그렇게 슬픈 얼굴을 하고 있죠?"

"아무것도 아니에요. 제 자신에 대해 좀 생각했을 뿐이에요."

서글픈 웃음을 지어 보이며 레이디 꽃봉오리의 껍질을 벗겼다. 그러고는 말을 이었다.

"제가 운이 좋았으면 어떻게 됐을까 하고 잠깐 생각해 보았어요. 제게는 기회가 한 번도 없었던 것 같아요. 그런 기회도 가져보지 못한 채 소중한 나날들을 보냈어요. 선생님이 읽고, 보고, 아시는 것, 생각하시는 것에 비하면 저는 저 가엾은 시바의 여왕 같아요. 이제 용기라곤 조금도 남아 있지 않아요."

"쓸데없는 소리를 하는군요. 그런 일에 신경 쓰지 말아요. 역사와 문학, 무엇이든 간에 배우고 싶어 하는 걸 당신에게 가르쳐 줄 수 있다면 그 이상 기쁜 일은 없을 거요."

"어머, 이번에도 레이디 꽃잎이에요."

껍질을 다 벗긴 레이디 봉오리를 내밀면서 그녀는 재빨리 그의 말을 가로챘다.

"네?"

에인젤이 물었다.

"이 꽃봉오리들을 까 보면 로드보다는 레이디가 언제나 많이 나와요."

"테스, 그보다 당신은 무언가 공부하고픈 생각은 없나요? 이를테면 역사에 관한 공부 같은 것 말이오."

"역사에 관한 것이라면 지금 알고 있는 것 이상으로 더 배우고 싶은 생각은 없어요."

"그건 또 어째서죠?"

"저라는 존재가 같은 운명으로 줄지어진 행렬 중의 한 명이라는 사실을 배운들 무슨 소용이 있겠어요. 역사에서 저와 같은 운명의 인간을 발견하고, 저 역시 그와 같은 길을 가고 있다는 사실을 안다한들 마음만 슬퍼질 거예요. 자신의 과거와 성격이 이미 세상을 떠난 누군가와 똑같고, 또 앞으로 계속될 자신의 갈 길이 수만 수천의 다른 인간들과 똑같다는 사실은 오히려 모르는 게 더 나아요."

"아니, 그럼 정말 아무것도 배울 생각이 없단 말인가요?"

"태양은 왜 착한 사람과 악한 사람에게 골고루 빛을 주는가 하는 식의 문제라면 배우고 싶어요."

그녀는 조금 떨리는 목소리로 대답했다.

"하지만 그런 것은 책에서도 배울 수 없는 거예요."

"테스, 너무 비꼬지 말아요."

그의 그런 말은 어디까지나 의무적인 표현일 뿐이었다. 천진난만한 그녀의 입술을 보고 있는 동안 시골 아가씨의 그와 같은 생각은 남에게 들어서 얻은 것이라는 생각을 했다. 그녀는 여전히 꽃봉오리를 뜯고 있었다. 그는 고개를 숙이고 있는 그녀의 보드라운 뺨으로 내리덮이는 속눈썹을 잠시 바라보다가 떠나기 싫은 발길을 돌렸다. 테스는 그가 가 버린 다음, 마지막 꽃봉오리를 뜯으면서 생각에 잠겨 한동안 우두커니 서 있었다. 다시 제정신으로 돌아오자, 자신의 어리석음에 짜증이 나서 마음속으로 심한 흥분을 느끼면서 이제껏 모은 꽃을 모조리 팽개쳤다.

그는 나를 얼마나 어리석다고 생각할 것인가. 그에게 좋은 인상을 주려는 마음에서 그녀가 잊어버리려고 노력하던 일, 즉 한때는 생각하는 것조차 기분이 불쾌하던 더비필드 가문과 더버빌 가문이 같은 혈통이라는 생각에 그녀의 마음은 다시 이끌렸다.

그것은 테스에게 온갖 불행을 가져다주었지만 킹즈비어 묘지의 대리석 비석에 새겨진 이름들이 테스의 정통 조상이라든가, 또 돈이나 야심으로 이름을 산 트랜트리지의 가짜 후손이 아니라 직계 후손이라는 사실을 클레어가 안다면 꽃이나 가지고 어린아이같이 장난하던 그녀를 이해하고, 어쩌면 지적인 역사가의 입장에서 보다 존경해 줄 것 같은 생각이 들었다. 집안의 내력을 말하기 전에 돈이나 토지라곤 하나도 남지 않은 옛 조상의 후손에 대해 그는 어떻게 생각하는지 목장 주인에게 물어보았다.

그러자 목장 주인 크릭은 자신 있게 대답했다.

"클레어 씨는 여태껏 본 일이 없는 반항심이 강한 젊은이지. 집안 식구들과는 무엇 하나 닮은 구석이 없어. 그가 가장 싫어하는 것이 있다면 그것은 옛 조상들에 관한 관념이야. 그들이 온갖 영화를 다 누렸기 때문에 이렇게 아무것도 남지 않게 된 것은 당연하다는 거야. 빌레트, 드랜트하드, 그레이, 세인트, 퀸틴, 하디 그리고 고울드 등의 가문은 옛날 이 지방에서 넓은 토지를 소유하고 있었지만, 지금은 민요를 한 곡절 부르는 값으로도 그 따위 가문의 이름쯤은 모조리 살 수 있지. 우리 집 고용인 중에 레티 프리들만 해도 프리들 가문의 후손이야. 지금은 웨섹스 백작의 소유인 킹즈 힌토크 근방의 광대한 토지를 소유했던 명문이지. 한데 클레어 씨가 그 사실을 알고는 그녀에게 경멸하듯 말하곤 했어. '아가씨는 소젖을 잘 짤 수 없을 거야. 아가씨 가문의 재능은 먼 옛날 팔레스타인에서 이미 써 버렸으니, 일할 수 있는 힘을 다시 얻으려면 수천 년은 더 기다려야 할 거야.' 라고 말이야. 그리고 또 언젠가 메트라는 소년이 일자리를 구하러 온 일이 있었지. 성이 뭐냐고 물었더니, 자기는 성이 있다는 얘길 듣지 못했다는 거야. 자기 집안은 뿌리를 박을 만큼 오래되지 않았다고 하더군. 그랬더니 클레어 씨는 기뻐하며 소년과 악수를 하더니, '너야말로 내가 원하던 소년이야. 너 같은 소년들에게 난 희망을 걸 수 있어.' 라고 말하면서 반 크라운을 주더군. 내가 알기론 그는 가문 같은 건 질색하는 사람이야."

클레어의 말을 듣고 나자 가문에 관한 얘기를 하지 않은 것이 무척 다행으로 생각되었다. 가문이 다른 것과는 비교가 안 될 만큼 역사가 긴 것이라 할지라도 말이다. 옛 집안의 후손이라는 점에서 다른 한 아가씨도 그녀와 사정이 같았다. 더버빌 가문의 묘지나 그 이름을 그녀도 이어받고 있는 정복왕 윌리엄 왕조의 기사였다는 점에 관해서나 또 그들이 후손이라는 사실 등을 한마디도 입 밖에 내지 않았다. 테스에 대한 클레어의 관심은 그녀가 가문의 전통과는 상관없는 새로운 가문의 사람으로 보이는 데 있다고 믿었기 때문이었다.

20

계절은 바뀌고 만물이 무르익어 갔다. 해가 바뀌자 지난해에 피어났던 꽃과 나뭇잎이 다시 그 자리에 싹을 틔웠고, 나이팅게일과 티티새, 방울새들도 일 년 전 자리로 어김없이 찾아들었다. 아침 햇살은 새싹들을 일깨워 기다란 줄기를 뻗게 하고, 소리도 없이 수액을 끌어올려 꽃을 피게 하였으며, 보이지 않는 대기와 공기 속에 향기를 뿜어냈다.

크릭의 목장에서 일하는 사람들은 안락하고 평온하며 즐겁게 살고 있었다. 그들은 다른 어떤 사람들보다 행복했다. 그들은 예의범절 때문에 자연스런 감정을 숨길 필요가 없었고, 불필요한 허영 때문에 아무리 넘쳐나도 만족할 줄 모르는 도시 사람들과는 달랐으므로 생활이 안정되어 편안했다.

모든 것이 싱그럽던 녹색의 계절도 지나갔다. 지극히 자연스럽게 보이지만, 언제나 위험한 정열의 가장자리에 머물면서 테스와 클레어는 무의식중에 서로를 관찰했다. 마치 한 골짜기에 흐르는 두 개의 물줄기처럼 불가항적인 법칙에 지배되어 둘이 합쳐지는 쪽으로 가고 있었다.

테스는 이제껏 느껴 본 일도 없고, 앞으로도 다시없을 행복한 생활을 누리고 있었다. 다른 이유도 있었으나 우선 육체적으로나 정신적으로 현재의 생활에 잘 적응하고 있기 때문이었다. 식물로 치면 척박한 땅에 돋아난 식물을 기름진 땅으로 옮겨 심어 튼튼한 뿌리를 뻗을 수 있게 한 격이었다. 더욱이 그녀는(클레어도 마찬가지지만) 그와의 관계에 대해 자신의 행동을 돌이켜보며 불안한 마음으로 자신에게 물어보곤 했다. '이 새로운 물결은 과연 나를 어느 곳으로 이끌고 갈 것인가? 또 나의 미래에는 무엇이 기다리고 있으며, 나의 과거와 어떤 관계가 있는 것일까.'

에인젤 클레어에게 테스의 존재란 마치 잡힐 듯 말 듯하던 현상이 이제 겨우 마음속에서 자리 잡기 시작한 그리운 장밋빛 환상 같은 것이었다. 그는 철학자답게 남달리 고상하고 여성의 표본처럼 관심을 끌 정숙한 여자를 이상형으로 생각하고 있었다.

그들은 만나지 않곤 견딜 수 없었다. 저녁놀이 물드는 초저녁이나 먼동이 트는 이른 아침, 신비하고 엄숙한 시간에 그들은 매일 만났다. 목장에서는 아침 일찍 일어나 소젖을 짜야 했다. 특히 소젖을 짜기 전, 세 시만 되면 통에 있는 크림을 걷어내는 일이 시작되었다. 누구든지 제일 처음 자명종 소리에 잠이 깬 사람이 다른 사람을 깨우게 되어 있었다. 테스는 새로 들어온 데다가 아침잠이 많지 않기 때문에 친구들은 잠 깨우는 일을 그녀에게 맡기다시피 했다. 세 시를 알리는 자명종 소리가 울리기 바쁘게 그녀는 방을 나와 주인 방문 앞으로 가서 사다리를 타고 이 층으로 올라갔다. 입을 크게 벌려 속삭이듯 귀에 대고 클레어를 깨운 다음 돌아와서 친구들을 깨웠다. 테스가 옷을 다 갈아입을 무렵엔 클레어도 아래층으로 내려와 습기를 머문 밖에 서 있곤 했다. 목장 주인과 다른 일꾼들은 잠을 깬 뒤에도 몇 분 더 자리에서 뒤척인 다음에야 나오는 버릇이 있었다.

새벽녘과 초저녁의 밝은 빛은 활동적인 데 비해 초저녁의 빛은 어둠을 몰고 오기 때문인지 조는 듯 힘이 없어 보인다. 우연이라고 할 수 없을 만큼 두 사람만이 제일 먼저 일어났으므로 그들만이 이 세상에서 가장 일찍 일어나는 것 같았다.

요즈음 그녀는 크림 떠내는 일을 하지 않았다. 그녀는 잠에서 깨기가 바쁘게 거의 언제나 밖에서 기다리는 클레어에게 달려갔다. 널따란 초원에 잔뜩 물기를 머금은 흐린 빛은 그들이 마치 아담과 이브인 것처럼 이 세상을 벗어난 느낌을 주었다. 이때의 테스는 클레어에게 마치 여왕과 같은 존재처럼 느껴졌다. 왜냐하면 이 신비로운 시간에 그녀만큼 아름다움을 지닌 여자가 클레어의 눈앞에 있다는 것이 믿기지 않아서였다. 한여름의 이른 새벽은 아름다운 여인들이 한참 잠에 빠져 있는 시간이다. 그러나 테스만은 깨어서 그의 앞에 있었으며, 다른 사람은 아무도 없었다. 밝음과 어두움이 묘하게 엇갈리는 대기를 가르며 젖소들이 있는 곳으로 그들이 함께 걸어가노라면, 그는 자주 예수가 부활한 시간을 떠올리게 되곤 했다.

막달라 마리아가 자기 옆에 있으리라곤 생각지도 못했다. 사방은 희미한 장막에 가려 있고, 바로 옆에 있는 테스의 얼굴은 안광이 비친 것처럼 보이면서 안개 속에 떠올랐다. 깨끗한 영혼을 지닌 천사같이 보였다. 언뜻 봐서 그런 것 같지는 않으나, 그녀의 얼굴은 동북쪽에서 비쳐 오는 싸늘한 빛을 받고 있었다.

그녀가 그에게 가장 깊은 인상을 주는 시간은 바로 그때였다. 그녀는 한낱 소젖 짜는 여자가 아니라 환상적인 요정이었다. 세상 모든 여성의 표본적인 모습을 응결시킨 존재였다. 아르테미스라든가, 데메테르 또는 그 밖의 가공적인 이름으로 짓궂게 그녀를 불러보았으나 그녀는 뜻을 알지 못했고, 또 그렇게 부르는 걸 싫어했다.

"테스라고만 부르세요."

그는 그녀의 말을 따랐다.

주위가 점점 밝아오면 그녀의 얼굴은 평소의 얼굴로 돌아갔다. 그것은 인간을 축복하는 여신의 용모에서 여신에게 행복을 갈구하는 평범한 인간의 모습으로 바뀌는 것이었다.

인적이 없는 이 시간만이 그들이 서로에게 바싹 다가설 수 있었다. 그들이 이따금 지나다니는 풀밭 옆에서 덧문을 여는 듯한 요란한 소리를 내면서 왜가리가 큰 몸짓으로 날아올랐다. 왜가리가 물속에 있을 때에는 태엽을 감은 장난감이 움직이는 것처럼 조용하고 침착한데, 어느 때는 목을 수평으로 움직여 지나가는 두 사람을 경계하면서 그 자리에 꼼짝 않고 지켜서 있기도 했다.

부드럽고 얇은 여러 겹의 홑이불 두께만한 여름 안개가 흩어져 목장 가득히 번져가는 게 보였다. 습기 찬 회색빛 풀밭에는 밤새 젖소가 자고 간 흔적이 남아 있었고, 그것은 안개 바다 가운데 남겨진 소의 몸집만한 녹색의 마른 섬 같았다. 소가 누웠던 자리에서 꾸불꾸불 걸어간 발자국이 나 있는 것은 젖소가 자고 난 다음 풀을 뜯으러 간 것으로, 발자국이 끝나는 곳에 젖소가 있었다. 소는 그들을 알아보고 코를 벌름거리면서 숨결을 내뿜어 이미 온 누리에 자욱이 낀 안개 속에 한층 더 짙은 안개구름을 만들었다. 그들은 마음 내키는 대로 소를 몰고 다른 장소로 가거나 그 자리에서 젖을 짰다.

더욱 짙게 깔린 여름 안개 때문에 목장은 하얀 바다 같았으며, 여기저기서 있는 수목들이 마치 암초같이 보일 때도 있었다. 새들은 안개를 뚫고 날아올라가 맑은 하늘을 날거나 유리처럼 반짝이는 목장 난간에 살며시 내려 앉았다. 안개의 습기가 엉겨 자잘한 금강석 같은 물방울이 테스의 속눈썹에 맺혔고, 그녀의 머리에는 조그만 진주알 같은 방울이 대롱대롱 매달려 있었다. 차츰 햇빛이 강렬해지면서 물방울들이 증발해 버리면, 신비롭고 섬세하던 그녀의 아름다움은 자취를 감춘다. 입술과 눈은 햇빛 아래 빛나도, 다만 소젖 짜는 평범한 아가씨로 돌아가는 것이다. 그때부터 그녀는 다시 다른 여자들과 어울려 자신의 삶을 헤쳐나갔다.

언제나 이맘때가 되면 늦게 나온 아가씨들을 훈계하거나 손을 씻지 않는다고 데보라 할머니를 힐책하는 크릭의 목소리가 들렸다.

"제발 좀 수돗가에 가서 손을 씻고 오세요, 데보라 할머니! 할머니처럼 이렇게 손도 씻지 않은 그 지저분한 꼴을 런던 양반들이 본다면 우유와 버터를 먹으려고 하지 않을 거요. 그렇게 되면 큰일이니까."

소젖 짜는 일이 계속되어 끝날 시각이 되면 크릭 부인이 끌어내는 무거운 식탁 소리가 일하는 사람들에게까지 들린다. 그 요란한 소리는 식사 때마다 미리 알리는 신호 같았고, 식사가 끝나고 설거지를 마친 다음에도 어김없이 들려오는 소리였다.

21

아침 식사가 끝난 뒤 우유 가공장에서 큰 소동이 벌어졌다. 교유기는 평소와 같이 돌고 있었으나 버터가 나오지 않았다. 이런 일이 생길 때면 모두들 당황했다. 커다란 통 속에서 우유가 혼합되어 출렁거리는 소리는 들려오지만, 그들이 기다리는 다른 소리가 들리지 않았다.

크릭과 그의 아내, 테스, 마리안, 레티 프리들, 이즈 휴에트 그리고 마을에서 온 새색시, 클레어, 조너던 카일, 데보라 할머니를 포함한 다른 일꾼들도 낙심하여 멍하니 선 채 회전 기계를 들여다보았다. 밖에서 말을 몰던 소년도 그 상황에 맞는 놀란 눈을 하고 있었다. 우울한 표정의 말까지도 마당을 한 바퀴 돌고 올 때마다 그들의 실망을 궁금히 여기는 듯 창 너머로 기웃거리는 것 같았다. 농장주는 쓰디쓴 말투로 말했다.

"이그돈에 있는 트렌들 점쟁이의 아들한테 가 본 지가 굉장히 오래됐어. 그 녀석은 저희 아버지에 비하면 아무것도 아냐. 너 같은 친구는 믿을 수 없다고 수없이 말했을 거야. 지금도 믿진 않지만 그 녀석이 아직도 살아 있다면 아무래도 가 봐야겠어. 암, 가 봐야지. 이런 사고가 계속 된다면 가 봐야지."

크릭의 푸념에 클레어도 슬픈 표정이었다.

그러자 조너던 카일이 말했다.

"캐스터브리지 쪽에 폴이라는 점쟁이가 있는데요. 내가 어렸을 때는 정말 용했죠. 지금은 썩은 고목 같지만요."

크릭이 계속해서 말했다.

"우리 할아버지는 올스콤이라는 곳의 밀턴이라는 점쟁이에게 쭉 다니셨는데, 상당히 용했던 모양이야. 그러나 요즘엔 그런 점쟁이를 찾아볼 수 없다니까."

크릭 부인은 간단한 방법을 생각하며 동정을 살피듯 말했다.

"이 집안에서 연애하는 사람이 있나 봐요. 나는 어릴 때부터 연애하는 사람이 집안에 있으면 이런 일이 생긴다는 얘길 들었어요. 여보, 그 왜 몇 해 전에 일하던 사람 생각나지 않으세요? 그때도 지금처럼 버터가 나오지 않았었잖아요."

"아, 생각나는군. 그러나 그땐 그 아가씨 때문에 그런 게 아냐. 기계에 고장이 나서 그랬던 거지, 연애와는 상관없어."

크릭이 클레어를 향해 말했다.

"잭 돌로프라는 아비 없는 녀석을 고용한 일이 있었소. 아, 그 녀석이 늘 하던 버릇으로 멜스토크에 사는 젊은 여자와 연애를 하면서 우릴 감쪽같이 속였답니다. 여자를 꾀어 제 속셈을 차리고 차 버렸지 뭡니까. 하필 부활주인 목요일에 지금처럼 기계는 멈췄고, 여러 사람이 한자리에 모여 있었는데 그때 황소라도 때려눕힐 만한 놋쇠 손잡이가 달린 우산을 든 여자가 문 앞에 나타나더니 소리치더군요. '잭 돌로프라는 사람이 여기서 일하고 있나요? 그 녀석을 좀 만나야겠어요. 그 녀석에게 따질 게 있어요. 이건 정말 예삿일이 아니에요.' 하지 않겠소. 그 어머니 뒤에는 그 딸이 손수건에 얼굴을 파묻은 채 울면서 서 있었지요. 창 너머로 그녀들을 발견한 잭은 '하느님 맙소사, 기어코 나타났구나. 나를 때려죽이려고 할 거야. 어떻게 숨지? 어디 숨어야 안전하지? 내가 숨은 곳을 가르쳐 주지 마십시오.' 라는 말을 마치자마자 교유기통 속으로 들어가서 뚜껑을 닫고 숨어 버렸지요. 잭이 숨는 것과 거의 때를 같이 해서 그녀의 어머니가 가공장 안으로 달려들어와서 소리쳤어요. '불한당 같으니라고! 어디 숨었지? 그 녀석 있는 곳을 가르쳐만 주세요. 그놈의 낯짝을 할퀴어 줄 테니까.' 라고 갖은 욕설을 퍼부으면서 구석구석 찾아다녔죠. 통 속에 숨은 잭은 숨이 막힐 지경이고, 그 불쌍한 아가씨는……. 그녀는 울어서 눈이 퉁퉁 부은 채 문에 서 있었지. 그 광경은 도무지 잊혀지질 않는군요. 잊어버릴 수가 있나? 아무리 돌

같은 마음이라도 흔들리지 않고는 배겨 내질 못할 거요. 그러나 그 여자는 끝내 잭을 찾아내지 못했지요."

주인이 잠시 얘기를 멈추고 있는 사이에 듣고 있던 사람들이 두서너 마디 무엇이라고 의견을 말했다.

사실은 얘기가 끝난 게 아니지만, 주인의 얘기하는 버릇은 가끔 중간에서 끝난 것 같은 인상을 주었다. 그래서 그 버릇을 모르는 사람은 얘기가 채 끝나기도 전에 중간에서 감탄사를 연발하는 경우가 많았다. 주인의 얘기는 계속되었다.

"그런데 그 늙은 부인이 어떻게 알아챘는지, 그녀는 두말 않고 기계 손잡이를 잡고 빙빙 돌리기 시작했어요. 그때는 교유기가 수동식이었거든요. 마구 돌려대니 그 속에서 잭은 이리저리 뒹굴기 시작했죠. 견딜 수 없게 된 그는 불쑥 머리를 내밀면서 고함을 쳤어요. '제발 그만해요. 기계를 멈춰요. 나를 나가게 해 줘요. 곤죽이 되겠어요.' 여자나 건드리는 녀석들이 대개 그렇듯이 잭도 어지간히 겁이 많은 녀석이었죠. '내 딸을 더럽힌 놈은 맛을 톡톡히 봐야 해.'라고 늙은 부인이 대꾸하자 늙은 마귀할멈이라고 잭이 큰소리치지 않겠소. 그 늙은 부인은 같이 악을 쓰면서 기계를 멈추지 않았으므로 잭은 뼈가 부딪쳐 뿌드득거리는 소리를 내며 돌아갈 수밖에 없었죠. 감히 말리려고 뛰어드는 사람도 없었지. 그 녀석은 견디다 못해 책임을 지겠다고 약속을 했죠. 약속을 받은 다음에서야 겨우 일이 끝났어요."

얘기를 듣고 있던 사람들이 재미있다는 듯이 싱글벙글 웃고 있을 때, 그들 뒤에서 무엇인가 조급하게 움직이는 듯해 돌아다보니, 테스가 창백한 낯빛으로 문 쪽으로 빠져나가면서 조그만 소리로 중얼거렸다.

"아, 어쩌면 이렇게 더울까!"

사실 날씨는 굉장히 더웠으므로 그녀의 행동과 크릭의 얘기를 결부시켜 생각하는 사람은 아무도 없었다. 주인은 문을 열어 주며 부드럽게 농담조로 말했다.

"웬일이야, 우리 목장에서 가장 순결한 아가씨께서 이만한 더위에 벌써 맥을 추지 못한대서야 되겠나? 정작 한더위가 닥치면 쩔쩔 매게 되겠는걸. 그렇지 않나요, 클레어 씨?"

"좀 어지러워서요……. 바깥 공기를 쐬면 좀 나을 것 같아요."

그녀는 둘러대며 밖으로 나갔다.

때마침 말썽을 부리던 기계가 정상적으로 돌기 시작한 때였다.

"버터가 나온다!"

크릭 부인이 소리를 지르자, 테스를 주시하던 사람들이 전부 그쪽으로 쏠렸다.

마음에 충격을 받은 테스는 겉으로 보기에는 다시 침착해진 것 같았다. 그러나 그녀의 기분은 종일토록 우울했다. 오후 작업이 끝나자 친구들을 피해 밖으로 나와서는 무작정 이리저리 혼자 돌아다녔다. 주인의 얘기가 다른 사람들에게는 재미있게 들리겠지만 그녀는 가슴 아프게 들어야 하는 처지가 말할 수 없이 슬펐다. 그 얘기가 그녀의 아픈 상처를 건드렸다는 사실을 아는 사람은 아무도 없었다. 저물어 가는 석양을 바라보아도 커다란 상처가 불타는 듯하여 보기 싫었다. 다만 강가 갈대밭에서 기름이 마른 기계가 움직이는 소리처럼 슬프고 목이 쉰 듯한 소리로 울고 있는 외로운 새의 울음만이 그녀를 반겨 줄 뿐이었다. 그 울음소리는 이제 싫증이 난 옛 친구의 목소리 같았다.

해가 가장 긴 유월 한 달 동안 목장 식구들은 모두 해만 지면 잠자리에 들었다. 미처 해가 지기도 전에 잠자리에 들 때도 있었다. 우유가 많이 나올 때는 새벽에 일찍 일어나야 하고, 또 하는 일이 많아 힘들기 때문이었다. 그렇지 않을 때는 테스는 언제나 친구들과 함께 침실로 올라갔다. 그러나 그날 밤에는 그녀 혼자 일찌감치 방으로 돌아왔고, 친구들이 왔을 때엔 이미 꾸벅꾸벅 졸고 있었다.

오렌지빛 저녁놀을 온몸에 받으면서 옷을 벗는 그녀들을 쳐다보다가 잠이 들었으나 그녀들의 떠드는 소리에 깨어나 소리 나는 쪽을 돌아보았다. 아가씨들 세 명이 잠옷을 걸친 채 맨발로 창가에 모여 서 있었다. 불그레한 저녁놀은 아직도 그들의 얼굴과 목 그리고 방 안의 벽을 물들이고 있었다. 그들은 깊은 관심으로 마당에 있는 어떤 사람을 지켜보고 있는 모양이었다. 그녀들의 얼굴은 서로 바싹 맞닿아 있었다. 명랑한 둥근 얼굴, 새까만 머리에 파리한 얼굴, 또 적갈색의 머리를 땋은 아름다운 얼굴들이었다.

"밀지 마! 밀지 않아도 잘 보이잖아?"

가장 나이가 어린 적갈색 머리의 레티가 꿈쩍도 않으면서 말했다.

"아무리 그 사람을 생각해 보았자 소용도 없어, 애."

가장 나이가 많고 쾌활한 마리안이 익살스럽게 말했다.

"그 사람은 네가 아닌 다른 여자의 뺨을 생각하고 있으니까."

레티 프리들은 여전히 서서 지켜보고, 다른 둘도 다투듯이 다시 밖을 내다보았다.

"어머, 저기 또 나왔어."

창백한 얼굴에 검은 머리와 윤곽이 뚜렷한 입술을 가진 이즈 휴에트가 말했다. 그러자 레티가 말을 가로막았다.

"이즈, 말 안 해도 알아. 네가 그 사람의 그림자에 키스하는 걸 내가 다보았으니까."

마리안이 나섰다.

"뭘 보았다고?"

"그가 치즈 통에서 치즈를 거두어들이고 있을 때 그림자가 뒤쪽 벽에 비치지 않았겠니. 그때 이즈도 같은 일을 하고 있었지. 그이의 그림자에다 자기 입술을 갖다 대더군. 그 사람은 몰랐지만 난 다 보았단 말이야."

"어머나 어쩌면, 이즈 휴에트!"

이즈 휴에트의 뺨이 붉은 장밋빛으로 상기되었다. 잠시 후 그녀는 냉정한 체하면서 대꾸했다.

"그 사람을 생각하는 점에선 레티도 그렇고, 마리안 역시 마찬가지 않니?"

얼굴이 둥근 마리안은 자기의 본래 얼굴빛보다 더 붉어지지는 않았으나, 말을 얼버무리고 있었다.

"내가? 별소릴! 어머, 저기 클레어 씨가 또 나왔어."

"저것 봐, 자기도 그러면서."

"너는 그러지 않았니? 다 마찬가지야."

남이야 뭐라고 하든 상관없다는 듯이 마리안은 솔직히 말했다.

"모두들 시치미를 뗄 필요는 없어. 왜 숨기려고들 하지. 난 솔직히 당장 내일이라도 저 사람하고 결혼하고 싶어."

"그건 나도 그래."

이즈 휴에트가 작은 소리로 말했다.

"나도 결혼하고 싶어."

레티는 더 수줍어하면서 속삭였다.

그녀들의 얘기를 듣자니까 테스는 점점 가슴이 설레었다.

"하지만 세 사람이 함께 결혼할 수는 없어."

이즈가 말했다. 그러자 마리안이 대꾸했다.

"저 사람은 테스 더비필드를 좋아해. 내가 매일 그 사람 뒤를 살피다가 그 사실을 알아냈지."

마리안은 나직한 음성으로 말했다. 그녀들은 잠자코 생각에 잠겼다. 레티가 다시 입을 열었다.

"그렇지만 테스는 그 사람을 조금도 생각하지 않는 것 같던데?"

"나도 가끔 그런 느낌이 들었어."

이즈 휴에트가 초조하게 말했다.

"하지만 이따위 시시한 얘기들은 집어치워. 우리 세 사람 중 아무하고도, 그리고 테스하고도 결혼하지 않을 거야. 가문이 좋은 집의 자손이니까 아마 외국에 나가서 농장을 경영할 거야. 일 년에 얼마씩 줄 테니까 자기 농장 일을 거들어 달라는 게 고작일 거야."

몸집이 뚱뚱한 마리안이 긴 한숨을 쉬었다. 침대에 누워 있던 테스 역시 한숨지었다. 이 지방에서 상당한 위치를 차지하는 파리델 가문의 마지막 꽃봉오리이며, 셋 중에서 가장 나이가 어리고 붉은 머리털을 가진 레티 프리들의 눈에 눈물이 비쳤다. 그들은 세 가지의 머리 빛깔이 서로 엉킨 채 여전히 머리를 맞대고 한동안 더 마당을 내려다보았다. 그들의 심정을 알 까닭이 없는 클레어는 집안으로 들어가 버리고 다시는 나타나지 않았다. 어둠은 차차 짙어가고, 그들은 잠자리로 들어갔다. 마리안은 금방 잠이 들었으나, 이즈는 모든 걸 잊고 쉽게 잠을 이루지 못했다. 레티 프리들은 울다가 잠이 들었다.

누구보다도 깊은 정열을 품은 테스는 잠잘 생각조차 하지 않았다. 그들이 주고받던 애기는 그날 그녀가 참고 삼켜야 할 또 하나의 쓴 약이었다. 그런 애길 듣고서도 마음속에 어떤 질투를 느끼지 않는 것을 보니, 그런 점에서 테스는 그녀들보다 유리한 입장에 있는 것 같았다. 테스는 세 아가씨 중에서 누구보다 얼굴이 아름답고, 교육도 더 받았으며, 레티를 빼고 그중에서 가장 나이가 적은데다 여자다운 면에서 누구에게도 뒤지지 않는다고 생각하고 있었다. 그래서 조금만 주의를 기울이면 하나같이 버릇없는 그녀들을 제치고 그의 마음을 사로잡을 수 있을 것 같은 생각이 들었다. 그러나 그렇게 할 필요가 있을까? 그것이 그녀의 가장 커다란 문제였다. 친구들은 애태우는 것과는 상관없이 실제로 접근할 기회가 한 번도 없었다는 것은 틀림없는 사실이다. 하지만 테스는 그가 이곳에 머무르는 동안만이라도 그의 일시적인 애정을 불러일으켜 그의 친절을 최대한 누리고 싶었고, 또 사실 그런 기회가 여태까지 주어졌었다.

하루는 클레어가 웃으면서 다음과 같이 애기하더라는 것을 크릭 부인에게 들은 적이 있었다.

"일만 에이커나 되는 식민지의 농장에서 가축을 기르고 농사를 해야 할 사람이 귀부인과 결혼한들 무슨 소용이 있겠어요."

그렇다면 그에게는 농촌 여자가 부인으로 어울릴 것이다. 그러나 클레어가 진심에서 그런 애기를 한 것인지 아닌지는 별 문제로 치더라도, 지금 처지로서는 양심을 속이지 않는 한 다른 남자와 결혼할 수도 없고, 또 그런 유혹에는 넘어가지도 않겠다는 것을 신께 맹세한 테스였다. 그녀가 탤보스이에 있을 동안만이라도 그 사람의 사랑을 받기 위해서, 또 덧없는 짧은 행복을 위해서 친구들의 꿈을 짓밟을 수는 없는 일이었다.

22

이튿날 아침 아가씨들은 피로가 채 가시지 않은 듯 하품을 하면서 아래
층으로 내려왔다. 평소처럼 우유 거품 걷는 일과 소젖 짜는 일을 마친 다음
아침 식사를 하러 집안으로 돌아왔다. 그러자 크릭은 방 안에서 안절부절
못하고 서성거리고 있었다. 그는 늘 거래하고 있는 단골손님한테서 온 편
지를 받았는데, 버터에서 떫은맛이 난다는 불평이 적혀 있다는 것이었다.

버터 덩어리가 붙은 나무 주걱을 왼손에 들고 그가 말했다.

"틀림없어, 불평한 그대로야. 자, 여러분이 직접 맛을 봐요."

대여섯 사람이 크릭 앞으로 모여들었다. 클레어가 맛을 보고, 테스도 맛
을 보았다. 기숙하는 아가씨들과 또 다른 남자 일꾼, 아침 식사를 준비해
놓고 기다리던 크릭 부인까지 와서 맛을 보았다. 버터에서는 분명히 떫은
맛이 났다.

크릭은 좀 더 신중하게 맛을 감별해 보고 그 원인이 되는 해로운 잡초의
종류를 가려내기 위해 온 신경을 쏟고 있었다. 그러다가 갑자기 그가 소리
쳤다.

"이건 마늘이야. 우리 목장에선 마늘을 모조리 뽑아 버린 줄 알았는
데……."

그 말을 듣자 오래된 일꾼들은 며칠 전에 젖소 서너 마리가 들어갔던 마
른 목초 지대가 몇 해 전에도 버터 맛을 못 쓰게 만들었던 일이 생각났다.
그때는 주인이 맛을 가려내지 못하고, 다만 버터에 귀신이 붙었다고만 생
각했었다.

"그 풀밭을 샅샅이 뒤져봐야겠어. 앞으로도 이런 일이 계속된다면 큰일

이야."

그들은 함께 날이 무디어진 칼을 들고 풀밭으로 나갔다. 잡초는 눈에 잘 띄지 않을 정도로 협소한 장소에서만 자랐으므로 눈앞에 펼쳐진 무성한 풀밭에서 마늘을 찾아내기란 쉬운 일이 아니었다. 그러나 반드시 제거해야 할 일이기에 한 줄로 늘어섰다. 주인은 자진해서 나온 클레어와 함께 맨 앞장을 서고, 다음으로 테스, 마리안, 이즈 휴에트, 레티, 빌류엘, 조너틴, 까만 곱슬머리에 눈이 둥글둥글한 벡 닙스 그리고 겨울철 목장의 습기 때문에 폐병에 걸려 얼굴이 누런 프란시스의 순서로 섰다.

그들은 땅을 내려다보면서 천천히 들을 건너간 다음, 약간 아래쪽으로 비켜서서 처음과 같은 식으로 되돌아오기를 반복했다. 그 일이 끝날 무렵에는 한 치의 풀밭도 남김없이 구석구석 살펴보게 되었다. 넓은 초원에서 대여섯 뿌리의 마늘을 발견했을 정도였으므로 그것은 지루하기 짝이 없는 작업이었다. 그러나 그 독초는 매우 매운 것이어서 단 한 마리가 한 번 뜯어먹는 것만으로도 그날 하루 동안 생산되는 우유 맛을 망쳐 버리게 되는 것이었다.

그들은 성격이나 감정이 서로 달랐지만, 하나같이 허리를 구부린 채 같은 모습으로 기계적으로 앞으로 나아갔다. 만약 그때 나그네가 근처를 지나가다 이들의 모습을 보게 되었다면 모두 시골 농부라고 간주했을 것이다. 허리를 굽힌 그들의 등 위로 따가운 오후의 햇살이 내리쬐고 있었고, 햇살을 받지 못하는 얼굴은 미나리아재비에서 반사하는 노르스레한 빛을 받아 마치 요정 같았고, 달빛이 비치는 것처럼 보이기도 했다.

모든 일에 다른 사람들과 구별 없이 함께 행동하려는 에인젤 클레어는 이따금씩 사방을 둘러보았다. 그가 테스 뒤에서 걸어가고 있는 것은 물론 우연이 아니었다.

"기분이 어때요?"

그는 작은 목소리로 물었다.

"네, 좋아요."

그녀는 정색을 하고 대답했다.

그들은 삼십 분 전에 이런저런 얘기를 주고받았으므로 새삼스레 이런 식으로 말을 붙이는 것이 조금 싱겁게 생각되었다. 그러나 그들은 더 이상 말하지는 않았다. 그들은 계속해서 천천히 나아갔다. 그녀의 치맛자락이 클레어의 장화에 닿기도 하고, 그의 팔꿈치가 그녀의 팔꿈치를 스치기도 했다. 그들 뒤에서 따라오던 크릭은 견디다 못해 일어섰다. 그는 천천히 허리를 펴며 자못 괴로운 듯 불평을 터뜨리기 시작했다.

"정말 못해 먹을 노릇이군. 이렇게 구부리고 있다간 허리를 쓰지 못하겠어. 그런데 테스, 엊그제 몸이 좋지 않다고 했지? 이런 일을 계속하면 안될 텐데. 어지러우면 그만둬. 뒷일은 다른 사람들이 하면 되니까."

주인은 줄에서 빠져나가고 테스도 뒤로 처졌다. 클레어도 줄 밖으로 나와 혼자서 독초를 찾아다녔다. 옆에 클레어가 있는 걸 알자 지난밤에 들은 얘기가 생각나 그녀가 먼저 말을 건넸다.

"예쁘죠?"

"누구 말이오?"

"이즈 휴에트랑 레티 말예요."

테스는 두 여자 중 누구든 훌륭한 농부의 좋은 아내가 될 수 있을 것이라고 생각했다. 그래서 그들을 좋게 이야기해 줌으로써 불행한 아름다움은 숨겨 버려야 한다고 결심했다.

"예쁘다고요? 그래요, 예쁜 처녀들이죠. 건강해 보이는 게 말이오. 나도 가끔 그렇게 생각한 적이 있지요."

"아름다움이란 안타깝게도 영원한 게 아니에요."

"그건 맞는 말이군요."

"저 처녀들은 소젖 짜는 솜씨가 보통이 아니에요."

"모두 잘하죠. 하지만 당신보다는 못하지요."

"우유 거품을 걷어내는 일도 나보단 훨씬 잘해요."

"그래요?"

클레어는 그 처녀들의 일하는 모습을 보고 있었으나, 그들은 클레어를 보지 못했다. 테스는 침착하게 말을 계속했다.

"얼굴이 붉어지네요."

"누가요?"

"레티 프리들 말이에요."

"오, 왜 그런 거죠?"

"당신이 레티를 쳐다보기 때문이에요."

그녀는 자신이 희생하겠다는 생각을 마음속으로 했을지라도 차마 그녀들 중의 한 사람과 결혼하라고 말할 수는 없었다. 그녀는 크릭을 따라가면서 뒤에 남아 있는 클레어를 떠올리자 씁쓸한 기분이었다.

그날부터 테스는 클레어를 피하기 위해 갖은 노력을 다했다. 우연히 만나는 일이 있어도 이전처럼 오랫동안 얘기하지 않았다. 그리고 모든 기회를 세 사람의 처녀들에게 양보했다.

친구들의 고백을 엿듣고 그들 모두가 클레어를 마음에 두고 있다는 사실을 알게 되었던 것이다. 또 그녀의 생각이 옳든 그르든 간에 남자들에겐 자제력이 없다고 생각하던 그녀에게, 처녀들의 단순한 마음에 상처를 주지 않으려고 애쓰는 클레어의 태도는 더한층 흠모의 정을 불러일으켰다. 만약 클레어가 그런 태도를 보이지 않았더라면 한집에서 살고 있는 그들을 평생 동안 눈물짓게 했을 것이다.

23

칠월의 무더운 날씨가 예고도 없이 찾아왔다. 이 평탄한 골짜기의 대기는 마취라도 된 듯 일꾼들과 소 그리고 수목들까지도 무겁게 내리눌렀다. 뜨거운 증기 같은 빗줄기가 쏟아지면 젖소들을 방목하는 초원은 더욱 기름지지만 다른 쪽의 건초 만드는 작업장에선 애를 먹었다.

작업이 끝나고 통근하는 일꾼들도 모두 집으로 돌아간 어느 일요일 아침이었다. 테스와 세 처녀들은 바쁘게 외출 준비를 하고 있었다. 목장에서 좀 떨어진 곳에 있는 멜스토크 교회에 가기로 약속했기 때문이었다. 테스가 탤보스이에 온 지 두 달이 지났지만, 친구들과 함께 어울려 외출하는 것은 이번이 처음이었다.

어제 오후부터 밤늦게까지 초원에 퍼붓던 세찬 소낙비는 약간의 마른 풀을 강으로 휩쓸어 갔다. 그러나 날이 밝자 태양은 더욱더 찬란하게 빛나고 공기는 청명했다.

교회가 있는 멜스토크로 가는 오솔길은 낮은 분지를 따라 길게 뻗어 있었다. 길을 따라 걷던 아가씨들은 어젯밤 폭우로 인해 발목이 잠길 만큼 물이 찬 길에 이르렀다. 여느 때 같으면 이런 것쯤이야 문제될 것이 없지만 오늘처럼 나들이옷을 차려입고 나가는 날에는 문제가 달랐다. 특히 오늘은 분홍색, 흰색, 라일락 빛깔의 웃옷들을 입고 흰 양말에다 굽이 낮은 구두를 신었기 때문에 흙탕물 한 방울만 튀어도 당장 눈에 띌 것이므로 난감한 상황이었다. 교회까지는 아직도 한참을 가야 했고, 멀리서 교회 종소리가 들려왔다. 아가씨들은 길 옆 높은 둑으로 기어올라가 길을 건너려고 조심스럽게 걷고 있었다.

"한여름에 강물이 넘칠 줄 누가 알았담!"

마리안이 말하자 레티가 낙심하여 그 자리에 서면서 대꾸했다.

"이렇게 해서 건너가긴 글렀어. 물속을 그냥 지나가든지, 큰길로 돌아가든지 해야 해. 이러다간 많이 늦겠어."

그러자 마리안이 실망한 듯 다시 말했다.

"늦게 들어가면 사람들이 쳐다보는 통에 난 창피해 죽겠어. '주님 뜻대로 이루어지이다.' 라고 기도를 끝내야지만 겨우 마음이 가라앉는다니까."

그들이 둑 위에서 서성대고 있을 때 길 모퉁이에서 철벅거리는 소리가 들리더니, 잠시 후에 그들이 있는 쪽으로 걸어오는 에인젤 클레어의 모습이 보였다.

네 아가씨의 심장은 다투듯이 동시에 고동치기 시작했다.

그의 모습은 완고한 목사의 반항하는 아들이 흔히 그러듯 안식일을 인정하지 않는 것 같았다. 그의 옷차림은 평소에 입는 작업복이었고, 장화를 신고 있었으며, 머리의 열을 식히기 위해 양배추 잎사귀를 모자 밑에 끼웠으며, 풀 베는 낫까지 들고 있었다. 영락없이 일하러 가는 사람의 차림새였다.

"교회에 안 가나 봐."

마리안이 말하자 테스가 나직하게 대꾸했다.

"같이 가면 좋을 텐데!"

에인젤은 남들이 뭐라고 하든, 실제로 자기 행동이 옳든 그르든 간에 맑은 여름날엔 교회에서 설교를 듣기보다는 자연을 보고 배우는 게 더 흥미로웠다. 그래서 오늘 아침엔 건초가 얼마나 떠내려갔는지를 살펴보러 나온 것이다. 아가씨들은 물을 건널 생각에 골똘했으므로 클레어가 지나가는 걸 보지 못했지만 그는 멀리서부터 그녀들이 둑 위에 서서 망설이는 것을 발견하고 다가온 것이다. 특히 그들 중의 한 사람을 어떻게 건네줄까 생각하면서 그들 앞으로 급히 달려온 참이었다.

장밋빛 얼굴에 반짝이는 눈을 가진 네 처녀들이 화사한 여름옷을 입고 둑 위에 모여 서 있는 모습은 마치 지붕 위에 앉아 있는 비둘기처럼 매력적이었다. 아가씨들에게 다가가기 전에 그는 잠시 동안 그들을 쳐다보았다. 그들의 망사 같은 치맛자락이 풀잎을 스치며 파리와 나비를 날아오르게 했다. 미처 날아가지 못한 파리와 나비는 새장에라도 들어간 것처럼 투명한 치마폭에 갇혔다. 에인젤의 눈빛은 맨 뒤에 있는 테스에게서 멈추었다. 테스는 오도 가도 못 하는 자신들의 처지에 웃음이 터지려는 것을 애써 참으며 밝은 표정으로 그를 바라보았다.

장화를 신은 그는 물속을 첨벙거리며 그녀들이 서 있는 둑 아래로 다가왔다. 그리고 그들의 치마폭 속에 갇힌 파리와 나비를 보며 서 있다가, 맨 앞에 있는 마리안에게 다른 두 처녀도 포함시키듯 말했다. 그러나 테스에게만은 의식적으로 무신경한 듯했다.

"모두들 교회에 가는 길이죠?"

"네, 하지만 늦었어요. 늦게 들어가면 창피해서……."

"제가 모두 건네다 드리죠."

네 사람은 똑같이 얼굴을 붉혔다.

"힘드실 텐데요."

마리안이 말했다.

"그러나 건너려면 그 도리밖에 없지 않소. 가만히 서 있어요. 아가씨들은 그리 무겁지도 않을 테니까! 네 사람을 한꺼번에 건네 드릴 수도 있어요."

그러면서 자신 있는 투로 말을 계속했다.

"자, 마리안, 두 손으로 내 어깨를 잡고. 그렇지, 됐어! 단단히 잡아요."

마리안이 시키는 대로 그의 팔과 어깨에 몸을 맡기자 에인젤은 성큼성큼 건너갔다. 그의 호리호리한 모습은 마치 마리안이라는 꽃송이가 달린 꽃줄기 같았다. 그들은 길모퉁이를 돌아 자취를 감추었으나 마리안의 모자에 달린 리본만이 그들의 위치를 말해 주고 있었다. 잠시 후 다시 에인젤이 나타났다. 이즈 휴에트가 그 다음 순서로 둑에서 기다렸다.

"저기 온다."

그녀는 작은 소리로 속삭이듯 말했다. 그녀의 입술은 흥분으로 바싹바싹 타들어가는 소리가 들리는 듯했다.

"나는 저 사람 목에다 팔을 감을 테야. 그리고 마리안이 한 것처럼 얼굴을 들여다볼 테야."

"그렇게 한다고 어떤 의미가 있는 건 아니야."

테스가 재빨리 말했다.

"무슨 일이든지 때가 있어."

이즈가 나직이 말을 이었다.

"안을 때가 있고, 안는 것을 멀리 해야 할 때가 있어. 안을 때가 바로 지금이야."

"이즈, 그건 성경 구절이야!"

"그래, 맞았어. 난 교회에 가면 그런 아름다운 구절만 귀에 들어온다니까."

그녀들을 대하는 태도는 친절에서 우러난 당연한 것이라고 에인젤 클레어는 생각했다. 그는 이즈 앞으로 다가왔다. 그녀가 꿈꾸듯 얌전하게 그의 팔에 안기자, 그는 기계적으로 걸어갔다. 다시 그가 돌아오는 소리가 들렸을 때 레티는 고동치는 심장으로 몸마저 흔들리는 것 같았다. 붉은 머리의 그녀에게 다가와 안으면서 그는 테스를 힐끗 쳐다보았다.

에인젤의 표정은 '이젠 당신과 내 차례야.' 라고 말하는 것 같았다. 그 의미를 알아들었다는 표정이 그녀의 얼굴에도 나타났다. 그녀는 흥분되는 감정을 가까스로 억누르고 있었다. 그들은 서로의 마음을 이해하고 있었다.

이 작고 가여운 레티는 가장 가벼웠으나 클레어에게는 제일 힘든 짐이었다. 마리안은 마치 밀가루 부대 같아서 육중한 그녀의 몸은 에인젤을 비틀거리게 했고, 이즈는 요령껏 침착하게 안겼고, 레티는 신경질적이어서 잠시도 가만히 있지 않았다.

클레어는 레티를 무사히 건네다 주고 돌아왔다. 길 건너 언덕 위 나무 사이로 먼저 건네 준 아가씨들이 보였다. 이번에는 테스의 차례였다. 친구들이 흥분하는 것을 보고 속으로 그들을 경멸했지만 클레어의 숨소리와 눈길과 마주칠 것을 생각하니 자신도 모르게 몸이 숨이 가빠지고 열이 나 당황스러웠다. 그런 모습을 들킬까 봐 두려웠던 그녀는 그가 앞에 왔을 때 마음에도 없는 말을 했다.

"저는 둑을 걸어서 건널 수 있어요. 저 애들보다는 잘 올라갈 수 있으니까요. 그리고 클레어 씨는 너무 지치셨어요."

"천만에."

그가 급히 말했다. 테스는 거의 무의식적으로 그의 품에 안겨 어깨와 팔에 몸을 맡겼다.

"한 사람의 라헬을 얻기 위해 세 사람의 레아를 건네줬소."

그가 속삭였다.

"저 친구들이 저보다 훌륭해요."

그녀는 자신의 결심을 다짐하면서 너그럽게 대답했다.

"나는 그렇게 생각지 않소."

그 말을 들은 테스의 얼굴이 붉어지는 것을 클레어는 눈치 챘다. 그들은 말없이 몇 발짝 나아갔다. 그녀는 머뭇거리면서 말했다.

"좀 무겁죠?"

"그렇지 않아요. 마리안은 굉장하더군요. 당신은 햇빛으로 따뜻해진 출렁이는 물결 같아요. 그리고 모슬린의 이 옷은 물거품 같고."

"그렇게 보인다면……. 퍽 예쁘게요?"

"당신을 위해서 세 번이나 같은 일을 한 심정을 모르겠어요? 이 순간을 위해……."

"몰랐어요."

"오늘 이런 일이 생기리라곤 꿈에도 생각지 못했소."

"저도 마찬가지예요. 물이 갑자기 불어서……."

그가 물이 넘친 이야기를 하는 줄 알고 그렇게 대답했는데, 그의 가쁜 숨결이 그녀의 생각이 잘못되었음을 금세 알려 주었다. 클레어는 가만히 걸음을 멈추고 그녀에게로 얼굴을 돌렸다.

"오, 테스……."

그는 숨 가쁘게 말했다. 그녀의 뺨은 에인젤의 숨결로 뜨거워지고, 흥분한 그녀는 그의 눈을 쳐다볼 수 없었다. 문득 우연한 기회를 지나치게 이용하는 것은 아닌가 하는 생각이 들자 그는 행동을 멈추었다. 아직 사랑한다는 고백도 한 일이 없는 그들이기에 더 이상의 감정은 자제해야 한다고 생각되었던 것이다. 그는 좀 더 함께 있고 싶은 마음에 되도록 천천히 걸었다. 그리고 길모퉁이를 돌자 기다리고 있는 세 아가씨들이 한눈에 보였다. 그는 그들이 있는 곳에 테스를 내려놓았다.

친구들은 눈을 크게 뜨고 미심쩍은 듯 그들을 바라보았다. 테스는 친구들이 자기 얘기를 하고 있었다는 것을 눈치 챘다. 에인젤은 급히 그들에게 인사하고 물에 잠긴 길을 첨벙거리며 돌아갔다.

아가씨들은 처음 올 때와 마찬가지로 함께 걸어갔다. 얼마 안 가서 마리안이 침묵을 깨뜨리고 입을 열었다.

"안 돼, 정말이지 우리들은 안 되겠어. 테스라면 몰라도!"

그녀는 시무룩한 얼굴로 테스를 보았다.

"무슨 소리야?"

"그 사람은 널 가장 좋아하고 있어. 누구보다도 좋아한단 말이야. 너를 안고 올 때 그 표정을 보고 우린 확신했어. 네가 조금만 눈치를 보였어도 그 사람은 분명 키스를 했을 거야."

"아냐, 그렇지 않아."

목장을 출발할 때의 유쾌한 기분은 어찌 된 일인지 사라져 버렸지만, 질투나 시기심에서 하는 말은 아니었다. 그들은 마음씨 착한 아가씨들이었고, 모든 것을 운명으로 돌리는 순박한 시골 처녀들이기 때문에 테스를 원망하지는 않았다. 그래서 에인젤을 그녀에게 빼앗기는 것조차도 운명이라고 생각했다.

테스는 괴로웠다. 친구들이 에인젤을 사모하는 것을 알게 된 후부터 그녀 자신도 더욱 그를 간절히 원하게 되었던 것이다. 이런 감정은 특히 여자들에게 번지기 쉬운 것이었다. 테스의 애타는 심정은 같은 처지에 있는 그녀들을 가련하게 여기면서 자신의 그런 마음을 꺾으려 했지만 어쩔 수 없는 일이었다. 그날 밤 테스는 눈물을 흘리며 다짐했다.

"나는 절대로 너희들을 방해하지 않겠어. 너희들 누구라도 말이야. 그 사람은 결혼할 생각도 없겠지만, 만약에 결혼을 하자고 그러더라도 나는 거절할 거야. 누구하고도 결혼은 하지 않을 테니까."

"어머, 그게 정말이니, 그런데 왜?"

레티가 의심쩍은 듯 물었다.

"그런 일은 있을 수 없으니까. 솔직히 나를 포함해서 우리들 중 누구하고도 결혼할 것 같진 않으니까."

"그런 건 바라지도 않아. 하지만 답답해서 죽어 버릴 것 같아."

레티가 절망적이라는 듯 대답했다. 마침 그때 두 아가씨가 올라왔다.

"우린 모두 예전처럼 다시 친구로 지낼 수 있어. 테스도 우리처럼 그 사람을 생각지 않기로 했대."

그래서 서먹서먹하던 기분은 사라지고, 그들은 이전처럼 다시 친밀해질 수 있었다.

"나는 내가 어떻게 되든지 상관없어. 나한테 두 번씩이나 구혼한 스티클포트의 목장 주인과 결혼하려고 했지만, 지금은 그 사람의 아내가 될 바에야 차라리 죽어 버리는 게 낫다고 생각해. 그런데 이즈, 넌 왜 잠자코 있어?"

마리안이 잔뜩 침울해서 말했다. 그러자 침묵을 지키고 있던 이즈가 조그만 소리로 말했다.

"사실은 말이야. 오늘 그가 나를 안고 건널 때 틀림없이 키스를 해 줄 거라고 믿었거든. 그래서 얌전하게 그의 가슴에 몸을 맡긴 채 기다리고 있었어. 꼼짝도 하지 않고 말이야. 그러나 그는 끝내 키스해 주지 않았어. 이제는 탤보스이에 있고 싶지 않아. 난 집으로 돌아갈 테야."

침실의 공기는 마치 그녀들의 절망적인 감정과 더불어 떨고 있는 것 같았다. 오늘 낮에 있었던 일은 그녀들의 가슴속에 있는 불길을 부채질해서 견딜 수 없는 괴로움을 주었다. 그녀들을 따로따로 구별하려 했던 여러 가지 차이점들은 이 정열로 인해 모두 사라져 버리고, 이제 여성이라는 공통된 유기체의 하나가 된 듯했다. 그녀들에겐 희망이 사라졌기 때문에 이제 비밀도 없고 질투도 하지 않았다. 저마다 상당한 상식을 갖추고 있어 쓸데없는 자부심으로 허세를 부리지도 않았고, 자기의 사랑을 부인하지도 않았으며, 다른 사람들에게 우쭐대지도 않았다. 한 남자를 놓고 그녀들이 마치 경쟁이라도 하는 듯한 행위는 세상 사람들이 볼 때 어린애 장난 같은 짓이라는 사실을 그들 자신이 스스로 깨닫게 되었다. 왜냐하면 아무 목적도 없는 시작이고, 그들대로의 생각일 뿐이었으므로 다른 사람들의 처지에서 본다면 그들의 사랑은 정당화될 만한 이유가 부족했던 것이다.

본능적인 면에서 말할 때 이성을 그리워하는 건 조금도 이상할 리 없고, 에인젤을 사모하는 마음이 자리 잡고 있어 그들을 황홀하게 한 것만은 사실이었다. 만약 에인젤과 결혼하고자 하는 욕심이 그들에게 있었다면 방법을 가리지 않고 부끄러운 짓들을 했을 것이다. 그러나 그들은 곧바로 자신들의 그릇된 점을 깨달았기 때문에 그를 체념하고 자기 나름의 자리를 되찾은 것이다.

그들은 작은 침대에서 이리저리 몸을 뒤척였다. 아래층의 치즈 짜는 기계에서 물방울 떨어지는 소리가 들리고 있었다. 반 시간쯤 지났을 때 누군가 테스에게 말을 건넸다.

"테스, 아직 안 자니?"

이즈 휴에트의 목소리였다. 테스가 그렇다고 대답하자, 레티와 마리안도 갑자기 이불을 걷어차고 한숨을 쉬었다.

"우리도 안 자. 그 사람의 신붓감으로 정해졌다는 여자 말이야. 도대체 어떤 여잘까?"

"그러게 말이야."

이즈가 말을 받았다. 잠시 후 잠자코 있던 테스가 숨 가쁘게 물었다.

"신붓감이 있다고? 난 그런 말 들은 적이 없는데!"

"아냐, 정말이야. 소문이 자자하다니까. 비슷한 가문의 아가씨래. 클레어 목사의 교구인 에민스터 근방에 있는 신학자의 딸이라던 걸? 에인젤은 그 여자를 별로 달갑게 여기지 않는다지만, 집안끼리 약속한 거니까 틀림없이 결혼하겠지."

그들이 그의 결혼 얘기를 자세하게 들은 일은 없지만, 어둠 속에서 공상으로 애태우며 그려 보기에는 충분한 이야깃거리였다. 그들은 에인젤이 결혼에 동의하는 모습과 결혼 준비, 축복에 넘치는 그들의 가정생활 등 온갖 상상을 눈앞에 그렸다. 그리고 자신들은 까맣게 잊어버릴 것이라고 생각했다. 그러면서 그녀들은 잠이 들어 슬픔을 잊어버릴 때까지 얘기하고 괴로워하며 흐느껴 울었다.

클레어에게 결혼할 여자가 있다는 뜻밖의 사실을 알고 난 다음부터 테스는 자기에 대한 에인젤의 태도가 어떤 의미를 두고 있다는 따위의 부질없는 생각은 하지 않기로 했다. 다만 여름 한철 지나가는 덧없는 연정일 뿐, 그

외엔 아무 의미도 없는 것이라고 생각했다. 그러나 무엇보다 슬펐던 것은 그녀가 윤리 도덕적인 면에선 에인젤이 무시하는 아가씨들보다 훨씬 뒤떨어지는 여자라는 사실이었으며, 이 때문에 그녀는 견딜 수 없이 괴로웠다.

24

바 골짜기의 습기를 머금은 비옥한 토지에서 무럭무럭 자라는 나무들이 양분을 빨아올리는 소리마저 들릴 것 같은 계절이었다. 이러한 계절에 환상적인 사랑이 더욱 열렬해지지 않을 수 없으니 이미 사랑을 위해 열려 있던 가슴도 자연 환경과 더불어 더욱 고조되기 마련이었다.

칠월이 가고 뒤이어 찌는 듯한 무더위가 계속되었다. 이 무더위는 마치 탤보스이 농장의 의지와 맞서 보려는 자연의 도전 같기도 했다. 봄에서 초여름까지는 그렇게도 맑고 신선하던 이곳 공기가 지금은 사람들을 무력하게 만들었다. 자연의 향기마저 그들을 내리누르는 것 같고, 한낮의 경치는 마치 기절해 누워 있는 것처럼 늘어져 보였다. 높은 지대에 있는 초원은 뜨거운 태양에 누렇게 타 버렸으나 냇물이 흐르는 곳에는 아직 풀들이 푸릇푸릇 무성했다. 클레어는 더위 때문에 괴로웠을 뿐 아니라 상냥하고 말이 적은 테스에 대한 끓는 열정으로 마음을 태우고 있었다.

장마가 걷힌 뒤라 고원 지대는 메말라 있었다. 시장에서 집으로 향하는 크릭의 짐마차가 먼지에 뒤덮인 길을 뽀얀 먼지를 일으키면서 달리고 있었다. 그것은 마치 불붙은 화약 열차가 한 줄기 흰 연기를 뿜으면서 달리는 것과 같았다. 쇠파리 떼에 따끔따끔 찔리던 암소들이 빗장이 다섯 개나 달린 목장의 뒷문을 뛰어넘었다. 월요일부터 토요일까지 크릭은 언제나 셔츠 소매를 걷어붙이고 지냈다. 창문과 출입문을 모두 열어놓아야 맞바람이 쳐서 겨우 공기가 좀 통하는 것 같은 요즈음, 안마당에 있는 지빠귀와 티티새들은 날짐승이라기보다는 길짐승처럼 날갯죽지를 늘어뜨린 채 덤불 속 그늘 밑으로만 걸어 다니고 있었다. 부엌 안의 파리 떼는 잘 도망치지도 않고 사람을 괴롭히며, 마룻바닥이나 옷장 서랍 속, 소젖을 짜는 아가씨들의 손등으로 기어다녔다. 사람들의 대화는 언제나 일사병에 관한 것뿐이었고, 버터 제조나 저장 문제는 아주 절망적이었다.

시원하고 손쉽게 일을 하기 위해 소들을 몰아들이지 않고 목장에서 그대로 젖을 짰다. 해가 중천에 떠 있을 동안 소들은 작은 나무 그늘이라도 찾아가서 그늘이 움직이는 대로 따라다녔다. 소젖을 짤 때에도 극성스러운 파리 떼 때문에 가만히 서 있질 못했다.

그러던 어느 날 오후, 아직도 젖을 짜지 않은 네댓 마리의 소가 무리에서 벗어나 산울타리 모퉁이 뒤에 서 있었다. 그중에는 테스를 유난히 잘 따르는 덤플링과 올드 프리티도 끼어 있었다. 방금 젖을 짜고 난 소 곁에서 테스가 일어서자 얼마 동안 그녀를 지켜보던 에인젤 클레어가 이번엔 건너편에 있는 소들을 가리키면서 젖을 짤 거냐고 물었다. 그녀는 머리를 끄덕이고 의자와 우유통을 들고 소 있는 데로 갔다. 얼마 뒤 올드 프리티에게서 우유가 통으로 쏟아지는 소리가 산울타리를 통해서 들려왔다. 에인젤도 다루기 힘든 소의 젖을 짠 다음 일을 끝마치기 위해 소가 있는 모퉁이 구석으로 갔다. 이제는 그도 크릭 못지않게 소젖 짜는 일에 익숙해 있었다.

소젖을 짤 때는 남자들이 으레 그러하듯이 여자들 중에도 더러는 소의 배 밑에까지 깊숙이 머리를 수그리고 우유통을 들여다보면서 짠다. 그러나 대개 나이가 젊은 대부분의 여자들은 머리를 소 옆구리에 기댄 채 소젖을 짠다. 테스도 마찬가지여서 관자놀이를 소 옆구리에 붙이고 멍한 표정으로 목장 먼 쪽을 바라보며 올드 프리티의 젖을 짜고 있었다. 햇빛이 테스의 옆모습을 비추고 있어 분홍색 옷과 차양이 달린 흰 모자를 쓴 그녀를 마치 조각품처럼 보이게 했다. 다갈색 젖소 옆구리를 배경으로 선명하게 드러나 있는 그녀의 육체는 하나의 작품이었다.

클레어가 뒤로 다가와서 젖소 밑에 앉아서 지켜보고 있는 것을 테스는 알지 못했다. 그녀는 눈을 뜨고 있었지만 꿈을 꾸고 있는 듯 초점 없는 눈동자는 몽롱했다. 이 한 폭의 그림 속에서 움직이는 것이라곤 젖소가 흔드는 꼬리와 분홍빛을 띤 테스의 손뿐이었다. 혈액 순환에 따라 심장이 뛰는 것처럼 그녀의 손도 어떤 자극에 따라 움직이듯 규칙적으로 움직였다.

그녀의 얼굴은 한없이 사랑스럽게 보였다. 더구나 먼 곳에 있는 아름다움이 아니라, 바로 눈앞에 있는 아름다움이고, 느낄 수 있는 체온이며, 또 살아 있는 인간이었다. 사랑스러운 그녀의 모습 가운데서도 가장 아름답게 드러나는 장밋빛 입술이 오늘따라 더욱 매혹적이었다. 표정이 풍부한 까만 눈과 아름다운 뺨, 그린 듯한 눈썹, 잘 다듬어진 턱과 목은 다른 여자한테서도 본 일이 있었으나, 그녀의 입술에 견줄 만한 것은 일찍이 보지 못했다. 아무리 정열적이지 않은 남자일지라도 한가운데가 위로 약간 쳐들린 듯한 그녀의 빨간 입술을 본다면 넋을 잃게 될 것이다. '눈에 덮인 장미꽃'이라는 옛 엘리자베스 시대의 비유가 떠오르며, 가슴이 벅차도록 아름답게 보이는 그녀의 입술만을 응시했다. 완전한 듯하면서도 약간의 불완전이 깃들어 인간미를 더해 주기 때문에 더욱 매혹적이었다.

마음속에서 쉽게 그녀를 그려 낼 수 있도록 클레어는 수없이 그녀의 입술을 살펴왔다. 여러 번 보아온 그 선명한 입술이 바로 눈앞에 있음을 의식하자 그는 현기증과 전신에 오한을 느끼며 가슴이 울렁거렸다. 그러다가 갑자기 재채기가 튀어나왔다.

테스는 그제야 에인젤이 쳐다보고 있다는 걸 깨달았다. 꿈꾸는 듯 몽롱하던 그녀의 표정은 자취를 감췄으나 몸을 움직이지 않은 채 시치미를 떼고 있었다. 그러나 그녀를 자세히 살폈더라면 붉은 빛이 볼을 살짝 스쳐가는 걸 볼 수 있었을 것이다.

클레어의 가슴속에 파고든 파장은 좀처럼 가라앉지 않았다. 결심이나 침묵, 조심성, 두려움 등은 패주하는 군대처럼 물러가 버렸다. 그는 자리에서 벌떡 일어났다. 젖소가 찰 테면 마음대로 차라는 듯이 우유통을 젖소 옆에 놓아두고 부리나케 그녀 옆으로 달려와 무릎을 꿇고 그녀를 두 팔로 껴안았다.

그녀는 생각할 겨를도 없이 그의 팔에 안겼다. 자기를 감싸 안은 사람이 그임을 알게 되자 놀라움과 황홀한 기쁨의 탄성이 순간적으로 입술에서 새어나왔다.

그는 너무나 매혹적인 입술에 키스하고 싶었으나 양심의 가책을 느끼고 욕망을 억눌렀다.

"테스, 용서해 줘요. 먼저 허락을 받았어야 하는데. 무슨 짓을 하고 있었는지 나 자신도 알지 못하겠군요. 하지만 장난으로 한 짓은 아니요. 귀여운 테스, 나는 진심으로 당신을 사랑하오."

그가 속삭였다.

이때 올드 프리티가 어리둥절해하며 주위를 두리번거렸다. 자기 배 밑에 두 사람이 웅크리고 있는 걸 보자 젖소는 뒷발을 들어올렸다.

"젖소가 골이 났어요. 우유통을 걷어찰지도 몰라요."

테스는 소리치며 젖소의 동작에 신경을 쏟았지만, 마음만은 더욱 깊이 에인젤에게로 다가가고 있었다.

그녀를 따라 일어선 에인젤은 테스를 안은 채 함께 서 있었다. 먼 곳을 쳐다보던 그녀의 눈에 눈물이 괴기 시작했다.

"왜 울지, 테스?"

"저도 모르겠어요."

그녀는 지금 처해 있는 입장을 깨닫자 불안해져서 뒤로 물러서려 했다. 그는 절망한 듯 한숨을 내쉬었다. 그것은 그의 감정이 일시적으로 이성을 앞질렀다는 후회에서 비롯된 것이었다.

"결국 내 감정을 드러내고 말았군요. 진심으로 그리고 깊이 그대를 사랑하고 있다는 것은 말할 필요도 없소. 그러나 나는…… 더 이상 말하지 않겠소. 당신을 괴롭힐 뿐이니까……. 당신이 놀란 것만큼 내 행동에 대해서 나도 놀라고 있습니다. 당신이 마음을 놓고 있을 때 내가 무례한 행동을 했다고 생각하진 않겠지요. 또 너무 성급하고 경솔하다고 생각지는 않겠죠?"

"아뇨, 뭐라 말해야 좋을지 모르겠어요."

그는 그녀를 껴안았던 팔을 풀고 잠시 후 다시 제자리로 돌아가 아무렇지 않게 소젖 짜기를 시작했다. 두 사람이 포옹했던 사실을 아는 사람은 아무도 없었다. 잠시 후 산울타리를 지나 크릭이 그들을 돌아보러 왔을 때 그들이 같은 농장에서 일을 하는 동료 이상의 관계로 발전한 사실을 눈치 챌 만한 흔적은 아무것도 없었다. 그러나 그때부터 그들의 마음속엔 지축이라도 흔들 수 있는 커다란 변화가 일기 시작했다. 만약 목장 주인이 그들에게 일어난 변화를 안다면, 무척이나 현실적인 그는 그들을 비웃을 수도 있을 것이다. 그러나 두 사람의 만남은 어떤 강한 힘, 불가항력적인 흐름에 근거한 것이었다. 이제 테스 앞에 드리워졌던 장막이 활짝 걷히면서, 그들 앞에는 새로운 지평선이 펼쳐졌다. 그것이 언제 어디까지 뻗어 있는지는 알 수 없지만······.

제 4 부

어둠의 사슬

25

에인젤은 자기 마음을 사로잡은 테스가 제 방으로 돌아간 뒤에도 안절부절못하다가 저녁이 되자 어둠이 깃든 밖으로 나갔다.

밤인데도 낮과 별 차이 없이 찌는 듯 무더웠다. 풀밭 위가 아니면 조금도 시원하다는 기분이 들지 않았다. 큰길이나 오솔길, 뒷마당의 벽까지도 난로처럼 뜨거웠고, 이 뜨거운 바람은 몽유병자 같은 클레어의 얼굴에 부딪쳐 왔다.

그는 착유장 뒷마당의 동쪽 문에 가 앉았다. 자신을 어떻게 판단해야 할지 도무지 알 수가 없었다. 잠시 감정이 이성을 마비시킨 것 같았다.

갑작스런 포옹을 하고 난 뒤 두 사람은 다시 떨어져야만 했다. 갑자기 벌어진 일에 테스는 아직까지 멍해 있었고, 에인젤 또한 좀처럼 마음을 가라앉힐 수가 없었다. 사려 깊은 그는 둘의 관계를 어떻게 이어가야 할지, 또 다른 사람들 앞에선 어떤 태도를 보여야 할지 막막했다.

에인젤 클레어가 처음 이곳으로 올 때엔 기술을 배우기 위해 잠시 생활하는 곳이라고 생각했다. 그 몇 달이란 기간은 일생에 비하면 아주 작은 추억거리밖에 안 되고, 또 세월이 지나면 기억에서 사라질 것이라 여겼다. 그는 마치 외계와 차단된 듯한 한 구석에서 재미있는 바깥 세계를 조용히 바라보며 월트 휘트먼(Walt Whitam, 1819~1892, 미국의 시인 — 옮긴이 주)과 더불어 노래 부르며 계획을 세우려고 이곳에 왔던 것이다.

평범한 옷차림의 남녀들,
내 눈에는 신기하게 비친다.

그런데 어찌 된 일인지 흥미진진한 일이 이미 그 모습을 시나브로 드러내고 있었다. 그러나 원래 그의 마음을 끌었던 세계는 무언극처럼 단조로워졌고, 침침하고 생기 없던 이곳에서 어디서도 겪지 못했던 신기한 일이 활화산처럼 터져 버린 것이다.

집안의 창문은 모두 열려 있어 마당을 사이에 두고 자기들 방으로 들어가는 농장 사람들의 작은 소리까지 남김없이 들렸다. 그가 잠시 머물러 있는 이 누추하고 보잘것없는 건물을 이 골짜기에서 값어치가 있는 곳이라고 생각해 본 일은 없었다. 그러나 지금은 어떠한가. 이끼 낀 이 벽돌집의 처마가 마치 속삭이는 듯 '이곳에 머무르시오.' 라고 말하는 것 같았다. 열린 창문은 활짝 미소를 짓는 듯하고, 출입문은 달콤하게 손짓하며, 덩굴은 두 사람의 비밀이라도 아는 듯 얼굴을 붉혔다. 이 집안에 있는 한 여자의 영향력은 벽돌과 땅과 넓은 하늘까지도 불타는 열정으로 감동시킬 만큼 깊은 것이었다. 그러한 영향력을 행사하는 사람은 다름 아닌 목장에서 소젖 짜는 아가씨였다.

이 세상에서 존재도 분명치 않은 이 외진 목장의 일꾼인 그녀가 그에게 커다란 문제를 안겨 준 것은 참으로 놀랄 만한 일이었다. 새로 싹트기 시작한 사랑도 사랑이지만 단지 그것 때문만은 아니었다. 이곳에서 그는 외부적인 변화보다도 주관적인 경험에 의해, 어떠한 환경에서든 삶이란 그 자체가 중요하다는 사실을 알게 되었다. 우둔한 왕자보다는 감수성이 강한 농부들이 오히려 마음이 넓고 생활에 충실하며, 또 재미있게 살아간다고 생각하니까 이곳의 생활 역시 다른 어느 곳의 생활과도 바꿀 수 없는 중요성을 가질 수 있다고 깨달았다.

그는 이단적이고, 결점도 가지고 있지만 양심적인 사람이었다. 테스 또

한 노리개 역할이나 하다가 내버려질 그런 하찮은 존재가 아니었다. 그녀 자신은 현재의 생활에 만족하는지, 아니면 할 수 없어 견디는지 알 수 없어도 그가 볼 때는 누구 못지않은 위대한 생활, 즉 가치 있는 생활을 한다고 생각되었다. 그녀에게 세계는 자기 느낌에 따라 좌우되고 자기가 있음으로써 다른 사람들이 존재했다. 이 우주조차도 그녀가 탄생한 그 해, 그날에 그녀를 위해서 생긴 것에 지나지 않았다.

에인젤이 끼어든 이 의식이야말로 냉정한 운명이 그녀의 생존을 위해서 준 단 한 번의 기회였고, 또 그녀의 전부였다. 일생을 통해서 단 한번뿐인 기회인 것이다. 그렇다면 어찌 자기보다 못하다고 그녀를 무시할 수 있으며, 가지고 놀다가 싫증나면 버리는 장난감으로 볼 수 있을까? 그녀의 마음에 불어넣은 애정을 진지한 마음으로 다루고, 그것으로 괴로워하거나 파멸당하지 않도록 배려해야 하지 않겠는가?

친숙한 태도로 그녀와 매일 만나는 것은 돋기 시작한 싹을 키우는 일이다. 이처럼 밀접한 관계에서 생활하고 있으면, 서로 만난다는 것은 바로 정이 깊어지는 것이 된다. 생명이 있는 인간인 이상 이것을 막을 수는 없다. 그들의 관계가 어떤 결과를 가져올 것이냐에 대한 판단을 내리지 못한 채 당분간은 서로 얼굴을 마주 대하는 일은 피해야겠다고 마음먹었다. 그녀에게 아직 큰 상처가 되지는 않을 테니까.

그러나 그녀에게 접근하지 않겠다는 결심은 쉬운 일이 아니었다. 심장이 뛸 때마다 그녀에게 마음이 끌려가는 심정이었다.

이 문제에 대해 친구들의 의견을 들어보기 위해 클레어는 그들을 찾아가 보려고도 했다. 앞으로 다섯 달만 더 있으면 견습 기간이 다 끝나게 되니까 다른 농장에 가서 두어 달 더 익히면 농사에 관한 지식도 완전히 터득하여 혼자서도 일을 시작할 수 있게 된다. 농부에게는 아내가 필요한지, 필요하다면 응접실의 밀랍 인형 같은 여자가 좋을지 아니면 농사일을 잘 아는 여자가 좋을지 물어보고 싶었다. 가만히 있어도 이미 대답이 나와 있는 일이지만 그래도 그는 떠나기로 결심했다.

어느 날 아침 탤보스이 농장의 식탁에 둘러앉았을 때 한 아가씨가 아침부터 클레어를 보지 못했다고 말하자 크릭이 대답했다.

"응, 클레어 씨는 며칠 동안 가족들과 같이 지내려고 고향집에 갔어."

설레는 가슴으로 식탁에 앉았던 네 아가씨들에게 이 소식은 아침 햇살이 단번에 빛을 잃고 새들도 지저귐을 멈추는 것 같았다. 그러나 그들은 말로든 행동으로든 낙심하는 기색을 나타내지 않았다.

크릭은 덤덤하게 말을 계속했다.

"우리들하고 같이 있을 날도 이제 얼마 남지 않았으니까, 다른 데서 좀더 일을 배울 계획을 세우고 있는 것 같아."

"이곳엔 얼마나 더 있게 되나요?"

슬픔에 잠긴 네 아가씨들 가운데 그나마 태연한 목소리로 물어볼 수 있는 이즈 휴에트가 말했다. 자신의 생명이 마치 그 대답에 달렸기나 한 듯, 나머지 아가씨들도은 크릭의 대답을 기다렸다.

레티는 입을 벌린 채 식탁보를 물끄러미 내려다보고, 마리안은 원래 붉은 얼굴이 더욱 상기되었으며, 테스는 가슴을 두근거리면서 바깥 목장을 내다보았다. 크릭은 역시 무관심하게 대답했다.

"글쎄, 수첩을 보지 않고선 확실하게 기억할 수는 없지만, 아마 그 날짜도 조금 변경될지 몰라. 외양간에서 소가 해산하는 걸 배우려면 좀 더 있어야 할걸. 그럼 연말까지는 있을 거야."

괴로움을 둘러싼 즐거움이라고 할 수 있는, 그와 함께 지낼 안타깝고도 쓰라린 기쁨을 맛보며 지내게 될 넉 달. 그 뒤에 닥쳐올 견딜 수 없는 깜깜한 밤…….

그 시각에 클레어는 농장에서 십 마일쯤 떨어진 좁은 길로 말을 몰면서 에민스터에 있는 부친의 목사관을 향해 가고 있었다. 그는 크릭 부인이 그의 양친에 대한 인사의 표시로 보내는 까만 푸딩과 벌꿀 술 한 병이 담긴 조그만 바구니를 조심스럽게 들고 있었다. 그의 눈은 앞으로 길게 뻗어나간 하얀 오솔길을 주시하고 있었으나, 실상은 길을 보는 것이 아니라 내년 일을 골똘히 생각하고 있었다. 그는 테스를 사랑하고 있다. 그녀와 결혼을 해야 할까? 그 결혼에 대해 어머니와 형들은 어떻게 생각할까? 그러나 무엇보다 중요한 건 두 사람의 애정이 굳건한 것인지, 아니면 그녀의 아름다움에 대한 일시적인 감정에서 출발한 것인지를 제대로 아는 일이었다.

언덕에 둘러싸인 조그만 마을의 붉은 벽돌로 지은 교회 탑과 목사관 근처에 있는 조그만 숲이 마침내 눈 아래로 보였다. 그는 낯익은 문을 향해 말을 몰고 내려갔다. 집안으로 들어가기 전에 교회당 있는 쪽을 흘끗 바라보았다. 예배실 출입문 옆에 열두어 살에서 열여섯 살가량으로 보이는 소녀들이 누군가를 기다리고 있는 것 같았다. 잠시 후 그 소녀들보다 몇 살 더 먹어 보이는 여자가 나타났다. 그녀는 차양이 넓은 모자를 쓰고 풀을 빳빳하게 먹인 흰 예복을 입었으며, 책을 두어 권 들고 있었다.

클레어는 그녀를 잘 알고 있었다. 그는 그녀가 자신을 보지 않기를 바랐다. 그쪽에서 알아보고 인사하는 게 별로 달갑지 않기 때문이었다. 그녀 역시 나무랄 데 없는 여자였지만, 인사하고 싶은 생각이 없었으므로 그녀가 자기를 알아보지 못한 것이라 단정해 버렸다. 그녀의 이름은 머시 찬트로 이웃에 사는 아버지 친구의 외동딸이었다. 에인젤 부모는 그가 장차 그녀와 결혼하기를 간절히 바라고 있었다. 그녀는 신앙심이 깊고 성경 강의에 대단히 열성적이어서 지금도 아이들에게 성경을 가르치러 가는 참이었다. 클레어는 어느덧 여름의 막바지에 찌는 듯 무더운 바 골짜기의 정열적인 이방인들에게로 마음이 쏠렸다. 그들은 쇠똥으로 얼룩진 옷차림이었으나 건강한 장밋빛 얼굴로 웃고 있었다. 그중에서 누구보다도 정열적인 한 여자에게로 마음이 내달리고 있었다.

그는 에민스터에 가려는 충동이 순간적으로 생겼기 때문에 부모님께 편지도 보내지 못했지만, 양친이 교구 일로 나가기 전인 아침 식사 시간에 당도하기 위해서 급히 말을 몰았다. 그러나 시간이 좀 늦어져서 가족들이 식사하고 있을 때 도착했다. 그가 들어오는 것을 보고 가족들은 모두 벌떡 일어나 반겨 주었다. 그 자리에는 양친과 이웃 교구에서 부목사로 일하다가 두 주일 휴가를 얻어 돌아온 펠릭스 형, 그리고 고전어 학자로서 자기 출신 대학의 특별 연구원이며 학감(學監)인 커스버트 형이 케임브리지의 방학으로 돌아와 있었다. 어머니는 캡에 은테 안경을 썼고, 예순다섯인 아버지는 교직자에게서 흔히 볼 수 있는 경건한 외모로 창백한 얼굴엔 사색과 의지력으로 잡힌 주름이 있었다. 벽에는 이 집의 큰딸이며 에인젤보다 열여섯 살 위로 선교사와 결혼해서 지금은 아프리카에 가 있는 누이 사진이 걸려 있었다.

그의 아버지는 지난 이십 년 동안 현대생활에서 거의 낙오된 완고한 목사였다. 위클리프, 후스, 루터 그리고 칼뱅 등 신학자들의 정통 후계자로서 복음파 중의 복음파이며, 개종주의자이기도 했다. 생활과 사상이 사도(使

徒)다운 순박성을 지녔고, 또 젊을 때 심각한 인생 문제에 대해 마음을 정하고 난 뒤로는 신앙에 대해 단 한 번도 의문을 품지 않았다. 그의 사상은 같은 시대 목사들이나 같은 학파에 속한 목사들한테서도 극단주의라는 인정을 받을 정도였다.

그러나 그의 뜻을 굽히지 않는 굳센 태도라든지, 주의(主義)를 실천하는 데 있어서의 의혹을 몰아내는 놀라운 힘에 대해서는 그의 사상을 전적으로 반대하는 목사들까지도 탄복하지 않을 수 없었다. 그는 탈사스의 바울을 사랑했고, 사도 요한을 좋아했으며, 성(聖) 야곱을 끝내 미워했다. 그리고 디모데와 디도와 빌리몬은 사랑도 하고 미워도 하는 감정이었다. 그가 알기로는, 성경의 신약성서는 논증이 아니라 즐거움의 외침이며, 하느님의 말씀이라기보다는 사도 바울의 서한집이었다. 그의 결정론의 교의는 너무나 엄격해서 거의 악덕에 가까웠으나 이것을 세부적인 면에서 본다면, 쇼펜하우어(Schopenhauer, 1788~1860. 독일의 염세주의 철학자 ― 옮긴이 주)나 레오파르디(Leopardi, 1789~1837. 이탈리아의 시인 · 언어학자 ― 옮긴이 주)의 사상과 비슷한 절망의 철학이라고 할 수 있는 것이었다. 그는 교회 법규와 예배 규정을 무시하고 신앙 조목을 외면하면서도 모든 범주에서 자기는 변함없다고 생각했다. 그의 태도가 전부 옳다고 할 수 없을진 몰라도 한 가지, 성실하다는 것만은 누구나 인정했다.

바 골짜기에서 아들이 경험하는 자연이나 싱싱하고 탐스런 여성에게서 느끼는 탐미적이고 관능적이며 이단적인 즐거움에 관해서는 연구나 상상력으로 충분히 이해한다 할지라도 아버지의 기질로 보아 마땅치 않아 할 것이다. 언젠가 한 번 에인젤이 흥분하여 근대 문명을 지배하는 종교의 근원이 팔레스타인이 아니고 그리스였더라면 인류에게 훨씬 좋은 결과를 가져왔을 것이라고 아버지에게 말한 일이 있었다. 그런 주장에도 약간의 일리가 있다는 사실을 이해하지 못하는 완고한 아버지는 당치않은 설명이라고 생각하여 매우 슬퍼했다. 그래서 나무라기보다는 한동안 근엄하게 에인젤을 타이르기만 했다. 그러나 무엇이든 오래 마음에 두지 않는 온화한 아버지였다. 지금도 어린아이와 같은 천진한 미소로 아들을 반겼다.

에인젤은 자리에 앉자마자 내 집의 편안하고 아늑한 기분을 느꼈으나, 전처럼 가족 중의 한 사람이라고 느꼈던 것과는 좀 달랐다. 그는 집에 돌아올 때마다 서먹서먹했지만, 지난번 가족들과 함께 목사관 생활을 한 뒤로는 유난히 그런 생각을 더 했다. 목사 가정의 생활이 에인젤에게는 어울리지 않는 것 같았다. 그들의 초월적인 사고방식이란 하늘 위에 낙원이 있다든가, 땅 밑에 지옥이 있다는 등 지구 중심적인 사리판단이라, 마치 별나라 사람들의 공상 같아서 에인젤에게는 부자연스러웠다. 요즈음 에인젤은 인생 그 자체에 대해서만 생각했다. 인간 스스로가 기꺼이 조정하려는 지혜를 무조건 막으려고만 하는 신앙 교리에 굽히지도 않고, 비뚤어지게 생각지도 않으며, 또 얽매이지도 않는 삶의 열정적인 맥박만 느낄 뿐이었다.

가족들이 보기에도 이전의 에인젤과는 많이 달랐다. 이전의 클레어에게서 점점 멀어지는 것 같았다. 특히 그의 형들이 볼 때 그 변화는 에인젤의 행동 어디에서도 나타났다. 에인젤은 농부처럼 굴었다. 다리를 마구 흔들어대거나 얼굴에는 거침없이 표정을 드러냈는데, 그 행동은 마음속의 변화를 그대로 나타냈다. 학생답던 모습은 자취도 없고, 사교적인 청년의 인상은 찾아보려야 볼 수 없었다. 점잖은 체하는 사람이 본다면 교양 없다고 할 것이고, 조신한 숙녀가 본다면 무례한 남자라고 생각할 것이다. 에인젤의 이런 인상과 태도는 탤보스이 목장에서의 생활이 그로 하여금 그들을 닮게 한 것이다.

아침 식사를 마친 다음 그는 두 형들과 함께 산책을 했다. 형들은 교양이 풍부했고, 또 어느 것 하나 흠잡을 데 없는 청년들로서, 다시 말하면 조직적 교육이라는 기계에서 해마다 생산되는 것 같은 전형적인 사람들이었다. 그들은 모두 시력이 나빠서 안경을 썼는데, 그때그때 유행에 따라 줄 달린 외알 안경을 낄 때도 있고, 또 두 알짜리 코안경을 끼다가도 테 있는 보통 안경으로 유행이 바뀌는 즉시 바꿔 낄 뿐 자신의 시력에는 아랑곳하지 않았다. 워즈워스가 계관시인으로 지명되면 그의 시집을 호주머니에 넣고 다녔고, 셸리의 인기가 떨어지면 그의 책은 책장에서 먼지에 파묻혔다. 화가 코레조(Correggio, 1494~1534, 이탈리아의 화가—옮긴이 주)의 성가족(聖家族)이 칭송될 때 그들은 예찬하고, 벨라스케스(Velasquez, 1599~1660, 에스파냐의 화가—옮긴이 주)가 칭송을 받으면 아무런 이의도 없이 그들의 비판에 발을 맞추었다.

형들이 에인젤을 점점 거칠고 부도덕하게 변해간다고 생각하듯이 에인젤의 눈에 형들 또한 정신력이 점점 한계에 다가가는 것으로 보였다. 펠릭스는 교회의 화신같이, 그런가 하면 커스버트는 대학의 일만 생각하는 것처럼 보였다. 펠릭스한테는 교구 종교회와 감독 관구 시찰이, 커스버트에게는 케임브리지 대학이 그의 세계를 움직이는 큰 태엽이었다. 문명사회에 성직자도 아니고 대학 출신도 아닌 사람들이 몇 백만 명이나 있다는 사실을 형들은 다 같이 인정했다. 그러나 그들의 값어치를 알고 동등하게 존중하려는 게 아니라, 함께 어울릴 수 없는 사람들로 잘못 알고 있었다.

형들은 모두 효성이 지극한 아들로서 정기적으로 부모를 만나러 왔다. 신학의 전통에서 본다면 아버지의 사상과는 거리가 먼 새로운 종파에 속하지만, 펠릭스는 아버지에 비해 희생정신이 강하거나 이해를 초월하지 못했다. 주장하는 사람의 위험이 예견되는 반대 의견에는 아버지보다 너그러웠지만 자기 이론을 모독하는 자를 아버지만큼의 아량으로 용서하지는 못했다. 커스버트는 대체로 형보다 너그러운 성격이지만, 감정만 섬세할 뿐 다정하지 못했다.

형들이 에인젤보다 아무리 유리한 위치에 있다 할지라도, 진실한 생활을 깨닫지도 못하고 말할 줄도 모른다는 전날의 느낌이 산허리를 따라 걸을 때 되살아났다. 다른 사람들의 경우처럼 형들도 의견을 말할 기회가 적은 것만큼 관찰하는 기회도 적었던 것 같다. 형들이 속한 사회의 부드럽고 잔잔한 흐름 저쪽에 일렁이는 복잡한 힘의 작용을 충분히 알지 못했고, 또 부분적인 진리와 보편적인 진리의 차이도 몰랐다. 또 그들이 교회나 학교에서 얻어들은 내부세계는 외부세계의 생각과는 전혀 다르다는 사실조차 깨닫지 못했다. 이것저것 이야기를 주고받다가 펠릭스는 안경 너머로 들판을 바라보며 슬픈 표정을 지었다. 그러고는 에인젤에게 말했다.

"이제 너는 농사를 짓는 도리밖에 없겠구나. 그러니 우리도 그걸 인정하는 수밖에 없지. 그러나 너한테 바라고 싶은 것은 도덕적인 정신을 잃지 않도록 힘써 달라는 거야. 농사가 육체적으로 힘든 일인 건 사실이지만, 평범한 생활을 하면서도 고상한 정신을 가질 수 있을 거다."

"물론이죠. 그건 벌써 1900년 전에 입증된 거 아닙니까. 형님의 영역을 침범하는 것 같지만 말이죠. 그런데 형님은 왜 내가 도덕이나 고상한 정신을 저버린 것처럼 말씀하시죠?"

"아, 그건 내 짐작이야. 네 편지나 네가 말하는 것을 듣고 있다 보면, 슬며시 너의 지식에 대해 의문을 갖게 되는구나. 커스버트, 너는 어떻게 생각하지?"

에인젤은 무뚝뚝하게 펠릭스한테 말을 건넸다.

"그런데 형님, 우리는 다정한 형제간이지만……. 우리는 제각기 주어진 길을 걷고 있지 않습니까? 지성을 가지고 따진다면, 형님이야말로 자기만 족에 빠진 독선가로 생각되는데, 제 지성 따윈 염려 마시고 형님의 지성에 대해 생각하는 게 나을 겁니다."

그들은 서로의 기분은 접어 둔 채 점심을 먹으러 집으로 내려갔다. 그러나 점심은 일정한 시간 없이 아침 교구에 나간 양친이 일을 마치고 돌아와야 비로소 하게 되어 있었다. 희생적인 클레어 목사 부부도 오후에 찾아오는 교구민에 대한 생각은 별로 고려하지 않았다. 그래서 아들들은 다 같이 이런 점에 대해 양친이 좀 현대적 관념을 따라 주기를 바랐다.

그들은 산책을 하고 난 뒤라 시장기를 느꼈다. 노동자로서 목장 안주인이 해 주는 소박한 음식을 양껏 먹던 에인젤은 특히 배가 고팠다. 그러나 양친은 좀처럼 돌아오지 않았다. 허기로 지쳐 거의 움직이기 힘들어질 무렵에야 양친은 돌아왔다. 그들은 병들어 누워 있는 교구민의 간호를 해 주느라고 늦었다고 했다. 그렇다면 하루라도 더 살게 해줌으로써 하느님 곁에 가는 것을 늦추는 셈이므로 평소의 설교와 모순된 것이 아닐까……

가족이 식탁에 둘러앉자 식은 음식이 나왔다. 에인젤은 목장에서처럼 맛있게 구워 달라고 일러놓은, 목장 안주인이 준 까만 푸딩을 두리번거리면서 찾았다. 풀냄새가 향긋하게 풍기는 훌륭한 맛을 부모님도 같이 즐기길 바랐다.

"아, 너 그 까만 푸딩을 찾는 모양이로구나."

어머니가 말했다.

"네가 이 설명을 듣고 나면 아버지나 나처럼 너도 섭섭하게 생각지는 않겠지. 사실 우리 교구 내에 정신병 때문에 아무 일도 못하는 사람이 있어서 크릭 부인이 준 고마운 선물을 그 집 아이들한테 갖다 주자고 했더니 네 아버지도 찬성하시더구나. 그들에게 큰 기쁨이 될 것 같아서 그 집에 갖다 줬단다."

"잘하셨어요."

대답한 에인젤은 이번에는 벌꿀 술을 찾았다. 어머니는 다시 말을 계속했다.

"그 벌꿀 술엔 알코올 성분이 너무 많이 섞였더라. 음료로 마시기엔 적합하지 않지만, 다치거나 기절했을 때 브랜디 대신 쓰면 좋을 것 같아서 약상자 속에 넣어 두었다."

"원칙적으로 우리들은 이 식탁에서 술은 안 마시는 거야."

아버지가 한마디 거들었다.

"그렇지만 크릭 부인한테 뭐라고 그러죠?"

"사실대로 말해야지."

아버지가 대답했다.

"그 푸딩과 벌꿀 술을 참 맛있게 잘 먹었다고 가서 말하고 싶었는데. 그 부인은 쾌활하고 친절한 분이죠. 제가 돌아가면 당장 그것부터 물어볼 겁니다."

"먹지 않은 걸 맛있게 먹었으니 뭐니 할 수야 없지."

아버지는 명확하게 대답했다.

"그렇고말고요. 하지만 그건 근사한 술입니다."

"뭐, 근사하다고?"

커스버트와 펠릭스가 동시에 말했다.

"아, 그건 탤보스이 목장에서 쓰는 말입니다."

에인젤은 얼굴을 붉히면서 대답했다. 부모에게 정서가 없는 것은 안타까운 일이었지만, 실천에 있어서는 부모님의 행동이 옳았으므로 그는 더 이상 아무 말도 할 수 없었다.

26

초저녁 가족 예배가 끝난 뒤 에인젤은 가슴에 품고 있는 두어 가지 중요한 일에 대해서 아버지와 얘기할 기회를 만들었다. 형들 뒤에서 무릎을 꿇고 기도하는 동안 에인젤은 형들의 구두 뒤축에 박힌 작은 못을 바라보면서 그 문제를 골똘히 생각했다. 예배가 끝나자 어머니와 함께 형들은 다른 방으로 가 버리고 아버지와 단둘이 남게 되었다.

영국 본토나 식민지에서 농장주로서 성공해 보겠다는 계획을 의논했다. 아버지는 에인젤이 대학에 진학하지 않아 절약된 비용만큼 매년 얼마씩 저축하는 것을 부모의 의무로 생각하고 있었다. 그렇게 하는 것이 에인젤이 공평한 대우를 받았다고 생각할 것 같아서였다. 아버지는 말을 이었다.

"세속적인 재산으로만 따진다면, 너는 몇 년 안으로 형들보다 훨씬 앞설 것이다."

아버지의 이러한 호의에 힘을 얻은 에인젤은 좀 더 중요한 문제를 끄집어냈다. 나이도 이미 스물여섯 살이나 됐고, 또 농부로서 일을 하려면 뒤를 돌봐 줄 사람, 이를테면 자기가 밖에 나가 일할 동안에 집안일을 보살펴 줄 사람이 필요하게 될 텐데, 결혼하면 어떻겠느냐고 아버지의 의향을 물어보

있다.

아버지는 아들의 말이 당연하다고 생각하는 것 같았다. 그래서 에인젤은 의도적으로 질문을 끌어갔다.

"검소하고 부지런한 농부에겐 어떤 여자가 어울린다고 생각하십니까?"

"그건 네가 나들이를 할 때 도움을 주고 위안이 될 만한 참다운 기독교 신자여야겠지. 그 외엔 문제될 게 없다. 그런 아가씨가 없는 건 아니지. 이웃에 사는 극진한 내 친구인 찬트 박사의……."

"그렇지만 소젖을 짤 줄 안다든가, 좋은 버터와 훌륭한 치즈도 만들 줄 알아야 하지 않을까요? 닭이나 칠면조가 알을 품게 할 줄 알아야 되고, 병아리를 까게 할 줄 알아야 하며, 바쁠 때는 밭에 나가서 일꾼들도 감독해야 하고, 염소나 송아지의 값을 어림할 줄도 알아야 할 텐데요."

"그렇지, 농부의 아내라면 마땅히 그래야지."

솔직한 얘기지만, 아버지는 그런 것까지 생각해 본 일이 없었던 것이다. 그는 말을 계속했다.

"순결하고 고상한 여자를 원한다면 말이다. 너도 전부터 관심을 갖는 것 같던 머시는 어떠냐? 네 어머니나 나도 마음에 드는데. 요즘 찬트 박사의 딸이 이 근방 젊은 목사의 본을 따서 성찬대를 꽃과 다른 것들로 장식하고 있지. 축제 주간의 어느 날, 그녀가 성찬대를 제단이라고 말하는 걸 들었을 때 난 질겁을 했다만, 그녀의 아버지도 나만큼 그런 헛소리에는 반대여서 언젠가 딸의 언행을 바로잡아 주실 거다. 그런 건 어디까지나 젊은 사람으로서 일시적인 기분에 불과하니까, 난 오래 가지 않을 걸로 믿는다."

"네, 머시는 온순하고 또 믿음이 돈독하다는 걸 저도 압니다. 그러나 아버지, 찬트 아가씨 같은 순결함과 정숙과 종교적인 교양은 없는 대신 농장생활의 의무를 잘 알고 있는 쪽이 저한테 훨씬 더 적합하다고 생각하는데요."

인간성에 대한 바울 사도의 의견에 의할 것 같으면 농부의 아내로서 해야 할 의무를 잘 아는 것만이 인간생활에서 가장 중요한 건 아니라는 신념을 아버지는 끝내 고집했다. 충동적인 성격의 에인젤은 부친의 기분도 존중하고 자기 자신의 마음도 털어놓을 겸 그럴 듯하게 얘기를 했다. 아내가될 만한 모든 자격과 진실한 마음을 품은 여자가 자기 앞에 나타났는데, 그것은 하나의 운명이거나 하느님의 뜻일 거라고 그는 말하였던 것이다. 또그녀가 아버지의 교회파에 속하는지 아닌지는 아직 물어보지 않았으나, 아버지의 교리를 틀림없이 따를 거라고 주장했다. 그녀는 성실한 신자이고, 마음이 정직하며, 감수성이 예민한데다 총명하고, 어느 정도 품위도 있고, 여신처럼 순결할 뿐 아니라 외모도 흔치 않게 아름답다고 말했다.

"간단히 말해서 너하고 결혼할 만한 가문의 딸이냐?"

"흔히 말하는 명문가의 딸은 아닙니다. 그러나 그녀가 농부의 딸이라는 것을 저는 자랑스럽게 생각해요. 명문가의 딸 못지않은 정서와 성격을 지니고 있으니까요."

"머시 찬트는 아주 훌륭한 가문이야."

"그까짓 가문이라는 것이 제게 무슨 소용이 있단 말입니까? 어머니, 지금이나 앞으로나 거친 일을 해야 할 사람한테 가문 따윈 아무런 도움이 되지 않습니다."

그는 열을 올려 말했다.

"머시는 교양을 갖춘 여자야. 교양이란 여자의 재산이기도 해."

어머니는 은테 안경 너머로 아들을 바라보았다.

"외면적인 교양 같은 건 저하곤 거리가 멉니다. 독서에 관한 문제라면 저라도 가르쳐 줄 수 있어요. 그녀는 확실히 잘 배울 거예요. 한 번 만나보시면 어머니도 그렇게 생각하실 겁니다. 그녀는 시정(詩情)이 넘쳐요. 그것은 현실화된 시지요. 말로만 떠드는 시인이 종이에 쓰는 걸 그녀는 곧바로 행동으로써 나타냅니다. 그리고 흠잡을 데 없는 교인이라고 저는 믿습니다. 아마도 어머니께서 전도하시고자 하는 그런 부류에 속하는 여자일 겁니다."

"아니 에인젤, 너 지금 빈정대는 게냐?"

"죄송합니다, 어머니. 하지만 주일에는 빠짐없이 교회에 나가는 진실한 교인입니다. 교양이 부족한 점은 그녀의 신앙을 봐서 너그럽게 봐 주실 것으로 생각해요. 만약에 다른 여자를 선택해야 한다면 그녀보다 못한 여자를 선택하게 될 겁니다."

에인젤은 사랑하는 테스의 신앙심에 대해 열성을 다해 말했다. 그러나 자연 원리를 따른 신앙에 비해서 비현실적인 정교주의를 그녀들이 실천하는 걸 볼 때 비웃기까지 하던 그였으나, 그것이 이렇게 유용하게 쓰일 줄은 몰랐다.

클레어 부부는 아들의 말이 미심쩍었으나 보지도 못한 그 처녀가 신앙심이 깊다는 말에 안도감을 느끼는 것 같았다. 그리고 마침내 두 사람의 인연이 하느님의 섭리에 의해 이루어졌을 것이라는 생각을 하기에 이르렀다. 정교주의를 부정하는 에인젤이 그것을 조건으로 내세운 일이 없었기 때문이다. 그래서 그녀를 한 번 만나보긴 할 테지만, 너무 조급한 행동은 하지 말라고 에인젤에게 타일렀다.

에인젤은 그 이상 자세히 얘기하지 않았다. 부모님의 성격은 순진하고 희생적이지만, 중산층 사람들이 그렇듯 잠재적인 편견이 아직 남아 있기 때문에 완전 동의를 얻기 위해서는 약간의 요령이 필요했다. 법률상으로는 에인젤에게 선택의 자유가 보장되어 있고, 테스를 아내로 맞는다 하더라도 멀리 떨어져 살 테니 양친에게 어떤 지장을 가져오는 건 아니지만, 일생의 가장 중대한 일을 결정짓는 데 부모의 마음을 상하게 하고 싶지 않았던 것이다.

그는 테스의 모든 부수적인 특질들을 마치 본질적 특질인 듯 생각하는 자신의 모순을 발견했다. 사실 그는 테스라는 그녀 자체를 사랑했다. 그녀의 영혼과 마음, 성격을 사랑하는 것이지, 그녀의 낙농 기술이나 학문을 배울 수 있는 적응성, 또는 순박하고 형식적인 신앙 태도를 사랑하는 게 아니었다. 그녀의 단순하고 야성적인 성격은 인습적인 허례 없이도 그의 기분에 맞았다. 교육은 가정의 행복을 좌우하는 정서나 충동에 그다지 큰 영향을 끼치지 못한다는 생각을 에인젤은 아직도 갖고 있었다. 몇 세대가 지나가면 향상된 지(知)와 덕(德)의 교육제도는 본의가 아닌, 또는 무의식적인 인간의 본능조차 발전시킬 것이다. 그러나 에인젤이 아는 바로는 오늘날까지 교육이 이루어 놓았다는 것은 고작 인간의 껍데기만 약간 건드렸다는 것뿐이었다. 이러한 생각들은 여자를 접촉해 본 뒤로 더욱 확실해졌다. 에인젤의 여성 교제가 중류사회에서 농촌사회로 넓혀지고 보니, 같은 사회나 계층에서의 선한 여인과 악한 여인, 또는 현명한 여인과 우둔한 여인과의 차이점에 비한다면 각각 다른 사회계층의 착하고 현명한 여자들 간의 근본적인 차이란 아주 작은 것임을 깨달았다.

에인젤이 집을 떠나려는 날 아침, 형들은 이미 아버지의 목사관을 출발하여 북부 지방으로 가서, 그곳에서 한 사람은 대학으로, 다른 한 사람은 자기 교구로 가기 위해 떠난 뒤였다.

에인젤도 형들과 함께 갈 수 있었으나 탤보스이에 있는 애인에게로 되돌아가기로 했다. 에인젤은 형제 중에서 가장 앞선 인도주의자(人道主義者)이며 가장 이상적인 종교가이고, 가장 박식한 신학자이긴 하지만, 자기의 모난 성격은 형들 성격의 둥근 구멍에 들어맞지 않는다는 의식에서 오는 소외감에서 그가 형들과 함께 가기로 결정했다 하더라도 서먹서먹한 기분을 면치 못했을 것이다. 그래서 커스버트 형과 펠릭스 형에게는 테스에 관한 얘기를 한마디도 하지 않았다.

어머니는 간단한 점심을 마련해 주고, 아버지는 잠깐 동안 말을 타고 에인젤을 전송해 주었다. 에인젤은 마음먹은 일에 상당한 진전을 보았으므로, 그늘진 오솔길을 가는 동안 교구에 관한 아버지의 얘기에 흡족한 기분으로 귀를 기울였다. 교구목사가 겪은 여러 가지 곤란한 일과 남들이 파괴적인 칼뱅주의자라고 생각하는 교리에 비추어 신약성서를 엄격하게 해석한다고 해서 아버지가 아끼는 목사들까지 쌀쌀하게 대한다는 등 여러 가지 이야기를 했다.

"나의 설교가 파괴적이라는구나."

아버지는 그들의 태도에 가벼운 경멸을 나타내는, 그들의 모순을 뒷받침하는 경험담을 얘기하였다. 가난한 자나 부유한 자 가릴 것 없이 비뚤어진 생활을 하는 자들 사이에서 봉사하여 신기하게도 개종시킨 일들을 얘기하고, 여러 가지 실패도 솔직히 인정했다.

실패한 한 가지 예로, 사십 마일쯤 떨어진 트랜트리지 마을의 벼락부자가 된 더버빌이라는 청년 얘기를 했다.

에인젤이 물었다.

"킹즈비어나 그 밖의 여러 지방에 살고 있었던 더버빌 가문 말인가요? 그 왜 사두(四頭) 마차에 관한 유령 같은 전설과 괴상한 내력을 지닌 몰락한 가문 말이죠?"

"아, 아니지, 진짜 더버빌 가문의 후손은 적어도 육십 년이나 팔십 년 전에 자취를 감춘 것으로 알려져 있어. 지금 말한 것은 그 가문의 이름을 빌려 쓰고 있는 새로운 집안이야. 그 가문의 명예를 위해서도 지금 그 사람들이 가짜이길 바라지. 그건 그렇고, 네가 그런 일에 관심을 보인다는 건 참으로 이상한 일이구나. 가문에 대해서 나보다 관심이 적은 줄 알았는데."

"아버진 저를 종종 오해하시는 것 같아요. 정치적으로 그들이 과연 어떤 이익을 끼쳤는지 의심하지 않을 수 없어요. 그들 중에서도 현명한 자는 햄릿처럼 '자신의 세습에 반대한다.'고 부르짖는 사람들도 있지 않습니까. 그러나 서정적으로든가 극적인 면, 역사적인 면에서는 그들에게 퍽 호감을 가지고 있지요."

에인젤이 말하는 내용의 구별이 그리 미묘한 것이 아닌데도 아버지에게는 이해가 되지 않았다. 그래서 아까부터 하려던 얘기를 계속했다. 더버빌이라고 부르던 사람이 죽은 뒤의 얘기는 다음과 같았다. 아버지의 대를 이은 청년은 앞을 보지 못하는 모친과 함께 살기 때문에 응당 분별 있게 처신했어야 했는데 죄스럽게도 정욕에 빠져 있었다. 우연히 그 지방에 전도를 갔다가 소문을 들은 클레어 목사는 기회를 보아 그 불량한 청년의 정신을 뜯어고치려고 마음먹었다. 다른 교회의 설교단 위에 서 있었지만 그렇게 하는 것만이 자기의 의무라고 생각했다. 그래서 설교 제목으로, 누가복음에 있는 '어리석은 자여, 오늘 밤 내 영혼을 도로 찾으리라.'라는 성구를 인용했다. 직접 비난받는 설교를 듣자 그는 화가 머리끝까지 치밀어 올라 뒤이어 만난 자리에서 토론을 했는데, 목사의 체면이나 연령 등을 미루어 경의를 표하기는커녕 오히려 모욕을 주었다는 것이다.

에인젤은 마음이 괴로운 듯 얼굴을 붉히면서 슬픈 목소리로 말했다.

"아버지, 무엇 때문에 그런 장소에 나가서서 괜한 일로 고통을 당하십니까?"

주름진 얼굴을 자기희생의 열의로 빛내며 아버지는 대답했다.

"고통이라고? 단 한 가지 고통스런 것은 가련하고 미련한 그 청년을 생각할 때 느끼는 거야. 내가 모욕을 당하거나 심지어 얻어맞는 일이 있다 할지라도 고통을 느낄 것 같으냐? '치욕을 당한즉 축복하고, 핍박을 당한즉 참고, 비방을 당한즉 권면이니, 우리가 지금까지 세상의 더러운 것과 만물의 찌꺼기같이 되었도다.' 사도 바울이 고린도 사람에게 보낸 이 고귀한 말씀은 지금 이 순간에도 거짓이 없는 진리의 말씀이야."

"아버지, 설마 폭행까지……. 그 청년이 아버지를 때리는 어리석음까지 범하지는 않았겠지요?"

"물론이지. 그러나 언젠가 술이 취해 미치다시피 된 사람에게 얻어맞은 일은 있지."

"설마!"

"그런 일은 수도 없이 많았지. 하지만 그게 어떻단 말이냐? 내가 참음으로써 육체를 죽이는 죄에서 그들을 구원해 줄 수 있다면 난 기꺼이 견뎌낼 수 있다. 그 후 그들은 잘못을 뉘우치고 나에게 감사하며 하느님을 찬송했단다."

"그 청년도 잘못을 뉘우쳤으면! 하지만 아버지 말씀대로면 그 사람은 가망이 없겠군요."

에인젤은 진지하게 말했다.

"하지만 희망은 가질 수 있어. 이 세상에 있을 동안 다시 그를 만날 기회가 없을진 모르나 그를 위해서 계속 기도하고 있단다. 내가 던진 보잘것없는 말 한마디가 언젠가는 그의 가슴속에 좋은 싹이 되어 열매를 맺게 할 것이다."

아버지는 언제나 그렇듯이 지금도 아이들처럼 낙관적이었다. 막내아들은 부모의 독선을 받아들이진 않지만 아버지의 실행력과 두터운 신앙심 속에 가려진 영웅적인 마음을 존경하지 않을 수 없었다. 테스에 관한 얘기를 할 때 그녀의 가정 형편은 한마디도 물어보지 않는 아버지의 성품을 보고 에인젤은 어느 때보다도 더 큰 존경심을 느끼게 되었다. 물질을 중요시하지 않는 아버지와 비슷한 성격이 에인젤로 하여금 농부의 길을 택하게 하였고, 형으로 하여금 일생 동안 가난한 목사 직업을 갖게 하였던 것이다. 에인젤은 아버지의 그 같은 성품을 숭배했다. 자기는 좀 이단적인 생각을 갖고 있지만, 인간적인 면에서는 다른 아들보다도 아버지와 가장 비슷하다는 사실을 에인젤은 종종 느꼈다.

27

한낮의 쨍쨍한 뙤약볕 아래 이십 마일이나 되는 골짜기를 넘고 넘어 오후에야 탤보스이 서쪽 언덕에 다다랐다. 그곳에서는 활기에 넘치고 습기로 가득한 바 골짜기가 한눈에 내려다보였다. 언덕 밑으로 펼쳐진 기름진 땅으로 그는 말을 몰아 달렸다. 내려갈수록 공기는 점점 무거워졌다. 여름 과실과 안개, 마른 풀과 꽃들의 은은한 냄새가 커다란 향기의 바다를 이루어 가축과 벌과 나비들을 나른하게 했다. 클레어는 멀리 떨어져 있어도 얼룩진 무늬만 보면 이름을 이내 알아맞힐 수 있을 만큼 젖소들의 생김새 하나하나가 머릿속에 새겨져 있었다. 미처 학생 시절에 알지 못했던 생활 태도와 인생을 내면으로부터 관찰하는 능력을 이곳에 와서 터득하게 된 것은 아주 흐뭇한 일이었다. 부모를 그리워하는 마음도 간절했지만, 며칠 간의 귀가를 마치고 다시 이곳에 돌아온 클레어는 부목(副木)이나 붕대를 풀어 버린 것 같은 홀가분한 기분이었다. 왜냐하면 탤보스이에는 지주가 존재하지 않기 때문에, 흔히 영국 농촌에서 느끼는 관습적인 하찮은 구속감 따위는 찾아볼 수 없기 때문이었다.

건물 바깥에는 아무도 보이지 않았다. 여름철에는 일찍 일어나기에 그들은 오후에 한 시간씩 낮잠을 자지 않고는 못 견딘다. 출입문 옆에 있는 떡갈나무로 만든 우유통 걸이에는 하도 물에 씻겨서 하얗게 벗겨진 나무테를 두른 우유통들이 마치 모자처럼 걸려 있었다. 저녁에 사용하려면 물기 없이 바싹 말라야 하기 때문이었다. 에인젤은 집안으로 들어가 조용한 복도를 빠져나가 뒷문 쪽으로 가서 귀를 기울였다. 짐수레를 두는 헛간에서 남자들의 코고는 소리가 들려왔다. 좀 더 먼 곳에서는 더위에 시달리는 돼지들이 꿀꿀거리는 소리가 들려왔다. 큰 잎을 자랑하는 대황(大黃)과 양배추도 그 넓고 부드러운 잎을 반쯤 편 우산처럼 축 늘어뜨린 채 뜨거운 햇볕 아래 졸고 있었다.

말안장을 풀고 먹이를 준 다음 다시 집안으로 들어가자 시계가 세 시를 알렸다. 오후 세 시면 우유에서 크림을 떠내는 작업이 시작된다. 시계 소리가 들리자 위층 마룻바닥의 삐걱거리는 소리와 함께 계단으로 내려오는 인기척이 들렸다. 그것은 테스의 발자국 소리였고, 다음 순간 그녀가 그의 눈 앞에 모습을 드러냈다.

에인젤이 돌아온 것을 알지 못하는 그녀는 편하게 하품을 하고 있었다.

활짝 벌린 그녀의 빨간 입 속은 마치 뱀이 입을 벌리고 있는 것처럼 보였다. 그녀는 틀어올린 머리채 높이까지 한쪽 팔을 쭉 폈으므로 에인젤은 그을지 않은 고운 피부를 볼 수 있었다. 그녀의 얼굴은 낮잠으로 상기되어 불그레했고, 눈꺼풀은 무겁게 처져 넘칠 듯한 풍만함이 온몸에서 풍겨 나왔다. 이 순간이야말로 여자의 영혼이 육체적으로 가장 두드러지게 표현되고, 육체의 아름다움 속에서 정신이 돋보이는 순간, 다시 말하면 성(性)이 밖으로 자연스럽게 표현되는 순간이었다.

아직 맑은 정신이 들지 않은 무거운 눈꺼풀 속으로 그녀의 눈동자가 빛났다. 반가움과 수줍음과 놀라움이 야릇하게 뒤범벅된 그녀는 평소답지 않게 소리쳤다.

"어머나, 클레어 씨! 어쩌면 그렇게 사람을 놀라게 하세요. 저는, 저는……."

에인젤이 사랑을 고백한 뒤에 그들의 관계가 좀 더 달라졌다는 사실을 깨달을 만한 시간적 여유가 테스에겐 없었다. 그러나 계단 바로 밑에까지 다가오는 그의 다정한 모습을 대하자, 그녀의 얼굴에는 모든 것을 알아차린 듯한 표정으로 바뀌었다. 클레어는 재빨리 그녀를 안고 상기된 뺨에 입을 맞추었다. 그리고 허둥대며 속삭였다.

"테스, 난 당신이 보고 싶어서 이렇게 급히 달려왔다오."

테스의 뛰는 가슴이 대답하는 양 그의 가슴에 전해졌다. 빨간 벽돌이 바닥에 깔린 문간에 서 있는 동안 창문으로 비치는 햇살은 그녀를 꼭 껴안고 있는 클레어의 등과 약간 기울인 그녀의 얼굴, 그리고 그의 관자놀이의 파르스름한 힘줄과 살짝 드러난 그녀의 팔과 목덜미, 풍성한 머리채 구석구석을 비추었다. 옷을 입은 채로 자고 나온 그녀의 몸은 햇볕을 쬔 고양이처럼 따뜻했다. 처음에는 클레어를 똑바로 쳐다보려 하지 않던 테스는 잠시 후 고개를 들었다. 검은색에서 파랑색으로, 햇빛에 반사되는 비단처럼 변하는 그녀의 눈동자를 클레어는 물끄러미 들여다보았다.

"크림을 걷으러 가야 해요. 도와줄 사람이라곤 데보라 할머니밖에 없어요. 크릭 씨 부부는 장보러 가셨고, 레티는 몸이 좋지 않아서 누워 있어요. 그리고 다른 사람들은 어디엘 간 모양인데……. 아무튼 저녁 작업 시간에나 돌아올 거예요."

그들이 우유 창고로 들어가자 데보라 할머니가 계단 위에 나타났다.

"데보라, 지금 막 돌아왔어요. 그런데 상당히 피곤해 보이시는군요. 내려오지 마세요. 내가 테스를 도와줄 테니까."

위를 쳐다보며 클레어가 말했다. 아마 이날 이후 탤보스이의 크림은 제대로 걷히지 않았을 것이다. 테스는 꿈을 꾸는 듯하여 평소에 익숙하던 물건들조차 도무지 뚜렷하게 보이질 않았다. 크림을 떠내는 국자를 식히기 위해서 펌프 물에 갖다 댈 때마다 손이 부들부들 떨렸다. 클레어의 애정이 너무나 열렬해서 마치 뜨거운 햇볕을 쬔 식물처럼 오므라드는 듯했다.

클레어는 그녀를 다시 자기 쪽으로 끌어당겼다. 통 가장자리에 졸아붙은 크림을 저으려고 테스가 집게손가락으로 휘젓자 클레어가 입으로 테스의 손가락을 깨끗하게 핥았다. 이 목장의 자유로움이 이런 때엔 퍽 편리했다.

"언젠가 말해야 하겠지만, 지금 말하는 게 좋을 것 같군. 지난 주일 풀밭에서 만난 뒤 줄곧 생각한 것인데, 중요한 문제요. 나는 가까운 시일 안에 결혼하려고 합니다. 그런데 당신도 알다시피 나는 농부니까 농사일을 잘 아는 여자가 필요해요. 당신이 그런 사람이 되어줄 순 없나요, 테스?"

일시적인 충동에서 나온 말이 아니라 심사숙고한 결과로 청혼한다는 것을 알려 주려는 듯 클레어는 이런 식으로 말했다.

그녀의 얼굴은 근심스런 표정으로 변했다. 그를 사랑하지 않을 수 없는 결과에 굴복하긴 했지만 필연적인 결과가 이렇게 갑자기 오리라곤 미처 생각지 못했다. 사실 클레어도 조급하게 할 생각은 없었는데 그녀를 보자 불쑥 털어놓게 되었다. 쓰러져 버릴 것 같은 괴로움을 느끼면서 테스는 말했다.

"아, 클레어 씨……. 저는 당신의 아내가 될 수 없어요. 전 자격이 없어요."

그렇게밖에 말할 수 없는 그녀의 가슴은 미어지는 것 같았다. 그녀는 슬픔을 참지 못해 고개를 떨어뜨렸다.

뜻밖의 대답에 어리둥절한 클레어는 그녀를 더욱 바싹 끌어안으면서 확인하듯 말했다.

"아니, 테스, 나를 거절한다는 거요? 당신은 날 사랑하고 있는 게 아니었소?"

그녀의 아름답고 정직한 음성이 괴롭게 대답했다.

"사랑해요. 사랑하고말고요. 이 세상의 누구보다도 당신의 아내가 되고 싶어요. 그러나 당신과 결혼할 수는 없어요."

그는 두 팔을 뻗어 테스를 붙들고 말했다.

"테스, 약혼한 남자라도 있는 거요?"

"아니에요, 없어요."

"그럼, 왜 거절하는 거요?"

"전 결혼하고 싶지 않아요. 결혼 같은 건 생각해 본 적도 없고, 할 수도 없어요. 저는 그저 당신을 사랑하고 싶을 뿐이에요."

"도대체 왜 그러는 거지?"

이유를 말해야 할 궁지에 몰리자 그녀는 더듬거렸다.

"당신 아버님은 목사이시고, 또 어머님은 저 같은 여자와 결혼하는 것을 반대하실 거예요. 어머님은 가문 좋은 아가씨를 원하실 거예요."

"당치도 않은 소리! 이미 부모님께 말씀드렸단 말이오. 그 일도 겸해서 집에 갔던 거요."

"아무리 생각해도 절대로…… 절대로 안 돼요."

"너무 갑작스런 일이라 그러는 거요?"

"네, 짐작도 못한 일이에요."

"테스, 만약 이 문제 때문에 시간이 필요하다면 생각할 여유를 주겠소. 돌아오자마자 이런 얘길 한 것이 너무 성급했던 것 같군요. 당분간은 아무 말도 하지 않겠소."

그녀는 국자를 꺼내 펌프 물에 식힌 다음 다시 일을 시작했다. 크림층의 바로 밑에다 솜씨 있게 국자를 넣고 떠내야 하는데 아무리 해도 다른 때처럼 잘되질 않았다. 우유의 복판을 쑤시거나 헛손질을 하기 일쑤여서 마음을 안정시키기 위해 한동안 가만히 있었다. 눈물이 앞을 가려 아무것도 보이지 않았다. 그녀는 이 슬픈 사연을 가장 다정한 친구인 그에게 결코 말할 수 없었다. 그녀는 얼굴을 돌리며 말했다.

"도저히 크림을 걷지 못하겠어요. 안 되는 걸요."

그녀의 마음을 더 혼란시켜서 일에 방해가 되지 않게 하기 위해 클레어는 부드럽게 말했다.

"테스는 내 부모님을 오해하고 있어요. 두 분은 가장 소박하고 또 야심이 없는 분들이에요. 지금은 몇 사람 남지 않은 신실한 복음파시죠. 테스, 당신도 복음파 교인이 아닌가요?"

"복음파인지는 모르겠어요."

"주일마다 꼬박꼬박 교회에 나가잖아요?"

"네."

"이곳 교회의 목사님은 어느 종파인지 모르나요?"

그녀는 매주 설교를 들었지만 교구목사의 사상에 관해서는 별로 아는 게 없었다.

"들은 이야기를 지금까지보다 더 잘 마음속에 새겨둘 수 있으면 좋겠어요. 귀에 들어오는 말이 하나도 없을 때는 서글픈 생각도 들어요."

그녀는 기독교보다는 범신론(汎神論)에 가까운 자신의 신앙으로 화제를 돌렸다. 테스가 너무 꾸밈없이 말했기 때문에, 그는 그녀가 어느 파에 속하는지 모른다 할지라도 아버지가 신앙문제를 가지고 반대하진 않을 것이라고 생각했다. 그는 그녀의 신앙심을 놓고 왈가왈부해서 그녀의 마음을 어지럽히고 싶은 생각은 조금도 없었다.

> 그대, 기도하는 누이를 방해하지 마라.
> 어린 마음에 그리는 천국과 행복한 꿈을
> 어두운 말로 어지럽히지 마라.
> 행복하게 지내는 그녀의 삶을.

어느 시인의 노래가 음률은 아름다우나 그리 성실한 얘기는 못 된다고 그는 생각했지만, 지금은 그 말을 기꺼이 따르기로 했다.

그는 화제를 돌려 아버지의 생활 태도라든가 집에 가 있는 동안에 있었던 일들을 얘기했다. 테스의 마음은 차차 진정되고 작업도 순조롭게 진행되었다. 그녀가 크림을 하나하나 떠내면 클레어는 그 뒤에서 마개를 뽑아 우유가 흘러 나가도록 했다. 그녀는 자신에 관한 얘기를 피하기 위해 말머리를 돌렸다.

"처음엔 당신이 좀 우울해 보였어요."

"음, 사실은 아버지가 겪으신 여러 가지 고통에 대해 말씀을 하셨는데, 그런 얘기를 듣고 나면 언제나 마음이 우울해져요. 아버지는 너무 열성적이어서 반대 의견을 가진 사람들한테 푸대접을 받고 얻어맞는 일까지도 있어요. 그만한 연세에 말 못할 모욕을 당하신다는 건 차마 들을 수 없는 얘기죠. 더군다나 열성도 그 지경에 이르면 별로 좋을 게 없다는 걸 생각하면 말이오. 최근에 일어난 아주 불쾌한 얘기를 해 주셨어요. 어느 선교 단체 대신 전도하기 위해 약 사십 마일 떨어진 트랜트리지라는 마을에 가신 적이 있다시는군요. 그 근방에 장님 어머니와 함께 사는 지주의 아들이 있는데 방종하고 파렴치한 청년이어서 좀 타이르셨대요. 그런데 너무 직설적으로 말씀하셔서 소동이 일어난 모양이오. 소용없는 걸 뻔히 아시면서도 낯모르는 사람에게 충고하는 것부터가 어리석은 일이지 뭐겠소. 그러나 자신의 의무라고 생각되면 때를 가리지 않고 덤비시거든요. 그래서 타락한 사람들뿐만 아니라, 간섭받기 싫어하는 다른 교인들한테도 미움을 사고 있지요. 그러시면서도 모든 모욕을 하느님의 영광이고, 또 그렇게 해서 간접적으로 선(善)이 베풀어진다고 믿고 계시죠. 그러나 내 생각 같아서는 이제 연세도 드셨으니까 그런 무리들은 그대로 두고 쉬시는 게 좋을 것 같아요."

테스의 표정이 점점 굳어지고 얼굴에서 생기가 사라졌다. 빨갛게 익은 입술은 괴로운 듯 일그러졌다. 그러나 그녀는 이제 조금도 떨지 않았다. 클레어는 다시 아버지 생각에 골몰하느라 그녀를 별로 주의 깊게 보지 않았다. 그렇게 그들은 긴 네모꼴 통의 하얀 줄을 따라 내려가며 하나하나 크림을 떠내고 우유통을 모두 비웠다. 이렇게 해서 순조롭게 일을 마쳤을 때, 다른 아가씨들이 들어와서 우유통을 가져가고, 데보라 할머니도 빈 통을 씻으러 내려왔다. 젖소가 있는 풀밭으로 테스가 나가려고 움직이자, 클레어가 부드럽게 속삭였다.

"내 청혼에 대한 대답은, 테스?"

알렉 더버빌의 얘기가 나와 자신의 지나간 날의 소용돌이를 새삼스럽게 들은 그녀는 암담한 절망에 잠겨 대답했다.

"아, 안 돼요. 할 수 없어요."

그녀는 답답한 가슴을 자연 속에 씻어 내리는 듯 친구들 쪽으로 뛰어갔다. 아가씨들은 멀리 소떼가 풀을 뜯고 있는 쪽으로 몰려갔다. 그녀들은 파도에 몸을 맡기고 헤엄치는 사람처럼 대기에 몸을 맡기며 앞으로 나갔다. 마치 야수와 같은 대담함과 무한한 공기에 익숙한 자유로운 몸짓이었다. 클레어는 구속 없는 대자연 속에서 테스가 벗들에게로 달려나가는 모습을 물끄러미 바라보고 있었다.

28

테스의 거절은 뜻밖이었지만 그는 포기하지 않았다. 여자에 대한 그의 경험에서 거절은 때때로 승낙의 전주곡에 지나지 않는다는 사실을 충분히 알고 있었다. 그러나 테스가 거절한 이면에는 수줍음만은 아닌 말 못할 사정이 있다는 사실을 깨닫지 못했다. 클레어는 그녀가 이미 자기의 사랑을 받아 준 것이 또 하나의 확증이라고 생각했다. 더구나 시골에서는 '공연히 한숨짓는 사랑'이라는 말이 결코 헛소리가 아니라고 생각했다. 왜냐하면 체면이나 소문을 두려워하여 처녀들이 결혼하기만을 애타게 바라기 때문에 정열만을 목적으로 하는 건전한 생각이 마비되는 데 반해, 이곳 목장에서는 사랑을 고백하면 달콤한 사랑 자체를 위해 그 사랑이 받아들여진다는 사실은 충분히 알지 못했다.

"테스, 왜 그렇게 딱 잘라서 안 된다고 말했소?"

그런 일이 있은 지 며칠 뒤 클레어가 그녀에게 물었다. 그녀는 흠칫 놀랐다.

"더 이상 묻지 마세요. 어느 정도 이유도 말했잖아요. 저는 훌륭한 가문의 여자도 아니고, 자격도 없어요."

"어째서 자격이 없다는 거요? 훌륭한 가문의 여자가 아니라서 그렇단 말이오?"

"네, 당신 가족들은 저를 멸시할 거예요."

그녀는 중얼거렸다.

"그건 우리 부모님을 오해하고 있는 거요. 내 형들은 상관할 것도 없어요."

그는 그녀가 피하지 못하도록 그녀를 안으면서 말했다.

"자, 말해 봐요. 진심으로 그러는 게 아니지? 난 그렇게 믿고 싶소. 난 당신 때문에 초조해서 책을 읽을 수도 없고, 일이 손에 잡히질 않소. 난 서두를 생각은 없소. 다만 언젠가는 나의 아내가 되어 주겠다는 말을 당신의 따뜻한 입술을 통해 듣고 싶어 그러는 거요. 언제든 당신이 결정하면 돼요. 어느 땐가는 그렇게 해 주겠지?"

그녀는 고개를 저으며 부정할 뿐이었다. 클레어는 그녀의 얼굴에서 상형 문자(象形文字)라도 읽듯이 자세히 들여다보았다. 그러자 그녀의 거절은 진정인 것 같았다.

"그렇다면 당신을 이렇게 포옹하고 있을 수 없지. 그렇지 않소? 당신이 어디 있든 찾아다닐 권리도, 같이 산책할 이유도 내겐 없소. 분명히 말해 봐요. 다른 남자를 사랑하고 있는 거요?"

그녀는 감정을 억누르면서 말했다.

"어쩌면 그런 말씀을 하시나요?"

"나도 그렇지 않다는 걸 알고 있어요. 그럼 어째서 나를 거절하는 거요?"

"전 거절하지 않았어요. 저를 사랑한다고 말해 주시길 바랄 뿐이에요. 저하고 함께 걷고 있을 땐 언제든지 그렇게 말해 주세요. 그게 결코 제 마음을 언짢게 하진 않아요."

"그러나 나를 남편으로는 받아들일 수 없다는 말 아니오."

"그것과는 다른 문제예요. 그것도 당신을 위해서 그러는 거예요. 아, 제 말을 믿어 주세요. 오직 당신만을 위하기 때문이에요. 당신의 아내가 되겠다고 약속을 해놓고 저만 행복할 순 없어요. 전 그런 짓을 할 순 없어요."

"하지만 당신은 나를 행복하게 해 줄 텐데!"

"아, 당신은 아무것도 몰라요."

그녀의 거절이 일종의 겸손한 마음 때문이라고 생각한 클레어는 안간힘을 썼다. 클레어를 흠모하는 그녀는 그가 쓰는 어휘나 억양, 지식의 단편까지도 놀랄 만큼 그대로 받아들이고 있었다. 이런 달콤한 시비가 테스의 승리로 끝나면 그녀는 아무렇지 않게 소젖 짜는 일을 했다. 그러다가 한가한 시간이면 건초더미 속이나 자기 방으로 가서 냉정히 거절할 수밖에 없는 슬픔을 혼자 곱씹었다.

마음의 갈등은 말로 표현할 수 없었다. 그녀의 마음은 클레어에게 향하고 있었기 때문에 가련한 양심 하나로 불타오르는 두 개의 마음과 싸워야 했다. 그녀는 있는 힘을 다해 결심을 지키려 했다. 후일 아무것도 모르고 결혼한 남편에게 양심이 결정한 일을 저버려서는 안 된다는 생각을 늘 하고 있었다. 그녀는 혼자 중얼거렸다.

'나에 관한 얘기를 그에게 들려주는 사람이 왜 하나도 없을까? 불과 40마일밖에 안 떨어졌는데 그런 소문이 여기까지 들리지 않다니, 이상한 일이야. 누군가 내용을 아는 사람이 분명 있을 텐데…….'

그러나 아무도 아는 사람이 없는 듯했고, 그에게 얘기해 주는 사람도 없었다.

그런 일이 있은 후 이삼 일 동안 아무 말도 하지 않고 지냈다. 같은 방 친구들은 테스의 슬픈 표정에서 클레어와의 사이에 석연치 않은 일이 있음을 짐작하고 있었다.

테스는 생명의 끈이 이처럼 지독한 괴로움과 격렬한 기쁨의 두 가닥으로 엮인 순간도 있다는 것을 예전에는 미처 몰랐었다. 그러다가 치즈를 만들 때 그들은 또다시 둘만 남게 되었다. 지금까지는 크릭도 치즈 만드는 일을 거들었는데, 부인처럼 그도 요즈음 두 사람 사이에 싹튼 애정을 눈치 챈 듯했다. 그래서 두 사람을 남겨 둔 채 그 자리를 떠났다.

그들은 통에 넣을 수 있도록 먼저 응유(凝乳) 덩어리를 조각조각 부수고 있었다. 이 작업은 마치 커다란 빵 덩어리를 부수는 것과 비슷했다. 새하얀 응유를 다루는 테스의 손은 장미꽃같이 붉게 보였다. 응유 덩어리를 큰 통에 담고 있던 에인젤은 갑자기 일손을 멈추고 그녀의 양손 위에 그의 손을 얹었다. 그녀는 소매를 팔꿈치까지 걷어 올린 채 일하고 있었기 때문에 그는 몸을 굽혀 보드라운 그녀의 팔 안쪽에다 뜨거운 입맞춤을 했다.

구월 초순의 날씨는 아직 무더웠지만, 차가운 응유 덩어리를 만지고 있었기 때문에 그녀의 팔은 갓 따온 버섯처럼 시원하고 촉촉했으며 우유 맛이 났다. 그녀는 입술이 닿자 심장의 피가 용솟음쳐 손가락 끝까지 흐르고, 차갑던 팔이 뜨겁게 달아올랐다. 뛰는 가슴속에서 심장이 말이라도 하는 것처럼 그녀는 그를 쳐다보았다. 테스의 눈은 온 마음을 바치는 듯 그의 눈 속에 빛을 던졌고, 입술은 부드럽게 웃고 있었다.

"내가 왜 팔에 키스했는지 알아요?"

"저를 사랑하니까 그렇죠."

"맞소. 그리고 다시 애원하기 위한 예비 행동이기도 하지."

"제발 그만하세요."

자신의 욕망 앞에 저항이 무력해질까 봐 그녀는 두려웠다.

클레어는 말을 계속했다.

"오, 테스! 왜 이토록 애타게 하는지 알 수가 없소. 무엇 때문에 나를 실망시키는 거요. 당신은 꼭 요부 같아. 화려한 도시의 요부 같단 말이오. 남자를 마음대로 조종하는 일급 바람둥이…… 탤보스이 같은 시골구석에서 이런 일을 당할 줄은 꿈에도 몰랐소."

그는 그 표현이 좀 지나쳤다고 생각되어 재빨리 말을 덧붙였다.

"하지만 테스, 나는 당신이 이 세상에서 가장 정직하고, 또 조금도 티 없는 여자란 걸 알고 있소. 그런 내가 어떻게 당신을 바람둥이로 생각할 수 있겠소. 나를 사랑하는 게 사실이라면 나의 아내가 되어 달라고 애원하는데 어째서 싫다는 거요?"

"싫다고 그러지는 않았어요. 전 당신을 진정으로 사랑하기 때문에 더더욱 그런 말을 할 수가 없어요."

그녀는 더 견딜 수 없어 입술을 떨며 그 자리를 떠나지 않을 수 없었다. 마음이 괴로워서 어떻게 해야 할지 모르는 클레어는 그녀를 뒤쫓아 가서 붙잡았다. 손에 우유가 범벅이 된 것도 잊어버린 채 그녀를 붙들고 흥분해서 말했다.

"말해, 어서 말해 줘. 사랑하는 사람은 나밖에 아무도 없다고 말해 보란 말이야."

"말하겠어요, 말할게요. 지금 저를 놓아 주시면 모든 것을 말씀드리겠어요. 저의 과거라든가, 저에 관한 모든 것을 얘기하겠어요."

"과거를 얘기하겠다고……. 물론 해야지. 얼마든지 해야지."

클레어는 유쾌한 말투로, 그러나 비꼬듯이 그녀의 얼굴을 들여다보면서 말했다.

"나의 테스는 아마 오늘 아침 울타리에 갓 피어난 저 나팔꽃들처럼 많은 경험을 했을 거야. 무엇이든 다 이야기해도 좋지만, 제발 내 아내가 될 자격이 없다는 말만은 하지 말아요."

"네, 그런 소린 하지 않겠어요. 내일이나 다음 주일쯤 그 까닭을 다 말씀드리겠어요."

"일요일에?"

"네, 일요일에 하죠."

마침내 클레어를 벗어난 그녀는 아무도 보이지 않는 목장의 낮은 쪽 버드나무 숲에 닿을 때까지 걸음을 멈추지 않았다. 그곳에는 갈대가 무성하게 밭을 이루고 있었다. 그녀는 침대에 눕듯 바삭거리는 갈대밭 위에 몸을 내던지고, 거침없이 솟아나는 괴로움으로 꼼짝도 않고 웅크린 채 있었다.

그러나 결과가 어떻게 될까 하는 두려움과 억누를 수 없이 용솟음치는 기쁨으로 마음이 엇갈렸다.

사실 그녀의 마음은 클레어의 청혼을 받아들이는 쪽으로 기울고 있었다. 그녀가 내뿜는 숨결과 피, 귀에까지 들리는 심장 뛰는 소리는 본능과 함께 어우러져 그녀의 양심을 거역하고 있었다. 이것저것 생각할 것 없이 그의 청혼을 받아들여 교회에서 결혼식을 올리고, 모든 것을 운명에 맡긴 채 달콤한 즐거움을 움켜잡고 싶었다. 공포에 가까운 환희에 사로잡힌 테스는 여러 달에 걸쳐 외로이 자책했고, 앞으로 엄격히 독신생활을 지켜 나가려고 노력했다. 그러나 그러한 결심까지도 그의 속삭임 앞에 굴복할 것임을 그녀는 알고 있었다.

오후 시간이 꽤 지났는데도 그녀는 버드나무 그늘에서 떠날 줄 몰랐다. 말리느라 걸어둔 우유통을 벗기느라 덜거덕거리는 소리와 소를 부르는 외침이 들려와도 소젖을 짜러 나가지 않았다. 섣불리 나갔다가는 일꾼들은 그녀의 들뜬 마음을 눈치 챌 것이고, 크릭은 단지 사랑 때문에 그런 줄 알고 호인답게 놀릴 것이다. 그러면 그녀는 견딜 수 없을 것이다.

테스를 찾거나 부르지도 않는 것으로 미루어 그녀의 격한 기분을 짐작한 클레어가 적당히 변명을 해 준 것 같았다. 여섯 시 반이 되자 태양은 하늘에 걸린 용광로 같은 모습으로 지평선에 가라앉고, 이내 괴상한 호박덩이처럼 둥근 달이 반대편에서 떠올랐다. 가지를 쳐낸 버드나무들은 본래의 모습과는 달리 머리를 산발한 괴물처럼 달빛을 받아 우뚝 서 있었다. 그녀는 숙소로 돌아와서 불도 켜지 않은 채 이 층으로 올라갔다.

그날은 수요일이었다. 목요일이 되자 클레어는 생각에 잠긴 채 멀리 떨어져서 테스를 바라볼 뿐 가까이 가지는 않았다. 침실에서도 말을 건네지 않는 걸 보면 두 사람의 관계가 매듭을 지을 만한 단계에 와 있음을 뜻하는 것이라고 마리안과 다른 처녀들은 생각하는 듯했다. 금요일이 지나고 토요일, 내일이면 그녀가 확실한 대답을 할 날이다.

'나는 지고 말 거야. 좋다고 대답할 거야. 결혼하게 될 거야. 내 힘으론 어쩔 수 없어.'

테스는 옆에서 자는 친구들이 그의 이름을 한숨 섞어 부르는 것을 듣자 베개에 얼굴을 묻고 질투로 가쁜 숨을 쉬었다.

'그럴 수는 없어. 그 남자를 다른 여자에게 빼앗길 순 없어. 하지만 그것은 그 사람을 그릇되게 하는 짓이야. 그리고 그 사람이 나의 과거를 알게 되면 괴로움을 이기지 못해 죽을지도 몰라. 아, 어찌하면 좋을까, 이 괴로운 심정……. 아아!'

29

이튿날 아침이었다. 크릭은 마치 수수께끼를 낼 때와 같은 눈으로 분주하게 식사를 하는 일꾼들을 휘둘러보면서 말문을 열었다.

"내가 오늘 아침에 어떤 소문을 들었는데 그게 누굴 것 같아? 알아맞혀 들 봐."

그들은 한마디씩 했으나 크릭 부인만은 벌써 알고 있다는 듯 아무 말도 하지 않았다.

"그건 말이야. 건달 잭 돌로프에 관한 소문이야. 그 녀석이 얼마 전에 어느 과부와 결혼했다는군."

"설마, 그 잭 돌로프? 거 고약한 놈인데요. 생각도 못할 일인데!"

테스는 금방 그 남자의 이름이 생각났다. 애인을 망쳐놓고 나중에 처녀의 어머니한테 교유기 속에서 혼난 사람이었다.

에인젤은 점잖은 신분이라고 해서 부인이 정해 준 외딴 식탁에 앉아 읽던 신문을 뒤적이면서 무심코 말했다.

"그 씩씩한 아주머니의 딸과 약속대로 결혼을 하지 않았던가요?"

"네, 그랬다는군요. 그 녀석은 처음부터 그럴 생각이 없었대요. 결혼한 사람은 과부랍니다. 돈푼깨나 있는 여자인가 본데, 일 년에 약 오십 파운드의 수입이 있었대요. 녀석이 노린 건 바로 그거죠. 그러나 결혼식을 급히 서둘러 올린 뒤 과부는 결혼을 했기 때문에 연 수입 오십 파운드를 잃게 됐다고 얘기했다는군요. 이 말을 들은 놈의 꼴을 좀 생각해 보세요. 그 순간부터 그들은 고양이와 개 같은 사이가 된 거죠. 그 녀석한테야 그래도 싸지만, 그 여자만 가엾게 된 셈이지."

주인이 말했다.

"정말 그 여자도 바보 같은 여자죠. 죽은 전 남편의 귀신이 못살게 굴 거라고 진작 말해 줬으면 좋았을 것을……."

부인이 안타깝다는 듯 말했다.

"그러게 말이야."

크릭은 우물쭈물 대답했다.

"그러나 그 여자는 어떻게 해서든지 가정을 갖고 싶었고, 놓칠지도 모르는 모험을 할 생각은 없었던 거야. 아가씨들은 이 문제에 대해 어떻게 생각하고 있지?"

주인은 처녀들이 앉은 쪽을 둘러보았다.

"그 여자는 결혼식을 올리러 교회에 가기 바로 전에 미리 말했으면 좋았을 거예요. 그때는 남자도 등을 돌릴 수가 없었을 테니까."

마리안이 의견을 말했다.

"그래, 네 말이 맞아."

이즈가 맞장구를 쳤다.

그런데 레티는 발칵 성을 내면서 말했다.

"그 남자의 꿍꿍이속을 몰랐을 리가 없어요. 그렇다면 그녀는 마땅히 거절했어야 해요."

크릭이 테스에게 물었다.

"아가씨는 어떻게 생각하지?"

"그런 사정을 여자 쪽에서 미리 이야기하든지, 아니면 청혼을 거절하는 게 마땅하죠. 전 잘 모르겠지만요."

테스는 버터 바른 빵이 목에 걸린 듯 간신히 대답했다.

그때 집안일을 도우러 이웃 마을에서 온 백 닙스라는 부인이 한마디 거들었다.

"고백을 하거나 청혼을 거절할 바에야 난 차라리 죽어 버리겠어! 사랑과 전쟁에서는 수단 방법을 가리지 않는 게 상식이에요. 나 같으면 그 여자처럼 당연하게 결혼을 하겠어요. 그래서 하기 싫은 전 남편의 얘기를 미리 하지 않았다고 해서 남자가 뭐라고 한다면 국수 방망이로 때려눕혀 버리지……. 그따위밖에 안 되는 조그만 말라깽이 녀석쯤이야 어떤 여자라도 때려눕힐 수 있어요."

그 여자가 하는 농담에 사람들이 와 하고 웃었으나 테스는 마지못해 씁쓸한 웃음을 지었을 뿐이었다. 그들에겐 희극이 될 수 있을지는 몰라도 그녀에겐 비극으로 들렸다. 그들이 흥겨워하는 것을 견딜 수 없어 식탁을 물러나 테스는 밖으로 나갔다. 클레어가 뒤따라오려니 생각을 하면서 꼬불꼬불한 오솔길을 걸었다. 도랑을 사이에 두고 걸으면서 바 강가에 이르렀다. 강 위쪽에서는 남자들이 물풀을 낫질하고 있고, 강물 위로는 커다란 풀더미가 마치 움직이는 미나리아재비의 풀섬처럼 그녀의 옆을 흘러갔다. 풀더미는 사람이 올라탈 수 있을 만큼 컸다. 소들이 강물을 건너지 못하도록 박아 놓은 말뚝에 기다란 풀다발들이 걸렸다.

과거를 얘기하는 것이 그녀에게는 가장 무거운 십자가를 지는 것과 같은 일인데, 다른 사람들에게는 그저 웃음거리에 지나지 않는다. 그렇다, 고통은 거기에 있는 것이다. 그것은 마치 남의 순교(殉教)를 보고 사람들이 비웃는 것과 같았다.

"테스!"

그녀의 뒤에서 부르는 소리가 들리더니, 클레어가 도랑을 건너 테스의 옆으로 내려섰다.

"내 미래의 아내!"

"안 돼요, 당신을 위해서. 아, 클레어 씨. 전 당신을 위해 그럴 수 없어요."

"테스!"

"정말로 안 되겠어요."

그녀는 되풀이해서 말했다.

그런 대답을 예기치 못한 클레어는 이내 길게 늘어뜨린 그녀의 머리 밑 허리로 가볍게 팔을 감고 있었다. 만약에 그녀가 그런 대답을 하지 않았더라면 그는 끌어안은 채로 입맞춤했을 것이다. 그러나 그녀의 단호한 거절은 마음이 약한 그의 행동을 막았다. 같은 지붕 밑에서 함께 사는 우정으로 억지로라도 얼굴을 마주 대해야 하는 테스는 여자로서 불리한 처지에 놓여 있었다. 만약 테스가 자기를 피할 수 있는 입장에 놓여 있다면 당당하게 이용했을지도 모를 달콤한 말을, 지금 불리한 처지에 있는 그녀에게 하기 싫었다. 클레어는 잠시 붙들고 있었던 그녀의 허리를 놓아 주고 키스 또한 하지 않았다.

감았던 팔을 풀었기 때문에 모든 것이 허사가 되었다. 테스가 이번에 거절할 힘을 얻은 것은 단순히 주인이 말한 과부에 관한 얘기 때문이었다. 그런 것쯤은 이내 극복할 수 있었다. 그러나 그는 말 한마디 없이 알 수 없다는 듯한 얼굴로 가 버렸다.

두 사람은 전에 비해 자주 만나지 않았다. 그러는 가운데 어느덧 삼 주일이 지나고 구월 하순으로 접어들었다. 테스는 클레어가 다시 결혼 문제를 들고 나올 것 같은 예감이 들었다.

그의 청혼이 너무 뜻밖이었기 때문에 젊은 그녀가 놀란 것이라고 판단한 모양인지 클레어의 청혼 방법은 이전과 달랐다. 결혼 문제를 얘기할 때마다 피하는 그녀의 태도가 이런 생각을 뒷받침해 준 것이다. 그래서 포옹하는 따위의 행동은 삼가고 달래면서 말로써 자연스레 그녀를 설득시키려고 노력했다.

클레어는 줄줄 흘러나오는 우유처럼 낮은 음성으로 변함없이 사랑을 속삭였다. 때로는 암소 곁에서, 때로는 크림을 떠내면서, 버터나 치즈를 만들면서, 심지어는 새끼 낳는 돼지우리 안에서도 조심스럽게 다가갔다. 많은 처녀들 가운데 남자에게서 이처럼 끊임없는 사랑의 고백을 들어 본 사람은 없을 것이다.

머지않아 클레어에게 꺾이고 말 것이라는 것을 테스는 알고 있었다. 알렉 더버빌과의 관계가 도덕적으로 유효하다는 종교적 감정이나, 솔직해야겠다는 양심만으로 클레어에게서 버틸 힘은 없을 것 같았다. 그녀는 클레어가 마치 하느님같이 보일 만큼 뜨겁게 사랑하고 있었다. 그래서 비록 훌륭한 교육은 받지 못했을망정 아름다운 마음씨를 타고난 그녀는 클레어가 보호자처럼 감싸 주기를 목마르게 기다렸다. 그녀는 여전히 그의 아내가 될 수 없다고 뇌까렸지만 소용없는 일이었다. 그녀의 마음이 약해졌다는 증거는 구태여 하지 않아도 되는 말까지 지껄이는 것으로 미루어 알 수 있었다.

사랑을 속삭이는 클레어의 음성까지도 무서운 희열로 그녀의 마음을 흔들었다. 그래서 그녀는 두렵기도 한 말을 자꾸만 되풀이해서 말해 주기를 바랐다. 어떤 비밀을 고백하더라도 여전히 사랑하고 보호해 줄 사람 같아 클레어를 만나기만 하면 테스의 마음은 한결 가벼워졌다. 계절은 초가을의 문턱에 들어서고 있었다. 날씨는 좋았으나 해는 훨씬 짧아졌다. 목장에서는 날이 밝을 때까지 촛불 밑에서 또다시 작업을 했다. 그러던 어느 새벽, 클레어의 청혼은 다시 되풀이되었다.

그녀는 언제나처럼 그날 새벽에도 잠옷차림으로 이 층에 올라가 그를 깨운 다음 돌아와서 옷을 갈아입고 친구들을 깨웠다. 그녀가 촛불을 들고 아래층으로 내려가려 하자, 마침 셔츠를 입고 내려오던 클레어는 양팔을 벌린 채 계단 중간에서 그녀를 막았다.

"자 바람둥이 아가씨, 아래층으로 내려가기 전에 본심을 말해 줘야겠소. 대답을 기다린 지도 두 주일이 됐으니까. 아직도 말할 수 없다면 나는 이곳을 떠날 수밖에 없소. 내 방문이 열린 틈으로 당신을 보았지. 당신의 안전을 위해서라도 내가 여기를 떠나야 해요. 당신은 내 마음을 잘 모를 거요. 그렇지, 승낙하는 거지?"

테스는 뾰로통해서 대답했다.

"클레어 씨, 전 이제 막 일어났어요. 잠도 덜 깬 사람한테 그런 얘길 끄집어내는 것은 너무 성급하군요. 절보고 바람둥이라는 건 너무 심한 말씀이에요. 당치도 않아요. 제발 조금만 기다려 주세요. 그 문제에 관해서 진지하게 생각해 볼 테니까요. 이제 그만 비켜 주세요."

촛불을 옆으로 든 채 너무 심각하게 말을 얼버무리며 웃는 그녀의 모습은 클레어의 말대로 약간 바람둥이처럼 보이기도 했다.

"자, 그럼 클레어 씨라고 하지 말고 에인젤이라고 불러 봐요."

"에인젤!"

"사랑하는 에인젤이라고 말하면 더 좋을 텐데."

"그렇게 말하면 청혼을 받아들이는 뜻이 되지 않나요?"

"그건 당신이 나를 사랑한다는 뜻에 지나지 않아. 사랑한다는 건 벌써 얘기했잖아. 설사 결혼은 못하더라도."

"좋아요, 사랑하는 에인젤. 반드시 그렇게 불러야만 한다면 부르지 못할 것도 없죠."

그녀는 촛불을 보면서 작은 소리로 말했다. 불안해하면서도 그녀의 입가에는 귀여운 웃음이 번졌다.

클레어는 그녀가 승낙할 때까지는 키스를 하지 않으려고 결심했었지만, 귀엽게 걷어 올린 작업복 차림에 미처 손질도 하지 않은 머리를 되는 대로 감아올린 모습을 보자 그녀를 그대로 둘 수가 없었다. 그녀는 말을 하거나 뒤돌아보지도 않고 재빨리 아래층으로 내려갔다. 다른 아가씨들은 이미 내려와 있었기 때문에 그 문제는 다시 거론되지 않았다. 새벽을 알리는 바깥의 찬 기운과는 달리, 아늑한 촛불 아래서 마리안을 빼놓은 아가씨들은 부러운 듯 미심쩍은 눈초리로 그들 두 사람을 쳐다보고 있었다.

가을이 다가오자 우유 양이 날로 줄었다. 따라서 크림 걷는 일도 적어졌다. 일을 마치자 레티와 다른 처녀들은 밖으로 나갔고, 테스와 에인젤도 그들의 뒤를 따랐다.

먼동이 트는 새벽의 싸늘한 공기 속으로 앞서 걸어가는 세 사람의 처녀들이 보였다. 클레어는 갑자기 무엇인가 깊이 생각하는 듯한 말투로 테스에게 말했다.

"우리의 마음 설레는 생활과 저들의 생활과는 아주 거리가 먼 것 같지 않소? 어떻게 생각해요?"

"뭐, 꼭 그렇다고는 생각지 않아요."

"어째서 그렇게 생각하는 거요?"

"마음 설레며 살지 않는 여자는 별로 없을 거예요."

자기가 대답한 이 새로운 말에 스스로 감탄한 듯, 테스는 잠시 그 말을 생각하다가 말을 이었다.

"당신이 알지 못하는 것이 저 처녀들의 가슴속에 있어요."

"그게 뭘까?"

"저 세 아가씨는 모두 저보다는 좋은 아내가 될 수 있는 처녀들이에요. 그리고 저 못지않게 당신을 사랑하고 있어요."

"오, 테스!"

그녀는 사랑을 다른 사람에게 양보하려는 결심까지 했지만, 안타까운 듯이 외치는 클레어의 음성을 듣자 더할 나위 없이 흐뭇했다. 그때 농가에서 온 남자 일꾼 한 사람이 그들 사이에 끼었기 때문에 잠시 얘기가 중단되었다. 그러나 테스는 오늘 안으로 이야기의 끝이 날 것이라고 직감했다.

오후가 되면 늘 그랬던 것처럼 주인 부부와 집 식구들 몇 명 그리고 거들어 줄 일꾼들은 집에서 멀리 떨어진 목장으로 갔다. 거기서는 젖소 떼들을 우리에 몰아넣지 않고 젖을 짰다. 그러나 자꾸만 새끼가 불어나서 우유 생산량은 점점 줄었다. 그래서 목초가 무성한 계절에 임시로 고용했던 일꾼들은 모두 제 고향으로 되돌아갔다.

작업은 한가롭게 진행되었다. 우유통이 가득 차면 목장 짐마차의 큰 통에다 부었다. 젖을 다 짠 젖소들은 어슬렁거리며 각기 제자리로 돌아갔다.

흐린 하늘 아래 유별나게 흰 작업복을 입고 다른 사람들과 함께 서 있던 목장 주인 크릭은 갑자기 회중시계를 꺼내 보고 말했다.

"제기랄, 이렇게 늦은 줄 몰랐는걸. 우물쭈물하다간 기차 시간에 우유를 대지도 못하겠어. 집에 들러서 모아 놓은 우유와 함께 보낼 수도 없게 되었군. 여기서 곧장 역으로 나가는 수밖에 없겠어. 누가 가겠나?"

클레어는 자기가 할 일이 아니지만 가겠다고 나섰다. 그리고 테스에게 함께 가자고 청했다. 저녁때라 해는 이미 진 뒤였고, 가을 날씨치고는 너무 후텁지근했다. 테스는 재킷도 입지 않고 팔을 드러낸 채 머릿수건만을 쓰고 나왔기 때문에 마차를 타고 달리기엔 마땅치 않은 차림새였으므로 사양했으나 클레어가 다정하게 재촉했다. 그녀는 하는 수 없이 자신의 우유통과 의자를 주인에게 부탁하고, 마차에 올라 그의 옆자리에 앉았다.

30

밝은 빛이 사라져 가는 가운데 까마득한 초원을 가로지르는 평탄한 길로 마차를 몰았다. 초원의 맨 끝 쪽에 이그돈 히드의 험한 산봉우리들이 거무스름한 배경을 이루고 있었다. 산꼭대기에 쭉쭉 뻗은 잔나무의 뾰족한 나무 끝은 시커먼 도깨비 성 위에 세워진 톱니 모양의 감시탑 같았다.

그들은 서로 바짝 다가앉은 느낌에 마음이 설레어 얼마 동안 누구도 입을 열지 않았다. 큰 통 속의 우유가 출렁이는 소리만이 그들의 침묵을 깨뜨렸다. 그들이 달리는 길엔 개암이 완전히 영글어서 저절로 떨어지고, 그는 나무딸기 송이를 따서 테스에게 건네주기도 했다.

잔뜩 흐린 날씨는 금방이라도 비가 쏟아질 것처럼 보이고, 텁텁하던 대기는 변덕스런 바람으로 변해 그들의 얼굴을 스쳤다. 강이나 늪에 일렁이던 빛이 사라지자 번쩍이던 거울이 광택 없는 우툴두툴한 납덩어리로 변한 것 같았다. 이런 풍경도 테스의 깊은 생각을 깨뜨리진 못했다. 원래 불그레한 그녀의 얼굴빛은 햇볕에 그을어 연한 갈색이었는데, 빗방울을 맞을수록 그 빛은 더욱 짙어졌다. 작업할 동안에 옥양목 모자 끈 밖으로 흘러내린 머리칼과 비에 젖은 모습은 마치 해초(海草)나 다름이 없었다. 그녀는 하늘을 쳐다보면서 중얼거렸다.

"전 오지 말 걸 그랬어요."

"비가 와서 안 됐는걸. 그러나 당신이 옆에 있어서 얼마나 행복한지 모르겠소."

멀리 보이던 이그돈 봉우리는 빗방울에 가려 점점 보이지 않게 되었다. 길에는 군데군데 밭으로 들어가는 문이 있어서 걷는 속도 이상으로 말을 달리지 못했다. 공기는 좀 차가웠다.

"윗옷을 걸치지 않아 감기 들까 봐 걱정이군. 내 곁으로 바짝 다가앉아요. 비가 나를 도와줄는지 모른다는 생각이 없었다면 나는 더욱 괴로웠을 거요."

그녀는 옆으로 살짝 다가앉았다. 그는 햇빛을 가리기 위해 우유통을 덮는 커다란 무명천으로 두 사람의 몸을 감쌌다. 클레어는 고삐를 잡고 있어서 테스는 천이 두 사람에게서 흘러내리지 않도록 움켜쥐고 있었다.

"자, 이젠 됐어. 어, 그렇지도 않군. 내 목으로 조금씩 떨어지는 걸 보면 그쪽으론 더 떨어지겠는걸. 됐어! 테스, 당신 팔은 비에 젖은 대리석 같군. 그 천으로 닦아요. 이젠 움직이지만 않으면 비가 새지 않을 거요. 그런데 테스, 내 문제에 관한 건데, 오래 끌어오던 그 문제 말이오……."

대답 대신 들리는 소리라곤 비에 젖은 길을 걷는 말굽 소리와 큰 통 속에서 출렁이는 우유 소리뿐이었다.

"당신이 한 말 기억하겠지?"

"알고 있어요."

"그럼, 집에 돌아가기 전에……. 알았지?"

"그럴게요."

그는 더 이상 말하지 않았다. 마차가 앞으로 나아감에 따라 캐롤라인 왕조 시대의 우뚝 솟은 낡은 장원(莊園)이 나타났다가는 금세 뒤로 사라져 버렸다.

그녀를 즐겁게 해 주려고 클레어가 말했다.

"저건 흥미있는 고적이오. 노르만 계(系)의 어떤 가문에서 갖고 있던 많은 저택 중의 하나지. 더버빌이라는 가문이라지 아마. 이 지방에서 상당한 세력을 잡고 있었대요. 나는 그들이 갖고 있던 저택 앞을 지날 때마다 자연히 그들을 생각하게 돼요. 그들이 설사 난폭하고 권력을 휘둘렀으며, 봉건적인 명성이 드높았다 할지라도, 어쨌든 명문 후예의 몰락이란 비참해."

"정말 그래요."

테스가 말했다.

그들은 사방을 덮은 어둠의 장막 속에서 잠깐 희미하게 비치는 불빛을 목표 삼아 천천히 나아갔다. 이 지점은 낮에는 짙은 초록색 대지 위에 이따금 난데없는 한 줄기 흰 연기가 나타나서 외딴 세계와 현대생활을 잇는 단속적인 순간이 새겨지는 곳이다. 현대생활은 하루에 서너 번씩 증기로 된 촉각을 이곳으로 뻗어 소박한 생활을 만져보다가 촉각에 닿은 것이 못마땅한 듯이 황급히 손을 거두어 갔다.

그을음이 잔뜩 낀 램프에서 희미하게 불빛이 비치는 조그만 역에 그들은 도착했다. 그것은 보잘것없는 부끄러운 존재이지만 탤보스이의 농장과 그곳 사람들에게는 하늘의 별보다 더 귀중한 것이었다. 실어 온 우유를 비가 쏟아지는 가운데 내려놓는 동안 테스는 가까이 있는 사철나무 밑에서 비를 피하고 있었다.

증기를 내뿜는 기차가 비에 젖은 철로 위로 아주 조용하게 와서 멈추자 우유통이 차례로 화차에 옮겨졌다. 화통에서 비치는 불빛이 커다란 사철나무 밑에 꼼짝도 않고 있는 테스의 모습을 잠시 비추었다. 기차바퀴나 바퀴에 달린 번쩍하는 크랭크가 본다면 통통하게 드러난 팔, 비에 젖은 얼굴과 머리, 온순한 표범이 쉬고 있는 것같이 꼼짝 않고 있는, 문명의 때가 묻지 않은 이 순진한 처녀만큼 눈에 낯선 것은 없었을 것이다.

테스는 클레어가 시키는 대로 다시 그의 옆자리에 올라앉았다. 그들은 온몸을 천으로 뒤집어쓰고 어둠 속에서 마차를 몰았다. 처음 본 기차의 움직임이 그녀의 머리에서 떠나지 않았다.

"런던 사람들이 내일 아침엔 저걸 마실 테죠? 우리가 전혀 만나본 일 없는 낯선 사람들이."

그녀가 물었다.

"아마 그럴 거요. 우리가 보낸 우유를 그대로 마시지 않고, 물에 타서 연하게 하여 마실 거요."

"젖소는 구경도 하지 못한 귀족, 외교관, 장군, 귀부인, 상점 여주인 그리고 어린아이들이겠죠?"

"그렇겠지, 특히 장군들이 말이야."

"그 사람들은 우리를 알지도 못할 것이고, 우유가 어디서 오는지도 모를 거예요. 기차 시간에 맞추려고 이렇게 비를 맞으면서 달린 것도 생각 못할 거예요."

"런던 사람들만을 위해서 마차를 몰고 온 건 아니지. 아직 해결하지 못한 우리들의 얘기를 하기 위해 왔다고 볼 수도 있으니까. 난 당신이 승낙하리라 믿소. 이렇게 말하는 걸 용서해 주시오. 당신은 이미 내 사람이요. 당신 마음 말이오. 그렇지 않소?"

"잘 아시면서……. 네, 그래요."

"그렇다면 당신은 왜 내 사람이 되지 않겠다는 거요?"

"그 이유는, 오직 당신을 생각하기 때문이에요. 문제가 하나 있어요. 당신에게 드릴 말씀이 있어요."

"그 얘기라는 게 나를 행복하게 해 주고, 또 내 생활에 도움이 되는 거겠지?"

"네, 맞아요. 당신을 행복하게 해 주고, 당신 생활에 도움이 됐으면 좋겠어요. 그러나 이곳에 오기 전에 제가 지내온 생활을……, 그걸 말씀드리고 싶어요."

"그렇지, 그것은 나를 행복하게 만들고 나의 생활에 도움이 될 거야. 영국이든, 식민지에든 큰 농장을 갖게 되면 당신은 나의 귀중한 아내가 될 거요. 당신은 훌륭한 가문의 그 어떤 여자보다 내 아내 역할을 잘 해낼 것이오. 그러니 제발 당신이 내게 방해가 된다는 생각은 하지 말아요."

"하지만 저의 과거에 대해 말해야만 하니까, 제 얘길 잘 들어 주세요. 얘기를 듣고 나면 당신의 마음도 달라질 거예요!"

"꼭 하고 싶으면 해 봐요. 나는 어느 곳에서, 어느 때 태어났으며 하는 식의 얘기를……."

"저는 말로트 마을에서 나서 그곳에서 자랐어요. 그리고 초등학교 육학년을 마치고 학교를 그만두었을 때, 재능이 있어 선생이 되면 좋을 거라고 모두들 말하곤 했었어요. 그래서 저도 그렇게 마음먹었으나, 집안에 사고가 생겼어요. 아버지는 게으른데다가 술까지 드셨거든요."

클레어는 그녀를 좀 더 끌어당기면서 말했다.

"그랬군, 가엾게도! 하지만 뭐 흔히 있는 일이야."

"그런데 생각지도 않은 일이 일어났어요. 저와 관계되는 일인데, 저는…… 그만 제게……."

테스의 숨결이 가빠졌다.

"그래서? 주저 말고 얘기해요."

"저는 더비필드가 아니라 사실은 더버빌이에요. 우리가 지나온 그 저택을 갖고 있던 가문의 후손이죠. 지금은 몰락해 버렸지만요."

"뭐, 더버빌이라고? 아, 그랬군. 테스, 걱정거리란 게 겨우 그거였소?"

"네, 그래요."

테스는 힘없이 대답했다.

"그런데 내가 그 사실을 안다고 해서 당신을 사랑하는데 무슨 문제가 된다고 그래?"

"당신은 오래된 가문을 미워한다는 말을 크릭 씨한테서 들었어요."

그는 소리 내어 웃었다.

"어떤 의미에선 그렇지. 귀족들의 세습주의를 나는 무엇보다 싫어하오. 우리가 존경할 단 하나의 가문은 육체적인 혈통을 내세우지 않고 지혜와 덕망을 갖춘 현명하고 덕 있는 정신적인 가문이오. 하여간 나는 상당히 흥미있는 얘기를 들은 건 사실이오. 그리고 내가 얼마나 흥미를 느끼는지 상상도 못할 거요. 그런 유명한 가문의 후손이라는 점에 당신은 흥미를 느끼지 않소?"

"흥미없어요. 오히려 저는 슬픈 일이라고 생각해요. 특히 이곳에 온 후 제 눈에 띄는 많은 산과 들이 한때는 저의 조상들 소유였다는 사실을 알고부터는 더욱 그래요. 그러나 어떤 것은 레티의 조상이, 또 어느 것은 마리안의 조상이 소유했던 것인지도 모르니까, 가문이라는 걸 가치 있게 생각지 않아요."

"사실이오. 지금 땅을 갈고 있는 많은 사람들이 한때 자기들의 것으로 그 땅을 소유했다는 사실은 참으로 놀랄 일이오. 정치가들이 이런 사정을 왜 이용하지 않는지 그 까닭을 알 수 없소. 그들은 이런 내용을 모르는 것 같군요. 명백한 언어의 와전(訛傳)도 발견 못하여 당신의 이름이 더버빌과 닮은 것도 알지 못했다니. 그토록 망설이고 망설이던 비밀이라는 게 바로 그것이로군 그래!"

그녀는 끝내 말하지 않았다. 마지막 순간에 이르러 그녀는 용기가 꺾인 것이다. 왜 일찍 말하지 않았느냐고 원망할까 봐 겁도 났고, 자신을 보호하려는 본능이 고백하려는 용기보다 강했다.

아무것도 모르는 클레어는 말을 계속했다.

"물론 당신이 남을 희생시켜 세도를 얻은 몇몇 자기 본위의 후손이 아니고, 순수한 영국인으로 오랫동안 수난을 받은 한낱 평민의 피를 이어받았더라면 더 반가웠을 거요. 그러나 당신에 대한 사랑으로 난 완전히 노예가되어 버렸소.(그는 말하면서 웃었다.) 나도 그들처럼 자기 본위가 되어 버린것 같은데, 그 가문의 후손이라니 기쁘군. 어처구니없이 점잖은 체하는 세상이니까 나한테 교육을 좀 받기만 하면 당신은 그 혈통을 과시할 효과를나타낼 거요. 내 어머니도 낡은 생각을 갖고 계시니 혈통 때문에 당신을 훨씬 좋게 볼 거요. 테스, 당장 오늘부터 이름을 제대로 쓰도록 해요. 더버빌이라고 말이야."

"지금 쓰는 이름이 오히려 나을 것 같아요."

"아니야, 꼭 그 이름을 써야 해요. 놀라운 일이군요. 하고많은 벼락부자들이 무엇 때문에 그런 이름을 가지려고 야단들이겠소. 응, 그렇지. 그 이름을 따서 쓰고 있는 작자가 있다고 하셨소. 어디 산다고 그러더라? 체이스 숲 근처라고 그런 것 같아. 언젠가 내가 말한 적이 있지? 우리 아버지하고 다툰 바로 그 사람이야. 참 우연의 일치군."

"에인젤, 그런 이름은 쓰지 않는 게 좋을 것 같아요. 아무래도 불길한 이름인 것 같아요."

그녀는 마음이 불안해졌다.

"그러면 테레사 더버빌이라고 내가 지어 주지. 이제부터 내 이름을 쓰면당신 이름은 안 써도 돼! 그 비밀이란 것도 다 말했는데, 왜 나를 거절하는거요?"

"저를 아내로 맞이해서 틀림없이 당신이 행복해지신다면, 저와 결혼을하지 않고서는 못 배기겠다고 생각하신다면……."

"물론 그렇고말고!"

"제 말은 이를테면, 당신이 간절히 저를 원해서 설사 내게 어떤 잘못이 있더라도 저 없이는 살 수 없으시다면 거절할 수 없다는 뜻이에요."

"승낙하겠다는 거요? 알았소. 당신은 이제 영원히 내 사람이 되는 거요."

그는 그녀의 손을 잡고 키스했다.

"네, 승낙하겠어요."

그녀는 대답을 마치자 이내 울음을 터뜨렸다. 그것은 가슴이 미어지는 듯한 흐느낌이었다. 그는 놀랐다.

"왜 그러지, 테스?"

"어떻게 말해야 좋을지 모르겠어요. 당신 아내가 되고, 당신을 행복하게 해 드린다고 생각하니까 너무 기뻐요."

"하지만 기뻐서만은 아닌 것 같은데!"

"제 결심이 꺾인 걸 생각하고 우는 거예요. 저는 죽을 때까지 결혼하지 않기로 맹세했었거든요."

"그러나 나를 진정으로 사랑한다면, 우리가 부부가 되는 걸 좋아해야 하는 것 아니오?"

"네, 정말 그래요. 하지만 저는 세상에 태어난 걸 이따금 후회한 적이 많았어요."

"그런데 테스, 당신이 지금 흥분하고, 또 세상 경험이 없다는 것을 이해하니까 망정이지, 그렇지 않다면 금방 한 말은 이해할 수 없을 거요. 내가 마음에 있다면 어떻게 그런 말이 나오지? 나를 사랑하는 거야? 당신이 나를 사랑한다는 증거를 보여 주면 좋겠소."

"이 이상의 증거를 어떻게 보여요?"

그녀는 미칠 듯한 애정을 느끼면서 상냥하게 말했다.

"이렇게 하면 보다 좋은 증거가 되겠지요?"

그녀가 클레어의 목에 매달렸다. 테스가 클레어를 사랑하듯이, 정열적인 여자가 마음과 영혼을 다 바쳐 사랑하는 남자에게 퍼붓는 키스가 어떤 것인가를 클레어는 처음 알았다.

"이젠 저를 믿으시겠어요?"

눈물을 닦으면서 상기된 얼굴로 그녀가 물었다.

"응, 믿고말고. 사실 한 번도 의심해 본 적은 없어. 한 번도……."

그들은 마차 위에서 한몸이 되어 어둠을 뚫고 달렸다. 말은 기분 좋은 듯 신나게 달리고 있었고, 빗줄기가 두 사람에게로 몰아쳤다. 테스는 마침내 무너지고야 말았다. 차라리 처음부터 승낙하는 게 좋았을지도 모른다. 거센 물결이 보잘것없는 잡초를 휩쓸어 가듯이, 목적을 향해 치달리게 하는 무서운 힘을 가진 '기쁨을 좇는 욕망'을 사회질서에 대한 어렴풋한 관념만으로는 다스릴 재간이 없었다.

"어머니한테 편지를 써야겠어요. 괜찮겠죠?"

"괜찮고말고, 나의 귀염둥이. 당신은 나에 비하면 어린애요. 이런 일이 있을 때 집에 알리는 것이 얼마나 당연하고, 내가 편지를 못 쓰게 한다면 그것이 얼마나 어리석은 짓인가를 당신은 아직 모르니까 말이오. 어머니는 어디 사시지?"

"같은 곳이에요. 말로트라고 블랙무어 분지 끝에 있어요."

"아, 그러고 보니 언젠가 여름에 당신을 만난 일이 있소."

"네, 그 초원에서 춤출 때 말이에요. 그러나 저하곤 춤추려 하지 않았어요. 그때 일 기억해요? 부디 그 일이 우리들 사이에 나쁜 징조가 되지 않았으면 좋겠어요."

31

바로 그 이튿날 테스는 정성껏 쓴 속달 편지를 어머니한테 띄웠다. 토요일이 되자 서툰 필체로 두서없이 쓴 어머니의 답장이 왔다.

사랑하는 테스에게

너에게 몇 줄 적으며 네가 무고하기를 바란다. 나도 별일 없이 지내는 걸 하느님께 감사한다. 네가 머지않아 결혼한다는 소식을 듣고 우리들은 모두 기뻐하고 있단다. 네가 물어온 것에 대해서 너하고 나만이 아는 얘기지만, 어떤 일이 있더라도 너의 지난 얘기는 그에게 하지 않도록 해라. 너도 그렇게 생각하고 있겠지만. 네 아버지는 가문에 대한 자부심이 이만저만이 아니어서 네 얘기는 다 알리지 않았다. 많은 여자들이, 그중에는 신분이 높은 여자도 있겠지만 젊은 시절에 사고가 있었을 거다. 그런데도 다른 여자들은 가만히 있는데, 굳이 너만 얘기할 게 뭐냐? 이미 오래된 얘기고, 또 네 잘못도 아닌데 그런 바보 같은 소리는 하지 말도록 해라. 네가 쉰 번을 묻더라도 나는 모두 똑같은 대답을 할 것이다. 너는 마음속에 있는 것을 솔직히 털어놓는 어린애 같은 성질이 있다는 걸 명심해라. 그렇기 때문에 너의 행복을 위해서는 말로나 행동으로나 절대로 그런 기색을 보이지 않도록 조심하라고 당부했지. 집을 나갈 때에 너도 약속하지 않았니? 그 약속을 꿈에라도 잊어선 안 된다. 단순하기 짝이 없는 네 아버지가 사방으로 떠들고 다닐까 봐 네가 질문한 것하고 결혼 얘기는 알리지도 않았다. 사랑하는 테스야, 기운을 내라. 그곳에는 사과주가 흔치 않고, 있다 해도 맛이 시큼하다고 들었다. 그래서 결혼 선물로 사과주를 보내마. 그럼, 이제 그만 쓰기로 하고, 너의 약혼자에게 나의 인사를 전해다오.

— 너의 사랑하는 엄마, 존 더비필드

"아, 어머니, 어머니⋯⋯."

테스는 낮은 소리로 말했다. 그녀에겐 엄청난 고통으로 남아 있는 일이 합리적인 어머니에겐 얼마나 사소한 일로 여겨지고 있는가를 깨달았다. 그녀의 어머니는 테스처럼 인생을 심각하게 보지 않았다. 마음을 괴롭히는 지난날의 사건도 어머니가 볼 때에는 한낱 흘러간 작은 일에 지나지 않았다. 테스의 사정이야 어떻든 간에 이제부터 취해야 할 태도로는 어머니의 생각이 옳았다. 이 문제에서 그녀가 흠모하는 남자의 행복을 위해서는 침묵이 최선책일 것 같았다. 침묵이 아니고선 아무것도 안 되리라는 생각이 지배적이었다.

이 세상에서 테스의 행동에 약간의 영향을 미칠 한 사람의 이 같은 충고로 그녀의 마음은 안정되고 태도도 침착해졌다. 그녀는 마음의 부담을 벗어 던지기라도 한 듯 요사이 몇 주일 동안 기분이 훨씬 가벼워졌다. 테스가 청혼을 승낙한 늦가을 내내 그녀의 일생을 통해서 느껴 본 일이 없는 황홀한 기분으로 시간을 보낼 수 있었다.

클레어에 대한 테스의 사랑은 하나의 신앙과 같았다. 지도자로서, 철학자로서 또는 친구로서 갖추어야 할 것은 다 갖춘 선(善)의 전부인 것처럼 테스는 그를 존경했다. 그의 육체를 이루는 윤곽의 모든 부분은 남성미의 표본이었고, 영혼은 성자의 것이며, 그의 총명은 예언자의 것인 양 생각되었다. 사랑으로써 클레어에게 보이는 슬기로운 아름다움은 그녀를 더욱 돋

보이게 하여 그녀는 마치 왕관을 쓰고 있는 듯했다. 클레어의 다정한 사랑을 엿볼 때마다 그녀는 더욱더 그를 사모했다. 눈앞에 신(神)이라도 대하는 것처럼 깊이를 알 수 없는 눈을 두려운 듯 크게 뜨고 쳐다보는 모습을 클레어는 가끔 발견할 때가 있었다.

그녀는 과거의 불씨를 완전히 없애 버렸다. 마치 타다 남은 연기가 아직도 피어오르는 위험한 석탄불을 밟아 끄듯이…….

남자가 여자를 사랑할 때는 클레어처럼 너그럽고 담대하며 또 여자를 감싸 줄 수 있다는 사실을 그녀는 미처 알지 못했다. 이 점에 있어서 에인젤 클레어는 그녀가 생각하던 것과는 전혀 다른 사람이었다. 정말이지 그녀의 상상과는 너무나 거리가 먼 남자였다. 그는 본능적이라기보다는 정신적이어서 자기 자신을 엄격하게 다스렸고, 저속한 취미 따윈 지니고 있지 않다. 그의 성격은 냉정하지는 않았으나 열정적이라기보다는 쾌활한 편이었으며, 바이런보다는 셸리의 성격을 닮았다. 하려고 마음만 먹으면 생명을 걸고라도 사랑할 수 있는 사람이지만, 오히려 공상적이고 가공적으로 사랑하는 편이어서 사랑하는 사람에 대한 육체적인 본능을 끝까지 억제하는 깨끗한 감정을 지니고 있었다. 클레어의 이같이 유별난 성격은 미숙한 경험으로 모든 것을 비뚤어지게만 판단하던 테스를 놀라게도 하고 더없이 기쁘게도 했다. 그래서 남자들을 터무니없이 미워하던 것만큼 그녀는 상식에서 벗어날 정도로 클레어를 존경했다.

그들은 진정으로 서로 함께 있고 싶어 했고, 그녀는 전적으로 그를 믿는 마음에서 만나고 싶은 생각을 숨기려 들지 않았다. 남녀의 관계에 대한 그녀의 생각을 간추린다면, 보통 남자들이 다루기 힘든 성질을 가진 매력 있는 여자가 사랑을 맹세한 다음에도 그런 태도를 취한다면 진실하지 않은 것으로 의심을 받게 되므로 클레어와 같은 유별난 남자에게는 오히려 불쾌할지도 모른다는 생각을 한 것이다.

약혼 기간 중에 밖에서 남녀가 마음대로 만나는 것은 시골에서는 자연스러운 일이므로 테스에게는 하나도 이상하게 생각되지 않았다. 그러나 과연 테스가 얼마만큼이나 다른 아가씨들처럼 정상적으로 생각하는지를 알기까지는 어색하고 지나친 행동처럼 보이기도 했다. 날씨가 활짝 개는 시월 한 달 동안을 그들은 둘이서 목장의 구석구석으로 돌아다녔다. 시냇물이 흐르는 물가를 따라가기도 했고, 시내에 놓인 작은 나무다리를 뛰어 건너 시내 저편까지 갔다 되돌아오면서 목장을 거닐기도 했다. 테스와 에인젤은 소용돌이치며 흐르는 시냇가를 맴돌면서, 재잘거리며 흐르는 계곡의 말벗이 되어 주었다. 초원 위에 거의 수평으로 비치는 햇살은 그들을 위해 오색의 아롱지는 꽃가루를 뿌리는 듯했다. 눈부신 햇빛 아래 수목과 산울타리 그늘에는 파르스름한 안개가 피어올랐다. 태양은 땅 위로 다가들고, 평평한 초원에 드리워진 두 사람의 그림자는 마치 부채꼴의 초원이 잇닿은 산기슭을 가리키는 긴 두 손가락처럼 보였다.

목장 주변을 손질하는 계절이어서 일꾼들은 조그만 도랑을 치거나 젖소들이 밟아 무너뜨린 둑을 메우는 등 여기저기서 바삐 일손들을 움직였다. 목장 바닥에 깔린 새까만 구슬같이 빛나는 진흙은 이 분지 가득히 전부 강을 이루고 있을 때 휩쓸려 온 것으로, 흙 가운데에서도 으뜸가는 기름진 흙이며, 옛날부터 내려오는 고귀한 약과 같았다. 그래서 오랜 세월을 두고 물에 씻기는 동안 고운 가루가 되어 이 초원을 기름지게 했다. 목초가 무성했고, 이 풀을 먹는 젖소가 잘 자라는 것도 이 때문이었다.

클레어는 태연하게 일꾼들이 보는 데서도 그녀의 허리에 팔을 두르고 거닐었다. 그러나 입술을 약간 벌리고 약삭빠른 동물같이 그들을 곁눈질해 보는 테스와 마찬가지로 사실 클레어도 부끄러운 생각을 품고 있었다.

"남들이 보는 앞에서도 저와 함께 거니는 걸 부끄럽게 생각하지 않으시군요."

그녀가 기쁜 듯이 말했다.

"부끄러울 이유가 없잖소."

"하지만 만약 당신이 이처럼 저와 함께 돌아다니고 있는 것을 에민스터에 계시는 가족들도 아신다면 어떻게 하겠어요? 기껏해야 소젖 짜는 여자와 말이에요."

"가장 아름다운 소젖 짜는 아가씨라고 그러겠지."

"그분들은 체면을 손상당했다고 생각할지도 몰라요."

"나의 귀여운 아가씨, 더버빌의 후손이 클레어 가문의 위엄을 손상시킨다고? 당신이 그런 가문에 속한다는 사실은 여간 도움이 되는 게 아니야. 우리가 결혼하면 트링엄 목사가 당신 혈통을 증명하여 사람들을 깜짝 놀라게 해 줄 테야. 혈통문제를 떠나서 말하더라도, 내 장래는 우리 집과 하나도 상관이 없는 거요. 터럭만큼도 해를 끼치는 일이 없을 테니까. 우리들은 이 고장을 떠날 텐데, 남들이 뭐라 하든 무슨 상관이겠어? 나하고 같이 가는 걸 싫다고는 하지 않겠지?"

이 세상을 클레어의 가장 정다운 벗으로서 함께 살아갈 것을 생각하니 가슴이 벅차서 겨우 긍정하는 대답만 했을 뿐이었다.

그녀의 설레는 가슴은 파도 소리같이 귀를 울리고, 그것이 물처럼 눈에서 밀려 나왔다. 테스는 클레어의 손을 쥔 채 햇빛이 물 위에 일렁이는 강가까지 나왔다. 태양은 다리 뒤에 가려 보이지 않았지만, 다리 밑 강물 위에서 끓는 쇳물처럼 빛나는 광채는 그들을 눈부시게 했다. 그들은 걸음을 멈추었다. 복슬복슬한 조그만 물새의 머리가 조용한 수면 위로 불쑥 솟았다가, 정적을 깨뜨린 사람들이 지나가지 않고 그 자리에 서 있는 걸 보고 다시 물속으로 들어가 버렸다. 이른 초저녁에 안개가 자욱이 끼기 시작하더니 그들을 둘러쌌다. 그러나 그들은 머리와 눈썹에 수정과도 같은 이슬이 맺힐 때까지 강가를 거닐었다.

일요일에는 날이 어두워진 다음에야 산책을 나섰다. 결혼 약속을 하고 처음으로 맞는 일요일 저녁, 밖에 나와 있던 목장 사람들은 테스의 낭랑한 목소리와 행복에 겨워 이따금씩 목에 걸리는 격정어린 이야기 소리를 들었다. 클레어의 팔에 매달려 걷다가 숨이 차면 간간이 얘기를 멈추고 내뿜는 숨소리와 행복한 영혼에서 우러나오는 나직한 웃음소리! 연적들을 모두 물리치고 사랑하는 남자와 함께 있는 여자만이 웃을 수 있는 경쾌한 웃음소리였다. 새가 땅에 내려앉으려는 순간에 파드득거리는 날개 소리와도 같이 가벼운 테스의 발걸음 소리도 들렸다.

클레어에 대한 테스의 사랑은 이제 그녀의 호흡이요, 생명이었다. 그것은 어떤 광채와 같이 그녀를 둘러싸서 의심이나 두려움, 고민 등을 되살아나게 하려고 발버둥치는 기분 나쁜 유령들을 억누르고 과거의 슬픔을 잊게 했다. 이 유령들이 그녀를 감싸고 늑대처럼 기다리고 있다는 사실을 그녀는 알고 있었다. 그러나 그것들을 굶주리게 하여 영영 죽게 할 끈질긴 힘이 그녀에겐 있었다.

그녀에게는 정신적인 망각과 지적인 기억이 공존하고 있었다. 그녀는 빛속을 걷고 있었으나 등 뒤에는 어둠의 그림자가 따라오는 것을 알고 있었다. 이 그림자는 매일 번갈아가면서 조금씩 멀어져 가는 것 같기도 하고,

또 다가오는 것 같기도 했다.

어느 날 해 질 녘에 사람들이 모두 밖에 나가고 테스와 클레어가 집을 지키게 되었다. 클레어와 얘기하던 테스는 무엇인가 생각하는 듯한 눈초리로 한참이나 그를 바라보았다. 그도 사랑이 담긴 눈으로 그녀의 시선을 맞았다.

"저는 자격이 없어요……. 당신에겐 어울리지 않아요."

그의 다정한 호의와 그녀 자신의 넘치는 기쁨에 증오를 느끼듯 낮은 의자에서 벌떡 일어나면서 소리쳤다.

그녀가 뭔가 큰일로 마음 쓰는 것이 있어서 이 같은 사소한 일에 흥분한다고 생각한 클레어는 이렇게 말했다.

"테스, 그렇게 말하지 마. 훌륭한 사람은 가문 따위의 말도 안 되는 인습을 요령껏 이용하기보다는 당신처럼 진실하고, 정직하고 또 평판이 좋은 사람이란 말이오."

그녀는 북받쳐 오르는 울음을 참으려 애썼다. 지난 몇 해 동안 교회에서 똑같은 교훈을 헤아릴 수 없이 들을 적마다 그녀는 얼마나 괴로웠던가. 그런데 똑같은 말을 그가 되풀이하다니…….

"왜 그때 좀 더 머물러 저와 함께 하지 않았어요? 제가 동생들과 함께 살던 열여섯 살 때 당신이 풀밭에서 다른 여자들과 춤출 때 말이에요. 아, 어째서 우린 그대로 헤어졌을까요?"

그녀는 두 손을 쥐어짜면서 말했다. 클레어는 그녀를 진정시키려고 애쓰면서 예민해진 그녀를 좀 더 잘 돌봐줘야겠다고 생각했다.

"정말 그래. 내가 왜 그때 좀 더 머물지 않았을까? 나도 그렇게 생각한

단 말이야. 그러나 그렇게까지 후회할 건 없잖아……. 후회할 이유가 어디 있지?"

여자의 본능으로 그녀는 재빨리 말끝을 돌렸다.

"그랬으면 사 년이라는 세월을 낭비하지 않고 당신과 함께 지냈을 거 아니에요. 또 그만큼 더 오랜 행복을 누렸을 테니까요."

이렇듯 고통으로 괴로워하던 그녀는 철나기 전 덫에 걸린 새처럼 사로잡힌 스물한 살의 순박한 아가씨였다. 그녀는 마음을 가라앉히기 위해 의자에서 일어나 밖으로 나가려 했다. 그때 치맛자락에 걸린 의자가 그 자리에 쓰러졌다.

그는 장작불이 훤하게 비치는 벽난로 앞에 아직도 그대로 앉아 있었다. 활활 타는 장작 끝에서는 나무진이 이글이글 끓고 있었다. 테스가 다시 방에 들어왔을 때 그녀는 조금 진정되어 있었다.

"테스, 당신은 좀 변덕스럽다고 생각하지 않아? 뭘 좀 물어보려고 했는데 마침 나가더군."

방석을 펴 주고 자기도 그 옆에 앉으면서 클레어는 그녀의 기분을 상하게 하지 않으려는 듯한 어조로 말했다. 그녀는 갑자기 옆으로 바싹 다가앉고는 한 손을 그의 팔에 올려놓고 조그맣게 말했다.

"네, 변덕쟁이인지도 몰라요. 하지만 에인젤, 천성이 그런 건 아니니까 이해해 주세요."

테스는 그렇지 않다는 것을 더욱 확실하게 하려는 듯 긴 의자에 앉은 그에게 바싹 다가가 그의 어깨에 머리를 기댔다. 그리고 말을 이었다.

"물어보고 싶다는 게 뭐예요? 대답해 드릴게요."

"당신은 나를 사랑하고, 나의 청혼을 받아들였소. 그럼 결혼은 언제 할까? 그것을 묻고 싶었소."

"저는 이대로 지냈으면 좋겠어요."

"하지만 난 내년 봄에는 사업을 시작해야 하오. 그러니까 새로운 사업으로 일이 바빠지기 전에 결혼식을 올리고 싶은데……."

"사업이 안정된 다음에 결혼하는 게 오히려 더 좋지 않을까요? 당신이 떠나고 저 혼자 남는다면 괴로운 일이겠지만……."

그녀는 조심스럽게 대답했다.

"물론 그럴 수도 있지. 하지만 내 처지로 본다면 그건 좋은 방법이 아니오. 사업을 시작하는 데 당신의 많은 도움이 필요하오. 언제로 할까? 두 주일 뒤면 어때?"

"안 돼요. 생각해 봐야 할 문제가 많아요."

"그렇지만……."

그는 그녀를 끌어당겼다.

사실 결혼 문제가 눈앞에 닥칠 때는 누구나 당황하게 마련이다. 얘기가 다시 계속되기도 전에 크릭 부부와 두 아가씨가 긴 의자 모퉁이를 돌아 벽난로 불빛이 환한 방으로 들어왔다.

테스는 탄력 있는 공처럼 그의 옆에서 발딱 일어섰다. 그녀의 얼굴은 붉게 물들었고, 눈은 장작불이 비쳐 이글거렸다.

그녀는 짜증스럽게 변명했다.

"저이 옆에 가까이 앉아 있다가 이런 일이 생길 줄 알았어요. 우리가 앉아 있는 걸 딴사람들한테 들킬 거라고 생각했어요. 그의 무릎 위에 앉은 걸로 보였을지 몰라도 사실은 그게 아녜요."

"아가씨가 그런 말을 하지 않았으면 이런 불빛 속에서 사람이 어디 있는

지 분간도 못했겠는데? 크리스티나, 이것만 보더라도 남들은 아무 생각도 하지 않는데, 미리 겁을 먹을 필요가 없다는 걸 알 수 있지. 이 아가씨가 아무 소리 하지 않았어도 어디 앉아 있었는지 알려고도 하지 않았을 거야……. 암 그렇고말고."

결혼을 앞둔 여자의 예민한 감정을 이해하지 못하는 크릭은 무관심한 표정으로 부인에게 말했다.

클레어는 어색함을 없애려고 침착하게 말했다.

"우리는 곧 결혼할 겁니다."

"아, 그래요? 이건 정말 반가운 소식입니다. 언젠가는 그런 결정을 내리시리라 짐작했지요. 테스는 이런 데서 일하기엔 아깝죠. 나는 첫눈에 벌써 알아보았지요. 누구라도 탐낼 겁니다. 더군다나 농부의 아내로는 안성맞춤이죠. 관리인이 섣불리 굴다간 용서받지 못할 겁니다."

어찌 된 영문인지 테스는 그 자리를 떠나고 없었다. 주인의 멋없는 칭찬이 창피해서라기보다는 그를 따라 들어온 세 아가씨들의 표정을 보고 놀라 피한 것이다.

저녁 식사를 마치고 침실로 들어오니까 친구들은 모두 한자리에 있었다. 흰 잠옷을 입은 처녀들은 침대에 앉아서 테스를 기다렸다. 등불이 비치고 있는 방 안에서 그들은 마치 복수를 하려는 귀신들이 줄지어 앉아 있는 것처럼 보였다.

그러나 그들의 얼굴에는 조금도 악의가 없는 것을 테스는 금세 알아챌 수 있었다. 그들은 바랄 엄두도 못 냈으므로 서운해 하는 기색도 보이지 않았으며, 다만 객관적이고 사색적인 태도였다.

테스한테서 눈을 떼지 않고 레티가 작은 소리로 말했다.

"그 사람과 테스가 결혼한다지? 테스 얼굴에 그렇게 씌어 있군."

"그 사람과 결혼할 셈이니?"

마리안이 물었다.

"응."

테스가 대꾸했다.

"언제?"

"어느 때고."

그들은 그녀가 그저 대답을 회피한다고 여기는 듯했다.

"그래, 그 사람과 결혼한다고, 그 신사와 말이야."

이즈 휴에트가 혼자 다짐하듯 되풀이했다. 그들은 어떤 환상에 홀린 듯이 차례차례 침대에서 내려와 테스를 둘러쌌다. 기적이 일어난 뒤 친구들의 몸을 검사라도 하는 것처럼 레티는 그의 어깨에 두 팔을 얹고, 다른 두 처녀는 팔로 테스의 허리를 감은 채 그녀의 얼굴을 들여다보았다.

"기분이 어때? 나는 상상도 할 수 없어."

이즈 휴에트가 말했다.

마리안은 테스에게 키스를 했다.

"그래, 정말이야."

"테스가 좋아서 키스한 거니, 그렇지 않으면 다른 사람의 입술이 금방 거기 닿았기 때문에 그러는 거니?"

레티가 쌀쌀하게 마리안한테 말했다.

"난 그런 생각까진 하지 않았어. 다른 사람들을 다 제쳐놓고 테스가 그와 결혼한다는 게 하도 신기해서 그러는 거야. 그렇다고 해서 나쁘다는 건 아냐. 아무도 나쁘다고 말할 수는 없어. 우리는 그 남자를 사랑했을 뿐이지, 결혼은 생각지도 않았으니까. 이 세상에서 그의 아내가 될 사람이 귀족의 딸도 아니고, 갑부의 딸도 아닌 우리하고 같이 생활하는 테스라니, 난 오히려 기뻐."

"그 때문에 나를 싫어하지는 않겠지?"

이에 대한 대답을 그녀의 표정에서 읽기라도 하려는 것처럼 그녀들은 잠옷을 입은 채로 바싹 다가섰다.

"난 몰라. 너를 미워하고 싶은데, 그렇게 되지 않아."

레티 프리들이 중얼거렸다.

"나도 그런 생각이 들어. 미워할 순 없어. 어찌 된 셈인지 밉지가 않아."

이즈와 마리안이 대꾸했다.

"그 사람은 너희들 중 누군가와 결혼해야 하는데……."

테스가 말했다.

"왜?"

"너희들은 모두 나보다 훌륭하니까."

처녀들은 나직이, 그리고 천천히 속삭였다.

"너보다 훌륭하다고? 아니야, 테스. 그렇지 않아."

"아니, 그렇지 않아!"

테스는 성급하게 말을 가로막고 돌아서며 매달린 그녀들의 팔을 뿌리치더니 갑자기 눈물을 흘렸다. 그리고 옷장에 기대어 미친 듯이 그 말을 되풀이하며 외쳤다.

"그렇고말고, 정말이야. 너희들이 더 훌륭하단 말이야."

그녀의 울음은 좀처럼 그칠 줄 몰랐다.

"그 사람은 너희 중 누군가와 약혼했어야 옳았을 거야. 지금이라도 그이가 그렇게 해야 하는데……. 너희들이 더 잘 그이를……. 아, 무슨 말을 하고 있는지 나도 잘 모르겠어."

친구들은 테스에게 다가서서 그녀를 끌어안았다. 그러나 그녀의 흐느낌은 잦아들지 않았다.

"물 좀 갖다 줘. 얘는 우리 때문에 흥분한 거야. 가엾게도!"

마리안이 말했다.

친구들은 조용히 테스를 침대가로 데리고 가서 다정하게 키스를 했다.

"그 사람에겐 네가 제일 잘 어울려. 넌 우리보다 여성스러운데다가 우리들보다 배운 것도 많지 않니? 더구나 그이한테 많은 것을 배우고 난 뒤로는 더욱 그래. 그러니까 넌 자존심을 세워도 돼. 난 네가 자존심이 있는 여자라고 믿어."

"그래, 그런가 봐. 너무 법석을 떨어 미안해."

그들이 다 자리에 눕고 불이 꺼지자 마리안이 테스에게 속삭였다.

"테스, 그 사람의 아내가 되더라도 우리가 그 남자를 그토록 사랑하면서도 너를 미워하지 않으려 했고, 미워하지 않았던 것, 그런 것들을 기억해 줬으면 좋겠어."

이런 말을 듣는 테스는 살을 저미는 듯 고통스러웠다. 그녀가 눈물로 베개를 적시는 이유를 친구들은 몰랐다. 비밀을 덮어 둠으로써 클레어를 배반하고 친구들에게도 해를 끼치느니 어머니와의 약속을 깨고 모든 비밀을 그에게 고백하고 싶었다. 그래서 믿고 살아가던 사람한테 모욕을 당하고, 자기를 어리석다고 하는 어머니의 꾸지람을 듣는 것이 현명할 것 같았다. 테스는 가슴이 미어질 듯한 괴로움으로 이런 결심을 했으나, 친구들은 그녀의 심정을 눈치 채지 못했다.

32

지난 과거를 참회해야 한다는 생각 때문에 테스는 결혼 날짜 잡는 것을 망설였다. 클레어는 기회가 있을 때마다 여러 번 말을 꺼냈지만 십일월이 되어도 여전히 미정이었다. 테스의 심정은 영원히 지금 이 상태로 남아 있었으면 하는 바람이었다.

초원의 경치도 많이 바뀌었으나 정오의 햇살은 작업을 시작하기 전에 잠시 거닐기에 알맞을 정도로 따뜻했다. 또 일 년 중 이맘때면 산책할 시간이 없을 정도로 목장 일이 바쁘진 않았다. 태양이 떠 있는 쪽의 젖은 잔디밭을 보노라면 잔물결처럼 반짝이는 거미줄이 바다 위에 비치는 달 그림자처럼 눈에 들어온다.

자신들의 행복이 일순간이라는 것도 모르고 하루살이들은 빛을 내는 불이라도 속에 있는 듯 찬란하게 쏟아지는 오솔길의 햇살 속을 떠돌다가 자취도 없이 사라져 갔다. 이런 광경을 볼 때마다 클레어는 결혼 날짜를 빨리 정해야겠다고 테스에게 말했다. 이따금 클레어에게 시간을 만들어 주려고 크릭 부인이 일부러 시키는 밤 심부름을 함께 갈 때에도 그는 테스에게 재촉했다. 부인이 시키는 심부름은 거의 이 골짜기의 위쪽 기슭에 있는 농가 헛간으로 옮긴 해산달이 가까운 암소가 어떤 상태에 있는지를 살피는 것이었다. 암소들에게는 커다란 변화가 생기는 계절이어서 날마다 한 떼의 암소들이 이 산으로 옮겨왔다. 짚을 먹이로 해서 지내다가 새끼를 낳고, 새끼가 걸을 수 있을 정도가 되면 송아지와 함께 목장으로 돌아왔다. 송아지를 시장에 내놓기까지에는 상당한 시일이 걸리는데, 그동안에는 젖을 거의 짤 수 없었다. 그러나 송아지들이 팔려서 어미 곁을 떠나기만 하면 소젖 짜는 아가씨들은 평소처럼 일을 시작했다.

다시 집으로 돌아가던 어느 캄캄한 밤, 평지를 내려다볼 수 있는 자갈이 딸린 커다란 벼랑 위에 다다랐을 때 그들은 걸음을 멈추고 귀를 기울였다. 많이 불어난 냇물이 둑을 통해 스며들어 배수구로 소리를 내며 흘러가고 있었다. 조그만 도랑까지도 물이 넘쳐서 어디에도 질러갈 지름길이 없었다. 그래서 어쩔 수 없이 신작로로 가야 했다. 보이지 않는 골짜기 곳곳에서 갖가지의 소리가 들려와 마치 그들의 발밑에 커다란 도시가 있어, 그 도시에 사는 사람들의 떠드는 소리가 아닌가 하고 착각할 정도였다.

"마치 수십 군데의 장소에서 수만 명의 사람들이 군중대회를 여는 것 같아요. 토론을 하고, 전도를 하고, 다투고, 흐느껴 울고, 으르렁거리고, 기도 드리고, 또 저주하고 있는 것 같아요."

테스가 말했다.

클레어는 별로 귀를 기울이는 것 같지 않았다.

"겨울철에는 일손들이 많이 필요치 않다는 말을 오늘 주인한테서 못 들었소?"

"아뇨."

"젖소들의 젖이 점점 말라붙거든."

"네, 여남은 마리가 어제 헛간으로 옮겨갔어요. 그저께는 세 마리를 보냈고요. 그래서 그곳으로 옮긴 소는 거의 스무 마리나 되는 걸요. 그러면 송아지를 낳는 데 저는 필요 없다는 건가요? 그렇군요, 저는 이곳에서 필요 없게 됐군요. 그런 줄도 모르고 전 지금까지 열심히……."

"당신이 필요 없다고 크릭이 말하진 않았소. 그러나 우리 사이를 알고 있으니까 크리스마스에 내가 여길 떠날 때 당신도 함께 데려가는 걸로 생각했다고 친절하고 공손한 태도로 말하더군. 그래서 당신 없이 어떻게 일을 하겠냐고 물었더니, 바쁜 계절이 아니어서 당신이 빠져도 할 수 있다고 말했소. 못된 생각이지만, 크릭이 그렇게 해서 당신이 할 수 없이 결혼을 승낙하도록 해 준 것을 오히려 기뻐하고 있어."

"기뻐하실 일은 아니라고 생각해요. 자신이 원한 경우라 해도 일을 그만두는 건 슬픈 일이니까요."

"물론 우리가 원해서지. 당신도 그것을 인정하는군."

그는 손가락으로 그녀의 볼을 만졌다.

"하아!"

그가 말했다.

"왜 그러세요?"

"속마음을 들켜서 얼굴이 붉어졌군 그래. 내가 실없이 군 것 같소. 이제 실없는 소리 그만둡시다. 인생은 너무나 심각하니 말이오."

"그건 당신보다 제가 먼저 알았을 거예요."

지금도 테스는 심각한 인생을 맛보고 있었다. 어젯밤과 같은 기분에 사로잡혀 끝내 결혼을 단념하고 농장을 떠난다는 건 농장 아닌 다른 곳으로 가는 것임을 뜻한다. 왜냐하면 이제 송아지 낳는 시기가 돌아오므로 소젖 짜는 아가씨가 필요 없기 때문이었다. 그런 것은 생각조차 하기 싫었다. 집에 가는 건 더욱 싫었다.

클레어가 계속 말했다.

"테스, 그러니까 진심에서 말하는 거요. 크리스마스에는 당신도 이곳을 떠나야 할 테니까, 여러 가지 형편을 봐서도 내 아내가 되어 그때 함께 떠나는 게 가장 좋지 않을까? 게다가 당신이 무계획적인 여자가 아니라면 언제까지나 이대로 지낼 수 없다는 것쯤은 알지 않소."

"이대로 지낼 수 있다면 좋겠어요. 여름과 가을처럼 언제나 변함없이 말이에요. 그래서 항상 저에게 속삭이고, 지난여름처럼 저를 생각해 주시면 좋겠어요."

"나는 변치 않을 거요."

그녀는 갑자기 그를 믿는 뜨거운 사랑에 넘쳐 말했다.

"저도 당신이 변치 않으시리라 믿어요. 에인젤, 영원히 당신과 함께 하기 위해 날짜를 정하겠어요."

이리하여 마침내 드센 물결 소리가 들리는 밤길에서 그들은 결혼 날짜를 정했다.

목장에 돌아오자 그 사실을 곧 크릭 부부에게 알렸다. 또 되도록 조용하게 결혼식을 올리고 싶은 마음에서 아무에게도 얘기하지 말라는 당부도 했다. 테스를 곧 보내려고 생각하고 있긴 했지만, 막상 떠나게 되니까 주인으로서는 여간 걱정이 아니었다. 크림 걷는 일을 어떻게 할 것이며, 앤글버리와 샌드본의 귀부인들한테 보낼 장식용 버터는 누가 만들 것인가? 오랫동안 질질 끌던 일이 해결된 것을 크릭 부인은 축하하면서, 첫눈에 훌륭한 남자의 신부가 될 줄 알았다느니, 도착하던 날 마당으로 걸어오던 그녀의 모습이 눈에 띄게 두드러졌다느니, 또 훌륭한 가문의 후손임을 장담할 수 있었다느니 하며 칭찬을 늘어놓았다.

이제 테스는 아무 생각도 없이 시간이라는 날개에 실려 날아가고 있었다. 그의 청혼을 승낙했고, 결혼 날짜도 이미 정했다. 날 때부터 영리한 테스는 다른 아가씨들이나 농부보다는 오히려 자연의 현상과 한층 광범위하게 접촉하고 있는 사람들에 공통된 숙명론을 깨닫기 시작했다. 그래서 클레어의 말이라면 무엇이든 그런 마음가짐을 가진 사람의 특징인 순종적인 태도로 변해 갔다.

겉으로 보기에는 결혼 날짜를 알리기 위한 것 같았으나 사실은 어머니의 의견을 한 번 더 들어 보기 위해 그녀는 편지를 썼던 것이다. 어머니는 짐작조차 하지 못했겠지만 그녀가 택한 남자는 신사라는 것과 결혼 후에 고백을 하면 그보다 못한 사람이라면 가볍게 용납해 줄 테지만, 에인젤 성격으로는 절대 용납하지 않을지도 모른다는 사연을 적었다. 그러나 더비필드 부인의 답장은 오지 않았다.

그들이 속히 결혼해야 할 필요성을 클레어는 자신과 그녀한테 그럴 듯하게 설명은 했지만, 뒤에 밝혀진 바로 미루어 볼 때 사실 이 처사에는 너무 서두른 점이 있었다. 그녀가 그에게 열렬하게 기울인 사랑에 비해 이상적이고 공상적이긴 하지만, 클레어는 그녀를 깊이 사랑하고 있었다. 클레어가 생각했던 대로 무지한 농촌생활을 시작했을 때에는 전원 시대에서나 나타날 것 같은 처녀의 매력을 이런 생활 속에서 발견하리라곤 생각지도 않았다. 말로만 듣던 순진한 아름다움이 과연 얼마나 사람의 마음을 움직이는 것인지 그는 이곳에서 비로소 깨달았다. 아직도 장래를 분명히 내다볼 만한 시기는 멀리 있는 것 같았다. 훌륭하게 사업이 시작되었다는 자신감을 가지려면 적어도 이 년은 더 있어야 했다. 그러나 일의 성패가 가족의 편견으로 인해 진정한 운명에서 빗나갔다는 생각 때문에 그의 정력과 성격에 심어진 무모한 기질에 좌우된 것은 엄연한 사실이었다.

"당신이 중부 지방의 농장에 정착할 때까지 저는 기다리는 게 좋지 않을까요?"

언젠가 조심스럽게 그녀가 물어본 적이 있었다.(마침 그때 영국 중부 지방의 농장이 문제가 되고 있었다.)

"테스, 난 사실 내 보호와 사랑에서 당신을 떼놓고 싶지 않아."

그가 대답했다.

문제가 그것뿐이었다면 이유는 그것으로 충분했을 것이다. 그러나 클레어가 테스에게 끼친 영향은 너무나 큰 것이어서 그의 태도나 습관, 말투, 그의 기호까지도 그대로 닮고 있었다. 그래서 그녀를 두고 떠나면 다시 옛날 모습으로 돌아가 그녀와 어울리지 않을 것이기 때문이었다. 그녀와 함께 하려는 또 하나의 이유는 클레어가 식민지로 가든 어느 곳으로 가든 간에 먼 곳으로 떠나기 전에 그의 부모는 며느리를 꼭 한 번 보고 싶어 하기 때문이기도 했다. 양친이 어떤 의견을 말한다 해서 자기의 생각을 바꿀 클레어도 아니지만, 유리한 농장을 찾는 동안 두어 달 셋방에서 생활하는 것이 테스에게 시련으로 느껴질지도 모르지만 대인관계나 목사관에서 어머니와 상면하는데 사교적인 도움이 될 거라고 판단했기 때문이다.

다음으로 에인젤은 밀농사와 방앗간을 겸해 할 생각이었으므로 방앗간의 작업 과정을 보아 두려고 마음먹었다. 전에 어느 수도원의 소유였던 웰브리지의 오래되고 커다란 물방앗간 주인은 아무 때라도 그가 오기만 하면 작업 과정도 보여 주고, 며칠 동안 실습하여도 좋다고 말한 적이 있었다. 클레어는 어느 날 저녁, 자세한 내용을 알아보려고 몇 마일쯤 떨어진 물방앗간을 다녀왔다. 테스는 클레어가 얼마 동안 그 방앗간에서 지내기로 결심한 사실을 눈치 챘다. 그것은 제분 과정을 견학하려는 것보다는 옛날 더버빌 가문이 저택으로 쓰던 바로 그 농가에서 하숙할 수 있다는 우연한 사실 때문이었다. 이것이 언제나 클레어가 실제 문제를 해결하는 방법이었다. 그래서 결혼식을 마친 다음 마을이나 여관으로 가는 대신 곧장 그쪽으로 가서 두 주일 가량 머물기로 했다.

"그리고 나서 이전에 들은 적이 있는 런던 교외에 있는 농장을 찾아가봅시다. 삼월이나 사월쯤에 부모님을 방문하도록 하고."

클레어가 말했다.

이처럼 연속되는 문제가 여러 번 되풀이되는 사이에 그의 아내가 되어야 할 믿을 수 없는 그날인 12월 31일이 바싹 다가왔다. 그녀는 두 사람이 한 몸이 되어 모든 고락을 함께 나눈다는 것에 실감이 나지 않았다. 어느 일요일 아침, 이즈 휴에트가 교회에서 돌아오자마자 테스에게 넌지시 물었다.

"너 오늘 아침에 결혼 예고를 않더라."

"뭐?"

이즈는 침착하게 테스를 쳐다보면서 대답했다.

"오늘이 첫 번째 예고일인 거 몰랐니?"

테스는 얼른 그렇다고 대답했다.

"결혼식 전에 세 번 예고해야 하는데, 주일은 이제 두 번 남았어."

테스는 얼굴에 핏기가 사라지는 걸 느꼈다. 이즈가 한 말은 사실이었다. 사실 결혼식 전에 세 번 공개 문답을 해야 하는 것이었다. 아마 클레어가 그걸 잊고 있었는지도 모른다. 만약 그렇다면 결혼식은 한 주일 더 연기해야 한다. 그러나 연기한다는 것은 불길한 일이다. 그에게 귀띔해 주면 좋을까? 그녀는 이제껏 소극적이었으나 이번 일만은 그대로 있어서는 안 된다는 생각에서 갑자기 초조해졌다.

그러나 우연한 일이 그녀의 근심을 덜어 주었다. 이즈는 결혼 예고 문답 빠뜨린 것을 크릭 부인한테 알렸다. 그러자 부인은 기혼 여성이 갖는 특권을 이용하여 그 점에 관해 클레어에게 말했다.

"클레어 씨, 잊으셨나요? 결혼 예고 말입니다."

테스와 단둘이 만나자 클레어는 그녀를 안심시켰다.

"걱정할 것 없어. 예고 절차를 거치지 않고 바로 결혼 허가장을 받는 편이 간단할 것 같아서 당신한테 의논도 하지 않고 결정했어. 그러니까 일요일 아침에 교회에 가도 당신 이름은 부르지 않을 거야."

"뭐 이름을 꼭 듣고 싶었던 건 아니에요."

누군가 그녀의 과거를 들추어내서 결혼 예고를 방해할까 봐 두려워하던 그녀에게 유리하게 되어 간다는 사실은 여간 다행한 일이 아니었다. 다른 것은 테스에게 얼마나 유리하게 진행되고 있는 것일까.

"아직도 난 안심할 수 없어."

그녀는 혼자 중얼거렸다.

"이 모든 행복이 여러 가지 액운으로 짓밟힐지도 몰라. 하느님이 하시는 일은 대개 그런 일이 많으니까. 차라리 남들이 하는 대로 결혼 예고를 하는 게 좋았을 걸."

그러나 모든 것은 순조롭게 진행되었다. 결혼식 때 입을 옷은 지금 갖고 있는 가장 좋은 흰 드레스를 그대로 입는 것을 좋아할는지, 아니면 새 옷을 사 입어야 하는지 클레어의 생각이 궁금했다. 그녀의 이러한 걱정은 클레어의 빈틈없는 배려로 몇 개의 큰 꾸러미가 그녀에게 배달되자 순식간에 해결되었다. 꾸러미 속에는 그들이 계획하는 간소한 결혼식에 어울릴 물건들, 이를테면 아침에 입을 예복을 포함해서 모자와 구두에 이르기까지 모든 것이 들어 있었다.

잠시 후 테스는 눈물이 글썽해진 얼굴로 층계를 내려왔다. 그녀는 클레어의 어깨에 얼굴을 파묻고 속삭였다.

"어떻게 이런 것까지! 장갑과 손수건까지 준비하시다니, 당신은 정말 멋진 분이세요."

"아냐, 런던의 양장점에서 주문한 것뿐이야. 그뿐이라니까."

너무 고마워하는 그녀의 마음을 다른 데로 돌리기 위해, 주문한 옷이 맞지 않으면 마을의 재봉사에게 부탁해서 고쳐 입으라고 말했다.

그녀는 이 층으로 올라가서 옷을 입어 보았다. 거울 앞에서 비단옷을 입은 자신의 자태를 혼자 보다가, 어머니가 즐겨 부르던 신비로운 의상에 대한 민요가 떠올라 흥얼댔다.

한 번 실수한 여자에게는
영원히 어울리지 않는 옷…….

이 노래는 테스가 어렸을 때 어머니가 요람에 한 발을 딛고 장단에 맞춰 흔들어 주며 아주 쾌활하게 들려주던 노래였다. 기니비어 왕비의 옷이 왕비의 비밀을 폭로했듯이 테스의 옷도 빛깔이 변해 그녀의 비밀을 폭로한다면……. 목장에 온 후로 그녀는 한 번도 이 노래를 생각해 본 적이 없었다.

33

에인젤은 결혼식을 올리기 전에 연인으로서의 마지막 소풍으로 목장에서 떨어진 곳에서 하루쯤 지내고 싶어 했다. 그것은 그들 바로 앞에 미소 짓고 있는 보다 중대한 다른 날과 함께 다시 되풀이할 수 없는 연애 시절을 기념하는 낭만적인 하루를 보내고 싶은 것이었다. 가까운 마을에 물건을 사러 가자고 지난 주 클레어가 귀띔을 했기에 함께 나가게 된 것이다.

친구들의 처지에서 본다면 목장에서의 클레어의 생활은 은둔자의 생활과 같았다. 몇 달이 되도록 마을에 한 번 나가지 않았고, 마차란 것은 도무지 필요치 않아서 꼭 필요할 때는 주인의 마차나 조랑말을 빌려서 이용했다. 그날도 그들은 주인의 이륜마차를 빌려 타고 목장을 나섰다.

그들은 세상에 태어나서 처음으로 둘이 의논해 가면서 물건을 샀다. 마침 크리스마스 이브여서 장식할 사철나무와 겨우살이가 산더미처럼 쌓였고, 각처에서 모여든 나그네들로 거리는 북적거렸다. 테스는 클레어와 팔짱을 끼고 아름다운 얼굴에는 행복한 미소를 띠면서 사람들 사이를 돌아다녔으므로 뭇사람들의 시선을 한 몸에 받았다.

그들은 저녁때쯤 예약해 둔 음식점으로 들어갔다. 클레어가 마차를 문 앞으로 끌어들이는 것을 보러 나간 동안 그녀는 문간에서 기다리고 있었다. 큰 홀은 손님들로 가득 찼으며, 그들은 쉬지 않고 들락거렸다. 손님들이 현관문을 여닫고 드나들 때마다 현관 안에 있는 등불이 테스의 얼굴을 밝게 비추었다. 바로 그때, 두 남자가 옆을 지나가다가 그중 한 남자가 놀란 표정으로 그녀를 아래위로 훑어보았다. 트랜트리지는 이곳에서 굉장히 먼 곳에 떨어져 있어 그 마을 사람들이 그곳에 오는 일은 드물었지만, 그녀는 그 남자가 트랜트리지 사람일는지도 모른다는 생각이 들었다. 그때 다른 남자가 입을 열었다.

"거 멋진 아가씨네."

"정말 멋지군. 그러나 내가 잘못 본 게 아니라면……."

그러다가 그는 말끝을 흐렸다. 마침 그때 클레어가 마구간에서 돌아왔다. 그는 문턱에서 그들이 말하는 것을 들었다. 그리고 그녀의 겁먹은 표정을 보았다. 그녀가 모욕당했다고 느껴지자 클레어는 생각할 겨를도 없이 있는 힘을 다해 주먹으로 그 남자의 턱을 후려갈겼다. 그는 비틀비틀 뒷걸음질쳤다.

그 남자가 몸을 바로잡고 덤빌 기세를 보이자 클레어는 문 밖으로 나가 대항할 자세를 취했다. 그러나 상대는 사태에 대해 생각을 달리했는지 테스의 곁을 지나다가 다시 그녀를 쳐다보더니 클레어를 향해 말했다.

"미안합니다. 제가 사람을 잘못 보았군요. 저는 이곳에서 사십 마일 떨어진 마을에 살고 있는 여자인 줄 알았습니다."

클레어도 자신이 너무 성급했다는 것을 깨달았다. 더군다나 음식점 복도에다 그녀를 세워 둔 것은 자기의 큰 실수라 생각하고, 이런 경우 으레 하는 사죄로 그 남자에게 약값을 지불했다. 이리하여 그들은 서로 기분 좋게 인사를 나누고 헤어졌다. 클레어가 마부한테서 고삐를 받아들고 테스와 함께 마차를 몰아 출발하자, 그와 때를 같이하여 두 남자도 그들과 반대 방향으로 말을 몰았다. 두 번째 남자가 말했다.

"정말 사람을 잘못 보았나?"

"천만에, 조금도 잘못 보지 않았어. 그 신사의 감정을 상하게 하고 싶지 않아서 그런 것뿐이야."

한편 사랑하는 두 연인은 계속해서 마차를 몰고 있었다. 테스가 맥없는 목소리로 말했다.

"결혼식을 좀 뒤로 미룰 수는 없을까요? 만약 그럴 수 있다면 말이에요."

"오, 테스, 안 돼요. 진정해요. 그 친구가 폭행했다고 나를 고발할까 봐 그러는 거요?"

그는 유쾌하게 말했다.

"아니에요. 저는 그런 뜻이 아니라, 어쩔 수 없이 연기해야 할 상황이라면 말이에요."

그녀가 말하는 의도를 정확하게 파악하지 못했으므로 그런 공상은 하지 말라고 타일렀다. 테스는 순순히 그의 말에 복종했다. 그러나 기분은 여전히 우울했다. 그 기분은 농장에 도착할 때까지도 이어졌다. 그녀는 이 지방에서 수백 마일이나 떨어진 먼 곳으로 떠나기로 생각을 돌려먹었다.

그날 밤 층계 앞에서 서로 다정하게 헤어진 뒤 클레어는 자기 방으로 올라갔다. 테스는 며칠 남지 않은 결혼식을 앞두고 필요한 것들을 챙기기 위해 잠을 자지 않고 있었다. 그녀가 이것저것 매만지고 있을 때 머리 위에서 쿵 하는 요란한 소리가 들렸다. 마루를 차면서 우당탕거리는 소리였다. 다른 사람들은 다 잠자는데 클레어가 갑자기 병이 나지 않았나 걱정스러워 그녀는 급히 뛰어올라가 방문을 두드리며 무슨 일이냐고 물었다.

"아, 테스, 아무것도 아니오. 놀라게 해서 미안해요. 꿈이지만 재미있으니 들어봐요. 곤히 자고 있는데, 아까 당신을 모욕한 그놈이 또 꿈에 나타나 한바탕 싸움을 했소. 당신이 들은 소리는 오늘 짐을 싸려고 내놓은 여행 가방을 주먹으로 두들겨대는 소리였소. 나는 잠자면서 가끔 이래요. 그러니까 이제 걱정하지 말고 들어가 자요."

마음을 결정짓지 못하던 그녀에게 클레어의 이 얘기는 저울추와 같은 역할을 했다. 그를 마주 보고서는 도저히 고백할 수 없었지만 다른 방법이 있다는 것을 알았다. 그녀는 삼사 년 전에 있었던 일들을 넉 장의 편지지에다 간추려서 쓴 다음, 봉투에 넣고는 클레어의 이름을 적었다. 다시 약한 마음이 생기기 전에 그녀는 맨발로 살금살금 기어올라가 편지를 문 밑으로 밀어 넣었다.

그녀는 뜬눈으로 밤을 지새웠다. 희미하게 들리는 소리에 귀를 기울였으나 그 소리는 평소와 같은 것이었고, 클레어도 다른 때와 마찬가지로 계단을 내려왔다. 테스도 아래층으로 내려갔다. 클레어는 아래층에서 그녀를 만나자 키스를 했는데, 그 입맞춤은 언제나 변함없는 정열적인 것이었다.

클레어는 좀 불안하고 피곤한 듯이 보였다. 그러나 단둘이 있을 때에도 그는 그녀의 고백에 대해 한마디도 말하지 않았다. 그 편지를 읽어 본 것일까? 그러나 그녀로서는 그가 입을 열지 않는 한 무슨 얘기도 먼저 꺼낼 수 없었다. 그날은 그대로 지나갔다. 클레어는 테스의 비밀을 홀로 가슴속에 간직하려는 게 분명했다. 그의 태도는 여전히 솔직하고 부드러웠다. 그녀의 의심은 한낱 부질없는 것이었을까? 그녀를 용서해 주는 것일까? 클레어는 있는 그대로의 그녀를, 오히려 그렇기 때문에 그녀를 사랑해 주고, 그녀의 불안을 마치 악몽이라고 미소로 대해 주는 것일까? 그는 정말 그 편지를 받았을까? 그녀는 그의 방을 흘끗 훔쳐보았지만 아무 흔적도 볼 수 없었다. 클레어의 태도는 혹시나 그녀를 용서해 준다는 뜻인지도 모른다. 그러나 설사 그가 편지를 보지 못했다 하더라도 틀림없이 용서해 주리라는 열광적인 신뢰를 그녀는 확신하게 되었다.

언제나 그랬듯 그의 태도에는 변함이 없었다. 이리하여 섣달 그믐날, 드디어 그들의 결혼식날이 다가왔다.

클레어와 테스는 새벽 소젖 짜는 시간에 일어나지 않았다. 그들이 농장에서 마지막으로 유숙하는 지난 한 주일 동안은 마치 손님과 같은 대접을 받았고, 테스에겐 혼자 지낼 수 있는 방을 따로 내주었다.

아침 식사 시간이 되어 아래층으로 내려왔을 때, 그들을 축복하기 위해 그 커다란 식당이 단장되어 있는 것을 보고 깜짝 놀랐다.

매우 이른 아침인데도 주인은 벽난로가 있는 벽에 흰 칠을 했으며, 바람 구멍을 장식했던 갖가지 무늬가 있는 때가 낀 푸른색 무명 바람막이를 떼고 눈부신 황금색 비단 막을 아치 위에 걸었다. 방에서 가장 중심적 자리에 위치했던 벽난로를 단장하니까, 음침한 겨울 아침인데도 방 전체에 화사한 웃음을 던지는 것 같았다.

"축하하는 뜻에서 뭘 좀 해 드리려고 마음먹었죠. 옛날에 하던 식으로 비올라나 바이올린까지 갖추어서 한바탕 떠들썩하게 하고 싶지만 나리께서 싫어하실 테니까 조용하게 축복하는 방법을 생각하다 보니 이렇게 하게 됐지요."

크릭이 말했다.

테스의 가족과 친구들은 너무 멀리 떨어져 있기 때문에 설사 초대를 했다 하더라도 오기가 힘들었겠지만, 사실 말로트 마을 사람은 아무도 초대하지 않았다. 에인젤의 가족에겐 결혼 날짜와 시간 등을 알리고, 다만 한 사람이라도 와 주면 기쁘겠다는 사연을 적어 보냈다. 그런데 에인젤의 행동을 괘씸하게 생각했는지 형들한테서는 아무 답장이 없었고, 부모한테서는 성급하게 결혼하는 것을 한탄하는 투의 편지가 왔다. 사랑하는 아들의 아내가 소젖 짜는 아가씨임을 못내 서운해하면서도 에인젤이 옳은 판단을 할 수 있는 연령이니까 그것으로 위안을 삼겠다는 내용이었다.

클레어는 머지않아 그들을 놀라게 해 줄 그녀의 유리한 혈통이 없었더라면 이토록 냉정한 편지에 크게 낙심할 뻔했다. 목장에서 갓 나온 테스를 더버빌 가문의 후손이니 또 숙녀니 하고 내세우는 것은 무모하고 위험한 일이라는 생각을 했다. 그래서 지금부터 몇 달 동안 여행도 하고 책도 읽게 하면서 사회생활에 익숙해질 때까지 그녀의 혈통을 숨겨 두었다가 그의 양친을 만나게 될 때 명문의 후손으로 조금도 손색이 없는 여자라고 자랑스럽게 소개할 셈이었다. 이것은 적어도 사랑하는 사람만이 갖는 아름다운 꿈이었다. 테스의 혈통은 에인젤 클레어에게 있어서는 세상의 다른 어느 가문보다도 더 귀하게 느껴졌던 것이다.

편지를 직접 전했는데도 그녀에 대한 클레어의 태도에 변함이 없는 것을 보고 그녀는 죄스러운 생각을 느끼면서도 과연 그가 편지를 보았는지 의심하지 않을 수 없었다. 클레어보다 먼저 식사를 마치고 그녀는 급히 위층으로 올라갔다. 방이라고 하기보다는 오히려 오랫동안 클레어의 둥지였던 괴상망측한 그의 침실을 한 번 더 들여다보고 싶은 마음에서였다. 그래서 사다리를 기어올라가 열린 문 앞에 서서 살펴보았다. 이삼 일 전에 흥분해서 편지를 밀어 넣은 문지방 밑으로 허리를 구부렸다. 양탄자가 문지방 가까이까지 깔려 있고, 그 양탄자 밑에는 클레어한테 보낸 하얀 편지봉투의 끝이 어슴푸레하게 보였다.

그것은 크나큰 실수였다. 바로 문 밑으로 넣는다는 것이 너무 급히 서두른 나머지 양탄자 밑으로 집어넣었기 때문에 클레어가 그것을 보았을 리가 만무했던 것이다.

그녀는 정신이 아찔해지면서 편지를 꺼냈다. 편지봉투는 그녀가 밀어 넣을 때 봉한 그대로였다. 앞을 가리고 있는 산은 아직도 사라지지 않은 것이다. 집안은 결혼식 준비로 온통 법석이어서 클레어에게 다시 편지를 줄 수도 없었다. 그녀는 자기 방으로 돌아가서 편지를 찢어 버렸다.

두 사람이 만났을 때 그녀의 얼굴이 창백한 것을 보고 클레어는 염려스러워 했다. 편지를 잘못 넣은 사실이 그녀의 고백을 방해한 것처럼 생각도 되었으나, 그녀는 그렇게 속단할 필요가 없다고 마음속으로 다짐했다. 시간은 아직 남아 있었다.

사람들이 분주히 움직이는 바람에 집안은 온통 벌집을 쑤셔놓은 것처럼 부산했다. 주인 부부는 그들의 입회인으로 동행해야 했기 때문에 옷을 차려입느라 소란을 피우고 있었다. 그래서 조용히 생각해 본다거나 신중히 이야기할 시간을 갖는다는 것은 불가능했다. 그들이 단둘이 얘기할 수 있었던 시간은 계단에서 잠깐 만났을 때뿐이었다. 테스는 일부러 명랑한 척하면서 말했다.

"꼭 말하고 싶은 게 있어요. 저의 결함과 지난 실수에 대해 전부 고백하겠어요."

"안 돼. 서로 결함을 얘기하고 있을 때가 아니오. 적어도 오늘 하루만은 완벽한 아가씨로 보여야 해요. 서로의 잘못을 얘기할 시간은 앞으로 얼마든지 있을 테니까 나도 그때 고백할 게 있소."

그는 다급한 듯 말했다.

"하지만 지금 말하는 게 저한테는 좋을 것 같아요. 그래야만 당신이 나중에라도 뭐라……."

"이 괴짜 아가씨야, 정 그렇다면 우리가 숙소에 들면 그때 무엇이든지 다 말해요. 지금은 안 돼요. 오늘 같은 날 그런 얘기로 기분 상해서는 안 되지. 그런 얘기는 무료할 때 해야 어울리는 거요."

"그럼 당신은 제 얘기를 듣고 싶지 않으세요?"

"테스, 지금은 정말 듣고 싶지 않아."

서둘러 옷을 갈아입고 떠나야 했으므로 더 이상 얘기할 시간도 없었다. 곧 다가올 결정적인 두 시간 동안이 그에 대한 애정의 힘찬 물결에 휩쓸려서 자꾸 앞으로 밀려나가 그 이상 무엇을 생각하고 있을 수도 없었다. 그녀가 오랜 세월을 두고 억눌러 오던 단 하나의 소원, 즉 그의 아내가 되고, 그를 남편이라고 부르며, 필요하다면 목숨이라도 바치려는 소원은 지루하게 더듬어 오던 반성의 골목길에서 그녀를 끌어올렸다. 테스는 옷을 갈아입으면서 여러 가지 빛깔로 아롱진 이상(理想)의 구름 속을 헤매고 있었다. 그이상은 밝은 빛으로 모든 불길한 사건들을 덮어 버렸다.

교회는 멀리 떨어진 곳에 있고, 겨울철이어서 마차를 타야 했다. 길가 여관에서 보관하고 있는 승용마차를 부탁했는데, 이 마차는 역마차로 여행하던 시대부터 오늘날까지 사용하지 않고 이 여관에서 보관하고 있는 것이었다. 튼튼한 바퀴살과 육중한 바퀴 테, 커다랗게 구부러진 마차 밑바닥과 또 무지무지하게 굵은 가죽 끈과 용수철, 그리고 망치 모양으로 생긴 채가 달려 있었다. 마부는 젊어서 갖가지 풍상을 겪었는데 그때마다 독한 술을 마셔서 류머티스성 통풍(通風)을 앓는 육순이 된 늙은 역마차 마부로서 직업이 없어진 지난 이십오 년 동안을 아무것도 하는 일 없이 여관 문 앞에서 서성거리며 옛날의 젊은 시절이 되돌아오기만을 기다리고 있었던 것 같았다. 마부는 오른발에는 캐스터브리지의 골든 크라운 여관에서 일할 때 귀족 마차의 채에 쓸려서 생긴 상처가 덧나 끊임없이 고름이 나고 있었다.

늙은 마부가 모는 거추장스럽고 삐걱거리는 마차 안에는 신랑 신부와 목장 주인 부부, 이렇게 네 사람이 자리 잡고 있었다. 에인젤은 형들 중 한 사람만이라도 신랑의 들러리로 참석해 주기를 바랐고, 편지에도 그런 희망을 비쳤는데 아무 소식이 없는 것을 보니 아마 오고 싶은 생각이 조금도 없었던 것 같았다. 형들은 이 결혼을 달갑게 여기지 않았으니까 와서 축복해 줄 리가 만무했고, 오히려 참석하지 않는 편이 잘된 일인지도 몰랐다.

그들은 일반의 세속적인 젊은이가 아니었으므로 이 결혼을 어떻게 생각하느냐 하는 문제보다도 농장의 일꾼들과 자리를 함께 한다는 사실 자체만으로도 편파적이고 까다로운 성질을 지닌 그들에겐 불쾌한 일이었음에 틀림없을 것이다.

테스는 시간의 흐름에만 마음이 사로잡혀 있었기 때문에 그런 사실에 대해서는 조금도 몰랐고, 아무것도 눈에 보이지 않았으며, 또 어느 길로 해서 교회에 가는 것인지도 몰랐다. 그녀는 에인젤이 옆에 있다는 사실만을 알고 있을 뿐, 그 밖의 모든 것은 밝게 빛나는 아지랑이 같았다. 그녀는 이를테면 시(詩)에 나오는 천상의 선녀와 다름없었다. 그들이 함께 산책할 때 클레어가 흔히 들려주던 고전 속에 나오는 여신과도 같았다.

결혼 허가장만 받으면 되는 결혼식이어서 참석한 사람은 열두 명밖에 되지 않았다. 그러나 참석한 사람이 설사 천 명이었다 하더라도 그녀의 마음은 같았을 것이다. 지금의 그녀에겐 그들은 별세계만큼이나 아득히 떨어져 있었다. 테스가 클레어에 대한 정절을 맹세하는 엄숙한 순간에는 흔해빠진 성(性)의 감각 따위는 경박하고 하찮아 보였다. 그들이 함께 무릎을 꿇고 있는 사이 식이 잠깐 멈췄을 때, 그녀는 자기도 모르는 사이에 몸이 기울어지면서 어깨가 클레어의 팔에 닿았다. 무심코 스쳐가는 생각에 깜짝 놀라는 순간 클레어가 정말 옆에 있음을 확인하고, 그의 성실성만 있으면 두려울 것이 없다는 자신의 신념을 더욱 굳게 하였다.

클레어는 테스가 자기를 사랑한다는 것을 잘 알고 있었다. 그녀의 모습 하나하나에 그 진실이 그대로 나타나고 있었다. 그러나 그는 그때 애정의 깊이와 순정과 상냥한 마음씨가 어느 정도인지 충분히 알지 못했고, 그 사랑이 얼마만한 고뇌와 정직과 인내 그리고 또 어느 만큼의 진실성을 요구하는지 몰랐다.

그들이 교회 밖으로 나올 때 종각에 있는 종이 힘차게 흔들렸고, 세 박자의 종소리가 사방에 울려 퍼졌다. 그 종은 이 조그만 마을의 경사를 알리기 위해 교회를 건립한 사람들이 마련한 종이었다. 남편과 함께 종각 옆을 지나 문 쪽으로 발을 옮길 때, 진동하는 공기가 갑옷처럼 둘러싼 종루에서 둥글게 음파를 그리며 사방으로 퍼져 나가는 것을 느낄 수 있었다.

그것은 그녀가 숨 쉬고 있는 긴장된 정신적 분위기와 어울리는 것 같았다. 사도 요한이 태양 속에서 보았다는 천사처럼 밖에서 오는 빛을 받아 영광을 입었다고 느낀 그녀의 정신 상태는 교회의 종소리가 사라지고 결혼식의 감동이 가라앉을 때까지 계속되었다. 테스는 그제야 주변의 사물을 똑똑히 볼 수 있었다. 크릭 부부는 자기들의 집으로 돌아갈 마차를 보내도록 이르고, 타고 온 마차는 젊은 부부에게 내주었기 때문에 그녀는 비로소 그 마차의 구조와 외관을 살펴보게 되었다. 그렇게 말없이 앉아서 오랫동안 바라보고 있었다.

"테스, 기분이 언짢은 모양이군."

클레어가 말했다.

그녀는 이마에 손을 갖다 얹으면서 말했다.

"네, 가슴이 떨려서 그래요. 에인젤, 모든 것이 신기할 뿐이에요. 무엇보다도 이 마차는 언젠가 본 일이 있는 것 같아요. 여러 번 본 것 같은……. 참 이상해요. 꿈속에서 본 걸까요?"

"아, 더버빌 마차에 대한 전설을 들었군 그래. 이 지방에서 당당히 행세할 때 당신네 가문에 관해 파다히 퍼졌던 미신이지. 그래, 이 오래된 옛날 마차를 보니 그런 생각이 났군."

"저는 그런 얘기를 들은 적이 없어요. 어떤 전설인지 들려주실 수 없어요?"

"지금은 그런 얘기를 하고 싶지 않은걸. 그게 말이야, 16세기인지 17세기인지는 정확하지 않지만 더버빌 가문의 어떤 사람이 자기 집 전용 마차 안에서 무서운 범죄를 저질렀다는 거야. 그런 일이 있은 다음부터 그 집안 사람들은 마차가 보이거나 또 그 소리를 들을 때마다……. 그 다음은 나중에 얘기하지. 아주 어두운 얘기니까. 희미한 기억이 이 마차를 보자 되살아난 것이 틀림없어."

"그런 얘기를 들은 기억이 없어요. 에인젤, 우리 가족이 그 마차를 보게 되는 것은 죽으려고 할 때인가요, 아니면 죄를 지으려고 할 때인가요?"

테스가 중얼거렸다.

"테스, 그만!"

클레어는 키스로 그녀의 입을 막았다.

그들이 집에 돌아왔을 때 그녀는 깊은 뉘우침에 젖어 있었다. 에인젤 클레어 부인이 된 것은 사실이다. 그러나 그 이름에 부끄럽지 않은 도덕적인 자격이 조금이라도 있는 것일까? 알렉산더 더버빌 부인이라고 부르는 편이 더 마땅하지 않을까? 흠 없는 사람에게는 죄 많은 눈가림으로 보일 행동을 굳센 사랑으로 정당화할 수 있을까? 이런 경우 여자는 어떤 태도를 취해야 좋을지 테스는 알지 못했다. 의논할 사람도 전혀 없었다.

그러나 그녀는 잠시 동안 방에 혼자 남아 있게 된 것을 알자 무릎을 꿇고 기도드렸다. 하느님께 기도드리려 생각했지만, 그녀가 매달려서 호소하는 상대는 그녀의 남편이었다. 클레어에 대한 그녀의 숭배는 우상화할 만큼이어서 불행의 징조가 아닌가 하고 두려운 생각이 들 정도였다. 《로미오와

줄리엣》에 나오는 로렌스 신부의 말이 순간적으로 그녀의 머리에 떠올랐다. '걷잡을 수 없는 기쁨은 걷잡을 수 없는 종말을 본다.' 그것은 인간의 처지에서 보면 너무나 무모했을지도 모른다. 너무나 철저하고, 또 너무나 치명적이었을지도…….

그녀는 혼자 중얼거렸다.

"아, 내 사랑 당신이여, 어째서 이다지도 당신을 사랑하나요. 당신이 사랑하는 여인은 지금의 제가 아니라 한때는 저도 그러했을 저와 비슷한 여자일 거예요."

오후가 되어 출발할 시간이 다가왔다. 그들은 웰브리지 방앗간 근처의 농가에서 며칠 묵으려던 계획을 실행하기로 했다. 클레어는 제분 과정을 견학할 동안 그곳에 머물 셈이었다. 오후 두 시가 되자 모든 준비가 끝나고 출발을 기다리고 있었다. 목장 일꾼들은 그들을 전송하기 위해 모두 나와서 빨간 벽돌로 된 입구에 서 있었고, 크릭 부부도 문간까지 따라나왔다. 같은 방에서 생활하던 세 친구들이 나란히 벽을 등지고 고개를 숙인 채 서글픈 모습으로 서 있었다. 테스는 친구들이 과연 배웅해 줄지 궁금했는데 친구들은 끝까지 냉정을 잃지 않고 나와 주었다. 어째서 우아한 레티가 그토록 창백해 보이며, 이즈는 슬픔이 가득해 보이며, 마리안은 넋 나간 사람처럼 보이는지 테스는 그 이유를 잘 알고 있었다. 그녀들의 슬픔을 생각하느라 끊임없이 자신을 따라다니는 불행한 그림자를 잠시 잊고 있었다.

그녀는 생각나는 대로 클레어에게 속삭였다.

"저 아가씨들에게 키스해 주시겠어요?"

클레어는 처음이자 마지막 형식에 불과한 그런 작별 인사를 굳이 거부하지 않았다. 그녀들 앞을 지날 때 일일이 키스를 하며 작별 인사를 했다. 문 앞에 다다르자 테스는 키스의 효과가 어떠한지 알고 싶은 호기심에서 친구들을 돌아보았다. 작별의 키스는 친구들이 애써 억누르고 있던 감정을 부추겨서 흥분시킨 결과를 부른 듯했다.

클레어는 그런 사실을 조금도 몰랐다. 조그만 사립문을 빠져나가면서 크릭 부부에게 그동안의 호의에 감사해 했다. 인사가 끝나고 그들이 걸음을 옮기는 사이 잠시 침묵이 흘렀다. 그러나 별안간 수탉 우는 소리가 그들의 침묵을 깨뜨렸다. 빨간 볏에 털빛이 흰 수탉이 그들로부터 좀 떨어진 울타리 기둥 위로 날아 앉아 있었다. 날카로운 울음소리는 그들의 귀를 쨍쨍 울리고 산골짜기에 메아리를 일으키며 사라져 갔다.

크릭 부인이 말했다.

"어머, 낮에 닭이 울다니!"

두 사나이가 마당 문을 열고 그 쪽문 곁에 서 있었다. 그중 한 사람이 하는 말이 에인젤이 서 있는 곳까지 들려왔다.

"이건 좋지 않은 징조야."

수탉이 클레어를 향해서 다시 울었다.

크릭이 고개를 갸우뚱하면서 말했다.

"이상하군."

"전 저 소리가 듣기 싫어요."

테스가 남편에게 말했다.

"마부한테 말을 몰라고 말해 주세요. 안녕히들 계세요."

수탉이 또 울었다.

"쉿! 저리 가 버려. 빌어먹을, 안 가면 목을 비틀어 버릴 테다."

크릭이 짜증스레 닭을 내쫓았다. 그리고 집안으로 들어가면서 부인을 보고 말했다.

"하필이면 오늘 같은 날 울 게 뭐람. 저놈의 수탉이 낮에 우는 건 일 년
내내 들은 적이 없었는데."

"날씨가 바뀌려고 그러는 거예요. 당신 생각은 당치도 않아요."

그의 아내가 말했다.

34

골짜기를 따라 평탄하게 뻗은 길을 삼 마일가량 달려 웰브리지에 도착했
다. 마을에서 왼쪽으로 돌아 이 마을의 명물인 엘리자베스 왕조 시대의 양
식을 본뜬 커다란 다리를 건넜다. 다리의 바로 뒤쪽에는 그들이 머무를 집
이 있었는데, 이 집의 겉모양이 프룸 분지를 지나는 여행자들에게는 아주
낯익은 것이었다. 이 집이 한때는 훌륭한 저택의 일부였고, 또 더버빌 가문
의 소유로써 저택으로 쓰였던 일이 있었으나 그 일부가 부서진 뒤로는 농
가로 사용되고 있었다.

"조상께서 쓰시던 저택에 잘 오셨습니다."

클레어는 마차에서 내리는 테스의 손을 잡아 주며 말했다. 그러나 그 말
이 너무 야유에 가까웠으므로 클레어는 자신의 농담을 곧 후회했다.

방은 두 개만 부탁해 놓았는데, 집안에 들어가 보니까 주인은 그들이 머
무르는 동안 새해 인사 겸 친구들을 찾아보려고 이미 떠났고, 집에는 그들
의 간단한 시중을 들 여인이 이웃 농가에서 한 사람 와 있었다. 그들은 둘
만이 집을 독차지하게 되어 기뻤고, 그들만의 보금자리에서 생활하는 경

험이 시작되었음을 깨달았다.

그러나 그는 보기에도 낡은 옛 저택이 어딘지 모르게 테스의 마음을 침울하게 한다는 것을 알았다. 마차가 돌아가자 시중드는 여자를 따라 손을 씻으러 이 층으로 올라갔다. 이 층에 올라섰을 때 테스는 걸음을 멈추고 눈을 휘둥그렇게 떴다.

"왜 그래, 무슨 일이야?"

"저 무서운 여자들을 좀 보세요. 깜짝 놀랐어요."

테스는 웃음을 띠면서 대답했다.

그는 위를 쳐다보았다. 돌 벽을 파서 고착시킨 두 개의 화판에는 실물과 같은 크기의 초상화가 그려져 있었다. 이 저택을 방문하는 손님들은 누구나 알게 되는 이 두 개의 초상화는 약 이백 년 전에 그린 부인들의 초상으로 한 번 보기만 하면 오래도록 기억에서 사라지지 않는 것이었다. 갸름한 얼굴과 가느다란 눈에 선웃음을 웃고 있는 그림은 무정하고 앙칼진 인상을 풍기고 있고, 매부리코에 커다란 이빨 그리고 부리부리한 눈을 가진 또 하나의 그림은 흉측하게 보일 만큼 도도한 인상을 풍겼다. 이 그림을 본 사람들이라면 꿈에 그 환상이 나타날 정도의 사나운 얼굴이었다. 클레어가 하녀에게 물었다.

"누구의 초상이죠?"

"이 집의 옛 주인이던 더버빌 가문의 귀부인들이라는 얘기는 들었는데요. 하지만 벽에다 끼워 단단히 고정시켜 놓았기 때문에 떼어 내지를 못한답니다."

초상화가 테스를 놀라게 한데다가 더욱 불쾌한 것은 그녀의 아름다운 얼굴이 과장된 초상화의 모습에서 그 흔적을 찾을 수 있다는 사실이었다. 클레어는 아무 말도 하지 않았으나 첫날밤을 지내기 위해 이런 집을 택한 것을 후회하면서 옆에 딸린 방으로 들어갔다. 그 방은 갑자기 예약되어 준비가 제대로 되어 있지 않았다. 대야가 하나밖에 없었으므로 그들은 한 대야에서 함께 손을 씻었다. 물속에서 클레어의 손이 그녀의 손에 닿았다.

"어느 것이 내 손가락이고, 어느 것이 당신 것이지? 엇갈려서 잘 모르겠군."

그가 얼굴을 들면서 다정스레 말했다.

"모두 당신 거예요."

그녀는 재치 있게 대답하고 되도록 즐거운 표정을 지으려고 애를 썼다. 클레어는 테스가 생각에 잠겨 있는 것조차 그녀의 예민한 감정 때문이라고 이해하며 불쾌하게 생각하지 않았다. 한편 테스는 자신의 태도가 우울하게 보이는 것 같아 굳이 명랑한 기분을 되찾으려 노력하고 있었다.

그 해의 마지막 날인 오후의 짧은 햇살도 이미 다 저물어 창틈으로 새어드는 황금빛 줄무늬를 이룬 광선이 그녀의 치맛자락에 아른거렸다. 옛날식으로 갖추어 꾸민 응접실로 들어가 그들은 처음으로 단둘이서 식사를 했다. 비로소 오붓한 식사 시간을 갖게 된 클레어는 마치 어린애처럼 좋아했다. 한 접시에 담은 빵과 버터를 둘이서 나누어 먹었고, 그녀의 입술에 붙은 빵부스러기를 자신의 입술로 닦아 주며 재미있어 했다. 그러나 장난에 함께 어울려 주지 않는 그녀의 의연한 태도는 좀 못마땅했다.

그는 잠시 동안 묵묵히 그녀를 바라보면서 결혼을 실감했다. 그리고 마치 어려운 문제에 대한 결론을 혼자 내리는 것처럼, 자신의 성실과 운명에 의해서 좌우되는 연약한 여인을 위해 끝까지 그녀를 보호할 것을 하느님께 맹세했다.

해가 지기 전에 그들의 짐을 보내 주겠다고 약속한 목장 주인의 말을 떠올리며 그들은 응접실에서 짐이 도착하기만을 기다리고 있었다. 그러나 날이 저물도록 짐은 오지 않았다. 그들은 빈손으로 왔기 때문에 입은 것밖에 아무것도 없었다. 해가 저무는 것과 때를 같이하여 조용하던 겨울 날씨는 변덕을 부렸다. 창밖에는 비단 스치는 것 같은 소리가 들리기 시작하더니, 곧이어 나뭇잎이 몸부림치듯 바람에 흩날리며 덧창에 부딪쳤다. 잠시 후 굵은 비가 퍼붓기 시작했다.

"그 수탉은 날씨가 변할 것을 미리 알고 있었군."

클레어가 말했다.

시중드는 여자는 식탁에다 초를 갖다 놓고 자기 집으로 돌아갔다. 그들은 초에다 불을 켰다. 촛불은 벽난로 쪽으로만 쏠렸다. 흘러내리는 촛농을 바라보며 클레어가 말을 이었다.

"옛날 집이라 바람구멍투성이군. 짐마차는 어디쯤 왔을까? 솔도 빗도 하나도 안 가져왔는데 말이야."

"그러게 말이에요."

그녀는 시무룩하게 대답했다.

"테스, 다른 때는 명랑하더니, 오늘 저녁엔 즐거운 기색이 없군. 이 층에 있는 흉측한 초상화가 당신 기분을 불안하게 했나 봐. 이런 곳으로 데리고 와서 정말 미안하오. 그런데 당신은 정말 나를 사랑하고 있는지 궁금하군. 자, 말해 봐."

그녀가 사랑하고 있다는 것은 물론 클레어도 안다. 그래서 심각한 뜻으로 한 말은 아니었다. 갑자기 그녀는 설움이 북받쳐 상처 입은 짐승처럼 움츠러들었다. 참으려고 애를 써도 흐르는 눈물을 막을 수 없었다.

"진심으로 말한 게 아니야. 당신은 잠이 오지 않을까 봐 걱정하는 거지? 나도 다 알아. 조너던 영감이 왜 짐을 안 가져오는지 그 까닭을 알 수가 없군. 벌써 일곱 시 아냐? 아, 드디어 왔나 보군!"

그리고 바로 문 두드리는 소리가 났다. 클레어 외에는 나가 볼 사람이 없었다. 그는 조그만 꾸러미를 한 개 들고 돌아왔다.

"조너던 영감이 아냐."

"큰일이네요."

테스가 말했다.

그 꾸러미는 특별히 보낸 심부름꾼이 가지고 왔다. 에민스터에 있는 목사관에서 온 심부름꾼으로 신혼부부가 농장을 출발한 직후에 탤보스이에 도착했으나 반드시 본인에게 직접 전달하라는 부탁을 받았기 때문에 이곳으로 그들의 뒤를 쫓아온 것이다. 클레어는 불이 있는 곳으로 그것을 가지고 왔다. 삼십 센티미터 길이도 안 되는 이 짐을 천막천으로 싸서 꿰매었고, 아버지의 도장이 찍힌 빨간 봉인이 되어 있었다. 겉에는 아버지의 친필로 '에인젤 클레어 부인 앞'이라고 씌어 있었다.

클레어는 꾸러미를 테스한테 주면서 말했다.

"테스, 당신한테 주는 작은 결혼 선물이야. 참으로 생각이 깊으신 분들이야."

테스는 어리둥절한 표정으로 꾸러미를 받았다. 그녀는 클레어에게 짐을 되돌려 주며 말했다.

"당신이 풀어 주세요. 이 어마어마한 봉인을 뜯고 싶지 않아요. 너무 위엄 있게 보여서⋯⋯. 대신 좀 풀어 주세요."

그가 꾸러미를 풀었다. 안에는 모로코 가죽으로 만든 조그만 상자가 들어 있고, 그 상자 안에는 간단한 편지와 열쇠가 놓여 있었다. 클레어 앞으로 온 이 편지에는 다음과 같이 적혀 있었다.

사랑하는 아들에게

네가 어렸을 때 세상을 떠난 네 대모(代母) 피트니 부인을 기억하는지 모르겠구나. 사치스럽지만 친절한 이 부인은 네가 택할 신부와 너에 대한 호의의 표시로 자기가 갖고 있던 보석 중 일부를 내게 맡긴 사실을 너는 잊었을 거다. 그 보석은 어느 때고 네가 결혼을 하게 되면 네 아내에게 전해 달라는 부탁이었다. 나는 이 말을 존중하여 내가 거래하는 은행에 그 보석을 보관시키고 있었다. 이번 결혼은 여러 가지 사정으로 봐서 좀 기우는 점도 있었으나 너도 알다시피 일생 동안 사용할 소유권을 가진 네 아내에게 이 보석을 전해 줄 의무가 있으므로 즉시 이것을 보낸다. 그러니까 이 보석은 네 대모의 유언에 따라 대대로 상속될 재산이라고 나는 생각한다. 이 문제에 관한 정확한 유언장을 동봉한다.

"이제야 생각나는군. 나는 까맣게 잊고 있었어."

상자 안에는 목걸이와 팔찌, 귀고리 그리고 다른 몇 가지 장신구가 들어 있었다. 테스는 선뜻 보석에 손대기를 두려워했으나 클레어가 그중 한 개를 펼쳐 보이자 그녀의 눈이 그 보석처럼 반짝였다. 그녀는 믿을 수 없다는 듯이 말했다.

"정말 이것들이 내 거예요?"

"당신 것이고말고."

그는 난롯불을 물끄러미 들여다보았다. 클레어가 열다섯 살일 때 세상을 떠난 대모는 대지주의 부인으로 그가 아는 유일한 갑부였고, 클레어의 성공을 확신하고 또 훌륭한 운명도 예언해 주던 일이 어렴풋이 생각났다. 자신의 아내와 그 후손들을 위해서 이런 보석을 간직한다는 것은 화려한 앞날을 예측해 준 대모로서 당연한 것 같았다. 그러나 그 보석들은 비웃는 듯 반짝였다. 그는 자신에게 물었다. 왜 간직하는 걸까? 보석을 간직한다는 건 어디까지나 허영심에 불과했다. 며느리한테 물려준다는 원리가 부부라는 방정식에 적용된다면 그것은 남편에게도 권리가 인정되어야 할 것이다. 그의 아내는 더버빌 가문의 후손이다. 과연 테스보다 이 보석이 더 잘 어울릴 사람이 어디 있을까?

"테스, 해 봐!"

갑자기 열을 올려 말한 클레어는 그녀를 거들어 주기 위해 불 앞에서 몸을 일으켰다.

그러나 마술이라도 걸린 듯 그녀는 이미 목걸이와 귀고리, 팔찌 그리고 다른 것들까지 모두 걸치고 있었다.

"그런데 테스, 그 가운이 안 어울리는군. 그런 다이아몬드와 어울리는 건 앞가슴이 트인 옷이라야 되겠어."

"그래요?"

"그렇지."

그는 옷의 윗부분을 어떻게 접어 넣으면 야회복과 비슷하게 만들 수 있는지 가르쳐 주었고, 그녀는 그가 일러 주는 대로 웃옷의 깃을 안으로 접어 넣었다.

목걸이에 달린 장식이 하얗게 드러난 목 한복판에서 제 모양을 드러냈을 때 클레어는 몇 걸음 뒤로 물러서서 그녀를 훑어보았다.

"멋있는데, 정말 눈부시도록 아름다워!"

날아오르는 새도 아름다운 깃털 때문에 아름다움이 극에 달한다는 것은 누구나 아는 사실이다. 평범한 얼굴에 평범한 옷차림을 하고 있으면 눈에 띄지 않는 시골처녀로 보이지만, 인공적인 미를 가하여 사교계의 부인처럼 꾸며 놓는다면 놀랄 만한 미인으로 활짝 피어날 것이다. 그러나 밤의 무도회에 나타나는 미인이라도 시골 사람들이 입는 허름한 옷을 입혀 순무밭에 세워놓는다면 초라하게 보일 것이다. 단장한 테스의 얼굴과 자태가 이처럼 뛰어나리라고는 클레어 자신도 미처 생각해 본 일이 없었다.

"그런 자태로 무도회에 나타나기만 하면……. 하지만 아니야. 차양 달린 모자와 수수한 작업복을 입은 당신이 나는 더 좋아. 그 모습이 가장 잘 어울려. 그렇고말고. 이 옷을 입었다고 해서 품위가 떨어지는 것은 아니지만 말이야."

훌륭한 치장을 한 그녀는 마음이 설레어 얼굴이 상기되었지만 생각만큼 행복을 느낄 수는 없었다.

"조너던이 보면 창피하니까 끌러야겠어요. 이런 것들이 나에겐 어울리지 않죠, 그렇죠? 모두 팔아 버리는 게 좋겠어요."

"아니, 그대로 있어. 팔아 버린다고? 그건 절대로 안 돼. 그건 신의를 배반하는 거야."

그녀는 그가 시키는 대로 가만히 있었다. 그리고 할 말이 있는데 지금의 분위기가 그런 얘기를 하는 데 도움이 될지도 몰랐다. 그녀는 보석을 걸친 채 자리에 앉았다. 그들은 조너던이 짐을 가지고 지금쯤 어디 왔을까 하는 생각에 잠겼다. 그가 오면 주려고 따라둔 맥주는 이미 오래 전에 김이 다 빠져 버렸다.

얼마 후 그들은 작은 식탁에서 저녁 식사를 했다. 식사가 끝날 무렵, 갑자기 벽난로의 연기가 확 풍기더니 마치 거인의 손이 굴뚝 위를 덮는 것처럼 방 안 가득 연기가 솟아 번졌다. 그것은 바깥문이 열려 바람이 들이쳤기 때문이었다. 그때 복도에서 묵직한 발걸음 소리가 들려와 에인젤이 밖으로 나갔다.

"아무리 두드려도 대답이 없어서요."

조너던 카일이 변명했다. 발걸음 소리의 주인공은 바로 그였다.

"게다가 밖에 비가 오고 있어서 제가 문을 열었죠. 여기 짐을 가져왔어요."

"무사히 도착해서 반갑군. 그러나 많이 늦었군."

"네, 그렇게 되었죠."

그의 말투에는 낮에 느끼지 못하던 좀 언짢은 기색이 엿보였다. 그의 이마에는 나이를 알리는 주름살 외에 근심이 가득해 보였다. 그는 말을 계속했다.

"서방님과 아씨께서…… 이젠 아씨라고 부르겠습니다만, 오늘 오후에 출발하시고 나서 말씀예요. 농장에선 하마터면 끔찍한 불상사가 생길 뻔해서 모두들 혼이 났답니다. 저, 대낮에 수탉이 운 걸 설마 잊어버리지는 않으셨겠죠?"

"아니, 무슨 소리요?"

"하여간 그걸 가지고 이러쿵저러쿵 말이 많았습죠. 그 사건이라는 게 말이에요……. 가엾게도 레티 프리들이 물에 빠져 죽으려 했지 뭡니까."

"아니, 뭐라고? 다른 사람들과 나란히 우리한테 작별 인사까지 했었는데……."

"네, 그랬죠. 서방님과 아씨께서 떠나신 다음에 레티하고 마리안은 모자를 쓰고 밖으로 나갔어요. 연말이니까 할 일도 별로 없는 데다가, 다른 사람들도 거나하게 한 잔씩 했으므로 눈여겨보는 사람도 없었죠. 그들은 류 에버드 술집에서 술을 마시고 드리 암드 크로스 술집까지 함께 간 후 그곳에서 헤어진 모양이에요. 레티는 집으로 가는 척하면서 관개 목초지를 가로질러 갔고, 마리안은 다른 술집이 있는 이웃 마을로 갔다더군요. 뱃사공 한 사람이 집으로 가는 길에 그레이트 풀이라는 큰 늪가에서 이상한 것을 발견할 때까지 레티의 소식은 아무도 몰랐죠. 뱃사공이 가까이 가서 보니까, 레티의 모자와 숄이 뭉쳐져 놓여 있더래요. 그 뱃사공은 물속에서 레티를 발견해서 다른 사람의 도움을 얻어 그녀를 메고 왔지요. 처음엔 죽은 줄 알았다니까요. 그러나 차차 되살아났습죠……."

이 우울한 이야기를 테스가 들을까 봐 에인젤은 그녀가 있는 안방과 복도 중간의 문을 닫으러 갔으나 어깨에 숄을 걸친 그녀는 이미 방문 앞에 와서 조너던이 가져온 짐과 그 위에 반짝이는 빗방울에다 시선을 떨어뜨린 채 그의 얘기에 귀를 기울이고 있었다.

"이런 소동에다 더 기가 막힌 것은 마리안의 하는 짓이죠. 전엔 맥주도 조금밖에 못 마시던 아가씨가 술에 곤죽으로 취해서 버들숲이 있는 늪 근처에 쓰러져 있는 것을 찾아냈죠. 그녀가 대식가(大食家)라는 건 얼굴을 봐도 알 수 있지만 술은 못하거든요. 보아하니 처녀들은 모두 정신이 나간 것 같아요."

"이즈는 어떻게 됐죠?"

테스가 물었다.

"이즈는 여느 때나 다름없이 집에 있었죠. 어떻게 해서 이런 일이 생겼는지 안다고 말하더군요. 그걸 생각하고 기분이 몹시 좋지 않은 것 같아요.

할 수 없는 노릇이지만 가엾은 아이죠. 마침 아씨 잠옷이며 화장품 등을 마차에 실으려 할 때 이런 일이 생겨 도착하는 게 늦어졌지 뭡니까."

"그랬군요. 조너던, 이 짐들을 이 층으로 갖다 주시오. 그리고 맥주나 한 잔 하고 속히 돌아가시오. 그쪽에 또 무슨 일이 있을지도 모르니까."

테스는 방으로 돌아가서 난롯가에 앉았다. 그녀는 괴로운 듯이 물끄러미 난롯불을 바라보고 있었다. 조너던이 짐을 나르느라 부산하게 오르내리면서 내는 무거운 발자국 소리와 클레어가 대접한 맥주와 사례금에 대한 인사가 들렸다. 이윽고 조너던의 발자국 소리가 문 쪽에서 나는 듯싶더니 짐마차가 삐걱거리는 소리를 내면서 떠나갔다.

에인젤은 굵다란 떡갈나무 빗장으로 문을 잠그고 테스가 있는 방으로 돌아와 뒤에서 그녀의 볼을 두 손으로 감쌌다. 애타게 기다리던 짐이 왔으므로 그녀가 기뻐하며 화장품을 꺼내 볼 줄 알았는데, 꼼짝도 하지 않고 앉아 있었으므로 클레어는 불빛이 비치는 그녀 옆에 가서 앉았다. 식탁 위에 있는 촛불은 거의 다 탔고, 난롯불이 가냘프게 빛나고 있었다.

"정말 안됐군. 당신이 친구들의 슬픈 얘기를 듣게 되어서. 그러나 너무 상심할 건 없어. 당신도 알다시피 레티는 원래 병적인 데가 있었으니까."

그가 단정 지으며 말했다.

"왜들 그랬는지 모르겠군요. 정작 그래야 할 사람은 시치미를 떼고 가만히 있는데……."

짜증이 섞인 어투로 테스가 말했다.

이 사건은 테스의 마음을 엉망으로 만들어 놓았다. 친구들은 소박하고 순진한 여자들인데 이룰 수 없는 사랑의 불행을 맞았다. 테스는 지금 행복을 차지하고 있지만, 친구들의 불행이 자기에게 돌아오고 자기의 행복이 그들에게 주어져야 마땅하다고 생각했다. '대가를 치르지 않고 모든 것을 차지하는 것도 일종의 죄악이다. 마지막 한 푼까지라도 대가를 치르자. 지금 이 시간, 이 장소에서 모든 것을 고백하자.' 클레어가 테스의 손을 잡고 난롯불을 들여다보고 있을 때, 그녀는 마지막으로 이렇게 결심했다.

이제 불꽃이 일지 않는 숯불에서 줄기차게 발하는 강한 빛이 벽난로 안을 밝게 물들였다. 잘 닦아 놓은 불받침쇠 걸이가 맞지 않는 놋부젓가락을 붉게 물들였다. 벽난로 바로 앞의 마룻바닥과 가장 가까이 있는 의자 다리가 뚜렷하게 빛나며, 테스의 얼굴과 목도 불빛을 받아 따뜻한 빛을 반사했다. 그녀의 목에 걸린 보석들은 하나하나가 흰색과 붉은색, 녹색으로 빛나는 알데바란성(星)이나 시리우스성의 성좌처럼 변하고, 그녀의 심장이 뛸 때마다 여러 가지 색깔로 바뀌며 반짝였다.

"오늘 아침에 우리들의 과실을 서로 고백하자고 주고받은 말을 기억하지?"

그녀가 꼼짝 않는 것을 보고 클레어가 물었다.

"우리는 서로 가벼운 마음에서 그런 얘기를 했지. 당신도 그런 기분이었겠지? 그러나 나는 진정에서 한 말이야. 난 당신한테 고백할 게 있소."

클레어에게서 그런 말이 나올 줄은 꿈에도 몰랐으므로 마치 하느님이 도와주는 것 같았다. 테스는 기쁨과 안도의 빛마저 보이면서 재빨리 그에게 말했다.

"무언가 고백할 게 있다고요?"

그녀는 반가운 듯이 물었다.

"나에겐 과실이 없는 줄 알았소? 아, 당신은 나를 너무 높이 평가하고 있군. 자, 내 얘기를 들어 봐요. 머리를 그쪽으로 기대고 말이오. 난 이미 용서를 빌었어야 마땅했겠지만, 지금 고백한다고 해서 화내지 말았으면 좋겠어."

얼마나 다행한 일인가! 그도 그녀와 똑같은 인간인 모양이었다. 그녀는 침묵을 지켰다. 그는 계속했다.

"내가 지금까지 말하지 않은 까닭은 당신은 곧 내 일생의 보물, 그 보물을 잃기 싫었기 때문이야. 형님들은 대학에서 장학금을 탔지만, 난 탤보스이 농장에서 당신이란 귀한 보물을 얻은 셈이오, 알겠소? 나는 그처럼 귀중한 당신을 놓치고 싶지 않았소. 약 한 달 전에 당신이 나의 청혼을 받아줬을 때 말하려 했으나 할 수 없었소. 그래서 미뤄 오다가 어제 말하려 했었지. 적어도 당신이 결혼에 반대할 수 있는 마지막 기회를 주기 위해서. 그러나 역시 그러지 못했소. 오늘 아침 목장 이 층에서 당신이 서로의 과실을 고백하자고 했을 때도 나는 말하지 않았지. 나는 실제로 죄를 저지르고 있었어. 그러나 당신이 지금 엄숙한 표정으로 앉아 있는 걸 보니까 아무래도 고백하지 않고는 못 견디겠소. 당신은 나를 용서해 주겠지?"

"용서해 드리다 뿐이겠어요."

"그래, 그렇다면 고맙군. 하지만 기다려요. 처음부터 얘기하겠소. 내 부족한 신앙을 두고 아버지는 나를 영원히 잃어버린 한 마리 양으로 생각하지만, 나는 테스에 못지않게 도덕을 믿지. 나는 언제나 누군가를 가르치는 사람이 되려고 마음먹었어. 그러므로 내가 교회에 들어갈 수 없다는 사실을 알았을 때 나는 크게 실망했소. 나는 결함 없는 인간을 숭배하고, 더러운 인간을 미워했지. 그럴 권리가 내게는 없지만 말이야. 지금도 그와 같은 생각엔 변함이 없소. 성경이 모두 하느님의 말씀이라는 주장에 이론(異論)이 있을지는 몰라도, 사도 바울이 말한 이 말만은 진심으로 따라야겠지.

'말과 햇살과 사랑과 믿음과 정절에 대하여 믿는 자에게 본이 되어' 가엾은 인간에게는 이것만이 오직 단 하나의 반성의 방패야. '올바른 생애'와 사도 바울과 결부시키는 건 우습지만, 로마의 한 시인은 이렇게 노래했지. '나약함을 벗어나 꿋꿋이 사는 사람이야말로 무어 족의 창이나 활이 소용 없나니……' 그런데 이 지구 위엔 생각하는 것뿐이지, 실행이 따르지 않은 소망만으로 가득 차 있는 것 같소. 그런 사실을 너무나 잘 알기 때문에 다른 사람을 위해 훌륭한 목적을 품고 일하다가 자기 자신이 잘못을 저질렀을 때, 얼마나 뼈저린 뉘우침이 솟아나는가는 당신도 잘 알 거요."

그리고 그는 런던에서의 한때 의혹과 고민으로 몸부림치며 마치 물결 위에 떠돌아다니는 코르크 병마개와 같은 생활을 할 때 낯선 여자와 함께 지낸 이틀 동안의 방탕한 생활을 그녀에게 사실대로 고백했다. 그는 계속했다.

"다행히도 난 곧 어리석은 행동을 깨달았소. 그 여자와는 한마디도 더 얘기하지 않고 나는 집으로 돌아왔지. 그리고 그런 실수는 두 번 다시 저지르지 않았소. 나는 어디까지나 솔직하고 깨끗한 마음으로 당신을 맞이하고 싶었소. 그러기 위해서 나는 고백하지 않을 수 없었던 거야……. 용서해 주겠소?"

그녀는 대답 대신 클레어의 손을 따뜻하게 잡아 주는 것으로 답변을 대신했다.

"그러면 그런 일은 이제 당장, 또 영원히 잊어버리기로 합시다. 오늘같이 기쁜 날 이런 얘기는 너무나 괴로워……. 자, 이제 밝은 얘기를 합시다."

"오오, 에인젤, 저는 정말 기뻐요. 당신도 저의 잘못을 용서해 주실 수 있으니까요. 저는 아직 고백하지 않았어요. 말씀드린 대로 저도 고백할 게 있어요. 기억하시죠, 그렇게 말한걸."

"아, 그렇군! 자, 그러면 말해 봐요. 심술쟁이 아가씨!"

"당신은 웃고 계시지만, 당신 못지않아요. 아니 어쩌면 그보다 더할지도 몰라요."

"테스, 나보다 심하지야 않겠지?"

"그렇지 않아요. 절대 그럴 리 없어요."

클레어가 용서해 줄 것이라는 기대를 갖고 그녀는 벌떡 일어났다.

"정말이에요. 그보다 더할 것은 없죠. 당신과 같으니까요. 그럼 말씀드릴게요."

그녀는 다시 자리에 앉았다.

그들은 여전히 손을 마주 잡고 있었다. 받침쇠 밑의 재는 장작불빛에 수직으로 비쳐 불탄 사막처럼 보였다. 공상에 잠긴 자가 보면 새빨간 숯불의 빛도 '심판의 날'의 괴상한 불같이 보일 것이다. 그 불빛은 그들의 얼굴과 손을 비추고, 또 그녀의 흐트러진 앞머리로 스며들어 그 밑의 보드라운 살결에 닿았다. 그녀의 커다란 그림자가 뒤쪽 벽과 천장에 떠올랐다. 그녀가 몸을 앞으로 구부리자 목에 건 보석알 하나하나가 두꺼비가 눈을 껌벅이듯 불길하게 번쩍였다. 테스는 클레어의 관자놀이에 이마를 기대고 알렉 더버빌을 알게 된 동기와 그 결과에 대해서 얘기를 시작했다. 두려워하지도 않고 눈을 내리뜬 채 그녀는 나직하게 이야기를 이어갔다.

제 5 부
대가

그녀는 동요 없이 담담하게 이야기를 진행하면서 설명을 보충하거나 어떤 때는 되풀이해 가면서 얘기를 마무리했다. 그녀의 음성은 처음 시작할 때와 다름없이 나직하게 끝까지 계속되었다. 거기엔 아무런 변명도 없었고, 울지도 않았다.

그러나 그녀의 고백이 계속됨에 따라 그들을 둘러싼 사물의 모습이 일그러지는 것 같았다. 꼬마 도깨비 같은 받침쇠 위의 불은 그녀가 빠진 곤경 따위는 아랑곳없는 듯 악마처럼 웃음 짓는 듯했다. 벽난로 주변도 이를 드러낸 채 쌀쌀하게 웃는 듯했다. 물병에서 반사하는 빛마저도 자기들에겐 책임이 없다는 듯 싸늘하게 느껴졌다. 그러나 클레어가 테스에게 키스한 순간부처 지금까지 변한 것은 아무것도 없었다. 사물 자체가 변한 것은 하나도 없었지만 사물의 본질은 변해가고 있었다.

그녀의 얘기가 끝나자 이제껏 애정에 넘친 속삭임의 흔적은 앞을 다투어 소리 없이 사라져 버렸고, 어리석었던 반소경 같은 어린 시절의 메아리만 되풀이해 들렸다.

클레어는 아무런 표정 없이 불을 뒤적이고 있었다. 한참 타다 남은 불을 뒤적이다 그는 벌떡 일어섰다. 비로소 그녀의 고백이 그의 뇌리에 미친 것이다. 얼굴에서는 핏기가 사라지고 헝클어진 머릿속을 정리하기 위해 마루 위를 서성거렸으나 클레어의 초조한 태도는 아무리 애써도 괴로운 심정이 그대로 표출된 것이었다. 그가 비로소 입을 열었다. 그러나 그의 음성은 그녀가 언제나 듣던 감성이 넘치는 소리가 아닌 어색한 음성이었다.

"테스!"

"네, 에인젤."

"내가 이 사실을 믿어야 할까? 당신 태도로 보아서는 사실인 것 같은데……. 설마 당신 미친 건 아니겠지? 미치지 않고서야 어떻게 그런 말을 할 수 있지. 아냐, 테스! 그런 가정을 뒷받침할 만한 증거가 없지 않소?"

"나는 맑은 정신으로 모두 말씀드린 거예요."

그는 현기증을 느끼면서 말을 이으려고 멍하니 그녀를 쳐다보았다.

"그렇다면, 왜 미리 그런 얘기를 하지 않았지? 아니지, 하려던 것을 내가 말린 일이 있지. 아, 그래. 이제야 생각이 나는군."

이러한 그의 말들은 표면에만 이는 잔물결과 같은 것이었다. 그는 몸을 돌려 의자 위에 몸을 굽혔다. 테스는 방 복판에 있는 그에게로 다가가서 눈물 없는 눈으로 그를 응시하다가, 무너지듯 그의 발 아래 무릎을 꿇고 그대로 방바닥에 쓰러지고 말았다.

"우리의 사랑을 생각해서라도 부디 용서해 주세요. 제가 당신을 용서해 준 것처럼!"

그녀는 바싹 타들어가는 입으로 속삭였다.

"저는 당신을 용서했어요."

그가 대답을 하지 않자 그녀가 다시 말했다.

"당신이 용서받은 것같이 저를 용서해 주세요. 저는 당신을 용서했잖아요, 에인젤?"

"그렇지, 당신은 날 용서했어."

"그런데 당신은 저를 용서하지 않으시겠다는 건가요?"

"이것 봐, 테스! 당신의 경우는 용서를 바랄 수 없는 거야. 지금의 당신은 예전의 당신이 아니오. 용서하라는 말이 어떻게 그따위 괴상한 일에 적용

될 수 있단 말이오."

그는 말을 멈추고, 어이가 없다는 듯 기분 나쁜 웃음을 터뜨렸다. 마치 지옥에서 들려오는 것처럼 소름이 끼치는 해괴한 웃음이었다.

"제발 그만하세요. 죽을 것만 같아요. 저를 불쌍하게 여겨 주세요."

클레어가 아무 말도 하지 않자 그녀는 창백한 얼굴로 발딱 일어나 소리쳤다.

"에인젤, 에인젤! 왜 그렇게 웃으시죠? 그 웃음소리가 얼마나 저를 괴롭히는지 아세요?"

그는 고개를 저었다.

"저는 이제껏 오로지 당신만을 바라고 그리워하며, 또 당신의 행복만을 위해서 기도해 왔어요. 그게 바로 제가 품고 있는 당신에 대한 생각이었어요, 에인젤!"

"알고 있소."

"당신이 지금의 저를 사랑하시는 줄 알았어요. 당신이 사랑하시는 게 지금의 저라면 어떻게 그런 얼굴로 그렇게 말씀하실 수 있죠? 전 무서워요. 당신을 사랑한 이상 어떤 변화나 어떤 굴욕에도 당신을 영원히 사랑할 거예요. 저는 더 이상의 것도 바라지 않겠어요. 그런데 어째서 당신이……. 제 남편인 당신이 저를 사랑하지 않겠다는 거죠?"

"다시 말하지만, 내가 사랑한 여자는 당신이 아니란 말이오."

"그럼 누구란 말씀이에요?"

"당신 모습을 한 다른 여인이오."

그 말을 듣는 순간 테스는 느꼈다. 클레어는 자기를 순진한 가면을 쓴 죄 많은 여인으로 보고 있는 것이다. 이것을 알아채자 그녀의 창백한 얼굴은

두려움으로 가득 찼다. 그녀의 뺨은 힘없이 처지고, 입술은 마치 마른 나무의 조그만 구멍 같았다. 맥이 풀린 그녀는 비틀거렸다. 그녀가 쓰러질까 봐 그는 앞으로 다가서서 부드럽게 말했다.

"앉아, 앉아요. 현기증이 나는 모양이군. 그러나 그렇게 되는 것도 무리는 아냐."

자기의 얼굴에 긴장된 표정이 감돌고 있다는 것도, 자신의 눈이 클레어를 오싹하게 할 만큼 불타고 있는 것도 모르는 채 그녀는 자리에 앉았다.

그녀는 낙심해서 물었다.

"에인젤, 그러면 이제 저와 당신과는 아무 상관이 없단 말씀인가요?"

자신의 처지를 뚜렷이 깨달은 그녀의 두 눈엔 눈물이 괴었다. 그녀는 돌아앉아 눈물을 쏟았다.

그녀의 이 변화에 클레어는 다소 진정이 되었다. 그것은 지금 그가 당하는 일이 그녀의 고백 자체에서 받는 비애에 비하면 훨씬 덜한 고뇌의 시작인 때문이었다. 그녀의 격렬한 슬픔이 가라앉고 짧은 흐느낌으로 바뀔 때까지 클레어는 침착하고 참을성 있게 기다렸다. 겁에 질려 미친 듯 쉰 목소리는 사라지고 그녀 본래의 자연스러운 목소리로 말했다.

"에인젤, 당신과 함께 살기에는 제가 자격이 없는 건가요?"

"어떻게 해야 좋을지 생각할 수가 없소."

"굳이 당신하고 함께 살게 해달라고 하진 않겠어요. 그럴 권리가 없으니까요. 어머니와 동생들한테도 우리가 결혼했다는 걸 알리지 않겠어요. 그리고 이 집을 빌려 쓰는 동안 바느질을 비롯한 아내로서의 그 어떤 행세도 하지 않겠어요."

"아무 일도 하지 않겠다고?"

"하지 않겠어요. 제 곁을 떠나시더라도 따라가지 않겠어요. 말 한마디 하지 않더라도 당신 허락 없이는 이유도 묻지 않겠어요."

"내가 만일 무엇이든 하라고 시키면 어떡할 거지?"

"비록 쓰러져 죽으라고 명령한다고 해도 불쌍한 노예처럼 순종하겠어요."

"그것 참 기특하군. 그러나 자신을 희생하려는 당신의 현재 생각이 과거에 자신을 지키려던 감정과는 잘 일치가 되지 않는 것 같군."

클레어가 테스에게 한 최초의 빈정거림이었지만, 이런 표현을 그녀에게 한다는 건 개나 고양이한테 한 것과 다름없었다. 테스는 그 말이 내포하고 있는 미묘한 참뜻은 모르는 채, 다만 분노에 가득 찬 적의를 품은 말로 받아들였다. 클레어의 뺨으로 흘러내리는 눈물을 그녀는 보지 못했다. 그러는 동안에 그녀의 고백이 앞으로의 그의 생활에 끼칠 커다란 변화를 생각해 보았다. 그는 자기에게 닥친 새로운 사태를 뚫고 나가야만 했다. 그러기 위해선 여기에 대처할 어떤 필사적인 행동이 필요했으나 무엇을 어떻게 해야 할지 알 수 없었다. 그는 될 수 있는 한 부드럽게 말했다.

"테스, 지금은 이 방에 함께 있을 수 없군. 밖에 나가서 좀 거닐어야겠어."

그는 조용히 밖으로 나갔다. 저녁 식사 때 따라둔 두 잔의 술은 입도 대지 않은 채 식탁 위에 놓여 있었다. 그들의 사랑의 만찬은 이렇게 끝이 났다. 바로 두세 시간 전, 사랑에 취한 그들은 한 잔의 차를 둘이서 나누어 마시기도 했다.

클레어가 나가면서 문이 닫히는 소리에 멍청하게 앉아 있던 그녀는 정신이 들었다. 그는 나가고 없고, 그녀도 방 안에 혼자 있을 수가 없었다. 외투를 걸치고 다시는 돌아오지 않을 듯이 촛불을 끈 채 재빨리 그를 뒤쫓아 나갔다. 비는 멎고 밤하늘은 맑게 개어 있었다.

　클레어는 목적 없이 천천히 걷고 있었으므로 그녀가 금방 찾을 수 있었다. 그러나 그의 모습은 검은색의 음흉한 괴물처럼 보여서 가까이 갈 수가 없었다. 그녀가 잠깐 동안 그처럼 귀중하고 자랑스럽게 여기던 보석의 감촉이 지금은 빈정대는 듯 느껴졌다. 그녀의 말소리를 듣고 클레어는 뒤돌아보았지만, 그의 표정에는 아무런 변화가 없었다. 집 앞의 커다란 다리에 있는 크게 입을 벌린 다섯 개의 아치 위를 묵묵히 걸어갔다.

　길바닥에 파인 소와 말발굽 자국에는 물이 가득 괴어 있었다. 패어 있는 땅바닥을 채울 만큼 비가 내렸으나 그것을 씻겨 낼 정도로 많은 비는 아니었다. 그녀가 물웅덩이를 지날 때 뭇별들이 반사되어 반짝이고 있었다. 우주에서 가장 넓은 별나라가 조그마한 웅덩이에 그림자를 남기고 있는 것을 보지 못했다면 별이 머리 위에서 빛나는 것도 알지 못했을 것이다.

　그들이 오늘 마차로 지나온 길은 탤보스이 골짜기 안에 있는 것이지만 강 하류에서 서너 마일 가량은 떨어져 있었기 때문에 사방은 활짝 트여 있었다. 집에서 조금 벗어나자 길은 초원 사이로 꼬불꼬불 뻗어나가 있었다. 클레어의 뒤를 바싹 따른다든가, 그의 주의를 끌려고도 하지 않은 채 그녀는 조용히 그의 뒤를 따랐다.

　그러나 무심코 걷던 그녀는 어느새 그의 옆에 나란히 서게 되었다. 그러나 그는 한마디 말도 하지 않았다. 속았다는 사실을 깨닫게 되면 한층 더 차가워지게 마련인데, 클레어의 심정도 지금 그와 같은 상태에 놓여 있었다. 밤의 공기가 그의 감정까지도 앗아간 듯 그는 무표정했다. 잠시 후 넌지시 바라보는 그의 눈길을 느낄 수 있었지만, 테스는 '세월'이라는 존재가 자기에게 빈정대는 찬가를 불러주고 있다는 것을 알았다.

보라, 그대의 가면이 벗겨질 때 사랑하는 연인은 그대를 미워하리.

그대의 운명이 기울어질 때 아름다운 모습도 시들어지리.

그대의 인생은 가랑잎처럼 떨어지고 빗물처럼 흩뿌려지나라.

그대 머리의 베일은 슬픔이 되고 머리에 얹은 관은 괴로움이 되리.

그는 여전히 골똘히 생각에 잠겨 있어서 그녀가 함께 있다는 사실도 모르는 듯했다. 그녀의 존재란 지금 클레어에겐 얼마나 미약한 것일까? 그녀는 더 이상 잠자코 있을 수가 없었다.

"제가 뭘 그리 잘못했나요? 당신에 대한 사랑을 방해하거나 배반하는 짓은 하나도 하지 않았어요. 일부러 당신을 괴롭히려고 한 짓으로 생각하시나요? 에인젤, 당신이 화를 내는 것은 당신 자신의 마음 때문이지 저 때문에 그런 건 아니잖아요. 그리고 당신이 생각하는 것처럼 저는 남을 속이거나 하는 교활한 여자가 아니에요."

"흠, 그렇지! 속이거나 할 여자가 아니지. 그러나 예전의 당신은 아니지. 그러나 당신을 나무라진 않겠어. 그러지 않기로 결심했으니까. 그렇게 하지 않도록 나는 노력을 다할 거야."

그러나 그녀는 하지 않아도 좋았을 말까지 하면서 미친 듯이 변명을 되풀이했다.

"에인젤, 그때 저는 어렸어요. 그 일이 있었을 때 저는 어린아이였다구요. 남자라는 건 알지도 못했어요."

"당신이 죄를 저지른 것이 아니라 죄를 뒤집어썼다는 건 나도 인정해."

"그러면 용서해 주셔도 되지 않나요?"

"용서는 하지. 하지만 용서한다고 해서 모든 것이 해결되는 건 아니야."

"그럼 예전처럼 저를 사랑해 주시는 거죠?"

이 물음에 그는 대답하지 않았다.

"아, 에인젤, 그런 일쯤은 흔히 있는 거고, 저의 경우보다 더 심한 경우도 얼마든지 있어요. 그런데도 남자들은 크게 문제 삼지도 않아요. 그런 일쯤은 간단히 용서해 줄 수 있잖아요? 전 당신을 이렇게 사랑하잖아요."

"그만해, 테스. 난 다투고 싶지는 않으니까. 사회가 다르면 풍습도 다른 법이오. 당신이 말하는 건 마치 사회적 지식이란 전혀 모르는 무식한 시골 여자 같소. 자신이 뭘 말하고 있는지도 당신은 모르고 있어."

"그래요, 전 시골 여자예요. 그렇지만 제 근본은 그렇지 않아요."

그녀는 순간적인 충동으로 노기를 띠고 말했다. 그러자 금세 그에 대한 대답이 왔다.

"그러니까 당신이 더욱 나쁘단 말이오. 당신네 족보를 들추어낸 그 목사가 오히려 입을 다물고 있었더라면 좋았을 거야. 당신 가문의 몰락과 다른 사실, 즉 당신의 의지가 빈약하다는 사실을 함께 생각하지 않을 수 없어. 노쇠한 가문들이란 영락없이 노쇠한 의지와 노쇠한 행실을 낳기 마련이지. 그따위 족보를 들추어서 당신을 더 경멸하게 할 게 뭐야. 당신을 금방 싹튼 대자연의 새로운 인간으로 생각했는데……. 그런데 당신은 결국 쇠퇴한 귀족의 늦된 묘목에 지나지 않아!"

"그런 점에서는 저와 비슷한 사람들이 얼마든지 있어요. 레티와 목장을 하는 빌레트도 한때는 상당한 지주 집안이었고, 지금은 짐마차를 끄는 데비하우스의 집도 옛날에는 드베이유 가문이었단 말이에요. 그건 이 고장 특징이에요. 그런 예는 어디서나 볼 수 있어요."

"이 지방도 그만큼 형편없다는 거요."

이런 핀잔을 그녀는 귀담아 듣지 않았고, 자세한 뜻은 더욱 생각해 보지도 않았다. 그가 이전처럼 그녀를 사랑하지 않는다는 사실 이외의 모든 것에 그녀는 관심이 없었다.

그들은 다시 말 없이 거닐었다. 웰브리지에 사는 어떤 농부에 의하면 그가 밤늦게 의사를 부르러 나갔다가 목장을 거니는 그들을 보았는데, 마치 장례 행렬이 지나가듯 아주 느린 걸음을 걷고 있어서 얼핏 보아도 어떤 슬픔에 잠겨 있는 것 같았다고 했다. 돌아오는 길에도 그 목장에서 그들 옆을 지나쳤지만, 갈 때와 마찬가지로 두 사람은 거닐고 있었다고 했다. 그 농부는 가족의 병에 정신이 쏠려 그들의 이상한 태도를 그다지 마음에 두지 않았지만, 훨씬 후에야 그들을 떠올리고 이상한 분위기였다고 말했다.

농부가 의사한테 갔다가 다시 돌아오는 사이에 테스는 남편에게 이렇게 말을 건넸다.

"제가 왜 당신의 일생을 비참하고 불행하게 하는 원인이 될 수밖에 없는지 모르겠어요. 저 아래 강물에라도 빠져 죽어 버릴까 봐요. 죽음 따윈 조금도 두렵지 않아요."

"나의 어리석은 실수에다 살인 행위까지 보태고 싶지는 않소."

"제 과거가 부끄러워 스스로 목숨을 끊었다는 증거를 남기면, 아무도 당신이 나쁘다고 말하지 않을 거예요."

"바보 같은 소리, 그따위 말은 듣기도 싫소. 이런 경우에 그런 생각을 하는 건 비극이라기보다는 조롱거리가 될 만하지. 불행의 성격이 어떤 것인지 잘 모르는 것 같군. 만약 이런 얘기가 세상에 알려진다면, 사람들은 웃음거리로밖에 생각지 않을 거요. 그러니까 내 말 듣고 집에 돌아가서 쉬도록 해."

"그렇게 하겠어요."

그녀는 공손하게 말했다.

그녀는 물방앗간 뒤에 있는 유명한 시토 파(派) 수도원의 폐허로 통하는 길을 걸었다. 수백 년 전에는 이 물방앗간도 수도원의 부속 건물이었다. 식량은 영원히 필요한 것인 만큼 물방앗간은 오늘도 돌아가고 있었다. 그러나 교의는 덧없이 사라지는 것이어서, 그 사원은 허물어져서 자취도 없다. 일시적인 것을 위한 봉사가 영원한 것을 위한 봉사보다 오래 존속한다는 사실을 끊임없이 볼 수 있는 예다. 그들은 집 주위를 돌며 걷고 있었기 때문에 집에서 그리 떨어지지 않은 곳에 있었다. 그러므로 강에 걸린 돌다리가 있는 곳까지 가서 길을 따라 조금만 가면 집에 닿을 수 있었다. 그녀가 집에 돌아와 보니, 집을 나갈 때와 달라진 것은 아무것도 없었다.

난롯불은 아직 타고 있었다. 그녀는 아래층에서 잠시 서성이다가 이 층 침실로 올라갔다. 침대 끝에 앉아 아무 생각 없이 옷을 벗기 시작했다. 촛불을 침대 쪽으로 옮기자 흰 무명 침대 휘장에 불빛이 비쳤다. 그녀는 무엇인가 휘장 밑에 달린 것을 보고 그것을 확인하기 위해 촛불을 높이 들어 비춰 보았다. 그건 겨우살이의 가지였다. 에인젤이 거기다 놓은 것임을 금방 알 수 있었다. 짐을 꾸리고 운반할 때도 내용을 밝히지 않던 신비한 꾸러미가 바로 이 가지였다. 그가 들뜬 기분으로 그곳에 달아놓은 이 나무도 지금은 생명을 잃은 채 초라하고 어색해 보였다.

클레어의 마음이 누그러질 조짐이 없으므로 더 이상 두려워하거나 희망을 가지려고 애태울 필요도 없어져, 그녀는 힘없이 자리에 누웠다. 슬픔에 잠겨 온갖 생각을 하다 지쳐 잠이 들었다. 잠 못 이루게 하는 여러 가지 행복한 생각에 잠기다가도 슬픈 생각만 하면 잠은 저절로 찾아온다. 그녀의 조상 중 누군가의 신혼방이었을지도 모르는 방에서, 향긋한 고요 속에 묻혀 잠이 들었다.

그날 밤이 깊어서야 클레어는 발길을 돌려 집으로 돌아왔다. 조용하게 응접실로 들어온 그는 촛불을 켰다. 마치 미리 순서를 정해 둔 사람처럼 낡은 말털 가죽의 소파에다 담요를 펴고 엉성하게 잠자리를 만들었다. 자리에 눕기 전에 맨발로 이 층에 올라가 그녀의 침실에 귀를 기울였다.

고른 그녀의 숨소리가 깊이 잠들었다는 것을 말해 주고 있었다.

"잘됐군!"

클레어가 중얼거렸다. 그러나 편하게 잠들어 있는 그녀를 생각하자 가슴이 찢어지는 듯 고통스러웠다.

아래층으로 내려가려고 몸을 돌리는 순간, 침실문 바로 위에 걸린 더버빌 귀부인들의 초상이 눈에 띄었다. 촛불에 비친 그 초상화는 불쾌하다는 표현만으로는 부족한 모습이었다. 음흉한 계략이 귀부인의 얼굴에 숨어 있었고, 에인젤에겐 남자에 대한 뼈에 사무치는 원한이 가득 담겨 있는 것같이 보였다.

초상화에 나타난 캐롤라인 왕조 풍의 웃옷은 앞이 패여 테스에게 목걸이를 걸어 주기 위해 그녀의 옷깃을 접어 넣었던 때의 모양과 흡사했다. 그래서 테스와 그 초상화의 주인공과의 사이에 공통점이 있다는 생각이 다시 그를 괴롭혔다.

그런 생각은 클레어의 행동을 가로막기에 충분했다. 그는 발길을 돌려 아래층으로 내려갔다. 그의 태도는 침착하고 냉정했다. 굳게 다문 작은 입은 참을성을 나타냈고, 고백을 들은 이후 나타난, 무섭도록 차디찬 표정이 아직도 얼굴에 남아 있었다. 그 표정은 이미 정욕에 사로잡힌 노예의 모습은 아니었지만, 그렇다고 완전히 정욕을 초월한 인간의 표정도 아니었다. 그는 다만 인간이란 얼마나 쓰라린 우연을 경험하게 되고, 또 얼마나 뜻하지도 않은 일들에 부딪치게 되는가를 생각하고 있을 뿐이었다.

지나간 오랜 세월을, 그녀를 사모해 온 동안은 말할 것도 없거니와 한 시간 전까지만 해도 이 세상에서 테스만큼 깨끗하고, 사랑스럽고, 또 순결한 여자는 없으리라 생각하고 있었다.

작은 흠이 있다 해서 사라지는 모든 꿈이여!

그녀의 풋풋한 얼굴에 진심이 어려 있지 않았다고 혼자 중얼거렸으나, 그것은 클레어의 잘못된 생각이었다. 그러나 그녀에게는 그의 그릇된 생각을 바로잡게 할 만한 변호인이 없었다. 그는 계속해서 생각했다. 얘기할 때는 조금도 거짓말을 하지 않던 그녀의 눈 속에 또 다른 세계가 있다고 상상하는 건 옳은 일일까?

그는 긴 의자에 몸을 눕히고는 불을 껐다. 어둠은 냉담하고 무관심하게 찾아와서 방 안으로 스며들었고, 이미 클레어의 행복을 삼킨 채 무심히 침묵하고 있었다. 또 아무렇지도 않은 듯 태연하게 변함없는 태도로 수많은 사람들의 행복을 집어삼키려 하고 있었다.

36

나쁜 짓이라도 범하려는 듯이 몰래 기어드는 새벽녘의 잿빛 햇살을 받으며 클레어는 일어났다. 벽난로는 불이 꺼져 재만 남아 있었고, 차려놓은 채로 있는 저녁 식탁에는 아무도 입을 대지 않은, 김이 빠져서 아무 맛도 없을 두 잔의 포도주가 그대로 있었다. 주변의 모든 것들은 변함없는 모습을 하고 있었고, 이 층에서는 아무 소리도 들리지 않았다. 그러나 잠시 후 문을 두드리는 소리가 들렸을 때, 그는 비로소 그들이 머무르는 동안 시중들기 위해서 온 이웃 농가의 아낙네인 것을 깨달았다.

지금 같은 상황에 제삼자가 집안에 나타난다는 것은 매우 거북스러운 일이었다. 이미 옷을 갈아입고 있었기 때문에 창문을 열고 오늘은 둘이서 그럭저럭 할 수 있으니 그녀가 가져온 우유통만 문 앞에 두고 가라고 일렀다. 그녀가 돌아가자 그는 뒷마당에 가서 장작을 찾아다가 재빠르게 불을 지폈다. 선반에는 계란, 버터, 빵, 그 밖의 여러 가지 식품이 가득했다. 농장에서 얻은 경험으로, 이 정도의 식사 준비 같은 것엔 익숙했으므로 그는 곧 아침 식사를 마련했다. 마치 연꽃을 얹은 것 같은 둥근 기둥 모양의 굴뚝에선 연기가 피어올랐다. 그곳을 지나는 마을 사람들은 연기를 보고 갓 결혼한 신혼부부의 행복을 부러워했을 것이다.

식탁을 훑어본 다음, 계단 밑에 가서 늘 하던 목소리로 소리쳤다.

"아침 식사가 준비됐소."

그는 현관문을 열고 신선한 아침 공기 속을 가르며 몇 걸음 밖으로 나갔다. 잠깐 거닐고 돌아오니 테스가 내려와서 의무적으로 아침상을 다시 정리하고 있었다. 클레어가 그녀를 부른 지 불과 몇 분밖에 안 지났는데 그녀는 나무랄 데 없는 몸가짐이었다. 그녀는 머리를 뒤로 둥글게 땋아 올리고 목둘레에 흰 주름이 잡힌 장식의 새로 만든 연하늘색 옷을 입고 있었다. 그녀의 손과 얼굴은 차게 보였는데, 아마 옷을 갈아입은 다음 불도 없는 침실에서 오랫동안 앉아 있었던 듯했다. 그녀를 부르는 클레어의 음성이 상당히 부드러웠으므로 그녀는 새롭게 반짝이는 희망에 기운이 나는 것 같았다. 그러나 그의 얼굴을 대하는 순간 그녀의 희망은 사라져 버렸다.

사실 이 두 사람은 활활 타던 불이 꺼져 버린 잿더미에 지나지 않았다. 지난밤의 강한 슬픔에 뒤이어 답답한 기분이 더해진 것이다. 어느 한 사람도 그들의 정열에 다시 불을 붙일 수는 없는 것 같았다.

그는 부드럽게 말했고, 그녀는 아무 표정 없이 대답했다. 그녀는 그도 자신의 얼굴을 보고 있다는 것을 의식하지 못하는 듯, 날카롭고 뚜렷한 윤곽을 지닌 그의 얼굴을 쳐다보면서 마침내 그의 곁으로 다가갔다.

한때는 애인이었던 남자가 그곳에 앉아 있는 것이 믿기지 않는 것처럼 그녀는 가볍게 그를 만져 보았다. 그녀의 눈은 빛났다. 창백한 두 뺨에는 반쯤 마른 눈물이 반짝였지만, 탐스럽게 무르익은 그녀의 붉은 입술도 뺨과 같이 창백해 보였다. 가슴은 여전히 뛰고 있었으나 심한 슬픔에 눌린 맥박이 빠르게 뛰고 있어서 조금이라도 충격을 주었다가는 금방이라도 병을 일으킬 것 같았다.

그녀는 너무도 순결해 보였다. 클레어는 얼빠진 듯 그녀를 쳐다보지 않을 수 없었다.

"테스, 그건 다 거짓말이라고 말해줘! 절대로 사실이 아니라고 말이야."

"그렇지만 사실이에요."

"한마디도 빠짐없이?"

"네, 한마디도."

그녀의 입으로 거짓말이라는 말을 듣고 싶은 듯 그는 애원하는 눈으로 그녀를 바라보았다. 그러나 그녀는 같은 소리만 되풀이할 뿐이었다.

"그건 사실이에요."

"그 아이는 지금 어디 있소?"

"아이는 죽었어요."

"그렇다면 그 남자는?"

"살아 있어요."

마지막 절망의 그림자가 그의 얼굴을 스쳤다.

"영국에 살고 있소?"

"네."

그는 초조하게 몇 걸음 움직이다가 별안간 다그치듯 말했다.

"내 사정은 이렇소. 누구나가 다 그렇겠지만, 사회적 지위나 재산이나 학식이 있는 아내를 얻어야겠다는 야심을 버리면, 붉은 뺨을 얻을 수 있듯이 순진한 시골 처녀를 얻을 수 있다고 믿었소. 그러나…… 물론 내가 당신을 나무랄 자격은 없다고 생각하고, 또 나무라고 싶은 생각도 없소."

테스는 그 다음의 말을 듣지 않아도 그의 입장을 잘 알고 있었다. 바로 거기에 클레어의 괴로움이 있었다. 그가 모든 것을 잃어버렸다는 것도 그녀는 알고 있었다.

"에인젤, 최악의 경우에 당신에게서 도피할 마지막 길이 있다는 것을 몰랐더라면, 난 결혼하지 않았을 거예요. 어떤 일이 있더라도 당신만은……."

그녀의 목소리는 점점 가라앉았다.

"도피할 마지막 길?"

"저를 버리시는 것 말이에요. 당신은 저를 버릴 수 있어요."

"어떻게?"

"이혼하시면요."

"바보 같은 소리……. 당신은 어쩌면 그리 단순하지? 어떻게 이혼을 한단 말이오?"

"낱낱이 고백했는데도 할 수 없다고요? 제 고백이 당신에겐 이혼할 만한 충분한 이유가 된다고 생각했어요."

"이것 봐 테스, 당신은 꼭 미숙한 철부지 같군. 당신이 어떤 사람인지 난 도무지 알 수가 없소. 법률을 알지 못해서 그런 거야, 알지 못한단 말이야!"

"그럼……. 이혼할 수도 없나요?"

"물론 할 수 없어."

그녀의 얼굴은 순간 괴로움과 부끄러움이 섞여 스쳐갔다. 그녀는 조그만 소리로 말했다.

"전 할 수 있으리라고 생각했어요. 아, 당신 눈엔 제가 얼마나 거짓말쟁이로만 보일는지. 저를 믿어 주세요. 정말이지 당신은 이혼할 수 있다고 생각했어요. 이혼하지 않기를 바라긴 했지만 말이에요. 저는 당신이 결심하고, 저를 조금…… 조금이라도 사랑하지 않으신다면 이혼할 수 있다고 믿었어요."

"당신이 잘못 생각한 거요."

"아, 그럴 줄 알았으면 해 버릴 것을……. 어젯밤에 해 버릴 것을 그랬어요. 그러나 그럴 용기가 없었어요. 전 왜 이 모양이죠?"

"무슨 용기 말이오?"

그녀가 대답하지 않자 클레어는 그녀의 손을 잡고 물었다.

"무얼 하려고 생각했었소?"

"자살해 버리려고요."

"언제?"

이렇게 꼬치꼬치 캐묻는 그의 태도에 그녀는 어찌할 줄 몰랐다.

"어젯밤에요."

"어디서?"

"당신의 겨우살이 밑에서요."

"저런, 어떻게?"

그는 엄하게 물었다.

"화내지 않으시겠다면 말하겠어요. 제 옷 상자를 묶었던 끈으로 하려고 그랬어요. 그러나 끝까지 할 수가 없었어요. 당신의 이름을 더럽힐 것이 두려웠어요."

스스로 한 게 아니라 추궁에 억지로 털어놓은 뜻하지 않은 고백이 너무나 끔찍했으므로 클레어의 놀라움은 이만저만이 아니었다. 그녀의 손을 잡은 채 눈길을 돌려 시선을 방바닥에 떨군 채 그는 말했다.

"그런 끔찍한 생각을 하다니, 어째서 그런 생각을 다할 수 있소. 남편인 내게 다시는 그런 생각을 하지 않겠다고 약속해요."

"기꺼이 하겠어요. 그게 얼마나 나쁜 짓인가를 알았으니까요."

"나쁘고말고. 당신한테는 당치 않은 엉뚱한 생각이야."

"하지만 에인젤!"

그녀는 침착하고 무관심한 표정으로 눈을 크게 뜬 채 그를 보면서 변명했다.

"그건 어디까지나 당신을 생각해서 마음먹은 거였어요. 제 생각에는 불가불 이혼하게 될 테니까 그런 수치를 당신에게 끼치지 않고 자유롭게 해드리고 싶었던 거예요. 저 자신을 위해서 그렇게 하겠다는 생각은 꿈에도 없었어요. 그러나 제 손으로 목숨을 끊는다는 건 저에겐 너무 분에 넘치는 것 같아요. 저 때문에 피해를 입은 당신만이 저를 벌할 수 있어요. 당신이 그렇게 해 주실 수 있다면 저는 당신을 더 사랑할 거예요. 그렇게 하는 것만이 당신에게서 빠져나갈 수 있는 길이니까요. 저는 그야말로 아무 값어치도 없는 인간이에요. 당신의 장래를 방해만 하는……."

"그만!"

"당신이 하지 말라니까 말하지 않겠어요. 당신을 거역하고 싶은 생각은 추호도 없으니까요."

그녀의 말이 거짓이 아니라는 것을 클레어는 알고 있었다. 어젯밤 이후로 그녀는 완전히 활기를 잃고 있어 두려워할 만한 조급한 행동을 할 염려는 없을 것이다.

테스는 다시 바삐 아침상을 준비했다. 그럭저럭 식탁이 준비되자 눈길이 마주치지 않게 그들은 식탁의 같은 쪽으로 나란히 앉았다. 그들에게 먹고 마시는 소리가 처음엔 어색하게 들렸지만 어쩔 수가 없었다. 먹는 둥 마는 둥 아침 식사는 간단히 끝났다. 점심때 돌아올 예정 시간을 그녀에게 알리고 클레어는 이곳에 온 단 하나의 실제적인 목적인 제분 사업의 연구를 위해 방앗간으로 갔다.

테스는 창가에 기대서서 방앗간으로 통하는 돌다리를 건너는 그의 모습을 내다보았다. 돌다리를 건너고 철길을 지나면서 그의 모습은 사라졌다. 테스는 담담한 기분으로 창가를 떠나 식탁을 치우고 정돈하기 시작했다.

잠시 후에 집안일을 도와주는 아낙네가 왔다. 그 여자와 함께 있는 것이 처음에는 거북했으나 나중에는 크게 위안이 되었다. 그녀를 부엌에 혼자 남겨 두고 테스는 방으로 들어와 다리 건너편에 남편이 나타나기를 기다리고 있었다.

한 시쯤 되자 그의 모습이 나타났다. 체스 쪽에서 거의 사백 미터나 떨어진 곳인데도 그의 모습을 본 순간 그녀의 얼굴은 빨갛게 달아올랐다. 점심을 차려놓으려고 그녀는 급히 부엌으로 달려갔다. 클레어는 먼저 둘이서 손을 씻던 방으로 들어갔다가 거실로 들어왔다. 그가 식탁에 와서 앉자마자 테스가 음식을 덮었던 보를 벗겼다.

"정확하군."

"네, 다리를 건너오는 당신을 보고 있었어요."

클레어는 식사하는 동안 물방앗간의 제본 방법과 구식기계가 현대 제분기술에는 도움이 되지 못하겠다느니, 또 어떤 기계는 옛날에 방앗간 옆에 수도원이 있을 때부터 사용해 오던 것이라느니 하면서 폐허로 변해 버린 방앗간에 가 보고 느낀 것을 무심하게 얘기했다. 한 시간쯤 머문 다음 다시 방앗간으로 갔다가 저녁때 돌아온 그는 저녁 내내 계속해서 서류만 뒤적이고 있었다. 집안일을 돕는 여자가 돌아간 지 한 시간이 넘도록 분주히 일만 하고 있었다.

그의 일을 방해하지 않으려고 테스는 부엌으로 들어갔다. 얼마쯤 지나자 그가 부엌에 나타났다.

"그렇게 힘들게 일하지 않아도 돼. 당신은 내 아내지, 일을 거들러 온 사람이 아니야."

그를 쳐다보는 그녀의 얼굴에 밝은 빛이 보였다. 그녀는 가련하게도 악의 없는 농조로 말했다.

"정말 그렇게 생각해도 좋아요? 말로만 그렇다는 건 아니죠? 저는 그 이상 더 바라지도 않아요."

"테스, 그렇게 생각해도 좋으냐고? 그게 무슨 뜻이지?"

그녀는 목멘 소리로 다시 말했다.

"모르겠어요. 저는…… 저는 변변치 못한 여자라고 생각했을 따름이에요. 이전에 말씀드렸듯이 결혼할 마음은 없었어요. 다만 당신의 마음이 진실한 것 같아서 그만……."

그녀는 울음을 터뜨리면서 돌아섰다. 에인젤 클레어가 아닌 다른 남자였다면 누구나 거의 마음을 돌렸을 테지만, 클레어는 그렇지 않았다. 클레어는 성격이 온순하고 부드러운 편이었으나 그 밑바닥에는 마치 부드러운 옥토 속에 광맥이 있는 것처럼 단단한 논리의 광맥은 그 어떤 날카로운 것으로도 뚫지 못하고 끝을 무디게 했다. 이러한 논리가 교회의 교리도 받아들이지 않았고, 테스의 잘못도 용서하지 않는 것이었다. 그의 애정은 뜨거운 불이라고 하기보다는 일종의 빛이라고 보는 것이 적합했다. 그래서 이성에 대한 그의 태도도 여자를 믿을 수 없게 되면 교제를 끊어 버리는 것이었다. 지성적으로는 경멸하면서도 감정에 빠지고 마는 감수성이 예민한 인간들에 비한다면 클레어의 태도는 이 점에 있어서 좋은 대조를 이루었다. 그는 테스의 흐느낌이 그치기를 기다리고 있었다.

"영국 여성의 반만이라도 당신만큼만 훌륭했으면 좋겠어. 아니 그건 훌륭하고 안 하고의 문제가 아니라 원칙적인 문제지!"

그는 여성을 한데 묶어 비난하는 투의 신랄한 감정의 폭발을 그대로 보여 주고 있었다. 마음이 곧은 사람이 한 번 배반을 당했다고 생각하면 다른 사람보다도 더 적개심에 휩쓸려 버리기 때문에 그런 비난을 아무렇지 않게 하였다. 그러나 한편으로는 동정이라는 물결에 아직도 흔들리고 있었다. 세상일에 밝은 여자라면 남자의 그런 약점을 이용해서 뭔가를 이루었을지도 모르지만, 테스는 그런 것을 생각지 못했다. 모든 것을 잘못에 대한 보답으로 받아들일 뿐, 그녀는 입을 열지 않았다. 그녀의 애정은 애처로울 만큼 변함이 없었다. 테스는 본디 급한 성격을 타고났지만, 지금은 그가 뭐라고 말하든 흥분하지도 않았고, 또 자기 마음대로 하려 들지도 않았다. 지금의 그녀는 모든 사람이 자기 본위인 현대생활에 되살아난 사도(使徒)의 사상, 그 자체였는지도 모른다.

하루하루가 어제와 다름없는 연속이었다. 며칠 전까지만 해도 자유롭고 자기주장대로 살던 테스였다. 식사가 끝난 다음 물방앗간에 가려는 그에게 그녀는 다녀오라는 인사와 함께 입술을 그에게로 돌렸다. 그녀가 청한 키스를 무시한 클레어는 급히 옆으로 돌아서며 말했다.

"같은 시간에 돌아오겠소."

테스는 얻어맞은 사람처럼 몸을 움츠렸다. 여태까지 그는 그녀의 승낙 같은 것 없이 키스했었다. 온갖 달콤한 말로 속삭이던 그가 지금은 그녀의 키스를 거들떠보지도 않았다. 그녀가 갑자기 풀이 죽는 것을 보고 클레어는 점잖게 말했다.

"테스, 나는 앞으로 내가 취할 길을 생각해야겠소. 우리가 당장 헤어진다면 당신한테 추문이 돌 테니까 그것을 막기 위해서는 불가불 얼마 동안이대로 지낼 수밖에……. 그러나 함께 지낸다는 것은 어디까지나 형식에 지나지 않는다는 사실을 알아주었으면 해."

"네."

테스는 얼빠진 듯 대답했다.

그는 밖으로 나갔다. 방앗간으로 가는 길에 잠시 걸음을 멈추고, 좀 더 친절하게 대하지 않은 것에 대해 후회했다.

그들은 한 지붕 밑에서 이처럼 절망적인 상태로 이틀을 지냈다. 그래서 두 사람은 사귀기 전보다 더욱 서먹해졌다. 클레어가 말한 대로 앞으로의 생각 때문인지 그의 활동력이 무디어졌다는 것을 그녀도 알 수 있었다. 그처럼 유순한 성격 속에 그런 차가운 결심이 있는 것을 보고 그녀는 두려운 생각이 들었다. 한결같은 클레어의 태도는 사실 너무나도 잔혹했다. 용서를 바랄 수도 없는 지금, 그가 방앗간에 간 틈을 이용하여 멀리 도망쳐 버리려는 생각도 몇 번 해 보았으나, 그것은 오히려 클레어를 불리하게 할 뿐 아니라 한층 괴로움과 굴욕을 주지나 않을까 두려워 망설이곤 했다.

한편 클레어는 심각하게 생각에 잠겨 있었다. 그의 생각은 그칠 줄 몰랐다. 너무 골똘히 생각하느라 병에 걸릴 정도여서 그의 육체는 침식당해 말라 들어갔고, 마음은 시들어서 메말라 버렸다. 걸어가면서도 중얼거리는 그의 태도를 본 테스는 이제껏 입을 다물고 있던 장래 문제에 관해 먼저 말을 꺼냈다.

"에인젤, 당신은 저와 함께 오래 지낼 마음이 없으시죠?"

그녀는 자연스러워 보이려고 억지로 입을 잔뜩 오므려서 말했다.

"같이 지낼 수는 없어. 나 자신을 무시하거나 당신을 무시하지 않고선……. 다시 말하면 보통 의미로는 함께 살 수 없단 말이오. 그러나 당신을 멸시할 생각은 조금도 없소. 솔직히 말하겠어. 그렇지 않으면 당신이 내 고민을 이해하지 못할 테니까. 도대체 그 남자가 살아 있는데, 어떻게 우리가 함께 살 수 있겠소? 이치대로 따진다면, 당신 남편은 그 남자지 내가 아니란 말이오. 그가 죽고 없다면 문제는 좀 다르지만 말이오. 문제는 다른 사람의 장래에도 영향을 끼친다는 거야. 우리가 같이 있는 동안에 아이가 생긴다고 생각해 봐요. 그리고 그 아이가 자라서 결국 이 비밀을 알게 된다면……. 그것은 세상에 알려지지 않을 수 없는 일이니까 말이오. 사람이 왕래하지 않는 곳이란 이 세상 어디에도 없소. 그러면 우리의 혈육을 타고난 불쌍한 아이들이 다른 사람들의 조롱을 받고 자라다가 나이가 들수록 그 괴로움의 위압을 느끼게 될 것을 생각해 보란 말이오. 그들이 얼마나 실망하겠으며, 그 꼴이 뭐가 되겠는지. 이런 일을 알면서도 감히 함께 살자고 말할 수 있겠소? 여기까지의 불행만 감당하는 게 좋다고 생각지 않소?"

클레어가 그렇게 말할 때, 근심에 눌린 그녀는 꼼짝할 수가 없었다.

"함께 살자고 말하지는 않겠어요. 거기까지는 생각해 본 일도 없어요."

테스의 여자다운 희망은 솔직히 말해서 끈덕진 회복력을 지니고 있었다. 그래서 이렇게 같은 집에서 함께 기거하는 동안 클레어의 냉담함이 그의 이성적 판단에 거역하면서까지 무너져 버릴 날이 오지 않을까 하는 염려를 낳을 정도였다. 그녀는 단순하다는 것 외에는 여자로서 부족한 데가 없었다. 남녀가 가까이 있으면 어떤 결과가 일어나는가 하는 것을 그녀가 본능적으로 알지 못했다면 이는 분명히 여자로서의 결점을 보인 것이 되리라. 서로 가까이 지냄이 아무 역할도 못한다면 자신을 도울 게 없다는 것을 그녀는 알고 있었다. 남을 속이는 성질을 띤 것에 희망을 건다는 것은 잘못된 생각이라고 그녀는 중얼거렸지만, 그런 희망을 완전히 버릴 수는 없었다. 그러나 방금 클레어는 자기의 마지막 생각을 말했고, 그리고 또 그녀가 말했듯이 그것은 그야말로 새로운 견해였다. 사실 테스도 그렇게까지 생각해 본 일이 없었다. 앞으로 생길는지도 모를 어린애들이 그녀를 책망하리란 사실을 클레어가 생생하게 설명했기 때문에 제도적이고 정직한 그녀는 굳은 결심을 마음에 되새기지 않을 수 없었다. 어떤 경우 훌륭한 생활을 하는 것보다 더 좋은 것이 있음을 그녀는 알고 있었다. 그것은 어떤 생활이라도 청산해 버리는 것이다. 불행을 경험하고 앞을 내다본 사람들처럼, 프랑스 시인 쉴리 프뤼돔의 말대로 '그대 세상에 태어날지어다.' 라는 천명(天命)이, 특히 앞으로 태어날 그녀의 어린아이들에게 영향을 미친다는 사실을 깨닫지 못하게 할 정도로 자연은 여우처럼 교활하고 또 간사했다.

그래서 그녀는 클레어의 의견에 반대하지 못했다. 그러나 그에 대한 대답의 감정이 민감한 사람들이 흔히 갖는 자아비판에서처럼 클레어 자신의 가슴속에 떠올랐다. 그것은 그에게 거의 두려움이었다.

그것은 남달리 뛰어난 그녀의 육체적 조건과 관련되는 것으로, 그녀는 그런 이점을 유리하게 이용할 수도 있었다. 그녀는 또 이렇게 말할 수도 있었다. '오스트레일리아의 고원이나 텍사스의 평원이라면 우리의 불행을 알거나 관계할 사람이 누가 있겠어요. 또 저와 당신을 책할 사람도 없을 것 아니에요?' 라고. 다른 여자들과 마찬가지로 그녀도 순간적 직감을 피할 수 없는 것처럼 받아들였다. 그녀의 생각은 옳았는지도 모른다. 여자의 직감적인 마음은 자신의 슬픔뿐만 아니라 남편의 슬픔까지도 깨닫는 법이다. 클레어나 그의 아이들을 남들이 비난하지 않는다 하더라도 민감한 두뇌가 그의 귀에 말을 전할지도 모른다.

사흘째 되는 날이었다. 클레어가 본능적인 욕망을 지녔더라면 좀 더 고상한 인간이 되었을지도 모른다는 역설적인 말을 할 사람이 있을지 모르나, 우리는 그렇게 생각하지 않는다. 두말할 것도 없이 클레어의 사랑은 그것이 결점이라고 할 만큼 영묘(靈妙)했고, 비현실적이라 할 만큼 공상적이었다. 이런 성격의 소유자는 육체가 눈앞에 있을 때보다 오히려 없을 때 더 매력을 느끼는데, 그것은 실물의 결점을 감추는 이상적인 모습이 나타나기 때문이다. 테스는 자신이 생각한 만큼 스스로의 성품이 자신을 옹호해 주지 못한다는 사실을 깨달았다. 그의 비유적인 말은 틀리지 않았다. 현재의 그녀는 에인젤의 욕망을 자극시킨 그 여자와는 다른 여자였다.

"저는 당신이 하신 말씀을 곰곰이 생각해 보았어요."

한 손으로 식탁보를 만지작거리고, 반짝이는 반지 낀 다른 손으로 이마를 받힌 채 그녀가 말했다.

"당신 말씀은 모두 다 옳아요. 그렇게 해야 할 것 같아요. 당신은 제 곁을 멀리 떠나셔야 해요."

"그럼 당신은 어떻게 할 셈이지?"

"집으로 가면 돼요."

클레어는 거기까진 미처 생각지 못했다.

"정말?"

"정말이고말고요. 헤어지지 않으면 안 될 바에야 깨끗이 끝장을 내는 게 좋아요. 나는 남자들의 이성을 어지럽힐 염려가 있는 여자라고 당신이 말한 적이 있어요. 그러니까 당신의 눈앞에서 사라지지 않고 있으면 당신의 계획과 희망을 망쳐 버릴 거예요. 그렇게 되면 당신의 뉘우침과 저의 슬픔은 이루 말할 수 없을 거예요."

잠시 후 그가 말했다.

"그래서 당신은 집으로 가고 싶다는 거요?"

"네, 집으로 가겠어요."

"그럼, 그렇게 하지."

그녀는 그를 쳐다보지 않았으나 클레어의 대답에 깜짝 놀랐다. 제안한 것과 약속 사이에 차이가 있다는 것을 테스는 재빨리 느꼈다.

"우리 사이가 이렇게 되지 않을까 두려웠어요."

그녀는 온순하게 가라앉은 표정으로 속삭였다.

"에인젤, 저는 불평하지 않겠어요. 헤어지는 게 가장 좋다고 생각해요. 당신이 하신 말씀 잘 알아들었어요. 그래요, 함께 산다 해서 저를 나무랄 사람이 없다 해도, 세월이 흘러가는 동안 언젠가는 사소한 일에 화를 내시게 될 거예요. 저의 과거가 생각나면 당신도 모르는 사이에 입 밖에 내게 될 거고, 그렇게 되면 우리 아이들이 그 말을 엿듣게 될 거예요. 아, 지금은 불쾌한 정도의 일이 그때는 저를 괴롭혀서 목숨까지도 앗아갈지 모르겠어요. 전 떠나겠어요, 내일."

"나도 이곳에 머무르지 않겠소. 이런 말을 꺼내고 싶진 않았지만, 아무래도 헤어지는 게 좋을 것 같소……. 마음이 안정되고 일의 결과를 잘 이해해서 편지를 쓸 수 있을 때까진 말이오."

테스는 남편을 흘끗 쳐다보았다. 그의 얼굴은 새파랗게 질려서 떨고 있었다. 그러나 그녀가 결혼한 사람의 온순한 마음속에 뚜렷이 나타난 굳은 결심, 이를테면 거친 심정을 보다 부드럽게, 물질을 정신에, 육체를 영혼에 굴복시키려는 의지를 보고 그녀는 그만 놀랐다. 성질과 경향과 습관 따위는 그의 공상에, 거센 바람에 휘날리는 가랑잎 같았다. 그녀의 표정을 눈치챘는지 그는 비꼬는 투로 설명을 덧붙였다.

"난 멀리 떨어져 있으면 그 사람을 더 생각하게 되지. 누가 알겠어, 수많은 사람들이 그런 것처럼 우리도 갖은 고생을 겪은 다음 또다시 만나게 될지!"

그 길로 클레어는 짐을 꾸리기 시작했다. 그녀도 이 층으로 올라가서 함께 짐을 꾸렸다. 이 헤어짐이 영원한 이별이 될지도 모른다는 생각을 두 사람은 똑같이 품고 있었다. 서로에게 느껴 온 매력을 헤어진 후 며칠간은 전보다 더 강하게 느낄지 모르나, 세월이 지나면 그 기억조차 사라질 것을 그들은 알고 있었다. 테스를 아내로 받아들이지 않은 실제적인 논거가 더욱 먼 시대의 북극광(北極光) 속에서 보다 강하게 드러날 것도 알고 있었다. 뿐만 아니라, 일단 헤어지면 제각기 빈자리를 메우려는 새로운 생각이 알지 못하는 사이에 싹틀 것이며, 서로의 의지와는 달리 생각지도 않은 사건들로 방해를 받고, 오래된 계획은 잊혀질 것이다.

37

밤은 소리 없이 찾아와 조용히 지나갔다. 프롬 분지에는 밤을 알려 주는 것이 아무것도 없었기 때문이다.

새벽 한 시가 조금 지나자, 한때는 더버빌 가문의 저택이었던 캄캄한 이 농가에서 삐걱거리는 소리가 조그맣게 들렸다. 이 층 침실에서 자던 테스는 그 소리에 잠을 깼다. 계단의 한쪽 구석에서 들리는 그 소리는 층계의 못이 헐겁게 박힌 곳에서 나는 것이었다. 방문이 열리더니, 신기하게도 조심스런 발걸음으로 달빛을 가로질러 오는 남편이 보였다. 그는 셔츠에다 바지만 입고 있었다. 그리고 그의 눈이 부자연스럽게 허공을 보는 것을 알았을 때 얼핏 느꼈던 그녀의 기쁨은 사라졌다. 방 한복판에 오자 조용히 걸음을 멈춘 채 가슴 밑바닥으로부터 나오는 슬픈 소리로 중얼거렸다.

"죽었구나, 죽었구나, 죽었어!"

심한 괴로움에 시달릴 때 그는 이따금씩 잠을 자면서 걷거나 그와 비슷한 행동을 했다. 결혼 전날 밤 시장에서 돌아왔을 때에도 테스를 모욕한 남자와 싸운 시늉을 잠자리에서 똑같이 되풀이한 적이 있었다. 잇단 정신적인 고통이 몽유병자 상태로 그를 몰아넣었다는 것을 테스는 알았다.

그녀의 그에 대한 충실한 신뢰는 가슴속에 깊숙이 뿌리박고 있었으므로 그녀는 클레어가 어떤 행동을 하든 신변에 위협을 느낀 일은 한 번도 없었다. 설사 클레어가 권총을 들고 왔더라도 자기를 지켜 주리라는 믿음엔 역시 변함이 없었을 것이다.

클레어는 그녀에게 다가오더니 몸을 굽힌 채 중얼거렸다.

"죽었구나, 죽었어!"

슬픔 가득한 눈으로 잠시 그녀를 들여다보다가 몸을 구부린 채 두 팔로 끌어안았다. 수의(壽衣)에 감싸듯 홑이불에다 그녀를 싸더니, 시체를 대하듯 경건한 태도로 침대에서 그녀를 들어 올려 팔에 안은 채 방 안을 왔다 갔다 하면서 중얼거렸다.

"가엾은 나의 테스, 내 사랑하는 귀여운 테스! 그토록 사랑스럽고, 착하고, 그토록 충실하던……"

이 다정한 말들이 버림받고 사랑에 굶주린 테스한테는 말할 수 없이 달콤하게 들렸다. 설사 그것이 다된 그녀의 생명을 구출하는 방법이었다 하더라도 움직이거나 버둥거림으로써 현재의 사태에서 벗어날 생각은 없었다. 그녀는 숨소리마저 안 들릴 정도로 조용하게 안겨 어떻게 하려나 의아해하며 층계 부근까지 그대로 몸을 맡기고 있었다.

"내 아내가 죽었어, 죽어 버렸어!"

그가 되뇌었다. 그는 숨을 돌리려고 그녀를 안은 채 잠시 난간에 기댔다. 자신을 염려하는 생각은 그녀의 마음에서 거의 사라지고 없었다. 공포라기보다는 만족한 기분으로 그의 팔에 안겨 있었다. 만약 둘이 함께 굴러 떨어져 몸이 가루가 되어 버린다면 얼마나 좋을까. 그러나 그는 난간 받침대를 이용해 그녀의 입술에 뜨거운 입맞춤을 했다. 그러고는 힘을 주어 그녀를 다시 잘 안더니 계단을 내려갔다. 삐걱거리는 소리에도 잠을 깨지 않은 클레어는 무사히 아래층까지 내려왔다. 그는 그녀를 품고 있는 한쪽 팔을 잠깐 풀더니 대문 빗장을 빼고 밖으로 빠져나갔다. 양말을 신은 그의 엄지발가락이 문 모서리에 부딪쳐도 아무렇지도 않은 듯 무표정했다. 밖으로 나와 몸을 움직일 여유가 생기자 쉽게 몸을 놀릴 수 있도록 그녀를 어깨에 둘러멨다. 그녀는 잠옷 차림이었기 때문에 가벼웠다. 집을 빠져나온 그는 몇 야드 떨어진 강 쪽으로 갔다.

클레어에게 어떤 속셈이 있더라도 그것이 과연 무엇인지 그녀는 짐작할 수 없었다. 그래서 그녀는 제삼자가 하는 것처럼 현재의 문제를 추측할 뿐이었다. 그녀는 편안하게, 몸을 완전히 클레어한테 맡겼으므로 오히려 기뻤다. 내일이면 헤어진다는 두려움에 잠기면서도 그가 지금은 진실한 아내로 인정해 주는 것이 기뻤다. 과격하게 행동한다 해도 지금만큼은 위안이 되었다.

아! 그가 무엇을 꿈꾸는지 그녀는 알 것 같았다. 어느 일요일 아침, 테스만큼이나 그를 사랑하던 목장 아가씨들과 함께 테스를 안고 물을 건너던 일을 꿈꾸는 것이다. 하긴 네 여자가 한 남자를 사랑할 수 있다는 것을 테스는 용납하지 않았다. 클레어는 다리를 건너지 않고 같은 방향에 있는 물방앗간 쪽으로 대여섯 걸음 가더니 잠자코 강가에 멈춰 섰다.

이 물줄기는 근방에 있는 몇 마일의 목장을 천천히 흘러 몇 갈래로 굽이굽이 돌기도 하고, 또 이름도 없는 조그만 섬 사이를 누비면서 다시 합류하여 폭이 넓은 원줄기를 이루었다. 그들이 서 있는 맞은편에는 강물과 만나는 지점이 있어서 폭이 넓고 또 상당히 깊었다. 보행자가 건널 수 있는 좁은 다리가 있으나 가을철의 홍수에 난간이 떠내려가 발판만 남아 있었다. 그 다리는 거센 물결에서 불과 몇 인치가량밖에 간격이 없었기 때문에 사람들이 마치 줄타기하는 곡예사처럼 위험한 동작으로 건너는 것을 테스는 창문에서 본 일이 있었다. 남편도 그런 장면을 보았을 것이다. 그러나 어쨌든 지금 그는 발판에 올라서서 한 발을 내딛고 건너기 시작했다.

이 장소는 외딴 곳으로 강물은 깊고 넓었다. 서로 떨어져 살기 위해 내일 헤어지는 것보다는 차라리 같이 물에 빠지는 편이 나을지도 몰랐다.

빠른 물살은 물 위에 비친 달그림자를 높이 추어올리기도 하고 일그러뜨리기도 하며, 때로는 조각조각 갈라놓기도 하면서 소용돌이를 이루어 내달렸다. 물거품이 재빨리 떠내려가고, 갈 길이 막힌 잡초는 한데 몰린 곳에서 물결을 일으켰다. 두 사람이 치닫는 급류 속에 함께 빠져 버린다면 도저히 살아날 수 없을 것이다. 그래서 그들은 아무 고통도 없이 저세상으로 갈 것이며, 그곳에서는 그들이 결혼한 것을 나무랄 사람이 아무도 없을 것이다.

거꾸로 함께 떨어지게 몸을 움직일까 하는 충동을 느꼈으나 감히 그럴 용기는 없었다. 자신의 목숨쯤은 기꺼이 내팽개칠 수 있었지만 클레어의 생명까지 간섭할 권리는 없는 것이다. 이러한 갈등과는 상관없이, 그녀를 어깨에 멘 채 그는 무사히 다리를 건넜다.

그들은 마침내 수도원의 앞뜰로 들어섰다. 그녀를 다시 잘 추슬러서 업고 서너 걸음 더 나아가 황폐한 수도원 성가대석에 다다랐다. 북쪽 벽에는 수도원장의 빈 석관이 기대어져 있는데, 짓궂은 여행자들은 그 관 속에 들어가 누워보기도 했다. 이 관 속에다 그는 조심스레 테스를 눕혔다. 그녀의 입술에 두 번째 키스를 하고는 마치 갈망하던 목적을 이룬 것처럼 긴 한숨을 쉬었다. 그리고 그녀의 관 옆 땅바닥에 나란히 눕자마자 곧 깊은 잠에 빠져 나무토막같이 꼼짝도 않았다. 지금까지 격분케 했던 마음의 흥분이 이제 완전히 가라앉은 것이다.

테스는 관 속에서 일어나 앉았다. 밤은 계절답지 않게 따스하고 건조했지만, 옷을 얇게 입은 클레어를 오랫동안 내버려두기엔 밤공기가 차가웠다. 그대로 놓아두면 아침까지 잠을 깨지 않을 것이며, 그렇게 되면 얼어 죽을지도 모를 일이었다. 몽유병자가 밖에서 쓰러져 자다가 숨을 거두었다는 얘기를 그녀는 종종 들어서 알고 있었다. 당장이라도 의식이 돌아와 자신의 어리석음을 깨닫고 심한 굴욕감을 느낄 것 같아 그녀는 관 속에서 조심스레 나와 살며시 그를 흔들었다. 그러나 심하게 흔들지 않고서는 깨울 재간이 없었다.

아슬아슬하나 고비를 넘길 때는 흥분해서 추운 줄도 몰랐지만, 그런 행복감은 이미 사라졌다. 그녀는 말로 설득시켜 보려는 생각이 떠오르자 될 수 있는 한 마음을 굳게 먹고 그의 귀에 속삭였다.

"어서 일어나요. 함께 걸어가요."

이 말을 하는 동시에 그의 팔을 잡아 행동을 암시했다. 그는 순순히 복종했으므로 그녀는 안심이 되었다. 그녀의 말이 분명히 클레어의 꿈을 다시 불러일으켜 새로운 상태로 밀어 넣었다. 테스의 영혼이 나타나 자기를 천당으로 인도하는 것으로 생각하는 것 같았다. 그녀는 클레어의 팔을 잡은 채 돌다리를 건너 집 앞 문까지 이끌어 왔다. 클레어는 털양말을 신고 있어 아무렇지도 않았지만, 테스는 맨발이기 때문에 돌다리를 건너는 동안 그녀의 몸은 뼛속까지 얼어붙는 것 같았다.

집에 도착한 그녀는 이제 더 이상 어려울 것이 없었다. 그녀는 클레어를 이끌어 그의 침대에 눕혀 따뜻하게 덮어 주고 장작불을 피워 그의 축축한 몸이 마르도록 했다. 덜거덕거리는 소리가 그의 잠을 깨우지 않을까 염려하면서도 마음속으로는 그가 깨어나기를 바라고 있었다. 그러나 마음과 몸이 지칠 대로 지친 그는 꼼짝도 하지 않았다.

날이 밝았다. 지난밤 잠자리가 불편했던 것을 클레어가 어느 정도 깨달 았는지 모르지만, 그의 무의식한 몽유 행동에 테스가 관계한 사실은 조금도 알지 못하는 것을 그를 만난 순간 테스는 눈치 챘다. 그날 아침 클레어는 그야말로 완전히 죽은 사람과 같은 상태에서 깨어났다. 마치 삼손이 머리칼을 잘린 다음에 힘을 되찾으려고 몸부림친 것처럼 자기의 두뇌가 힘을 시험하는 처음 몇 분 동안은 지난밤의 이상한 과정이 어렴풋이 떠올랐다. 그러나 당장 처리해야 할 문제가 추측할 힘을 다른 문제 쪽으로 밀어냈다.

그는 자신의 마음을 확인하려고 잠시 그대로 기다렸다. 간밤에 결정한 의도가 아침 햇살에 바래지 않았다면 그것이 일시적인 감정에서 나온 것이라 해도 훌륭한 이성을 바탕으로 이루어졌다는 것을 그는 충분히 믿을 수 있었다. 그래서 파르스름한 아침 햇살 속에서 그녀와 헤어지려는 결심을 떠올렸다. 뜨겁고 격한 본능이 아니라, 그것을 태워 버린 열정을 버리고 백골밖에 없는 뼈만 남은 앙상한 모습으로 서 있는 본능이었다. 그는 더 망설이지 않았다.

아침 식사를 할 때나, 얼마 되지 않은 짐을 꾸리는 동안에도 어젯밤의 행동으로 인한 피로의 기색이 뚜렷했기 때문에 테스는 그 일을 다 얘기해 버릴 생각마저 들었다. 그러나 자기 상식이 인정하지 않는 그녀에 대한 애정을 본능적으로 나타냈다는 것과 이성이 잠자고 있는 사이에 그의 본능이 체면을 손상시켰다는 사실 등을 알게 되면 노하고 슬퍼하고 자기를 어리석다고 할 것이 틀림없으리라는 생각이 들자 그녀는 그만 입을 다물었다. 그것은 마치 술이 깬 다음에 그 사람이 취중에 한 짓을 비웃는 것과 같은 짓이라는 생각 때문이었다.

어쩌면 그가 나타낸 변덕스런 애정을 어렴풋이 기억할는지도 몰랐다. 그러나 그녀가 그것을 기화(奇貨)로 다시 매달리지나 않을까 하는 두려움에서 일부러 말하지 않는 것 같은 생각이 테스의 마음을 스쳤다.

클레어가 편지로 이웃 마을에 부탁한 마차가 아침 식사가 끝나자 곧 도착했다. 기어코 이별의 순간이, 어쩌면 일시적인 이별이 될지도 모를 그 순간이 다가왔다. 마차 지붕에 짐이 실리고, 마차는 그들을 태우고 달리기 시작했다. 그들의 갑작스런 출발에 방앗간 주인과 시중을 들던 여자는 의아한 표정을 보였으나 클레어는 방앗간 시설이 자기가 연구하려는 신식 시설과는 좀 거리가 멀다고 변명하며 인사를 대신했다. 그 말은 틀린 말이 아니었다. 그 밖에는 그들의 결혼이 실패했다든가, 또는 함께 친구들을 방문하러 가는 것이 아니라는 낌새를 알아차릴 만한 태도는 아무것도 보이지 않았다.

그들이 달리는 길은 불과 며칠 전에 장엄한 기쁨을 안고 떠나던 목장 근처를 지나게 되어 있었다. 클레어는 목장 주인과 뒤처리를 깨끗이 하고 싶었고, 테스는 그들의 불행한 사정을 크릭 부인에게 눈치 채게 하고 싶지 않았기 때문에 목장을 방문하기로 했다.

되도록 남이 눈에 띄지 않게 하려고 큰길에서 목장으로 통하는 조그만 문 앞에서 마차를 내린 그들은 나란히 서서 오솔길을 걸었다. 버드나무는 잘려 없어졌고, 그 그루터기 저쪽 너머로 클레어가 그녀를 뒤쫓으면서 결혼해 달라고 졸라대던 곳이 보였다. 그 왼쪽에는 클레어의 하프 소리에 테스가 이끌렸던 산울타리가, 그리고 외양간 훨씬 뒤쪽에는 그들이 최초로 포옹하던 목장이 보였다. 황금빛 여름 풍경은 이제 회색으로 변하여 그 색채가 초라했고, 비옥한 토지는 수렁이 되고 강물은 차가워졌다.

목장 주인은 안마당 문 너머로 그들이 오는 것을 보자 얼굴에 짓궂은 웃음을 띠며 마중을 나왔다. 크릭 부인과 대여섯 사람의 낯익은 친구들도 몰려왔다. 그러나 마리안과 레티는 없는 것 같았다.

테스는 그들의 익살맞은 공격과 허물없는 농담을 잘 받아넘겼다. 이런 모든 상황들이 그녀의 마음을 찔렀지만, 둘이 이별한다는 것을 비밀에 붙이려는 그들 부부의 무언의 합의 아래 그들은 평소와 다름없이 태연하게 행동했다. 테스는 그들의 입에서 아무런 얘기가 나오지 않기를 은근히 바랐으나 마리안과 레티에 관한 얘기는 듣지 않을 수 없었다. 레티는 그녀의 아버지 곁으로 돌아갔고, 마리안은 다른 곳에 직장을 구하러 갔지만, 별다른 일은 없을 것이라고 그들은 말했다.

그 얘기를 듣고 얻은 슬픔을 씻으려고 정든 젖소들을 일일이 쓰다듬어 주면서 작별을 고했다. 그리고 일심동체가 된 듯 나란히 서서 친구들과 작별할 때 두 사람을 눈여겨본 사람이 있었다면 그들의 얼굴에 묘한 슬픔이 감도는 것을 발견했을 것이리라. 겉으로 보기에 그들 두 사람은 하나의 생명처럼 보였다. 그의 팔이 그녀의 팔에 닿고, 그녀의 치맛자락이 클레어의 옷을 스쳤으며, 목장 사람들을 향해 얼굴을 돌려 인사할 때에도 우리라는 말을 사용했다. 그러나 그들의 태도에서 자연스런 수줍음과는 다른 뭔가 어색하고 초조한 인상을 주었는지, 그들이 떠나가자 크릭 부인은 남편에게 말했다.

"그녀의 기뻐하는 표정이 왜 그렇게 어색해 보일까요? 마치 납 인형 같은 그의 모습도 그렇고요. 말하는 것은 꼭 잠꼬대를 하는 사람 같았는데, 당신은 그런 생각이 들지 않았어요? 테스의 성격이 좀 별나긴 하지만, 아직도 멋진 남자의 신부다운 긍지가 보이지 않아요."

그들은 다시 마차를 탔다. 웨더베리와 스택푸트 레인을 지나 여관에 도착한 그들은 마차를 돌려보냈다. 그곳에서 잠시 쉰 다음 분지에 들어서자 그들의 관계를 모르는 낯선 마부에게 테스의 시골집을 향해서 마차를 몰게 했다. 네틀베리도 지나고 네거리가 있는 중간 지점에 이르자 클레어는 마차를 멈춰 세우고, 테스가 집으로 돌아갈 생각이라면 자기는 여기서 돌아가야겠다고 말했다. 마부가 있는 곳에서 마음대로 얘기할 수 없으므로 샛길까지 잠깐 함께 걷자고 테스에게 청했다. 테스는 승낙했다. 그래서 잠시 마부를 기다리게 한 다음 그들은 얼마간 거닐기 시작했다.

클레어가 다정하게 말을 걸었다.

"우리는 서로 이해해야 돼. 지금의 나로선 참을 수 없는 일이긴 하지만, 우리 사이에 조금도 노여워할 감정이 있는 건 아니잖소? 나도 참을 수 있도록 노력해 보겠소. 나의 계획이 결정되는 대로 곧 주소를 알리겠소. 그리고 내가 참을 수 있거나 뭔가 생각이 정리되는 대로 당신한테 돌아가기로 하지. 그러나 내가 당신한테 돌아올 때까지 당신은 나를 찾아오지 않는 게 좋을 거요."

이 가혹한 선고는 그녀를 크게 실망시켰다. 테스는 비로소 그의 생각을 충분히 알게 되었다. 클레어는 아직도 테스가 자기를 엄청나게 속인 것으로 생각하고 있는 것이 분명했다. 하지만 테스는 그 문제에 대해서 더 이상 따지고 있을 수 없었다. 잠시 그가 한 말을 되풀이할 뿐이었다.

"당신이 돌아오지 않는 한 당신을 찾지 말라는 말씀이죠?"

"그렇소."

"그럼, 편지는 해도 좋은가요?"

"아, 그렇지. 만약 당신이 아프다거나 뭐 원하는 게 있으면 말이오. 하기야 그런 일이 없길 바라지만, 아무래도 내가 먼저 편지를 쓰게 될 거요."

"당신의 의견에 반대하지 않겠어요. 하지만 에인젤, 제가 어떤 벌을 받아야 하는가는 당신이 더 잘 알고 있어요. 다만 그 벌이 너무 가혹해서 제가 좀처럼 견뎌낼 수 없을 만큼 벌하지는 마세요."

그녀가 할 수 있는 말의 전부였다. 만약에 그녀가 기교를 부리는 여자여서 울음이라도 터뜨려 연극을 했다면, 클레어가 아무리 완강한 사람이라 하더라도 그녀를 당해내지 못했을 것이다. 그러나 오랫동안 괴로움을 겪어 지친 테스의 마음은 그가 하는 대로 따르고 싶었다. 사실 그녀만이 클레어의 둘도 없는 변호인이었다. 그녀는 자존심마저 굴종 속에 묻어 버렸다. 그러한 성격은 더버빌 가문의 눈에 보일 만큼 뚜렷한, 그때그때 운명에 따라 모든 것을 맡겨 버리는 자포자기의 태도일지도 모른다. 그래서 테스는 몇 마디 하소연을 하기만 하면 효과 있을 아무런 행동도 취하지 않은 채 그대로 있었다.

그들이 주고받은 그 밖의 얘기란 현실적인 문제뿐이었다. 클레어는 은행에서 미리 찾아 놓은 상당한 액수의 돈 꾸러미를 그녀에게 주었다. 보석에 대한 대모(代母)의 유언장대로 그 소유권은 테스의 일생 동안으로 한정되어 있었으므로, 클레어는 그 보석을 은행에 맡기도록 테스에게 권했고, 테스는 그런 그의 충고를 기꺼이 받아들였다.

이런 구체적인 문제까지 합의를 본 다음에야 마차 있는 곳으로 돌아가 그녀가 마차에 오르는 것을 도와주었다. 마부에게 삯을 지불하고 그녀의 목적지도 일러 주었다. 클레어는 가방과 우산을 들면서 그곳에서 마지막 작별 인사를 나누었다.

마차는 천천히 움직여 언덕길을 올라갔다. 테스가 창밖으로 얼굴을 내밀어 주었으면 하는 부질없는 바람을 억누르며 클레어는 사라져 가는 마차를 물끄러미 지켜보았다. 그러나 그녀는 죽은 사람처럼 실신한 상태로 의자에 누워 있었다. 때문에 밖을 내다볼 기력도 없었다. 멀어져 가는 마차를 바라보던 클레어는 답답한 가슴을 풀 길이 없어 어느 시인의 시 한 구절을 마음대로 고쳐 읊조렸다.

신은 천국에 계시지 않고
이 세상은 모두 잘못투성이로다.

테스가 언덕마루를 넘어 사라져 버리자, 그는 자기의 갈 곳을 향해 발걸음을 옮겼다. 그러나 아직도 그녀를 사랑하고 있다는 사실은 깨닫지 못하는 듯했다.

38

마차가 블랙무어 골짜기로 접어들자 어린 시절에 보던 풍경이 눈앞에 펼쳐졌다. 그제야 그녀는 정신이 들었다. 그러자 어떻게 부모님을 대할 것인가 하는 생각이 제일 먼저 머리에 떠올랐다.

테스는 마을 어귀에 있는 유료 통행세 징수문에 도착했다. 문을 연 사람은 그곳에서 여러 해 동안 일하고, 또 그녀도 잘 아는 노인이 아니라 낯선 남자였다. 근래에는 집으로부터 아무런 소식도 듣지 못했으므로 그 남자에게 마을 소식을 물었다.

"네, 아가씨, 뭐 별로 이렇다 할 소식은 없죠. 말로트 마을은 예나 지금이나 여전하죠. 아무개가 죽었다든가 하는 것밖에는 없지요. 존 더비필드네는 이번 주일에 어떤 점잖은 농부한테 딸을 시집보냈지요. 존의 집에서 신랑을 고른 것은 아니지만, 다른 곳에서 식을 올린 것 같더군요. 신랑이 상당히 높은 분이라 존의 가족들은 잔치에 참석할 만큼 변변치 못하다고 생각한 모양이에요. 하지만 옛날 귀족의 직계 후손이고 가산은 로마 시대에 소멸했지만, 아직도 조상의 묘지와 납골당이 있다는 사실을 신랑은 모르는 모양입니다그려. 하지만 존 경, 그 양반이 결혼식 날에 성의를 다해서 마을 사람들에게 한턱냈지요. 퓨어 드롭 주막에서 존 부인은 밤 열한 시가 넘도록 노래를 불렀죠."

문지기의 구성진 대답이었다.

이 얘기를 듣자 그녀는 마음이 너무 아파서 이대로 집에 들어갈 용기가 나지 않았다. 문지기에게 잠시 동안 짐을 보관해 달라고 청하자 그는 쾌히 승낙했다. 그래서 그녀는 짐을 그곳에 내려놓고 마차를 돌려보낸 뒤 뒷길로 돌아서 마을로 들어갔다.

자기 집의 굴뚝을 본 순간 그녀는 막막했다. 저 집안에서는 부유한 신랑과 먼 곳으로 신혼여행을 떠나 지금쯤 사랑에 취해 있을 거라는 달콤한 상상을 하고 있으리라. 그러나 이 세상에서 갈 곳이라고는 이곳밖에 없다는 듯 그녀는 외롭게 이 낡은 문을 향해 걸어갔다.

그러나 집에 채 닿기도 전에 다른 사람의 눈에 띄고 말았다. 바로 마당

울타리 쪽에서 학교 시절에 친하게 지내던 몇몇 친구들 중의 하나와 마주쳤던 것이다. 어떻게 이곳에 돌아왔느냐고 몇 마디 주고받은 다음, 테스의 감춰진 슬픈 표정을 눈치 채지 못한 친구가 물었다.

"그런데 네 남편은 어디 갔니, 테스?"

당황한 테스는 남편이 사업상 다른 곳에 갔노라고 대답했다. 친구와 헤어진 그녀는 울타리를 지나 마당으로 들어갔다.

뜰 안의 좁은 길을 걷고 있을 때 뒷문 쪽에서 어머니의 노랫소리가 들려와 가까이 다가가 보니, 문턱에 서서 어머니가 홑이불을 짜고 있었다. 테스를 보지 못한 어머니는 일을 끝마치고 안으로 들어갔다. 테스도 뒤따라 들어갔다.

빨래통은 예전과 다름없이 같은 장소의 받침대 위에 놓여 있었다. 분주한 어머니는 홑이불을 옆으로 던져놓고 다시 빨래통 속에 손을 담그려는 참이었다.

"아니, 테스 아니냐? 나는 네가 결혼한 줄 알고 있었는데! 정말 이번에야말로 틀림없이 결혼한 줄 알고 사과주도 보냈는데……."

"네, 어머니, 저 결혼했어요."

"앞으로 하겠다는 거냐?"

"아니에요, 이미 했어요."

"결혼했다고? 그렇다면 네 남편은 어디에 있니?"

"아, 그이는 잠깐 다른 곳에 갔어요."

"갔다고! 그럼 언제 결혼했지? 네가 말한 그날이냐?"

"네, 화요일이었어요."

"오늘이 토요일인데, 벌써 갔다고?"

"네, 그는 가 버렸어요."

"그게 무슨 소리냐? 네가 아무 때라도 얻을 수 있는 그따위 남편이라면 차라리 지옥으로나 가라고 해."

"어머니!"

그녀는 어머니한테 달려가 얼굴을 가슴에 파묻고 울음을 터뜨렸다.

"어머니, 저는 어떻게 말해야 좋을지 모르겠어요. 그이한테 말하지 말라고 편지도 주셨지만 저는 얘기해 버렸어요. 안 할 수가 없었어요. 그랬더니 그 사람은 떠나갔어요."

"아이고, 이 바보 같은 것아, 이 바보야!"

더비필드 부인은 흥분한 나머지 테스와 자신에게 침을 튀기면서 소리를 질렀다.

"기가 막혀서! 나쁜 말을 하지 않으려고 그랬지만, 안 할 수가 없구나. 이 바보 같은 것아!"

여러 날 동안 참던 긴장이 한꺼번에 풀려 테스는 몸부림치며 울었다.

"알아요. 알고 있어요. 어머니, 제가 바본 줄 아세요? 하지만 어머니, 말하지 않을 수 없었어요. 그 사람은 너무나 순수하기 때문에 제 과거를 숨기려는 마음이 얼마나 교활한 짓인지를 깨달았어요. 만약 이런 기회가 다시 온다 하더라도 역시 고백할 거예요. 그 사람한테만은 감히 그런 죄를 저지를 수 없어요."

"그렇다면 그 사람과 결혼한 것도 애당초 잘못이 아니냐?"

"그래요, 제가 불행하게 된 것도 그 까닭이에요. 제 실수를 용서하지 않으면 그 사람은 법에 따라 이혼할 수 있으리라 생각했어요. 아, 제가 그 사람을 얼마나 사랑하고, 남편으로 맞고 싶어 얼마나 애태웠는지 모르실 거예요. 그리워하는 마음과 거짓 없이 대하려는 갈등 속에서 얼마나 몸부림 쳤는가를 반만이라도 알아주신다면……."

그녀는 말을 이을 수 없을 만큼 흥분하여 그대로 의자에 쓰러지고 말았다.

"알았다, 알았어. 이제 엎질러진 물, 주워 담을 순 없으니까. 남의 집 애들 같지 못하고 어째 애들이 한결같이 그토록 바보냐. 남편이 알아내더라도 벌써 때가 늦었구나 할 때까지 숨기면 되는 걸 자기 입으로 미리 지껄이다니!"

더비필드 부인은 자기 신세가 한심하다는 듯이 눈물을 흘리며 한탄조로 말을 이었다.

"네 아버지가 뭐라고 하실지 모르겠구나. 그이는 매일같이 롤리버 주막과 퓨어 드롭 주막으로 돌아다니면서 네 결혼을 자랑했단다. 그리고 네 결혼이 더버빌 가문의 체면을 되찾아 주었다고 말이야. 아무튼 주책없는 양반이야. 그런데 네가 일을 모두 망쳐놓았으니, 이 일을 어쩌면 좋으냐!"

공교롭게도 바로 그 시간에 아버지가 돌아왔다. 그러나 아버지는 방 안에 바로 들어오지 않았다. 더비필드 부인은 그 사실을 아버지에게 알리는 동안 자리를 피해 있으라고 테스에게 말했다.

테스의 말을 듣고 처음에는 실망했으나 딸의 처음 실수와 마찬가지로 이번에도 하나의 액운에 지나지 않는다고 생각하는 어머니는 일요일에 비가 오거나 감자 농사가 신통치 않을 때의 재난쯤으로 생각했다. 당연한 보답이든 어리석은 것이든 누구나 견딜 수 있는, 스쳐가는 재난으로만 생각했지 인생에 대한 어떤 교훈으로는 받아들이지 않았다.

테스는 이 층으로 올라갔다. 방 안은 새로 정돈되고 침대의 위치도 바뀌어 있었다. 그녀가 쓰던 침대는 동생들이 차지해 버려서 그녀는 마땅히 잘

곳이 없었다.

아래층 방은 천장에 널빤지를 대지 않았기 때문에 그곳에서 하는 얘기는 거의 다 들을 수 있었다. 금방 아버지가 들어왔는데, 닭을 한 마리 갖고 온 것 같았다. 둘째 번 말도 팔아 버리지 않을 수 없었으므로 지금은 바구니를 팔에 걸치고 걸어 다니면서 행상을 하는 형편이었다. 그는 마을 사람들에게 일하는 시늉을 해 보이려고 걸핏하면 닭을 안고 돌아다녔지만, 오늘 아침에도 거의 한 시간 동안이나 롤리버 주막의 술상 다리에 묶어 놓았었다.

"이제 막 얘기하고 오는 길인데……."

더비필드는 얘기를 시작했다. 테스가 목사의 가정에 며느리로 들어간 사실을 실마리로 그 목사에 관해 오고간 얘기를 부인한테 말했다.

"요즈음은 그저 목사라고 불리고 있지만, 옛날에는 그 집안도 우리들처럼 '경'이라는 칭호가 붙었던 모양이야."

테스가 너무 떠들지 말라고 해서 자세한 말을 하지 않았다느니, 이제는 좀 마음대로 얘기할 수 있도록 테스가 신경을 쓰지 말았으면 좋겠다고 말했다. 이어서 그는 더버빌이라는 성이 남편 성보다 훨씬 나으니까 그 성을 쓰는 게 나을 거라고 말하면서 딸한테서 무슨 편지라도 안 왔느냐고 물었다.

얘기를 다 듣고 난 더비필드 부인은 편지가 온 것이 아니라, 불행히도 테스가 돌아왔다고 알려 주었다.

불행한 얘기가 끝나자, 평소의 더비필드답지 않게 명랑하던 술기운마저 침울한 기분에 눌려 버렸다. 그러다가 다른 사람들이 이 일을 두고 무어라고 말할지를 먼저 걱정했다.

"아니 그래, 이걸로 끝장이 났단 말이야? 우리는 킹즈비어에 졸라드 갑부의 맥주 창고만큼이나 큰 납골당을 갖고 있어. 기록에도 남아 있는, 누구 못지않게 훌륭한 조상을 그곳에 모셨다구. 또 롤리버나 퓨어 드롭 주막에 모이는 친구들이 힐끔힐끔 곁눈질을 하면서 할 얘기를 상상해 봐. 이런, 이건 너무 창피한 일이야. 가문이고 뭐고 다 집어치우고 죽어 버렸으면 좋겠군. 더 이상 참을 수 없단 말이야. 그런데 결혼을 했다면 남편이란 작자한테 먹여 살리라고 할 수 있잖아?"

"그거야 물론이죠. 그러나 테스는 그럴 생각이 없나 봐요."

"당신은 그놈이 진심에서 결혼한 것 같아? 아니면 옛날처럼 노리개가 된건지……."

가엾게도 테스는 더 듣고 있을 수 없었다. 그녀의 말을 부모도 믿지 않는다는 사실을 깨닫자 이제껏 느껴 본 일이 없는 반감이 끓어올랐다. 이 얼마나 기막힌 운명의 화살일까. 아버지마저 그녀를 의심하는데 하물며 이웃 사람들과 친구들은 오죽할까? 그녀는 이제 집에서도 오래 머무를 수 없는 몸이 되었다.

따라서 테스는 사흘 정도만 머무르기로 결정했다. 바로 사흘째 되는 날, 클레어한테서 짤막한 편지가 왔다. 북부 지방으로 농장을 보러 간다는 지극히 사무적인 내용이었다. 클레어 아내로서의 자리가 목마르듯 그리웠고, 둘 사이를 갈라놓은 엄청난 틈을 부모에게 알리지 않을 생각도 있어서, 그 편지를 다시 집을 떠날 구실로 삼았다. 그래서 테스는 남편을 만나러 가는 듯한 인상을 남기고 집을 나섰다. 그리고 자기에게 불친절하다는 비난으로부터 남편을 감싸 주기 위해 그가 준 오십 파운드 중에서 이십오 파운드를 떼어 어머니에게 주며, 지난 몇 해 동안 부모에게 끼친 근심과 굴욕에 대한 약소한 보답이라고 말했다. 그들과 짧은 작별을 고한 테스는 집을 나섰다. 이 일이 있은 후 더비필드의 가정은 딸이 두고 간 선물로 얼마 동안 생기가 돌았다. 더비필드 부인은 그들 젊은 부부의 불화가 강한 애정으로 자연히 무마된 것이라고 굳게 믿었다.

39

결혼식을 올린 지 삼 주일이 지난 어느 저녁, 클레어는 낯익은 아버지의 목사관에 이르는 비탈길을 내려가고 있었다. 아래쪽에 보이는 교회의 높은 탑이 너는 왜 돌아왔느냐고 캐묻는 것처럼 저녁 하늘에 우뚝 솟아 있었다. 날이 저물어 가는 무렵이라 그를 알아볼 사람도, 더구나 그가 오리라고 기다리는 사람도 없었다. 그는 유령같이 몰래 나타났고, 자신의 발걸음 소리마저 신경이 쓰였다.

그의 인생관은 큰 변화를 가져왔다. 이전에는 사색을 통해서만 인생을 알았으나 지금은 실제로 깨닫고 있었다. 아직껏 아무것도 아는 것이 없을지도 모르지만, 그의 앞을 가로막은 인생은 이탈리아 미술품의 영상적 아름다움에 싸여 있는 것이 아니라, 비엘츠 미술관에서 본 반 비어스(Jan Van Beer, 1821~1888, 벨기에 화가 — 옮긴이 주)의 습작에서 보는 것 같은, 대상을 뚫어지게 응시하고 있는 처절한 모습이었다.

지난 몇 주일 동안의 그의 행동은 말할 수 없을 정도로 산만했다. 온갖 시대의 위대하고 현명한 사람들이 권하는 바를 따라, 마치 새로운 것은 하나도 없던 것처럼 기계적으로 농업 계획을 추진해 보려 했으나 클레어는 이론의 실현 가능성을 시험해 본 만큼 자기 자신을 벗어나 본 사람이 거의 없다는 결론을 내렸다. '이것이 중요하니 마음을 어지럽히지 마라.' 라고 이교도의 윤리학자는 말했다. 그 말은 바로 클레어의 생각이기도 하나 마음은 갈대처럼 흔들렸다. 기독교에서는 '너희는 마음에 근심도 말고 두려워하지도 말라.'고 했다. 클레어는 그 말에 찬동했다. 그러나 그의 마음은 여전히 괴로움으로 가득 차 있었다.

위대한 종교적 지도자를 만나서 인간이 같은 인간에게 그런 교리를 실천할 수 있는 방법을 가르쳐 달라고 호소하고 싶은 마음이 얼마나 간절했던가!

그의 기분은 자연히 완고하고 무관심하게 변하여 끝내 자기란 존재를 구경꾼과 같은 소심한 마음으로 바라보게 되었다. 이 모든 슬픔도 테스가 더버빌 가문의 후손이라는 우연한 사실로부터 움텄다고 생각하자 점점 괴로움이 더해갔다. 테스가 몰락한 귀족의 후손이고, 그가 그리워하던 새로운 세대의 집안이 아니라는 사실을 알았을 때, 자기의 주장을 충실히 지켜 그 여자를 왜 버리지 않았을까? 그것은 자신이 변절했기 때문이므로 그런 고통을 당하는 것은 너무나도 당연한 것이었다.

그는 지치고 불안해져 근심은 점점 더해갔다. 그녀에 대한 열정이 너무 지나치지 않았나 하는 염려가 계속되었다. 그는 무엇을 먹는지도 모르게 음식을 먹었고, 맛도 모르는 술을 마셨다. 시간이 흐름에 따라 지나간 날의 모든 행동 하나하나가 테스를 얼마나 밀접하게 파고들었는가를 깨닫게 했다. 자신이 얼마나 그녀를 사랑하고 소유하고 싶어 했는지도 깨닫게 되었다.

여기저기 떠돌아다니는 동안 어느 조그만 마을 어귀에 붙은 울긋불긋한 광고가 눈에 띄었다. 그것은 브라질 제국이 이주 농업가의 활동 장소로서는 가장 적합하다는 내용이었다. 브라질로 가면 엄청나게 많은 땅을 유리한 조건으로 나눠 준다는 솔깃한 문구였다. 그래서 브라질은 새로운 구상으로 클레어의 관심을 끌었다. 그리고 풍토나 사상, 습관, 법률이 다른 곳이므로 테스와의 생활을 방해하는 원인이 그곳에 가면 별 영향을 받지 않을 것이다. 따라서 그곳에서는 테스와 함께 별 문제 없이 살 수 있을 것이다. 여기까지 생각이 미친 그는 브라질 이민에 마음이 끌렸고, 특히 출발 날짜가 눈앞에 다가와 있었다.

이러한 마음속의 계획을 부모에게 알리고자 그는 에민스터로 돌아오는 길이었다. 그리고 테스를 데려오지 않은 이유는 그들이 별거한다는 사실을 알리지 않는 범위 내에서 적당히 넘기기 위해서였다. 그가 집에 도착했을 때, 만월의 달빛은 그의 얼굴을 밝게 비추어 주었다. 어느 새벽 테스를 안고 강을 건너 수도자들의 묘지를 찾아갈 때처럼 눈부셨다. 그러나 그동안 그의 얼굴은 많이 야위어 있었다.

마치 물총새가 잔잔한 웅덩이에 뛰어들어 물결을 일으키듯, 클레어의 갑작스런 방문은 고요한 목사관의 분위기를 흔들어 놓았다. 부모님은 마침 서재에 계셨으나 형들은 집에 없었다. 에인젤은 응접실로 들어가서 조용히 문을 닫았다.

그의 어머니가 소리쳤다.

"에인젤, 어쩌면 이렇게 사람을 놀라게 할 수 있지? 그런데 네 처는 어디에 있니?"

"그녀는 친정에 다니러 갔어요. 급작스런 변화가 생겼어요. 브라질로 가기로 결심해서 급히 온 겁니다."

"브라질이라니, 그곳 사람들은 로마 가톨릭 교인들인데……."

"그래요? 저는 그것까진 몰랐는데요."

그러나 에인젤이 브라질로 간다는 데 대한 호기심이나 불안보다도 아들의 결혼에 대한 얘기가 부모에게는 더 궁금한 모양이었다.

　"삼 주일 전에 네가 결혼한다는 짤막한 편지를 받았기 때문에 대모님의 선물을 아버지가 보낸 거다. 그녀의 친정이 어딘지 모르지만, 너는 거기서 식을 올리지 않고 굳이 목장에서 하길 바랐으니까 이쪽에선 아무도 가지 않는 편이 좋을 거라고 생각했지. 우리가 갔더라면 오히려 너는 당황했을 거고, 우리도 유쾌하지는 않았을 테니까 말이야. 네 형들도 그런 생각이었거든. 다 지난 일이니 이제는 상관없지만, 네가 목사가 되는 대신 택한 네 사업에 적합한 여자라면 두말 할 거야 없지. 그렇지만 한 번 만나보거나 가정환경에 대해 좀 더 알고 싶었을 따름이야. 뭘 좋아하는지 알 수 없어서 선물도 보내지 못했다마는, 그 선물이 좀 늦어지는 것으로만 생각해 주면 좋겠구나. 네 아버지와 난 이 결혼에 대해서 감정을 갖고 있는 것은 아니니까 말이다. 그러나 네 처를 만날 때까지는 선입견을 갖지 않는 게 좋다고 생각한 건 사실이란다. 그런데 좀 이상하구나. 무슨 일이라도 있니? 네 처를 데리고 오지 않다니……."

　그는 자기가 이곳에 와 있는 동안 그녀는 친정에 가 있기로 했다고 대답했다.

　"사실은 말이죠. 어머니 마음에 들게 될 때까지 집에 데려오지 않는 게 좋다고 생각했어요. 그리고 브라질로 가려는 결정은 갑작스럽게 하게 된 겁니다. 만약에 간다 하더라도 이번에는 처를 데려가지 않기로 했어요. 제가 돌아올 때까지 친정에 머무르게 될 겁니다."

　"그러면 네가 출발하기 전에 며느리를 볼 수 없단 말이냐?"

　아마 그렇게 될 거라고 그가 말했다. 그가 말한 것처럼 당초 계획은 부모님의 편견이나 감정을 상하게 하지 않으려고 당분간 테스를 대면시키지 않겠다는 것이었고, 또 그런 생각을 고집하는 다른 이유도 있었다. 에인젤은 당장 출발한다 하더라도 일 년 안에 다시 돌아올 생각이니까 테스와 함께 브라질로 다시 떠나기 전에 인사시켜 드리겠다고 말했다.

급히 마련한 저녁상이 차려지고, 클레어는 앞으로의 계획에 대한 설명을 자세하게 늘어놓았다. 며느리를 보지 못한 어머니의 실망은 좀처럼 풀리지 않았다. 그러나 테스에 대한 클레어의 한결같은 칭찬을 듣는 어머니는 조그만 마을에서 예수가 난 것처럼 탤보스이 농장에도 매력 있는 여자가 있을 수 있겠지 하는 생각으로 어머니다운 동정을 나타냈다. 어머니는 식사하는 아들의 모습을 유심히 지켜보다가 말했다.

"그 애가 어떻게 생겼는지 설명해 줄 수 없니? 상당히 예쁜 것 같은데, 에인젤."

클레어는 괴로운 심정을 감추며 말했다.

"그럼요, 말할 것도 없죠."

"그리고 순결하고 정숙한 애겠지?"

"물론입니다. 순결하고 조신합니다."

"그 애의 모습을 눈앞에서 보는 것 같구나. 언젠가 네가 말한 적이 있지. 몸매는 날씬하면서도 통통하며, 큐피드의 활처럼 생긴 붉은 입술과 검고 긴 속눈썹, 굵은 밧줄처럼 탐스러운 머리 그리고 남색과 보랏빛이 도는 검은 눈을 갖고 있다고……."

"네, 그래요, 어머니."

"눈에 훤하구나. 그렇게 외딴 마을에서 살고 있으니까 너 말고는 외간 남자를 접할 기회가 자연히 없었겠구나."

"없었죠."

"그럼 네가 그 애의 첫사랑이었겠구나?"

"물론이죠."

"세상에는 그런 순박하고 건강한 시골 아가씨보다 못한 여자들이 얼마든지 많단다. 내가 이렇게 바라는 것도 당연한 일일 게야. 아들이 농업가가 되려는 거니까 며느리도 농사일을 아는 여자라야 한다는 것은 당연할 게다."

아버지는 별로 캐묻지 않았지만, 저녁 기도에 앞서 언제나 성경 한 장을 읽는 시간이 되자 어머니에게 말했다.

"오늘은 에인젤이 왔으니까 계속해서 읽던 구절을 그만두고 잠언 31장을 읽는 게 좋겠소."

어머니가 성경을 인용하는 실력은 아버지에 못지않게 훌륭했다.

"그렇고말고요. 레무엘 왕의 말씀이죠. 애야, 잠언에 있는 정숙한 여인을 찬양한 구절을 읽어 주시겠단다. 말할 나위도 없이 그 말씀은 이 자리에 없는 네 아내한테 해당하는 구절이지. 주여, 그녀가 어느 곳에 있든지 보살펴 주옵소서!"

에인젤은 가슴이 뭉클했다. 구석에 있는 이동용 작은 설교대를 난로가 있는 중앙으로 옮겨놓았다. 두 사람의 늙은 하인이 들어와서 앉자 아버지는 먼저 말한 31장 제10절을 읽어 내려가기 시작했다.

"누가 현숙한 여인을 찾아 얻겠느냐? 그 값은 진주보다 더하니라. 그런 자의 남편의 마음은 그를 믿나니 산업이 궁핍하지 아니하겠으며 그런 자는 살아 있는 동안에 그 남편에게 선을 행하고 악을 행치 아니하느니라. 그는 양털과 삼을 구하여 부지런히 손으로 일하며, 상고의 배와 같아서 먼 데서 양식을 가져오며, 밤이 새기 전에 일어나서 그 집 사람에게 식물을 나눠주며, 여종에게 일을 정하여 맡기며, 밭을 간품하여 사고, 그 손으로 번 것을 가지고 포도원을 심으며, 힘으로 허리를 묶으며, 그 팔을 강하게 하며, 자기의 무역하는 것이 이로운 줄로 깨닫고, 밤에 등불을 끄지 아니하고, 손으로 솜뭉치를 들고 손가락으로 가닥을 잡으며, 간곤한 자에게 손을 펴고 궁핍한 자를 위하여 손을 내밀며, 그 집 사람들은 다홍색 옷을 입고 눈이 와도 방석을 지으며, 세마포와 자색 옷을 입으며, 그 남편은 그 땅의 장로로 더불어 상고에게 맡기며, 능력과 존귀로 옷을 삼고 후일을 웃으며, 입을 열어 지혜를 베풀고 그 혀로 인애의 법을 말하며, 그 집안일을 보살피고, 게을리 얻은 양식을 먹지 아니하나니. 그 자식들은 일어나 사례하며, 그 남편은 칭찬하기를 덕행 있는 여자가 많으나 그대는 여러 여자보다 뛰어나다 하느니라."

기도가 끝났을 때 어머니가 말했다.

"네 아버지가 읽으신 구절이 어쩌면 그렇게도 네 아내를 두고 하는 것과 같니? 완전한 여자란 게으른 여자가 아닌, 일하는 여자를 말하는 거다. 남을 위해서 손과 머리와 마음을 쓰는 여자 말이지. '그 자식들은 일어나 사례하며, 그 남편은 칭찬하기를 덕행 있는 여자가 많으나 그대는 여러 여자보다 뛰어나다 하느니라.' 하듯이 말이야. 그 애를 만나보았으면 얼마나 좋았겠니. 순진하고 깨끗하다니, 그것으로 난 만족이다."

클레어는 자기 방으로 갔다. 어머니는 아들의 뒤를 따라와 그의 방을 두드렸다. 에인젤이 문을 열었을 때 어머니가 근심스런 표정으로 서 있었다.

"에인젤, 뭐 기분 나쁜 일이라도 있니? 급히 자리를 뜨는 걸 보니 어째 심상치 않은 일이 있는 것 같구나."

"아니에요. 별일 없어요."

"애야, 난 알고 있단다. 네 아내 때문이지? 삼 주도 안 됐는데 벌써 다툰 거니?"

"다툰 일은 없어요. 그저 의견이 좀 안 맞아서……."

"에인젤, 그 애는 지금까지의 품행으로 미루어볼 때 별로 이렇다 할 흠은 없겠지?"

어머니로서의 육감으로 클레어 부인은 아들의 마음이 불안해질 만큼 근심스러운 표정으로 원인을 꼬집었다.

"그 사람은 순결해요."

에인젤이 대답했다. 이 같은 거짓말로 인해 그 자리에서 지옥에 떨어진다 하더라도 그는 끝까지 진실대로 얘기하지 않았을 것이다.

"그렇다면 다른 걱정은 하지 않아도 된다. 때 묻지 않은 시골 아가씨만큼 순결한 사람은 없을 테니까 말이야. 그녀가 네 비위에 거슬리는 서툰면이 있다면 살아가면서 가르치면 그런 습관은 쉽게 고칠 수 있지 않겠니?"

이처럼 관대한 어머니의 생각을 깨뜨린 그녀에 대한 원망이 에인젤의 가슴에 깊이 뿌리박게 했다. 그러나 이런 생각은 그녀의 고백을 들었을 때에도 느껴보지 못했던 것이다. 사실 장래에 대해서 크게 관심을 둔 일은 없었지만, 부모와 형들을 위해서 적어도 체면은 지켜야겠다고 생각했다. 촛불을 들여다보고 있으려니까 분별 있는 사람을 비추는 것이지, 패배자에게는 비추기 싫다고 말하는 것 같았다.

불안한 마음이 가라앉자 부모에게 거짓말을 하게 만든 아내가 괘씸했다. 마치 그녀가 눈앞에 있는 것처럼 클레어는 화가 났다. 그러자 어둠 속에서 애원하듯, 타이르듯 달콤하게 속삭이는 그녀의 음성이 들렸다. 그녀의 보드라운 입술이 이마를 스치고, 따뜻한 숨결이 방 안에 가득 찼다.

그날 밤, 에인젤의 원망을 모르는 테스는 남편의 따뜻함과 진실에 대해 생각하고 있었다. 그러나 그들에게는 에인젤 클레어가 생각하는 것보다 더 검은 그림자가 덮여 있었다. 모든 것을 혼자 힘으로 처리하려면 이십오 년간의 표본적인 산물이라고 할 만큼 훌륭한 의지의 이 청년도 일단 어려움에 부딪치자 고집을 꺾고 어릴 때의 순진한 생각으로 돌아갔다. 그리고 하는 수 없이 습관과 인습의 노예가 되어 버렸다. 도덕적인 값어치는 행위 자체에 있는 것이 아니라 정신에 있기 때문에 죄악을 미워하는 다른 여자들과 마찬가지로 테스도 레무엘 왕의 칭찬을 받을 만한 도덕적인 가치가 있다는 사실을 클레어한테 가르쳐 준 학자도 없었고, 또 그 자신도 그것을 깨닫지 못했다. 뿐만 아니라 그런 경우 좋은 점보다는 나쁜 점이 더욱 두드러지게 느껴지는 법이다. 그러나 정체를 알 수 없게 멀리 떨어진 것은 모든 것을 흐릿하게 보이게 하므로 결점까지도 아름다움으로 만들어 보인다. 그는 테스의 결점만 생각하는 동안에 그녀의 참모습을 놓쳤고, 그 결점이 오히려 완전한 것보다 나을 때가 있다는 사실을 깨닫지 못했다.

40

아침 식탁에서는 브라질이 화제의 중심이 되었다. 그곳에 이민 갔다가 일 년 안에 돌아온 농부들의 비관적인 소문을 들었으나, 그럼에도 불구하고 에인젤이 그 나라에서 행하려는 계획에 대해 모두들 애써 희망적인 것으로 보려고 했다. 식사를 마친 다음 그는 자질구레한 일을 정리했다. 은행에 맡긴 돈을 모두 찾아 가지고 집으로 돌아오는 길에 교회 옆에서 머시 찬트 양을 만났다. 그것은 마치 교회의 벽에서 튀어나온 것처럼 갑작스런 대면이었다. 그녀는 팔에 자기가 가르치는 학생들에게 나누어 줄 성경책을 안고 있었다. 다른 사람을 가슴 아프게 하는 일도 그녀에게는 행복한 미소를 가져다주는 듯했다. 그런 생각이 신비주의에 바탕을 두고 인간성을 부자연스럽게 희생시키면서 얻은 결과라 하더라도 에인젤의 생각으로는 여간 부러운 것이 아니었다.

에인젤이 영국을 떠난다는 사실을 아는 머시는 훌륭하고 희망 있는 사업 같다고 말했다.

"그렇죠, 상업적인 면에서 보면 좋은 사업이죠. 그러나 머시 양, 그건 생활의 연속성을 잘라 버리는 거나 마찬가지란 뜻이지요. 차라리 수도원을 택하는 것이 좋을지도 모르죠."

"수도원이라고요? 어머, 에인젤 클레어 씨!"

"왜요?"

"아니, 클레어 씨. 수도원을 택한다는 건 수도사를 의미하는 거잖아요. 수도사는 로마 가톨릭이 아닌가요?"

"그럼 로마 가톨릭은 죄악이요, 죄악은 벌을 뜻하니 '에인젤 클레어여, 그대는 위험한 지경에 이르렀도다.' 라는 뜻인가요?"

"저는 신교를 영광스럽게 생각하고 있어요."

그녀는 딱 잘라 말했다.

그렇잖아도 자신의 커다란 슬픔으로 악마와 같은 감정에 빠져 있던 불행한 에인젤은 그녀를 가까이 불러 생각나는 모든 이단적인 이론을 악마처럼 그녀의 귀에 대고 속삭였다. 그녀의 아름다운 얼굴에 나타난 공포의 빛을 보고 그는 불쾌한 웃음을 터뜨렸다. 그러나 그런 웃음도 자신의 행동을 생각하는 염려와 괴로움에 휩쓸려 사라졌다.

"머시 양, 용서해 주시오. 미칠 것만 같아서 괜한 소리를 해 본 거요."

그녀도 긍정하는 듯한 눈빛이었다. 이렇게 해서 우연한 만남을 끝내고 다시 클레어는 목사관으로 돌아갔다. 앞으로 있을지도 모르는 좀 더 행복한 날을 위하여 그는 보석을 은행에 맡겼다. 몇 개월 안에 필요하게 되면 찾아 쓰도록 테스를 위해 삼십 파운드를 은행에 예금하고, 이런 사실을 블랙무어의 친정에 있는 그녀에게 편지로 알렸다. 이 금액은 그녀에게 준 오십 파운드와 합치면 당분간 용돈으로는 충분하리라 생각한 것이다. 또 급한 일이 생길 때는 아버지한테 연락하도록 일러놓았다.

편지 연락을 시키지 않는 편이 좋을 것 같아서 부모한테는 테스의 주소를 알리지 않았고, 또 아들과 며느리의 사이가 벌어진 이유를 잘 모르기 때문에 그의 부모도 주소를 알려고 하지 않았다. 해결해야 할 문제라면 속히 매듭짓는 것이 좋다고 생각하면서, 그는 그날로 목사관을 떠났다.

영국 본토인 이 지방을 떠나기 전에 결혼 후 사흘 동안 테스와 함께 머물렀던 웰브리지의 농가를 찾았다. 그동안의 숙박비를 치르고 열쇠도 돌려주어야 하며, 미처 챙기지 못한 몇 가지 사소한 물건도 가져와야 하기 때문이었다. 그의 일생에 가장 깊은 그림자를 던지고 그의 마음에 슬픔을 안겨 준 곳이 바로 이 지붕 밑이었다. 그가 응접실 문을 열고 안을 들여다보았을 때, 그의 머리에 떠오른 것은 지금과 비슷한 오후에 있었던 두 사람의 행복한 도착이었다. 한 지붕 아래 함께 산다는 최초의 신선한 기분이었다. 그리고 처음으로 함께 나누던 식사와 또 처음으로 두 손을 마주 잡고 난로 옆에서 속삭이던 일이었다.

클레어가 도착했을 때 주인 내외는 밭에 나가 있었으므로 그들이 돌아올 때까지 방 안에 혼자 있었다. 생각지도 않던 새로운 감정이 일어서 한 번도 함께 써 보지 않은 이 층 침실로 올라갔다. 출발하던 날 아침 테스가 손질한 대로 침대는 깨끗하게 정돈되어 있었다. 겨우살이 가지도 그가 휘장에 달아놓은 채로 있었지만, 사 주일이나 지난 것이어서 색은 바랬고, 열매와 잎은 쭈글쭈글 시들어 있었다. 에인젤은 그것을 떼어서 벽난로 속으로 집어 던졌다. 그러고는 잠시 멈추어 선 채 자신이 취한 태도가 과연 현명한 결정이었는지 생각해 보았다. 지나칠 정도로 매몰찼던 건 아닐까? 갈피를 잡을 수 없는 여러 가지 감정이 가슴을 메우자 눈물이 흘렀다. 그는 침대 옆에 무릎을 꿇었다.

"오! 테스, 좀 더 일찍 말했더라면 용서했을 것을."

그는 탄식하며 울부짖었다.

그때 아래층에서 발걸음 소리가 들렸다. 클레어는 일어서서 층계 쪽으로 갔다. 층계 아래에 서 있는 여자가 머리를 들었다. 그건 파리하게 여윈 이즈 휴에트였다.

"클레어 씨."

그녀가 불렀다.

"저는 선생님과 부인을 만나 뵙고 인사나 드리려고 왔어요. 아무도 계시지 않았지만 반드시 돌아오실 줄 알았어요."

클레어는 그녀의 비밀을 들어서 알고 있었으나 그녀는 아직 그들의 일을 모르고 있었다. 클레어를 진심으로 사랑하던 처녀였고, 테스만큼이나 훌륭한 농부의 아내가 될 수 있는 이즈 휴에트였다.

"난 지금 혼자 있소. 우리는 여기서 살지 않아요."

자기가 왜 이곳에 왔는지를 설명하고 그녀에게 물었다.

"이즈, 당신 집은 어느 쪽이죠?"

"저는 지금 탤보스이 목장에 있지 않아요."

"그건 왜요?"

이즈는 머리를 숙였다.

"더 이상 그곳에선 쓸쓸해서 견딜 수가 없어서요. 그래서 이곳에 와 있어요."

그녀는 정반대 방향을 가리켰다. 그것은 지금 그가 막 가려고 하는 방향이었다.

"그럼, 지금 그쪽으로 가는 거요? 괜찮다면 태워다 주지요."

그녀의 얼굴이 상기되었다.

"감사합니다, 클레어 씨."

클레어는 집주인을 만나서 방세를 지불하고, 급히 떠나느라고 빠뜨린 사소한 일까지 처리했다. 그가 마차 있는 곳으로 돌아오자, 이즈는 마차에 뛰어올라 그의 옆에 앉았다. 말을 몰면서 클레어가 말했다.

"나는 이제 영국을 떠나게 되었소. 이즈, 브라질로 갈 작정이오."

"부인께서도 그 계획에 찬성하셨나요?"

"테스는 이번에 같이 가지 않아요. 한 일 년 동안 말이오. 그곳 생활이 어떤지 우선 살피러 가는 것이니까."

그들은 동쪽으로 한참 달렸다. 그러나 이즈는 아무 말도 하지 않았다.

"다른 아가씨들도 잘 지내고 있소? 레티는 어떻게 지내지요?"

"제가 그곳을 떠날 때 그녀는 무척 신경이 쇠약해져 있었어요. 너무 야위고, 볼이 우묵해져서 폐병 환자 같은 인상을 줄 정도였어요. 그 애와 연애하겠다는 남자는 이제 없을 거예요."

이즈는 맥없이 말했다.

"마리안은?"

이즈의 목소리가 갑자기 낮아졌다.

"그녀는 술을 마셔요."

"저런!"

"그래서 목장 주인이 내보냈어요."

"그럼 당신은 뭘 하고 있소?"

"저는 술도 마시지 않고 다 죽어가지도 않아요. 그러나 매일 아침 식사 전에 부르던 노래를 지금은 부를 기운이 없어요."

"어째서 그렇게 되어 버렸죠? 아침에 우유 짤 때 부르던 노래 생각 안 나요? '큐피드의 꽃밭에서' 라든가 '재단사의 바지' 등 그때 당신은 얼마나 멋지게 불렀소."

"참, 그랬죠. 선생님이 처음 오셨을 때는 그랬죠. 그러나 좀 지난 다음엔 그렇게 부르지 않았어요."

"어째서 그런 변덕이 생겼소?"

대답 대신 그녀의 까만 눈이 클레어의 얼굴을 쳐다보았다.

"이즈, 왜 그렇게 약해졌어요? 나 같은 사람 때문에 말이오."

이렇게 말하며 클레어는 생각에 잠겼다.

"만약 내가 당신에게 청혼을 했다고 한다면 어떡할 셈이었소?"

"만약에 그랬다면 거부할 이유가 없었죠. 그러면 선생님은 선생님을 사랑하는 여자와 결혼하셨을 테지요."

"정말이오?"

"정말이에요. 그걸 여태 짐작도 못하셨어요?"

마차는 차차 한 마을로 들어가는 갈림길에 이르렀다.

"여기서 내려야겠어요. 저는 저기 살고 있어요."

마치 지나치는 말처럼 사랑을 고백하고부터는 아무 말도 하지 않던 이즈가 갑자기 이렇게 말했다.

클레어는 말의 속력을 늦추었다. 그는 사회법칙에 심한 반감을 품으면서 자신의 운명을 저주하지 않을 수 없었다. 사회법칙이라는 것이 정당하게 빠져나갈 수 없는 막다른 골목까지 그를 몰아넣었기 때문이다. 선생의 회초리 같은 사회적 관습에 얽매이기보다는 아무렇게나 내키는 대로 생활함으로써 사회질서에 반기를 들 수는 없는 것일까?

"나 혼자 브라질로 가는 거요, 이즈. 단순히 여행의 목적뿐만이 아니라 개인적인 문제로 우리는 헤어졌소. 절대로 그녀와 다시 살 수는 없을 것 같소. 나는 이즈를 사랑할 수 없을지도 몰라. 그러나 테스 대신 나와 함께 가지 않겠소?"

"진심으로 원하시는 거예요?"

"물론이오. 나는 너무 지쳐서 편히 살고 싶소. 그리고 당신은 적어도 이해관계를 떠나서 나를 사랑하니까……."

"네, 당신을 따라가겠어요."

잠시 생각하던 이즈가 대답했다.

"따라가겠다고? 이즈, 내가 한 말이 무슨 뜻인지 알겠소?"

"그곳에 머무르는 동안만 함께 산다는 거죠……. 그것만으로도 전 만족해요."

"그러나 한 가지 알아둘 게 있소. 도덕적인 면에서 당신은 나를 믿지 마시오. 문명인의 눈으로 본다면 말이오. 즉 서구문명에서 본다면 내 행동은 죄악에 속한다는 사실을 알아야 하오."

"저는 그런 것 따윈 관심 없어요. 사랑으로 여자의 괴로움이 극도에 이른다면 어느 여자든 그런 길밖에 다른 도리는 없으니까요."

"그러면 내리지 말고 그대로 앉아 있어요."

그는 마차를 몰아 네거리를 지나고 계속해서 달렸다. 아무런 애정의 표시도 보이지 않은 채……

"이즈, 당신은 진정으로 나를 사랑하는 거요?"

그가 갑자기 물었다.

"그래요, 이미 말씀드린 대로 사랑하고 있어요. 농장에 함께 있는 동안 한순간도 사모하지 않은 적이 없었어요."

"테스보다도 더?"

그녀는 머리를 저었다. 그리고 조그만 목소리로 대답했다.

"아뇨, 그녀만큼은 당신을 사랑하지 못해요."

"어째서 그렇지?"

"그녀가 사랑한 것처럼 당신을 사랑할 수 있는 사람은 아무도 없어요. 당신을 위해서라면 목숨이라도 버릴 여자예요……. 저는 도저히 따라갈 수 없어요."

페올 산상의 예언자처럼 이즈 휴에트도 그런 경우에 심술궂은 말을 할 수는 없겠지만, 테스의 성격이 그녀의 털털하고 거친 성질에도 영향을 끼쳤기 때문에 그녀를 칭찬하지 않을 수 없었다.

클레어는 잠자코 있었다. 뜻밖에 탓할 수 없는 사람에게서 그런 말을 듣자 그의 가슴은 꽉 막혔고, 목에는 흐느낌이 굳어져 걸린 것 같은 기분이었다. 이즈의 말이 다시 귓전에 맴돌았다. '당신을 위해서라면 목숨이라도 버릴 여자예요……. 저는 도저히 따라갈 수 없어요.'

그는 갑자기 말머리를 돌리면서 말했다.

"이즈, 우리가 나누었던 실없는 얘기를 다 잊어버려요. 도대체 내가 무슨 말을 했는지 모르겠소. 당신이 사는 마을 길목까지 데려다 주겠소."

이즈는 자기의 경솔한 태도를 깨닫고 가슴을 치며 눈물을 보이지 않기 위해 이를 악물었다.

"모든 것을 거짓 없이 말씀드렸는데 이렇게 될 줄이야. 아, 어떻게 이러실 수가 있단 말이에요. 어떻게……."

"이 자리에 없는 여자를 위해서 한 착한 일을 후회하는 거요? 이즈, 후회로써 착한 일을 더럽히지 말아요."

그녀는 차차 진정했다.

"잘 알겠어요. 저 역시 무슨 말을 하고 있는지……. 제 잘못이에요. 있을 수 없는 일을 제가 바랐어요."

"내겐 이미 사랑하는 아내가 있으니까."

"네, 그렇고말고요. 선생님에겐 아내가 있지요."

그들은 다시 지나간 갈림길로 되돌아왔다. 이즈가 뛰어내렸다.

"이즈, 제발 나의 순간적인 경솔함을 잊어버려요. 내 어리석은 생각을 이해해 주시오."

"잊어버리라고요? 천만에요. 아, 저에게는 결코 경솔하거나 어리석은 생각이 아니었어요."

상심한 그녀의 탄식이 전하는 비난을 받아 마땅하다고 그는 생각했다. 말할 수 없는 서글픔을 느낀 클레어는 뛰어 내려가서 그녀의 손목을 잡았다.

"그렇지만 이즈, 우리 웃는 낯으로 헤어져야 할 것 아니오? 내가 얼마만한 가책을 받아야 할지 이즈는 모른단 말이오."

그녀는 정말 너그러운 처녀였다. 그 이상 괴로운 심정을 맛보게 하며 작별하고 싶지는 않았다.

"선생님, 모든 것을 용서해 드리겠어요."

클레어는 본심은 아니지만, 윗사람의 입장에서 이즈를 붙들고 말했다.

"그런데 이즈, 마리안을 만나거든 어리석은 짓은 그만하고 착한 여자가 되어 달라고 전해 줘요. 꼭 그렇게 말해요, 알겠소? 그리고 레티에게는 말이오. 세상에는 나보다 더 훌륭한 남자가 많으니까 나를 생각해서라도 어질고 착한 여자가 되어 달라고 잊지 말고 말해요. 두 번 다시 그녀들을 만날 수 없을지 모르니까 꼭 전해야 해요. 그리고 이즈는 내 아내를 정직하게 평가해 줌으로써 어리석고 배반적인 유혹에서 나를 건져 주었소. 그 한 가지 일만으로도 나는 결코 이즈를 잊지 않겠소. 당신도 지금까지처럼 착하고 성실한 아가씨로 지내요. 그리고 나를 성실한 친구로 생각해 줬으면 좋겠소. 자, 약속해 줘요."

그녀는 약속했다.

"선생님, 하느님의 축복이 있기를 바라겠어요, 안녕히!"

그는 마차를 몰고 멀리 사라졌다. 그러나 좁은 길로 접어든 이즈는 괴로움을 참을 수 없어 둑 위에 몸을 내던졌다. 그날 밤 늦게야 어머니가 사는 농가로 돌아온 그녀의 얼굴은 핼쑥해져 있었다. 에인젤 클레어와 헤어진 다음 집에 돌아올 때까지의 몇 시간을 어둠속에서 어떻게 보냈는지 아무도 모를 것이다.

클레어도 그녀와 작별한 후 가슴은 괴로움으로 가득 찼고, 입술은 타들어가는 듯했다. 그러나 그의 슬픔은 이즈 때문이 아니었다. 그날 저녁, 그는 순간적인 기분으로 남부 웨섹스의 높은 고원 지대로 말을 몰 뻔했다. 그러나 생각을 그만둔 것은 테스를 경멸한다든가 그녀의 마음 상태를 짐작해서가 아니었다.

이즈의 말대로 테스가 클레어를 사랑하는 것은 사실이지만, 그녀의 허물은 씻을 수 없다는 생각이 고개를 들었기 때문이었다. 클레어는 처음 판단이 공정한 것이었다면 지금에 와서 그 생각을 뒤엎을 수는 없다고 생각했다. 테스를 용서할 수 없다는 클레어의 강한 생각은 오늘 오후에 들은 이즈의 말보다도 더 크고 지속적인 힘의 영향을 받는 한 도저히 굽혀지지 않으리라. 그 이상의 감동을 줄 만한 어떤 것이 있다면 그는 당장이라도 테스한테 돌아갈 것이다. 클레어는 그날 밤 런던으로 가는 기차를 탔다. 그로부터 닷새 후, 출항하는 항구에서 형들과 작별의 악수를 나누었다.

41

테스와 클레어가 헤어진 지 여덟 달이 지난 시월의 어느 날이었다. 테스는 완전히 달라진 환경에 놓여 있었다. 짐을 일꾼에게 맡기고 행복하게 걷던 신부가 아니라, 보따리와 바구니를 혼자 들고 걸어가는, 결혼하기 전의 외로운 여자로 다시 돌아가 있었다. 이 시련의 기간을 위해 남편이 마련해 준 돈도 떨어져 그녀의 지갑은 점점 가벼워져 갈 뿐이었다.

다시 고향을 등진 그녀는 봄철과 여름철의 대부분을 그녀의 고향과 탤보스이에서 훨씬 떨어진 블랙무어 골짜기 서쪽의 포트 브레디 근방의 농장에서 날품팔이로 그날그날을 보냈다. 클레어가 준 돈에만 의지하여 지내는 것보다는 지금의 생활이 훨씬 마음 편했다. 그녀의 정신은 여전히 극도로 불안한 상태에 놓여 있었는데, 되풀이되는 기계적인 생활은 이런 불안을 막아 주기는커녕 더욱 깊은 수렁으로 빠져들게 했다. 그녀의 마음은 틈만 나면 순간의 그림자처럼 되어 버린 클레어와 함께 지내던 그 목장, 그 시절로 달렸다.

탤보스이에서처럼 정식 고용인이 아닌 임시 고용인으로 일했으므로 그곳의 낙농 일은 소에게서 젖이 나올 동안만 계속되었다. 그러나 추수기가 시작되고 있었으므로 밭에만 나가면 추수가 끝날 때까지 할 수 있는 일은 얼마든지 있었다.

부모에게 걱정을 끼친 대가로 이십오 파운드를 내놓고서도 클레어가 준 오십 파운드 중 남은 이십오 파운드는 거의 손대지 않았다. 그러나 불행히도 요즈음 궂은 날씨가 겹치는 틈에 그 돈을 쓰지 않을 수 없었다.

테스는 차마 그 돈을 쓰기가 부끄러웠다. 에인젤이 은행에서 새 돈으로 찾아다가 그녀에게 직접 쥐어 준 돈이었다. 돈은 그의 손이 닿아서 정화(淨化)된, 그가 남긴 기념품 같았고, 바로 클레어와 자신의 경험으로 이루어진 산 역사를 지닌 것 같았다. 따라서 그 돈을 내놓는 것은 그의 유물을 버리는 것과 같았다. 그러나 돈은 쓸 수밖에 없었고, 그래서 점점 그녀의 손에서 떨어져 나갔다.

언제나 거처를 부모한테 알려야 했지만, 자신의 형편만은 있는 그대로 알리지 않았다. 가진 돈이 거의 다 바닥이 날 즈음 어머니로부터 편지가 왔다. 가을비에 지붕 이엉이 온통 새는데, 새로 해 이으려고 해도 지난번 수리 비용을 지불하지 못해서 손도 대지 못하고 있다는 사연이었다. 이 층의 천장과 서까래를 새로 하려면 지난번 빚까지 합쳐 이십 파운드 정도 있어야 한다는 애절한 사연이었다. 그러니 지금쯤은 남편도 돌아왔을 것이고, 돈도 있는 사람이니 돈을 보내 줄 수 없겠느냐는 슬픈 얘기였다.

테스에게는 에인젤이 거래 은행에서 부쳐 온 삼십 파운드가 있었다. 친정집의 사정이 딱했으므로 그녀는 돈을 받자마자 어머니의 요구대로 이십 파운드를 떼어 보냈다. 나머지는 겨울 옷가지라도 장만해야 했기 때문에 당장 닥칠 장마철을 위한 여유자금은 보잘것없었다. 마지막 일 파운드까지 바닥이 날 정도에 이르렀다. 다급할 때는 시아버지에게 부탁하라는 에인젤의 말이 생각났지만 망설이지 않을 수 없었다.

그러나 그 방법만은 도저히 내키지 않았다. 별거 상태가 깊어지는 것도 친정에 알리지 않았다. 수치심과 자존심이 도저히 그것을 허락하지 않았다. 또 그가 미리 충분한 비용을 주고 갔는데도 곤란하다고 해서 시아버지한테 편지를 보낼 수는 없었다. 자신을 그 집안의 며느리로 인정하고 있는 지조차 알 수 없는 상황에서 목사인 시아버지에게 궁색한 말을 할 수는 없다는 결론이었다.

시부모에게 편지하기를 꺼리던 마음은 차차 사라졌으나, 반면 친정 부모는 모른 체할 수가 없었다. 결혼 직후 고향에 잠시 들렀다가 떠날 때, 양친은 테스가 결국 남편과 함께 살 것으로 생각했다. 테스는 그때부터 지금까지 부모의 그런 기대에 실망을 주지 않기 위해 노력했으므로, 에인젤이 그녀를 데리러 오거나 브라질로 오라는 편지를 할 것으로 그들은 믿고 있었다. 또 이러한 희망은 그녀도 마찬가지였다. 그러므로 그녀의 상황을 사실대로 부모에게 알릴 수가 없었다. 그녀는 한 묶음의 보석이 생각났다.

클레어가 그것을 어디다 맡겨 두었는지 알지도 못하며, 또 사용은 할 수 있어도 팔지는 못한다는 것이 사실이라면 그 보석은 있으나마나 했다. 자기 것이라고는 하지만 실질적으로 그녀의 것이 아닌, 그저 법률상의 자격만으로 자기의 소유라고 주장한다는 것은 아무리 생각해도 비열한 짓이라 생각되었다.

한편 남편의 생활도 그리 편안한 것은 아니었다. 그때 클레어는 브라질의 쿠리티바 근방에 있는 진흙땅에서 폭우와 그 밖의 고초를 당하면서 열병으로 자리에 누워 있었다. 브라질 정부가 제공하는 조건과 영국의 고원 지대에서의 온갖 기후 변화에도 불구하고 농업에 종사한 체질이라면, 브라질의 어떤 악조건에서도 능히 견뎌 나갈 수 있으리라는 자신감을 믿고 건너간 농부들과 함께 클레어도 억세게 퍼붓는 비와 여러 가지 어려움에 당면하고 있었던 것이다.

테스는 마지막 한 닢까지 다 써 버린 빈 지갑을 내려다보며 생각에 잠겼다. 더구나 계절 탓으로 일자리를 얻기란 하늘의 별 따기였다. 인생의 여러 방면에서 그녀가 지니고 있는 그런 영리함과 정력, 건강과 의욕만으로도 얼마든지 집 안에서 하는 일을 얻을 수 있는데도 테스는 그런 일자리를 얻으려고 나서지를 않았다. 도회지나 큰 저택, 재산이 있는 사교적인 사람들, 또는 순수하지 못한 사람들을 그녀는 두려워하고 있었다. 테스를 망가뜨린 어두운 성심, 검은 그림자가 여러 방향에서 그녀를 짓눌렀다. 그녀의 불행은 바로 그런 계층에 발을 잘못 디딤으로써 비롯되었기 때문이다. 더욱이 현재 처절한 환경에 처해 있는 그녀로서는 그런 부류의 사람들에게 접근하는 것조차 싫었다.

봄과 여름 동안 임시로 소젖 짜는 일을 했던 포트 브레디 주변의 작은 목장에서는 더 이상 일손이 필요치 않게 되었다. 그러나 탤보스이에서라면 그녀가 사정만 하면 동정심에서라도 쉽게 일자리를 마련해 주었을 것이다. 그러나 그곳에서 아무리 편안한 생활이 보장된다 하더라도 다시 돌아갈 수는 없었다. 초라한 모습으로 찾아가는 것도 그렇거니와 그녀 남편에게 돌아갈지도 모를 따가운 시선을 견딜 수 없기 때문이었다. 그들의 동정이라든지, 그녀의 묘한 처지에 대해 수군대는 말들도 참아내지 못할 것이리라. 그녀의 민감한 마음을 움츠리게 하는 것은 무엇보다도 자기 자신의 문제에 대해 남들이 수군거릴 것이라는 데에 있었다. 그녀는 무엇이 옳고 그른가 하는 차이를 설명하지 못한 채 단지 그럴 것이라는 사실만 알고 있을 따름이었다.

그녀는 지금 이 고을의 중심부에 있는 고원의 농장을 찾아가고 있었다. 그곳은 여러 군데를 떠돌아다니다가 겨우 테스에게 배달된 마리안의 편지로 소개된 곳이었다. 아마 이즈 휴에트한테서 들었을 테지만, 테스가 별거한다는 사실을 우연히 듣고, 술에 빠져 있기는 하지만 마음씨 좋은 마리안은 그녀가 곤란에 처한 줄 알고 급히 옛 친구에게 편지를 한 것이었다. 마리안은 탤보스이에서 나와 지금은 그 고원 농장에서 일하는데, 그전처럼 다시 일을 시작한 것이 사실이라면 이곳에도 일자리가 있으니까 한 번 만나고 싶다는 사연이었다.

시간이 지남에 따라 남편의 용서를 받고 싶다는 희망이 그녀에게서 점차 사라져 갔다. 한 발짝 걸을 때마다 얽힌 과거로부터 차차 멀어지고, 자신의 종적을 감추고, 그들의 행복에 도움은 못 되어도 그녀에게 행복을 줄지도 모를 우연한 기회라든가 불의의 사고 등은 생각지 않으면서 여기저기 돌아다니는 본능에는 야생 동물의 습성과도 비슷한 점이 있었다.

그녀의 고독한 생활 가운데서도 적잖이 고통을 느끼게 하는 것은 그녀의 타고난 아름다움에다 클레어가 불어넣은 일종의 품위가 뭇사람들의 눈길을 끄는 일이었다. 결혼 준비로 마련한 옷가지를 입을 동안은 남들이 호기심에 찬 눈으로 봐도 거리끼는 일이 없었다. 그러나 농촌 여자의 옷차림을 하게 되면 곧 거친 말을 걸어오곤 했다. 그래도 십일월의 어느 오후까지는 신상에 두려움을 느낄 만한 일은 없었다.

테스는 지금 자신이 찾아가는 고원의 농장보다 남서쪽에 있는 기름진 지방이 더 마음에 들었다. 그 이유는 시집과의 거리가 훨씬 가까워서 언젠가는 목사관을 찾아갈 결심을 할지도 모른다는 생각으로 남의 눈에 띄지 않게 그 부근을 다니는 것이 그녀의 마음을 기쁘게 했기 때문이다. 그러나 높고 건조한 고원 지대에서 일해 보려고 결심한 이상 그녀는 마음을 굳게 먹고 동쪽으로 발길을 돌려 그날 밤을 묵기로 생각한 초크 뉴턴 마을을 향해 걸음을 재촉했다.

오솔길이 길게 뻗어 있고, 땅이 고르지 않은 길에 짧은 해는 어느덧 저물어 땅거미가 깔렸다. 언덕 위에 다다르자, 산 아래로 내려가는 꼬불꼬불한 오솔길이 보였다. 그때 뒤에서 발소리가 들리고, 잠시 후 어떤 남자가 뒤따라 왔다. 그녀 옆을 나란히 걸으면서 그가 인사를 했다.

"안녕하시오, 어여쁜 아가씨."

그녀도 공손하게 인사를 받았다. 주위는 어두워졌지만, 아직도 하늘에 남아 있는 빛이 그녀의 얼굴을 비추었다. 그는 고개를 돌려 그녀를 한참 쳐다보았다.

"아, 틀림없군. 트랜트리지에 있던 젊은 아가씨야. 더버빌 나리가 좋아했던……. 나는 지금 그곳에 살지 않지만, 그때는 그곳에 살았죠."

그 사람은 테스에게 실례되는 말을 함부로 했다고 하여 식당에서 에인젤한테 얻어맞은 그 농부가 분명했다. 그녀는 감전이라도 된 것 같은 고통을 온몸에 느끼면서 아무 대답도 하지 않았다.

"그 마을에서 내가 한 말이 사실이라고 대답하시오. 아가씨의 애인은 그때 굉장히 화를 냈지만 어때, 이 앙큼한 아가씨야. 따지고 보면 그 친구가 때린 것을 도리어 당신이 사과해야 할걸?"

테스는 아무 대답도 하지 않았다. 궁지에 몰린 그녀는 도망칠 수밖에 없어 뒤도 돌아보지 않은 채 바람처럼 달려 숲으로 곧장 통하는 길가의 농장 문 앞까지 왔다. 재빨리 안으로 뛰어든 그녀는 사람의 눈에 잘 띄지 않을 만큼 숲이 무성한 곳까지 깊숙이 들어갔다.

발 아래 낙엽이 바스락거렸다. 낙엽수 사이사이에 빽빽이 나 있는 호랑가시나무 덤불의 잎사귀는 바람 한 점 얼씬 못할 만큼 무성했다. 커다란 더미를 이룰 만큼 낙엽을 긁어모은 그녀는 그 복판에 잠자리를 만들고 기어 들어갔다.

그녀는 불안했다. 이상한 소리가 들릴 때마다 바람 소리라고 스스로 타일렀다. 그녀는 지금 추운 곳에 있지만, 남편은 어딘지 모를 지구의 반대쪽 따뜻한 곳에 있을 것으로 생각하자 비애감으로 몸이 떨렸다. 그리고 허무했던 자신의 생활을 돌이켜보았다. 모든 것은 헛되기만 한 것이 아니라 허무, 그 이상이었다……. 부정, 벌과 강압 그리고 죽음이었다. 테스는 이마의 둥근 윤곽과 보드라운 살결 밑에 뚜렷이 만져지는 움푹 패인 눈가장자리를 만져 보면서, 언젠가는 뼈만 앙상하게 남을 것이니 차라리 지금 그렇게 되었으면 하고 생각했다.

이런 부질없는 공상에 잠겨 있을 때 나뭇잎 사이로 이상한 소리가 들려왔다. 바람 소리 같기도 했고, 들새의 퍼덕이는 헐떡임 같기도 했다. 또 어떤 때는 콸콸 물이 솟구치는 소리 같았다. 얼마 후, 그 소리는 들짐승한테서 나는 소리임을 알았다. 머리 위의 나뭇가지에서 소리가 났다가 땅으로 털썩 떨어지는 소리로 변하자 그녀의 짐작은 더욱 굳어졌다.

그 장소에서 좀 더 행복한 생각에 젖어 누워 있었다면 그녀는 깜짝 놀랐을 것이다.

마침내 서서히 동이 텄다. 높은 하늘의 밝은 햇살은 순식간에 숲 사이로 스며들었다. 아침 햇살이 더 밝아지자 그녀는 잠자리에서 나와 대담하게 사방을 둘러보았다. 간밤에 잠을 방해한 소리의 정체가 무엇인지 그녀는 비로소 깨달았다. 하룻밤의 잠자리를 마련했던 그 숲은 그녀가 있는 곳에서 급한 비탈을 이루었고, 숲이 끝나는 이쪽의 산울타리 너머는 경작지가 펼쳐져 있었다. 수목 아래에는 여러 마리의 꿩이 피에 젖은 깃털을 드러내고 죽어 있거나 가냘프게 날개를 퍼덕이며 허공을 향해 있는 것도 있었다. 지탱할 힘이 없어 지난밤에 고통이 끝나 버린 행복한 몇 마리만 제외하고 다른 것들은 모두 고통으로 몸부림치고 있었다.

테스는 꿩들이 그렇게 된 까닭을 곧 알았다. 이 꿩들은 어제 사냥꾼한테 쫓겨서 이곳까지 왔던 것이다. 총에 맞아 죽었거나, 어둡기 전에 죽은 꿩들은 사냥꾼이 채갔다. 또 상처만 입은 꿩들은 도망가기도 하고 울창한 나뭇가지에 숨기도 했다가 너무 피를 흘려 힘이 없어지니까 차례차례 땅에 떨어진 것이다. 테스가 간밤에 들었던 것은 바로 이 꿩들이 떨어지는 소리였다.

묘한 복장으로 눈에 핏발을 세우고 산울타리나 숲 사이로 총을 겨누고 있던 사냥꾼들의 모습을 테스는 소녀 시절에 이따금 본 일이 있었다. 난폭하고 잔인한 인간으로 보이지만, 가을과 겨울 동안의 일정한 사냥철만 제외하면 그들도 온순하고 교양을 갖춘 사람들이란 얘기를 들은 적이 있었다. 사냥할 때는 마치 말레이 반도의 원주민처럼 닥치는 대로 돌아다니면서 살생을 하는데, 이런 경우 짐승 중에서도 자신들보다 약한 동물을 택하는 것이 보통이고, 또 잔인한 취미를 만족시키기 위해서 인공적으로 번식시킨, 해도 끼치지 않는 온순한 새의 생명을 빼앗는 것을 목적으로 삼곤 하는 것이다.

똑같이 고통을 당하는 생물의 처지에서 테스가 먼저 느낀 것은 아직 살아 있는 그들의 고통을 덜어 주리라는 것이었다. 테스는 생각을 행동에 옮겨 눈에 띄는 많은 꿩을 찾아내어 모조리 목을 눌러 죽였다. 그리고 사냥터지기가 다시 올 때까지 꿩을 그 자리에 그대로 버려두었다. 아마 한 번은 찾으러 오겠지…….

"가엾어라, 세상에 너희들처럼 불쌍한 존재가 있는 것을 보고도 나를 세상에서 가장 처량하게 생각하다니!"

가만히 목을 누르는 동안 눈물을 흘리면서 그녀는 목멘 소리를 했다.

"내겐 육체적인 고통은 없잖아. 찢어지지도 않고, 피 흘리지도 않으며, 먹고 입을 수 있는 두 손이 있는데……."

지난밤에 우울하고 부질없는 생각에 잠겼던 자신을 부끄럽게 생각했다. 그 생각은 대자연과는 아무런 관계없이 인간이 멋대로 만들어 놓은 사회 규범 아래서 저주를 받는다는 것 외에 그녀가 괴로워해야 할 아무런 근거도 없는 것이었다.

42

날이 활짝 밝았다. 그녀는 조심조심 큰길로 내려가 다시 걷기 시작했다.

그러나 근방에는 사람 그림자 하나 없으므로 걱정할 필요가 없었다. 그녀는 꿋꿋한 마음으로 길을 걸었다. 고통스러운 하룻밤을 소리 없이 견디어 낸 꿩들을 생각하니 슬픔은 상대적인 것이고, 남들이 뭐라 하든 무시하고 용기를 낸다면 그녀의 슬픔도 견딜 수 있는 성질의 것이라는 생각이 들었다. 그러나 테스는 클레어가 세상 사람들과 똑같은 생각을 품는 것만은 무시해 버릴 수 없었다.

초크 뉴턴에 도착한 그녀는 여인숙에서 아침 식사를 했다. 몇몇 젊은 남자들이 모여 앉아서 귀찮을 만큼 그녀의 아름다움을 칭찬했다. 남편의 입에서도 언젠가는 저런 찬사가 나올지도 모른다는 생각을 하자 그녀의 마음에 새로운 희망이 샘솟는 것 같았다. 그렇게 될 때를 위해서라도 철저한 자기 관리와 이런 뜨내기들을 멀리 해야 했다. 이러한 목적을 위해서는 용모가 위험의 원인이 되어서는 안 되겠다고 결심했다. 마을을 벗어나자 그녀는 숲 속으로 들어가 바구니에서 아주 낡은 작업복을 꺼내 갈아입었다. 그 옷은 말로트 마을에서 처음으로 들일을 하러 나갈 때 입어 본 후로는 목장에서조차도 입지 않던 옷이었다. 꾸러미에서 손수건을 꺼낸 테스는 이앓이 하는 사람처럼 모자 밑으로 머리와 뺨과 턱이 반쯤 가려지게 얼굴을 감싸고 그 위에 모자를 썼다. 그런 다음 손거울을 비쳐보면서 가위로 사정없이 눈썹을 잘라 버렸다. 엉큼한 생각을 가진 사내들의 찬사를 피하는 방패막이가 끝나자 그녀는 고르지 못한 길을 다시 걷기 시작했다. 길에서 처음 만난 남자가 자기 동료에게 말했다.

"별나게 생긴 계집애도 다 있군."

이 말을 들었을 때 그녀는 자신이 너무나 가련하여 눈물을 흘리지 않을 수 없었다.

'하지만 상관없어. 남들이 뭐라 하든 상관없어. 에인젤은 여기 없고, 지켜 줄 사람도 없으니 언제나 이 꼴을 하고 있을 테야. 남편은 아주 가 버리고, 이젠 나를 사랑하지 않겠지만, 나는 변함없이 그이를 사랑해. 다른 남자는 모두 싫어. 멋대로들 경멸하라지 뭐.'

그녀는 마음속으로 이런 생각을 했다. 걸음을 재촉하는 그녀의 모습은 사방 경치와 어울려 한 덩어리가 되었다. 회색 웃도리, 빨간 털실의 목도리와 색이 바랜 갈색 천의 작업복에 가리운 보잘것없는 치마, 누르스름한 가죽 장갑, 남루한 겨울 옷차림을 한 그녀의 모습은 소박하고 순수한 시골 여자의 모습이었다. 비에 젖고 햇볕에 바래고, 바람을 맞아 올이 낡아 얇아진 옷이었다. 젊은 정열은 이제 그녀에게서 찾아볼 수 없었다.

> 아가씨의 입술 싸느랗고
> ....
> 금발의 머리카락,
> 소박하게 빗어 올린
> 무거운 머리…….

겉보기에는 생명이나 지각이 없는 것처럼 보일지 모르지만, 그 속에는 그녀의 나이에 어울리지 않을 만큼 뜬구름 같은 세상이, 허무함이나 참을 수 없는 정욕의 잔인함과 덧없는 사랑의 나약함을 너무나 뼈저리게 겪은 생생한 생명의 기록이 숨어 있었다.

다음 날은 날씨가 좋지 않았다. 그러나 정직하고 솔직하며, 치우침이 없는 자연의 조화에 조금도 겁내지 않고 무거운 다리를 끌며 걸어갔다. 그녀

의 목적은 겨울 동안 살아 나갈 수 있는 일터와 잠자리를 얻으려는 것이어서 잠시도 지체할 수가 없었다. 단기간의 임시 고용직 일을 해 본 그녀는 그런 일자리는 다시 갖지 않기로 결심했다.

그래서 그녀는 먼 길을 걸어, 마리안이 편지로 알려 준 농장을 찾아가는 길이었다. 소문에 의하면 그곳의 일이 몹시 고되다는 얘기가 있어 별로 마음이 내키지 않았으나, 붙박이로 있을 수 있다고 하니 마지막 기회로 이용하려고 결심했다. 처음에는 좀 수월한 일을 찾아다녔으나 무슨 일이든 수월한 것은 없었다. 그 다음부터 힘든 일도 하다가 나중에는 그녀가 좋아하는 소젖 짜는 일이나 양계장 일은 말할 것도 없거니와 마지막엔 하고 싶은 생각이 조금도 없는 힘들고 거친 밭일에 이르기까지 물불을 가리지 않게 되었다.

이튿째 되는 날 저녁, 그녀는 반원형의 무덤이 여기저기 흩어져 있는 흰 모래로 뒤덮인 고원에 다다랐다. 마치 유방의 여신 시빌레가 반듯이 누운 것 같은 기복이 심한 그 고원은 테스가 태어난 블랙무어와 그녀가 사랑하는 클레어가 자란 마을 중간에 자리 잡고 있었다.

이곳은 건조하고 추운 기후여서 비가 온 후 서너 시간만 지나도 길게 뻗은 달구지길의 바닥은 뿌옇게 먼지가 일었다. 또 나무는 없다고 해도 좋을 만큼 아주 드물었다. 본디 산울타리 안에서 자라야 할 나무도 모든 수목의 적인 소작인들이 함부로 울타리와 함께 쳐버려서 전혀 자라나지 못했다. 그녀가 가는 먼 길 중간쯤에 블배로우와 네틀콤 타우트의 낯익은 두 봉우리가 정답게 나타났다. 어릴 때 블랙무어 쪽에서 바라보았을 적에는 하늘에 우뚝 솟은 성채같이 보였으나, 지금 이곳에서 보는 그 산봉우리는 나직하고 온순한 모습이었다. 남쪽으로 여러 마일 떨어진 곳에 있는 해안 지대

산맥의 능선 너머로 번쩍이는 강철 표면 같은 것이 보였다. 그것은 프랑스 쪽에 가까운 영국 해협의 해면이었다.

그녀의 눈앞에 어느 마을의 모퉁이가 보였다. 이제야 비로소 마리안이 머무르는 플린트콤 애쉬에 도착한 것이다. 이곳에 오는 길밖에는 방법이 없다고 생각했으며, 그녀는 이곳에 와야 할 운명인지도 모른다. 사방의 거친 땅만으로도 이곳에서 해야 할 노동이 얼마나 험한 것임을 명백하게 설명해 주는 것 같았다. 그러나 다른 일을 찾아다니기엔 이미 때가 늦었으므로 그곳에 머무르기로 마음먹었다. 더구나 날씨는 비를 뿌리기 시작했다. 마을 입구에는 길로 바람받이를 내민 농가가 한 채 있었다. 그녀는 하룻밤 묵고 가기를 부탁하기 전에 추녀 밑에 서서 어둠이 덮이는 모양을 지켜보고 있었다.

"내가 한때 에인젤 클레어 부인이었다고 누가 믿을까."

그녀는 혼자 중얼거렸다.

어깨와 등을 기대고 있는 벽에서 온기가 느껴졌다. 바람받이 바로 안쪽에 그 집의 벽난로가 있어 따뜻한 기운이 벽돌을 통해서 나오는 모양이었다. 그녀는 그 벽에다 손을 녹이고, 빗방울을 맞아 축축하고 빨개진 두 뺨도 갖다 댔다. 따뜻한 벽이 친구가 되어 위로해 주는 것 같았다.

그곳을 떠날 마음이 없었으므로 밤새도록 머물러 있고 싶었다. 집안에서는 하루 일을 마치고 모여 앉은 식구들의 이야기하는 소리와 저녁 식사를 하느라 접시 부딪는 소리도 들렸다. 그러나 길에는 지나다니는 사람이 하나도 없었다. 이토록 적막한 고요함이 곧 한 여자의 등장으로 인해 깨져 버렸다. 쌀쌀한 저녁인데도 여름옷에다 면사가 달린 모자를 쓴 그녀가 마리안일지도 모른다고 그녀는 본능적으로 생각했다. 어둑어둑한 날씨에 얼굴을 분간할 수 있을 만큼 가까이 다가온 그녀는 틀림없는 마리안이었다. 마리안은 몸집과 혈색이 이전보다 더 좋아졌으나 의복은 눈에 띨 정도로 초라했다. 옛날 같으면 이러한 심정으로 옛 친구를 만나기 싫었겠지만, 테스는 너무 쓸쓸했으므로 마리안의 인사에 반갑게 응대를 했다.

마리안은 무척 조심스럽게 물어왔고, 테스가 헤어져 있다는 소문은 어렴풋이 들어 알지만 처음보다 사정이 별로 좋아지지 않았다는 사실을 알고 가슴 아프게 생각하는 듯했다.

"테스, 클레어 부인, 그이의 귀여운 아내! 그런데 이렇게 고생을 하고 있다니, 예쁜 얼굴을 어째서 그렇게 싸매고 있지? 누가 너를 때렸어? 설마 그이가 때린 것은 아니지?"

"아냐, 아냐. 남자들의 눈에 띄지 않으려고 그러는 것뿐이야."

얼굴을 싸맨 것 때문에 엉뚱한 상상을 할 수도 있다는 것을 깨닫자 그녀는 수건을 풀어 버렸다. 목장에 있을 때 늘 흰 칼라를 달던 테스를 기억하고 마리안이 물었다.

"깃도 안 달았구나."

"그래, 달지 않았어."

"길에서 잃어버렸구나."

"잃어버린 게 아냐. 사실은 몸단장에 대해 관심이 없어. 그래서 안 달았을 뿐이야."

"결혼반지도 끼지 않았네."

"아니야, 끼고 있어. 사실은 줄에 꿰어서 목에 걸고 있어. 결혼해서 어떻게 되었다든지, 또 결혼한 사실도 알리고 싶지 않아서 말이야. 지금과 같은 생활을 하는 동안은 거북한 경우가 있으니까."

마리안은 잠시 말을 잃은 듯했다.

"하지만 넌 점잖은 분의 아내가 아니니. 그런데 이런 생활은 아무래도 당치않은 것 같구나."

"아냐, 당연한 일이야. 행복한 건 아니지만 말이야."

"기가 막혀. 그 사람과 결혼해서 불행하다니!"

"아내라는 건 때때로 불행할 때도 있어. 남편의 실수에서가 아니라 그들 자신의 잘못으로 말이야."

"그 사람에게 무슨 잘못은 없을 테고, 너도 마찬가지일 테고. 그러면 너희 두 사람이 아닌 다른 사람 일로 그러는구나."

"마리안, 그런 질문은 그만하고 나를 도와줘. 그이는 외국에 갔고, 주고 간 돈은 다 써 버려서 당분간 옛날처럼 일을 해야겠어. 클레어 부인이라고 부르지 말고 예전처럼 그냥 테스라고 불러 줘. 그런데 정말 일자리가 있을까?"

"암, 있고말고. 이곳은 오히려 일할 사람이 없어서 언제나 일손을 구하고 있어. 땅이 매우 메말라서 자라는 것이라곤 보리와 순무가 고작이야. 나는 견딜 수 있지만, 네겐 힘에 부칠 텐데."

"그렇지만 우린 소젖 짜는 일을 같이 했었잖아."

"술을 입에 댄 다음부터 나는 그 일을 그만뒀어. 지금은 술만이 나의 유일한 낙이야. 일자리라고 해 봐야 순무 뽑는 일일 거야. 내가 하는 일도 같은 거지만, 넌 당장 싫증이 날 거야."

"무슨 일이든 괜찮아. 네가 부탁 좀 해 줄래?"

"네가 직접 말하는 게 좋을 거야."

"알았어. 그런데 내가 일하게 되더라도 그이 얘기는 하지 말아 줘. 그를 욕되게 하고 싶진 않으니까."

성질이 좀 거칠긴 하지만 마리안은 믿을 수 있는 테스의 친구였고, 부탁하는 것은 무엇이든 약속했다.

"오늘이 마침 품삯을 받는 날이야. 나를 따라가면 그곳 사정을 금방 알 수 있어. 네가 매우 힘든 것 같아서 참 안됐다. 그러나 남편이 멀리 있어서 그런 거지? 네 남편만 이곳에 있다면 불행한 건 하나도 없을 거야. 설사 돈을 안 주거나 노예처럼 다루더라도 말이야."

"정말이야. 그래도 나는 행복할 거야."

얼마 걷지 않아서 그들은 적막에 싸인 고요한 농장에 다다랐다. 눈길이 닿는 곳까지 나무 한 그루 보이지 않을 만큼 황량했다. 한결같이 멋없고 나직한 울타리를 두른 넓은 뜰은 풀밭이라곤 조금도 없고, 황무지와 순무뿐이었다.

다른 사람들이 품삯을 받고 있는 동안 테스는 농가 문 밖에서 기다렸다. 일꾼이 다 가고 난 뒤에 마리안이 그녀를 소개했다. 농장 주인을 대신해서 일꾼들의 품삯을 치른 주인의 아내는 성신 강림절까지 있겠다는 테스의 동의를 받고 고용하기로 결정했다. 요즘에는 여자로서 밭일을 하겠다는 사람이 거의 없었고, 더구나 품삯은 싼 편이어서 남자들이 하는 일에 여자를 충당하면 훨씬 이득이 많았다.

계약서에 서명을 마친 테스는 숙소를 정하는 일만 남았다. 그녀가 얻은 일터는 황량한 곳이지만, 어쨌든 겨울을 지낼 잠자리는 마련된 셈이었다.

말로트 마을에서 편지가 올 경우를 생각해서, 그녀는 새 주소를 부모한테 알렸다. 그러나 그녀의 딱한 형편만은 끝까지 알리고 싶지 않았다. 그것만이 지금의 그녀가 남편에게 할 수 있는 유일한 것인지도 모르기 때문이었다.

43

플린트콤 애쉬 농장이 메마른 땅이라는 마리안의 말은 한마디도 보탬 없는 말이었다. 이 땅 위에 살찐 것이라곤 마리안 그녀뿐이었고, 그나마 그녀도 타향 사람이었다. 지주가 다스리는 마을인가 하면 마을 사람들이 스스로 마을을 다스렸다. 또 지주도 마을 사람들이 다스리는가 하면 지주도 마을 자체를 돌보지 않는 플린트콤 애쉬 마을, 말하자면 토착 지주의 소작인 마을, 부동산 상속자와 자작농으로 경작하는 마을이었다. 그중에서도 부재 지주(不在地主)가 토지를 세놓은 마을에 속했다.

테스는 마을의 상황을 눈여겨보면서 일을 시작하였다. 나약한 육체에 정신적 용기를 합친 인내력이 이제는 그녀를 바로 설 수 있게 하는 그녀의 원동력이었다.

마리안과 함께 작업하는 무밭은 돌이 많고 비탈진, 이 농장에서도 가장 높은 지대의 백 에이커나 되는 넓은 땅이었다. 둥글고 뾰족한, 그리고 장방형의 여러 모양의 무수한 석영질(石英質)의 흰 차돌들이 여기저기 솟아난 땅이었다. 땅 위에 나온 순무 잎은 가축들이 모두 뜯어먹어서 땅 속에 묻힌 순무까지 먹어 버릴지 모르니까 해커라고 불리는 호미로 뿌리를 파헤치는 것이 두 사람의 일이었다. 잎을 모두 뜯긴 순무밭은 황갈색의 단조로운 모습으로, 그것을 사람의 얼굴에 비유한다면 턱에서 이마까지 굴곡 없이 살가죽만 덮인 것 같은 모습이었다. 색깔만 다를 뿐 하늘도 아무런 윤곽이 없는 얼굴처럼 희뿌옇고 공허하였다. 이러한 하늘과 땅의 두 얼굴은 종일토록 서로 마주 보고 있었다. 희멀건 얼굴을 바라보는 두 개의 얼굴 사이에는, 황갈색 얼굴 위를 파리처럼 기어가고 있는 두 여자 이외에는 아무것도 없었다.

누구 하나 그녀들에게 접근하는 사람도 없었고, 그 속에서 그들의 동작은 마치 기계처럼 또박또박 움직였다. 소매가 달린 허름한 갈색 앞치마는 바람에 날리지 않도록 뒤에서 비끄러맸고, 짧은 치마는 발목까지 오는 장화를 드러내 보이며, 손에는 목이 긴 황색 양피(羊皮) 장갑을 끼고 있었다. 차양이 달린 모자를 쓰고 생각에 잠긴 듯 머리를 깊이 숙인 모습은 보는 이로 하여금 초기 이탈리아의 화가들이 그린 두 마리아의 모습을 연상케 했다.

사방이 쓸쓸한 경치에 둘러싸인 외로운 모습도 깨닫지 못하고, 또 자기네 운명을 생각지도 않은 채 두 사람은 묵묵히 일만 계속했다. 그러나 그같은 환경에서도 꿈을 그리며 살아갈 수 있었다. 오후가 되면서 다시 비가 내리자 마리안은 일을 그만하자고 테스에게 말했다. 하지만 일을 마치지 않으면 품삯을 받지 못하기 때문에 어쩔 수 없이 계속했다. 이 농장은 너무 높은 지대에 있어서 빗방울이 바로 떨어지는 일이 좀처럼 없다. 언제나 휘몰아치는 바람결과 함께 옆으로 내리치기 때문에 황량한 대지에 선 두 사람의 몸에 유리파편처럼 파고들었다.

테스는 고원의 비가 어떤 것인지 실제로 겪어 본 일이 없었다. 그러나 스며드는 비를 맞으면서 일하고 있으면 처음에는 발과 어깨로, 다음엔 머리와 허리로 그리고 등과 가슴, 옆구리로 빗물이 젖어든다. 납덩이같이 흐린 빛도 사라져 완전히 해가 질 때까지 일을 계속하려면 극기(克己)마저 필요했다.

그들은 비에 흠뻑 젖었어도 별로 신경을 쓰지 않았다. 탤보스이에서 함께 살면서 사랑을 했던 그 시절, 여름이 아낌없이 행복을 안겨 주던 풍요한 목장에서의 생활을 얘기하기에 시간가는 줄 몰랐다. 즉 실지로는 모든 사람에게, 그러나 감정상으로는 그녀들에게만 주어졌던 것 같은 그 생활에 대해서……. 테스는 지금은 완전한 부부가 아니지만, 법률상으로 남편인 클레어의 얘기를 마리안과 하고 싶지는 않았다. 그러나 탤보스이에서의 이야기에 이끌려서 무심코 마리안과 말을 주고받았다. 젖은 모자의 차양이 귀찮게 얼굴에 철썩거리고 겉옷이 성가시게 몸에 달라붙었지만, 푸르고 맑은 하늘에 빛나던 꿈 같은 낭만의 탤보스이 추억에 잠겨 오후를 보냈다.

"날씨가 갠 날은 프룸 분지에서 서너 마일 떨어진 산을 희미하게 볼 수 있어."

마리안이 말했다.

"어머! 정말?"

테스는 이 마을의 새로운 가치를 깨달은 듯이 기뻐했다.

이곳에서의 생활도 다른 어느 곳에서와 마찬가지로 인생을 향락하려는 본능과 향락을 방해하려는 의지와의 두 힘이 작용하고 있었다. 오후의 햇살이 점점 기울어 가면 마리안은 흰 헝겊으로 마개를 한 술병을 호주머니에서 꺼내 목을 축여 힘을 돋우는 버릇이 생겼다. 테스에게도 술을 권했으나, 테스의 상상력은 술기운을 빌리지 않아도 공상의 세계를 넘나들 수 있을 만큼 충분했으므로 입에 대기만 하고 마시지는 않았다. 그러면 마리안은 그 병을 받아서 시원하게 쭉 들이켰다.

"습관이 돼서 이젠 도저히 끊을 수 없어. 나의 유일한 낙이니까. 나는 그이를 잃어버렸으니 말이야. 너는 그렇지 않으니까 술이 없어도 살 수 있을 거야."

테스는 남편과 헤어진 것 역시 마리안이 잃은 것과 마찬가지로 큰 아픔이라 생각했으나, 적어도 문서상으로는 에인젤의 아내라는 기분에 힘입어 그녀의 말을 그대로 인정하지 않을 수 없었다.

이런 상황 속에서 아침 서리와 저녁 비를 맞으면서 테스는 노예처럼 일했다. 순무 캐는 일을 하지 않을 때는 순무를 다듬는데, 호미로 순무에 붙은 흙과 잔털을 다듬어서 두고두고 쓰기 위해 저장했다. 이 작업을 하는 동안에 비가 오면 움막으로 피할 수도 있으나, 서리가 심하게 내린 아침은 두꺼운 가죽 장갑을 끼고도 얼어붙은 순무를 다룰 때는 손가락이 얼어 터지는 것 같았다. 그러나 테스는 희망을 버리지 않았다. 그녀가 아는 클레어는 너그러운 마음의 소유자이므로 언젠가는 자기를 데리러 올 것이라는 확신을 갖고 있었다.

술기운이 돌자 기분이 좋아진 마리안은 묘하게 생긴 돌을 주워다가 이리저리 보며 킬킬거리고 있었으나 테스는 여전히 시무룩한 표정이었다. 그들은 가끔 보이지는 않으나 프룸 분지가 가로놓였을 아득한 방향에다 눈길을 못 박은 채 즐거웠던 그날의 추억에 잠기곤 했다.

"아아, 옛날의 친구들이 하나둘 더 이곳에 오게 되면 얼마나 좋을까? 탤보스이의 밭을 이곳에 옮겨놓고, 그 사람의 얘기도 하고, 옛날의 즐거웠던 추억을 되새기기도 하면서 옛날처럼 재미있게 지낸다면 다시 모든 것을 되찾을 수 있을 텐데 말이야."

옛날 생각이 떠오르는 듯 마리안의 눈에는 눈물이 괴며 목소리가 떨려왔다.

"이즈 휴에트한테 편지할 테야. 그녀는 지금 집에서 놀고 있으니까 우리가 이곳에 있다는 걸 알려 주고, 함께 일하자고 부탁해야겠어. 레티도 좋아할 거야."

마리안의 의견에 테스는 반대하지 않았다. 탤보스이의 옛 시절을 여기다 옮겨놓자는 계획에 대한 소식은 사흘 후 가능하면 오겠다는 이즈의 답장이 있었다.

　겨울이 슬며시 그들을 찾아왔다. 어느 날 아침, 몇 그루 안 되는 나무와 산울타리의 가시덤불은 식물의 허울을 벗어 버리고 마치 동물의 가죽으로 갈아입은 것같이 얼어붙었다. 밤새 나무껍질에서 돋은 흰 솜털 같은 것에 싸인 가지들은 털옷을 입은 것 같고, 여느 때보다 네 배나 더 커 보였다. 사방에 있는 덤불과 나무는 잔뜩 흐린 하늘과 지평선의 음산한 회색을 배경으로 흰 선으로 그린 선명한 그림처럼 보였다. 이러한 결정력(結晶力)이 있는 대기의 작용으로 말미암아 이때까지 눈에 보이지도 않던 거미줄이 헛간이나 벽면에 그 모습을 나타냈고, 헛간채나 기둥, 문 등의 불쑥 튀어나온 곳에 흰 털실 뭉치처럼 매달려 있었다.

　그렇게 습기가 응결하는 계절 다음에는 어김없이 추위가 닥쳐오고, 때를 같이하여 북극에서 오는, 못 보던 새들이 플린트콤 애쉬의 고원 지대에 소리 없이 날아들기 시작했다. 바싹 마르고 괴상하게 생긴 이 생물은 인간으로서는 상상도 못할 무서운 빙점의 추위 속에서 신비하고 무시무시한 북극의 위력을 목격하고 온 비참한 눈을 하고 있었다. 그 새의 눈은 북극광(北極光)에 의해 부서지는 빙산과 눈사태를 보았고, 미친 듯 휘몰아치는 눈보라와 땅과 바다의 일렁이는 변동으로 눈이 멀다시피한 그 눈들은, 그러한 광경이 심어 준 표정을 아직껏 그대로 지니고 있는 빛이었다. 이름 모를 이 새들은 테스와 마리안 쪽으로 가까이 날아왔으나 인간은 도저히 볼 수 없는 저희들의 경험을 말하고 싶은 마음이 없는 듯 이 소박한 고원과는 아무 관련도 없는 경험담은 묻어 버리고, 두 아가씨가 호미로 파헤치는 식물에 군침을 삼키면서 묵묵히 바라보고 있었다.

　그러던 어느 날, 이상한 기운이 광활한 고장에 스며들었다. 습기가 가득했으나 비를 뿌리진 않았고, 추운 기온이었으나 서리는 내리지 않았다. 추위는 그녀들의 눈을 시리게 했고, 이마를 따갑게 했으며, 살 속과 뼛속까지 스며들었다. 곧 눈이 올 징조였다. 그리고 눈은 밤부터 내리기 시작했다. 길 가는 나그네들의 언 몸을 녹여 주는 바람받이가 있는 집에서 하숙하는 테스는, 그날 밤 지붕의 덜거덕거리는 소리에 눈을 떴다. 지붕이 온갖 바람의 놀이터로 바뀐 듯한 요란한 소리였다. 아침 일찍 일어난 테스는 등불을 켜고 창틈 사이로 들어온 눈이 고운 밀가루로 쌓아올린 원뿔 모양을 이룬 것을 보았다. 눈은 굴뚝으로 날아들어서 움직일 때마다 발이 덮일 만큼 마룻바닥에 쌓였는데, 그녀가 움직일 때마다 발자국이 새겨졌다. 밖에서 몰아치는 눈보라는 부엌 안에 서리를 이룰 만큼 맹렬한 기세였다. 그러나 밖은 아직도 캄캄하여 아무것도 보이지 않았다.

　테스는 순무 밭에서의 작업은 불가능하다고 생각했다. 조그만 등불 아래서 조반을 끝낼 무렵에 마리안이 오더니, 날씨가 개일 때까지는 다른 여자들과 함께 헛간에서 밀 훑는 일을 하게 되었다고 알려 주었다. 바깥의 캄캄한 어둠이 뿌연 회색으로 바뀌자, 가장 두꺼운 겉옷에 털목도리를 둘러 가슴 앞에 여미고 그녀들은 헛간으로 향했다. 눈보라는 북극 바다에서 눈 기둥처럼 새들의 뒤를 따라왔다. 그래서 눈은 하나하나 조각으로 보이지 않았다. 눈보라는 빙산과 북극해, 고래와 흰곰의 냄새들을 실어다가 지면을 핥을 뿐 땅 위에 쌓이지는 않았다. 그녀들은 되도록 눈보라를 피하려고 몸을 웅크린 채 산울타리를 방패 삼아 얼어붙은 땅을 밟고 가려 했으나 산울타리는 바람을 걸러 줄 뿐 병풍 역할은 하지 못했다. 난무하는 눈보라에 시달림을 받고 얼굴이 창백해진 하늘은 눈보라를 함부로 비틀고 흩날리면서 만물을 무색(無色)의 혼돈세계로 몰아넣는 것 같았다. 그러나 두 여인의 마음은 매우 유쾌했다. 건조한 고원 지대에서의 그런 기후만으로도 잠시 그녀들의 우울을 털어 버릴 수가 있었던 것이다.

"그래, 그 영리한 북녘 새들이 눈보라가 몰아칠 것을 알고 있었구나. 그렇다면 이 새들은 북극성이 있는 곳에서 줄곧 눈보라의 앞잡이가 되어서 온 거야. 네 남편은 지금 타는 듯 더운 곳에 있겠지? 이 아름다운 아내를 본다면, 이런 날씨에 더 아름다워 보이는구나."

"마리안, 그이 얘기는 하지 마."

"하지만 속으로는 은근히 염려가 되지, 그렇지?"

대답 대신 테스는 눈물을 글썽이면서 남미 쪽이라 상상되는 곳으로 급히 얼굴을 돌렸다. 그리고 입술을 내밀어 눈보라 위로 뜨거운 키스를 보냈다.

"그래, 그래. 네 심정을 알겠어. 하지만 아무리 생각해도 너희는 괴상한 부부야. 이젠 아무 말도 하지 않을게. 그건 그렇고, 날씨 말인데, 밀 헛간에 들어가 있으면 추위는 덜 느끼겠지만, 밀 훑는 일은 무척 힘들어. 순무 뽑는 일보다 더 고약해. 나는 몸이 튼튼하니까 견디지만, 너는 약하니까 힘들 거야. 그런데 주인이 무엇 때문에 너한테까지 이런 일을 시키는지 모르겠단 말이야."

그들은 헛간에 다다르자 안으로 들어갔다. 기다란 헛간 한쪽 구석에는 곡식이 그득했다. 그 가운데가 밀 훑는 장소였는데, 거기에는 오늘 중에 해치워야 할 밀단이 산더미처럼 쌓여 있었다.

"어머나, 이즈!"

마리안이 말했다.

그녀는 분명히 이즈였다. 이즈가 앞으로 다가왔다. 그녀는 어제께 오후에 어머니 집을 출발해서 줄곧 걸어왔는데 생각보다 길이 멀어서 도착이 늦기도 했지만, 그래도 눈보라가 치기 전에 도착해서 지난밤은 주막에서 묵었다고 했다. 농장 주인이 시장에서 어머니를 만났을 때, 오늘 중으로 도착하면 이즈를 쓰겠다고 약속했으므로 늦어서 무효가 되지 않을까 두려워하고 있었던 것이다.

테스, 마리안 그리고 이즈 외에도 이웃 마을에서 온 여자가 두 사람 더 있었다. 남자 못지않은 두 여자는 스페이드의 여왕이라던 다크 카와 그녀의 동생—다이아몬드 여왕이라는 이름밖에 기억나지 않는—을 테스는 첫눈에 알아보고 깜짝 놀랐다. 그녀들은 어느 날 밤, 트랜트리지에서 테스에게 시비를 걸던 바로 그 여자들이었다. 그 자매는 테스를 알아보지 못하는 것 같았다. 아마 얼굴도 기억하지 못할 것이다. 왜냐하면 그때는 두 사람이 다 술에 취했었고, 지금처럼 잠깐 그곳에 살았으니 말이다. 그녀들은 마음 내키는 대로 남자가 하는 일은 무엇이든 가리지 않고 해치웠다. 이를테면 우물을 판다거나 울타리를 두르는 일, 도랑을 파는 일 등 아무리 힘든 일을 해도 피곤한 기색조차 없는 여자들이었다.

그녀들은 밀 훑는 일에도 솜씨가 뛰어나서 좀 우쭐한 태도로 세 사람을 돌아보았다. 장갑을 끼고 탈곡기 앞에 한 줄로 늘어서서 일을 시작했다. 탈곡기는 두 개의 기둥과 한 개의 가로지른 들보로 짜여졌고, 그 밑에는 탈곡할 밀단이 이삭을 바깥쪽으로 향한 채 쌓여 있었다. 이 들보는 양쪽 기둥에다 못을 박아 매달았으므로 밑에 있는 밀단이 줄어드는 데 따라서 들보는 아래로 내려가게 마련이었다.

햇살은 점점 밝아지고, 헛간 문에서 들어오는 빛은 위에서 아래로 비치는 것이 아니라, 마당에 덮인 눈에 반사되어 밑에서부터 위로 비쳤다. 세 아가씨는 들보 아래 있는 밀단을 한 줌씩 집어 올렸다. 그러나 추잡한 얘기를 지껄이는 두 여자 때문에 마리안과 이즈는 마음먹었던 대로 옛날에 지내던 이야기도 꺼내지 못했다. 이윽고 둔한 말발굽 소리가 들리더니, 이내 한 농부가 헛간으로 말을 타고 다가왔다. 말에서 내린 그는 테스 앞으로 다가오자 걸음을 멈추고 그녀의 옆모습을 뚫어지게 들여다보았다. 처음에 그녀는 모르는 체했으나 그가 너무 꼼짝 않고 서 있어서 돌아다보았다. 그녀를 고용한 농장 주인은 큰길에서 테스의 과거를 들추어 그녀를 도망치게 한 트랜트리지 마을의 바로 그 사람이었다.

밀알을 다 턴 밀단을 바깥 짚더미로 가지고 올 때까지 기다리고 있던 주인이 말했다.

"아가씨가 바로 나의 친절을 버릇없이 받아들인 그 젊은 여자로군. 젊은 여자가 고용되었다는 말을 들었을 때, 나는 직감적으로 너라는 걸 알았어. 하여간 너는 애인과 함께 식당에서 나를 골탕먹였고, 길에서 만났을 때 도망친 일로 번번이 나를 이겼다고 생각할지 모르지만, 이번에는 내가 맛을 좀 톡톡히 보여 주지."

그는 큰소리로 한바탕 웃고는 말문을 닫았다.

왈가닥 자매와 주인 사이에 끼어 마치 그물에 걸린 참새처럼 테스는 아무 말대꾸도 하지 못하고 계속 밀단만 털고 있었다. 경험을 통해서 이제는 제법 사람의 성격을 판단할 줄 아는 그녀는 주인의 괄괄한 성격을 겁내지는 않았다. 그러나 클레어에게 당한 분풀이를 그녀한테 하지 않을까 두려웠다. 요컨대 테스는 남자들이 이렇게 자기를 미워하는 것이 오히려 마음 편했다.

"내가 반한 것으로 아는 모양이지? 세상에는 남자들의 모든 것을 진심으로 아는 순진한 여자들이 더러 있단 말이야. 그따위 생각을 가진 아가씨들의 어리석은 행동을 고치려면 겨우내 밭일을 시키는 수밖에 없어. 성신강림절까지 일하기로 계약서에 서명한 이상, 나에게 용서를 빌어야겠지?"

"용서를 빌 사람은 당신이라고 생각해요."

"좋아, 좋도록. 그러나 이 집에서 누가 주인인지 곧 알게 될 거야. 그래, 네가 오늘 턴 밀단은 겨우 요것뿐야?"

"그래요."

"이거 형편없군. 저기 저 여자들이 해 놓은 걸 보란 말이야. 너보다 훨씬 많이 했잖아."

"저 사람들은 손에 익었지만, 저는 처음이에요. 그러나 주인껜 조금도 손해가 없다고 생각해요. 몫만큼 일하는 것이고, 또 일한 만큼 품삯을 받으니까요."

"천만에, 손해가 있지. 난 헛간을 빨리 치워 버려야 하니까!"

"다른 사람들이 두 시에 일을 마치더라도 저는 해질 때까지라도 하겠어요."

주인은 매우 기분 나쁜 듯 그녀를 쳐다보고 나갔다. 여기보다 더 못된 농장은 없을 거라고 테스는 생각했다. 그러나 남자가 치근거리지 않는 것만은 다행한 일이었다. 두 시가 되자 능숙한 다른 여자들은 납작한 병에 반쯤 남은 파인트를 마시고, 갈고리를 땅에 놓고 마지막 밀단을 묶어 놓은 다음 모두 밖으로 나가 버렸다. 마리안과 이즈도 밖으로 나갔을 테지만, 남보다 뒤떨어진 일을 보충하려고 남겠다는 테스의 말을 듣고 저희들끼리만 나가려 하지 않았다. 아직도 내리고 있는 눈보라를 쳐다보면서 마리안이 기쁜 듯이 말했다.

"이제야 겨우 우리끼리만 남았군!"

이리하여 애기는 다시 농장의 지난날로 꽃을 피울 수 있었다. 그때 테스가 말했다.

"이즈 그리고 마리안, 나는 옛날의 클레어 씨를 대하던 기분으로 너희와함께 그 사람 얘기를 할 수가 없어. 너희들도 내 심정을 알 거야……. 비록그이가 먼 데 있더라도 어엿한 내 남편이니까 말이야."

이즈는 클레어를 사랑하던 네 처녀 중에서도 가장 당돌하고 또 빈정대기잘하는 아가씨였다.

"그 남자는 연인으로선 정말 멋진 남자였어. 그런데 너한테서 그토록 빨리 떠나가 버리다니, 과히 정다운 남편은 아닌 것 같구나."

"그이도 어쩔 수 없었을 거야. 가지 않을 수가 없었어. 농장을 물색하러말이야."

테스가 변명했다.

"그러나 네가 겨울을 날 수 있도록 해 놓고 갔어야지."

"아, 그건 우연한 오해로 차질이 생긴 거야……. 우리는 그런 걸 갖고 말다툼하고 싶지 않았어."

테스는 울음 섞인 목소리로 이어서 변명했다.

"난 그이를 위해서 변명할 게 많아. 그리고 다른 남편들처럼 소리도 없이 가 버린 건 아니야. 그러니까 그이가 있는 곳은 언제든지 알 수 있어."

그녀들은 다시 입을 다물고 각각 깊은 생각에 잠긴 채 한참 동안 일을 계속하고 있었다. 밀단을 움켜잡고 이삭을 털고, 다시 겨드랑이에 껴서 떨어지지 않은 이삭을 낫으로 쳤다. 헛간에서는 밀 이삭 훑는 소리와 자르는 소리만 들릴 뿐이었다. 갑자기 테스가 그때 힘없이 밀 이삭더미 위에 주저앉아 버렸다.

"네가 감당하지 못할 줄 알았어."

마리안이 소리쳤다.

"이 일은 몸이 튼튼해야 한단 말이야."

마침 그때 농장 주인이 들어왔다.

"나만 없으면 아가씨는 이 모양이군."

주인이 테스에게 나무라듯 말했다.

"하지만 내 손해지, 당신 손해는 아니에요."

"이걸 다 마쳐야 해."

주인은 그렇게 말하고 헛간을 가로질러 다른 문으로 나가 버렸다.

"주인 말에 신경 쓸 필요는 없어. 나는 전에도 여기서 일한 경험이 있어. 자, 저쪽에 가서 좀 누워. 이즈하고 내가 네 몫을 채울 테니까."

마리안이 말했다.

"너희들한테 미안해서 어떡하지. 너희들보다 난 키도 큰데."

그러나 그녀는 너무 피로해서 마리안의 말대로 잠시 쉬기로 했다. 테스는 알곡을 턴 다음 헛간 구석에 집어 던져서 산더미처럼 쌓인 밀단 위에 가서 누웠다. 그녀가 지쳐 떨어진 것은 일이 힘든 탓도 있지만, 남편과의 이별이 다시 얘깃거리로 등장하여 그녀의 신경을 자극한 때문이었다. 아무 생각도 없이 멍청하게 누워 있던 그녀는 이삭을 털고 낫질하는 소리가 몸에 짜릿짜릿하도록 무겁게 울려옴을 느꼈다.

그러한 소음과 함께 테스의 귀에 그녀들의 소근거림이 들렸다. 분명히 아까부터 실마리를 터놓았던 화제를 여전히 계속하고 있는 것이 분명했지만, 너무 낮은 음성이어서 무슨 말을 하는지 알아듣지 못했다. 그럴수록 테스는 그녀들의 주고받는 얘기가 궁금해서 견딜 수가 없었다. 그래서 그녀는 억지로 일어나 피로가 회복된 듯 다시 일을 하기 시작했다.

이번에는 이즈 휴에트가 쓰러졌다. 이즈는 어젯저녁 십여 마일이나 걸었고, 밤중에야 겨우 잠자리에 든 데다가 오늘 아침에는 너무 이른 새벽에 일어났기 때문이었다. 마리안은 술병과 건강한 몸 덕택으로 힘겨운 일을 고통 없이 견디고 있었다. 테스는 이제 피로도 회복되고 혼자서 넉넉히 다 할 수 있으니까 가서 쉬라고 이즈에게 말했다.

이즈는 테스의 말을 기꺼이 받아들여 큰 문으로 해서 자기 숙소를 향해 눈길을 가로질러 갔다. 마리안은 매일 오후 이맘때만 되면 술기운으로 달콤한 기분에 젖어 있었다.

"그 남자가 그럴 줄은 생각도 못했어. 난 정말 그이를 사랑하고 있었어. 너하고 결혼한 건 아무렇지도 않아. 그러나 이즈에겐 너무했단 말이야."

그녀는 꿈꾸듯이 말했다.

테스는 그 말을 듣고 너무 놀라서 낫에 손가락을 베일 뻔했다.

"내 남편 말이니?"

테스가 띄엄띄엄 물었다.

"응, 그래. 이즈는 나보고 말하지 말라고 했지만, 이대로는 못 견디겠어. 그 사람이 뭐라고 한지 알아⋯⋯. 믿기지 않지만 브라질로 함께 가자고 했단 말이야."

눈에 덮인 바깥 경치처럼 테스의 얼굴은 창백해졌고, 부드럽던 표정도 굳어졌다.

"그래, 이즈가 거절했단 말이지?"

테스가 물었다.

"몰라. 그 남자가 스스로 금세 취소했대."

"당치않은 소리……. 그럼 처음부터 그런 뜻에서 말한 게 아니겠지. 남자들이 흔히 하는 농담일 거야."

"아니라니까, 진지하게 말했다던데? 더구나 정거장을 향해서 둘이 한참 마차를 달렸대."

"그래도 이즈를 데려가지 않았잖아."

둘은 아무 말도 없이 일을 계속했다. 그러다가 얼마 후 테스가 갑자기 울음을 터뜨렸다.

"저런, 공연한 말을 했나 봐."

마리안이 말했다.

"아니야, 말해 주어서 오히려 고마워. 난 여태까지 기약도 없이 외로운 나날을 보내왔어. 그래서 일이 어떻게 되는지도 몰랐단 말이야. 내가 부지런히 편지라도 보냈어야 했는데……. 그리고 갈 수는 없다고 했지만 편지까지 하지 말라는 말은 하지 않았으니까. 이 이상 우물쭈물 지낼 순 없어. 모든 걸 그에게 맡기고 무관심했다는 건 나의 큰 잘못이야."

헛간 안이 점점 어두워져서 더 이상 일을 계속할 수가 없었다. 그날 저녁 집에 돌아온 테스는 자기만이 쓰는 새로 칠한 작은 방에 들어앉아 열심히 편지를 쓰기 시작했다. 그러나 망설이는 마음이 생기자 더 이상 써지질 않았다. 헤어진 지 얼마 되지도 않아서 이즈에게 마음을 둘 만큼 변하기 쉬운 남편이지만, 자기만이 틀림없는 그의 아내라는 생각만을 고집하고 싶었다. 그 믿음을 더욱 굳게 하려는 듯, 이제껏 리본에 꿰어 목에 걸고 다니던 반지를 밤새도록 손가락에 끼고 있었다. 그러나 이미 이러한 사실까지 안 다음에 어떻게 남편한테 애원하며, 아직도 그를 잊지 않고 있다는 따위의 편지를 어떻게 쓸 수 있을까?

44

헛간에서 마리안이 들려준 그 얘기 때문인지 테스의 생각은 새로운 방향으로 기울어질 때가 많았다. 그녀는 가끔 멀리 떨어진 에민스터 목사관으로 이끌렸다. 편지를 할 일이 있으면 부모를 통해서 보내고, 어려운 일이 있으면 아버지에게 직접 연락하도록 남편이 다짐했지만, 테스는 도덕적으로 시아버지한테 무엇을 요구할 권리가 없다는 생각에서 편지를 쓰고 싶은 충동을 늘 억제해 왔다. 따라서 친정 부모에 대한 것과 마찬가지로 목사관의 가족들에게도 그녀 자신의 존재를 드러내지 않는 것이 정당하다고 냉철한 판단을 내렸다. 아무것도 받을 자격조차 없으면서 사랑이나 동정에 의해 무엇이든 받으려 해서는 안 된다는 것이 그녀의 독립적인 성격과 일치했다. 그래서 살든 죽든 혼자 힘으로 모든 것을 해결하려고 결심했다. 일시적인 충동에 의해서 결혼식을 올리고, 남편의 낯선 가족과 한식구가 됐다는 하찮은 사실로 말미암아 형식상의 권리를 주장하려는 생각을 테스는 포기하자고 각오했었다.

그러나 이즈에 관한 얘기를 듣고 괴로움에 시달린 테스의 참을성에도 한계가 왔다. 왜 남편은 편지를 하지 않는 것일까? 행선지만은 알려 주겠다고 하지 않았던가. 그런데 단 한 번도 주소를 알려 준 적이 없었다. 그는 정말 자신에게 무관심한 걸까? 아니면 혹시 병이 난 걸까? 자신이 먼저 남편에게 연락을 했어야 하는 건 아닐까? 그녀는 근심하다가 마침내 용기를 내어 목사관을 방문하기로 마음먹었다. 남편의 소식을 묻고, 남편에게서 아무런 소식을 듣지 못하는 슬픔을 하소연하고 싶었다. 그의 부친이 소문대로 선량한 분이라면 그녀의 심정을 이해해 줄 것 같았다. 경제적인 고통을 드러내지 않고 그들을 만난다면 안 될 것도 없다는 생각이 들었다.

평상시에는 일 때문에 나갈 기회가 없고, 유일한 시간이란 고작 일요일뿐이었다. 플린트콤 애쉬는 아직 철도가 놓이지 않고 백토질의 고원 중심에 있으므로 부득이 걸어가야 한다. 그리고 왕복 삼십 마일이나 되는 거리니만큼 하루 만에 다녀오려면 새벽에 일찍 일어나야 한다.

그로부터 두 주일이 지난 다음, 눈이 멎은 위에 된서리가 내려 길이 단단해진 것을 이용하여 떠나기로 했다. 일요일 새벽, 그녀는 별빛이 총총한 밖으로 나갔다. 날씨는 그다지 사납지 않았고, 땅바닥은 걸을 때마다 쇳덩이 같은 소리를 냈다.

테스의 남편에 관련된 이번 결단에 대해 마리안과 이즈는 큰 관심을 갖고 지켜보았다. 그래서 그녀들은 숙소가 떨어져 있는데도 테스가 떠나기 전에 와서 출발을 도와주었다. 테스는 시아버지의 엄격한 장로교 교리를 알고 있었기 때문에 복장에는 신경을 쓰지 않았다. 그러자 두 아가씨는 시부모들의 마음을 끌려면 가장 예쁜 옷을 입고 가야 한다며 우겼다. 결혼식을 앞두고 마련했던 옷 중에서 소박한 시골 처녀로서 남의 눈을 끌기에 족한 좋은 옷을 골랐다. 그녀의 연분홍색 얼굴과 목덜미를 더욱 두드러지게 나타낼 흰 주름 칼라가 달린 연한 회색의 모직 원피스에 까만 벨벳 재킷을 입었다. 그리고 마지막으로 모자까지 썼다.

"네 남편이 너의 아름다운 모습을 보지 못하는 게 유감이구나. 아주 근사해!"

방 안 촛불의 노란빛과 싸늘한 바깥 별빛 사이의 문지방에 서 있는 테스의 모습을 보고 이즈 휴에트가 말했다. 이즈는 자신의 괴로움 따윈 떨어 버리고 관대한 마음으로 그렇게 말한 것이다. 개암 열매보다 조금 더 큰 심장을 가진 여자라면 테스 앞에서 적의(敵意)를 갖지 못할 것이다. 같은 여자에게 주는 테스의 인상은 남다른 따스함과 힘을 지니고 있어서, 심술이라든지 경쟁심을 지닌 하찮은 여자들이 마음을 정복해 버리기 때문이었다.

솔로 먼지도 털고 여기저기 마지막 손질을 한 끝에 테스를 보내 주었다. 그래서 테스는 먼동이 트기 전의 진주빛 대기 속으로 사라졌다. 꽁꽁 얼어붙은 길을 성큼성큼 걸어가는 테스의 발소리가 멀어져 갔다. 이즈도 테스의 소원이 이루어지기를 마음속으로 빌었다. 자기의 도덕심을 스스로 대견스레 여기는 것은 아니지만, 순간적으로 클레어의 유혹을 받았을 때 친구를 배반하지 않은 자신을 기쁘게 생각했다.

오늘로써 클레어가 테스와 결혼한 지 꼭 하루가 빠지는 일 년이었고, 그가 그녀의 곁을 떠난 지 사흘이 모자라는 일 년이 되었다. 그러나 오늘같이 건조하고 맑게 갠 겨울 아침, 그런 용기를 가지고 백토질(白土質)의 산등성이를 가벼운 걸음으로 떠나는 건 싫지 않았다. 떠날 때 그녀의 생각은 시어머니의 마음에 들어, 결국 집을 떠나간 남편을 찾겠다는 강한 의지뿐이었다.

얼마 후 그녀는 넓고 가파른 내리막길에 닿았다. 발밑에는 비옥한 블랙무어 골짜기가 안개에 덮인 새벽 속에 고요히 누워 있었다. 고원의 색깔 없는 공기에 비해 발 밑 대기는 푸른빛으로 가득 찼고, 요즈음 그녀가 일하는 광대한 농토와는 달리 조그만 밭이 얼마나 많은지 높은 데서 보니까 마치 그물을 펼쳐놓은 것 같았다. 고원의 경치는 흐린 다갈색이지만, 발 아래 경치는 프룸 분지와 마찬가지로 언제나 푸른빛이다. 그러나 그 분지야말로 그녀의 슬픔을 낳은 곳이어서 옛날처럼 그곳을 사랑할 수 없었다. 그녀에게 있어서 아름다움이란 사람들이 느끼는 것과 같이 물체의 외형에 있는 것이 아니라 그 물체가 상징하는 것에 있었다.

블랙무어 골짜기를 오른편에 끼고 서쪽을 향해 앞으로 계속 나아갔다. 힌토크스 고원의 마을들을 지나고, 셔톤 아바스에서 캐스터브리지로 통하는 길을 똑바로 건너 '악마의 부엌'이라는 산골짜기가 있는 도그베리 힐과 하이 스토이 산기슭을 끼고 돌아 나갔다. 오르막길을 따라가는 동안 크로스 인 핸드에 도착했다. 그곳에는 기적이 일어났던 곳을 표시하는 둥근 돌기둥이 외롭게 서 있었다. 삼 마일쯤 더 가서 롱 애쉬 레인이라는 로마 시대의 곧고 황폐한 길을 가로질렀다. 좁은 길을 따라 언덕을 내려가 에버스헤드의 작은 마을에 도착했다. 이것으로 그녀는 목적지의 반은 온 셈이었다. 그녀는 이곳에서 잠깐 쉬면서 아침을 먹었다. 남의 눈을 꺼려 주막에서 먹지 않고 교회 옆에 있는 어느 농가에서 먹었다.

남은 길은 지나온 길보다도 좀 수월한 벤빌 레인을 따라 평탄한 곳을 지나게 된다. 그러나 목적지와의 거리가 차츰 가까워짐에 따라 테스의 용기는 점점 줄어들고 위축되었다. 그녀는 자신의 목적이 타당한 것 같지 않았고, 자신이 없어지자 길도 분간하기 어려웠다. 점심때가 거의 되어 에민스터 목사관이 보이는 분지 한쪽 입구에 이르자 그녀는 잠시 걸음을 멈췄다.

네모진 탑, 그 밑에 목사와 교인들이 모여 예배를 드리고 있을 그 탑이 거룩하게 보였다. 그녀는 주일을 피해서 와야 했다는 생각이 순간적으로 떠올랐다. 신앙이 두터운 분이니까, 그녀가 처한 곤경은 짐작 못하고 주일에 찾아온 그녀에게 어떤 편견을 가질지도 모른다. 그러나 그녀로서는 선택의 여지가 없었다. 먼 길을 온 투박한 장화를 벗고 에나멜 가죽으로 만든 가볍고 예쁜 구두로 바꿔 신은 다음, 장화는 문기둥 옆 울타리 사이에 끼워 놓고 언덕길을 내려갔다. 신선한 공기를 마시고 건강미에 넘치던 그녀의 안색은 목사관 가까이에 이르자 차차 핏기가 사라졌다.

테스는 그녀에게 도움이 될 만한 우연한 일이라도 생기기를 은근히 바랐다. 그러나 아무 우연도 일어나지 않았다. 목사관 잔디에 있는 정원수는 차가운 서릿바람에 불쾌한 소리를 내고 있었다. 그녀가 아무리 감정을 추스르려 해도 좀처럼 흥분은 가라앉지 않았고, 더구나 이곳이 그리운 시집이라는 실감이 나지 않았다. 그들과 근본적으로 다른 것이라곤 아무것도 없었다. 고통, 즐거움, 생각과 태어남과 죽음, 사후 세계까지도 다를 바 없는데 위축되는 자신을 어쩔 수 없었다.

그녀는 마음을 가다듬고 안으로 들어가 현관 초인종을 눌렀다. 일은 이미 저질러졌으므로 새삼스레 물러설 수도 없었다. 그러나 안에서는 아무 인기척이 없었다. 그녀는 다시 한 번 용기를 내어 두 번째 초인종을 눌렀다. 십오 마일이나 걸어온 그녀는 육체적인 피로에 정신적 긴장까지 겹쳐 당장 쓰러질 것 같았다. 잠깐 허리를 짚고 팔꿈치를 현관 벽에 기댄 채 몸을 의지했다. 담쟁이덩굴은 차가운 바람에 시들어 잿빛으로 변했고, 바람이 불 때마다 서로 얽힌 잎사귀는 그녀의 신경을 자극했다. 어느 집 쓰레기통에서 나온 종이가 바람에 나부껴 한길에서 이리저리 뒹굴고 있었다. 땅바닥에 붙어 있기에는 너무 가볍고, 멀리 날아가 버리기엔 무거운 듯 지푸라기 두서너 개와 붙어 날아다녔다.

두 번째 누른 초인종은 훨씬 길고 크게 울렸지만, 역시 아무도 나오지 않

았다. 그녀는 현관에서 물러나 대문을 열고 밖으로 나왔다. 다시 누르려고 망설이다가 밖으로 나와서는 안도의 한숨을 내쉬었다. 현관을 바라보는 순간 이미 자신이 누구인지를 미리 알고 집안에 들이지 말라는 명령이 내려진 것 같은 불길한 생각이 들었다. 그럴 리가 없는데도 그녀의 머리엔 그 생각이 가득 들어차 있었다.

테스는 집 모퉁이까지 걸어갔다. 그러나 불안한 현실에서 도피하여 앞으로 더 큰 불행을 가져오고 싶은 생각은 없었다. 그녀는 발길을 돌려 목사관 앞을 천천히 지나면서, 길가로 난 창문을 조심스레 살폈다.

그제야 아무도 나오지 않는 이유를 알았다. 한 사람도 남김없이 모두 교회에 나간 것이다. 아버지는 하인까지도 예배에 참석시키므로 집에 돌아오면 식은 음식을 먹기가 일쑤라고 말해 주었던 남편의 얘기가 생각났다. 예배가 끝날 때까지 기다려야 한다는 사실을 깨닫고는 그곳에서 서성거리다가 남의 눈에 띄기 싫어서 교회를 지나 오솔길 쪽으로 걷기 시작했다. 그러나 교회 마당 문에 이르렀을 때 테스는 쏟아져 나오는 교인들 틈에 둘러싸이고 말았다. 그들은 집으로 돌아가는 길에 낯선 사람을 만난 것처럼 대수롭지 않게 그녀를 쳐다보았다.

그녀는 오던 길을 되돌아 빠른 걸음으로 비탈길을 올라갔다. 목사 가족들이 점심을 마칠 동안 산 위에 숨었다가 다시 내려가서 만나는 편이 그들한테도 편할 것 같았다. 잠시 후 그녀는 교인들의 곁을 멀리 벗어났다. 그러나 팔짱을 낀 두 젊은 남자가 빠른 걸음으로 그녀의 뒤를 따라오고 있었다.

그들과의 거리가 좁혀짐에 따라 진지한 이야기에 열중하고 있는 그들의 음성을 들을 수 있었다. 테스의 날카로운 관찰력으로 남편의 음성과 비슷한 그들의 목소리를 무심코 넘길 그녀가 아니었다. 그들은 바로 남편의 형들이었다. 테스는 그들을 대면할 만한 마음의 자세도 갖추지 않은 상태에서 얼굴을 보일 수 없다는 생각만으로 가득 찼다. 그들이 그녀의 얼굴을 알 턱도 없지만, 본능적으로 쳐다볼 것 같은 조바심이 났다. 그들의 걸음걸이가 빨라질수록 그녀의 발걸음도 빨라졌다. 그들은 점심을 먹으러 집으로 돌아가기 전에 예배 보느라 오래 앉아 있어 시렸던 팔과 다리를 녹이려고 잠시 산책에 나선 길이었다.

젊은 숙녀같이 보이는 한 사람이 언덕을 올라가는 테스 앞에서 걷고 있었다. 어딘지 부자연스럽고 새침한 인상을 풍기나 상냥해 보이는 젊은 여자였다. 테스가 그녀와 거의 나란하게 걷고 있을 때, 남자의 얘기 소리가 똑똑히 들릴 정도로 그녀 가까이까지 이르렀다. 테스의 관심을 끌 만한 얘기는 아니었다. 그때 앞에 가는 젊은 여인을 발견하고, 그중의 한 남자가 말했다.

"저기 머시 찬트가 있군. 우리 따라갑시다."

테스는 그 이름을 알고 있었다. 그 여자는 에인젤과 머시의 양친이 에인젤의 반려자로 지목했던 사람으로, 자기만 아니었던들 그의 아내가 됐을지도 모를 여자였다. 그때 그들이 주고받는 이야기를 들을 수 있었다.

"아, 불쌍한 에인젤, 에인젤! 나는 저 참한 아가씨를 볼 때마다 소젖 짜는 아가씨인지 뭔지 하는 여자에게 자신을 던져 버린 그 애의 경솔한 행동이 원망스럽단 말이야. 아무리 생각해도 알 수 없는 일이거든. 그 여자가 에인젤과 다시 만났는지 어쨌는지는 모르지만, 몇 달 전에 편지가 왔을 때만 해도 별거하고 있는 것 같았어."

"나도 잘 모르겠어요. 요즘은 아무 소식도 없으니까. 나하고 사이가 벌어진 것은 에인젤의 별난 의견 때문이었지만, 그의 분별 없는 결혼이 우리 사이를 아주 멀리 갈라놓은 셈이죠."

　테스는 발걸음을 재촉했지만, 그들의 시선에서 벗어나려면 서둘러야 했으므로 고개를 숙인 채 걸었으나 그들이 테스를 앞질러 버렸다. 앞서 걷던 젊은 여인은 그들의 발소리를 듣고 뒤돌아보았다. 세 사람은 서로 인사를 나누고 악수도 한 다음 한데 어울려서 걸어갔다.

　잠시 후 언덕 막바지에 도달한 그녀는 걸음을 늦추고, 마을을 내려다보던 그 문 쪽으로 발길을 옮겼다. 그들이 얘기하는 동안 우산으로 산울타리를 조심스레 들추던 형제 중의 하나가 무엇인가를 밝은 데로 끄집어내고 있었다.

　"낡은 장화가 한 켤레 있는데……. 거지나 부랑자가 버린 것 같아."

　"어떤 협잡꾼이 맨발로 마을에 오려고 그랬을 거예요. 마을 사람들의 동정이라도 얻으려고 말이죠. 틀림없어요, 아주 좋은 장화인데다가 아직도 말짱한 걸요. 정말 못된 짓이에요. 누구 가난한 사람에게 갖다줘야겠어요."

　찬트 양이 말했다.

　장화를 발견한 커스버트 클레어가 구부러진 지팡이 끝으로 장화를 걸어 올려 그녀한테 주었다. 이리하여 테스의 장화는 어이없게도 남의 물건이 되어 버렸다.

　얼마 동안 얘기를 듣고 있던 테스는 털로 짠 베일로 얼굴을 가리고 그들 곁을 지나쳐 가다가 뒤를 돌아보았다. 그들은 이미 문을 떠나서 장화를 든 채 언덕길을 내려가고 있었다.

　테스는 다시 걷기 시작했다. 눈물이 자꾸만 볼을 타고 흘러내렸다. 감상적인 과민함에 불과하다는 것을 잘 알면서도 테스는 그런 생각을 떨치지 못했다. 이렇듯 약한 마음으로 그녀가 시집을 다시 방문한다는 것은 도저히 불가능한 일이었다. 테스가 친절한 시아버지를 만나지 못하고 그의 아들들을 만난 것은 불행한 일이었다. 갑자기 테스는 먼지투성이가 된 장화에 생각이 미치자, 그들의 웃음거리가 된 사실이 처량하기만 했고, 더 이상 희망이 없는 것 같아 인생이 얼마나 절망적인가를 뼈저리게 느꼈다.

그녀는 자신을 한탄하면서 말했다.

"아, 그이가 사준 이 예쁜 구두를 아끼려고 장화를 신고 왔는데, 그런 내 심정을 모르다니! 알 턱이 없지. 또 알았다 하더라도 거들떠보지도 않았을 걸. 그들은 이제 에인젤도 사랑하지 않으니까……. 가엾은 사람!"

테스는 사랑하는 남편을 위해 슬퍼했다. 남편의 곧은 생각이 그녀에게 여러 가지 슬픔을 안겨 준 것은 사실이지만 두 아들의 대화만 듣고 그 아버지의 성품을 짐작하여 마지막 순간에 이르러 용기를 잃어버린 것이 그녀의 일생에서 가장 큰 불행이라는 사실을 미처 깨닫지 못한 채 테스는 그대로 발길을 돌렸다. 그녀의 현재 처지야말로 시부모의 동정을 끌기에 족한 것이었다. 테스만큼 절망하지 않은 인간들의 미묘한 정신적 고민 따위 그들이 관심이나 주의를 기울이지 않지만, 극도의 절망에 빠진 사람들에게 그들은 아낌없는 동정을 주었다. 세무 관리나 죄인들에겐 동정을 베푸는 그들이지만 학자나 위선자들은 거들떠보지 않는다. 그러니까 노부부의 편견과 아집이라고 할 수 있는 그런 성질이 테스의 처지를 오히려 구원해 주어야 한다고 생각했을지도 모른다.

이렇듯 그녀는 희망에 부푼 새벽녘 출발 때와는 달리 위기가 다가오는 것 같은 불안감을 안은 채 터벅터벅 되돌아갔다. 그래서 시집을 방문하려는 용기가 다시 생길 때까지는 그 메마른 밭에서 일을 계속할 수밖에 없었다. 마치 머시 찬트에게 없는 아름다움이 자기한테는 있다는 것을 과시하듯, 베일을 벗어 버릴 만큼 자신에 대한 깊은 관심을 갖고 길을 재촉했다. 그러나 그런 마음의 변화 자체에도 그녀는 실망을 느꼈다.

"아무것도 아냐. 아름다움 따위는 아무것도 아냐. 사랑해 주는 사람도 없고, 봐 주는 사람도 없어. 나같이 버림받은 여자의 얼굴에 누가 관심이나 있겠어."

돌아가는 그녀의 걸음걸이는 앞으로 나가는 것이 아니라, 뒷걸음질하듯 헤매고 있었다. 힘도 없고 목적도 없이 그저 습관처럼 걸어가고 있었다. 지루한 벤빌 레인을 따라 걷는 동안 쌓인 피로가 한꺼번에 몰려오는 듯했다. 그래서 이따금 문기둥이나 이정표(里程表)에 기대어 숨을 돌렸다.

부푼 가슴을 안고 아침을 먹던 에베스헤드 마을이 보이는 험하고 기다란 비탈길, 즉 에민스터에서 칠, 팔 마일쯤 되는 지점에 이르기까지 테스는 아무 곳에도 들르지 않았다. 그녀가 다시 잠시 쉬고 있는 교회 옆의 이 농가는 그 마을에서 맨 끝에 있는 가장 외딴 집이었다. 그 집 아주머니가 부엌으로 우유를 가지러 간 사이에 거리를 내다보았다. 길에는 사람 하나 보이지 않았다.

"다들 오후 예배에 간 모양이죠?"

테스가 물었다.

"아녜요, 아가씨. 예배 시간은 아직 멀었어. 아직 종도 안 울렸으니 말이야. 저쪽 헛간으로 전도하는 걸 들으러 갔지. 랜터 교파의 전도사가 예배 시간이 없는 틈을 타서 전도하는 건데, 훌륭하고 열렬한 신자래요. 하지만 난 듣고 싶은 생각이 없어. 교회에 가서 듣는 것만으로도 충분한걸 뭐."

아주머니가 말했다.

잠시 뒤에 테스는 마을 쪽으로 발길을 옮겼다. 그녀의 발소리가 죽은 듯 고요한 마을에 울려 퍼졌다. 마을 복판에 이르렀을 때 어떤 음향이 그녀의 발소리를 삼켜 버렸다. 길에서 멀지 않은 헛간을 바라본 그녀는 바로 그 전도사가 지금 설교하는 소리라는 걸 알았다.

전도사의 음성은 고요하고 깨끗한 대기 속으로 울려 퍼져 칸이 막힌 헛간 바깥에 있는 테스도 또렷이 알아들을 수 있었다. 짐작할 수 있듯이 설교는 신앙 전능주의였다. 사도 바울의 신학에서 설명된 것과 같이 신앙에 의한 선(善)을 설교하고 있었다. 열광적인 전도사의 절대적인 교리는 완전히 웅변조로 열을 띤 채 풀이되고 있었다. 처음부터 듣진 않았지만, 그에게는 분명히 변설가로서의 재능은 없는 듯 성경 구절만 계속해서 인용하고 있었으므로 내용이 무엇인지 알 수 있었다.

"어리석도다. 갈리디아 사람들아, 예수 그리스도께서 십자가에 못 박히신 것이 너희 눈앞에 훤히 보이거늘, 누가 너희를 꾀더냐……?"

테스가 뒤에 서서 듣고 있는 동안 설교자의 교리가 에인젤 부친의 주장을 더욱 강하게 표현한 것임을 깨닫자 그녀의 관심은 더 커졌다. 그리고 이 설교자가 어떻게 해서 그런 견해를 갖게 되었는가 하는 자신의 경험담을 자세히 설명할 때 그녀의 관심은 점점 높아갔다. 자기는 말할 수 없이 무서운 죄인이었다고 그는 말했다. 모든 사람을 우롱하고, 건달이나 방탕한 자들과 어울려 다녔다고 했다. 그러나 그가 깨우치는 날이 왔다. 인간적인 판단에서 본다면 어떤 목사의 영향을 받은 것인데, 처음에는 그 목사를 대놓고 모욕했었다. 그러나 목사가 떠날 때 남긴 마지막 한마디가 가슴속 깊이 못 박혀 잊혀지지 않았다. 마침내 하느님의 은총으로 말미암아 그 목사의 말이 그를 움직여 오늘의 자기로 변화시켰다는 것이다.

그러나 더욱 놀라운 것은 그의 설교가 아니라 그 음성이었다. 도저히 있을 수 없는 일같이 생각되었지만, 그것은 분명히 알렉 더버빌의 음성이었다. 그녀의 얼굴에는 불안의 빛이 고통스럽게 스쳐갔다. 그녀는 헛간 정면으로 가서 그 앞을 지나치면서 흘끗거렸다. 나직한 겨울 햇살은 커다란 이중 출입문을 곧장 비췄다. 한쪽 문이 열려 있어서 햇살은 타작 마당을 지나 아늑한 헛간 안에 있는 설교자와 청중들까지 한눈에 알아볼 수 있을 만큼 밝았다. 모인 사람들은 모두 마을 사람들이었고, 거기에는 잊지 못할 지난날의 기도식 때 페인트통을 들고 다니며 글귀를 쓰던 그 남자도 끼어 있었다. 그러나 그녀의 시선은 곡식 포대 위에 올라서서 청중과 문 쪽으로 향하고 있는 설교자에게로 쏠렸다. 오후 세 시의 햇살은 그 사람을 정면으로 비추고 있었다. 그의 음성을 들으면서 줄곧 테스의 가슴속에 스며든, 그녀를 유혹한 자가 바로 눈앞에 있다는 확신이 거짓 아닌 사실로 나타났던 것이다. 테스는 일시에 온몸이 무너져내림을 느낄 수 있었다.

제 6 부

엿갈림

45

트랜트리지를 떠난 뒤 오늘까지 테스는 더버빌을 만난 일도, 또 그의 소식을 들은 적도 없었다.

이 우연한 만남은 그녀에게 있어 조금만 자극을 받아도 폭발할 듯한 고통스러운 순간에 찾아왔다. 그러나 기억력이란 참으로 엄청난 것이어서 그가 과거의 방탕한 생활을 뉘우친 개심자(改心者)로 마을 사람들 앞에 서 있는데도 테스는 겁에 질려 꼼짝할 수가 없었다.

마지막으로 그를 보았을 때 그의 얼굴에서 풍기던 인상과 지금의 그……. 여전히 훌륭한 풍채지만 불쾌함을 씻을 수 없었다. 그러나 새까만 코밑수염을 없애고 깨끗하게 손질한 턱수염과 복장은 인자한 목사라고 믿을 만큼 완벽했고, 표정도 변해 있었다. 선뜻 더버빌인지 알아보기 힘들 정도로 그는 다른 사람 같았다.

처음 얼마 동안은 그 사람의 입에서 쏟아져 나오는 성경의 엄숙한 구절까지도 귀에 거슬리는 오싹한 목소리로 부조리하게 들렸다. 사 년 전 귀에 익은 목소리가 전혀 다른 말을 전달하고 있는 것에 그녀는 심한 구토를 느꼈다. 그것은 굉장한 변모였다. 이전의 정욕적인 얼굴 곡선은 신앙적인 열성의 곡선으로 다듬어지고, 유혹을 일삼던 입술은 이제 기원(祈願)을 나타내는 열띤 외침으로 변해 있었다. 방탕한 생활에만 물들었던 그의 뺨은 경건함을 나타내는 빛으로 승화되어 있었다. 수욕(獸慾)은 광신(狂信)으로, 이단주의(異端主義)는 사도주의(使徒主義)로 탈바꿈되어 있었다. 그 옛날 그렇게나 지배적인 위엄으로 대담하고 부리부리하게 번쩍이던 눈이 지금은 사나울 정도로 무서운 신앙의 정력으로 빛났다. 자신의 욕망을 방해받을 때

으레 나타내던 심술궂은 표정 따위는 찾아볼 수가 없었다.

그러나 그러한 인상을 주는 그의 용모에도 불구하고, 그는 뭔가 불만을 품은 것 같았다. 그것은 타고난 원래의 목적에서 빗나간 듯한 인상을 주기도 했다. 그의 승화된 것 같은 느낌 자체가 잘못된 것이며, 안간힘 쓰는 노력이 위선으로 보이는 것은 얼마나 슬픈 일인가.

하지만 그런 변화가 가능한 걸까? 그녀는 너그럽지 못한 편견적 감정을 갖지 않으려고 마음먹었다. 타락한 생활에서 영혼을 구원하려고 신앙을 택한 사람은 비단 더버빌뿐만이 아닌데, 그 사람의 행동만을 인정하지 않으려는 이유가 무엇일까?

그의 옛날 음성을 통해 복음을 들었다고 해서 귀에 거슬리게 느끼는 건 그녀의 타성적인 선입관이 작용한 까닭이리라. 죄 많은 자일수록 더 깊이 깨우쳐 거룩한 자가 된다는 사실은 구태여 기독교 역사를 깊이 연구하지 않더라도 알 수 있다.

이러한 여러 생각들이 무어라고 꼬집어 말할 수 없는 막연한 상태로 그녀의 마음을 움직였다. 뜻밖의 사실에 얼이 빠졌던 테스는 제정신이 들자 그의 눈에 띄어서는 안 될 것 같다는 생각이 들었다. 햇살을 등지고 서 있는 그녀를 그는 미처 알아보지 못했다.

그러나 그녀가 다시 몸을 움직였을 때 그는 테스를 알아보았다. 그녀가 옛 애인에게 준 충격은 전기가 온몸에 감전된 것보다 훨씬 강했다. 그의 열정과 종횡무진으로 내달리던 설교도 자취를 감추는 것 같았다. 그의 입술은 무슨 말인가 하려고 안간힘을 쓰고 있었으나, 그녀가 눈앞에 있는 한 아무 말도 할 수 없는 듯했다.

그의 눈은 한 번 그녀를 흘끗 보고 나서부터는 중심을 잃은 채 사방을

두리번거리다가 다시금 테스가 있는 쪽으로 되돌아오는 것이었다. 하지만 그의 초조한 행동은 얼마 가지 못했다. 왜냐하면 알렉이 당황하여 안절부절못하자 오히려 테스는 기운이 회복되어 그대로 헛간을 나가 버렸기 때문이다.

그녀가 사태를 돌아볼 여유를 찾게 되자 서로의 변화에 매우 놀랐다. 그녀에게 재앙을 준 사람은 지금 영적(靈的)으로 새 사람이 되어 있지만, 그녀는 옛날 그대로의 모습이었다. 그것은 마치 전설에 나오는 음탕한 여신이 개심한 알렉의 제단에 갑자기 나타나서 그곳의 거룩한 불길을 꺼 버린 결과가 되었다. 그녀는 뒤도 돌아보지 않고 계속 걸어갔다. 누군가 자신의 뒷모습을 지켜보는 것은 아닌가 하는 두려움 때문에 신경이 예민해질 대로 예민해져 있었다.

이 마을에 도착할 때까지 그녀의 가슴을 누르던 슬픔은 이제 새로운 걱정으로 바뀌었다. 오랫동안 억눌려 왔던 애정에 대한 갈증은 아직까지 그녀를 따라다니던 끈덕진 과거의 무자비한 감각과 잠시 자리를 바꾸었다. 이 때문에 그녀는 자신의 과오를 뼈저리게 느꼈고, 절망에 빠지고 말았다. 과거와 현재의 관계가 완전히 끊어지기를 바랐지만, 그 사슬은 여전히 하나의 줄로 연결되어 있었다. 자신이 과거의 존재로서 사라지지 않는 한 완전하게 현실과 격리된 과거란 있을 수 없는 듯했다.

이런 생각에 골몰하면서 롱 애쉬 레인의 북쪽을 곧장 가로질러 이윽고 고원에 이르는 하얀 길이 뻗어나간 지점에 도착했다. 그녀는 이 고원의 기슭을 해가 지기 전까지 걸어야 했다. 오가는 사람이나 수레 등 아무것도 보이지 않고, 지루하게 뻗어나간 건조하고 하얀 이 길에는 말라붙은 갈색 말똥만이 여기저기 흩어져 있을 뿐이었다. 언덕을 향해 천천히 걸어 올라가고 있을 때 뒤에서 발자국 소리가 들려왔다. 그녀가 뒤돌아보았을 때—감리교의 신자답게 괴상한 복장을 한—이생에서는 두 번 다시 만나지 않기를 바랐던 바로 그 남자가 다가오고 있었다.

그러나 생각할 시간도, 도망갈 기회도 없었으므로 그녀는 될 수 있는 대로 침착한 태도를 보이면서 그대로 걸을 수밖에 없었다. 그가 몹시 흥분해 있다는 것을 그녀는 느낄 수 있었다. 그것은 빨리 걸어오느라고 숨이 가쁜 것이 아니라 마음에서 일어난 격한 감정 때문이었다.

"테스!"

그녀는 돌아보지 않고 걸음만 늦추었다.

"테스, 나야, 알렉 더버빌이야!"

그는 거듭 말을 이었다.

그제야 그녀는 뒤돌아보았다. 알렉이 가까이 다가가자 그녀가 쌀쌀하게 말했다.

"알고 있어요."

"얼마만인데 인사가 겨우 그거요? 하긴 그 이상 더 바랄 자격도 없지. 암, 그렇고말고."

그는 씽긋 웃으면서 말했다.

"이런 내 모습을 보고 당신은 우스꽝스럽게 여길 거야. 그러나 나는 이런 생활을 견뎌야 하지. 당신이 집을 나갔다는 얘기를 듣고 수소문해 보았지만 있는 곳을 아는 사람은 하나도 없었소. 테스, 내가 따라온 것이 불쾌할 테지?"

"네, 따라오지 않길 바랐어요. 아니, 평생 당신을 만나게 되지 않길 기도했어요."

"그럴 테지."

그녀와 함께 걸으면서 그가 침울하게 말했다. 그녀는 마지못해 그와 나란히 걸었다.

"오해는 하지 마시오. 내가 이런 말을 하는 까닭은, 당신을 발견했을 때 나의 당황한 모습을 눈치 챘다면 당신이 오해할지도 모르기 때문에 그러는 거요. 그건 어디까지나 일시적인 내 모습이고, 당신과 나의 관계를 생각하면 당연한 행동이지. 그러나 그런 충격 속에서 내 의지는 끝까지 나를 도왔어. 나는 냉정을 되찾은 다음 이렇게 생각했어. '하느님의 심판이 임하기 전에 모든 사람을 구원해야 한다.'고 말이오. 테스, 비웃을 테지? 그러나 비웃어도 좋소. 그중에서도 가장 큰 상처를 입힌 그 여자야말로 구원해야 할 사람이라고 외쳤었소. 그런 생각 때문에 당신을 따라온 거지. 그 밖에 다른 이유는 없었소."

그녀는 경멸하는 투로 대꾸했다.

"당신 자신은 구원하셨나요? 자선(慈善)은 먼저 자신부터라는 말이 있던데요."

그러자 그는 태연하게 말했다.

"나 자신을 위해서는 아무것도 한 일이 없소. 교인들의 구원을 내가 설교하듯이 모든 일은 하느님이 맡기셨으니까. 당신이 아무리 나를 경멸해도, 몇 년 전에 내가 자신에게 퍼부은 채찍에만은 미치지 못할 거요. 하여간 믿건 믿지 않건 간에 어떻게 해서 내가 개심했는지 듣고 싶지 않소? 에민스터의 목사 이름을 들어본 적 있소? 아마 들었을 게요. 클레어 목사라고 하는 분이오. 그의 교파에서 가장 열렬한 분이고, 교계(敎界)에서 몇 분 안 되는 강력한 목사 중의 한 분이지. 나의 운명을 맡겼던 극단파보다 강력

하진 못하지만, 국교 목사(國敎牧師) 중에서도 독특한 위치에 계신 분이오. 젊은 목사들은 그들의 궤변으로 진리를 가리어, 교파의 그림자 같은 상태로 타락했지. 내가 클레어 목사와 의견을 달리한 점은 국가와 교회라는 문제뿐이오. 나는 '하느님의 심판이 임하기 전에 모든 사람을 구원하라.'는 생각을 가지고 있소. 그분이야말로 당신이 아는 어떤 목사보다도 가장 많은 영혼을 구한 겸손한 일꾼이라고 나는 믿소. 그분의 소문을 들었소?"

"네, 들었어요."

"이삼 년 전에 어느 종교단체 대표로 트랜트리지에 전도하러 온 일이 있었는데, 방탕아였던 나는 도리를 설명하고 갈 길을 가리켜 준 그분에게 모욕을 주었소. 그래도 그분은 노여워하지 않고 '그래도 언젠가는 성령의 첫 열매를 얻으리라. 조롱하는 자도 기도할 때가 있으리라.'라고만 말했지. 그 말씀에는 이상한 힘이 들어 있어 그때부터 내 마음을 파고들더군. 사실 어머니가 돌아가신 것이 나의 마음에 더욱 충격이었을 테지만, 그로 인해 차차 빛을 보게 되었소. 다른 사람에게 복음을 전하려는 의욕이 불붙기 시작하면서 오늘 집회도 이루어진 거요. 이 근방에 전도를 시작한 것은 아주 최근의 일이오. 처음 몇 달 동안은 불신자들이 많은 영국의 북부 지방을 돌아다녔지. 그 지방을 택한 이유는, 서투른 설교를 연습하여 친지들이나 암흑 시절의 방탕하던 친구들 앞에서 엄숙한 시련을 받기 전에 용기를 주기 위해서였지. 테스, 만약 확신이나 구원의 기쁨을 알 수 있다면 당신은 아마 틀림없이……."

"그만두세요."

테스는 버럭 소리를 지른 다음 길가의 난간으로 달려가서 기댔다.

"그따위 엉뚱한 얘기는 믿을 수 없어요. 그런 말을 계속한다면 소리치겠어요. 당신이 나를 어떻게 망쳐놓았는지 잘 아시잖아요. 당신 같은 사람들은 나 같은 여자들을 마음대로 망쳐놓고 그것을 낙으로 삼지 않았나요? 쾌락을 즐기고 난 다음은 회개했다면서 천당의 낙이나 누려 보려고 신자가 된다는 거죠. 참 훌륭하군요. 난 당신을 못 믿어요. 지금의 그런 모습까지도 증오해요."

알렉도 굽히지 않았다.

"테스, 그렇게 말하는 게 아냐. 회개한다는 것이 아주 새로운 생각처럼 내 가슴에 떠올랐단 말이오. 나를 믿지 않는다고? 도대체 무엇을 못 믿겠다는 거요?"

"당신의 개심 말이에요. 당신이 종교로 구원받았다는 그 사실 말이에요."

"왜?"

그녀는 목소리를 낮추었다.

"당신보다 더 훌륭한 사람도 그런 걸 믿지 않으니까요."

"여자의 이론이란 참! 더 훌륭한 사람이란 대체 누구지?"

"말할 수 없어요."

가슴속에 억눌렀던 감정이 건드리기만 하면 터질 것 같은 투였다.

"좋아, 하느님 앞에서 감히 내가 착한 인간이라고 말할 순 없어. 내 말이 그런 의미가 아니라는 건 당신도 알 것이오. 선이 무엇인지 이제 겨우 알기 시작한 것뿐이니까. 그러나 늦게 온 자가 더 많은 것을 깨달을 수도 있소."

테스는 서글프게 말했다.

"네, 그건 사실이에요. 하지만 당신이 회개하고 새 사람이 됐다는 건 믿을 수 없어요. 알렉, 당신이 느끼는 밝은 빛은 오래 가지 못할 거예요."

이렇게 말하면서 그녀는 기댔던 난간에서 몸을 세워 알렉을 쳐다보았다. 눈에 익은 얼굴과 몸에 눈길이 머물자, 알렉도 유심히 그녀를 바라보았다. 비열한 성질이 숨은 건 사실이지만, 완전히 자취를 감춘 것도, 또 부드러워진 것도 아니었다.

"그런 눈으로 보지 말아요."

알렉이 별안간 소리쳤다.

자신의 태도와 표정에 신경을 쓰지 않던 테스는 크게 뜨고 쳐다보던 까만 눈을 얼른 내리뜨고 얼굴을 붉히며 머뭇머뭇 말했다.

"죄송해요."

그러자 가슴에 묻어 두었던 비참한 생각이 되살아났다. 자연이 준 육체라는 장막에 머무르는 것도 자신의 허물이 아닐까……

"아냐, 죄송할 건 없소. 아름다운 얼굴을 가리기 위해 베일을 썼을 텐데, 왜 그걸 내리지 않소?"

그녀는 베일을 내리면서 급히 말했다.

"바람을 막으려고 쓴 거예요."

"명령하듯 말해 무례한 것 같지만, 당신 얼굴을 자주 보지 않는 게 좋을 거요. 어떠한 일이 생길지도 모르니까."

"듣기 싫어요."

"어쨌든 여자를 두려워하지 않을 수 없을 만큼 내게 큰 힘을 미쳐 왔단 말이오. 전도사는 여자의 얼굴과 아무 관계도 없겠지만, 여자만 보면 잊으려는 과거가 자꾸만 되살아나지."

격한 대화가 끝난 다음에 그들의 얘기는 점점 줄어들고 천천히 걸어가면서 이따금 몇 마디 주고받을 뿐이었다. 도대체 그가 어디까지 따라올 것인지 궁금했지만, 그렇다고 적극적으로 가 달라고 말하긴 싫었다. 문이나 목장 난간 같은 곳을 지날 때마다 거기에는 빨간색이나 파란색 페인트로 성경 구절이 적혀 있었다. 그녀는 저것을 쓰러 다니면서 수고하는 사람이 누군지 아느냐고 물었다. 그가 말하기를, 그 사람은 이 지방에서 알렉과 그의 동료들이 고용한 것이고, 세상 사람의 마음을 깨우칠 수 있는 방법이면 무엇이든 가리지 않겠다는 생각에서 그런 경구를 쓰고 다니게 했다는 것이다.

그들은 트로스 인 핸드라는 지점에 다다랐다. 거칠고 메마른 고원 중에서도 이곳이 가장 쓸쓸한 곳이었다. 새로운 현대의 아름다움이어서 미술가나 관광객들이 찾아드는 풍요로운 풍경과는 다른 정경, 즉 비극적인 바람이 이는 듯한 처량한 미(美)였다. 여기 지명은 그곳에 있는 돌기 중에서 딴 것인데, 그건 이 근방의 어느 채석장에도 없는 괴상하게 험한 지층에서 갈라 낸 돌로써 그 위에 누군가가 서투른 솜씨로 새겨넣은 것이었다. 돌기둥의 유래와 목적에 대해선 구구한 설들이 있었다. 처음에는 십자가의 형태를 갖추었던 것인데 지금 남은 것은 받침돌이라는 사람도 있고, 또 어떤 사람은 지금 서 있는 돌기둥이 원래 형태이며, 경계선이나 회합 장소를 알리려고 세운 것이라고 말하는 사람도 있었다. 그 고적의 연유야 어떻든 간에 한가운데 우뚝 서 있는 그 모습이 보는 사람의 기분에 따라 불길하게, 또는 엄숙하게 보여서 아무리 둔감한 길손이라도 어떤 강렬한 인상을 받게 되었다. 그 지점에 다다르자 알렉이 말했다.

"나는 여기서 돌아가야겠소. 저녁 여섯 시에 애보트 셔넬에서 집회가 있으니까. 당신이 내 마음을 뒤엎어놓은 것 같소. 그 까닭은 말할 수 없고, 또 말하고 싶지도 않지만. 가서 좀 쉬고 다시 힘을 얻어야……. 그런데 테스,

무척 유창한 말을 쓰던데 어떻게 된 일이지? 그 훌륭한 말을 누가 가르쳐 줬소?"

"그동안 많은 고생을 겪으면서 배운 거예요."

그녀는 더 이상의 대답을 피했다.

"어떤 고생을 했기에?"

그녀는 맨 처음의 고생, 즉 그와 관계되는 그 일만을 그에게 얘기했다.

더버빌은 잠자코 있을 수밖에 없었다.

"나는 그런 사정을 통 몰랐소. 어려운 일이 닥쳤을 때 왜 편지라도 하지 않았소?"

그는 우물거리며 말했다.

그녀는 아무 말도 하지 않았다. 다시 알렉이 말을 덧붙여서 침묵을 깨뜨렸다.

"자, 그러면 다시 만나기로 하지."

"안 돼요. 다시는 나를 찾아오지 마세요."

"생각해 보지. 그러나 헤어지기 전에 이쪽으로 와 봐요."

그는 돌기둥 쪽으로 다가갔다.

"이것이 한때는 성(聖) 십자가였소. 고적 따위는 내 교리와 무관하지만 가끔 당신이 무서울 때가 있어. 당신이 지금 나를 두려워하는 것과는 비교도 안 될 만큼 무서워진단 말이오. 나의 두려움을 없애기 위해 당신의 손을 저 돌기둥의 손자국에 대고 당신의 매력과 행동으로 결코 나를 유혹하지 않겠다고 맹세해 줘."

"기가 막혀서⋯⋯. 어떻게 그따위 어처구니없는 말을 하는 거죠? 나는 상상도 못한 일이에요."

"그야 그렇지. 하지만 맹세해 줘요."

테스는 어처구니없었지만, 그의 고집스런 부탁에 양보를 하고 손을 얹어 맹세했다.

"당신이 신자가 아닌 게 유감이군. 불신자가 당신을 유혹해 마음을 흔들어 놓을 수도 있으니까. 그러나 다른 얘기는 그만두겠소. 적어도 집에서만은 당신을 위해 기도할 수 있으니까 꼭 기도하겠소. 난 이만 가겠소, 잘가요."

그는 사냥꾼 통로가 있는 울타리 쪽으로 가더니 뒤돌아보지도 않고 훌쩍 뛰어넘어 애보트 셔넬 쪽으로 걸어갔다. 비틀거리며 걸어가는 걸음걸이에서 그의 마음의 동요를 읽을 수 있었다. 알렉은 옛날 일이 되살아난 듯 조그만 수첩을 꺼냈다. 그리고 그 속에서 낡고 때묻은 편지를 끄집어냈다. 그것은 오륙 개월 전의 날짜가 적혀 있고, 클레어 목사의 서명이 든 편지였다.

그 편지는 더버빌의 개심을 들은 목사의 숨김없는 기쁨과 그런 사실을 알려 준 데 대해 감사한다는 내용으로 시작되어 있었다. 지난날 더버빌의 무례한 행동을 기꺼이 용서하고, 장차 그의 계획에 큰 관심을 가지며, 클레어 목사가 여러 해 일을 보던 교회에서 함께 일하겠다면 신학대학의 입학을 도와주겠다는 것이다. 그러나 교육 기간이 길어서 생각이 없다면 굳이 강요하진 않겠고, 모든 사람은 자기 힘껏 일해야 하며 성령이 가르치는 방법에 따라야 한다고 적혀 있었다.

더버빌은 그 편지를 몇 번이고 되풀이해서 읽었다. 그 내용은 자신의 태도를 비웃는 것 같았다. 또 그는 수첩에 적어놓은 성경 구절을 읽었다. 차차 마음이 가라앉고, 테스의 환상은 이제 그의 마음을 괴롭히지 않는 것 같았다.

한편 테스는 지름길이 있는 언덕 가장자리를 걷고 있었다. 일 마일도 채 가기 전에 그녀는 한 목동을 만났다.

"내가 지나오다가 본 옛날 돌기둥은 도대체 뭔가요? 십자가로 쓰였던 일이 있었나요?"

테스가 물었다.

"십자가요? 아니, 그게 십자가였다니! 그건 불행의 상징이오, 아가씨. 기둥에 묶여 손바닥에 못 박히고 교수형을 당한 어떤 죄인을 위해서 그 친척이 거기 세운 거래요. 뼈는 그 밑에 묻었죠. 죄인이 악마에게 영혼을 팔았기 때문에 귀신이 되어 그곳을 가끔 거닌다는군요."

뜻밖의 얘기를 들은 그녀는 머리가 혼란스러웠지만 다시 길을 재촉했다. 그녀가 플린트콤 애쉬에 다다랐을 때는 이미 황혼이 깃들고 있었다. 그 작은 마을 어귀에서 그녀가 다가오는 것도 모르고 나란히 앉아 정답게 얘기를 나누는 젊은 연인들이 눈에 띄었다. 남자의 다정한 음성에 응답하는 여자의 맑고 거침없는 음성은 황혼이 깃든 지평선에 부드러운 소리로 울려 차가운 대기를 뚫고 번졌다. 그들의 음성은 잠시 동안 테스의 가슴에 상쾌한 기분을 안겨 주었다. 테스에게 고난의 실마리가 된 사랑의 출발처럼 그들의 사랑도 누군가가 먼저 마음에 끌린 거겠지 하고 생각하면서 가까이 다가가자 처녀는 침착하게 돌아보고 비로소 테스를 알아보았다. 그러자 남자는 겸연쩍은 듯 그곳을 떠났다. 처녀는 이즈 휴에트였다. 그녀는 테스의 여행에 대해서 품었던 관심이 솟구쳐 자신을 잊고 있었다. 테스는 여행 결과를 자세히 얘기할 수가 없었다. 약삭빠른 이즈는 테스가 방금 목격한 자신의 문제에 대해서 말했다.

"그 사람은 앰비 시들링이라는 사람인데, 탤보스이에 있을 때 가끔 일을 도우러 오곤 했어. 여기저기 찾아다니다가 내가 이곳에 있다는 걸 알고 따라온 거야. 지난 이 년 동안 내내 나를 사랑했다는 거야. 하지만 선뜻 대답해 주지는 않았어."

46

테스의 어려운 결단과는 상관없이 헛된 여행을 마친 지 여러 날이 지났다. 그녀는 다시 밭일을 시작했다. 건조한 겨울바람은 세차게 불고 있었지만 병풍처럼 둘러쳐진 짚단 울타리가 그나마 바람을 막아 주었다. 울타리 옆에는 새로 칠한 순무 써는 기계가 있었다. 새 칠을 한 기계의 번쩍이는 파란색은 음산하기만 한 주위의 정경과는 대조적으로 두드러지도록 뚜렷했다. 맞은편에는 초겨울부터 순무를 저장하는 기다란 무덤 같은 움이 있었다.

테스는 지붕이 없는 울타리 끝에 서서 순무에 붙은 흙과 잔털을 낫으로 깨끗이 털어 낸 다음 절단기 속으로 던졌다. 한 남자가 기계 손잡이를 돌릴 때마다 통에서는 갓 자른 무채가 쏟아져 나왔다. 순무 써는 소리와 장갑 낀 테스의 순무 다듬는 낫질 소리가 어우러져 음산한 겨울을 더욱 어둡게 하는 것 같았다.

순무가 다 뽑힌 넓은 농장은 더욱 짙은 황갈색 밭고랑을 그대로 내보이고 있었다. 그때 열 개의 다리를 가진 어떤 물체가 밭고랑을 따라 서두르지도 않고 쉬지도 않으면서 느긋하게 일하고 있었다. 그것은 봄에 씨를 뿌리려고 두 필의 말이 끄는 쟁기로 밭고랑을 일구는 남자의 모습이었다.

몇 시간이 지나도 즐거움이 없는 단조롭고 지루한 이 풍경을 깨뜨릴 일은 생기지 않았다. 테스가 얼마쯤 그 광경을 보고 있을 때, 밭을 가는 사람 가까이에 까만 물체가 나타났다. 그것은 울타리의 벌어진 틈을 빠져나와 비탈길을 따라 순무 자르는 사람들 쪽으로 오는 것 같았다. 처음에는 마치 작은 점처럼 보이던 것이 차츰 기둥처럼 커지고, 조금 뒤엔 플린트콤 애쉬 쪽에서 오는 까만 복장의 남자임을 알 수 있었다. 순무 써는 기계를 돌리고 있는 남자는 손만 놀리면 되므로 눈길은 시종 걸어오는 사람에게로 향해 있었다. 그러나 일에 열중하던 테스는 동료가 알려 줄 때까지 그 남자가 다가오는 걸 전혀 깨닫지 못했다.

그는 성질이 까다로운 작업 감독인 농장주 그로비가 아니라, 한때 방탕아였던 알렉 더버빌이 제법 목사다운 복장을 한 모습이었다. 그의 얼굴에는 전도할 때처럼 열렬한 의욕이 보이지 않고, 또 일하는 남자가 있어서 좀 거북스러워하는 것 같았다. 테스의 얼굴은 이미 고뇌의 빛으로 물들었고, 머리에 쓴 수건을 깊숙이 당겨 내렸다.

"테스, 얘기 좀 해."

알렉이 다가와 조용하게 말했다.

"다시는 오시지 말라고 부탁을 드렸는데, 내 청을 어겼군요."

그녀가 쏘아붙이듯 말했다.

"그렇지, 하지만 그럴 만한 이유가 있어."

"그러세요? 그럼, 까닭을 들어보지요."

"당신이 생각하는 것보다 훨씬 심각한 문제야."

누가 엿듣기나 하는 것처럼 그는 사방을 두리번거렸다. 작두 소리 때문에 다른 사람들에겐 알렉의 목소리가 들릴 리 없었다. 알렉은 테스가 보이지 않도록 그들에게 등을 돌리고 그녀 앞에 섰다. 그리고 뉘우치는 듯이 말을 계속했다.

"사실은 말이오. 지난번엔 당신과 나의 영혼 문제에만 열중해 있어서 당신이 처한 상황을 생각지 못했소. 그러나 생활이 어렵다는 걸, 내가 당신을 처음 만났을 때보다 더 어렵다는 걸 이제야 알았소. 그것도 모두 나 때문일 거요."

그녀는 대답하지 않았다. 그리고 수건으로 완전히 가린 얼굴을 숙인 채 다시 순무 다듬는 일을 시작하자, 알렉은 의아한 표정으로 그녀를 지켜보았다. 그녀는 계속해서 일에 열중함으로써 그가 무슨 말을 하더라도 마음이 흔들리지 않으리라 생각했다.

불만스러운 한숨을 쉬며 알렉이 덧붙여 말했다.

"테스, 당신의 경우가 내가 저지른 과오 중에서도 가장 큰 과오였소. 그런 결과가 될 줄은 꿈에도 생각지 못했소. 순진한 사람의 일생을 망쳐놓다니……. 나는 정말 나쁜 놈이지. 모든 잘못은 나에게 있소. 트랜트리지에서 살 때의 방종한 행동 말이오. 당신도 어리석었소. 당신이야말로 대단한 가문의 진정한 후손이고, 나는 천한 가짜에 불과했는데 어쩌면 그렇게 앞길을 내다보지 못했는지 모르겠소. 진정으로 말하지만 악한 인간들이 마련해놓은 함정이나 그물에 아랑곳없이 딸을 함부로 내버려두는 부모에게도 문제가 있는 일이오."

테스는 기계적인 동작으로 다듬던 순무를 집어 던지고 또 다른 순무를 집으면서 여전히 듣기만 했다. 그러는 그녀의 모습은 영락없는 시골 아낙일 뿐이었다.

"그러나 그런 얘길 하러 이곳에 온 것은 아니오. 내 형편은 이렇소. 당신이 트랜트리지에서 떠난 뒤에 어머니가 돌아가시고, 그곳이 내 소유가 됐소. 그러나 나는 그 집을 팔고 아프리카로 전도하러 가려고 결심했었소. 전도에 매우 서툴긴 하지만 말이오. 당신에게 부탁하고 싶은 게 있소. 부디 나의 의무, 즉 당신에게 저지른 잘못을 갚을 단 한 가지, 그러니까 그 보상을 할 수 있게 해달라는 거요. 다시 말해서 내 아내가 되어 나와 함께 가줄 수 없겠소? 나는 이 귀중한 서류도 이미 얻어놓았소. 그건 어머니의 마지막 소원이기도 했소.”

그는 약간 주저하며 호주머니에서 한 장의 양피지를 꺼내 테스 앞에 내놓았다.

“그게 뭐죠?”

그녀가 물었다.

“결혼 허가장이오.”

“안 돼요, 천만에!”

그녀는 놀라 황급히 뒷걸음질치며 말했다.

“싫다고? 이유가 대체 뭐요?”

알렉이 되물을 때 자신의 잘못을 보상할 수 없음에 대한 실망이 아닌, 다른 실망의 빛이 그의 얼굴을 스쳤다. 그것은 틀림없이 옛날 그녀에 대한 연정이 되살아난 징조였다. 의무와 욕망이 서로 엇갈리며 줄달음치고 있었던 것이다.

“틀림없이…….”

그는 뜻대로 되지 않아 초조한 듯, 다시 입을 열더니 기계를 다루고 있는 사나이를 돌아보았다.

테스 또한 그 자리에서는 쉽게 얘기가 끝날 것 같지 않은 생각이 들었다.

손님이 찾아와서 잠시 쉬겠다는 것을 그에게 알리고, 그녀는 더버빌과 함께 어지러운 밭을 지나갔다. 새로 갈아놓은 밭에 도달했을 때 그녀를 잡아주려고 알렉이 손을 내밀었다. 그러나 그녀는 그를 거들떠보지도 않고 밭이랑 위를 건너갔다.

"결혼하지 않겠다는 거지, 테스. 그럼 난 평생 이 과오를 그대로 지닌 채 살라는 거요?"

그들이 밭고랑을 건너자마자 알렉이 되풀이했다.

"할 수 없어요."

"하지만 어째서?"

"당신에 대한 애정이 없다는 걸 잘 아시잖아요."

"그러나 당신이 진정으로 용서해 준다면 사랑을 느끼게 될 거 아니오?"

"그런 일은 절대로 없어요."

"어째서 그렇게 단정적으로 말하지."

"나는 다른 분을 사랑하고 있어요."

이 말에 알렉은 깜짝 놀란 것 같았다.

"그래, 다른 남자를? 하지만 당신은 도덕적으로 옳고 그른 걸 따져볼 힘도 없다는 말이오?"

"없어요, 그런 말 하지 마세요."

"그렇다면 그 남자에 대한 당신의 사랑도 극복할 수 있는 일시적인 감정뿐일 테고……."

"아니에요, 아니라구요."

"뭐가 그렇지 않다는 거요?"

"그 까닭은 말할 수 없어요."

"무슨 일이 있어도 꼭 얘기해야 하오."

"정 그러시다면······. 나는 그분과 결혼했어요."

"뭐?"

그는 탄성을 내뱉고는 꼼짝도 않고 그녀를 쳐다보았다. 테스는 애원하듯 말했다.

"그 얘기는 더 이상 하고 싶지 않군요. 정말 말하고 싶은 생각이 없어요. 여기선 아무도 아는 사람이 없어요. 안다 해도 어렴풋이 짐작만 할 뿐이에요. 그러니 제발 그런 질문일랑 하지 마세요. 그리고 지금은 우리들이 아무 관계도 없다는 걸 아셔야 해요."

"우리 사이에 아무런 관계가 없다고, 남이라고?"

순간 그의 얼굴에는 옛날의 짓궂은 표정이 가득 떠올랐으나 그는 재빨리 그런 표정을 지워 없앴다. 그리고 손짓으로 순무 자르는 남자를 가리키며 기계적으로 물었다.

"그럼 저기 저 남자가 당신 남편이오?"

"저 남자라니요. 천만에요."

그녀는 자랑스럽게 부정했다.

"그럼 누구요?"

"말하고 싶지 않은 걸 자꾸만 묻지 마세요."

치켜뜬 그녀의 얼굴과 까만 눈이 간절하게 애원하고 있었다.

더버빌은 어리둥절했다.

"당신을 생각해서 물어보는 거요."

그는 안간힘을 쓰면서 받아넘겼다.

"오, 하늘의 천사들이여! 하느님이여! 이런 말을 사용하는 것을 용서해 주시옵소서……. 맹세코 말하지만, 내가 이곳에 온 건 오로지 당신을 위하는 일이라 생각해서였소. 테스, 그렇게 쳐다보지 마. 그런 눈초리는 정말 견딜 수 없어. 이성을 잃어서는 안 되지. 절대로 안 돼. 하지만 솔직히 말하자면 당신의 그 눈초리가 사라진 줄 알았던 나의 모든 감정을 되살려놓았소. 결혼이 우리 둘을 정결하게 해 주리라 생각했소. '믿지 아니하는 남편이 아내로 인하여 거룩하게 되고, 믿지 아니하는 아내가 남편으로 인하여 거룩하게 되나니…….' 라는 성경 구절을 홀로 외우곤 했소. 그런데 내 생각은 수포로 돌아가고, 나는 또다시 실망에 잠겨야 하다니……."

그는 침울한 표정으로 땅바닥을 내려다보고 있었다.

"결혼, 결혼했다니……. 결혼을 했다면야."

조용하게 말을 덧붙인 그는 허가증을 찢어 주머니에 넣으면서 침착하게 말했다.

"결혼이 수포로 돌아간 바에야 그 사람이 어떤 지위의 사람이건 당신과 남편을 위해 좋은 일을 하고 싶소. 알고 싶은 일이 많지만, 당신이 원하지 않기 때문에 구태여 묻진 않겠소. 당신 남편이 누군지만 알 수 있다면 쉽게 도와줄 수 있을 거요. 그 사람은 이 농장 안에 있소?"

"아니에요, 먼 곳으로 갔어요."

그녀는 중얼거렸다.

"먼 곳에? 당신을 남겨 두고? 어떻게 그럴 수 있지?"

"그를 나무라지 마세요. 모두 당신 때문이에요. 나의 과거를 알았기 때문에……."

"아, 그래? 그거 안됐군, 테스. 하지만 당신을 남겨 두고……. 당신을 이렇게 고생하도록 내버려두다니!"

"고생하라고 내버려둔 게 아니에요."

눈앞에 없는 에인젤을 열렬히 변호하듯 그녀는 벌떡 일어서면서 부르짖었다.

"그이는 사실 아무것도 몰라요. 제가 자진해서 이런 일을 하고 있을 뿐이에요."

"그러면 편지는 오나?"

"그건 말할 수 없어요. 우리들만의 사정이 있으니까요."

"물론 그렇겠지. 편지도 없다, 그 뜻이군. 이것 봐, 테스! 당신은 버림받은 거요."

그는 벌떡 일어서면서 충동적으로 그녀의 손을 잡았다. 물소 가죽 장갑을 끼고 있었으므로 그녀의 격정적인 체온은 느낄 수 없었다.

호주머니에서 손을 빼듯 그녀는 크게 소리쳤다.

"싫어요, 제발 가 주세요. 나와 내 남편을 생각한다면 가 주세요. 당신의 하느님을 대신해서 부탁하는 거예요."

"알았소, 가겠소."

그는 돌아서서 얼마쯤 가다가 다시 뒤돌아보며 말했다.

"테스, 하느님께서는 잘 아실 거요. 오늘의 내 행동이 당신을 위한 진실이라는 것을……."

이제껏 얘기에 열중한 그들은 밭 위로 달려오는 말발굽 소리를 듣지 못했다. 그 소리는 바로 그들 뒤에 와서 멈추고, 거친 사나이의 목소리가 들려왔다.

"몇 시인데 이렇게 일을 팽개쳐 두고 딴 짓을 하는 거지?"

농장주인 그로비가 멀리서 그들을 발견하고 달려온 것이었다.

"이 여자에게 함부로 말하지 마시오!"

더버빌은 기독교인답지 않은 태도로 얼굴을 붉히며 말했다.

"그렇군요, 나리! 그런데 감리교 목사께서 이 아가씨한테 무슨 볼일이라도 있으신지요?"

더버빌은 테스를 돌아보며 물었다.

"대체 저 작자는 누구요?"

그녀는 더버빌 옆으로 다가갔다.

"돌아가세요. 제발 부탁이에요."

"뭐라고, 저런 난폭한 작자한테 당신을 맡기고 가란 말이오? 얼마나 야비한 작잔지 얼굴만 봐도 알 수 있는데!"

"나를 해칠 사람이 아니에요. 또 탐낼 사람도 아니고요. 성모 마리아의 날에는 이곳을 떠날 거예요."

"알았소, 나는 아무 자격도 없으니까 당신 말대로 하겠소. 잘 있어요, 테스!"

알렉이 마지못해 사라지자 농장주는 새삼스레 테스를 책망했다. 그러나 남녀 문제와는 관계없는, 일의 책임에 대한 꾸중이었으므로 그녀는 냉정하게 듣고 있었다. 마음만 먹으면 그녀를 능히 때리기까지 할 목석 같은 이런 남자를 주인으로 만난 것이 테스로서는 오히려 속이 편했다. 그녀는 말없이 작업 장소인 밭으로 되돌아왔다. 그녀는 그로비의 성난 콧등이 그녀의 어깨에 닿을 정도가 되었어도 알지 못할 만큼 알렉과의 얘기에 정신이 쏠려 있었다.

"성모 마리아 날까지 일하기로 했으니, 끝까지 해치워야 될걸. 계집들은 알 수 없단 말이야. 지금 이러쿵저러쿵하다가 시간이 지나면 딴소릴하거든. 그러나 그따위 버릇은 내겐 통하지 않지!"

그로비는 소리를 버럭 질렀다.

다른 여자들에겐 그다지 과격하지 않은 사람이 유독 그녀에게만 심하게 구는 것은 에인젤로부터 한번 무안을 당한 앙갚음인 것을 그녀는 알고 있었다. 그래서 만약 자신이 돈 많은 알렉의 아내가 되어 달라던 청을 받아들였다면 어떻게 될까 하는 엉뚱한 상상을 해 보았다. 그렇게 한다면 가혹하게 구는 농장주뿐 아니라, 그녀를 경멸하는 세상에 대한 굴종(屈從)에서 완전히 벗어날 수 있으리라…….

"하지만 안 돼. 그와 결혼할 수는 없어. 불쾌한 사람이야."

테스는 숨 가쁘게 중얼거렸다.

그날 밤 그녀는 괴로운 사정은 숨긴 채 사랑의 호소가 담긴 편지를 클레어에게 썼다. 그에게 편지에 적지 못한 사연을 짐작할 줄 아는 지혜가 있다면 거의 절망적이라고 할 두려움이 숨어 있음을 간파했을 것이다. 그러나 그녀는 안타까운 사정만은 끝내 쓰지 않았다. 에인젤이 이즈에게 함께 가자고 요구한 것이 사실이라면 자기 생각은 조금도 하지 않을 것임에 틀림없으리라. 그녀는 편지를 상자 속에 넣으면서 과연 이 편지를 에인젤이 볼 기회가 있을까 생각했다.

그로부터 그녀의 일과(日課)는 나날이 무거워지고, 어느덧 농부들에겐 아주 중요한 성촉절의 장날이 다가왔다. 곧 닥쳐올 성모 마리아의 날 다음 날부터 시작되는 일 년간의 새로운 계약이 바로 이 장날 맺어지는 것이어서, 농부들 가운데 일자리를 바꾸고자 하는 사람은 지체 없이 장이 서는 마을로 나갔다. 대부분 다른 곳으로 옮기려는 플린트콤 애쉬 농장의 농부들은 십 마일 이상 되는 산길을 향해 이른 아침부터 농장을 나섰다. 몇 사람만이 농장에 그대로 남았는데, 테스도 그중 한 사람이었다. 물론 삼월에는 농장을 떠날 작정을 하고 있었지만 품팔이를 하지 않아도 좋을 어떤 일이 생기지 않을까 하는 막연한 희망에서였다.

겨울이 다 지난 것 같은 생각이 들 만큼 계절에 어울리지 않는 포근하고 고요한 이월 초하룻날이었다. 점심을 거의 끝낼 무렵, 그녀가 머물고 있는 하숙집 창문에 더버빌의 그림자가 나타났다.

테스는 벌떡 일어났다. 그러나 방문객은 이미 문 앞에 서 있어서 빠져나갈 수 없었다. 더버빌이 노크하는 태도와 걸어오는 모습은 지난번과는 다른 변화가 있는 듯해 보였는데 약간 수줍어하는 듯했다. 문을 열어 주지 않으려다가 문고리를 벗기고 뒤로 물러섰다. 방으로 들어선 그는 그녀를 한 번 보고 아무 말 없이 의자에 주저앉았다.

"테스, 오지 않을 수 없었소."

그는 상기된 얼굴을 일그러뜨리며 절망적으로 말했다. 그의 얼굴에서 설레임과 흥분을 볼 수 있었다.

"적어도 당신의 안부만은 물으러 와야겠다고 생각했어. 정말이지 지난 일요일 당신을 만나기 전엔 한 번도 생각한 적이 없었소. 그런데 지금은 아무리 애써도 당신을 잊지 못하겠소. 착한 여자가 악한 남자를 괴롭힐 리는 없지만, 당신은 나를 괴롭히고 있소. 테스, 나를 위해 기도라도 해 준다면!"

격정을 억누르는 그의 모습은 가련할 정도였다. 그러나 테스는 측은하게 생각되지 않았다.

"이 세상을 움직이는 힘이 나를 위해 그 계획을 바꾼다고 믿는 것을 금하고 있는데, 어째서 당신을 위해 기도할 수 있겠어요?"

"정말 그렇게 생각하오?"

"그럼요, 나의 억측을 치료해 준 사람이 있었어요."

"해 주다니, 누가?"

"굳이 알고 싶으면 말씀드리죠. 바로 내 남편이에요."

"아, 당신 남편, 당신 남편! 정말 듣기 싫군. 언젠가 비슷한 말을 한 적이 있소. 테스, 당신은 이 문제에 관해 대체 뭘 믿는 거요?"

그가 말을 이었다.

"당신은 신앙이라곤 털끝만큼도 없는 것 같아……. 그것도 내 탓이겠지만 말이오."

"하지만 나도 믿는 게 있어요. 인간의 힘을 믿어요."

더버빌은 의아하게 그녀를 보았다.

"그렇다면 내가 믿는 신앙이 모두 거짓말이오?"

"대개는 그렇죠."

"음……. 하지만 나는 확실히 믿으니까."

그는 불안한 듯이 말했다.

"산상수훈(山上垂訓)의 정신만큼은 나도 믿고, 내 사랑하는 남편도 믿어요. 하지만 나는……."

여기서 그는 부정적인 태도를 나타냈다.

"내 생각으로는, 당신 남편이 믿는 것을 당신도 따라서 믿는, 즉 자신의 입장에서는 따지지도, 의문도 품지 않는 당신네 여자들의 태도, 당신의 마음은 그의 노예가 된 거나 같소."

알렉이 냉정하게 말했다.

"네, 그래요."

아무리 완전한 인간이라도 상대가 안 된다는 듯이 자랑스럽게 말했다.

"그럴 거야. 그러나 다른 사람의 부정적인 태도를 당신도 똑같이 따라가선 안 돼요. 당신에게 회의론(懷疑論)을 가르치다니, 그 사람도 알 만하군."

"내 판단을 강요한 적은 없어요. 그 문제에 대해서 다툰 일도 없으니까요. 하지만 나는 이렇게 판단했어요. 교리를 깊이 연구한 그 사람의 생각은 교리를 전혀 생각해 보지도 못한 내가 믿는 것보다 옳을 거라고요."

"그의 주장은 어떤 거요? 무엇인가 늘 설명했을 텐데?"

그녀는 생각해 보았다. 에인젤의 말을 깨닫지 못했을 때라도 그 말은 분명히 기억했다. 가끔 그녀를 옆에 두고 생각에 열중하여 혼잣말을 할 때 그가 즐겨 쓰는 냉혹한 논쟁적인 삼단논법에 귀를 기울였으므로 지금 그가 하던 말이 생각났다.

"그에 관한 얘기를 더 해 보시오."

그녀의 얘기에 주의를 기울여 듣고 있던 더버빌이 말했다.

그녀는 에인젤이 주장하던 내용을 되풀이하고, 더버빌도 생각에 잠겨 그녀의 말을 따라 했다.

"그 밖의 다른 말은 없소?"

이윽고 그는 다그쳐 물었다.

"어느 땐가 그가 이런 말을 한 적이 있어요."

테스는 기억나는 대로 알려 주었다. 《철학사전》과 헉슬리의 《수상록》 계열에 속하는 서적에서 흔히 볼 수 있는 그런 내용이었다.

"햐, 어떻게 그런 말들을 다 외는 거지?"

"그이는 원치 않았지만, 그이가 믿는 것은 뭐든지 나도 믿고 싶었어요. 그래서 그의 사상을 조금이라도 가르쳐 달라고 졸랐죠. 그 사상을 전부 이해한다고 말할 수는 없었지만 그것이 옳다는 건 알아요."

"흠, 이해도 못 하는 사상을 나에게 설명해 줄 수 있다니!"

그는 깊은 생각에 잠겼다.

그녀가 말을 재촉했다.

"그래서 나는 그이의 정신 속에 내 정신을 쏟아넣었어요. 서로 어긋나는 정신을 갖고 싶지 않았어요. 그이한테 좋으면 나한테도 좋으니까요."

"그 사람은 당신도 그에 못지않은 철저한 불신자라는 것을 알고 있소?"

"내가 신자니 불신자니 하는 얘기는 한 적이 없어요."

"테스, 결과적으로 당신은 나보다 훨씬 행복한 사람이오. 당신은 내 교리를 꼭 설교해야 된다고 생각진 않을 테니까 설교를 안 한다고 해서 당신이 양심에 가책이 되지는 않을 테지. 그러나 나는 꼭 내 교리를 설교해야 되겠다고 생각하오. 그러면서도 지금은 악마에 홀린 것처럼 겁이 난단 말이오. 왜냐하면 갑자기 설교를 포기하고 당신에 대한 애정에 굴복하고 말았으니까."

"어째서죠?"

그러자 알렉이 무뚝뚝하게 대답했다.

"글쎄 말이오. 나는 당신을 만나려고 먼 길을 왔소. 그러나 집에서 출발할 때는 캐스터브리지의 장에 가서 마차를 연단으로 하여 두 시 반에 설교할 계획이었소. 이 순간에도 교인들은 나를 기다리고 있을 거요. 여기 그 집회 광고가 있소."

안주머니에서 꺼낸 포스터에는 그가 말한 대로, 더버빌이 복음을 전도할 날짜와 시간, 장소 등이 적혀 있었다.

"하지만 어떻게 시간에 맞춰 가시겠어요?"

"내가 이곳에 왔으니까 못 가는 거요."

"아니, 설교하기로 해놓고……."

"설교하기로 약속했지만 가지 않겠소. 한때는 경멸하던 여자를 보고 싶은 간절한 욕망에서 말이오. 아냐, 경멸한 일은 사실 한 번도 없을 거야. 당신을 경멸하지 않은 이유는, 오직 순결하기 때문이었소. 당신은 자기 처지를 깨달았을 때 재빨리 결단력 있게 내 곁에서 떠났소. 그래서 난 당신을 경멸할 수가 없었소. 그러나 당신은 얼마든지 나를 경멸해도 좋소. 나는 산 위에서 기도를 올리는 줄 알았는데, 알고 보니 아직도 숲 속에서 우상을 섬기고 있었어. 하하!"

"오, 알렉 더버빌! 그게 무슨 뜻이에요? 내가 뭘 어쨌다는 거죠?"

그는 비웃는 투로 말했다.

"뭘 했느냐고? 고의적으로 한 일은 없지. 그러나 당신도 모르는 사이에 나의 타락을 부채질했어. 난 정말 저 '세상의 더러움을 피한 후에 다시 그 중에 얽매이고 지면…….' 그 후의 결과는 애초보다 더욱 나쁜, '멸망의 종'들 중의 한 사람이 아닐까 하고 스스로 물어보았어."

알렉은 그녀의 어깨에 팔을 얹었다. 그는 마치 어린아이를 다루듯 갑자기 그녀를 흔들면서 말했다.

"테스, 적어도 당신의 그 눈과 입을 다시 보기까지는 더할 수 없이 의지가 굳은 사람이었소. 그런데 왜 그때 나를 유혹했지? 두 번 다시 보지 않더라면 나는 꿋꿋한 남자로 변함이 없었을 거요. 이브의 입을 빼놓는다면 이토록 남자를 미치게 하는 일은 없었어!"

그의 음성이 가라앉았고, 까만 눈에서도 뜨겁고 장난스러운 빛이 번뜩거렸다.

"이 마녀, 귀엽고도 요염한 바빌론의 요부, 당신을 다시 만난 순간 나는 꼼짝할 수 없었단 말이오."

"당신이 나를 다시 만난 것은 나로서도 피할 도리가 없었어요."

테스는 뒷걸음질치며 말했다.

"그 일은 나도 알아. 거듭 말하지만 당신을 나무라는 게 아니오. 그러나 당신이 천대받는 걸 보면서 당신을 보호할 법적인 권리도, 또 당신을 가질 수도 없다고 생각하니 정말 미칠 것 같소."

"그 사람을 욕하지 마세요. 그 사람은 지금 여기에 없단 말이에요."

그녀는 몹시 흥분해서 소리쳤다.

"그분을 존중해 주세요. 당신한테 나쁘게 한 것도 없잖아요? 떳떳한 그 사람의 이름을 더럽힐 추잡한 소문이 나지 않도록 제발 돌아가 주세요."

"가지, 돌아가지."

그는 악몽에서 깨어난 듯 말했다.

"난 장터의 가엾은 주정뱅이들에게 설교하겠다던 약속을 어겼소. 이런 장난 같은 짓을 하다니! 한 달 전만 하더라도 이런 건 생각지도 못했소. 가라면 가지. 그러나 당신을 멀리 할 수 있을까?"

그러더니 갑자기 애원했다.

"테스, 한 번만, 꼭 한 번만 안아줘. 지금……."

"난 약한 여자예요. 알렉! 그러나 나는 남편의 명예를 생각해요. 부끄러움을 아세요."

"좋아, 그래, 그래!"

알렉은 자신의 무력함에 굴욕감을 느끼며 입술을 깨물었다. 그의 눈에는 세속적인 신념도, 종교적인 신앙도 함께 사라져 버렸다. 그가 개심한 뒤 잠자고 있던 과거의 발작적인 정욕의 잔해가 부활이라도 한 듯 거칠게 느껴졌다. 그는 자신 없는 태도로 나가 버렸다.

설교의 약속을 어긴 것은 신자의 일시적인 타락에 불과하다고 더버빌이 말했지만, 에인젤 클레어에게서 메아리쳐 오는 것 같은, 테스가 들려준 말은 그에게 깊은 감명을 주었고, 테스와 헤어진 뒤에도 그 감명은 쉽게 떠나지 않았다. 자신의 신앙심을 지킬 수 없을지도 모른다는, 생각지도 않던 일이 생겼으므로 그는 온몸이 마비된 듯 무거운 기분으로 묵묵히 걸었다. 그의 일시적 개심은 원래 이성(理性)이 개재하지 않은 것이었다. 그것은 새로운 자극을 찾아 헤매는 인간의 일시적 충동에 지나지 않았으며, 어머니의 사망으로 생긴 결과였던 것이다. 그의 열광적인 신앙의 바다에 테스가 떨어뜨린 두서너 방울의 논리는 들끓는 거품을 가라앉게 하는 역할을 했다. 그녀가 들려준 말을 되씹던 알렉이 중얼거렸다.

"그 영리한 친구도 그런 말을 가르치면서, 그 말이 내가 그녀한테 돌아갈 길을 터놓아 주리라고는 꿈에도 생각지 못했을 테지."

47

플린트콤 애쉬 농장의 마지막 남은 밀을 타작하는 날이었다. 삼월의 새벽은 이상하게 흐려 있어서 동쪽의 지평선이 어느 쪽인지 분간하지 못할 정도였다. 겨울 비바람에 씻기고 퇴색되어 쓸쓸히 서 있던 사다리꼴의 노적가리가 새벽 어스름에 그 모습을 나타내고 있었다.

이즈 휴에트와 테스가 타작마당에 도착했을 때는 바스락거리는 소리만으로 먼저 온 사람이 있음을 알려 줄 뿐 몹시 어두운 시간이었다. 차차 날이 밝아지자 노적가리 위에 두 사람의 남자 그림자가 나타났다. 그들은 짚가리 벗기기를 하고 있었는데 밀단을 던져 내리기 전에 일단 덮은 이엉을 걷는 일이었다. 그들이 일을 계속하는 동안 이즈와 테스는 연한 갈색 앞치마를 입은 다른 여자들과 추위에 떨며 그곳에 서 있었다. 농장 주인인 그로비는 하루에 그 일을 다 끝내려고 서둘러 그들을 끌어 낸 것이다. 노적가리 옆에는 그녀들이 섬겨야 할 붉은 폭군인 재목으로 틀을 짜고 가죽띠와 바퀴가 달린 탈곡기가 희미하게 보였다. 탈곡기는 작동하는 동안 그녀들의 근육과 신경의 인내를 끝없이 요구하는 폭군이었다.

지금보다 약간 떨어진 곳에 다른 기계가 또 한 대 희미하게 보였다. 씩씩 소리 나는 까만색의 물체는 상당한 힘을 지닌 것 같았다. 느릅나무 옆에 솟은 긴 굴뚝과 거기서 번지는 온기가 태양의 힘을 빌리지 않아도 이 좁은 세계에서 중심 동력으로 가동될 발동기임을 알려 주었다. 기계 옆에는 그을음과 때에 찌든 까맣고 키가 큰 남자가 꿈을 꾸는 듯 꼼짝 않고 석탄더미와 나란히 서 있었는데 그가 바로 기관사였다. 그의 모습과 색깔은 동떨어진 것이어서, 토박이들을 놀래 주려고 누런 곡식과 푸른빛 토지로만 가득 찬 이 마을에 잘못 뛰어든 쓰레기더미에서 나온 사람 같았다.

외모에 나타난 대로 그는 이질감을 느끼고 있었다. 농촌에 와 있지만 그는 농부는 아니었다. 이곳 주민들은 채소와 날씨, 서리 그리고 태양을 섬기는데, 그는 불과 그을음을 섬겼다. 웨섹스 지방에는 아직 증기 탈곡기가 순회용밖에 없었기 때문에 그는 기계와 더불어 마을에서 마을로, 농가에서 농가로 돌아다녔다. 그는 귀에 익지 않은 북부 지방의 사투리로 말했다. 생각이 내부로만 파고들어 자기 일만을 걱정했고, 눈은 기계에만 쏠려 있어서 사방의 풍경 같은 것엔 관심조차 없었다. 이 고장 사람들과는 꼭 필요한 교제만 했다. 마치 무슨 태고 시대부터 짊어진 운명 때문에 본의는 아니지만 불의 지옥을 모시며 할 수 없이 이곳저곳을 헤매는 자 같았다. 기계의 회전축과 탈곡기를 연결하는 기다란 피대(皮帶)만이 농사와 그를 잇는 단 하나의 줄이었다.

그들이 노적가리 덮개를 벗기는 동안 그는 이동 동력기 옆에 무관심하게 서 있었다. 뜨겁게 달아오른 까만 기계 주위에 아침 공기가 가늘게 떨고 있었다. 그는 타작을 준비하는 일엔 아무런 관심도 없었다. 불은 달아오르고 증기는 높이 팽창하면서, 잠시 후엔 기다란 피대를 빠른 속력으로 회전시킬 수 있는 것이다. 피대가 연결된 부분을 제외한다면 곡식이든 집단이든 그 밖의 어떤 것이든 그와는 상관이 없었다. 사람들이 그에게, 당신은 뭐라고 불러야 하느냐고 물으면 그는 단지 '기관사'라고 간단히 대답할 뿐이었다.

햇살이 활짝 밝은 무렵엔 노적가리 이엉도 다 벗겨졌다. 남자들은 맡은 자리에 서고, 여자들은 노적가리 위로 올라가면서 일은 시작된다. 일꾼들이 '그놈'이라고 부르는 주인 그로비는 아침 일찍 나타나 테스에게 탈곡기의 단 위로 올라가라고 명령했다. 테스는 탈곡기 발판에 선 남자의 바로 옆에 자리 잡았다. 노적가리 위에서 이즈가 내려 주는 밀단을 풀어 주는 것이 그녀의 일이었다. 그러면 밀을 터는 남자는 그걸 집어 삽시간에 알알이 털어 버리는 탈곡기에 펼칠 수 있는 것이다.

처음 한두 번 기계가 고장이 나서 멈췄을 때 기계의 존재를 달가워하지 않는 친구들이 은근히 좋아했으나 곧 일은 전속력으로 진행되었다. 일은 끊임없이 계속되어 조반 때나 되어야 탈곡기가 멈추면서 겨우 삼십 분 가량 일을 놓게 된다. 식사가 끝난 다음 작업이 시작되자, 남은 일손은 모조리 짚단 쌓는 데 동원되었다. 일자리에 선 채 새참을 마친 그들은 점심때까지 몇 시간 동안 계속했다. 지칠 줄 모르는 바퀴는 힘차게 돌아가고, 귀청을 찢을 듯한 탈곡기 소리는 바퀴 가까이에서 일하는 사람들의 뼛골까지 뒤흔들었다.

높아지는 짚단 위에서 노인들은 옛날 헛간의 떡갈나무 바닥에서 도리깨로 타작하던 얘기를 주고받았다. 그때는 키질까지도 손으로 했는데, 느렸지만 성과는 좋았다는 얘기였다. 노적가리 위에 있는 사람들도 잡담으로 여유를 부리고 있었다. 그러나 테스를 포함하여 탈곡기에 매달려 땀 흘리는 일꾼들은 얘기하면서 일할 여유가 없었다. 테스는 힘에 부치자 플린트 콤 애쉬에 온 것을 후회하기 시작했다. 노적가리 위에 있는 여자들 가운데서도 특히 마리안은 이따금 일손을 멈춰서 병에 든 맥주나 시원한 차를 마시기도 하고 잡담도 하며, 또 다른 여자들은 땀을 닦거나 옷에 붙은 지푸라기를 털기도 했다. 그러나 테스에게는 조금도 쉴 시간이 없었다. 왜냐하면 탈곡기는 끊임없이 돌아가고 있고, 남자는 밀단을 털어야 하며, 이 남자에게 밀단을 집어 주는 테스 또한 손을 뗄 수 없기 때문이었다. 손이 느려서 곤란하다는 그로비의 반대가 있었음에도 불구하고 때때로 마리안이 반 시간 가량 테스의 일을 대신해 주기도 했다.

경제적인 이유에서였겠지만, 그처럼 특수한 일은 흔히 여자들에게 시켰다. 그래서 그 일을 테스한테 맡긴 이유도, 밀단을 푸는 솜씨라든가 참을성이나 동작이 재빠른 면에서 적합하다고 그로비는 설명했다. 그건 그럴 듯한 얘기였다. 잡담을 못하게 하는 탈곡기의 윙윙거림은 밀단의 공급량이 줄어들면 더욱 커진다. 테스와 밀 터는 남자는 곁눈질할 틈도 없었으므로 점심때가 임박했을 때 한 남자가 농장으로 들어오는 것도 몰랐을 정도였다. 그 남자는 두 번째 노적가리 곁에 서서 테스가 일하는 모습을 유심히 지켜보았다. 그는 최신식 양복에다 화려한 단장을 휘두르고 있었다.

"저 사람은 누구지?"

이즈 휴에트가 마리안에게 물었다. 처음에는 테스한테 물었으나 그녀는 알아듣지 못했다.

"누군가의 애인이겠지."

마리안이 짤막하게 대답했다.

"돈을 걸어도 좋아. 틀림없이 테스를 따라온 남자야."

"어머, 아냐. 요새 그 애 꽁무니를 쫓아다니는 사람은 돌팔이 목사야. 저런 멋쟁이가 아니야."

"저 사람이 바로 그 사람이야."

"까만 양복과 흰 타이를 벗어 버리고 수염도 깎았거든. 하지만 역시 같은 사람이야."

"정말 그렇구나. 그럼 테스한테 알려야지."

마리안이 말했다.

"그러지 마. 그 애가 이제 곧 돌아볼 텐데."

"전도한다는 사람이 유부녀 꽁무니를 따라다닌다는 건 잘못이야. 비록 남편이 외국에 있어서 과부 같은 처지에 놓였다 하더라도 말이야."

"어머, 하지만 그 애를 건드리진 못할 거야. 구멍에 빠진 수레처럼 까딱 않는 그녀의 마음을 열진 못할 거야. 꾀든, 설교를 하든, 어떤 으름장을 놓는다 하더라도 끌어내지 못할걸. 비록 그렇게 하는 것이 테스를 위해선 더 나은 일이라 하더라도 말이야."

점심때가 되자 기계는 멈추었다. 테스가 자리를 뜨려고 했을 때 기계의 진동으로 무릎이 계속 흔들렸기 때문에 제대로 걸을 수도 없었다. 마리안 이 말했다.

"나처럼 한 잔 마시면 얼굴이 그렇게 창백하진 않을 텐데. 정말이지, 네 얼굴빛이 형편없어!"

마음씨 고운 마리안은 테스가 너무 피곤해 보였기 때문에 염려되었다. 그때 마침 신사는 노적가리 있는 곳까지 와서 테스를 쳐다보았다.

테스는 조그맣게 외마디 소리를 질렀다.

"어머!"

집에서 멀리 나와 일을 할 때는 노적가리 위에서 식사하는 것이 예사였 다. 그러나 오늘처럼 바람이 강하게 부는 날은 아래로 내려가서 짚더미 위 에 자리를 잡는다.

복장과 모습은 바뀌었지만, 이 새로운 방문객은 전날의 전도사 알렉 더 버빌이었다. 그의 타고난 속세적 정욕이 되살아났음을 첫눈에 알 수 있었 다. 테스를 찬미했던 첫번째 남자로, 그리고 사촌이라고 불러 주던 옛날의 화려하고 대담한 차림새에다 서너 살의 나이만 더한 거의 변함없는 모습으 로 돌아온 것이었다. 노적가리 위에 있기로 결심한 그녀는 땅에서 보이지 않도록 밀단 복판에 앉은 채 식사를 하기 시작했다. 잠시 후 사다리로 올라 오는 발소리에 이어 알렉이 노적가리 위에 나타났다. 정방형으로 평탄하게 된 밀단 위에 나타난 그는 망설임 없이 성큼성큼 앞으로 다가와 아무 말 없 이 그녀 앞에 마주 앉았다.

그녀는 집에서 가져온 팬케이크로 식사를 계속하고 있었다. 그때 다른 일꾼들은 노적가리 밑에 흩어진 밀짚 위에 모여 앉아 편히 쉬고 있었다.

"보다시피 다시 왔소."

더버빌이 말을 꺼냈다.

"왜 이토록 나를 괴롭히는 거예요."

그녀는 불만이 가득 찬 목소리로 말했다.

"당신을 괴롭힌다고? 그건 내가 할 소리요. 당신이야말로 나를 괴롭히고 있소."

"난 결코 당신을 괴롭힌 일이 없어요."

"당신은 날 괴롭히고 있어. 잠시도 내 머리에서 떠나지 않아. 조금 전에 날 노려보던 그 매서운 눈초리가 밤낮을 가리지 않고 나를 따라다닌단 말이오. 테스, 당신을 다시 만나고부터 청교도의 물결 속에 흐르던 강한 힘이 다시 당신에게로 쏠리고 있소. 그때부터 종교로 통하던 운하는 바짝 말라 버렸어. 그렇게 만든 건 당신이란 말이오."

그를 잠자코 쳐다보던 테스가 말했다.

"그럼 설교를 완전히 그만두었나요?"

근대 사상은 믿을 수 없다는 회의적 태도나 일시적 종교의 열광을 경멸할 수 있을 만큼 에인젤한테 얘기는 들은 적이 있지만, 막상 닥치니까 더욱 놀라지 않을 수 없었다.

일부러 엄격한 태도를 지어 보이며 알렉이 계속 말했다.

"캐스터브리지 장터에서 주정꾼들에게 설교키로 했던 그날 오후부터 나는 모든 약속을 완전히 깨뜨렸소. 교우들이 나를 어떻게 생각할지 그건 악마만이 알아. 교우들, 그들은 나름대로 친절한 사람들이니까. 그러나 내가 알 게 뭐야. 믿을 수 없게 된 것을 어떻게 믿고 따라갈 수 있소? 믿지 않으면서도 따라간다는 건 가장 비열한 위선이야. 선량한 그들 가운데서 나는 하느님을 모욕하지 않기 위해 마귀에게 넘겨진 히메네오와 알렉산더

같은 존재였을 거요. 당신은 그야말로 멋진 복수를 했어. 나는 순진무구한 당신을 속였지. 사 년이 지난 뒤에 당신은 열렬한 신자가 된 나를 발견하고, 이내 나를 사로잡아 완전히 파멸할지도 모를 길로 나를 몰아넣기 시작했어. 하지만 테스, 나의 사촌누이, 나의 표현 방법이 이런 것뿐이니까 그렇게 겁에 질린 눈으로 보지 마. 물론 예쁜 얼굴과 날씬한 몸매를 그대로 지녔다는 것 외에 당신의 잘못은 없어. 당신이 나를 알아보기 전에 노적가리 위에 있는 당신을 쳐다보았지. 꼭 맞는 앞치마와 차양이 달린 그 모자, 남의 눈을 끌지 않으려면 당신들 같은 촌아가씨는 그런 걸 입어서는 안 되는 거야.”

그는 잠시 말을 중단하고 그녀를 훑어보며 다시 말을 계속했다.

“아마 독신이었던 사도 바울도……. 나는 그의 대변자였다고 생각했지만, 그도 당신 같은 아름다움에 유혹되었다면 반드시 나처럼 신앙을 버렸으리라 생각해!”

그녀는 그에게 충고하려고 마음먹었으나 말이 제대로 나오지 않았다. 그는 그런 것엔 아랑곳없이 말했다.

“하여간 당신이 주는 낙원은 어떤 것에도 뒤지지 않는 훌륭한 것일 테지. 그러나 진정으로 말하지만 테스…….”

더버빌이 가까이 다가오더니, 짚단에 비스듬히 기댄 채 팔베개를 했다.

“지난번 당신과 헤어진 뒤로 당신의 얘기를 줄곧 생각했어. 결국 낡아빠진 그 신학 이론에는 상식이 부족하다는 결론에 도달했지. 어떻게 해서 가없은 클레어 목사의 열성으로 나까지 불붙었는지, 또 목사가 무색하도록 전도 사업에 열중할 수 있었는지 통 모르겠어. 당신은 남편의 이름을 한 번도 가르쳐 주지 않았지만, 그 사람의 놀라운 지식에 힘입어 지난번에 당신이 말한 독단주의를 포함하지 않은 이른바 윤리성이 있다는 주장을 나는 찬성하지 못하겠어."

"하지만 종교에서는 독단주의는 갖지 못해도 자비와 순결의 신앙은 가질 수 있잖아요."

"오, 천만에! 난 그런 신앙과는 거리가 먼 사람이야. 이렇게 하라, 그러면 죽은 후에 너에게 해로우리라. 저렇게 하라, 그렇잖으면 너에게 해로우리라 하는 식으로 가르쳐 주는 사람이 없으면 나의 신앙은 뜨거워지지 않아. 그런 것은 상관하지 않아. 달리 아무도 책임을 지는 사람은 없으므로 행위나 정욕에 대한 책임 따위 느끼지 않을 테니까. 테스, 만약에 내가 당신 입장에 있다 하더라도 그럴 생각은 없어."

원시 시대에는 완전히 구분했던 신학 도덕을 알렉의 둔한 머리가 혼돈하고 있다는 사실을 반박하고 싶었으나 그녀는 에인젤 클레어의 과묵한 성격에 길들여졌고 지식이 부족했다. 또 이성보다는 감성적인 성격이었으므로 토론을 끌어 나가지 못했다. 알렉이 계속했다.

"그거야 어떻든 상관할 게 없어. 나는 옛날 그대로이니까!"

"옛날과 같지 않아요. 같을 수 없어요. 당신은 옛날과 달라요."

그녀는 애원했다.

"나는 애정을 느끼지 않아요. 왜 신앙을 버렸어요? 나에게 이런 소릴 하려고 그런 거예요?"

"당신이 내 신앙을 쫓아낸 거야. 그러니까 당신에게 죄가 있는 거야. 당신 남편은 당신에게 가르친 지식이 올가미가 되어서 되돌아갈 줄은 생각도 못했겠지? 하하, 난 당신이 나를 변절자(變節者)로 만들어 준 게 굉장히 기쁘단 말이야. 테스, 어느 때보다도 당신한테 반했고, 또 당신을 동정한단 말이야. 당신이 아무리 숨기려 해도 당신의 딱한 형편을 잘 알아. 당연히 보살핌을 받아야 할 사람한테도 버림받고 있다는 걸."

그녀는 입에 든 음식을 넘기지 못했다. 입술은 바짝 마르고 금방 숨이 막힐 것 같았다. 노적가리 밑에서 먹고 마시며 웃어대는 일꾼들의 음성이 먼 곳인 듯 조그맣게 들려왔다.

"정말 너무 잔인하군요. 조금이라도 나를 생각하신다면 어떻게 그런 말을 하시죠?"

"모든 게 사실이니까."

알렉이 주춤하며 말했다.

"내 잘못을 당신에게 뒤집어씌우려고 온 게 아니야. 테스, 사실은 당신이 이토록 고생하는 걸 버려두지 못해 온 거야. 당신을 생각해서 왔단 말이야. 내가 아닌 다른 남편이 있다고 당신은 말했어. 그래, 남편이 있다고 치자. 하지만 나는 한 번도 그를 본 적이 없고, 당신은 이름도 가르쳐 주지 않았어. 그래서 당신이 남편이 있다고 할지라도 그 사람보다는 내가 더 밀접한 관계가 있다고 생각해. 어떻든 나는 당신의 고생을 덜어 주려고 애쓰지만, 그는 현재 그렇지 않아. 내가 즐겨 외우던 엄격한 예언자 호세아의 말이 생각나는군. 테스, 당신은 모르지? '제가 그 연애하는 자를 따라갈지라도 미치지 못하며, 저희를 찾을지라도 만나지 못할 것이라, 그제야 제가 이르기를 내가 본 남편에게로 돌아가리니 그때의 내 형편이 지금보다 나았음이라 하리라.' 테스, 내 마차가 고개 너머에서 기다리고 있어. 사랑스러운 나의 연인, 더 계속하지 않아도 알겠지?"

그녀의 얼굴엔 진홍색 분노의 불길이 이글거렸다. 그러나 아무 말도 하지 않았다.

"당신이 나를 타락하게 만들었어."

벌린 팔을 그녀의 허리 뻗으면서 알렉은 말을 계속했다.

"내 타락의 원인이 되었으니 당신도 기꺼이 그 책임을 져야 해. 그리고 남편이라 부르는 미련한 작자는 영원히 단념하라고."

팬케이크를 먹으려고 벗은 장갑이 그녀의 무릎에 있었다. 그래서 그녀는 아무런 예고도 없이 긴 장갑으로 그의 얼굴을 호되게 후려갈겼다. 그 동작은 마치 화살을 가진 그녀의 조상들이 훈련을 거듭한 무술의 재현이라고 볼 수 있을 정도였다. 알렉은 누웠던 자리에서 미친 듯이 벌떡 일어났다. 장갑에 맞은 상처에 빨간 피가 비치더니 삽시간에 입에서 피가 흘러나와 밀단 위로 뚝뚝 떨어졌다. 그러나 알렉은 감정을 억제하고 손수건을 꺼내 입술을 닦았다. 그녀도 벌떡 일어섰다가 다시 주저앉았다. 목을 비틀리기 직전의 절망적인 참새 같은 눈초리로 그를 보면서 테스가 말했다.

"나 좀 꾸짖어 주세요. 때려 주세요. 소리치지 않을 테니까, 밀단 아래 있는 사람들은 신경을 쓸 것 없어요. 한 번 희생당한 인간은 언제나 그렇게 마련이에요."

"아, 아니야. 테스!"

그는 부드럽게 말했다.

"이 일은 다 용서하지. 그러나 당신은 까맣게 잊고 있는 사실이 한 가지 있어. 즉 당신이 그토록 나를 뿌리치지 않았더라면 당신과 결혼했을 거라는 사실 말이야. 이봐, 내가 아내가 되어 달라고 간청한 일이 없었나? 말해 봐."

"있었어요."

"그런데도 안 된단 말이지. 하지만 한 가지 기억해 둘 게 있어."

그녀에게 청혼했던 자신의 진실이 그녀에게 아무런 변화도 일으키지 못함을 알자 다시 그의 음성이 거칠어졌다. 그녀의 옆으로 다가가 어깨를 움켜잡았다. 그녀는 억눌린 채 몸을 떨고 있었다.

"단단히 기억해두는 게 좋아. 나는 한때 당신의 주인이었단 말이야. 다시 주인 노릇을 해야겠어. 설사 누구의 아내가 되었다 할지라도 당신은 내 거란 말이야."

아래에서는 탈곡기가 다시 움직이기 시작했다.

"우리 싸움은 이 정도로 해두지."

그녀를 놓아 주면서 그가 말했다.

"지금은 돌아가지만 오후에 대답을 들으러 다시 오겠어. 당신은 아직 나를 모르지만, 난 당신을 너무나 잘 알지."

그녀는 정신 나간 사람같이 아무 말도 않고 그대로 서 있었다. 더버빌은 밀단 위를 지나 사다리를 통해 아래로 내려갔다. 밑에 있던 일꾼들은 기지개를 켜며 방금 마신 술기운을 털어 버렸다. 탈곡기가 힘차게 돌아가기 시작했다. 밀단이 부스럭거리는 자리에 돌아온 테스는 윙윙 돌아가는 탈곡기 옆에서 마치 꿈꾸는 사람처럼 밀단을 한 단 한 단 풀어 나갔다.

48

그날 오후 농장주는 달이 밝아 일할 수 있고, 발동기 주인도 내일 아침엔 다른 농장으로 가게 되어 있으니 밤까지 타작을 마쳐야만 한다고 했다. 그 순간부터 털털거리고 윙윙거리는 기계는 어느 때보다도 바삐 돌아갔다.

오후 새참 시간인 세 시가 채 못 되어서 그녀는 잠깐 머리를 들어 사방을 둘러보았다. 농장 문 울타리 곁에 알렉 더버빌이 들어와 있는 것을 발견했으나 그녀는 과히 놀라지 않았다. 테스가 고개를 든 것을 본 그는 점잖게 손을 흔들어 키스를 보냈다. 그것은 그들의 싸움이 끝났다는 신호를 알리는 듯했다. 테스는 그쪽을 보고 싶지 않아 땅을 내려다보고 있었다.

지루한 오후 시간이 흘러갔다. 노적가리는 점점 낮아지는 대신 짚단더미는 차차 높아갔고, 밀알 자루는 수레에 실려 나갔다. 오후 여섯 시쯤 되었을 때 노적가리의 높이는 어깨 부분만큼 낮아졌다. 하지만 대부분의 밀단이 젊은 여자의 두 손으로 공급되어, 기관사의 손을 거쳐 기계가 해치웠으나, 아직도 손 대지 않은 밀단은 상당한 양이었다. 그리고 아침에는 아무것도 없었던 자리에 산더미처럼 쌓인 짚단은 마치 이 붉은 대식가가 먹고 내보낸 배설물 같았다. 흐렸던 날씨가 오후가 되자 맑게 개 해질 무렵에는 거친 삼월의 서쪽 하늘에서 성난 것처럼 새빨갛게 타올랐다. 피로와 땀에 젖은 타작꾼들의 얼굴에 넘치는 햇살은 그들의 얼굴을 구릿빛으로 물들이고, 햇살에 물든 여인들의 옷자락은 뿌연 불꽃처럼 그들의 몸에 엉겼다.

노적가리 근처에서 고통스런 허덕임이 들려왔다. 밀단을 터는 남자도 지쳐 있었다. 테스는 먼지와 밀 껍질이 덮인 그의 목을 보았다. 그녀는 일을 계속했다. 땀이 배고 붉게 상기된 그녀의 얼굴은 곡식 가루로 뒤덮였으며, 하얀 모자는 갈색으로 변했다. 탈곡기 발판에 서서 일하는 여자는 테스 하나뿐인데다가 노적가리가 낮아짐에 따라 이즈하고 마리안과의 거리도 점점 멀어져서 이제는 잠시 교대할 수도 없었다. 전신의 세포가 끊임없이 진동하므로 무감각적인 상태에서 테스는 기계적으로 손만 놀렸다. 자신이 어디 있는지조차 알지 못했으며, 머리채가 풀렸다고 알려 주는 이즈의 음성도 듣지 못했다.

그들 가운에서 가장 힘이 있던 사람들도 얼굴이 창백해지고 두 눈은 퀭하니 커졌다. 테스는 머리를 들 때마다 북쪽 하늘에 높이 솟은 짚단더미 위에 셔츠 차림의 남자들이 있는 것을 보았다. 짚단더미 앞쪽에 야곱의 사다리처럼 길고 붉은 사다리가 놓여 있어서, 그 위를 누런 물줄기가 거꾸로 흘러 짚단더미 위에 쏟아지는 것 같았다.

어느 곳이라고 분명히 말할 수는 없지만, 알렉 더버빌이 어디선가 지켜본다는 것을 테스는 알고 있었다. 그가 그 장소에서 떠나지 않는 한 가지 구실이 있었다. 그것은 타작이 거의 끝날 무렵이면 언제나 쥐 몰이를 하는데, 타작에 관계없는 사람도 때로는 그 장난에 끼기 때문이다. 대부분 오락을 즐기는 사람들이어서, 괴상한 파이프를 물고 개를 끌고 나오는 신사가 있는가 하면, 지팡이와 돌을 가지고 나오는 왈패 등 가지각색이었다.

그러나 쥐들이 모여 있는 노적가리 구석을 들어내려면 아직 한 시간 분량은 더 털어야 했다. 자이언트 힐 쪽으로 저녁 해가 사라지자 반대편 미들턴 애비와 포드 쪽 지평선에서 삼월의 흰 달이 얼굴을 내밀었다. 마리안은 두어 시간 남은 작업 시간을 가까이 가서 말을 걸 수도 없는 테스 때문에 걱정하며 보냈다. 다른 여자들은 간단히 맥주를 마셔 힘을 돋우지만, 테스는 술로 인한 비극을 어릴 때부터 보고 자랐으므로 입에 대지도 않았다. 그녀는 이를 악 물고 버텼다. 맡은 일을 다 하지 못하면 그녀는 일자리를 떠나야 한다. 그런 일이 두어 달 전이라면 실직을 두려워하지 않을 뿐 아니라 오히려 마음 편하게 생각했을 것이다. 그러나 더버빌이 그녀의 곁을 맴도는 지금 일터를 잃는다는 건 큰 두려움이었다.

밀단을 던지는 사람과 터는 사람들이 일한 보람으로 서로 얘기를 나눌

만큼 노적가리가 낮아졌다. 놀랍게도 농장주 그로비가 테스가 있는 쪽으로 올라오더니, 친구를 만나고 싶으면 다른 사람과 교대시켜 주겠다고 말했다. 그 친구라는 것이 더버빌임을 테스가 모를 리 없었다. 또 이런 선심이 친구인지 적인지 알지 못하는 알렉의 부탁에서 나왔다는 사실도 잘 알았다. 그녀는 고개를 가로젓고 일을 계속했다.

마침내 밑바닥이 드러나고 쥐 몰이가 시작되었다. 노적가리가 낮아짐에 따라 쥐들은 자꾸만 밑으로 파고들어 밑바닥에 모여 있었다. 마지막 밀단을 벗기자 쥐들은 땅바닥을 이리저리 피해 다녔다. 이때 반쯤 취한 마리안이 자기 몸에 쥐가 덤볐다고 째지는 소리를 냈다. 그 소리를 들은 다른 여자들은 치마를 걷어 올리고 발돋움하여 쥐를 피하려고 야단들이었다. 짚단 밑에 숨어든 쥐들은 모조리 쫓겨났다. 개 짖는 소리, 남자들이 고함치는 소리, 날카로운 여자의 소리, 욕지거리, 발 구르는 소리 등 마치 난장판 같은 혼잡 속에서 테스는 마지막 짚단을 풀었다. 탈곡기는 속도가 떨어지면서 소리도 멈췄다. 그녀는 비로소 땅바닥으로 내려섰다.

쥐 몰이를 구경만 하던 알렉이 재빨리 그녀 곁으로 달려왔다.

"그런 모욕을 당하고도 또 온 건가요?"

그녀는 꺼져 가는 소리로 말했다. 큰소리로 말할 힘도 없을 만큼 기진맥진해 있었다.

"당신이 무슨 말을 하든, 어떤 짓을 하든 성내지 않기로 했어."

트랜트리지에서처럼 유혹적인 목소리로 말했다.

"귀여운 몸을 저렇게 떨다니! 당신은 갓난 송아지처럼 연약하단 말이야, 알겠어? 내가 온 순간부터 일하지 않아도 괜찮을 건데, 왜 그토록 고집을 부리지? 하여간 기계 타작 일을 여자한테 맡기는 건 불법이라고 농장 주인에게 말했어. 그건 여자들의 할 일이 아니니까. 좀 나은 농장에선 그런 일에 여자를 쓰지 않아. 절대로! 그놈도 그걸 알고 있더군. 자, 테스! 숙소까지 바래다 주지."

"네, 좋아요."

무거운 다리를 끌면서 그녀가 대답했다.

"원하신다면 함께 걸어도 돼요. 당신이 내 입장을 모르고 나와 결혼하려는 걸 잘 알아요. 아마, 어쩌면 당신은 내가 생각해 온 것보다 좀 더 선량하고, 친절한 분일는지도 몰라요. 무엇이든 친절한 마음에서 우러나오는 거라면 나는 고맙게 생각하겠어요. 그렇지 않고 딴생각을 품은 거라면 나는 가만있지 않겠어요. 이따금 당신의 행위를 이해하지 못할 때가 있어요."

"우리의 옛날 관계를 정식 부부로 성립시키진 못하더라도 당신을 도울 순 있어. 돕는 것도 이전처럼 내 멋대로 하는 게 아니라, 당신의 의사에 따라 할 테야. 종교적 광신이라 하든 뭐라 하든 이제 그 생활은 끝났어. 그러나 아직 양심은 남았다고 생각해. 그러니까 테스, 남녀 간의 부드럽고 또 강한 힘에 의지해서 나를 믿어 줘. 당신과 당신 부모, 그리고 동생들을 경제적 고통에서 구하기에 족한, 아니 그 이상의 것을 나는 가졌어. 당신이 나를 믿어만 준다면 그들을 모두 잘살게 해 주겠어."

알렉이 애원하듯 말했다.

"요즘 우리 집 식구를 만난 일이 있어요?"

그녀는 놓치지 않고 물었다.

"응, 그런데 그들은 당신이 어디 사는지 모르더군. 당신을 이 지방에서 만난 건 그야말로 우연이었어."

테스가 임시로 거처하는 농가 문 밖에 그들이 함께 다다랐을 때 싸늘한 달빛이 산울타리 가지 사이로 피로한 그녀의 얼굴을 비스듬히 비추었다. 더버빌도 그녀 옆에 섰다.

"어린 동생들 얘기는 꺼내지 마세요. 나의 결심이 꺾이지 않게 해 주세요. 궁핍한 건 하느님이 아실 테지만, 돕고자 하신다면 나에게 아무 말도 말고 도와주세요. 하지만 싫어요. 당신한테선 아무것도 받고 싶지 않아요. 그들을 위해서도, 또 나 자신을 위해서도 말예요."

테스는 그 집 사람들과 함께 살고 있었으므로 알렉은 더 이상 따라 들어가지 않았다. 그녀는 혼자 집안으로 들어갔다. 몸을 씻고 함께 저녁을 마치자 그녀는 생각에 잠겼다. 벽 아래 놓인 책상의 조그만 등불에 의지하여 그녀는 격렬한 감정으로 편지를 썼다.

그리운 남편에게

당신을 남편이라 부르도록 해 주세요. 저같이 하찮은 아내를 생각하여 노하실지라도 그렇게 부르지 않고는 못 견디겠어요. 저의 괴로운 심정을 당신께 호소하지 않을 수 없답니다. 아무도 의지할 사람이 없으니까요. 저는 지금 심한 유혹을 받고 있습니다. 에인젤, 그게 누구라고 말하기도 싫고, 또 그 내용을 쓰고 싶지도 않아요. 그러나 당신은 상상조차 할 수 없는 안타까운 심정으로 당신에게 매달립니다. 어떤 불행이 닥치기 전에 지금 당장 저한테 돌아오실 수 없을까요? 아, 오시지 못한다는 것도 저는 잘 알고 있어요. 당신은 너무 먼 곳에 계시니까. 만약 당신이 곧 돌아오시든지, 아니면 당신 곁으로 오라고 하시지 않는다면 저는 죽을 수밖에 없어요. 당신이 저에게 내린 처벌은 당연합니다. 저도 알아요. 당연하고말고요. 저 때문에 노여워하시는 건 조금도 잘못이 아니에요. 하지만 에인젤. 제가 자격이 없는 여자라 할지라도 조금만 따뜻하게 대해 주세요. 그래서 저에게 돌아와 주세요. 만약 돌아와 주신다면 당신 품에 안겨 죽어도 좋아요. 당신께서 저의 잘못을 용서하신다면 만족한 마음으로 죽을 수 있어요.

에인젤, 저는 당신만을 위해 살고 있어요. 당신을 너무 사랑하는 까닭에 당신이 떠나신 것도 원망하지 않아요. 농장을 알아보기 위해서라는 것도 알고 있어요. 저의 말을 원망하는 뜻으로 듣지는 마세요. 다만 돌아와 주세요. 당신 없는 저는 쓸쓸해요. 제가 하는 고생 따윈 아무렇지도 않아요. 속히 돌아오겠다는 한마디만 보내 주신다면 모든 것을 참고 견디겠어요.

에인젤, 결혼 후 이제까지 모든 생각과 행동에 있어, 당신의 충실한 아내가 되는 것이 저의 변치 않는 신앙이었어요. 심지어 다른 남자에게서 칭찬을 들어도 당신한테 미안한 생각이 들었어요. 목장에서 지내던 일을 조금이라도 생각해 본 일이 있으신지요. 그렇다면 어떻게 저를 버려두실 수 있으세요? 저는 당신이 사랑하시던 그 여자예요. 네, 바로 그 여자예요. 당신이 싫어하거나 본 일이 없는 여자가 아니라, 당신이 저를 본 순간 저의 과거란 이미 죽은 거나 다름없어요. 저의 과거는 당신을 만남으로써 모두 매장된 거예요. 당신이 주신 생명으로 저는 다른 여자가 된 거예요. 제가 어떻게 과거의 그 여자가 될 수 있을까요. 왜 당신은 그런 사실을 모르시나요? 저를 변화시킬 만큼 강한 힘이 있다는 생각이 좀 더 있고, 또 믿으신다면 당신의 가련한 아내에게 돌아오시려는 생각이 날 거예요.

언제나 사랑해 주실 것을 믿고, 행복하기만 했던 제가 얼마나 어리석었는지요. 그런 행복은 가엾은 저에게 어울리지 않는다는 것을 일찌감치 깨달았어야 했죠. 그러나 저는 지난 일 때문이 아니라, 당장 눈앞에 닥친 일로 가슴 태우고 있답니다. 생각해 보세요. 언제까지나 당신을 보지 못한다면 저의 가슴이 얼마나 아프겠는가를! 아, 만약 끊임없이 겪는 그러한 저의 괴로움을 하루에 잠깐만이라도 당신이 느끼게 할 수 있다면, 당신도 외로운 아내의 심정을 알게 될 거예요.

세상 사람들은 아직도 저에게 칭찬을 아끼지 않습니다. 그들이 칭송하는 모든 것은 당신 것이고, 또 당신을 기쁘게 해 드리는 것이어야 합니다. 그렇지 않다면 그 어떤 것도 의미가 없습니다. 이 모든 것이 제 자신을 나타내기 위한 것이 아니라, 오로지 당신을 돌아오시게 하려는 생각에서 말씀드리고 있을 뿐이에요.

당신이 오시지 못한다면 제발 당신한테 제가 가도록 허락해 주세요. 말씀드린 대로 저는 지금 마음에도 없는 짓을 강요당하며 괴로워하고 있답니다. 한 치라도 굽힐 수 없는 일이지만 어떤 일이 생길지 알지 못하고, 또 지난 과실 때문에 무력한 처지에서 극도로 불안한 가운데 놓여 있어요. 너무 비참한 일이어서 더 말씀을 드릴 수가 없군요. 하지만 제가 무서운 덫에 걸려 다시 넘어진다면, 그 결과는 처음 것과는 비교도 안 될 만큼 불행해지리란 생각이 들어요. 하느님, 이런 일은 생각조차 할 수 없는 일입니다. 저를 그이에게 보내 주시든지, 그이를 제게로 보내 주시옵소서!

당신의 아내로 함께 살 수 없다면 당신의 종으로라도 만족하겠어요. 참으로 기쁘게. 그리 되면 당신 곁에 있을 수 있고, 당신을 바라볼 수 있으며, 당신을 완전한 제 사람처럼 생각할 수 있으니까요.

당신 없는 이곳에선 태양마저 저에게 아무것도 보여 주지 않고, 들에 있는 길가마귀나 날짐승조차 대하기 싫어요. 그것들을 함께 바라보던 당신이 생각나서 슬픈 마음 그지없으니까요. 천당에서나 땅 위, 지옥에서라도 당신을 보고 싶은 것이 단 하나의 소원입니다. 그리운 당신이여, 돌아오세요. 그래서 저를 위협하는 것으로부터 구해 주세요.

　　　　　　　　　　　　　―슬픔에 잠긴 당신의 충실한 아내 테스 올림

49

그녀의 애절한 편지는 곧바로 서쪽에 있는 고요한 목사관의 아침 식탁에 배달되었다. 플린트콤 애쉬에 비해 공기가 맑고 토지가 기름진 그곳에서 농사에 필요한 일이란 그저 간단한 일만 돌보면 충분했고, 테스가 볼 때 그곳 사람들은 다른 세상 사람 같았다.(사실은 다를 것도 없지만.) 반드시 아버지를 통해서 서신 연락을 하도록 에인젤이 당부한 이유는 단순히 서신의 안전을 위한 의도에서였다. 무거운 마음으로 멀리 외국에 나간 에인젤은 거처를 옮길 때마다 아버지에게 꼬박꼬박 주소를 알리고 있었다.

겉봉을 읽고 난 클레어 목사가 부인을 향해 말했다.

"그 애가 이전에 말했듯이 이달 말경에 리오를 출발해서 여기로 돌아올 예정이라면 이 편지는 에인젤의 계획을 앞당기게 할지도 몰라. 이건 분명히 며느리가 썼을 테니까 말이오."

목사는 며느리를 생각하고 길게 한숨을 쉬었다. 그 편지는 이내 에인젤 앞으로 발송되었다.

"아무쪼록 무사히 돌아왔으면 좋겠군요."

클레어 부인이 중얼거렸다.

"나는 죽는 순간에도 그 애한테 잘해 주지 못한 것이 마음에 걸릴 것 같아요. 신앙생활에서 부족한 점이 있었다 하더라도 그 애를 케임브리지 대학에 보내 형들처럼 똑같은 기회를 주었어야 했어요. 그랬다면 올바른 교육을 받아 부족한 신앙심을 극복하고, 아마 지금쯤은 성직에 들어갔을지도 모르죠. 또 성직과는 상관없이 대학은 보냈어야 했어요."

클레어 부인이 자식들 일로 남편의 마음을 아프게 하는 유일한 불평이었다. 그러나 부인은 좀처럼 이 같은 불평을 하지 않았다. 왜냐하면 모든 것을 신앙으로 이겨내는 분별 있는 사람일 뿐 아니라 에인젤에 대한 처사로 남편도 괴로워한다는 사실을 잘 알고 있기 때문이었다. 한밤중 남편이 일어나서 에인젤을 위해 숨을 죽여 가며 기도하는 소리를 부인은 종종 들은 적이 있었다. 하지만 타협을 좋아하지 않는 이 목사는 대학의 유리한 지위가 교의(敎義), 즉 그것을 보급시키는 것을 그의 한평생 사명으로 하는 것을 소망하여 동시에 같은 성직에 있는 두 아들들의 사명이기도 하나, 비방하는 목적에 이용되는 일은 없다 할지라도 가능성 없는 에인젤에게도 다른 두 아들처럼 대학 교육을 받을 기회를 부여한다는 것이 정당하다고는 지금도 생각하지 않았다. 한 손으로 신앙심이 두터운 두 아들의 발판을 마련해 주고, 다른 손으로 신앙심이 없는 또 한 아들을 같은 방법으로 높은 위치에 올려 준다는 것은 자신의 신념이나 지위, 희망에 어긋나는 일이라 생각했다. 불행한 아들 이삭을 데리고 산에 오르던 아브라함이 마음속으로 진정 슬퍼한 것처럼 에인젤에 대한 그런 처사를 클레어 목사는 남몰래 괴로워하면서 에인젤을 사랑하고 있었다. 목사의 말 없는 후회는 부인이 입으로 불평하는 어떤 원망보다도 훨씬 뼈아픈 것이었다.

아들의 불행한 결혼에 대해서도 목사 부부는 자신들을 탓했다. 에인젤이 농부의 길을 택하지만 않았던들 시골 처녀와 인연을 맺진 않았을 것이다. 무엇 때문에 그들이 헤어졌으며, 또 언제 헤어졌는지 그들은 알지 못했다. 처음에는 서로 마음이 맞지 않아 그러려니 생각했으나, 한편으로는 영구적인 불화가 아닌가 하는 불안도 있었다. 에인젤은 아내가 친정에 있다고 말했으므로 내용을 잘 알지 못하는 목사 부부는 달리 어떻게 할 방도도 없는 일이라 간섭하지 않고 있었다.

테스의 편지를 읽고 있어야 할 에인젤의 눈은 남미 대륙의 내륙에서 노새를 타고 해안으로 향하는 도중, 광막한 대평원을 바라보고 있었다. 이 낯선 타향에서 그가 겪은 일들은 서글픈 것뿐이었다. 이곳에 도착한 직후에 걸린 중병은 아직도 가시지 않았고, 머무를 수 있을 때까지는 계획의 변경을 부모에게까지 감추고 있었지만, 이곳에서의 농장 경영 계획은 언제라도 단념할 결심을 굳혔다.

에인젤과 마찬가지로 쉽게 자립할 수 있다는 선전에 현혹되어 브라질로 건너간 많은 농업 이민자들은 병에 걸리기도 하고 죽기도 하여 점차 자취를 감추었다. 영국 농장에서 건너온 어머니들이 열병에 걸려 죽은 아이를 안고 힘없이 걸어가는 모습을 그는 흔히 볼 수 있었다. 맨손으로 푸른 땅을 파서 아이를 매장한 부인의 눈물 젖은 얼굴을 보면서 그도 많이 슬퍼했었다.

에인젤의 당초 목적은 브라질로 이민하는 것이 아니라 영국 본토에서 북부나 동부 지방에 농장을 마련하는 것이었다. 브라질로 온 동기는 순간적인 그의 실망에 있었지만, 그 당시 영국 농민들 사이에 있던 브라질 이민 열풍이 과거에서 도피하려는 에인젤의 욕망과 우연히도 부합했던 것이다.

고국을 떠나 있는 동안 정신적으로는 십여 년이나 더 지난 것처럼 나이를 먹었다. 지금 그가 느끼는 인생의 가치란 눈에 보이는 아름다움이 아니라, 그 속에 숨겨진 애처로움이었다. 오랫동안 신비주의의 낡은 제도를 불신하던 그가 지금은 도덕적인 낡은 가치 평가를 불신하기 시작했다. 도덕적인 관념은 바뀌어야 한다고 생각했다. 도덕적 인간이란 어떤 사람인가? 좀 더 적절한 말을 인용한다면 도덕적인 여자란 도대체 누구를 가리키는 것일까? 성격의 추하고 아름다움은 그 행실에만 달린 것이 아니라 그 목적과 동기에도 달렸다. 성격의 거짓 없는 역사는 과거에 있는 것이 아니라 앞으로 살아갈 마음가짐에 달려 있는 것이다.

그렇다면 테스의 경우는 어떠한가?

이런 관점에서 그녀를 생각하면 자신의 조급한 판단에 대한 후회가 마음을 억눌렀다. 그녀를 영원히 배척한 것일까? 아니면 일시적인 것이었을까? 영원히 배척했다고는 말할 수 없었다. 그렇다면 나 자신은 지금 그녀를 용서한다는 뜻인가…….

그녀를 그리워하는 마음이 싹트기 시작한 것은 테스가 플린트콤 애쉬에서 일할 그 무렵이었다. 그때는 그녀의 형편과 감정을 그대로 노출시킴으로써 남편의 마음을 어지럽혀서는 안 된다고 생각할 때였다. 에인젤의 마음은 몹시 흔들렸다. 마음이 너무 혼란해진 그는 그녀에게서 소식이 없는 동기조차 묻지 않았다. 이렇듯 그녀의 유순한 성격이 오히려 에인젤의 오해를 샀다. 테스의 침묵을 그가 이해했더라면 그녀의 심정을 알 수 있으련만!

그렇다, 에인젤이 일러놓고도 잊어버린 명령을 그녀는 충실하게 지키고 있었다. 대담한 성격을 지녔으면서도 아무런 권리를 주장하지 않고 에인젤의 판단을 복종하는 테스……. 그러한 그녀를 언제부터인가 에인젤은 그리워하고 있었다.

노새로 내륙을 횡단하는 에인젤에겐 길벗이 한 사람 있었다. 영국의 다른 지방에서 온 사람이지만 그도 같은 계획을 품고 있었다. 그들은 다 같이 침울한 기분에 잠긴 채 고향 얘기를 나눴다. 믿음은 더욱 굳은 믿음을 낳았다. 이런 묘한 기분은 남자들의 경우 빈번히 있는 일이지만, 고향을 떠났을 때 더욱 두드러지게 나타난다. 다정한 친구한테도 말하기를 꺼려하는 내용까지 낯선 친구에게 털어놓게 마련인 그런 기분에 잠긴 에인젤은 말을 몰면서 자신의 슬픈 결혼 이야기를 털어놓았다.

그 낯선 나그네는 에인젤보다도 더 많은 타향을 돌아다니면서 많은 사람들을 겪어 왔다. 그의 열린 눈으로 본다면 가정생활에서 아주 중대하고 또 사회질서에서 벗어난 것 같은 커다란 이탈도 지구의 전체 곡선에 나타난 보잘것없는 골짜기와 산맥의 굴곡에 지나지 않았다. 그는 에인젤과는 전혀 다른 각도에서 이 문제를 관찰했다. 테스의 과거란, 그녀의 미래에 비하면 아무것도 아니라고 솔직히 지적했다.

이튿날 번개가 치고 억수같이 쏟아지는 비를 맞으며 걸었다. 에인젤의 길벗은 열병에 쓰러지고, 그 주말에 숨을 거두었다. 그를 매장하느라 몇 시간 지체한 에인젤은 다시 길을 떠났다.

아주 평범한 이름 외엔 아무것도 알 수 없는 넓은 마음을 가진 나그네가 무심코 던진 그 말은 그의 죽음으로 더욱 숭고해지고, 철학자들의 어떤 윤리보다 클레어를 감동시켰다. 자신의 옹졸한 마음을 떠올리며 스스로 창피함을 느꼈다. 모든 모순이 홍수처럼 그에게 밀어닥쳤다. 그는 기독교를 물리치고 줄곧 그리스적인 이교를 숭배해 왔다. 더군다나 그리스인의 문명에서 볼 때 불법적인 굴종(屈從)이라고 해서 반드시 모욕을 뜻하는 것은 아니었다. 그렇다면 분명히 신비주의 교리와 함께 불완전에 대한 증오감을 이어받은 그가 그 증오심이 결과적으로 어떤 속임수에 기인한 것임을 알았다면 적어도 그녀의 잘못을 용서해 주어야 했을 것이다. 심한 뉘우침이 에인젤을 괴롭혔다. 이즈 휴에트의 말이 다시금 떠올랐다. '테스보다 더 나를 사랑하는가?'라는 질문에 그녀는 부정했었다. 테스는 그를 위해서라면 목숨이라도 버릴 여자지만, 자기는 따라가지도 못하노라고 말했던 것이다.

결혼식 날의 테스의 모습을 생각했다. 그녀의 시선은 에인젤에게서 떠나지 않았었다. 그리고 그의 말이 절대적인 양 믿었었다. 난로 옆에서 단순한 생각으로 자신의 과거를 에인젤에게 고백하는 동안 그의 사랑이 떠나갈 것을 짐작 못하던 그녀의 불빛에 비친 얼굴은 얼마나 측은했던가…….

이리하여 테스를 용서할 수 없어 피해 온 그가 이제 그녀를 감싸 주는 심정으로 마음이 바뀌어 갔다. 그녀에게 퍼부었던 비웃음을 혼자서 되뇌어 본 적도 있었다. 인간이란 가볍게 남을 비판하거나 조롱할 수 없다. 그래서 에인젤은 그런 태도를 고쳐야 한다고 마음먹었다.

그러나 이러한 이론조차도 케케묵은 것 같았다. 우리 모두 이렇듯 사소한 문제들을 겪으며 살아간 것은 어제 오늘에 비롯된 것이 아니다. 클레어가 테스한테 가혹했던 것은 의심할 여지가 없다. 사랑하거나 사랑하던 여자에 대해서 남자들은 빈번히 가혹하게 대하지만, 그것은 여자들도 마찬가지다. 이처럼 인간들은 서로에게 가혹한 형벌을 가하면서 지내왔던가…….

쇠잔한 존재라 해서 에인젤이 경멸하던 테스의 혈통에 대한 역사적인 관심, 즉 더버빌 가문의 훌륭한 혈통이 새삼스럽게 그의 감정을 자극했다. 혈통 문제에 있어서 에인젤은 왜 정치적인 가치와 상상적인 가치의 차이를 깨닫지 못할까? 상상적인 면에서 본다면, 그녀가 더버빌 가문의 후손이란 것은 커다란 비중을 가지고 있다. 경제적으로는 하등의 가치가 없다 치더라도 공상가나 교훈을 얻으려는 도학자들에게는 가장 유익한 자료다. 그것은 머지않아 망각될 사실들이다. 가련한 테스의 혈통과 이름 속에 담긴 약간의 영예도 그리고 킹즈비어에 있는 대리석의 묘비나 조상들의 납골당과 함께 그녀가 대대로 이어받은 가문도 잊혀지고 말 것이다. 이리하여 시간은 무참히도 모든 것을 파괴해가는 것이다. 그녀의 얼굴을 몇 번이나 머릿속에 그려보는 동안, 그는 그녀의 얼굴에서 빛나던 고귀함을 보았다. 이전에 그런 환상을 보았을 때 그 다음에 불쾌감을 일으키게 했던 그 영기(靈氣)가 지금 이 순간 그의 혈관으로 스며들었다.

순결을 지키지 못한 과거는 지녔을망정 테스의 마음속에 담긴 것은 무엇보다 값진 것이었다. 에브라임의 끝물 포도가 아비에셀의 맏물 포도보다 훌륭하지 않았던가? 되살아난 애정의 이런 속삭임은 마치 아버지로부터 보내진 테스의 애정어린 편지를 받아들일 마음의 준비를 갖추고 있는 듯했다. 그러나 내륙에 있는 에인젤에게 편지가 도달하려면 오랜 시간이 필요했다.

한편 자신의 호소를 받아들여 남편이 돌아오리라는 테스의 기대는 때로 부풀기도 하고 한없이 줄어들기도 했다. 그것은 그녀의 과거가 아직도 존재하고 있다는 사실이었다. 그러나 만약 그가 돌아오면 어떤 방법으로 그를 기쁘게 할 수 있을까 하는 즐거운 염려로 마음을 기울였다.

에인젤이 하프로 타던 곡과 시골 아가씨들이 부르는 민요 중에서 그가 가장 좋아하는 노래를 떠올리면서 한숨을 쉬었다. 우연히 탤보스이에서 이즈 휴에트를 따라온 앰비 시들링에게서 에인젤이 좋아하던 노래를 알 수 있었다. 특히 목장에서 소젖이 잘 나오라고 젖소에게 불러 주던 '큐피드의 뜰', '나에겐 사냥터와 사냥개가 있네', '동틀 무렵' 등을 좋아한 것 같았다.

그가 좋아하는 노래를 멋지게 부르고 싶은 것이 지금 그녀의 소원이었
다. 그녀는 여가를 틈타 '동틀 무렵'을 남몰래 연습했다.

일어나요, 일어나요, 어서 일어나세요.
정원의 예쁜 꽃 한데 엮어서
님에게 바치리라, 사랑의 꽃다발을.
모든 가지마다 참새들 집 짓네
모든 가지마다 산비둘기 집 짓네.
이른 봄날
먼동이 터오는 새벽 하늘에!

이 춥고 건조한 계절에 다른 처녀들과 떨어져 일하는 테스가 이 노래를
부르는 것을 듣는다면 돌 같은 심장을 가진 남자라도 마음을 돌릴 것이다.
에인젤이 끝내 돌아오지 않으리라 생각하면 노래를 부르면서도 하염없이
눈물이 흘렀고, 노래의 천진한 가사는 그녀의 괴로운 마음을 비웃는 듯 울
려 퍼졌다.

테스는 이런 공상에 담뿍 젖어 있었으므로 계절이 어떻게 변해 가는지도
몰랐다. 해는 조금씩 길어지고, 성신 강림절도 코앞에 다가왔으며, 또 얼마
안 있어 그녀의 계약 만료일인 성모 마리아의 날이 올 것이라는 것도 잊고
있었다.

그러나 사반기(四半期) 품삯을 받는 날이 오기 전에 새로운 대책을 세워
야 할 어떤 일이 발생했다. 어느 날 저녁, 하숙집 아래층에서 다른 때와 같

이 그 집 가족들과 함께 앉아 있는데 누군가 문을 두드리며 테스를 찾았다. 키는 어른 같았으나 몸매는 아직 어린아이처럼 야위고 초라한 여자가 기울어 가는 햇빛을 등지고 서 있었다.

"테스 언니!"

이름을 부를 때까지는 희미한 달빛 때문에 상대를 분간할 수 없었다.

"리자 루 아니니?"

테스가 놀란 음성으로 물었다. 일 년 전 고향을 떠날 때 아직 어린애였던 동생은 지금 보는 것처럼 부쩍 커 있었다. 작년만 해도 길던 원피스는 짧아져 삐쩍 마른 두 다리를 드러내 보이고 있었다. 거기에다 부자연스럽도록 길게 늘어진 두 팔이 동생의 젊음과 순결함을 더욱 돋보이게 했다.

리자 루는 흥분한 기색도 없이 조용히 말했다.

"응, 나야. 온종일 걸었어. 언니를 찾으러 다니느라 힘들었어."

"집에 무슨 일이 있니?"

"엄마가 몹시 편찮으셔. 의사는 엄마가 곧 돌아가시게 될 거라고 그랬어. 아빠도 몸이 상당히 약해지셨어. 그리고 훌륭한 자손이 천한 노예처럼 노동을 할 수는 없다고 그러셔. 우리들은 어떻게 해야 좋을지 모르겠어."

테스는 한참 동안 멍청하게 서 있다가 겨우 정신을 가다듬고 동생을 방으로 데리고 들어갔다. 그리고 리자 루가 차를 마시는 동안 그녀는 결심했다. 아무튼 고향에 돌아갈 수밖에 없다. 계약 기간은 사월 육일이 되는 음력 성모 마리아의 날로써 불과 며칠 남지 않았지만 망설일 것 없이 당장 떠나기로 마음먹었다.

지친 동생을 곧바로 또 걷게 할 수 없었던 테스는 이즈와 마리안의 하숙에 가서 사정 얘기를 하고, 내일 아침에 주인한테 잘 말해 달라고 부탁했다. 하숙에 돌아온 테스는 루에게 저녁을 먹여 자기 침대에 눕히고는 버드나무 바구니에 들어갈 수 있는 데까지 짐을 채운 다음, 동생에게는 내일 아침 뒤따라오라고 이른 다음 귀향길에 올랐다.

50

시계가 열 시를 알렸다. 그녀는 싸늘한 별빛 아래 십오 마일의 먼 길을 가기 위해 차가운 춘분(春分)의 어둠 속으로 나섰다. 쓸쓸한 곳에서 혼자 걷는 길손에게 밤은 위험보다는 오히려 위안을 느끼게 했다. 테스는 낮 같으면 두려워할 사잇길을 따라 가장 가까운 지름길로 접어들었다. 어머니에 대한 걱정으로 아무것도 느낄 수가 없었다. 비탈길을 오르내리며 걸음을 재촉한 그녀가 블배로우에 도착한 것은 거의 열두 시가 가까웠을 때였다. 그녀는 멀리 고향 골짜기의 모습을 드러내고 있을, 캄캄하고 사방을 분간할 수 없는 깊은 벼랑을 내려다보았다. 고원 지대를 이미 오 마일가량이나 지나왔지만, 발밑에 보이는 평지를 따라서 아직도 십 마일은 더 가야 그녀의 목적지에 닿는 것이다. 꼬불꼬불한 내리막길을 따라 내려가자 푸른 별빛 아래 어렴풋이 발아래 길이 보였다. 곧 그녀가 밟는 땅이 고원과 다르다는 것은 발에서 느껴지는 감촉과 흙냄새로 알 수 있었다. 진흙땅으로 이루어진 블랙무어의 변두리인 이곳은 한 번도 통행세를 내는 신작로가 뚫린 적이 없고, 다른 어느 곳보다도 갖가지 미신이 오래 남아 있었다. 한때는 숲을 이루었던 이곳의 어두침침한 모습은 원근 경치가 한덩어리가 된 가운데 모든 수목과 높은 산울타리가 제각기 뚜렷이 나타난 그 옛날 모습이 보이는 것 같았다. 이곳에서 잡히던 수사슴, 바늘에 찔려 물에 던져진 마녀(魔女), 사람이 지나가면 낄낄대며 웃는다는 번쩍거리는 녹색 옷을 입은 요정(妖精) 등 아직도 이곳엔 이런 것들을 믿는 사람이 많아서 짓궂은 마귀들이 지금도 우글대는 것 같았다.

너즐베리 마을에서 여인숙 앞을 지날 때 그녀의 발자국 소리에 응답하듯 여인숙 간판이 덜거덕거리며 흔들렸으나 그 소리를 들은 사람은 테스밖에 없었다. 이엉을 이은 지붕 밑에서 햄블든 언덕배기에 동이 트는 순간, 아침 일찍 일을 나가기 위해 헝겊 조각을 모아 만든 이불을 덮고 나른한 잠에 빠져 있을 사람들의 모습이 눈에 보이듯 선했다.

세 시쯤에 그녀는 지금까지 걸어온 꼬불꼬불한 길의 마지막 모퉁이를 돌아서 말로트 마을로 접어들어 지난날 축제 때 처음으로 클레어를 만났던 초원을 지났다. 그때 함께 춤추지 못한 아쉬움은 아직도 그녀의 가슴에 아련하게 남아 있었다. 고향집이 있는 방향에서 불빛이 비쳤다. 침실에서 새어 나오는 그 불빛은 창문 앞 나뭇가지에 가리어 가지가 흔들릴 때마다 반짝반짝 그녀에게 눈짓을 했다.

그녀가 보낸 돈으로 새로 이엉을 이은 집이 보이자 그녀는 옛날과 다름없이 감회가 차올랐다. 그것은 여전히 그녀의 육체와 생활의 일부분인 것 같았다. 지붕에 난 비스듬한 창문, 바람받이의 끝머리, 굴뚝 윗부분의 드문드문 이어 붙인 빨간 벽돌 등 모든 면에서 자신의 성격과 공통되는 점이 있는 것처럼 그녀의 눈에 다가왔다. 그러한 집이 마비된 것처럼 보이는 것은 어머니의 병환 때문일 것이다.

그녀는 집안사람들이 깨지 않게 살짝 문을 열었다. 아래층 방은 비어 있었으나 어머니를 간호하던 이웃 아낙이 층계 위에 나타나 더비필드 부인이 방금 잠들었지만 병세가 좋지 않다고 속삭였다. 테스는 아침을 준비한 다음 어머니의 침실로 들어갔다.

아침이 되어 동생들을 보게 되자 모두 놀랄 만큼 자라 있었다. 그들의 뒷바라지를 위해 몸과 마음을 다해야겠다는 절실함 때문에 그녀 자신의 문제 따위는 까맣게 잊게 되었다.

건강이 나쁜 아버지는 늘 그랬던 것처럼 의자에 앉아 있었다. 그러나 테스가 도착한 그 이튿날부터 아버지의 기분은 유난히 좋아졌다. 생계를 이어 나갈 새로운 방법이 생겼다는 것이다. 그래서 테스는 그것이 어떤 방법인지 물어보지 않을 수 없었다.

"영국 내에 있는 모든 고고학자들에게 내 생계 유지를 위한 기부금을 내도록 회람을 돌릴 작정이다. 그들은 틀림없이 내 요구에 찬성할 거야. 낭만적이고 멋지며, 또 그럴 듯한 생각이지. 허물어진 고적 보존이나 어떤 유적 발견에 막대한 돈을 쓰는 그들이니까 말이야. 내 존재를 알기만 하면 나는 살아 있는 고적인 셈이니까 더 큰 관심을 기울일 거야. 누구든 상관없으니까 그들을 찾아다니면서 고적이 엄존해 있는데도 그들이 모른다는 사실을 알려 주었으면 좋겠어. 우리 가문을 발견한 트링엄 목사만 살아 있어도 틀림없이 이 일을 맡았을 텐데."

테스는 야단스런 계획에 대한 시비는 뒤로 미루고, 돈을 보냈어도 달라진 것이 없는 것 같은 당면한 문제를 우선 처리하기로 했다. 대강 집안 정리가 끝나자 그녀는 바깥일에 시선을 돌렸다. 한창 파종할 철이어서 마을 사람들은 채소밭과 소작지의 밭갈이를 거의 다 끝냈다. 그러나 더비필드 집안만은 밭일에 손도 대지 않고 있었다. 더욱 실망한 것은 종자로 쓸 씨감자를 모두 먹어치운―앞날을 생각지 않는 사람들의 실수인―것이었다.

되는 대로 살아가는 살림도 이보다 더할 수는 없었다. 그녀는 서둘러 얻을 수 있는 데까지 씨감자를 얻었다. 며칠 후에는 아버지도 딸의 설득에 못 이겨 채소밭에 나올 용기를 냈다. 또한 그녀는 마을에서 이백 야드 정도 떨어진 소작지를 빌려 농사를 시작했다.

며칠 동안 어머니를 간호하느라 집안에 갇혔던 그녀였으므로 밭일을 하는 것이 생동감 있어 좋았다. 어머니의 병세는 상당히 좋아져서 그녀가 곁에 없어도 괜찮았다. 육체적인 노동은 오히려 그녀의 마음을 편하게 했다. 소작지는 건조하고 높은 지대의 넓은 울타리 안에 있는데, 그곳에는 비슷한 소작지가 수십 개나 몰려 있었다. 여기 일은 하루의 품일이 끝날 때가 제일 부산했다. 밭일은 언제나 아침 여섯 시경에 시작하지만, 끝나는 시간은 일정치 않아서 어느 때는 달이 뜨는 시간까지 계속할 때도 있었다. 건조한 날씨가 모닥불을 지피기에 적합했으므로 여기저기에서 마른 풀이나 쓰레기더미를 태우고 있었다.

어느 맑게 갠 날, 테스와 리자 루는 석양이 소작지 흰 경계 말뚝에 비칠 때까지 마을 사람들과 함께 일을 계속하고 있었다. 해가 지고 저녁놀이 물들 즈음, 개밀과 호배추 줄기를 태우는 불빛이 밭을 밝게 비춰 밭의 윤곽은 짙은 연기가 바람에 흔들릴 때마다 나타났다 사라졌다 했다. 한곳에서 불빛이 일렁이면 길게 땅을 더듬는 연기의 둑은 반투명체로 빛나며, 일하는 사람들의 사이를 하나하나 갈라놓았다. 그 광경에서 낮에는 성벽이 되고 밤에는 불기둥이 되었다는 성경의 '구름 기둥'의 모습을 상상해 낼 수 있었다.

날이 어두워지자 밭일을 그만두고 돌아가는 사람들도 더러 있었으나 대부분의 소작인들은 남은 파종을 마치려고 밭에 그대로 있었다. 동생만 집으로 돌려보내고 테스는 그들과 함께 남았다. 개밀이 여러 곳에서 불타는 가운데 테스는 쇠스랑을 쥐고 밭을 일구었다. 네 개의 번쩍이는 갈퀴는 돌과 마른 흙에 부딪쳐 달그락거리며 작은 소리를 냈다. 그녀의 밭에서 태우는 연기가 온몸을 완전히 감싸는가 하면, 연기는 사라지고 풀더미의 놋쇠빛 불길에 비쳐 그녀의 몸매가 고스란히 드러나기도 했다. 좀 색다른 옷을 입은 그녀의 모습은 유난히 눈에 띄었다. 색이 바랜 겉옷 위에다 까만 재킷을 입고 있어서 전체의 느낌은 마치 장례식의 손님과 결혼식의 손님을 하나로 묶은 것 같았다. 훨씬 뒤쪽에 있는 여자들은 흰 앞치마를 둘렀는데, 불꽃이 활짝 필 때는 좀 다르지만, 가물거릴 때는 그녀들의 흰 앞치마와 창백한 얼굴만이 희미하게 보일 뿐이었다.

서쪽에는 밭의 경계를 이룬 헐벗은 가시나무 울타리의 앙상한 가지들이 나직한 젖빛 하늘을 배경으로 환히 드러나 있었다. 머리 위에는 활짝 핀 황수선(黃水仙) 같은 목성(木星)이 그림자를 드리울 만큼 눈부시게 떠 있었다. 이름을 알 수 없는 조그만 별들이 여기저기 나타났다. 먼 데서 개 짖는 소리가 들리고, 이따금 마른 땅에 덜커덕거리며 짐수레가 지나갔다.

시간이 그리 늦지 않았으므로 아직도 쇠스랑 부딪치는 소리가 간간히 들려왔다. 대기는 맑고 차가웠지만, 그 속엔 일하는 사람들에게 힘을 돋우는 봄의 속삭임이 있었다. 지금의 이 장소와 이 시간, 타닥타닥 튀는 모닥불의 신비로운 불빛과 그림자가 뭔지 모르게 그들의 마음을 기쁘게 해 주는 것이었다. 찬 서리가 내리는 겨울에는 마귀처럼, 무서운 여름에는 다정한 애인처럼 찾아오는 황혼이 삼월에는 마음을 편안하게 해 주었다.

아무도 곁눈질하는 사람은 없었다. 그들은 파헤친 흙이 불빛에 드러나는 부분에만 쏠렸다. 그래서 테스는 땅을 일구면서 그 부질없는 노래를 흥얼

거렸다. 언젠가는 클레어가 이 노래를 들어 주겠지 하는 희망도 이젠 사라졌다. 한참 후에야 조금 떨어진 곳에서 같은 밭을 일구는 남자를 발견했다. 기다란 작업복을 입은 그 남자는 일을 같이 거들라고 아버지가 보낸 사람이겠거니 생각했다. 남자가 땅을 파며 점점 그녀에게로 다가오자, 테스는 더욱 그를 의식하게 되었다. 가끔 연기가 그들을 갈라놓을 때도 있으나, 연기가 비스듬히 방향을 바꾸면 다른 일꾼들에게는 전혀 보이지 않은 채 그들끼리만 얼굴을 볼 수 있었다.

테스는 아무 말도 하지 않았다. 그 남자도 아무 말이 없었다. 혼자 곰곰이 생각해도 낮에 일할 때는 보지 못한 것 같고, 말로트 마을 사는 사람 같지도 않았다. 그러나 그녀는 이내 궁금증을 지워 버린 채 그 이상 신경을 쓰지 않았다. 얼마 후 더욱 둘의 사이가 가까워지자 그들의 쇠이랑은 불빛을 받아 뚜렷이 반짝였다. 모닥불을 더 밝게 하려고 테스가 불 곁으로 다가가 마른풀을 던지자 그 남자도 맞은편에서 같은 행동을 하고 있었다. 불빛이 활짝 피어오르는 순간, 그녀는 더버빌의 얼굴을 보았다.

생각지도 않은 그의 출현과 낡고 구겨진 작업복을 걸친 괴상한 모습은 소름끼칠 만큼 우스꽝스러워서 그의 밭 가는 모습과 마찬가지로 그녀를 오싹하게 했다. 더버빌은 낮은 음성으로 오래도록 웃었다.

"내가 만약 농담을 할 줄 안다면, 이곳이 바로 낙원 같다고 말할 거요."

그는 머리를 기울여 테스의 얼굴을 들여다보면서 무슨 생각에선지 장난 투로 말했다.

"뭐라고요?"

그녀가 힘없이 물었다.

"농담을 잘하는 사람 같으면 이건 꼭 낙원 같다고 할 거라고 그랬소. 당신이 이브라면 나는 천한 동물의 탈을 쓰고 당신을 유혹하러 온 교활한 마귀란 뜻이지. 내가 신앙에 빠져 있을 때는 밀턴의 《실락원》 중에서 그 장면을 전부 외웠소. 그중에 이런 구절이 있었지.

> 여왕이시여, 길은 마련되고 멀지 않나니
> 소귀나무 줄지은 저쪽에……
> 그대 만약 제 길잡이를 받아들이시면
> 그곳으로 그대 곧 모시오리라.
> '그럼, 인도해 주사이다.' 하고 이브는 말했노라.

이런 대목이지. 테스, 그리운 테스, 당신은 나를 엉뚱하게만 생각하는 것 같아서 이런 말을 한 거요. 당신은 나를 고약하게만 생각하니……."

"나는 당신을 마귀라고 말한 적도 없고, 그렇게 생각한 일도 없어요. 조금도 당신을 그렇게 생각하지 않아요. 당신이 나를 모욕하지 않는 한 당신에 대한 내 생각은 항상 냉정해요. 땅을 파러 이곳에 온 것은 오직 나 때문인가요?"

"정말 그래. 당신을 만나려는 것 외에 아무 목적도 없소. 여기 오는 길에 작업복을 사 입었소. 이것만 입으면 남의 눈에 띄지 않는다는 생각이 들었기 때문이지. 당신이 이런 일을 하는 것을 말리러 온 거요."

"하지만 난 이런 일이 좋아요. 아버지를 위해서 하는 것이니까요."

"지난번에 일하던 곳에선 계약이 끝난 거요?"

"네."

"다음엔 어디로 갈 거요? 그리운 남편을 만나러 가나?"

그녀는 모욕적인 말투엔 더 참을 수 없었다.

"아, 글쎄요."

그녀는 씁쓸하게 말했다.

"난 남편이 없어요."

"그건 사실이오. 그러나 당신에겐 친구가 한 사람 있지. 당신이 싫어하든 말든 당신을 편안하게 해 주려고 결심했소. 집에 돌아가면 당신을 위해서 무얼 갖다 놓았는지 알 거요."

"알렉, 아무것도 받지 않겠다고 말했잖아요. 난 절대 받지 않겠어요. 난 싫어요, 그건 옳은 일이 아니에요."

"아니오, 내겐 옳은 일이오. 내가 아끼는 여자가 고생하는 걸 보고만 있을 수는 없소."

"하지만 나는 조금도 곤란을 느끼지 않아요. 내가 걱정하는 것은 나 혼자만의 생계 때문만은 아니에요."

그녀는 돌아서서 자포자기한 듯 다시 땅을 일구었다. 쇠스랑 자루와 흙덩이 위로 눈물이 떨어졌다.

"당신 동생들 때문이겠지. 나도 이제껏 당신 동생들에 대해 줄곧 걱정하고 있었소."

알렉이 위로하는 듯한 투로 말했다.

테스의 가슴은 떨렸다. 가장 약한 곳을 그가 건드렸기 때문이다. 집에 돌아온 후로 그녀는 열정이라고 해도 좋을 만큼 동생들에게 뜨거운 애정을 쏟고 있었다.

"어머님의 병이 완전히 낫지 않는다면 누군가 그 애들을 돌봐 주지 않으면 안 되지. 그러나 당신 아버지는 별로 힘을 쓰지 못할 것 같은데?"

"내가 도우면 하실 수 있어요. 아버지는 일을 하셔야 해요."

"나도 돕지."

"아녜요. 당치도 않은 말씀이에요."

"정말 어리석기 짝이 없군."

더버빌이 버럭 소리를 질렀다.

"당신 아버지는 나를 같은 친척이라고 생각하시니까 흔쾌히 받아들이실 거야."

"그럴 리가 없어요. 내가 다 말했으니까요."

"그렇다면 더 어리석군."

화가 잔뜩 난 더버빌은 그녀 곁을 떠나 산울타리 쪽으로 물러갔다. 그러고는 변장하고 있던 기다란 작업복을 벗어 둘둘 뭉친 다음 모닥불 속으로 던져넣고는 돌아가 버렸다.

테스는 이제 일을 더 계속할 수가 없었다. 그녀의 마음이 안절부절못하고 불안해졌기 때문이다. 알렉이 아버지한테 돌아간 것이나 아닐까 하는 생각이 미치자 쇠스랑을 집어들고 집으로 향했다.

집에서 이십 야드쯤 되는 거리에 이르렀을 때, 테스는 자기를 데리러 달려오는 동생을 만났다.

"언니, 어쩌면 좋아. 리자 루 언니는 울고, 집에는 마을 사람들이 잔뜩 모였어. 엄마는 괜찮은데, 아버지가 돌아가신 것 같다고 야단들이야."

동생은 큰일이 생겼다는 것을 알고 있지만, 그것이 얼마나 슬픈 소식인지 알지 못하는 것 같았다. 눈을 둥그렇게 뜨고 테스를 쳐다보던 꼬마는 테스의 표정이 달라지는 것을 보고 덧붙였다.

"근데 언니, 아빠하고는 이제 다시 얘기할 수 없는 거야?"

"하지만 아빠는 조금 편찮으셨을 뿐인데……."

테스는 낙담해서 부르짖었다.

이때 마침 리자 루가 달려왔다.

"아빠가 방금 돌아가셨어. 엄마를 왕진하러 왔던 의사가 그러는데, 심장이 아주 막혀 버려 도저히 살아날 가망이 없대."

사실 그대로였다. 더비필드 부부는 서로의 운명이 뒤바뀐 것이었다. 죽어가던 아내는 살아나고, 지병은 있었으나 대단치 않던 남편이 죽은 것이다. 더비필드가 죽었다는 소식은 단순한 죽음 이상의 어떤 뜻을 내포하고 있었다. 아버지의 생명에는 몸소 해놓은 개인적인 업적과는 상관없는 가치가 있었다. 그렇지 않았더라면 그의 죽음이 그리 대수롭지는 않았을 것이다. 그것은 삼 대(代)로 한정된 토지 차용 계약으로, 차용 기한이 끝나는 마지막 삼 대손이 바로 더비필드라는 점이다. 거기에다 장기로 일꾼을 둔 소작농들은 그들이 거처할 집이 모자라 항상 그 집을 눈독들이고 있었다. 더구나 종신 임대자는 그 태도가 거만해서 마을 사람들은 마치 소지주만큼이나 싫어하고 있었다. 그래서 임대 기간이 끝나면 계약의 갱신(更新)을 절대로 할 수 없었다.

이리하여 한때는 더버빌 가문에 속했던 더비필드 일가가 이 지방에서 유력한 존재로 행세하던 그 시절에, 현재의 그들처럼 땅 없는 자들에게 냉혹한 처사를 수없이 가하던 운명이 그들 자신의 머리 위에 떨어지게 하였다. 이처럼 밀물과 썰물, 이를테면 변화무쌍한 리듬과 같은 현상이 땅 위의 모든 것에 끊임없이 엇갈려 그칠 줄을 몰랐다.

51

드디어 성모 마리아의 날 전야가 다가왔다. 그래서 농가에서는 일 년 중 어느 때에도 보지 못한 열띤 소란에 휘말렸다. 이날은 계약이 끝나는 날이기도 했다. 성촉절(2월 2일)에 체결한 일 년간의 고용 계약이 만료되는 날이었다. 노동자, 이 말은 오랜 옛날부터 써 오던 말이지만, 이 노동자들은 일하던 곳에 더 머물고 싶지 않으면 모두 다른 농장으로 옮겨갔다.

이 지방에서는 농장에서 농장으로 옮겨 다니는 그들의 수가 해마다 늘어가기만 했다. 테스의 어머니가 어렸을 때는 말로트 부근의 농부들은 거의 모두 평생토록 한군데 농장에서 생계를 이어갔었다. 그것은 그들 조상의 일터이기도 했다. 그러나 근년에는 해마다 일자리를 바꾸려는 경향이 높아졌다. 좀 더 젊은 일꾼의 가족한테는 어떤 이득이 있을지도 모른다는 유쾌한 자극이 계기가 되었다. 어느 가족에겐 모세가 고난을 겪은 이집트, 이곳도 먼 데서 보는 가족에겐 약속된 낙원 같아 보인다. 그러나 그곳에 가 살아보면 그들에게도 역시 이집트일 뿐이다. 이렇게 그들은 한 군데에 머무르지 않고 자꾸만 떠돌아다닌다.

하지만 농촌에서 눈에 띄게 늘어 가는 이주가 단순히 시골생활의 불안에서만 오는 것은 아니었다. 인구의 감소 현상도 일어나고 있었다. 예전의 농촌에는 농업 노동자 외에 그들보다 신분이 높고 취미와 지식이 훨씬 앞선 계급(테스의 양친이 속하던 계급)과 더불어 목공, 대장장이, 구두장이, 행상인 그리고 농업 노동자가 아닌 노동자를 포함한 계급, 또 테스 아버지처럼 종신 임대권 소유자라든가, 토지 등기부 소지자, 때로는 소규모나마 자작농이었기 때문에 어느 정도의 목적과 생활이 안정된 한 무리의 주민들이 속하는 사회였다. 그러나 장기간의 임대 계약이 끝나면 그 가옥을 똑같은 사람에게 다시 빌려 주는 경우는 없고, 지주가 고용인을 위해서 꼭 필요하다고 하지 않는 한 대개 헐어 버렸다. 지주에게 직접 고용되지 않은 노동자들은 푸대접을 받았다. 이렇게 해서 쫓겨나는 노동자들이 생기면 그들을 의지했던 장사꾼들도 그곳을 떠나지 않을 수 없었다. 옛날 농촌생활의 뼈대를 이루고, 또 농촌 전통의 수호자였던 이런 가족들은 피난처를 커다란 도시에서 구해야만 했다. 통계학자에 의해서 '농촌 인구의 도시집중 경향'이라고 규정된 그 과정은 기계력을 이용하여 물줄기를 억지로 산꼭대기에 끌어올리는 경향과 같은 것이었다.

이런 방법으로 헐렸기 때문에 말로트 마을의 주택 사정은 상당히 부족해졌으므로 남아 있는 가옥들은 농장주가 구입해서 그들 고용자들의 숙소로 사용하려고 했다. 테스의 생애에 그 같은 그림자를 던진 사건이 생긴 후로 더비필드 일가(그의 혈통을 믿어 주는 사람은 없었다.)가 그 임대권이 끊어졌을 때 마을 사람들은 도의적 견지에서라도 떠나야 할 사람들로 무언중에 생각하고 있었다. 금주(禁酒)라든가 절도(節度), 또는 경조라는 점에서 볼 때 이 가족은 실제로 모범이 될 만한 것이 조금도 없었다. 아버지뿐만 아니라 어머니도 가끔 술에 취하기가 일쑤요, 아이들은 좀처럼 교회에 나가지 않으며, 또 큰딸은 묘한 관계를 맺고 있었던 것이다. 마을에서는 어떤 방법을 동원해서라도 기풍을 잡아야 했다. 이리하여 더비필드 가족은 성모 마리아의 날 첫날에 마을을 쫓겨나게 되었고, 이 집은 넓기 때문에 대가족을 거느린 마차꾼이 들기로 되었다. 그래서 과부가 된 어머니와 테스, 리자 루, 아들 에이브러햄 그리고 그 밑의 아이들은 어딘가 다른 곳으로 떠나야만 했다.

그들이 떠나기로 한 전날 밤은 하늘이 잔뜩 흐리고 이슬비까지 부슬부슬

내려서 어느 때보다도 일찍 어두워졌다. 아이들이 태어난 고향인 이 마을에서 지내는 것도 오늘이 마지막이므로 어머니와 리자 루, 에이브러햄은 이웃들에게 작별 인사를 하러 갔다. 테스는 그들이 돌아올 때까지 집을 지키고 있었다. 그녀는 창문에 얼굴을 바싹 대고 창가 의자에 무릎을 꿇고 앉아 있었다.

매우 오래 전에 굶어 죽은 듯한 거미가 눈에 들어왔다. 파리 한 마리 걸려들지 않을 곳에 거미줄을 잘못 쳐 창문 사이로 스며드는 약한 바람에도 하늘거리고 있었다. 가족들의 난처한 처지를 곰곰이 생각하니, 자신의 잘못이 원인이란 것을 깨달았다. 그녀가 돌아오지 않았으면 어머니와 동생들은 적어도 한 주는 더 머무를 수 있었으리라. 그러나 그녀가 돌아온 것과 거의 때를 같이 하여 성격이 까다롭고, 또 유력한 위치에 있는 마을 사람들의 눈에 띄었다. 그들은 교회 묘지에서 죽은 아기의 무덤을 흙손으로 정성껏 다듬으며 시간을 보내는 테스를 보았다. 그녀가 말로트 마을에 돌아온 것을 발견한 그들은 테스를 감싸 주는 척하면서 그녀의 어머니를 비난하였다. 그러자 어머니는 발끈하여 당장 떠나겠다고 말해 버렸던 것이다. 그렇게 장담했으므로 이런 결과를 가져왔다.

테스는 쓸쓸하게 혼자 중얼거렸다.

"돌아오지 말 걸 그랬어."

테스는 꼼짝 않고 오랫동안 그 자리에 머물러 있었다. 그러다보니 어느 순간 자기가 부당하게 괄시를 받고 있다는 생각이 미치자 뜨거운 눈물이 솟았다. 남편인 에인젤 클레어마저도 남들처럼 그녀를 괴롭혔다. 그렇다, 분명히 그녀를 괴롭혔다. 이전에는 이런 원망어린 생각 따위는 하지도 않았지만, 이처럼 가혹한 심판에 견딜 만한 힘도 없어졌다. 부주의로 말미암아 생긴 일에 이토록 끈질기게 벌을 받아야 하는가······.

그녀는 닥치는 대로 손에 잡히는 종이를 움켜쥐고는 몇 줄의 사연을 써 내려갔다.

에인젤, 당신은 왜 이다지도 저를 학대하시나요? 에인젤, 저는 그런 대접을 받을 만큼 나쁜 짓을 하지 않았어요. 당신이 주는 고통을 이제 더 이상 견딜 힘이 없군요. 도저히 이해할 수 없어요. 저는 결코 당신을 용서하지 못하겠어요. 제가 당신을 욕되게 하고 있지 않다는 걸 알면서 어째서 이토록 저를 괴롭히시나요? 당신은 너무 가혹해요. 전 이제 될 수 있는 대로 당신을 잊도록 노력하겠어요. 당신이 저에게 내리신 벌은 너무 부당해요.

— T로부터

밖을 내다보던 그녀는 우체부가 지나가는 걸 보고 달려나가 편지를 전했다. 그러고는 다시 창문 앞 그 자리로 돌아와 멍하니 앉았다.

편지를 어떻게 쓰건 에인젤의 마음엔 변화가 없을 것이다. 사실 테스의 생각대로 에인젤은 그녀의 애처로운 호소에도 달라지지 않았다. 즉 그의 마음을 움직일 만한 새로운 사건은 아무것도 없었다.

그녀는 그런 생각에 골똘해 있느라 흰 우장을 입은 남자가 말을 타고 오는 것을 보고도 처음에는 별로 관심을 두지 않았다. 창가에 얼굴을 바싹 대고 있었던 탓인지, 그 남자는 그녀를 금방 알아보고 현관 앞까지 와서 말을 세웠으므로 말발굽이 담 밑의 조그만 꽃밭을 밟을 뻔했다. 그가 말채찍으로 창을 두드렸을 때에야 그녀는 비소로 그를 알아보았다. 비는 이미 멎어 있었다. 알렉의 손짓에 따라 그녀는 창문을 열었다.

"날 보지 못했소?"

더버빌이 물었다.

"다른 생각을 하고 있었어요. 소리가 들린 것 같긴 했지만, 여러 필이 끄는 마차인 줄 알았어요. 꿈을 꾸고 있었나 봐요."

"아, 아마 저 더버빌 가의 마차 소리를 들었나 보군. 그 전설을 알고 있겠지?"

"아뇨. 누가 얘기해 주려다가 그만둔 일은 있었지만요."

"당신이 틀림없는 더버빌 가문의 사람이라면 나도 얘기 않는 것이 좋겠어. 나야 가짜니까 상관없지만 말이야. 우울한 얘기야. 사실은 유령과 같은 마차 소리는 더버빌 가문의 피를 이어받은 후손한테만 들린다는데, 그 소리를 들은 사람에게 불행한 일이 생긴다더군. 몇백 년 전에 그들의 조상 한 사람이 저지른 살인 사건에 관계되는 거요."

"말이 나온 이상 끝까지 다 얘기해 주세요."

"알고 싶다면 얼마든지. 그 가문의 어떤 사람이 아름다운 여인을 유괴해서 마차로 데리고 가는 도중에 여자가 도망치려 했다는군. 그래서 다투다가 남자가 여자를 죽였다던가, 아니 여자가 남자를 죽였다던가……. 아무튼 지금은 가물가물해서 정확히는 모르겠소. 이렇게 전해 내려오는 얘기지. 살림을 꾸려놓았군, 이사 가는 거요?"

"네, 내일……. 성모 마리아의 날에."

"얘길 듣긴 했지만, 너무 갑작스러워서 믿어지지 않는데 무슨 일이 있었던 게요?"

"아버지는 이 집에 살 수 있는 마지막 소유권자였어요. 아버지가 돌아가신 이상 권한은 없어졌으니, 이제 더 있지 못해요. 저만 아니었으면 일주일쯤은 더 머무를 수 있었을 텐데 말예요."

"당신이 뭘 어떻게 했기에?"

"저는…… 행실이 올바른 여자가 아니니까요."

더버빌의 얼굴이 붉어졌다.

"무슨 빌어먹을 그따위 일이 있어! 변변치 못한 더러운 정신머리들이란 불태워서 재나 만들어 버리라지!"

그는 비꼬는 듯한 노여움에 소리쳤다.

"그래서 떠난다는 거요? 쫓겨난단 말이지?"

"쫓겨나는 건 아니지만, 빨리 비워 달래요. 모두들 자리를 옮기는 지금 나가는 게 좋을 것 같아요. 무슨 좋은 일이 있을지도 모르니까요."

"어디로 갈 작정이오?"

"킹즈비어예요. 그곳에다 방을 얻어놓았어요. 어머니는 아버지 가문을 믿고 어리석게도 그곳에 가고 싶어 하시는군요."

"그러나 당신 집같이 많은 가족을 거느리고 셋방살이를 하기란 어려울 걸. 더구나 좁은 마을에서 말이오. 그러지 말고 트랜트리지의 우리 집 아래 채로 오면 어떻소? 어머니가 돌아가신 후로 닭장을 다 치워 버렸지. 하지만 당신도 알다시피 집과 뜰은 그대로 있어. 하루면 깨끗이 전부 회칠을 할 수 있고, 거기 같으면 당신 어머니도 편히 지낼 수 있을 거요. 그리고 동생들은 좋은 학교에 보내 주겠소. 정말 난 당신을 위해서 무언가 갚아야 할 의무가 있단 말이오."

알렉이 애원하듯 말했다.

"이미 킹즈비어에 방을 얻어놓았어요. 거기서 기다릴 거예요."

그녀는 명확하게 말했다.

"기다리다니, 무엇을? 그 훌륭한 남편을 기다린단 말이지. 하지만 이것 봐, 테스. 나는 남자가 어떤지 잘 알아. 당신들이 헤어진 원인을 생각하면 그는 절대로 화해할 사람이 아니라고 나는 단정할 수 있소. 보라구, 난 옛날엔 당신의 원수였지만 지금은 친구야. 당신이 믿지 않더라도 말이오. 내 집에 와서 정식으로 양계를 하는 건 어때? 그렇게 되면 당신 어머니도 잘 돌볼 거고, 또 아이들은 학교에도 갈 수 있을 테니."

더버빌의 간곡한 말에 테스의 호흡은 점점 빨라졌다. 잠시 후 마음을 가다듬으며 말했다.

"당신이 하는 말을 어떻게 다 믿어요? 당신 생각이 달라질 수도 있죠. 그렇게 되면 다시 집 없는 신세가 될 거 아니에요."

"오오, 천만에. 그럴 리가 있나? 필요하다면 각서라도 쓰지. 한 번 잘 생각해 봐요."

테스는 고개를 저었다. 그러나 더버빌은 강하게 주장했다. 그렇게까지 확고한 그의 태도를 그녀는 일찍이 본 일이 없었다. 그는 끝내 동의를 얻으려는 듯했다.

"제발 어머니한테 말이라도 해 봐요. 어떻든 당신 어머니가 판단하도록 말이라도 한번 해 봐요. 칠도 다시 하고 집을 말끔하게 청소하여 불을 지펴 놓겠소. 저녁때면 다 마를 테니까, 곧장 들어갈 수 있을 거요. 그럼 오는 것으로 알고 기다리고 있겠소."

그는 간절하게 그러나 강하게 말했다.

테스는 다시 고개를 저었다. 여러 가지 뒤얽힌 감정이 목구멍까지 치밀어 올랐다. 그녀는 더버빌의 얼굴을 쳐다볼 수 없었다.

"나는 당신을 위해서 최선을 다해 과거에 대한 보상을 해야 하오."

그는 또다시 말을 이었다.

"그리고 또 신앙에 미친 나를 고쳐 준 사람도 당신이니까. 그러니 나는 기꺼이……."

"오히려 신앙에 대한 정열이 그대로 지속되었다면 좋았을 걸 그랬어요."

"나는 지금이라도 보상할 수 있는 기회가 온 것을 기뻐하고 있소. 내일 당신 어머니의 이삿짐 내리는 소리가 들리기를 기다리겠소. 자, 우리 그런 의미에서 악수라도 하지……. 아름다운 테스!"

말을 마치자 음성을 낮춰 뭐라고 중얼거리면서 열린 창문 틈으로 한쪽 손을 내밀었다. 노여움에 가득 찬 눈초리로 그녀는 이내 창문의 쇠고리를 잡아당겼다. 이로 말미암아 그의 팔이 창문과 돌쩌귀가 달린 문턱 사이에 끼어 버렸다.

"빌어먹을, 정말 지독하군."

알렉이 얼른 팔을 빼면서 말했다.

"아냐, 괜찮아! 일부러 그런 건 아닐 테지. 하여간 당신을 기다리겠소. 적어도 당신 어머니와 동생들만이라도 오는 걸 기다리고 있겠소."

"난 가지 않아요. 돈은 넉넉하게 있으니까요."

"어디에?"

"시아버지한테 있어요. 부탁만 하면 얼마든지 받을 수 있어요."

"부탁만 하면 말이지? 하지만 테스, 당신은 그런 부탁 따윈 하지 않을걸. 난 당신을 잘 아니까 말이야. 차라리 굶어 죽으면 죽었지, 그런 돈 부탁을 할 여자가 아니지."

이 말을 던지며 그는 말을 몰고 가 버렸다. 마침 길모퉁이에서 페인트통을 들고 있는 남자를 만났다. 그 남자가 교우들을 저버릴 생각이냐고 따지듯이 묻자 더버빌이 말했다.

"악마한테나 찾아가 보게나."

날은 점점 어두워지고, 난로의 불빛이 방 안을 밝게 비추었다. 큰 아이들은 어머니를 따라갔고, 네 살에서 열한 살까지의 네 아이들은 까만 옷을 입은 채 난롯가에 모여 앉아 어린이다운 대화를 나누고 있었다. 테스도 촛불을 켜지 않은 채 그들 틈에 끼어 앉았다.

"얘들아, 우리들이 태어난 이 집에서 자는 것도 오늘 밤이 마지막이란다."

그녀가 우울한 듯 말했다.

"그것이 무엇을 의미하는지 잘 생각해야 한단다. 알겠지?"

그들은 모두 잠잠해졌다. 다른 곳으로 이사한다는 기쁨에 온종일 들떠 있던 아이들은 모두 쉽게 감동하기 쉬운 나이였으므로 테스의 마지막이란 표현에 금방 울음을 터뜨릴 것 같았다. 테스는 얼른 화제를 바꿨다.

"우리 함께 노래할까?"

"좋아, 무슨 노래가 좋을까?"

"너희들이 아는 것을 하렴, 무엇이든 좋아."

잠시 동안 침묵이 흘렀다. 그러자 먼저 한 아이가 시험 삼아 가만히 입을 열자, 낮은 음성이 침묵을 깨뜨렸다. 그러자 두 번째 음성이 노래에 힘을 합하고, 세 번째, 또 네 번째 음성이 한데 어울렸다. 그들은 주일 학교에서 배운 노래를 불렀다.

　　세상에서 우리들은 슬픔과 고통을 겪고,

세상에서 우리 다시 만나면 이별이라네.
그러나 천국에선 영원히 이별이 없다네.

가사가 의미하는 문제 따위는 이미 터득해서 걱정하지 않는다는 듯 냉담하고 무관심한 태도로 네 아이는 노래를 계속했다. 한 구절 한 구절 똑똑히 외우려는 그들의 반짝이는 눈빛은 하염없이 난롯불을 바라보고 있었다. 막내는 이미 노래가 끝났는데도 여전히 흥얼거리고 있었다.

테스는 자리에서 일어나 다시 창가로 돌아갔다. 창밖은 이제 짙은 어둠으로 덮여 있었다. 어둠 속을 뚫어보려는 듯 창틀에 얼굴을 대고 있는 그녀의 볼에 눈물이 흘렀다. 동생들이 부른 노래의 가사처럼만 된다면⋯⋯. 그러나 그녀에겐 확신이 서질 않았다. 어떻게든 믿는 마음으로 내세의 천당에 동생들을 맡길 수 있다면⋯⋯. 그러나 그렇지 못한 그녀는 무엇인가 다른 대책을 세워야 했다. 즉 그들의 확실한 보호자가 되어야 했다. 테스는 워즈워스의 시구(詩句)가 떠올랐다.

완전히 알몸이 아닌
영광의 구름을 타고 우리들은 이승에 왔노라.

그러나 그녀와 같은 인간에겐 태어났다는 것이 그들의 의지를 꺾는 하나의 시련이었다. 그 시련은 정당한 어떤 결과도 주는 것 같지 않았고, 고작해야 그것을 누그러뜨려 주는 정도에 불과할 뿐이었다.

비에 젖은 어두운 길을 어머니가 키 큰 리자 루와 에이브러햄과 함께 돌아오는 모습이 보였다. 더비필드 부인의 나막신 소리가 현관 앞에 이르자 테스는 문을 열었다.

"밖에 말발굽 자국이 있던데, 누가 왔다 갔니?"

어머니가 물었다.

"아뇨."

테스는 짧게 대답했다.

난로 옆에 있는 꼬마들이 심각한 표정으로 테스를 바라보다가 그중 한 아이가 말했다.

"테스 누나, 말 탄 신사가 왔었잖아."

"그 사람은 찾아온 게 아니야. 지나다가 얘기를 건 것뿐이지."

"신사라니, 누굴 말하는 게냐?"

어머니가 다그쳐 물었다.

"아니에요, 남편은 절대로 돌아오지 않아요."

테스는 절망적인 투로 대답했다.

"그럼 누구란 말이냐?"

"뭐, 아실 필요 없어요. 이전에 한 번 보신 일이 있고, 저도 본 적이 있는 사람이에요."

"그래, 뭐라고 하든?"

어머니는 사뭇 궁금하다는 듯 채근했다.

"내일 킹즈비어로 이사한 다음에 말하겠어요. 무엇이든 다 말씀드릴게요."

52

아직 컴컴한 새벽이었다. 길가에 사는 마을 사람들은 그들의 잠을 방해하는 시끄러운 소리가 날이 샐 때까지 계속되는 것을 어슴푸레 들었을 것이다. 그것은 그 달 첫 주와 셋째 주간이면 으레 들리는, 반복되는 소리였다. 이사할 사람들의 이삿짐을 실어 나르려고 빈 짐마차가 지나가는 소리로, 이것은 이사를 알리는 서막이었다. 왜냐하면 일꾼의 이삿짐을 농장주의 짐마차로 목적지까지 실어다 주는 것이 보통이며, 농장주는 해가 지기 전에 일이 다 끝나기를 바라기 때문이었다. 그래서 늦어도 여섯 시까지는 이삿짐을 다 실어야 하기 때문에 채 날이 밝기도 전에 이내 마차는 움직이기 시작했다.

그러나 테스의 집에는 마차를 보내 줄 만한 사람이 아무도 없었다. 일할 수 있는 사람이라야 모녀뿐이었고, 또 정식으로 고용된 일꾼도 아니기 때문이었다. 특히 그들은 자기네 비용으로 마차를 빌려야 했으며, 아무 대가 없이 무엇 하나 실어 달라고 할 수 없었다.

테스는 아침 창밖을 내다보았다. 바람이 불고 날씨는 흐렸으나 비는 오지 않았고, 또 마차가 제 시간에 닿아 있으므로 한결 마음이 놓였다. 비가 오는 성모 마리아의 날이란 이사하는 사람에게는 결코 잊을 수 없는 유령이라도 나올 것 같은 날이다. 젖은 가구며 젖은 이부자리와 옷가지가 이 유령을 따라 불길한 옷자락을 뒤로 잡아끄는 것 같았다.

어머니와 리자 루, 그리고 에이브러햄은 깨어 있었지만 어린 동생들은 아직 자고 있었다. 네 사람은 희미한 불빛 아래 조반을 마치자 짐을 꾸리기 시작했다.

짐을 챙길 때에는 친한 이웃 사람 두어 명이 와서 도와주었으므로 별 어려움 없이 진행되었다. 큰 가구를 마차에 실은 다음, 더비필드 부인과 아이들이 쉬며 갈 수 있도록 침대와 이부자리로 둥그렇게 앉을 자리를 마련했다. 짐을 싣는 동안 안장을 풀어놓았기 때문에 짐을 다 올리고 말을 맬 때까지는 잠시 시간이 있었다. 오후 두 시쯤 되자 마차는 드디어 움직이기 시작했다. 마차의 굴대에 매달아놓은 냄비는 멋대로 흔들리고, 짐 위에 앉은 더비필드 부인은 마차가 흔들릴 때 깨지지 않도록 무릎 위에 벽시계를 엎어놓고 있었다. 그러나 마차가 덜커덕거릴 때마다 시계추는 짓눌린 듯한 소리로 불규칙적인 종소리를 내고 있었다. 테스와 리자 루는 짐수레가 마을 어귀를 벗어날 때까지 수레와 나란히 서서 걸었다.

그들은 어젯밤과 오늘 아침에 몇몇 이웃에게 작별 인사를 다녔다. 막 출발하려고 하자 몇 사람이 떠나는 것을 보러 왔다. 그들은 한결같이 테스 집안의 행운을 빌었으나, 이러한 집안에 별다른 행운이 있으리라곤 기대하지 않는 것 같았다. 마침내 짐수레가 비탈길을 오르기 시작했고, 그러자 바람은 더욱 차가워졌다.

사월 초엿새인 그날, 그들처럼 짐 위에 가족들이 탄 여러 대의 마차를 만났다. 꿀벌의 집이 육각형으로 일정한 것처럼 시골 사람들의 짐 싣는 모양도 대부분 방법이 비슷했다. 맨 밑에는 반짝이는 손잡이가 달린 장롱이 있고, 살림의 때가 묻은 흔적이 역력한 물건이 말 엉덩이 위에 소중하게 얹혀 있었다. 그것은 마치 정중하게 모셔야 할 어떤 경전이라도 들어 있는 성스러운 궤(櫃) 같았다.

어떤 가족은 생기에 넘쳐 있는가 하면, 슬픔에 잠겨 있는 가족도 있었고, 또 한길가 주막 입구에 짐마차를 세운 패도 있었다. 더비필드 가족도 말에게 먹이를 줄 겸 쉬려고 이곳으로 마차를 몰았다.

그들이 쉬는 동안 테스의 눈길은 떨어진 짐마차 위에서 술병을 기울이는 여인들한테로 쏠렸다. 그녀의 눈길은 공중에 솟은 술병을 더듬어 내려가다가 그 술병을 쥔 손의 주인공이 잘 아는 여자임을 알아차렸다. 테스는 그 마차 쪽으로 갔다.

"마리안, 이즈!"

테스가 외쳤다. 그들은 하숙하고 있던 집이 이사하는 바람에 함께 따라가는 것이었다.

"너희들도 오늘 이사하니?"

그녀들은 그렇다고 대답했다. 플린트콤 애쉬에서의 생활이 너무 고생스러워 그로비에게는 알리지도 않고 나왔다는 것이다. 그녀들은 목적지를 테스한테 알렸고, 테스도 그녀들에게 목적지를 말했다.

마리안이 짐 위에서 몸을 굽혀 그녀에게 작은 소리로 말했다.

"테스, 네 뒤를 쫓아다니던 남자 생각나니? 누구인지 짐작이 가겠지? 네가 떠난 다음에 그 남자가 너를 찾아온 거 알고 있니? 그런데 네가 싫어하는 걸 알기 때문에 너 있는 곳을 가르쳐 주지 않았어. 잘했지?"

"아, 하지만 벌써 만났어. 내가 있는 곳을 알아냈어."

테스는 중얼거렸다.

"그럼 지금 네가 가는 곳도 그 사람이 알고 있니?"

"알고 있을 거야."

"남편은 돌아왔니?"

"아니."

마침 양쪽 마부가 주막에서 나왔으므로 그녀는 친구들에게 작별을 고했다. 두 짐마차는 각기 반대 방향으로 다시 길을 떠났다. 마리안과 이즈, 그녀들의 하숙집 가족들이 탄 산뜻하게 칠한 짐마차는 안장에 번쩍이는 놋쇠 장식을 단 세 마리의 튼튼한 말이 끄는 반면, 더비필드 부인과 그 가족이 탄 수레는 실은 짐을 겨우 지탱할 만큼 삐거덕거리는 마차였다. 이제껏 페인트칠이라곤 해 본 일이 없는 두 마리의 말이 끄는 초라하기 짝이 없는 수레를 보면서, 번창하는 농장주를 따라가는 사람과 고용주도 없이 스스로 살 길을 찾아가는 사람과의 뚜렷한 차이를 알 수 있었다.

갈 길은 아직도 아득했다. 하루의 여행길로는 너무 멀고, 말들이 감당하기에도 벅찬 것 같았다. 일찍 출발한 편이지만, 그들이 그린힐 고원의 일부를 이루는 산허리를 돌 때는 느지막한 오후였다. 말들이 멈춰 서서 숨을 돌리는 동안에 테스는 사방을 둘러보았다. 그들이 서 있는 언덕 앞쪽에 그들의 목적지인 조그마한 마을 킹즈비어가 음산하게 놓여 있었다. 그곳 킹즈비어에는 그녀의 아버지가 마음에 사무치도록 이야기하고 노래하던 조상들이 묻혀 있었다. 그리고 더버빌 가문이 줄잡아 오백 년 동안이나 살던 곳이므로 세상의 어느 곳보다도, 특히 더버빌 가문의 고향이라고 생각되는 곳이었다.

읍 어귀를 지키고 섰던 사나이가 이곳을 향해 오는 모습이 보였다. 짐 실은 수레를 발견하자 그는 빠른 걸음으로 다가왔다.

"더비필드 부인이신가요?"

그가 테스 어머니에게 말을 건넸다. 그때 그녀는 얼마 남지 않은 길을 걸으려고 마차에서 내렸던 것이다. 그녀는 머리를 끄덕였다.

"정식으로 말씀드리자면, 최근에 돌아가신 가난한 귀족 존 더버빌 경의 미망인입니다. 지금 조상의 영지로 돌아가는 길입니다만."

"네, 그렇습니까? 나는 그런 것에 대해서는 아무것도 모릅니다만, 더비필드 부인이시라면 말씀드려야겠습니다. 실은 댁에 빌려 드리기로 되어 있는 방에 딴사람이 들었다는 전갈입니다. 오늘 아침 편지를 받고서야 이리로 오신다는 걸 알았지만, 이미 때가 늦었죠. 하지만 어디든지 빈 방은 분명히 있을 겁니다."

그 남자는 이 얘기를 들으면서 얼굴이 하얗게 질린 테스를 쳐다보았다.

더비필드 부인은 난처해하며 실망하는 듯했다.

"이것이 조상들이 묻힌 땅에 돌아와서 받는 대접이구나. 하여간 다른 곳을 찾아보기로 하자."

어머니와 리자 루가 방을 얻으러 샅샅이 헤매는 동안 테스는 아이들을 돌보기 위해서 마차에 남아 있었다. 한 시간쯤 뒤에 어머니가 마차 옆으로 돌아왔으나 허탕만 쳤다고 했다. 마부는 말이 녹초가 된 데다가 오늘 밤 안으로 출발해야 하므로 짐을 풀어야겠다고 말했다.

"좋아요. 여기에다 내려 주세요. 어디 임시 거처라도 얻을 테니까."

부인이 홧김에 말해 버렸다.

교회당 묘지의 담장 밑, 사람들의 눈에 띄지 않는 곳으로 마차를 몰고 간 마부는 얼마 안 되는 초라한 살림살이를 그곳에 내렸다. 테스는 짐을 다 내린 다음 마차 삯을 치렀다. 이제 수중에 남은 돈은 마지막 일 실링 남짓이었다.

마부는 이런 가족과의 거래를 끝낸 것이 기쁜 듯, 그들을 남겨 두고 돌아보지도 않고 사라졌다. 날씨가 좋은 밤이었으므로 하룻밤 이슬쯤은 괜찮다는 듯 마부는 서둘렀다.

테스는 절망의 눈길로 짐을 바라보았다. 봄날 해질 무렵의 차가운 햇살은 산들바람에 흔들리고 있는 약초 다발과 버드나무로 만든 요람 그리고 둘레가 반질반질하게 닳은 벽시계 등을 일일이 비추었다. 전에는 공원이었던 언덕이며 비탈이 지금은 목초지가 되어 있었고, 한때는 더버빌 저택이 서 있던 지점을 표시하는 주춧돌이 사방에 길게 뻗쳐 있었다. 바로 그 가까이에는 더버빌의 회랑(回廊)이라고 불리는 교회의 회랑이 태연하게 사면을 내려다보고 있었다.

"가족 묘지는 우리의 부동산이 아니냐?"

교회와 묘지를 둘러보고 온 테스의 어머니가 말했다.

"그렇고말고, 우리의 소유일 테지. 그러니까 조상이 살던 영지에서 집을 얻을 때까지 임시로 사는 거야. 자, 테스야, 리자와 에이브러햄도 모두들 와서 도와줘라. 동생들 잠자리를 만들어 주고 우리는 다시 한 바퀴 돌아보자."

테스는 내키지 않는 기분으로 어머니를 도왔다. 십오 분쯤 걸려 이삿짐에서 네 발이 달린 침대를 꺼낸 그들은 '더버빌 회랑'이라 알려졌고, 또 그 밑에는 커다란 납골당이 있는 건물의 일부인 교회 남쪽의 벽 밑에다 세웠다. 침대 덮개 위쪽에 15세기경에 만들어졌다고 하는 여러 가지 색채로 장식한 유리창이 줄지어 있었다. 그것은 '더버빌의 창'이라 불리는데, 그 유리창의 높은 부분에는 더비필드 집안의 인장과 수정에 새겨 놓은 것과 똑같은 문장(紋章)이 보였다.

어머니는 침대 둘레에 커튼을 쳐서 그럴 듯한 천막을 만들고 그 안에 아이들을 들여보냈다.

"하는 수 없으니 하룻밤쯤 여기서 지내야겠구나. 하지만 더 찾아보기로 하자. 그리고 애들 먹을 것도 구해 봐. 아무 도움도 되지 않는 신사 양반과의 결혼 따위가 무슨 소용이 있단 말이냐. 우리들이 이렇게 된 바에야."

어머니는 리자 루와 사내동생들을 데리고 교회와 마을을 연결하는 좁은 길을 따라 올라갔다. 그러던 중 사방을 두리번거리며 오는 남자를 만났다.

"아, 마침 찾고 있던 중입니다."

말을 몰아 앞으로 다가오면서 알렉이 말했다.

"이건 정말, 역사적인 땅에서 가족끼리 모인 셈이군요. 그런데 테스는 어디 있습니까?"

테스 어머니는 알렉을 조금도 좋아하지 않았다. 그녀는 무뚝뚝하게 교회 있는 곳을 가리키고는 아무 말 없이 다시 걸어갔다. 그는 방금 들은 얘기지만, 방을 얻지 못했을 경우엔 다시 뵙겠다는 말을 던지고 가 버렸다. 더버빌은 여관으로 돌아갔다가 잠시 후에 다시 나왔다.

그동안 테스는 동생들과 함께 침대 안에 남아서 그들과 얘기를 주고받고 있었으나, 이제 더 이상 그들을 달랠 명분도 없어지자 저녁놀이 물들기 시작한 교회 근처를 거닐었다. 교회의 묘지 문이 마침 열려 있어서 태어난 후 처음으로 그 안에 들어가 보았다.

침대를 마련해 놓고 위쪽 창문 안에는 수백 년에 걸친 조상들의 무덤이 있었다. 무덤은 각각 천장이 덮여 있어 제단 모양으로 만들어진 평범한 것이었다. 놋쇠 비명(碑銘)은 닳아서 없어지고 파손되었으며, 못이 빠진 커다란 못 구멍은 사암(砂岩) 절벽에 있는 족제비 구멍처럼 남아 있었다. 그녀의 가문이 사회적으로 소멸했다는 사실을 깨닫게 하는 일들을 숱하게 보아왔지만, 이곳의 황폐한 모습만큼 강한 인상을 주는 것은 없었다.

그녀는 다음과 같은 문자가 새겨져 있는 까만 돌 앞으로 가까이 다가갔다.

더버빌 가의 묘지 입구

테스는 라틴어를 교회의 추기경처럼 읽지는 못하지만 이것이 조상들 묘지의 문이고, 또 아버지가 술잔을 놓고 항상 흥얼거리던 저 건장한 기사들이 이 안에 잠들어 있다는 것을 알 수 있었다.

　생각에 잠긴 그녀가 돌아갈 양으로 그 가운데서도 가장 오래된 제단 모양의 무덤 앞을 지날 때 그 위에 모로 누운 사람을 발견했다. 교회 안이 어두웠으므로 그녀는 미처 깨닫지 못하고, 그 모습이 움직인다는 섬뜩한 생각을 하지 않았다면 몰랐을 것이다. 그녀가 좀 더 앞으로 다가간 순간 비로소 살아 있는 인간임을 알 수 있었다. 여태껏 자기 혼자만 있는 것이 아니라는 사실을 알고 마음이 떨린데다, 그것이 바로 더버빌이라는 것을 확인하자 충격이 심했던 그녀는 거의 기절할 것처럼 주저앉았다.

　그는 두꺼운 돌바닥에서 껑충 뛰어내려 그녀를 붙들어 주었다.

　"나는 당신이 들어오는 것을 보고 있었지."

　그는 빙긋이 웃으며 말했다.

　"당신의 명상을 방해하지 않으려고 저 위에 올라간 거요. 우리 발밑에 있는 조상들과 처음으로 상면한다는 것인가? 그럼 잘 들어 봐요."

　그가 발꿈치로 힘껏 찼다. 그러자 발 밑에서 속이 텅 빈 듯한 소리가 울려왔다.

　"조상들이 조금 놀라셨겠는걸, 분명히!"

　"당신은 조금 전에 나를 조상 중 누군가의 석상으로 생각했겠지. 하지만 그건 사실이 아니지. 세상은 자꾸만 바뀌게 마련이오. 지금은 가짜인 더버빌의 조그만 손가락 하나가 이 밑에 있는 조상들의 손가락을 전부 합친 것보다도 훨씬 당신을 위할 수 있소……. 자 나에게 명령하시오, 무얼 해 드릴까요?"

"가 주세요."

그녀는 조그만 소리로 말했다.

"가서 어머니를 찾아봐야겠소."

그는 짧게 말한 뒤 그녀 옆을 지나면서 다시 속삭였다.

"알아둬요. 머지않아 당신도 내게 친절해질걸?"

그가 돌아간 다음, 그녀는 납골당 입구 위에 몸을 구부린 채 혼잣말로 중얼거렸다.

"나는 왜 이 문 바깥에 있어야 하지!"

한편 마리안과 이즈 휴에트는 하숙집의 이삿짐과 함께 '가나안'의 농장—오늘 아침에 막 떠난 다른 사람들에겐 '이집트'의 농장이었던—을 향해 마차를 몰고 있었다. 그러나 그 아가씨들은 목적지에 대한 생각에만 골몰하지는 않았다. 그들은 에인젤 클레어와 테스 그리고 테스를 끈덕지게 따라다니는 남자에 대해서 얘기를 주고받았다. 그들은 그 남자가 그녀의 과거와 관계가 있다는 사실을 소문으로 듣고, 막연히 추측할 뿐이었다.

"테스 말이야. 그 남자를 전혀 몰랐던 건 아닌 모양이지?"

마리안이 말했다.

"그 남자가 옛날에 그 애를 손에 넣었던 일이 있다면, 문제는 아주 달라질 거야. 만약 그 남자가 다시 데려간다면 그야말로 돌이킬 수 없게 된단말이야. 우리한테 클레어 씨는 아무것도 아니지 않니? 이봐 이즈, 그이를 테스에게 빼앗긴 것이 안타깝다고 이 사태를 내버려둘 순 없잖니? 테스가 고생하고 있다는 것과 또 어떤 남자가 그녀를 따라다니고 있는지 만약 클레어가 알기만 한다면 그녀를 보호하려고 돌아올지도 몰라."

"어떻게 알릴 방법이 없을까?"

그들은 목적지에 도착할 때까지 줄곧 그 일을 생각했으나, 막상 목적지에 도착하자 새로운 농장에서 자리 잡는 일에만 정신이 쏠렸다. 그러나 한 달쯤 지나고 자리가 잡혀 갈 즈음 머지않아 클레어가 돌아온다는 소문을 들었다. 그 소식을 듣자 그들은 아직도 가슴이 설레지만 테스에게 부끄러운 짓을 할 수 없다는 생각에서 마리안은 이즈와 함께 값싼 잉크병의 뚜껑을 열었다. 그래서 두 아가씨는 머리를 맞댄 채 상의해서 짤막한 몇 줄의 글을 적었다.

존경하는 선생님,

선생님의 부인께서 선생님을 사랑하는 만큼 선생님께서도 부인을 사랑하신다면 부디 부인을 돌봐 주세요. 왜냐하면 부인은 지금 친구의 탈을 쓴 자에 의해 괴로움을 겪고 있기 때문이에요. 그래요, 선생님! 지금 부인 곁에는 있어서는 안 될 자가 있답니다. 여자들이 힘겨운 시련을 당해선 안 된다고 생각합니다. 쉴 새 없이 떨어지면 물방울이 돌이나 그보다 더한 금강석도 구멍을 뚫으니까요.

— 행복을 비는 두 친구 올림

에인젤 클레어 앞으로 쓴 편지를, 에인젤과 관계가 있다고 들은 유일한 주소인 에민스터 목사관으로 부쳤다. 이 일을 한 후 그들은 자신들이 보여 준 행동에 아주 흡족해서 흥분을 누르지 못해 노래를 부르기도 하고, 또 함께 눈물을 흘리기도 했다.

제 7 부

끝없는 사랑

53

에민스터 목사관에 짙은 황혼이 깃들고 있었다. 서재에서는 여느 때처럼 두 개의 촛불이 녹색의 갓 아래 밝혀져 있었다. 그러나 목사는 그 방에 없었다. 목사는 이따금 들어와서 점점 포근해져 가는 봄기운에 알맞게 난롯불을 쑤셔 일구어놓고 다시 나가곤 했다. 목사는 현관에 우두커니 서 있기도 하고 응접실로 가서 서성거리기도 했다.

현관은 서쪽을 향하고 있어 집안은 이미 어둠이 깃들었지만, 문 밖은 아직도 사물을 분간할 수 있을 정도의 흐릿한 빛을 남기고 있었다. 여태까지 응접실에 앉아 있던 목사 부인은 목사의 뒤를 따라 현관으로 나왔다.

"도착하려면 아직 멀었어."

목사가 말했다.

"기차가 제 시간에 닿는다 하더라도 여섯 시까지는 초크 뉴턴에 도착하지 못할 거요. 거기서부터는 십 마일이나 되는 시골길을, 그중에서도 절반은 클리머크록 레인 고갯길을 지나와야 하니 우리 집 늙은 말로는 그렇게 빨리 오지 못할 거요."

"하지만 그 말이 우리들을 태우고 한 시간에 달린 일도 있어요."

"그건 옛날 얘기지."

그들은 지루한 시간을 잊기 위해 이런저런 얘기를 주고받으며 아들을 기다리고 있었다.

드디어 골목길 멀리서 희미한 소리가 들리더니 조그만 망아지가 끄는 마차가 울타리 밖에 나타났다. 한 사람이 마차에서 내렸으니 망정이지, 만약에 길에서 지나쳤다면 실제로 그가 누구인지 알아보지 못했으리라.

목사 부인은 캄캄한 복도를 따라 현관으로 달려나가고, 목사는 천천히 아내의 뒤를 따라나왔다.

이제 막 문에 들어서려는 사나이는 현관에 서 있는 두 사람의 근심스런 얼굴에 기우는 마지막 햇살이 안경에 반사하여 보여 주는 황혼빛을 보았다. 그러나 목사 부부는 햇빛을 등지고 서 있어서 아들의 형체만 보았을 뿐이었다.

"오오, 내 아들, 드디어 돌아왔구나."

목사 부인이 소리쳤다. 그 순간 부모와 자식 사이를 소원하게 한 이단적인 허물은 옷에 묻은 먼지만큼이나 상관없는 것이 되었다. 실제로 진리에 가장 충실한 신봉자 가운데서 자기 자식을 사랑하는 것만큼 깊이 하느님의 약속과 위협을 믿는 여자가 있을 것인가. 또 자식의 행복에 방해가 된다면 기꺼이 자신의 신앙을 버릴 것이리라.

촛불이 밝혀져 있는 방으로 들어가자 부인은 이내 아들의 얼굴을 들여다보았다.

"오오, 내 아들 에인젤이 아니야. 집을 떠날 때의 에인젤이 아니에요."

부인은 아들에게서 물러나면서 모든 것을 부정하는 듯한 슬픈 투로 소리쳤다.

그의 아버지도 아들의 모습을 보고 깜짝 놀랐다. 고국에서 겪은 불쾌한 사건에 대한 반발로 무작정 달려간 낯선 땅에서의 온갖 고초와 풍상이 부모를 놀라게 할 만큼 그의 모습을 변하게 했던 것이다. 얼굴은 마치 해골 같아서 거의 망령(亡靈)이 보일 지경이었다. 그는 마치 이탈리아의 화가 크리벨리(Carlo Crivelli, 1430?~1495, 베네치아파 화가 — 옮긴이 주)가 그린 '죽은 그리스도의 모습' 같은 형상을 하고 있었다. 움푹 패인 눈은 병적인 빛을 띠었고, 눈빛은 생기를 잃고 있었다. 그의 늙은 조상들의 형편없이 여윈 주름투성이의 모습이 이십 년이나 빨리 그의 얼굴에 나타나 있었다.

"저는 그쪽에서 병을 앓았어요. 이젠 다 나았어요."

에인젤이 말했다.

하지만 그의 말이 거짓이라는 것을 증명이라도 하듯 금방이라도 고꾸라질 것처럼 다리를 비틀거렸다. 그래서 그는 넘어지지 않으려고 급히 주저앉았다. 그것은 그날의 지루한 여행과 집에 도착한 흥분 때문에 생긴 대수롭지 않은 현기증에 지나지 않았다.

"요즘 제게 온 편지는 없어요?"

그가 태연한 척하며 물었다.

"지난번에 마지막으로 주신 편지는 내륙에 가 있었기 때문에 상당히 지체 된 후에, 그것도 정말 우연한 기회에 받았어요. 그렇지 않았더라면 좀 더 일찍 돌아왔을 거예요."

"그거 네 아내가 보낸 거지?"

"네, 그렇습니다."

최근에 온 편지가 한 통 있었으나 에인젤이 곧 돌아온다는 것을 알았으므로, 그에게 보내지 않고 있었다.

에인젤은 부모님이 건네주신 편지를 재빨리 뜯어보았다. 그에게 마지막으로 급히 쓴 편지 속에 나타난 테스의 감정을 그녀의 필적에서 직접 느낄 수 있어 그의 마음은 적잖이 어지러웠다.

에인젤, 당신은 왜 이다지도 저를 학대하시나요? 에인젤, 저는 그런 대접을 받을 만큼 나쁜 짓을 하지 않았어요. 당신이 주는 고통을 이제 더 이상 견딜 힘이 없군요. 도저히 이해할 수 없어요. 저는 결코 당신을 용서하지 않겠어요. 제가 당신을 욕되게 하고 있지 않다는 걸 알면서 어째서 이토록 저를 괴롭히시나요? 당신은 너무 가혹해요. 전 이제 될 수 있는 대로 당신을 잊도록 노력하겠어요. 당신이 저에게 내리신 벌은 너무 부당해요.

—T로부터

"분명 그럴 거야. 나하곤 절대로 화해하지 않을 거야."

편지를 집어던지며 에인젤이 말했다.

"얘야, 기껏 흙에서 태어난 시골 여자 때문에 상심해선 안 된다."

그의 어머니가 말했다.

"흙에서 난 여자라고요? 네, 우리들은 모두 흙에서 태어났죠. 어머니가 말씀하신 뜻과 같은 여자라면 좋겠습니다만, 이제 사실을 말씀드리겠습니다. 그녀 아버지는 마을 사람들이 거들떠보지 않는 농촌생활을 하고, '흙에서 태어난 아들'이라 불리는 많은 시골 사람들처럼 가장 오래된 노르만 가문의 직계 후손입니다."

그는 곧 자리에 들었다. 그리고 이튿날 아침은 너무 몸이 불편해 자기 방에서 꼼짝도 않고 이런저런 생각에 잠겨 있었다. 그는 테스를 어려운 환경에 내팽개쳐 두었으므로 적도(赤道) 남쪽에서 애정이 듬뿍 담긴 그녀의 편지를 받았을 때는 용서할 마음만 생기면 언제든지 서둘러 그녀에게 돌아가는 것쯤은 어려운 일이 아니라고 생각했다. 그러나 막상 돌아와 보니 생각하던 것처럼 쉽게 될 것 같지 않았다. 그녀는 정열적인 성격이어서, 지금이 편지는 자기가 지체하는 바람에 그녀의 마음이 달라졌다는 것을 나타내는 내용이었다. 지나치도록 당연한 변화를 인정하지 않을 수 없었다. 그녀의 친정 부모 앞에서 예고도 없이 그녀를 만나는 것이 과연 현명한지 생각해 보았다. 별거생활의 마지막 몇 주일 동안에 그에 대한 그녀의 애정이 극도의 혐오로 변해 버렸다고 한다면, 갑작스런 대면은 씁쓸하기만 할 것 같은 불길한 생각뿐이었다.

그래서 클레어는 말로트 마을에 편지를 보내 자기가 돌아온 사실과 영국을 떠날 때 약속한 대로 아직도 친정에 있을 것으로 생각한다는 것을 알리고, 테스와 그 가족에게 미리 마음의 준비를 시키는 것이 상책이라고 생각했다. 에인젤은 그제야 여러 소식을 묻는 편지를 보냈다. 그랬더니 일주일이 지나기도 전에 더비필드 부인한테서 짤막한 답장이 왔다. 그 편지는 뜻밖에도 말로트에서 보낸 게 아니었고, 주소조차 없어서 에인젤의 궁금한 마음은 더해 가기만 했다.

> 나는 지금 테스가 집에 없다는 것을 글로 전하네. 언제 돌아올지 확실한 날짜도 모르네. 그러나 그 애가 돌아오는 즉시 알려 주겠네. 그 애가 임시로 있는 곳을 나로선 알릴 수가 없네. 그리고 나와 가족이 말로트 마을을 떠난 지가 꽤 오래되었다네.
>
> —J. 더비필드

어떻든 테스가 무사히 잘 있다는 사실은 알았으므로 그녀의 어머니가 굳이 거처를 밝히지 않는다 해도 그다지 걱정되지 않았다. 그녀의 가족들도 에인젤의 처사를 못마땅하게 생각하는 것이 분명했다. 부인의 편지는 머지않아 테스가 돌아올 것이라고 했으므로 돌아왔다고 다시 소식이 올 때까지 기다리기로 했다. 그 이상 다른 것을 더 바랄 자격도 없었다. 에인젤의 사랑이야말로 '다른 대상을 찾으면 변하는' 사랑이었다. 고국을 떠나 있는 동안 그는 기구한 여러 가지 경험을 했다. 그는 명목상의 코넬리아 같은 여인한테서 실질상의 포스티나를 보았고, 피리니 같은 육체적인 여인에게서 정신적인 여인 루크레티아를 발견했다. 간음하다 들켜 돌에 맞아 죽을 뻔했던 여인 그리고 왕후가 된 우리야의 아내를 생각했다.

에인젤은 자신이 왜 테스의 의지에 대해 실질적으로 판단치 못했으며, 어째서 그녀의 행위만을 보고 이성적으로 판단하지 못했던가 하고 자책하기도 했다. 약속했던 더비필드 부인의 두 번째 편지가 오기를 기다리고, 또 좀 더 건강을 회복하기 위해 아버지 집에 머무는 동안 다시 며칠이 지났다. 기운은 차차 회복이 되었으나 그녀의 어머니한테서는 아무 소식도 없었다. 그래서 브라질에 있을 때 플린트콤 애쉬에서 테스가 보낸 편지를 찾아 다시 읽어 보았다. 그 사연은 처음 읽을 때 못지않게 그의 가슴을 울렸다.

…… 당신이 오시지 못한다면 제발 당신한테 제가 가도록 허락해 주세요. 말씀드린 대로 저는 지금 마음에도 없는 짓을 강요당하며 괴로워하고 있답니다. 한 치라도 굽힐 수 없는 일이지만 어떤 일이 생길지 알지 못하고, 또 지난 과실 때문에 무력한 처지에서 극도로 불안한 가운데 놓여 있어요. 너무 비참한 일이어서 더 말씀을 드릴 수가 없군요. 하지만 제가 무서운 덫에 걸려 다시 넘어진다면, 그 결과는 처음 것과는 비교도 안 될 만큼 불행해지리란 생각이 들어요. 하느님, 이런 일은 생각조차 할 수 없는 일입니다. 저를 그이에게 보내 주시든지, 그이를 제게로 보내 주시옵소서!

당신의 아내로 함께 살 수 없다면 당신의 종으로라도 만족하겠어요. 참으로 기쁘게. 그리 되면 당신 곁에 있을 수 있고, 당신을 바라볼 수 있으며, 당신을 완전한 제 사람처럼 생각할 수 있으니까요.

당신 없는 이곳에선 태양마저 저에게 아무것도 보여 주지 않고, 들에 있는 길가마귀나 날짐승조차 대하기 싫어요. 그것들을 함께 바라보던 당신이 생각나서 슬픈 마음 그지없으니까요. 천당에서나 땅 위, 지옥에서라도 당신을 보고 싶은 것이 단 하나의 소원입니다. 그리운 당신이여, 돌아오세요. 그래서 저를 위협하는 것으로부터 구해 주세요……

이 편지를 읽고 나자 최근에 보낸 그녀의 편지가 자신을 전혀 이해할 수 없는 혹독한 사람으로 생각한다는 것을 믿을 수가 없어 곧 그녀를 찾기로 결심했다. 에인젤은 자기가 없는 동안 테스가 돈을 청구한 일이 없는지 아버지한테 물었다. 아버지는 그런 일이 없다고 대답했다. 에인젤은 비로소 테스의 자존심이 그런 행동을 억제했다는 사실을 알고는 매우 궁핍한 생활을 겪었으리라는 것을 새삼 깨달았다. 그의 얘기를 들은 목사 부부는 그제야 그들의 별거 원인을 알게 되었다. 신앙이 두텁고, 특히 타락한 인간들에게 깊은 동정을 보내기 때문에 그녀의 유서 깊은 혈통이나 소박한 성품, 또 빈곤 같은 것에 동정심이 우러나진 않았지만, 목사 부부의 마음은 그녀의 죄에 대해서 진심으로 동정을 품게 되었다.

서둘러 몇 가지 여행 준비를 하다가 최근에 마리안과 이즈에게서 온 솔직한 편지에 눈길을 돌렸다. 그것은 다음과 같이 시작되는 편지로 에인젤을 깊은 생각에 잠기게 했다.

'존경하는 선생님, 선생님의 부인께서 선생님을 사랑하는 만큼 선생님께서도 부인을 사랑하신다면 부디 부인을 돌봐 주세요……'

54

십오 분쯤 후 클레어는 집을 나섰다. 그의 어머니는 사라져 가는 아들의 여윈 뒷모습을 유심히 지켜보고 있었다. 그는 아버지의 늙은 암말이 집에 꼭 필요하다는 것을 알고 있었으므로 말을 빌려 탈 생각도 하지 않았다. 이륜마차를 한 대 빌린 에인젤은 말을 모는 동안에도 초조한 기색을 감추지 못했다. 서너 달 전에 테스가 부푼 가슴을 안고 내려왔다가 깊게 낙심하여 돌아간 언덕길을 향해 지금 에인젤이 마차를 몰며 올라가고 있었다.

울타리가 새싹으로 파릇파릇하게 물들어 있었고, 곧게 뻗은 수목이 눈앞에 펼쳐졌다. 그러한 자연의 경이로움에도 불구하고 그는 다른 생각에 골몰하고 있었다. 두 시간도 채 못 되어 킹스 힌토크의 영지 남쪽을 돌아 음산하고 쓸쓸한 크로스 인 핸드의 비탈길로 접어들었다. 그곳에는 한때의 변덕으로 개심한 알렉이 두 번 다시 유혹하지 않겠다고 테스에게 맹세를 강요한 불길한 돌기둥이 있었다. 강둑에는 지난해에 시든 쐐기풀의 줄기가 그대로 남아 있었으나, 그 뿌리에는 올봄의 새싹이 파릇하게 돋고 있었다.

그곳에서부터 그는 힌토크 지방의 반대편에 잇단 고지를 지나 오른편으로 꺾어 나아갔다. 언젠가 보낸 편지에 적혀 있던 주소가 바로 그곳이었으므로 그녀의 어머니가 말하는 테스의 거주지일지도 모른다고 여기면서 플린트콤 애쉬를 향해 달렸다.

상쾌한 석회질의 지역으로 들어섰다. 에인젤은 물론 그녀를 찾지 못했다. 테스라는 이름은 잘 알려져 있었지만 '클레어 부인' 이라는 이름은 들어 본 일도 없다는 농부와 농장주의 말을 듣고 에인젤은 더욱 낙심했다. 그들이 별거한 동안 테스가 남편 성을 쓰지 않은 게 명백했다. 남편에게 기대지 않겠다는 그녀의 자존심은 에인젤의 아버지에게 돈을 요구하기를 꺼리고, 오히려 고생을 택한(이런 심정을 그는 처음 알았지만) 사실 못지않게 클레어의 성을 쓰지 않는 것만으로도 알 수 있었다.

에인젤이 들은 바에 의하면, 그녀는 아무 말도 없이 블랙무어 쪽에 있는 고향으로 갔다는 것이었다. 그는 아무래도 이번엔 더비필드 부인을 만나야 될 것 같았다. 말로트에 살지 않는다고는 했지만 까닭 없이 거처를 밝히려 하지 않았으므로, 그 마을에 가서 그들의 간 곳을 알아보는 수밖에 없었다. 테스에겐 거칠게 굴던 농장주가 클레어한테는 고분고분한 태도로 대하면서, 말로트까지 갈 마차와 마부를 빌려 주었다. 에인젤이 타고 온 마차는 하루 한도 내에서 빌린 것이기 때문에 에민스터로 돌려보냈다.

클레어는 농장 주인의 마차를 블랙무어 골짜기 기슭까지만 빌리기로 하고 마차를 돌려보냈다. 그날 밤은 여인숙에서 머무른 다음 이튿날 아침 걸어서 테스의 고향에 도착했다. 봄철이라고는 하지만 엷은 녹색 외투를 걸친 겨울에 지나지 않았고, 에인젤이 품은 기대 역시 그처럼 덧없는 희미한 것이었다.

테스가 어린 시절을 보냈던 집에는 그녀를 알지도 못하는 사람들이 살고 있었다. 새로운 거주자들은 이전에 살던 가족이 옛날에 화려한 전성시대를 누렸던 명문의 후손이라는 사실은 알 바 아니라는 듯 뜰에서 일에만 몰두하고 있었다. 이전에 살던 사람들에 비하면 그들의 과거는 보잘것없는 것이었다. 그들은 뜰을 거닐고 있었는데 움직일 때마다 그들 뒤로 희미한 망령이 늘 따라다니는 것도 모른 채 테스가 살던 시절이 지금보다 밋밋했던 것처럼 얘기하고 있었다. 나뭇가지 위의 새들도 달라진 것이라곤 없지 않느냐는 듯 머리 위에서 지저귀고 있었다.

먼저 살던 사람의 이름조차 잘 기억하지 못하는 순박한 이 사람들한테 물어서 에인젤은 간신히 존 더비필드가 죽었다는 사실을 알아냈다. 그리고 부인과 아이들이 킹즈비어로 떠났지만 계획이 바뀌어 다른 곳에서 살고 있다는 데까지 알게 된 클레어는 테스가 없는 그 집을 뒤돌아보지도 않고 급히 떠났다.

지금 그가 걷고 있는 길은 맨 처음 들놀이에서 테스를 만났던 야외 무도장 근처였다. 그 무도장도 그 집만큼 보기 싫었던 그는 급히 교회 묘지 사이를 빠져나왔다. 묘지에는 새 비석들이 여기저기 들어섰는데, 유난히 눈에 띄는 묘비가 있었다. 묘비에는 다음과 같은 비문이 새겨져 있었다.

존 더비필드, 정확하게 더버빌. 한때는 유력한 세력을 지닌 기사의 일족으로서 정복왕의 기사 중 한 사람인 페이건 더버빌 경의 찬란한 혈통을 이어받은 직계 후손을 기념하기 위해. 18XX년 3월 10일 세상을 떠나다.
오호라, 마침내 용사가 쓰러졌도다.

얼마 후 묘지기 같아 보이는 남자가 클레어를 보고 다가왔다.

"아, 선생님, 그분은 이곳에 묻히는 걸 싫어하고 늘 조상들이 묻힌 킹즈비어에 잠들길 바랐습죠."

"그럼, 왜 원대로 해 주지 않았을까요?"

"그거야 돈이 없었기 때문이죠. 기막힌 이야깁니다만 선생님, 이런 소문이 퍼지는 걸 바라고 싶진 않습죠만, 저 묘비에도 퍽 거창하게 씌어져 있지만 실은 아직 돈도 치르지 못했는뎁쇼."

"그런가요, 누가 묘비를 세운 겁니까?"

묘지기는 마을에 사는 석공의 이름을 댔다. 그 사실을 확인하고 클레어는 돈을 치러 주었다. 그는 이사한 사람들을 찾아 다시 발길을 옮겼다.

걷기엔 너무 먼 거리였지만 혼자 있고 싶은 생각이 간절했으므로 기차와 마차를 이용하지 않고 걸어갔다. 그러나 샤스톤에 이르렀을 때는 길이 나빠 마차를 이용해야 할 것 같았다. 그곳에서 마차로 달려 더비필드 부인이 사는 곳에 도착한 것은 저녁 일곱 시경이었다. 말로트 마을을 떠나 이십 마일이 넘는 길을 달린 것이었다.

마을은 매우 작아서 더비필드 부인의 셋집을 쉽게 찾을 수 있었다. 길에서 멀리 떨어진 곳에 담으로 둘러싸인 뜰이 있는 집으로, 낡아빠진 세간들을 겨우 쌓아놓고 있었다. 무슨 이유에서인지 에인젤이 찾아온 것을 달갑게 여기지 않는 부인 앞에서 에인젤은 함부로 뛰어든 침입자 같은 기분이었다. 문 앞으로 나온 부인의 얼굴에 저녁 햇빛이 쏟아지고 있었다.

에인젤이 부인을 만나는 것은 이번이 처음이었지만, 테스를 만나야 한다는 생각에 마음이 사로잡혀 있었기 때문에 부인의 옷차림과 나이에 비해 아직도 젊어 보이는 것 같은 인상 외에는 아무것도 읽어 낼 수가 없었다. 에인젤은 자기가 테스의 남편이며, 또 찾아온 목적을 알려야 했기 때문에 서투른 설명을 늘어놓았다.

"저는 하루바삐 테스를 만나고 싶습니다."

"편지를 다시 하겠다고 한 후 소식이 없네. 그 애는 돌아오지 않을지도 모르겠네."

테스의 어머니가 말했다.

"그녀의 소식은 아십니까?"

"난 모르네. 자네야말로 알아야 할 사람이 아닌가?"

그녀가 쏘아붙였다.

"네, 면목없습니다. 지금 어디에 있습니까?"

그녀는 에인젤을 처음 본 순간부터 줄곧 손을 한쪽 뺨에서 떼지 못한 채 당황한 기색을 드러내고 있었다.

"난 그 애가 어디에 있는지 확실한 것을 모르네. 한때는⋯⋯."

"한때는 어디에 있었습니까?"

"좌우간 지금은 그곳에도 없네."

부인은 뭔가를 감추려는 듯 입을 다물었다. 마침 그때 막내둥이가 살그머니 다가와서 엄마의 치맛자락을 잡아당기면서 종알거렸다.

"이분이 테스 누나와 결혼한다는 그 신사야?"

"벌써 결혼하신 분이야."

부인이 조그맣게 말했다.

"안에 들어가 있어."

부인이 무엇인가 숨기려 하는 기색을 눈치 챈 클레어가 물었다.

"테스는 제가 찾아 주기를 바라고 있지 않나요? 만약 그렇지 않다면⋯⋯."

"기다리는 것 같지는 않았네."

"정말 그럴까요?"

"틀림없이 그럴 거네."

그는 몸을 돌렸으나 이내 테스의 다정한 편지가 머리에 떠올랐다.

"아닙니다, 틀림없이 저를 기다릴 겁니다. 제가 테스를 더 잘 압니다."

그는 흥분해서 대꾸했다.

"글쎄, 어쩌면 그럴는지도 모르지. 나는 여태껏 그 애의 속을 알 수 없었으니까."

"장모님, 이 불행하고 비참한 저에게 친절을 베풀어 주십시오. 제발 그녀의 주소를 가르쳐 주십시오."

테스의 어머니는 불안스럽게 손바닥으로 볼을 문지르면서 괴로워하는 에인젤을 보더니, 기어코 낮은 목소리로 입을 열었다.

"그 애는 샌드본에 있네."

"샌드본이라고요? 그곳 어디쯤인가요? 큰 도시로 변했다던데요."

"자세한 건 나도 모르네. 샌드본이란 말만 들었으니까. 그곳은 나도 가본 일이 없어서 말이야."

에인젤은 부인이 숨김없이 얘기한 것이 분명했으므로 그 이상 물으려 하지 않았다.

"혹시 뭐 불편하신 건 없습니까?"

그는 친절하게 물었다.

"아니, 별로 아쉬운 것 없이 살고 있네."

클레어는 집안에 들어가지도 않고 돌아섰다. 삼 마일가량 더 가면 정거장이 있으므로 그는 마차 삯을 지불하여 마차를 돌려보내고 그곳까지 걸어갔다. 에인젤은 샌드본으로 가는 막차에 몸을 실었다.

55

에인젤은 밤 열한 시가 지나서야 여관에 숙소를 정할 수 있었다. 곧바로 전보로 이곳 주소를 아버지에게 알리고는 샌드본 거리를 산책했다. 수소문하러 다니기엔 시간이 너무 늦었으므로 테스를 찾는 일은 어쩔 수 없이 내일 아침으로 미룰 수밖에 없었다. 그러나 뭔가 불안하여 잠자리에 그대로 들 수가 없었다.

동쪽과 서쪽의 기차 정거장을 비롯해서 선창과 소나무숲 산책길, 옥상 정원 등이 갖추어져 있는 이 새로운 해수욕장은 마술사가 지팡이를 휘둘러 순식간에 만든 선경(仙境)에 먼지를 일으켜놓은 것 같았다. 광활한 이그돈 황야의 동쪽 끝 아주 가까운 곳에 있지만, 태고의 아름다움이 아직 남아 있는 이 지역의 변두리에 이렇게 찬란하고 새로운 유흥도시가 불쑥 솟아난 것이다. 교외에서 일 마일만 나가도 땅의 기복 하나하나가 원시시대의 모습이 아닌 것이 없고, 길이란 길은 모두 고대 영국의 옛 모습을 고스란히 지니고 있었다. 그곳에서는 한 줌의 흙이라도 로마의 황제가 지배하던 시대부터 오늘날에 이르기까지 밭으로 일구어진 적이 없었다. 더구나 이질적인 요소가 저 예언자의 표주박처럼 갑자기 이곳에 생겨났고, 그래서 자연스레 테스를 끌어들인 것이다.

한밤중의 가로등을 의미 삼아 에인젤은 원시세계 속에 있는 이 신세계의 구불구불한 거리를 돌아다녔다. 그리고 수목 사이에 별들을 배경으로 해서 이 거리를 이루고 있는 수많은 우아한 주택의 높은 지붕이나 굴뚝, 노대 그리고 탑 등을 볼 수 있었다. 이곳은 영국 해협에 면한 지중해식 유원지로 집 한 채 한 채가 따로 떨어진 별장으로 이룩된 도시였다. 그리고 지금 어둠 속에서 보는 이 거리는 실제 이상으로 훨씬 웅장해 보였다.

바다는 바로 가까운 곳에 있었으나, 파도 소리가 귀에 거슬리지 않게 어렴풋이 들려왔다. 마치 소나무를 스치는 바람 소리처럼 연약해서 착각을 일으킬 정도였다.

이렇듯 부(富)와 유행이 물결치는 이 세계에 더없이 순수한 그의 젊은 아내 테스는 무엇 때문에 온 것일까? 생각하면 할수록 이해가 되지 않았다. 어디에도 젖을 짤 만한 농장이나 경작할 밭은 보이지 않았다. 그녀는 반드시 이 많은 저택들 가운데 어느 집에 고용되었음에 틀림없을 것이다. 그래서 그는 집집마다 창문과 하나씩 꺼져 가는 불빛을 일일이 살피며 정처 없이 걷고 있었다.

몇 시간을 서성이다가 열두 시가 지나서야 여관으로 돌아왔다. 그는 불을 끄기 전에 정열적인 테스의 편지를 다시 읽어 보았다. 좀처럼 잠이 오지 않았다. 이토록 가까이 와 있으면서 한없이 떨어져 있는 기분을 느껴야 하다니……. 그는 커튼을 여닫으며 건너편에 있는 저택들을 바라보았다. 어디선가 금방이라도 그녀가 뛰어나올 것 같은 생각이 들었다.

에인젤은 거의 뜬눈으로 밤을 지새웠다. 이튿날 아침 일찍 일어난 그는 밖으로 나와 중앙우체국이 있는 방향으로 발길을 옮겼다. 우체국 문 앞에서 그는 아침 우편물을 배달하러 나오는 집배원을 만났다.

"혹시 클레어 부인의 주소를 아십니까?"

에인젤이 묻자 집배원은 고개를 저었다. 순간 클레어는 테스가 아직 결혼하기 전의 이름을 그대로 사용하고 있을지도 모른다는 생각이 스쳐 다시 물었다.

"그러면 더비필드 양의 주소는?"

"더비필드?"

집배원에게는 이 역시 처음 듣는 낯선 이름인 듯했다.

"아시다시피 이곳은 수많은 손님들이 드나드니까요. 주소를 모르면 찾기가 여간 어렵지 않습니다."

마침 그때 다른 집배원 한 사람이 나왔으므로 에인젤은 같은 질문을 되풀이하여 물어보았다.

"더비필드라는 이름은 모릅니다만, 백로정(白鷺亭)에 더버빌이라는 사람이 있습니다."

나중에 나온 집배원이 말했다.

"바로 그 사람이오."

클레어가 소리쳤다. 그녀가 원래의 성을 되찾은 게 기뻤다.

"백로정이란 어떤 곳입니까?"

"아주 멋진 하숙집이지요. 이곳은 어느 집이나 모두 하숙집이니까요."

집배원으로부터 그 집으로 가는 설명을 듣자마자 걸음을 재촉했다. 에인젤은 우유 배달원과 동시에 그 집에 닿았다. 백로정은 보통 하숙집과 같은 구조처럼 보였지만 외따로 떨어져 있어서 하숙집 같은 것이 있으리라고 상상하기 어려울 만큼 고즈넉했다. 만약 그의 추측대로 테스가 가엾게도 이 집에 하녀로 고용되어 있다면, 우유 배달부가 왔으므로 그녀가 뒷문에서 나올 거라고 생각한 그는 잠시 머뭇거렸다. 다시 생각을 가다듬은 그는 현관으로 돌아가서 벨을 눌렀다.

시간이 너무 일렀으므로 그 집 안주인인 듯한 여자가 직접 문을 열었다. 테레사 더버빌이나 혹은 더버필드라는 여자가 있느냐고 그가 물었다.

"더버빌 부인 말씀인가요?"

"네, 그렇습니다."

테스가 자신의 성을 쓰지 않는 것이 좀 서운했지만 그래도 그는 몹시 기뻤다.

"죄송합니다만, 친척 되는 사람이 꼭 만나고 싶어 한다고 전해 주시겠습니까?"

"너무 일러서……. 성함은 누구시라고 전할까요?"

"에인젤이라 합니다."

"에인젤 씨라고 하셨지요."

"아뇨, 그냥 에인젤입니다. 저의 세례명이죠. 그렇게 말씀하시면 알 겁니다."

"일어나셨는지 가 보고 오겠어요."

그는 현관 앞 방 식당으로 안내되었다. 얇은 커튼을 통해 좁은 잔디밭과 관상목을 내다보았다. 그녀의 처지가 걱정한 것처럼 곤란한 것은 아님을 감지할 수 있었다. 그녀는 이런 생활을 하기 위해서 아마 물려 준 보석을 팔았을지도 모른다는 생각을 순간적으로 했다. 에인젤은 조금도 그녀를 원망하지 않았다. 귀를 기울이고 있던 에인젤은 얼마 후 계단을 밟는 발자국 소리를 들었다. 그러자 그의 심장이 심하게 쿵쿵거려 겨우 서 있을 정도였다. 만약 이렇게 변해 버린 자신을 알아보지 못한다면, 또 지금의 모습을 그녀는 어떻게 생각할까 하는 데까지 생각이 미치자 망설여졌다. 바로 그때 문이 열렸다.

테스가 나타났다. 그가 상상하고 있던 그녀와는 아주 딴판인, 정말 어리둥절할 정도로 변한 모습이었다. 그녀의 타고난 아름다움은 그대로 있다 하더라도 옷차림 때문에 한층 더 뚜렷하게 눈에 띄었다. 상(喪) 중임을 표시하는 색의, 까만 수를 놓은 연한 잿빛의 캐시미어 가운을 느슨하게 걸쳐 입고, 같은 잿빛 슬리퍼를 신고 있었다. 테로 꾸며진 깃 위로 목이 드러나 보였고, 보기 좋은 짙은 갈색 머리칼은 절반 정도만 위로 틀어올리고 나머지는 늘어뜨린 채였다. 아마 서둘러 나오느라 그런 것이 분명했다.

그는 두 팔을 벌렸다가 그대로 다시 내리고 말았다. 왜냐하면 그녀가 문턱에 우두커니 선 채 달려오지 않았기 때문이다. 단지 누런빛을 한 해골 같은 모습으로 변한 에인젤은 자기 자신과 테스와의 외적인 변화를 깨닫고 자신의 변한 모습에 테스가 놀란 것이라고 생각되었다.

"오, 테스!"

바싹 타 들어가는 듯한 음성으로 그가 말했다.

"당신을 두고 간 나를 용서해 주겠소? 나에게로 와 줄 수 있겠소?"

"너무 늦었어요."

그녀의 음성은 날카롭게 방 안을 울렸고, 눈은 빛나고 있었다.

"당신을 잘못 생각했었소. 당신의 참된 모습을 알아보지 못했던 것이오."

그는 애원하듯 말했다.

"그 이후에, 아니 너무 늦게 나는 깨달았다오. 그립고도 사랑스러운 테스!"

"너무 늦었어요, 늦었다구요!"

심한 괴로움으로 말미암아 한순간이 한 시간처럼 느껴지는 초조한 순간의 연속이었다.

"가까이 오지 마세요, 에인젤! 오시면 안 돼요, 비키세요!"

"그럼 당신은 내가 앓아서 이렇게 되었다고 사랑하지 않는단 말이오? 당신은 이처럼 변덕스런 여자는 아닐 텐데……. 난 일부러 당신을 찾아온 거요. 이젠 어머니와 아버지도 당신을 기꺼이 환영할 거요."

"그래요? 물론 그렇겠죠. 하지만 늦었어요. 모든 것이 너무 늦었던 말이에요."

그녀는 마치 꿈속에서 도망가려야 도망갈 수 없는 사람처럼 혼자서 중얼

거렸다.

"당신은 아무것도 몰라요. 당신은 이곳 사정을 모르시나요? 모르신다면 어떻게 찾아오셨어요?"

"여기저기 수소문해서 찾았소."

"저는 당신을 기다리고 또 기다렸어요."

그녀는 다급한 듯 계속해서 말을 이었다. 그러나 그 목소리는 갑자기 피리 소리 같은 지난날의 애조 어린 음성으로 변해 갔다.

"하지만 당신은 돌아오지 않았어요. 그래서 저는 당신에게 애원하는 편지를 썼어요. 그래도 당신은 오시지 않았어요. 그 사람은, 당신은 이제 절대로 돌아오지 않는다고 말했고, 또 기다리는 제가 바보 같은 여자라고 늘 말했어요. 그 사람은, 아버지가 돌아가신 다음부터 저와 어머니 그리고 어린 동생들한테도 무척 고맙게 해 주었어요. 그 사람은……."

"무슨 말을 하는 거요?"

"그 사람은 나를 다시 찾아왔다구요."

클레어는 뚫어지게 그녀를 쳐다보았다. 그녀의 말뜻을 그제야 알아차린 그는 병에 지친 사람처럼 갑자기 풀이 죽어 시선을 아래로 떨어뜨렸다. 한때 장밋빛을 띠었던 손, 그러나 지금은 한결 부드럽고 화사한 그녀의 손에 시선이 머물렀다.

그녀는 말을 계속했다.

"그 사람은 지금 이 층에 있어요. 왜냐고요? 당신은 결코 돌아오시지 않을 거라고 나에게 거짓말을 했으니까요. 그런데 당신은 이렇게 돌아오셨군요. 이 옷도 그가 해 준 거예요. 저는 그 사람이 하고 싶은 대로 내버려두었어요. 그러니 제발 떠나 주세요. 에인젤, 이제는 제발 다시 찾아오지 마세요, 네?"

그들은 꼼짝 않고 서 있었다. 가슴이 찢어지는 듯한, 보기에도 애처로울 만큼 덧없는 그들의 심정을 뚜렷이 엿볼 수 있었다. 두 사람은 현실에서 자기들을 벗어나게 해 줄 그 무엇인가를 갈망하는 것 같았다.

"모든 게 내 잘못이었소."

클레어가 부르짖었다. 그러나 그는 더 이상 말을 이어갈 수 없었다.

그의 말은 아무 반응도 일으키지 못하는 침묵과 같았다. 나중에 가서야 뚜렷하게 느낀 것이지만, 그는 그때 어떤 한 가지를 어렴풋이 의식하고 있었다. 그것은 테스가 자신의 육체를 정신적으론 자기의 것이라 인정하지 않고, 다만 물 위에 뜬 송장처럼 살아 있는 의지에서 떨어져 나가 물결이 흘러가는 대로 맡겨두고 있다는 사실이었다. 약간의 시간이 흘렀다. 그는 테스가 사라지고 없는 것을 알아차린 순간, 정신력을 집중하고 서 있던 얼굴이 점점 싸늘해지면서 비참한 표정으로 바뀌었다. 얼마 후 그는 정처 없이 홀로 거리를 걷고 있었다.

56

백로정의 주인이자 으리으리한 가구의 소유자이기도 한 브룩스 부인은 그다지 호기심이 강한 여자는 아니었다. 그녀는 가엾게도 너무나 오랜 세월을 두고 이득과 손실이라는 숫자의 마귀에 사로잡힌 탓으로 물질주의에 깊이 빠져 있었으므로 손님들의 호주머니 속을 떠난 순수한 호기심은 가지지 않았다. 그런데 하숙비를 미루지 않고 잘 내는 더버빌 부부를 에인젤 클레어가 찾아온 것은 유난히 이른 시간이었다. 그의 태도로 미루어 영업에 관계가 없는 불필요한 방문으로 일축하면서도 여자다운 호기심으로 무엇인가 찾아내려 하고 있었다.

브룩스 부인은 테스가 식당으로 들어가지 않고 문턱에서 에인젤과 주고받는 운명적인 얘기를 간간이 단편적으로 엿들을 수 있었다. 그녀는 테스가 다시 이 층으로 올라가는 것과 에인젤이 나가면서 닫는 현관문 소리도 들었다. 그리고 이 층의 방문 닫히는 소리가 들렸으므로 테스가 자기 방에 들어간 것을 알 수 있었다. 브룩스 부인은 발소리를 죽여 이 층으로 올라가 응접실 문 앞에 섰다. 이 방의 구조는 흔한 형식으로 두 짝의 문으로 칸막이가 되어 있는, 침실 바로 앞에 응접실이 있었다. 백로정에서 가장 좋은 방이 있는 이 층은 더버빌 부부가 매주 세를 내고 들어 있었다. 침실은 조용했으나 응접실 쪽에서 인기척이 들렸다.

맨 처음에 그녀가 들은 것은 익시온의 수레바퀴에 묶인 인간의 나직한 신음과도 같은 외마디 소리가 쉴 새 없이 되풀이되는 것이었다.

"오…… 오…… 오……."

잠시 침묵이 흐른 다음, 무거운 한숨 소리가 신음과 함께 가늘게 문 밖으로 들렸다.

"오…… 오…… 오……."

안주인은 열쇠 구멍으로 방 안을 들여다보았다. 극히 일부분만 보였으나, 거기에는 이미 조반을 차려놓은 식탁의 한 귀퉁이와 그 옆에 있는 의자가 눈에 들어왔다. 그 의자 앞에 테스가 무릎을 꿇은 채 얼굴을 파묻고 엎드려 있었다. 두 손으로 머리를 움켜쥐고 가운 옷깃과 수놓은 잠옷자락이 방바닥에 길게 드리워졌으며, 슬리퍼가 벗겨져 나간 맨발은 양탄자 위로 삐죽 나와 있었다. 분명하지 않은 절망적인 넋두리가 그녀의 입에서 새어 나오고 있었다.

그러자 옆방 침실에서 남자의 음성이 들렸다.

"왜 그래?"

그녀는 대답도 하지 않고 울부짖었다. 넋이 나간 독백 같기도 했고, 장송곡 같은 가락으로 무어라고 계속해서 중얼거리고 있었다. 그러나 브룩스 부인에게는 띄엄띄엄 들릴 뿐이었다.

"내 그리운 남편이 돌아왔어요. 그런데 나는 그것도 모르고……. 당신은 진절머리나도록 쉬지 않고 악착스럽게 나를 졸라 이렇게 만들었어요. 동생들과 어머니가 가엾어서 결국 난 무너지고 말았어요. 당신은 내 남편이 절대로 돌아오지 않는다고 말했죠. 그래서 당신 말을 곧이듣고 당신한테 모든 것을 맡겨 버렸단 말예요. 이번에야말로 나는 영원히 그이를 잃어버렸어요. 이제 그이는 조금도 나를 사랑하지 않을 거예요. 나를 미워할 거예요. 그렇고말고요. 또다시 그이를 잃어버린 건 바로 당신 때문이에요."

테스는 오열을 터뜨리며 의자 위에 엎드린 채 몸부림치다가 문 쪽을 향해 얼굴을 돌렸다. 그녀의 얼굴에는 고통의 빛이 역력했고, 깨물고 있던 입술에선 피가 흘렀다. 눈을 감은 그녀의 기다란 속눈썹이 눈물에 젖어 있었다.

브룩스는 이런 테스의 고뇌에 찬 표정을 보게 되었다. 그녀는 다시 말을 계속했다.

"그이는 죽을 것 같아요. 마치 죽어 가는 사람 같았어요. 내 죄가 그이를 죽이고, 나를 죽이지는 않는군요. 아, 당신은 내 일생을 산산이 망쳐놨어……. 두 번 다시 이런 꼴을 만들지 말아 달라고 그토록 애원했는데도 당신은 나를 또 망쳐놓았어……. 진실한 내 남편은 이제 절대로 돌아오지 않을 거예요. 오오, 하느님! 저는 이제 도저히 참을 수가 없어요. 정말로 참을 수 없어요."

이번엔 좀 더 격한 넋두리가 그녀의 입에서 쏟아져 나왔다. 뒤이어 날카로운 남자의 음성이 들렸다. 그러자 갑자기 옷자락 스치는 소리가 났다. 그녀가 벌떡 일어난 것이다. 브룩스 부인은 넋두리하던 그녀가 문으로 달려 나오는 줄 알고 급히 계단을 내려갔다.

그러나 응접실의 문은 열리지 않았다. 하지만 더 이상 엿듣는 건 안전치 못하다고 생각한 브룩스는 아래층 자기 방으로 들어갔다.

그래서 먹다 만 아침 식사를 마치려고 부엌으로 갔다. 조반상을 물리라는 초인종이 울리기를 기다리면서 바느질할 것을 집어들었다. 그리고 할 수 있으면 직접 가서 무슨 일이 있었는지 알아볼 셈이었다. 그때 누군가 거니는 듯 마룻바닥이 삐거덕거리는 소리가 들려왔다. 그리고 잠시 후 계단 난간에 옷자락 스치는 소리가 들리고, 현관문을 여닫는 소리가 들렸다. 거리로 나서는 테스의 모습이 보였다. 검은 깃털이 달린 모자와 베일을 드리운 것만 빼면 그녀의 복장은 이곳에 올 때처럼 부유하고 젊은 귀부인다운 화려한 나들이 차림이었다.

일시적이든, 어떤 형식이든 간에 그녀가 나가면서 남편과 주고받는 인사말은 조금도 듣지 못했다. 그들이 다투었다고 하더라도 더버빌은 아직 자고 있을지도 몰랐다. 왜냐하면 그는 늦잠 자는 버릇이 있기 때문이었다.

브룩스는 혼자만 쓰는 뒷방으로 들어가서 바느질을 계속했다. 외출한 테스도 돌아오지 않고, 또 그 남편도 벨을 누르지 않았다. 브룩스는 궁금해하며 아침 일찍 찾아온 남자와 이 층의 부부와는 어떤 관계가 있을까 하는 생각에 골몰해 있었다. 그런 생각을 하면서 그녀는 의자 등에 몸을 기대고 앉았다.

그러자니 그녀의 눈은 우연히 천장을 바라보게 되었다. 순간 여태껏 보지 못하던 그 흰 천장 표면의 가운데에 있는 한 점에 눈이 멎었다. 그녀가 처음 보았을 때는 동그랗게 과자만하던 그 얼룩이 순식간에 그녀의 손바닥만큼 번졌고, 그것이 붉은 빛의 얼룩임을 곧바로 알 수 있었다. 한가운데가 진홍으로 물든 장방형의 하얀 천장이 마치 한 장의 커다란 카드의 하트 에이스장 같았다.

브룩스 부인은 묘한 불안감으로 몸이 움츠러들었다. 그녀는 테이블 위에 올라서서 손가락으로 천장에 묻어 있는 얼룩을 만져 보았다. 그것은 축축하게 젖어 있었는데, 핏자국인 것 같았다.

테이블에서 내려온 그녀는 방을 나와 응접실 뒤쪽 침실인 위층 방으로 가볼 양으로 계단을 올라갔다. 그러나 겁이 난 그녀는 아무래도 손잡이를 돌릴 용기가 나지 않았다. 그녀는 귀를 기울여보았으나 방 안은 죽은 듯 고요했다. 다만 어떤 규칙적인 소리가 그 침묵을 깨뜨릴 뿐이었다.

뚝, 뚝, 뚝…….

브룩스 부인은 황급히 계단을 내려가 현관문을 열고 거리로 뛰쳐나갔다. 이웃 별장에 고용되어 있는 사람이 지나가는 것을 보고, 이 층에 든 하숙인에게 무슨 일이 생긴 것 같으니 함께 올라가 달라고 부탁했다. 그 남자는 부인의 뒤를 따라 이 층으로 올라갔다.

그녀는 문을 열고 비켜서면서 남자를 들여보낸 다음 그녀도 그의 뒤를 따라 들어갔다. 방은 비어 있었다. 커피, 계란 그리고 햄 등 영양 있는 아침 식사는 그녀가 가져다놓은 그대로 식탁 위에 있었지만, 다만 고기를 베는 나이프만 보이지 않을 뿐이었다. 그녀는 문을 지나서 옆방으로 들어가 보도록 남자에게 부탁했다.

그는 문을 열고 두어 걸음 안으로 들어가더니 금방 굳은 얼굴로 되돌아나왔다.

"이런 세상에, 큰일 났어요! 침대에 남자가 죽어 있어요. 칼에 찔린 것 같은데……. 피가 마룻바닥에 흥건해요."

경찰이 바로 출동했다. 조금 전까지만 해도 적막하던 집은 분주히 움직이는 사람들로 발칵 뒤집혔다. 그중에는 외과 외사도 끼어 있었다. 상처는 작았지만 칼끝이 희생자의 심장을 찌른 모양이었다. 반듯이 누운 시체는 단 한 번 찔린 즉시 숨이 멎은 듯 창백한 얼굴로 움직이지 않고 죽어 있었다. 그로부터 채 몇 분이 지나지 않아 이곳에 머물던 신사가 침대에서 칼에 찔려 죽었다는 소문이 이 이름난 해수욕장의 온 거리와 별장마다 퍼져 나갔다.

57

한편 에인젤 클레어는 먼저 왔던 길을 돌아서 기계적으로 여관에 들어가 초점 없는 시선으로 허공을 바라보면서 아침상 앞에 앉았다. 아무 생각 없이 음식을 먹던 그는 갑자기 계산서를 가져오라고 말했다. 숙박비를 치른 다음, 그가 가져왔던 유일한 소지품인 조그만 가방을 들고 그곳을 나왔다.

마침 출발하려 할 때 한 통의 전보가 배달되었다. 어머니한테서 온 그 전보에는 주소를 알게 되어 다행이라는 것과 형 커스버트가 머시 찬트에게 구혼하여 승낙을 받았다는 간단한 사연이었다.

클레어는 전보를 구겨 버리고는 정거장으로 통하는 길로 걸어갔다. 그곳에 도착해 보니 한 시간 안에는 출발하는 기차가 없었다. 그는 앉아서 기다리려고 했다. 그러나 십오 분쯤 지나자 더 이상 그대로 기다릴 수가 없었다. 가슴이 찢어질 듯하고 감각마저 마비된 그에게 별달리 급히 서둘러야 할 일은 없었지만, 그런 쓰디쓴 아픔을 안겨 준 이 고장에서 벗어나고 싶었던 것이다. 그래서 다음 정거장까지 걸어가 그곳에서 기차를 타기로 작정하고 발길을 재촉했다.

그가 걸어가는 넓게 트인 길은 얼마 지나지 않아 낮은 분지로 변하면서 그 끝에서 끝까지 길이 뻗어 있는 것이 보였다. 그는 이 골짜기를 가로질러 서쪽 비탈길을 오르고 있었다. 그때 잠깐 쉬려고 걸음을 멈춘 그는 무심코 뒤를 돌아보았다. 왜 그런 생각이 들었는지 설명할 수는 없으나 보이지 않는 어떤 힘이 그렇게 하도록 만든 것 같았다. 테이프처럼 보이던 한 줄기 길은 눈길이 미치는 한 뒤쪽으로 뻗쳐 사라졌다. 길을 바라보고 있으려니까 움직이는 한 개의 점이 까마득히 보이는 하얀 공간에 들어와 점점 크게 보였다.

그것은 뛰어오는 사람의 모습이었다. 클레어는 누군가 자기를 쫓아오는 것이라 생각하여 조용히 기다리고 있었다.

비탈길을 내려오는 사람은 여자였다. 그러나 그의 아내인 테스가 뒤쫓아 오리라곤 꿈에도 생각지 않았으므로 그녀가 훨씬 가까이 다가왔을 때까지도 알아차리지 못했다. 더욱이 달라진 옷차림을 한 그녀를 테스라고는 전혀 생각지 못했다. 하지만 에인젤은 뒤늦게야 그녀가 테스임을 알게 되었다.

"제가 정거장에 거의 다다랐을 때 당신이 거기서 나오는 걸 보았어요. 그래서 줄곧 뒤쫓아 왔어요."

얼굴이 창백해진 그녀는 숨을 몰아쉬며 온몸을 떨고 있었다. 그는 아무 말도 묻지 않고 그녀의 손을 따뜻하게 감싸 쥔 채 함께 걸어갔다. 길 가는 사람들의 눈을 피하려고 큰길에서 벗어나 전나무가 줄지은 오솔길로 접어 들었다. 바람을 맞아 괴로운 듯 나뭇가지가 심하게 흔들리고 있었다. 숲 속으로 깊숙이 들어갔을 때 비로소 에인젤은 걸음을 멈추고 의아한 듯 그녀를 쳐다보았다.

"에인젤!"

마치 기다리기나 한 것처럼 테스가 말했다.

"무엇 때문에 당신 뒤를 따라왔는지 아시겠어요? 그 남자를 죽였어요. 그 사실을 알리러 온 거예요."

서둘러 내뱉는 그녀의 얼굴에는 애처롭도록 쓸쓸한 미소가 감돌았다.

"무슨 소리요?"

심상치 않은 그녀의 태도로 보아 일시적인 정신착란이 아닌가 하는 생각도 들었다.

"전 기어이 일을 저질렀어요. 어째서 그렇게까지 했는지는 모르겠어요. 하지만 당신을 위해서도, 또 나 자신을 위해서도 그럴 수밖에 없었어요. 오래 전부터 항상 그런 생각을 해왔었어요. 철없고 어린 나를 유혹했고, 또 나를 통해서 당신까지 괴롭힌 그를 언젠가는 죽이게 될 것이라고……. 그는 우리 두 사람 사이에 끼어들어서 우리를 파멸시켰지만, 그따위 짓을 이제는 더 이상 하게 할 수 없어요. 에인젤, 당신을 사랑한 것만큼 그를 사랑했다고 생각하세요? 난 결코 그를 사랑하지 않았어요. 당신은 아직도 모르세요? 정말 믿지 못하는 거예요? 당신이 돌아오시지 않았기 때문에 그에게 가지 않을 수가 없었어요. 그토록 당신을 사랑했는데 당신은 떠나 버렸어요. 저는 그런 당신을 이해하기 힘들었어요. 하지만 당신을 원망하는 건 아니에요. 에인젤, 이제 그 사람을 죽여 버렸으니, 당신에게 저지른 잘못을 용서해 주시겠어요? 난 그를 죽였어요. 줄곧 달려오면서 이제는 당신이 반드시 용서해 주시리라 생각했어요. 그런 방법으로라도 당신을 되찾아야겠다는 생각이 번개처럼 떠올랐던 거예요. 전 이제 당신 없이는 잠시도 살지 못해요. 당신의 사랑을 받지 못하는 게 얼마나 고통스러운 일인지 당신은 몰라요. 말해 주세요. 저를 사랑한다고 말해 주세요. 이제 그 사람을 죽였으니까요."

"사랑해, 테스! 아, 사랑하고말고. 이제 모든 것이 옛날로 되돌아간 거야."

그녀를 끌어안은 두 팔에 힘을 주면서 에인젤이 말했다.

"그러나 그 남자를 죽였다는 건 무슨 말이야?"

"죽일 수밖에 없었어요."

테스는 꿈꾸듯 중얼거렸다.

"뭐, 그를? 그래, 그 사람이 죽었단 말이오?"

"그럼요. 그 사람은 당신 때문에 우는 나를 보고 욕하며 당신한테까지 욕을 퍼부었어요. 그래서 죽여 버렸어요. 도저히 참을 수 없었어요. 전에도 당신 때문에 나를 괴롭힌 적이 있어요. 우리의 새로운 출발을 위해 그를 죽이고 당신을 쫓아온 거예요."

잔뜩 긴장한 채 설명을 늘어놓는 테스의 얘기를 듣고 있던 클레어는 그녀를 안정시키려고 애썼다. 테스의 범행에 대한 에인젤의 두려움은 그에 대한 그녀의 강한 애정과 또 그를 사랑하기 위해 모든 것을 던진 듯한 비장한 애정을 깨달은 놀라움으로 범벅이 되었다. 자신이 저지른 짓이 얼마나 끔찍한 일인지를 알지 못하는 그녀는 오히려 모든 구속에서 벗어난 듯 편안한 얼굴이었다. 자기 어깨에 기대어 행복감에 젖어 눈물을 흘리는 그녀를 보고, 에인젤은 더버빌 가문의 핏줄엔 무슨 잘못된 힘이 있기에 이런 탈선을 저지르게 만드는 것일까 하고 생각했다. 마차와 살인에 얽힌 전설이 문득 그의 머리를 스쳤던 것이다. 어지럽고 흥분된 머릿속을 가다듬어 상상력이 미치는 데까지 상상했다.

만약 이것이 사실이라면 그것은 참으로 무서운 일이었고, 일시적인 환상이라면 서글픈 일이었다. 그러나 어떻든 여기 버림받은 아내, 그가 보호자가 되어 줄 것을 조금도 의심하지 않고 매달려서 오직 사랑만을 생각하는 여자가 있었다. 그가 보호자 아닌 다른 사람이 되는 일은 있을 수 없다고 생각하는 테스의 마음을 에인젤은 잘 알고 있었다. 그녀의 사랑은 클레어의 마음을 사로잡았다. 그는 핏기 없는 입술로 테스에게 끝없는 키스를 퍼부었다. 그러고 나서 그녀의 손을 잡고 호소하듯 말했다.

"난 절대 당신을 버리지 않겠소. 내 힘으로 할 수 있는 모든 것을 동원해 당신을 지켜 주겠소. 당신이 어떤 일을 했든 간에!"

그들은 계속 나무 밑을 걸어가고 있었다. 테스는 이따금 에인젤을 쳐다보았다. 고생으로 얼굴이 많이 야위어 옛날 같은 모습은 아니었지만, 그는 아직도 그녀의 안티너스요, 또한 아폴로였다. 병으로 수척해진 그의 얼굴이지만 사랑이 넘치는 그녀의 눈으로 볼 때 그는 옛날과 다름없이 신선한 아침처럼 아름다웠다.

클레어는 혹시 무슨 일이 있을지도 모른다는 직감에서 처음 생각한 대로 다음 정거장으로 가지 않고, 이 근방 몇 마일에 걸쳐 빽빽하게 들어선 전나무 숲을 향해 깊숙이 들어갔다. 그들은 조금 전 살인 사건이 있었다는 사실도 까맣게 잊은 채 서로를 감싸 안고 마른 전나무 잎이 쌓인 메마른 땅 위를 헤매고 있었다. 이렇게 한참을 가다가 겨우 정신이 든 테스는 사방을 두리번거리면서 나직하게 물었다.

"우리는 지금 어디로 가는 건가요?"

"모르겠어. 그런데 왜?"

"그냥요."

"어쨌든 몇 마일만 더 가는 거요. 그러면 해가 질 테니까……. 그때 지낼 만한 곳을 찾아보도록 하지. 아니면 외딴 농가라도 있을 거요. 테스, 걸을 수 있겠어?"

"네, 그럼요. 당신의 팔에 안겨 함께라면 어디까지라도 영원히 걸을 수 있어요."

그곳에서부터 걸음을 재촉해서 큰길을 피해 약간 북쪽으로 향한 인기척 없는 좁은 길을 따라갔다. 그러나 두 사람 중 어느 한 사람도 재치있게 도망친다든가 변장한다든가, 또는 어느 곳에 숨으려고 하지 않는 것 같았다. 그들의 생각이란 마치 두 어린이의 계획처럼 즉흥적이고 무계획적인 것이었다.

그들은 점심때쯤 되어 길가에 있는 여인숙 가까이에 다다랐다. 먹을 것을 얻기 위해 테스는 그와 함께 가려 했으나 에인젤은 자기가 돌아올 때까지 반은 숲이고 반은 황무지인 이곳 나무와 덩굴 사이에서 기다리도록 그녀에게 당부했다. 그녀의 옷차림은 최신 유행을 따른 것이었고, 들고 있는 상아 손잡이가 달린 양산만 하더라도 그들이 헤매어 온 이 외딴 지방에선 좀처럼 보지 못하는 것이었다. 주막에라도 들어갔다간 그녀의 낯선 물건이 분명 남의 눈을 끌 것이었다. 에인젤은 이내 너덧 명 분은 됨직한 음식과 포도주 두 병을 가지고 돌아왔다. 만일 무슨 일이 생기더라도 하루나 이틀쯤은 충분히 먹을 수 있었다.

그들은 마른 나뭇가지 위에 같이 앉아서 음식을 먹었다. 한두 시쯤 됐을 때 남은 음식을 싸들고 다시 걷기 시작했다.

"이젠 얼마든지 걸을 수 있을 것 같아요."

그녀가 말했다.

"내 생각엔 외진 시골로 깊숙이 들어가는 편이 좋을 것 같아. 그곳에서는 얼마 동안 숨을 수 있고, 또 해안 근처보다 발각될 염려도 적으니까. 얼마간 시일이 지나 우리를 찾지 않게 되면 항구 쪽으로 빠져나갈 수도 있어."

그녀는 에인젤의 허리에 감은 팔에 힘을 주었을 뿐 아무 대답도 하지 않았다. 그들은 계속해서 숲 속 길을 걸어 들어갔다. 계절은 '영국의 오월'답게 하늘은 빛났고, 오후의 햇살은 한결 따뜻했다. 그들이 걸어온 몇 마일의 길은 뉴 포레스트라는 숲으로 그들을 이끌어가고 있었다. 저녁 무렵쯤 어느 오솔길 모퉁이를 돌게 되었다. 그때 조그만 개천과 거기 걸린 다리 건너편에 커다란 게시판이 눈에 띄었다. 게시판에는 흰 페인트로 '가구가 갖추어진 아담한 셋집'이라고 크게 씌어 있고, 조그만 글씨로 런던에 있는 소개소로 신청하라는 자세한 안내가 적혀 있었다. 대문을 들어서니 널찍한 건물이 보였다. 그것은 흔히 볼 수 있는 구식 벽돌로 지은 꽤 넓은 집이었다.

"아, 이건 브람셔스트 영주관이오. 창문은 닫혀 있고, 마당에는 풀이 무성하군."

"열려 있는 창문도 있어요."

테스는 의아해 하며 말했다.

"아마 공기를 통하게 하려고 그랬을 거요."

"이 많은 방들이 비어 있는데 우리가 누울 자리는 없군요."

"피곤한 모양이군, 테스!"

"이제 조금만 더 가서 쉬기로 하지."

그녀에게 가볍게 키스를 한 에인젤은 그녀를 이끌고 다시 걸었다.

이미 여러 날을 걸었기 때문에 에인젤도 피곤을 느끼지 않을 수 없었다. 쉴 곳을 찾아야 할 형편이었다. 그들은 드문드문 떨어져 있는 농가나 여인숙을 멀리서 바라보며 그중 여인숙 하나를 정하고 나아갔으나 용기가 나지 않아 다시 돌아섰다. 무거운 다리를 끌다시피 걷다가 지쳐 버린 그들은 끝내 걸음을 멈추고 서 버렸다.

"나무 밑에서 자도 되겠지요?"

그녀가 물었다. 노숙하기엔 아직 철이 이르다고 에인젤은 생각되었다.

"우리가 방금 지나온 그 빈 집을 생각하고 있는 중이오. 자, 그쪽으로 다시 돌아가 봅시다."

그들은 다시 방향을 돌렸다. 그러나 그 집 앞에 이르기까지는 삼십 분이나 걸렸다. 에인젤은 그 집에 누가 있는지 살피고 올 동안 테스에게 기다리고 있으라고 하고 안으로 들어갔다.

그녀는 대문 안 덩굴속에 쭈그리고 앉았고, 그는 집안 곳곳을 살피는 듯했다. 그러나 상당히 오랜 시간이 지났는데도 그는 돌아오지 않았다. 불안한 마음으로 서성이고 있을 때 그가 돌아왔다. 그곳에는 집을 지키는 노파 한 사람이 있는데, 근처에 있는 가까운 마을에서 날씨가 좋을 때만 와서 환기를 시키고 간다는 사실을 어느 소녀한테서 알아냈다는 것이다.

"자, 저 아래쪽 창문으로 들어가서 쉬도록 합시다."

그녀의 어깨를 감싸며 그가 말했다.

에인젤의 부축을 받아 무거운 다리를 끌면서 그 집 현관 앞으로 다가갔다. 덧문이 내려진 창은 그들을 지켜보는 사람이 없음을 말해 주는 것 같아 마음이 놓였다. 몇 발짝 더 가자 현관문이 있고, 그 옆에 열린 창문이 하나 있었다. 클레어가 먼저 그곳으로 기어올라가서 테스를 조심스레 끌어올렸다.

현관만 제외하곤 어느 방도 빛이라고는 볼 수 없었다. 그들은 이 층으로 올라갔다. 이 층 역시 덧문이 굳게 닫혀 있었고, 바람이 통하도록 열어 놓은 유리창은 현관 쪽과 이 층 뒤쪽 두 군데였다. 클레어는 그중 큰 방의 문고리를 벗기고는 더듬더듬 그 방을 지나 문을 살며시 열어 보았다. 눈부신 한 줄기 햇살이 방 안을 비치자 육중한 고풍가구와 진홍빛 수를 놓은 실크 커튼 그리고 사람들이 뛰는 모습을 앞머리에 조각한 커다란 침대가 눈에 띄었다. 그 조각은 애틀란타의 경기 모습을 그린 것처럼 생명력이 넘쳐 있었다.

"겨우 쉬게 됐군. 자, 이제 편하게 쉽시다."

가방과 음식 꾸러미를 내려놓으며 에인젤이 말했다. 집을 지키는 사람이 오리라고 짐작되는 시간까지 그들은 아무 소리도 내지 않고 조용히 앉아 있었다. 만약 금방이라도 노파가 들어올지도 모른다는 생각 때문에 그들은 문고리를 건 채 칠흑 같은 어둠 속에 그대로 앉아 있었다. 일곱 시쯤 노파가 나타났으나 그들이 있는 방을 지나치는 소리를 들을 수 있었다. 창문을 닫고 현관문을 잠근 다음 돌아가는 노파의 기척을 확인할 수 있었다. 노파가 돌아간 다음 클레어는 다시 창문을 열어 햇살이 들어오게 한 다음 테스와 함께 저녁 식사를 했다. 그들은 어둠이 짙게 다가와도 불을 밝힐 초 한 자루 없었으므로 암흑 속에 휩싸여 있을 수밖에 없었다.

58

　신비하도록 엄숙하고 조용한 밤이었다. 새벽녘에 테스는 에인젤에게 지난 얘기를 들려주었다. 언젠가 잠든 그녀를 안은 채 프룸 강을 건너 황폐한 사원의 석관(石棺)에다 그녀를 눕힌 일을 얘기했다. 에인젤은 지금까지 그 일에 대해서는 아무것도 모르고 있었다.

　"왜 이제껏 그런 사실을 말하지 않았소? 좀 더 일찍 말했더라면 여러 가지 오해나 화근을 방지할 수 있었을지도 모르는데."

　"지나간 일은 생각지 마세요. 우린 지금 이렇게 함께 있잖아요. 다른 문제는 생각하기 싫어요. 내일 또 우리에게 어떤 일이 생길지 누가 알아요? 그건 아무도 알 수 없어요."

　그 다음 날 슬픔이 그들을 기다리고 있지는 않았다. 아침에는 부슬부슬 비가 내렸고, 안개가 짙었다. 집 지키는 노파는 날씨가 좋은 날만 창문을 연다는 말을 들었으므로 마음이 놓였다. 테스가 잠든 동안 에인젤은 침실에서 빠져나와 집안을 두루 살펴보았다. 집안에 먹을 것이라곤 물밖에 없었다. 그래서 안개 속을 더듬어 이 마일가량 떨어진 마을 상점에서 차와 빵, 버터 그리고 연기를 내지 않고 불을 피울 수 있는 알코올 램프를 사왔다. 그가 돌아왔을 때 그녀는 깨어 있었다. 그들은 즐겁게 아침 식사를 했다.

　그들은 밖으로 나갈 생각을 하지 않았다. 해가 지면 밤이 오고, 또다시 새날을 맞았다. 눈 깜짝할 사이에 어느덧 닷새를 보냈다. 그들이 다른 어떤 것도 의식하지 못하는 가운데 며칠이 지난 것이다. 복잡하고 탁한 현실과는 완전히 동떨어진 생활이었다. 날씨의 변화만이 하루의 흐름이었고, 뉴 포레스트의 새들만이 그들의 벗이었다. 그들은 결혼한 이후의 지난 일에 대해서는 한마디도 꺼내지 않았다. 마치 약속이라도 한 것처럼……. 침울했던 그 기간은 혼돈 속에 가라앉아 버려서 마치 그런 과거 따위는 존재하지 않았던 것처럼 지금의 평온한 시간만이 지속되고 있었다. 그가 이곳 은 신처를 떠나 사우샘턴이나 런던으로 가야겠다고 말할 때마다 그녀는 이곳을 떠나기 싫어했다.

"이렇게 즐겁고 행복한 생활을 끝내자고요? 와야 할 일이라면 오겠죠."

그녀가 덧창 틈으로 밖을 내다보며 반대했다.

"밖은 더움과 괴로움뿐이에요. 그렇지만 이 안에서는 모든 것이 이렇듯 평온해요."

에인젤도 밖을 내다보았다. 그녀의 말은 사실이었다. 지금 이곳에는 사랑과 이해와 용서받은 과오가 있었다. 그러나 밖에는 냉랭한 바람만 휘몰아치고 있었다.

"그리고……."

에인젤의 볼에 자신의 볼을 부비면서 말을 이었다.

"지금 저를 생각하는 당신의 마음이 변하지 않을까 두려워요. 당신의 사랑이 식을 때까지 살고 싶진 않아요. 오히려 그 전에 죽는 편이 나아요. 당신께서 저를 경멸하기 전에 땅에 묻히면 아무것도 느낄 수 없을 테니까요."

"어떤 일이 있어도 나는 당신을 미워하지 않을 거요."

"저도 그러길 바라고 있어요. 하지만 제 과거를 생각하면 어떤 남자라도 미워하지 않을 수 없을 거예요. 내가 저지른 죄악! 어쩌면 그따위 악한 일을 저질렀을까요? 옛날의 저는 벌레 한 마리도 죽이지 못하고, 새장에 갇힌 새만 봐도 눈물을 흘리곤 했는데……."

그들은 하룻밤을 더 묵기로 했다. 밤이 되자 날씨는 맑게 갰다. 이튿날 아침, 집을 관리하는 할머니는 여느 때보다 일찍 일어났다. 화사한 아침 햇살이 유별나게 할머니 기분을 상쾌하게 한 것이다. 그래서 오늘 같은 날이야말로 저택에 달린 모든 문을 활짝 열어젖혀서 깨끗이 공기를 갈아야겠다고 마음먹었다. 여섯 시 전에 저택에 도착한 할머니는 아래층에 있는 모든 방문을 열어놓은 다음 이 층으로 올라가 그들이 자고 있는 방의 손잡이를 돌리려고 했다. 바로 그 순간, 방 안에서 사람의 숨소리가 들리는 것 같았다. 슬리퍼를 신어서 소리없이 이 층까지 올라온 할머니는 이내 달아나려 하다가 다시 문 앞으로 다가가서 손잡이를 살짝 돌려 보았다. 걸쇠는 망가져 있었고, 안쪽에 가구를 하나 문 앞으로 옮겨놓았으므로 조금밖에는 문을 열지 못했다. 덧문 사이로 밝은 아침 햇살이 흘러들어 잠든 그들의 얼굴 위에 비치고 있었다. 테스의 입술이 에인젤의 바로 옆에 반쯤 핀 꽃봉오리처럼 열려 있었다. 그들의 순수한 모습과 의자에 걸쳐놓은 테스의 웃옷, 그 옆에 벗어놓은 견직 양말과 예쁜 양산이 보였다. 순간적으로 화가 났던 할머니는 그들의 행색이 점잖은 남녀들의 사랑의 도피 행각 같아 보여 어찌 할 바를 몰랐다. 할머니는 방문을 닫고, 자기가 발견한 이 이상한 일을 이웃과 의논할 양으로 들어올 때처럼 발소리를 죽여 가며 조용히 내려갔다.

할머니가 사라진 지 채 일 분도 못 되어서 테스가 눈을 뜨고, 곧이어 클레어도 잠을 깼다. 그들은 동시에 무언가가 잠을 방해한 것 같다는 생각이 들었다. 하지만 그것이 무엇인지는 분명하게 알 수는 없었다. 그래서 차츰 불안해진 그들은 옷을 여민 채 이내 좁게 벌어진 덧창 틈으로 바깥 잔디밭을 살펴보았다.

"당장 떠나기로 하지. 날씨가 참 좋군. 그런데 저택 부근에 누군가 숨어 있는 것 같은 생각이 자꾸만 들어. 아무튼 오늘은 집 지키는 노파가 꼭 올 거요."

그녀는 순순히 그의 의견을 따랐다. 방을 깨끗이 정돈하고 짐을 챙긴 다음, 그들은 발걸음을 죽여 가며 밖으로 나왔다. 숲으로 접어들면서 그녀는 걸음을 멈춘 채 돌아서서 그 저택을 보았다.

"아, 행복했던 집이여! 왜 그곳에 더 있으면 안 되는 거죠?"

"테스, 그런 말 하지 마. 우리는 곧 이곳을 벗어나야 해. 처음에 가던 대로 이 길을 따라 곧장 북쪽으로 갑시다. 거기까지 찾으러 올 사람은 없을 테니까. 수사를 한다면 웨섹스의 항구쯤에서나 수사망을 펼 거야. 북쪽에 도착하면 어느 항구에서든 외국으로 갑시다."

이렇게 그녀를 설득해서 계획대로 북쪽을 향해 걸었다. 저택에서 가까웠기 때문에 그들은 벌써 그들이 지나가기로 되어 있는, 지붕이 뾰족뾰족 솟은 맬체스터 시에 접근하고 있었다. 에인젤은 오후에는 그녀를 푹 쉬게 하고, 저녁에 다시 걷기로 했다. 저녁놀이 깃들 무렵, 에인젤은 여느 때와 같이 음식을 사 왔다. 계획대로 밤의 행진이 시작되었다. 이리하여 저녁 여덟 시쯤 북부 웨섹스의 경계를 지나게 되었다.

한길을 떠나 산길을 걷는 것이 테스에게 처음 있는 일은 아니었다. 그래서 옛날의 민첩한 걸음걸이로 길을 재촉했다. 앞을 가로막는 옛 도시 맬체스터는 그들 앞에 가로놓인 다리를 이용해 강을 건너야 하기 때문에 어쩔 수 없이 통과해야 하는 도시였다. 군데군데 가로등이 희미하게 비치는 인적이 없는 거리를 발소리가 울릴까 봐 포장한 길을 피하며 지나간 것은 거의 자정이 가까운 때였다. 웅장하고 화려한 사원이 왼편에 우뚝 솟아 있었지만, 지금의 그들에겐 돌아볼 겨를조차 없었다.

하늘에는 구름이 가득 끼어 있었다. 구름 사이로 비치는 달빛이 조금이나마 그들에게 도움이 되었다. 그러나 이제 달도 기울어서 밤은 굴속처럼 암흑으로 변해 버렸다. 그들은 발소리를 내지 않으려고 될 수 있는 대로 풀밭 위를 걸었다. 산울타리와 담장이 전혀 없었으므로 걷기에 어렵지 않았다. 사방은 광활한 적막에 싸인 캄캄한 고독의 세계였다. 그 위를 바람이 세차게 불고 있었다.

이렇게 더듬듯이 몇 마일을 더 갔을 때, 눈앞의 풀밭에 거대한 물건 같은 것이 우뚝 서 있는 것을 알아차렸다. 그들은 하마터면 그 물체와 부딪칠 뻔했다.

"정말 괴상한 곳이군."

에인젤이 말했다.

"웅웅 소리가 나요. 잘 들어보세요."

테스가 말을 받았다.

그는 귀를 기울였다. 바람이 건물에 부딪쳐 마치 거대한 한 줄기 하프를 타는 것 같은 웅성거리는 소리를 내고 있었다. 그 밖에는 아무 소리도 들리지 않았다. 한 팔을 뻗고 두어 걸음 앞으로 나아가자 건물의 수직면에 손이 닿았다. 이음새도 없고 다듬은 자리도 없는 단단한 천연석으로 만든 것 같았다. 손가락으로 위쪽을 더듬어 보니 거창한 장방형 돌기둥이었다. 이번엔 왼손을 뻗어 보니 옆에 있는 것과 같은 비슷한 돌기둥이었다. 머리 위

무한히 높은 곳에 캄캄한 밤하늘을 더욱 어둡게 하는 것이 이 두 기둥을 수평으로 잇는 거대한 대들보 같았다. 그들은 조심조심 그 대들보 밑 돌기둥 사이로 들어갔다. 돌기둥 표면은 그들이 내고 있는 조용한 옷 스치는 소리를 울렸다. 그러나 그들은 아직도 건물 밖에 있는 기분이었다. 천장이 없었다. 테스는 무서워서 숨도 못 쉬고, 에인젤 역시 당황한 채 중얼거렸다.

"도대체 이게 뭘까?"

옆으로 가서 더듬어 보려고 하자, 또 다른 돌기둥 같은 것에 부딪쳤다. 그것도 처음 것과 같이 네모진 단단한 탑과 같은 돌기둥이었다. 그런 식으로 돌기둥은 하나하나 줄지어 있었다. 그곳은 마치 문과 기둥만 있는 것 같았고, 어떤 것은 큰 대들보로 기둥이 연결되어 있기도 했다.

"이거야말로 바람의 신전(神殿)이로군."

에인젤이 말했다.

다음 돌기둥은 따로 떨어져 있고, 어느 것은 세 개의 돌기둥으로 문을 만든 것도 있었다. 옆으로 쓰러진 것도 있어서, 그 옆쪽은 마차가 한 대 지날 수 있을 만큼 넓은 돌로 포장한 길이 나 있었다. 그래서 이런 것들이 한 덩어리가 되어 이 평원 일대 초원의 돌기둥 숲을 이루고 있다는 사실을 알았다. 그들은 돌기둥 사이로 더 깊숙이 들어가 이윽고 그 가운데쯤에 다다랐다.

"이건 스톤 헨지야."

클레어가 말했다.

"이교도의 신전 말인가요?"

"그렇소. 더버빌 가문이 생기기 훨씬 전부터 있었던 유적이지. 그나저나 어떻게 할까? 좀 더 가면 쉴 곳이 있을 것도 같은데."

그러나 그때 테스는 지칠 대로 지쳤으므로 바로 옆에 있는 길쭉한 석판 위에 털썩 주저앉았다. 한 개의 돌기둥이 바람을 막아 주고 있었다. 낮에 햇볕을 쪼였기 때문에 그 돌은 따뜻하게 말라 있었다. 치마와 구두를 축축하게 했던 사방의 거칠고 싸늘한 초원과는 달리 기분이 좋았다.

"에인젤, 더 가고 싶지 않아요."

에인젤의 팔을 끌어당기려고 손을 내밀면서 테스가 말했다.

"여기 있으면 안 되나요?"

"안 될 것 같은데. 낮에는 몇 마일 떨어진 곳에서도 이곳이 보일 거야. 지금은 그렇지 않지만."

"지금 생각났는데, 외가 쪽 누군가가 이 근방에서 양을 치고 있다고 했어요. 그리고 탤보스이에 있을 때 당신은 나한테 이교도라고 늘 말씀하셨죠. 그러니까 나는 고향에 돌아온 거나 다름없어요."

에인젤은 길게 누운 그녀 옆에 무릎을 꿇고 그녀의 입술에 긴 입맞춤을 했다.

"피곤하지? 당신이 꼭 제단 위에 누운 것 같군."

"난 여기가 좋아졌어요. 이곳은 참 조용하고 적막하기까지 해요. 벅찬 행복을 맛본 뒤라서인가 봐요. 내 머리 위로는 널따란 하늘만 보여요. 마치 세상에 우리 둘 외에 아무도 없는 것 같아요. 정말 아무도 없었으면 좋겠어요. 리자 루만 빼놓고……."

클레어는 날이 좀 밝을 때까지 그녀를 이곳에 쉬게 하는 편이 좋겠다고 생각했으므로 외투를 덮어 주고 그 옆에 앉았다.

"에인젤, 만약 저에게 무슨 일이 있으면 저를 생각해서 리자 루를 돌봐 주세요."

돌기둥 사이로 부는 바람 소리를 한참 듣고 있던 테스가 불쑥 말했다.

"그러지."

"그 애는 정말 착하고 순진해요. 그리고 순결해요. 아, 에인젤, 만약 제가 없어진다면 그 애하고 결혼해 주세요. 당신이 그렇게만 해 주신다면……."

"당신을 잃는다는 것은 곧 모든 것을 잃는 거나 마찬가지요. 그리고 그녀는 내 처제가 아니오?"

"그건 문제가 안 돼요. 말로트에서는 처제와 결혼하는 경우가 종종 있어요. 리자 루는 정말 착하고 귀여워요. 그리고 점점 아름답게 자라고 있어요. 만약 내가 죽어 영혼이 되면 저는 그 애를 통해 당신을 느낄 수 있을 거예요. 만약 당신께서 앞으로 그 애를 잘 가르치고, 당신 마음에 맞도록 잘 돌봐 주신다면 전 더 이상 바랄 것이 없어요. 그 애는 저의 좋은 점만 전부 갖추고 있어요. 나쁜 점이라곤 조금도 없어요. 그리고 그 애가 만약 당신의 아내가 된다면 난 죽음이 우리를 갈라놓지 않은 것처럼 느낄 거예요. 이제 모든 걸 다 말씀드렸으니까 다시는 그런 말 하지 않을게요."

그녀는 입을 다문 채 깊은 생각에 잠겼다. 멀리 북동쪽 하늘에 돌기둥 사이로 한 줄기 빛이 나타났다. 골고루 덮였던 검은 구름장이 항아리 뚜껑을 열 때처럼 그대로 들려나가고, 대지 끝 쪽에서 이제 막 올라오는 태양에게 그 자리를 양보하고 있었다. 그 먼동을 등지고 높이 솟은 한 개 또는 세 개의 돌기둥으로 된 탑이 모습을 드러내기 시작했다.

"옛날엔 이곳에서도 신께 제물을 바쳤을까요?"

테스가 물었다.

"아니."

"그럼 누구한테?"

"아마 태양한테 바쳤을 거요. 따로 떨어져 서 있는 저기 높은 돌이 태양 방향이오. 자, 봐요. 지금 곧 솟아오를 태양을 향하고 있소."

"그 말을 들으니까 이제 생각나는 게 있어요. 우리가 결혼하기 전에 제가 무엇을 믿든 당신은 상관하지 않겠다고 하셨어요. 기억하시죠? 하지만 난 당신의 마음을 알고 있었어요. 그래서 당신이 생각하는 대로 저도 따랐을 뿐이에요. 에인젤, 지금 말해 주세요. 우리가 죽은 뒤에 다시 만날 수 있을까요? 전 그것이 궁금해요. 알고 싶어요."

테스의 질문에 그는 대답을 피하기 위해 그녀의 입술에 키스했다.

"오, 에인젤, 우린 다시 못 만난다는 뜻인가요?"

울음을 터뜨릴 듯한 투로 테스가 말했다.

"그런데도 저는 당신과 다시 만나게 되기를 바랐어요. 간절하게요. 우리는 이토록 뜨겁게 사랑하는데……."

그는 테스의 질문에 대답하지 않았다. 그들은 다시 침묵을 지켰다. 얼마 후 그녀의 숨결은 고르게 쌔근거렸고, 그의 손을 잡고 있던 그녀의 손에 힘이 풀렸다. 그녀는 잠이 들어 있었다. 동쪽 지평선을 따라나온 은빛을 띤 창백한 한 줄기 광선은 대평원의 먼 부분까지도 검게 그리고 가깝게 보이게 했다. 광활한 사방의 경치는 날이 밝기 직전에 흔히 느껴지듯이 어딘지 말이 없으며 수줍어하는 듯한 기색이었다. 동쪽에 있는 돌기둥과 그것을 누르는 큰 대들보는 광선을 등에 받고 시커멓게 솟아 있었다. 그 너머엔 커다란 불꽃 모양을 한 '태양석(太陽石)'이, 그리고 '희생의 돌'은 중간쯤에 서 있었다. 잠시 후 바람은 잠잠해지고, 돌의 물그릇처럼 움푹 파인 곳에서 철렁이던 물도 고요히 가라앉았다. 마침 그때 동쪽의 경사진 언저리에서 무엇인가 움직이는 것 같았다. 그것은 한 개의 점처럼 보였는데 태양석이 있는 저쪽 너머 땅이 낮은 곳에서 다가오는 한 남자의 머리라는 것을 어렴풋이 알 수 있었다. 클레어는 이곳에서 쉬게 된 것을 후회했지만 어쩔 수 없었으므로 그냥 조용히 있기로 했다. 그 모습은 그들을 둘러싸고 있는, 돌기둥이 선 곳으로 곧장 다가오고 있었다.

등 뒤에서 무슨 소리가 들렸다. 발 스치는 듯한 소리여서 돌아다보니 옆으로 쓰러진 돌기둥 저쪽에도 다른 모습이 또 하나 보였다. 미처 깨닫기도 전에 오른편 돌기둥의 세 탑이 서 있는 곳에 한 사람 그리고 왼편에도 한 사람이 있었다. 새벽 햇살이 서쪽에 있는 남자의 정면을 비췄다. 클레어는 광선을 통해 그 남자의 훤칠한 키와 훈련된 걸음걸이를 볼 수 있었다. 그들은 모두 명확한 목적을 지니고 점점 다가오는 것 같았다. 그녀가 한 말이 현실로 눈앞에 나타났다. 에인젤은 벌떡 일어서서 도주할 방법을 생각했다. 돌이든, 무엇이든, 아무 거라도 좋았다. 무기로 삼을 만한 것을 찾기 위해 사방을 두리번거렸다. 그때 이미 가까이에 와 있던 남자가 그를 잡았다.

"소용없습니다. 이 평원에는 우리 동료가 열여섯 명이나 있으니까요."

"잠이 깰 때까지만 저 여자를 그대로 두십시오. 부탁입니다."

그는 모여든 사나이들에게 낮게 애원했다.

그때까지도 그들은 테스가 어디 있는지 몰랐다. 자는 모습을 뒤늦게 발견한 그들은 한결같이 그녀를 지켜보면서 둘레에 있는 돌기둥처럼 움직이지 않고 서 있었다. 에인젤은 그녀가 누운 돌 쪽으로 다가가서 가냘픈 그녀의 한 손을 쥔 채 몸을 구부렸다. 그녀의 호흡은 사람의 숨결이라기보다는 가냘픈 생물의 그것처럼 빠르고 여렸다. 그들은 점점 밝아오는 햇살을 받으며 고정된 그 자세로 기다리고 있었다. 그들의 얼굴과 손은 은이라도 입힌 듯 빛나고, 몸의 다른 부분은 거무스레했다. 주변의 돌은 암녹색으로 빛나고, 들판은 여전히 어둠 덩어리였다. 잠시 후 햇살은 강해지고, 그 광선이 아무것도 모르는 그녀의 얼굴을 활짝 비췄다. 광선이 눈꺼풀 아래 스며들어 그녀의 잠을 깨게 했다.

"무슨 일이에요, 에인젤?"

그녀가 급히 일어나 앉으면서 말했다.

"저를 잡으러 온 건가요?"

"그렇소, 그들이 왔소."

"당연한 일이에요, 에인젤. 저는 정말 기뻐요. 이런 행복이 오래갈 순 없잖아요. 전 이 상태로 만족해요. 제겐 과분한 행복이었어요. 그리고 무엇보다 당신한테 멸시받을 때까지 살지 않아도 되고요."

그녀는 일어서서 몸을 털고 앞으로 나아갔으나, 사나이들은 꼼짝 않고 서 있었다.

"자, 어서 데려가세요."

테스가 조용히 말하며 그들을 따라나섰다.

59

옛날 웨섹스의 수도였던 아름다운 옛 도시 윈톤체스터는 기복이 심한 분지 한복판에 놓여 칠월의 상쾌하고 따사로운 대기에 감싸여 있었다. 박공지붕으로 된 벽돌집이나 기와집 또는 돌집은 계절 탓으로 이끼가 거의 말라붙어 오히려 깨끗한 모습을 드러내고 있었다. 목장 가운데를 흐르는 시내도 물이 줄었고, '서쪽 문'에서 중세기의 십자가에 이르기까지, 또 그곳에서 다리에 이르기까지 경사를 이루는 큰길은 으레 구식 장날마다 하는 한가로운 대청소가 진행되고 있었다.

'서쪽 문'에서 시작되는 큰길은 윈톤체스터에 사는 사람이면 누구나 알고 있듯이 인가에서 벗어나 점점 가파른 경사가 일 마일이나 뻗어나간 언덕길이다. 이때 시가지를 벗어나 이 언덕길을 급히 올라가는 두 사람이 있었다. 그들은 힘든 비탈길 따위는 개의치 않는 것 같았다. 무엇인가 깊은 생각에 잠긴 듯한 그들은 비탈 아래쪽의 담이 둘러쳐진 좁은 문을 빠져나와 이 길로 오고 있었다. 두 사람은 인가와 사람이 보이지 않는 곳으로 가려고 애쓰는 것 같았다. 그래서 가장 빠른 지름길인 이 큰길을 택한 듯했다. 젊은 그들이 고개를 푹 숙인 채 걷는 걸음걸이가 석연치 않았다. 매정하게도 밝은 태양은 미소로 내려다보고 있는 것 같았다.

한 사람은 에인젤 클레어였고, 또 한 사람은 키가 크고 한창 피어나는 꽃봉오리 같은 아가씨—소녀 같기도 하고 여인이라고 해도 될—였다. 테스보다는 가냘픈 몸매였지만 테스만큼 아름다운 눈을 가진 그녀는 테스를 정화시킨 듯한 모습의 리자 루였다. 그들의 창백한 얼굴은 반쪽으로 수척해 있었고, 손을 잡고 묵묵히 걷고 있었다. 머리를 숙인 모습은 마치 이탈리아 화가 지오토(Giotto di Bondone, 1266?~1337년, 입체감을 표현하는 기법을 창시 — 옮긴이 주)의 '두 사도(使徒)'와도 같았다.

그들이 높다란 서쪽 언덕에 거의 다다랐을 때 거리의 시계가 여덟 시를 알렸다. 이 소리를 듣고 화들짝 놀란 두 사람은 몇 걸음 더 나아가 푸른 초원 가장자리에 하얗게 서 있는 첫번째 이정표가 있는 곳에 이르렀다. 이곳에서 초원이 큰길로 통하고 있었다. 초원에 들어선 그들은 어떤 힘에 의해서인 듯 갑자기 걸음을 멈추었다. 그곳에서 우뚝 선 채 악몽이라도 꾸는 듯

한 굳은 표정으로 이정표 옆에서 무언가를 기다리고 있었다.

이 꼭대기에서 내려다보는 경치는 끝이 없었다. 이제 막 떠나온 도시가 눈 아래 있고, 그중에서도 한층 눈에 띄는 건물 옆 긴 낭하와 바깥채가 있는 대사원의 탑이 보였다. 또 성 토머스 사원의 뾰쪽 탑이 솟은 건물과 탑과 바람받이 지붕이 보였다. 도시의 뒤쪽에는 둥그런 성 캐더린 언덕이 펼쳐 있고, 더 멀리에는 마지막 지평선이 그 위에 걸린 찬란한 태양 속에 파묻혀 있었다.

이렇게 멀리까지 퍼져 있는 시골 풍경을 배경으로 하여 시내의 여러 가지 건물을 전경으로 한, 회색 지붕과 창살 달린 창문이 전체적인 구조를 이루어 우뚝 솟은 빨간 벽돌 건물은 주위에 있는 고풍의 우아한 건물들의 다양한 모습과는 대조를 이루고 있었다. 그것은 사람을 감금하고 있다는 사실을 은연중 강하게 말해 주고 있었다. 그 앞을 지날 때는 주목나무와 사철나무에 가리어 잘 보이지 않았으나, 이곳에 올라와 보니 뚜렷하게 보였다. 조금 전 두 사람이 나온 좁은 샛문은 이 건물의 담에 뚫린 문이었다. 이 건물 중앙부에는 꼭대기가 평평한 보기 흉한 팔각탑(八角塔)이 동쪽 지평선을 배경 삼아 서 있었다. 이곳에서 보면 태양을 등진 도시의 그늘진 쪽이 보이므로 그 탑은 도시의 미관을 더럽히는 하나의 얼룩 같았다. 그러나 주의해서 바라보는 두 사람의 시선이 못 박힌 곳은 아름다운 정경이 아니라, 바로 이 얼룩이었다.

그 탑의 돌출부 위에는 기다란 깃대가 있었다. 그들의 시선은 그곳에 정지된 지 오래였다. 여덟 시를 알리는 종소리가 나고 이삼 분쯤 지났을 때 무언가 깃대 위로 서서히 올라가더니 미풍에 펄럭이기 시작했다. 그것은 검은 깃발이었다.

'정의의 심판'은 이제 막을 내렸다. 그리스의 비극 작가 아이스킬로스의 말대로 '불멸의 수호신'은 테스와의 희롱을 끝마친 것이다. 그녀의 조상들, 즉 더버빌 가문의 기사와 귀부인들은 아무것도 모르고 자신의 무덤 속에서 잠들어 있을 뿐이었다. 묵묵히 바라보던 두 사람은 마치 기도라도 하듯 땅에 꿇어앉아 손가락 하나 움직이지 않고 오랫동안 그대로 있었다. 깃발은 여전히 바람에 펄럭이고 있었다. 기운을 되찾은 그들은 함께 일어나 손을 마주 잡고 언덕을 내려갔다.

토머스 하디의 생애와 작품세계

비관적 세계관에서 타오른 불멸의 예술혼

토머스 하디(Thomas Hardy, 1840~1928)는 영국 문학사상 빅토리아조 (朝) 후기의 최고 작가로서, 찰스 디킨스(Charles Dickens)와 쌍벽을 이루는 19세기 영국 문학사의 거목(巨木)이다. 하디는 디킨스를 비롯한 선대 작가들이 일구어놓은 영국 문학의 전통을 이어받아 그것을 발전시키고 혁신시키면서 20세기 영국 문학의 새로운 길을 연 선도적 작가이기도 하다.

그는 88세를 일기로 세상을 뜰 때까지 무려 60여 년을 작품 창작에 열중하면서 그중 전반인 30년은 소설에, 후반 30년은 시에 전념하였다. 그 결과 장편 소설 14편, 단편 소설집 4권, 9백 편이 넘는 시를 수록한 시집 8권 그리고 거대한 장편 서사 비극 1편 등 수많은 예술 작품을 남긴 영문학의 대작가이자 위대한 시인이다. 그는 이처럼 다채로운 예술적 소양과 왕성한 창작력을 바탕으로 그의 정신적 영역을 문학의 세계뿐만 아니라 철학과 사상의 세계에까지 확장시켰으며, 누구도 넘볼 수 없는 독특하고 광대한 업적을 이루어 냈다.

그러나 그러한 업적에도 불구하고 하디는 그의 작품에 대한 영광이나 찬사보다는 오히려 비난과 혹평 속에서 그의 생애를 마감한 불운의 작가였다. 그는 당대의 여러 비평가로부터 비관주의적 운명론자, 염세주의자(厭世主義者), 또는 무신론자(無神論者) 등의 불명예스런 평가를 들으며 오해와 외로움 속에서 문학활동을 했으며, 그의 문학에 대한 제대로 된 평가는 그의 사후(死後)에나 완전히 이루어졌다.

이처럼 하디가 긍정적인 평가보다는 비난의 대상이 되었던 까닭은 그의 비관주의적 세계관 때문이었다. 그의 반(反)기독교적이며 무신론적인 사상에 근거한 비관주의(悲觀主義)가 당시 영국사회의 도덕 기준과 엄격한 분위기와 상반되었던 것이다. 특히 그의 소설들, 그중에서도 《테스 *Tess of the D'Urbervilles*》를 둘러싸고 일어났던 사회적 물의와 비난적 여론은 하디를 반사회적 염세주의자, 통속작가로 몰아세웠고, 진정한 예술로서의 하디 문학에 대한 올바른 평가를 유보시켰다.

　이러한 사회의 많은 비난과 반박을 받으면서도 하디는 자신의 철학을 굽히지 않았으며, 자신의 문학세계를 포기하지 않았다. 자신의 소설들이 냉대를 받자 1895년 《비운의 주드 *Jude the Obscure*》를 마지막으로 소설 창작을 그만둔 하디는 그의 문학에 대한 열정을 시로 옮겨가 죽을 때까지 30여 년 동안 시인으로서도 위대한 업적을 남겼다. 하디는 평생을 주위의 비난에 흔들리지 않고 꿋꿋이 자신의 문학정신을 지키고 실현하고자 했으며, 그런 그의 끊임없는 정열이 결국 그에게 씌워진 오명을 벗기고 그의 이름을 세계 문학사에 뚜렷이 새겨넣었던 것이다.

　이처럼 하디는 그의 비관적인 운명론으로 인해 고난을 당하고 오해를 받았지만, 아이러니컬하게도 그 음울한 문학세계로 인해 작가로서의 확고한 위치를 차지할 수도 있었다. 사실 그의 비관주의적 세계관에 내재하는 인간구원의 사랑이야말로 오늘날에도 그의 문학이 사랑받고 존재하는 이유이다.

　하디는 자신이 염세주의자가 아니라고 주장했지만, 그러한 주장에도 불구하고 그의 문학세계에 흐르고 있는 사상은 매우 어둡고 비관적이다. 소설 대부분의 주제는 보이지 않는 운명의 힘 때문에 좌절된 인간세계의 비극과 불행이다. 하디의 이러한 비극관은 '내재 의지(immanent will)' 라는 독특한 사상을 낳았다. 이 사상은 '인간의 의지 여하에 관계없이 우주와 자연이 지배하는 맹목적 내재 의지(內在意志)에 의하여 인간의 행·불행의 운명이 좌우된다.' 는 것이다. 이 내재 의지에 인간이 역행할 때 인간은 파멸 당하게 된다는 것이 하디의 비극적인 문학 주제였다. 이러한 하디의 비관주의적인 사상은 현실 폭로적인 창작적 태도를 낳았고, 빅토리아 시대의 보수적이고 전통적인 인습과 관습에서 오는 일반의 과격한 비난과 반발을 야기시켰던 것이다.

하디가 이러한 비관주의적 세계관을 갖게 된 연유는 그의 어린 시절의 성장과정과 자연환경, 사회적 변화 그리고 사상적 조류와 깊은 연관이 있다. 허약한 신체적 조건으로 어린 시절을 우울하게 보냈던 하디는 그의 고향인 웨섹스 지방의 쓸쓸한 환경 속에서 사물을 비관적으로 바라보는 눈을 가지게 되었다. 당시의 영국은 과학문명의 발달, 산업혁명 등으로 물질주의가 득세하고 농촌이 붕괴하는 전환의 시대였는데, 웨섹스는 바로 그 단적인 예를 보여 주는 곳이었다. 거기서 농민들의 가난과 지배층의 위선으로 대변되는 사회적 변동을 경험했던 하디는 인간의 비극적 운명을 믿게 되었다. 그리고 문학청년 시절 다윈(Charles Darwin)의 '적자생존의 법칙' 에 영향을 받게 됨으로써 생존경쟁의 세계에 대한 비극적 의식이 강해질 수밖에 없었다. 또한 쇼펜하우어(Arthur Schopenhauer)의 염세철학에 심취됨으로써 하디의 비극관은 '내재 의지' 라는 독특한 사상을 낳았던 것이다. 이러한 어린 시절의 환경과 사회 변동, 시대 조류의 영향으로 하디는 '웨섹스 소설' 이라는 특유의 비관주의적인 문학세계를 창출해 냈던 것이다.

따라서 하디의 비관주의는 단순한 삶의 거부나 부정이 아니라 물질주의에 함몰(陷沒)해 가고 있던 19세기의 시대상황에 대한 경고이며, 권위를 상실해 버린 위선적인 기독교 사상과 당시 인습과 사회 도덕관념에 대한 신랄한 비판이었던 것이다. 그리고 그 비판과 경고의 문학을 통해 참다운 인간구현의 문제를 모색하고자 했던 것이다.

이처럼 비관주의적 세계관 속에 흐르고 있는 사회비판적, 인간중심적 경향이야말로 하디 문학의 본령(本領)이요, 정수이며, 14편의 장편 소설을 비롯한 그의 전 작품을 세계의 고전으로 만든 주요 요인이라 할 수 있다. 특히 그의 최고 걸작이자, 그의 소설 중에서 가장 혹독한 비난을 받았던 《테스》는 바로 그러한 하디 문학의 사상적 깊이와 예술적 완성도가 완벽한 조화를 이룬 작품이다. 비록 소설의 분위기가 매우 어둡고 절망적이지만, 웨섹스 지방의 순박한 인간과 자연을 배경으로 하디가 보여 준 진실한 사랑 찾기는 이 소설을 단순한 비극의 사랑 이야기로서가 아닌 그야말로 비극 없는 참다운 인간세계의 구현을 제시한 걸작으로 승화시켰던 것이다.

비관주의적 세계관, 그 속에 내재해 있는 긍정적인 인본주의(人本主義)적 사상. 이러한 하디 특유의 문학정신이 시적 향기와 짜임새 있는 사실주의, 낭만적인 자연 묘사와 상징적인 인물 묘사의 도움을 받으며, 쇠퇴해가는 전원(田園)을, 그곳 사람들의 소박한 생활을, 그리고 그들의 간절한 사랑을 그려 애절한 정을 일깨워 주었다는 점에서 하디의 작품들은 실로 뛰어나다 할 수 있다.

비극적 사상의 발아(發芽)

토머스 하디는 1840년 영국 남부의 도싯셔(~shire는 주(州)를 말함.), 도체스터 근교 스틴즈 퍼드 교구의 삼림지와 황야 사이에 자리한 어퍼보컴프턴에서 태어났다. 아버지는 건축 석공 청부업자로 음악을 즐겼으며, 어머니는 왕성한 독서가였다. 먼 조상은 영불(英佛) 해협 저지 섬 출신으로 성(姓)을 프랑스식으로 '르하디'라 불렀다고 하며, 조상 중에는 넬슨 제독의 기함(旗艦) 빅토리아 호(號)의 함장이었던 하디 대령도 있다.

하디는 태어난 순간 사산(死産)인 줄 알고 한구석에 내버려졌다가 살았음이 밝혀져 간신히 생명을 구했고, 그로 인해 어릴 때부터 허약한 체질을 가지게 되었다.

이러한 출생의 비극과 신체적 조건은 하디의 비관주의적 사상을 형성하는 원초적인 요인이 되었다.

하디는 가정적으로 행복하고 평화롭고 다소 여유 있는 환경 속에서 자라났지만, 신체적 허약함 때문인지 다른 아이들에 비해 우울한 편이었다. 그러나 병약한 육체적 조건과는 달리 하디는 보통사람보다 민감한 감수성을 지녔으며, 그중에서도 음악과 시에 대한 감수성이 특히 예민한 소년이었다. 이 시절 하디는 뒤마의 소설과 셰익스피어의 비극을 즐겨 읽었으며, 문학에 대한 열정을 키워나갔다. 하지만 그는 작가가 아닌 건축사로서 인생의 첫발을 내딛게 되었다.

16세 때 하디는 아버지의 직업을 이어받기 위해 도체스터—하디는 이 옛 도시를 '캐스터브리지'라고 이름 지어 작품에 자주 그리고 있다—교회 건축사인 존 힉스(John Hicks)의 제자로 들어갔다. 하디는 그에게서 건축의 기초 및 라틴어와 희랍어를 배웠다. 이 무렵의 하디는 책벌레라 불릴 정도로 독서에 열중했으며, 특히 로마의 시인들을 좋아했다. 때마침 이웃에 살고 있던 향토 시인이며 언어학자이기도 한 윌리엄 번스(William Barnes) 목사에게서 많은 영향을 받았다. 또한 하디는 도체스터에 머물며 두 번의 교수형을 목격하게 되는데, 이 야릇한 체험은 그의 소설 《테스》에서 테스가 사형당하는 장면으로 재현될 정도로 강한 충격을 주었다.

20세 때에 하디는 그보다 8세 연상인 옥스퍼드 대학 출신의 모울(Horace Moule)을 알게 되어 그에게서 학문적으로나 사상적으로 상당한 영향을 받게 되는데, 이때를 전후로 그의 정신세계에는 비관주의적 색채가 짙게 배어들기 시작했다. 하디는 모울과 교우하며 상당량의 독서를 했는데, 특히 〈아가멤논〉, 〈오이디푸스〉 등의 그리스 비극에 심취했다. 강대한 신들에 의해 고난을 당하는 나약한 인간의 모습들이 그려져 있는 이 고전의 심취는 젊은 하디의 가슴에 인간의 비극적 운명을 각인시키기에 충분했다. 그러나 무엇보다도 이 시기에 하디를 사로잡은 것은 다윈의 진화론(進化論)과 쇼펜하우어의 염세적인 철학사상이었다.

하디가 살았던 19세기는 세계 역사상 전환의 시기로써 실로 여러 가지 변화가 일어난 시대였다. 산업혁명이 농촌 위주의 영국을 도시 중심의 산업국가로 개편하는 과정에 있었고, 자유경쟁과 그에 따른 부의 증가 및 불평등을 일으켰다. 미증유(未曾有)의 격동과 전국적인 혼란 속에서 영국사회를 유지해 온 종래의 전통과 인습이 무너져가고 있었다. 그리고 과학중심적 사고방식이 팽배함으로 인해 낡은 사회조직 및 경제구조가 붕괴되고 이와 더불어 사상의 변화가 초래되었다. 18세기의 이성주의(理性主義)는 인습에 반대하는 새로운 낭만 정신과 결합하여 옛 영국 전래의 종교적 · 사회적 · 정치적 신조의 근본을 뒤흔들었다. 이러한 변화 속에서 19세기 중엽부터 대두되기 시작한 다윈의 진화론은 영국사회를 지배하고 있는 기독교적 사상을 그 뿌리에서부터 흔들어 놓았다. 특히 다윈의 《종의 기원 The Origin of Species》은 창조주로서의 신의 완전부정이나 다름이 없었고, 따라서 영국의 사상계에 커다란 충격과 변화를 안겨 주었다.

이 책은 하디가 19세 때에 출판되었는데, 당시 기독교적 신념에 젖어 있었던 하디에게도 큰 충격이 아닐 수 없었다. 우주를 지배하는 맹목적인 힘을 기독교의 신으로 믿었던 과거와는 달리 진화론과 당시의 과학적 사고방식을 접한 하디에게 기독교의 신은 더 이상 만족스런 대답을 주지 못했다. 그는 인간행위의 통제자로서 신이 아닌 다른 어떤 존재가 있다고 믿었으며, 그러한 생각은 쇼펜하우어의 철학과 결합되어 '내재 의지'라는 새로운 사상을 낳게 되었다. 그리고 이에 따라 인간은 자신의 의지 여하에 관계없이 우주와 자연이 지배하는 맹목적인 내재 의지에 의하여 행 · 불행의 운명이 좌우된다는 하디의 비관주의적 운명관이 확립되기에 이르렀으며, 그의 문학세계의 사상적 핵심으로 작용하게 되었다.

숙명의 문학, 웨섹스 소설

새로운 시대의 도래와 함께 밀려온 진취적인 학문과 사상의 조류에 정신세계를 흠뻑 적신 하디는 자신의 직업인 건축과 문학 사이에서 갈등을 느끼게 되나, 일단 건축을 택하여 1862년에 런던으로 가 교회 건축가로 유명한 블롬필드의 설계 사무소에서 조수로 근무하게 되었다. 그는 이곳에서 시를 공부하고 디킨스, 새커리(Thackeray) 등의 소설을 탐독하였으며, 〈근대 건축에 있어서의 색연와(色燃瓦) 및 테라코타의 적용에 관해서〉라는 건축 논문을 발표해 상을 타기도 했다. 또한 그는 건축과 문학을 양립시키려고 미술 평론가가 되려고 했으나 결국은 문학에만 전념하기로 결심한다. 그리고 1865년에는 건강을 해쳐 고향으로 돌아가 전에 다닌 적이 있는 힉스 사무소에 다니면서 소설을 쓰기 시작했다.

1868년 하디는 사회주의적인 기개를 담은 최초의 소설 《가난한 사나이와 귀부인 *The Poor Man and the Lady*》을 완성하여 맥밀란 출판사에 보내지만 거절을 당했다. 이어서 채프먼 앤드 홀 출판사에 보냈는데, 때마침 출판사의 출판 고문으로 있던 조지 메러디스의 유익한 충고로 출판을 단념하고 말았다. 그 원고의 일부분은 그 후 다른 작품에 흡수되었으나 대부분은 없어져 버렸다. 이어서 완성된 《궁여지책 *Desperate Remedies*》(1871)이 맥밀란 사에서 또다시 거절당한 뒤에 1871년 틴슬리 사에서 출판되었다. 당시 그의 나이는 31살이었고, 이 소설이 사실상 그의 처녀작이었다. 이듬해에 《푸른 숲의 나무그늘 밑에서 *Under the Greenwood Tree*》(1872)가 역시 틴슬리 사에서 출판되어 호평을 받게 되는데, 이 소설은 웨섹스 소설의 첫 작품이면서도 대단히 명랑한 전원소설이다. 그리고 이 해에는 「콘힐 매거진」지에 《한 쌍의 푸른 눈동자 *A Pair of Blue Eyes*》(1873)의 연재 의뢰를 받을 정도로 하디는 작가로서 인정을 받는다. 이 작품은 로맨틱한 환상을 다룬 소설이며, 하디의 웨섹스 소설과는 그 성격이 다르기는 하나 그의 역작임에는 틀림이 없다. 그러나 하디가 영국 문단에 소설가로서의 확고한 지위를 갖게 되는 건 1874년에 《광란의 무리를 떠나서 *Far from the Madding Crowd*》를 발표한 이후부터였다. 이 작품은 인간 감정이 초래하는 비극적 결과들을 목가적 풍경 속에서 열정적으로 그려 냈다.

　　이 소설로 호평을 얻게 되자 하디는 건축을 떠나 문필생활에 전념하였다. 그리고 엠마 라비니어 기포드(Emma Lavinia Gifford) 양과 결혼하여 전원의 조그마한 도시에 살림을 차렸다. 그 뒤 프랑스와 스코틀랜드 등 여러 곳을 여행한 끝에 1883년에는 고향에 저택 '맥스 게이트'를 짓고 은둔해 살며 웨섹스의 농사와 목축과 임업의 습속(習俗)과 지방 사람의 생활과 심리를 익히며 그의 위대한 소설들을 창조했다.

하디는 모두 14편의 장편 소설을 남겼는데, 그 소설세계는 내용에 따라서 크게 세 종류로 분류된다.

먼저 로맨틱하고 풍자적인 작품들로 《한 쌍의 푸른 눈동자》, 《탑 위의 두 사람 Two on a Tower》(1882), 《사랑스러운 영혼 The Pursuit of the Well Loves》(1892)이 여기에 속하는데 달콤하고 쌉쌀하고 새콤한, 환상의 맛을 풍기는 소설이다.

다음은 꼼꼼하게 짜여진 플롯의 묘미와 사회풍자를 뒤섞은 거의 희극적인 작품으로, 하디의 걸작들에 비하면 약간 뒤떨어지는 《궁여지책》, 《에델버터의 손 The Hand of Ethelberta》(1876), 《무관심한 사람 A Laodicean》(1881) 등이 이에 속한다.

그리고 마지막으로 무게 있고 숭고한 비극을 창출한 하디의 걸작들이자, 이른바 '웨섹스(Wessex) 소설'이라 일컫는 《테스(원제-더버빌 집안의 테스 Tess of the D'Urbervilles》(1891), 《비운의 주드 Jude the Obscure》(1895), 《귀향 The Return of the Native》(1878), 《캐스터브리지의 시장(市長) The Mayor of Casterbridge》(1886), 《숲 속의 사람들 The Woodlanders》(1887), 《광란의 무리를 떠나서》, 《푸른 숲의 나무그늘 밑에서》, 《나팔 대장 The Trumpet Major》(1880) 등이다.

이 소설들을 웨섹스 소설이라 부르는 것은 하디의 고향인 웨섹스 지방, 특히 도싯셔의 지리적 배경을 무대로 하고 있기 때문이다. 이 웨섹스란 현대의 지명이 아니라 옛 앵글로색슨 시대의 서부 색슨 왕국, 웨스트 색슨이란 말이 줄어 웨섹스가 된 것이다. 이 고장에서 태어난 하디는 웨섹스에서 사라져 가는 전통과 관습을 애석히 여기어 이 지방의 자연과 농촌의 모습, 사람들의 생활방식을 자기의 기질에 맞는 주제와 스타일로 형상화했다. 그는 평화롭고 순박한 자연을 배경으로 하여 어렵게 살아나가는 인간의 그늘진 역사를 담담하고 초연하게 묘사하였는데, 이러한 소설에서는 지리적인 요인이 단순한 배경이 아니라 소설의 흐름과 주제를 결정하는 요인으로 작용한다. 이것은 하나의 지방이 갖는 자연과 풍토가 그 지방에 사는 인간에게 영향을 미치거나 위력을 행사한다는 하디의 독특한 숙명관에서 연유했다. 따라서 하디 소설에 나오는 웨섹스는 그 지방에 사는 사람들에게 단지 자연의 경관을 제시할 뿐만 아니라, 그 풍토의 이면에 인간의 삶을 조정하고 제어하는 어떤 준엄한 위력을 가지고 있다. 그 위력은 인간의 행 · 불행을 좌우하는 운명적인 힘이다. 그러므로 하디의 웨섹스 소설에 등장하는 인물들은 대부분 그 운명적인 힘에 의해 비극적 종말로 내몰리는 것이다.

이처럼 웨섹스 소설은 단순한 지리적 특성의 소산물이 아니라, 하디의 비관주의적 숙명론과 예술적 완전주의가 종합적으로 반영되어 있는 그의 총체적 문학 결정체인 것이다. 하디 문학의 주제와 특성이 집약되어 있는 그의 웨섹스 소설 중에서도 특히 뛰어난 작품이 《테스》와 《비운의 주드》이다.

하디의 웨섹스 소설의 예술적 정점(頂點)이라 할 수 있는 《테스》는 그의 진지한 양심세계와 심오한 도덕성이 예술적으로 완벽하게 조화를 이룬 작품이다. 부호의 아들에게 순결을 빼앗기고 농장 경영을 지망하는 성직자 아들의 자아 중심적 결벽에 희생되어 끝내는 살인을 범하고 사형을 당하게 되는 소젖 짜는 처녀 테스를 탁월한 예술적 솜씨로 그려 하디를 세계적인 작가로 만들었다. 하지만 1891년 처음 출판되었을 때는 하나의 통속소설에 불과하다는 혹평과 더불어 비도덕적이고 반기독교적이라는 비난을 받았다. 또한 그의 마지막 장편 소설인 《비운의 주드》는 매우 비범한 작품으로써 하디의 천재성이 유감없이 드러난 소설이지만, 그 암담한 결말과 비극적 스토리로 인해 《테스》보다 더 심한 혹평을 받았다. 사상적 깊이와 예술적 완성도가 뛰어났음에도 사회의 기존 가치관과 윤리의식으로 인해 온전한 평가를 받지 못했던 것이다. 결국 하디는 《비운의 주드》에 퍼부어진 혹평을 계기로 소설의 세계를 단념하고, 못다 한 문학의 열정을 시의 세계에서 실현하게 되었다.

평화를 부르는 시의 세계

하디가 소설에서 시로 전환을 하게 된 것은 자신의 소설에 대한 사회의 냉대와 비난에도 그 이유가 있었지만, 보다 근원적인 원인은 시에 대한 하디의 선천적인 애정 때문이었다. 하디는 평소에도 자신의 소설보다는 시를 훨씬 높이 평가했으며, '모든 상상력과 감정의 문학적 정수(精髓)는 시에 응축되어 있다.'고 생각할 정도였다. 하디는 소설의 세계에 심취해 있을 때에도 시의 세계를 잊지 않았다. 특히 하디는 일찍부터 활기에 찬 향촌의 구비문화(口碑文化)에 관심과 애정을 가져 1870년대에는 전통 발라드와 민요의 채록을 시도하기도 하였다. 이러한 영향이 그의 시와 소설에 두루 반영이 되었다. 1898년에 출간된 그의 첫 시집 《웨섹스 시집 *Wessex Poems*》과 1902년의 두 번째 시집 《과거와 현재의 시 *Poems of the Past and the Present*》에는 하디가 막 소설을 쓰기 시작하던 초창기의 시편들이 많이 실려 있다.

하디가 시(詩)로 문학적 전향을 한 뒤, 그의 필생의 야심작은 나폴레옹과 그의 시대를 그린 철학적 대하서사시인 《제왕(帝王)들 *The Dynasts*》이다. 이 작품은 19막 130장으로 꾸며진 엄청난 양의 극시 형식 3부작으로 1904년부터 1908년까지 세 차례에 걸쳐 출간되었으나, 작품 구상은 이보다 30년을 앞선다. 1875년에 하디는 '1789년에서 1815년에 이르는 유럽의 일리아드'를 구상하고 런던의 첼시 병원에서 그때까지 목숨을 부지하고 있던 모든 워털루 전투 참가자들과 면담하는 한편, 대영박물관에 정기적으로 드나들며 당대의 역사적 자료를 점검하였다. 《제왕들》에는 장대한 인간사의 기록이 역동적으로 그려져 있는데, 이 야심찬 역작은 소설가 하디에 앞서는 '시인 하디'의 열정을 잘 드러내 주고 있다. 이때 그는 이미 60이 훨씬 넘은 고령이었다.

《제왕들》이후에 나온 시집은 모두 6권이나 된다. 《시간의 노리개들 *Time's Laughingstocks*》(1909), 《상황의 풍자 *Satires of circumstances*》(1914), 《통찰의 순간 *Moments of Vision*》(1917), 《후기 서정시와 그 이전》(1922), 《인간의 모습들》(1925), 《겨울의 말》(1928) 등이다. 그중 마지막 시집은 사후 출판이긴 하지만, 《제왕들》을 제외하고도 거의 천여 편에 달하는 방대한 양의 시 작품이 50대 후반의 고령의 나이로 시작한 결과라는 사실은 매우 놀랍다.

하디의 염세적 숙명론은 그의 시세계에도 나타나 있지만, 소설과는 달리 격정적이지 않고 차분하고 잔잔하게 스며들어 있다. 또한 삶의 여유와 애정, 진보적 희망, 도덕적 자기 질책, 그리고 반전(反戰) 등의 주제가 원숙하게 용해되어 있다. 특히 《제왕들》을 비롯한 그의 많은 시 작품에는 전쟁의 자제와 삶의 온전함을 바라는 평화주의가 호소력 있게 배어 있는데, 이러한 연유로 말년의 하디는 생존한 영국 작가 중 가장 널리 칭송되었다.

1928년 1월 11일 하디는 두 번째 부인인 플로렌스 더그빌이 지켜보는 가운데 심장마비로 그 비관적 생애를 마쳤는데, 뒤늦게 그의 문학을 인정한 많은 사람들이 그의 죽음을 애도하였다. 그의 명성은 오히려 죽은 뒤에 드높아져 토머스 하디는 19세기의 3분의 1을 차지하는 시기를 영국 제일급 소설가로, 20세기에 들어와서는 특이한 사상의 서구적인 새 시인으로, 그리고 필생의 작품인 서사시극 《제왕들》의 완성으로 영국을 위한 국민 서사시를 만든 국민 작가로 칭송되기에 이르렀다.

삶의 비극적 비전과 휴머니즘

하디의 문학세계는 생을 제공하는 한편 부정하는 인간의 숙명적 부조리와 대결하는 비극의 문학으로써 그에게 인생은 인간들의 진실된 욕망이 도외시된 채 파멸되는 과정에 불과하다. 선(善)에는 상을, 악에는 벌을 주는 기독교적인 신을 단연코 부정하고 있으며, 인생이란 실의와 고난의 실체이며, 인간의 행복이란 인간비극에서 하나의 우연한 에피소드에 불과한 것이라고 하디는 생각했다.

따라서 그의 비관주의적 사상은 허무주의적인 통념상의 비관주의가 아니라 인생을 깊고 뜨겁게 공감하고 절망 속에서 괴로워하며 인생의 진실과 고뇌와 비탄에서 구제의 방법을 찾아내려는 적극적인 태도인 것이다. 다시 말해서 비극을 통한 인간의 구원, 비극을 통한 그 초극에의 관심의 반영인 것이다. 그러므로 삶에 대한 하디의 비극적 비전은 긍정적인 미래와 희망을 위한 적극적인 인생관이었다.

하디 자신은 자기가 염세주의자라기보다는 사회개선론자로서 불리기를 원했다. 그러한 그의 열망은 고통과 좌절의 체험을 통해 사회의 모순됨을

인식하고 보다 나은 미래를 건설하고자 개선의 의지를 갖는 소설 속의 주인공들을 통해 잘 반영되어 있다. 이처럼 사회의 변화와 발전을 추구하는 개선론자로서의 하디의 모습은 인간을 문학의 중심에 두는 휴머니즘과도 일맥상통하는 것이다. 하디가 그리는 운명관은 인간사회의 갈등과 인간성격의 불균등에서 발생하는 잔악하고 냉혹하여 무의식적인 성격을 띤 점에서는 염세주의자로 볼 수 있으나, 끝없이 닥쳐오는 불운의 회오리 속에서 괴로워하고 고통스러워하는 주인공들의 아픔을 공감하고 그것을 같이 애석해하고 동정으로써 바라본 점과 불운한 운명을 이겨내기 위해 끝까지 싸우는 인간의 모습을 그렸다는 점에서 그를 진정한 의미의 휴머니스트라고도 부를 수 있는 것이다.

《테스》

《테스》는 하디의 비관주의가 품고 있는 긍정적인 사회비판 정신과 목가적 휴머니즘이 완벽한 예술성과 어우러져 이루어진 소설 사상 공전(空前)의 작품이다. 하디의 선천적인 순수한 양심세계와 심오한 도덕적 진지성이 짙게 배어 있는 이 소설은 선량함을 잃어가는 상류계급 및 도덕적 잠재력을 잃은 기독교에 대한 비난, 이러한 사회의 위선과 계급적 편견에 대해 신랄한 비판을 가한 하디 문학의 정수인 것이다.

《테스》는 주인공 테스의 순진무구한 사랑이 그녀를 둘러싼 환경과 그녀와 관계를 맺은 위선적 사랑의 추구자 알렉, 그리고 이상적 사랑의 추구자 에인젤 클레어 사이에서 비극적인 사랑으로 변화되어 가는 과정과 또 이 변화된 사랑이 차원 높은 사랑으로 승화(昇華)되는 과정을 매우 감동적으로 그리고 있다.

《테스》는 한 순진한 여자의 불행한 이야기이다. 웨섹스 출신의 청순한 처녀 테스는 하디의 비관적인 숙명관(宿命觀)의 비장한 상징이라 할 수 있다.

비극은 우연한 데서 일어난다. 테스의 아버지는 우연히 자신이 몰락한 귀족 집안의 자손이라는 것을 알게 되고, 테스를 타락한 친척에게 보내서 도움을 청하게 된다. 그곳에서 열예닐곱의 청순한 처녀 테스는 바람둥이 청년 알렉에게 농락당하여 사생아를 낳고 인생 최초의 슬픔을 맛보게 된다. 그러다가 성숙해가는 여자로서 움트기 시작한 환희에의 본능으로 인해 삶의 집착을 버리지 않고 새로운 일자리를 구해 집을 떠난다.

풍요로운 목장에서 소젖 짜는 여자로 새 삶을 시작한 테스는 그곳에서 목축 기술을 배우러 온 클레어와 사랑에 빠진다. 자신의 어두운 과거 때문에 결혼을 망설이지만 클레어의 진실한 사랑이라면 과거를 모두 이해해 주리라 믿고 그와 결혼한다. 그러나 결혼 직후 과거를 고백하자 순결을 중시하는 남편의 태도는 일변하여 다시 버림을 받게 된다.

남편은 새로운 농장지를 찾아 외국으로 떠나고, 테스는 갖은 고생을 하면서도 남편을 기다린다. 그러나 아버지의 죽음으로 가족들의 생계가 막막해지고 남편에게선 여전히 연락이 없다. 그러던 중 우연히 자신의 인생을 짓밟은 알렉을 만나게 되고, 끈질긴 그의 구애에 어쩔 수 없이 내민 손을 잡게 된다.

그 무렵 자신의 잘못을 깨달은 클레어가 그녀를 찾아온다. 그러나 알렉이 내민 손을 잡았기에 사랑하는 남편에게로 돌아갈 수 없는 현실에 슬퍼하던 테스는 재회의 희망마저 빼앗은 악의 화신인 알렉을 찔러 죽이고, 교수형을 당하게 된다.

이 이야기는 순정의 여인이 위선적인 두 남자에게 희생되어 파멸하는 비극을 그린 것이다. 그러나 단순한 애정소설은 아니다. 이 작품 안에는 산업의 발달로 인한 농촌사회의 붕괴와 그 처참한 환경 속에서 사회의 위선적인 관습과 편견으로 인해 자신의 모든 것—순결, 사랑, 생명 등—을 빼앗기고 만 한 순박한 여인의 인생 역정이 담겨져 있다.

테스의 비극은 과거 및 현재에 일어난 부정(不正), 부도덕한 인간들에 의해서 저질러진 행위의 소산이다. 테스를 성적인 욕망을 채우기 위해 유혹한 알렉과 테스를 아내로 맞이했으면서도 인습에 얽매여 그 진정을 분별할 줄 모르는, 선의(善意)를 품었으나 위선적 이상주의자인 클레어의 비열함이 만들어낸 결과이다.

그러나 무엇보다도 테스의 비극은 포악한 자연적·사회적 환경과 운명적인 힘 때문에 일어난 것이다.

하디 소설에서의 자연과 지리적 요인은 소설의 흐름을 결정하고, 그 이야기 속의 주인공들의 운명을 좌우한다. 테스가 클레어와 함께 연애하던 푸른 목장에서의 자연은 평화롭고 행복한 생활을 할 수 있도록 도와주는 중개 역할을 하지만 테스가 클레어에게 버림받고 가난과 추위와 중노동에 시달리던 농장에서의 자연은 잔인하리만큼 테스에게 냉정한 모습을 보이고 있다. 이처럼 테스의 일자리가 바뀜에 따라 변하는 숲과 목장과 시냇물과 골짜기 등의 웨섹스 풍경과 그 목가적인 분위기는 테스의 불운의 파토스(Pathos)를 한결 짙게 하고 그 비극적인 개성미를 더할 나위 없이 강조하고 있다.

또한 사회의 신분과 교양의 차이에서 오는 편견과 불안은 테스를 기만하고 상처 입히며, 그녀를 비극으로 몰아세운다. 게다가 당시 영국 농촌의 해체 과정에서 오는 불합리는 그녀를 연속적으로 경제적 곤경에 빠뜨린다. 이러한 음울한 환경 속에서 테스는 미약하나마 저항하고 그 속에서 벗어나려고 애쓰지만 결국은 비극적인 운명의 포로가 되어 죽음의 길을 가게 된다.

이처럼 테스에게 밀어닥치는 불행의 하나하나를 하디는 보이지 않으나 우주의 통제자인 운명의 장난이라 보고 개인에게는 결단코 호의를 베풀지 않는 우연의 집합체로서 그려냈다. 개인의 노력이 아무리 반항을 할지라도 자연적 · 사회적 환경이라는 것은 개인에게는 은혜를 베풀지 않게끔 짜여져 있다는 하디의 숙명론이 순박한 처녀 테스의 삶을 그토록 비극적으로 만들었던 것이다.

특히 테스가 처형되는 마지막 장면을 묘사한 '정의의 심판은 이제 막을 내렸다. 그리스의 비극 작가 아이스킬로스의 말대로 불멸의 수호신은 테스와의 희롱을 끝마친 것이다.' 라는 인상적인 글귀는 하디의 비극적인 인생관을 함축하고 있는 의미심장한 종언(終言)이라 하겠다.

하디는 작품 《테스》의 비극적인 사랑을 묘사함에 있어 테스와 클레어, 알렉을 통해서 서로 대조되는 정신적 · 육체적 생활을 부정적인 힘을 가지고 어떻게 인간을 비극으로 몰고 갈 수 있는가를 보여 주고 있으며, 당시 사회의 도덕관념에 반항하는 모습을 드러내 보여 주었던 것이다.

또한 《테스》는 남녀 간에 있어서 사랑의 가치가 얼마나 지고(至高)한 것이며, 인간존재에 진실한 사랑이 얼마나 필요한 것인가를 가르쳐 주고 있다. 순수한 사랑을 왜곡하고 일회성 유희물로 삼아 자기만의 이익과 향락을 추구할 때 얼마나 큰 비극을 맞이하는가를 테스와 알렉, 그리고 클레어를 통해서 적나라하게 보여 주었던 것이다. 그리고 나아가 하디는 이 소설을 빅토리아 조의 권위를 상실한 상류계급과 도덕적 위력을 잃은 기독교에 대한 항의의 표현으로 삼아 겉만 번지르르한 영국사회의 뒷면에 불합리한 비정(非情)이 새겨져 있다는 것을 파헤쳐 내고 비판을 촉구하려 한 것이라 하겠다.

따라서 《테스》는 한 개인의 단순한 비극이나 한 여인의 처참한 운명에 대한 언급이라기보다는 사회적·자연적인 환경을 배경으로 19세기의 영국사회의 변화, 발전해 가는 상황을 구체적 현실 속에서 형상화시킨 작품이며, 비극적인 현실과 삶의 보편적인 질곡을 인간에 대한 깊은 연민과 동정으로 극복하려 했다는 점에서 훌륭한 문학적인 감동을 주는 작품이다.

토머스 하디 연보

1840년   6월 2일, 영국 남부 도싯셔 도체스터 근교인 어퍼보컴프
턴에서 출생. 석공인 아버지와 독서를 좋아한 어머니 사
이에 장남인 하디, 남동생 헨리와 여동생 메리, 케이트가
있음.

1848년(8세)   장원 지주(莊園地主)인 마르틴 부인이 경영하는 마을의 학
교에 입학함. 독서를 좋아한 어머니는 어린 하디에게 베
르길리우스의 〈아에네이스〉, 존슨의 〈라셀라스〉, 피에르
의 〈폴과 비르지니아〉를 자주 읽어 줌.

1849년(9세)   도체스터의 학교로 전학, 라틴어를 배우고 셰익스피어
등을 읽음. 소년 시절에는 마을 처녀들의 러브레터를 대
필하기도 한 듯함.

1852년(12세)   라틴어 공부에 열중. 아버지를 따라 결혼식 무도회에서
바이올린 연주. 음악 취미는 아버지에게서 물려받음.

1853년(13세)   아이작 라스트가 따로 아카데미를 개설하자 그곳으로 옮
김. 프랑스어를 배우고 독일어 공부도 시작함. 아름다운
적갈색 머리칼의 리스비 브라운 등 몇몇 소녀들에게 연
심을 품음.

1856년(16세)   아버지의 직업을 이어받기 위해 도체스터의 교회 건축사
존 힉스의 제자로 들어감. 그에게서 건축의 기초 및 라틴
어와 희랍어를 배움. 이 무렵의 하디는 책벌레라 불릴 정

도로 독서에 열중함. 라틴어로 〈베르길리우스〉, 〈호라티
우스〉, 〈오비디우스〉 등을 읽음. 때마침 이웃에 살고 있
던 향토 시인이며 언어학자이기도 한 윌리엄 번스 목사
에게서 많은 영향을 받음. 도체스터의 주립 형무소에서
마아더서 브라운의 교수형을 목격함. 이 사건은 하디에
게 영향을 준 큰 체험으로 기억됨.

1860년(20세)	9세 연상인 옥스퍼드 대학 출신 호리스 모울을 알게 되어 학문적으로나 사상적으로 많은 영향을 받음. 희랍어로 〈구약 성서〉를 읽고, 다윈의 〈종의 기원〉을 읽음. 또 〈아가멤논〉, 〈오이디푸스〉 등의 그리스 비극을 읽기 시작함. 시(詩)를 쓰려고 결심함.
1862년(22세)	4월, 런던으로 진출하여 교회당 설계사로서 유명한 아더 블롬필드 설계 사무소에서 조수로 근무함. 여가를 이용하여 문학, 사상, 그림 공부를 꾸준히 계속함. 디킨스, 새커리의 소설을 탐독하고 연극, 오페라도 관람함.
1863년(23세)	봄, 〈근대 건축에 있어서의 색연와(色燃瓦) 및 테라코타의 적용에 관해서〉라는 논문이 영국 건축협회의 현상 모집에 당선됨. 이 무렵 건축과 문학을 양립시키기 위해 미술 평론가가 되려고 함.
1865년(25세)	〈자신이 집을 지은 이야기〉를 「쳄버즈 저널」 지 3월 18일 호에 발표, 시를 잡지에 투고하였으나 모두 낙선됨. 건강이 나빠짐.
1867년(27세)	여름, 요양차 고향으로 돌아옴. 존 힉스의 건축 사무소에

	서 다시 근무함. 이 무렵 트라피나 스파크스 양과 교제함.
1868년(28세)	소설을 쓰기 시작하여 《가난한 사나이와 귀부인》이라는 장편의 창작을 반 년에 걸쳐 완성함. 맥밀란 출판사에 보냈으나 거절당함. 이어서 채프먼 앤드 홀 출판사에 보냈으나 조지 메러디스 등의 충고에 따라 출판을 단념함. 그 원고의 일부분은 그 후 다른 작품에 흡수되었으나 대부분은 없어져 버렸음.
1869년(29세)	존 힉스가 죽자 그의 인계자 클릭메이의 건축 사무를 돕기 위하여 웨이머드에 거주함. 클릭메이의 의뢰로 성(聖) 줄리어트 교회에 갔다가 엠마 라비니어 기포드와 알게 되어 교제를 시작함.
1870년(30세)	3월, 《궁여지책》의 탈고된 부분을 맥밀란 사에 보냈지만 간행을 거절당함. 틴슬리 사와 출판 계약이 된 처녀작을 12월에 탈고, 이 무렵 칸트 및 쇼펜하우어의 철학에도 탐닉함.
1871년(31세)	3월, 《궁여지책》을 전3권으로 익명으로 간행. 비교적 호평을 받음. 여름, 전원소설에 새로운 바람을 불어넣은 《푸른 숲의 나무그늘 밑에서》를 탈고, 맥밀란 사에 보냈지만 여전히 거절당하자 자신을 잃고 글쓰기를 단념할 생각까지 함. 그러나 엠마의 격려를 받고 분발함.
1872년(32세)	《한 쌍의 푸른 눈동자》를 전2권으로 하여 5월에 틴슬리 사에서 익명으로 출판. 9월 「틴슬리」 지에 《한 쌍의 푸른 눈동자》 연재를 시작함. 이 소설의 무대 콘월을 두 번이

나 방문함. 「콘힐 매거진」 지에서 연재 의뢰를 받음. 이것은 하디가 작가로서의 상당한 대접을 받은 것임.

1873년(33세) 《한 쌍의 푸른 눈동자》를 전3권으로 5월에 간행. 처음으로 하디의 이름을 붙임. 9월, 친구 모울의 자살로 큰 충격을 받음.

1874년(34세) 레슬리 스티븐이 주재하는 「콘힐 매거진」에 1월부터 《광란의 무리를 떠나서》 연재를 시작함. 9월 17일 엠마와 런던의 퍼딘턴에서 결혼. 프랑스로 신혼여행 후 서비튼에 정주. 11월 《광란의 무리를 떠나서》를 전2권으로 출판. 작가로서의 명성이 높아짐. 단편으로서는 처녀작이 되는 〈운명과 푸른 외투〉를 발표함.

1875년(35세) 시로서의 대작 《제왕들》의 최초의 착상이 떠오름.

1876년(36세) 《에델버터의 손》을 출판. 요빌로 이사. 엠마와 함께 네덜란드, 라인 강 협곡으로 여행. 돌아오는 길에 브뤼셀에 들러 워털루의 전적을 방문함. 스타민스터뉴튼으로 이사. 크리스마스를 엠마와 함께 어퍼보컴프턴의 부모님 집에서 보냄.

1877년(37세) 나폴레옹 전쟁에서 취재한 서사시를 구상함. 9월, 《귀향》을 집필함. 시골에 살면서 소설을 썼던 이 무렵이 하디 생애의 가장 행복한 시기임.

1878년(38세) 3월에 런던으로 감. 하디의 생활이 갑자기 바빠짐. 「벨그레비」 지 1월호부터 12월까지 《귀향》을 연재함. 11월에 전3권으로 출판. 4월, 〈여상속인의 일생의 실책〉을 「신계간

(新季刊)」 지에 발표. 이것은 《가난한 사나이와 귀부인》을 줄여 쓴 작품임. 수필 〈소설에 있어서의 방언〉을 씀.

1879년(39세) 도체스터를 중심으로 하여 영국 해협에 가까운 지역을 방문함. 8월, 엠마와 함께 도싯셔, 웨이머스 포틀랜드 등지를 방문. 월터 베선트 경이 설립한 라블레 클럽에 가입함. 조지 3세 치하의 이야기를 소설로 구상함. 《젊은 목사》를 씀.

1880년(40세) 《나팔대장》을 「굿 워즈」 지에 1월부터 12월까지 연재. 10월에 출판. 6월, 엠마와 프랑스의 노르망디 지방 여행. 서사시를 시작했다가 중단. 단편 〈마을 사람들〉을 씀. 아놀드, 헨리 제임스 등과 사귀고, 테니슨을 찾아감. 10월, 런던에서 병으로 쓰러짐.

1881년(41세) 1880년 말경부터 「하퍼」 지에 연재중이던 《무관심한 사람》을 구술에 의해 5월에 완결하여 출판. 4월에 건강을 회복하자 도싯셔의 원본에 집을 빌려 이사함. 8월에 스코틀랜드 지방 여행. 미국 잡지 「애틀랜틱 먼슬리」를 위해 《탑 위의 두 사람》을 집필. 그리니치 천문대 등을 찾아가 자료를 모음. 단편 〈양치기가 본 딜〉을 씀.

1882년(42세) 4월, 웨스트민스터 사원에서 거행된 찰스 다윈 장례식에 참석. 가을 《탑 위의 두 사람》을 전3권으로 출판. 단편 〈1804년의 전설〉 발표, 컨민즈 카 각색의 《광란의 무리를 떠나서》가 런던에서 상연됨.

1883년(43세) 이때부터 매년 시즌에 런던으로 나들이를 함. 도시에 대한 반감에서 전원생활로 돌아가고자 고향에 땅을 사고 스스로 설계한 저택의 건축에 착수, 집의 이름을 '맥스 게이트'라고 지음(10월). 브라우닝, 비평가 고스와 친교를 맺음. 소론(小論) 〈도싯셔의 농업 노동자〉, 중편 〈소젖 짜는 처녀의 로맨틱한 모험〉을 씀.

1884년(44세)   〈시간은 두 사람에게 냉혹하다〉를 3월부터 쓰기 시작했으나 중단, 후에 이것을 《사랑스러운 사람》에 이용하게 됨. 《캐스터브리지의 시장(市長)》을 쓰기 시작함. 또한 「맥밀란」 지에는 다른 장편 《숲 속의 사람들》을 연재할 것을 약속함.

1885년(45세)   6월, 영원히 살 거처로써 새로 지은 맥스 게이트로 이사함. R·L 스티븐슨 찾아옴. 단편 〈고성(古城)에서의 모임〉, 중편 〈막간 한화(幕間閑話)〉를 씀.

1886년(46세)   《캐스터브리지의 시장》을 「그래픽」 지와 미국의 「하퍼스 위클리」 지에 동시에 연재(1~5월). 5월, 《숲 속의 사람들》을 「맥밀란」 지에 연재함(다음해 4월까지). 윌리엄 반스의 죽음에 추도문을 씀.

1887년(47세)   3월, 엠마와 함께 런던으로 나가 거기서 이탈리아 여행 출발. 제노아, 피렌체, 로마, 베네치아, 밀라노를 돌아 4월, 런던에 돌아와 시즌을 보내고 맥스 게이트로 돌아옴. 《제왕들》의 구상을 계속함. 《숲 속의 사람들》을 간행함. 단편 〈주인 없는 만찬〉, 중편 〈아리사의 일기〉를 씀.

1888년(48세)   5월, 아내와 함께 파리 방문. 첫 단편 소설집 《웨섹스 이야기》간행. 소론 〈소설 읽는 법〉, 단편 〈두 야심가의 비극〉, 〈저주받은 팔〉을 씀.

1889년(49세)   8월, 《테스》를 쓰기 시작함. 가을에는 서사시극 《제왕들》의 구상을 가다듬음. 단편 〈우울한 경기병(輕騎兵)〉, 〈웨섹스 백작 부인〉을 씀.

1890년(50세)   《고귀한 부인들》의 원고를 「그래픽」지에 보냄. 소론 〈영국 소설에 있어서의 솔직함〉, 〈한 작가를 논한다는 것〉, 〈맥스 게이트 출토(出土) 로마 점령 시대의 유물〉, 단편 〈변해 버린 사나이〉, 〈페넬로프 부인〉 씀.

1891년(51세)   1월, 단편집 《고귀한 부인들》 출간. 6월부터 「그래픽」지에 연재되던 《더버빌 집안의 테스》를 11월에 간행. 호평을 받아 각국어로 번역되고 톨스토이로부터도 크게 격찬을 받았으나, 도덕상의 문제로 하여 지방에 따라서는 발간을 금지 당함. 단편 〈아들의 거부권〉, 〈서부 순회 재판에서〉, 〈포장마차〉 등을 씀.

1892년(52세)   여름, 아버지 사망. 라이오넬 조운즈가 최초의 하디 연구서를 씀. 《비운의 주드》에 착수함. 「일러스트레이티드 런던 뉴스」지에 《사랑스러운 영혼》을 연재함.

1893년(53세)   5월, 아내와 함께 아일랜드 여행. 《환상을 쫓는 여인》, 《릴 무곡(舞曲)의 바이올린 켜는 사람》, 《기사(騎士) 존 헉슬리》를 씀. 수필 〈캐스터브리지의 고적〉을 씀. 그 밖에 많은 시를 씀.

1894년(54세)   단편집 《삶의 사소한 풍자》 간행. 소론 〈지혜의 나무〉를

「신평론」지에 실어 성교육의 필요를 역설함. 「하퍼스 먼
슬리」지에 삭제한 《비운의 주드》를 에워싸고 하디 부부
간에 불화.

1895년(55세) 11월, 삭제 안 된 《비운의 주드》간행. 빈곤한 여성의 정조
와 남자의 향학심(向學心)에 미치는 파괴적인 결과를 《테
스》와 《비운의 주드》에 분석, 통렬한 비판을 빅토리아 왕
조에 던졌기 때문에 위크필드의 감독이 분서(焚書)하는 등
독서계로부터 비상식적인 비난과 중상을 받아 장편 창작
을 단념하고 시작(詩作)으로 되돌아감.

1896년(56세) 아내와 함께 유럽 여행. 워털루의 전적을 다시 방문하여
《제왕들》의 중심 테마를 결정함.

1897년(57세) 《사랑스러운 영혼》간행. 《비운의 주드》가 각국어로 번역
됨. 《제왕들》쓰기 시작함. 단편 《도표 곁의 무덤》을 씀.
희곡 《테스》가 미국에서 상연되어 크게 히트함. 스위스
여행. 키플링과 사귐.

1898년(58세) 1865년 이래의 시를 모아 《웨섹스 시집》이라 이름 지어
12월에 출판(첫 시집). 필딩이 서문을 청해왔으나 농민을
경멸하는 작가라는 이유로 거절함.

1899년(59세) 종교와 과학의 상극(相剋)에 괴로워함. 가을에 보어 전쟁
이 일어나자 출정, 군인에게 바치는 시, 소설을 씀. 단편
〈용기병 등장〉을 씀.

1900년(60세) 세기의 전환을 고하는 시 〈어둠 속의 개똥지빠귀〉를 씀.

1901년(61세) 제2시집 《과거와 현재의 시》를 11월에 간행.

1903년(63세)	12월, 장대한 서사시극 《제왕들》 제1부를 간행함.
1904년(64세)	4월, 어머니 사망. 《삶의 사소한 풍자》 독일어 판, 《사랑스러운 영혼》의 프랑스어 판 나옴.
1905년(65세)	애버딘 대학의 명예박사 학위를 받음. 시인 조지 크래브 탄생 150년 주년에서 강연함.
1906년(66세)	《제왕들》 제2부 2월에 간행함. 동생과 함께 자전거로 링컨, 케임브리지, 캔터베리 등지의 사원을 순방함. 수필 《교회 복원(復元)의 회상》을 씀.
1907년(67세)	6월, 에드워드 왕의 초대를 받고 부부 동반으로 윈저 궁전을 예방함. 9월 25일 《제왕들》 제3부 탈고함. 버나드 쇼 및 H·G 웰즈와 알게 됨. 런던에 사는 도싯셔 주민회장에 추천됨.
1908년(68세)	1월, 《제왕들》의 마지막 권인 제3부 출간. 착상한 지 33년만의 완결을 봄. 4월, 도체스터 극단에 의해 《제왕들》 초연됨. 윌리엄 반스의 시집을 펴냄.
1909년(69세)	7월, 런던에서 이탈리아 가극단이 《테스》를 공연함. 이 무렵 플로렌스 에밀리 더그빌과 비밀 관계를 맺음. 12월, 시집 《시간의 노리개들》 간행.
1910년(70세)	6월, 메리트 훈장을 받음. 11월 도체스터의 자유 시민권을 받음.
1911년(71세)	동생과 함께 호수 지방과 사원 등지를 방문.
1912년(72세)	전집판 《웨섹스 에디션》을 위해 각 작품을 정리 개정함. 하디의 72세 탄생 기념으로 왕립문예가협회에서 뉴볼트

와 예이츠가 메달 전달차 내방함. 7월, 하디 부인의 최후의 가든 파티가 맥스 게이츠에서 개최됨. 12월 27일 아내 엠마 사망함. 아내를 그리는 많은 시를 씀.

1913년(73세)　단편집 《변해 버린 사나이》를 간행. 《캐스터브리지의 시장》이 독일어로 번역됨. 6월, 케임브리지 대학에서 명예 문학박사 학위를 수여받고 또한 동 대학 모우드렌 칼리지의 명예 평의원에 추대됨. 《숲 속의 사람들》 도체스터에서 상연됨. 소론 〈아나톨 프랑스에 관해서〉를 씀.

1914년(74세)　시집 《상황의 풍자》를 출판. 아동문학가이며 그의 비서로서 곁에 있던 더그빌과 2월에 재혼. 제1차 세계대전이 일어나자 여러 편의 전쟁시를 씀. 그랜빌 버커의 연출로 《제왕들》이 킹즈웨이 극장에서 상연됨.

1916년(76세)　《선시집(選詩集)》 출판. 《콘월 여왕의 비극》 구상. 《제왕들》 웨이머스 및 도체스터에서 상연됨.

1917년(77세)　11월, 시집 《통찰의 순간》을 발간. 시를 잡지, 신문에 발표함.

1918년(78세)　적십자 자금을 위해 《광란의 무리를 떠나서》의 원고를 미국에 팖.

1919년(79세)　8월, 《시 전집》을 간행. 12월, 생가가 있는 어퍼보컴프턴 마을에 집회소를 기증하고 마을 사람들에게 직접 인사함.

1920년(80세)　2월, 옥스퍼드 대학에서 명예 문학박사 학위를 받음. 지난해부터 맥밀란 사에서 간행되고 있던 《토머스 하디 전

집 멜스토크 판 전37권)이 완성됨.

1922년(82세)   5월, 《고금 서정시집》을 간행. 옥스퍼드 대학 퀸즈 칼리
                지의 명예 평의원에 추대됨.

1923년(83세)   시극 《콘월 여왕의 비극》을 출간. 곧 도체스터 극단에 의
                해 상연됨.

1925년(85세)   시집 《인간의 모습들》을 간행. 브리스틀 대학에서 명예
                박사학위를 수여받음. 하디 자신이 각색한 《테스》가 반
                스 극장과 갤릭 극장에서 상연되어 100일 간의 장기 공
                연 기록을 세움. 후에 맥스 게이트에서 상연됨.

1928년(88세)   1월 11일 아침 9시 심장마비로 맥스 게이트에서 세상을
                떠남. 16일, 웨스트민스터 사원에서 국장(國葬), '시인의
                묘지'에 묻힘. 그러나 심장은 고향 스턴즈 퍼드 교회의
                죽은 아내 엠마의 무덤에 묻힘. 유고 시집 《겨울의 말》 및
                미망인 편저의 《하디 전(傳) 전반 1840~1891》이 간행됨.

▶ 도싯셔의 하디 집

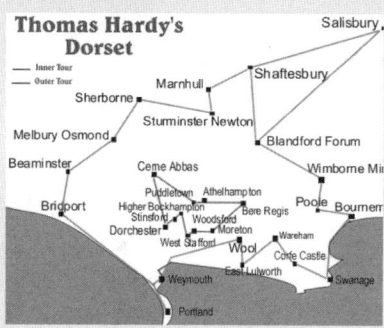

Thomas Hardy's Dorset

Inner Tour
Outer Tour

Salisbury

Shaftesbury

Marnhull

Sherborne

Sturminster Newton

Melbury Osmond

Blandford Forum

Beaminster

Wimborne Mir

Cerne Abbas

Puddletown   Athelhampton

Bridport

Higher Bockhampton   Bere Regis   Poole   Bournem

Stinsford   Woodsford

Dorchester   Moreton

Wareham

West Stafford

Wool

Corfe Castle

Weymouth   East Lulworth

Swanage

Portland

▲ 도싯셔 지도

▲ 하디 동상

▲ 맥스 게이트

▲ 개와 함께 있는 하디

▲ 첫번째 부인

▲ 젊은 시절의 하디

▲ 두번째 부인

▲ 토머스 하디의 무덤

▲ 사망진단서